www.prun21c.com

www.prun21c.com

www.prun21c.com

www.prun21c.com

중학생의 창조적 글읽기

고전소설 21

중학생의 창조적 글읽기 **고전소설 21** ③

인쇄 2005년 1월 20일. 발행 2005년 1월 25일

엮은이_김혜니 · 이영심 · 호승희
펴낸이_김두천
펴낸곳_푸른생각

등록 제310-2004-00019호
주소_서울시 중구 을지로3가 296-10 장양B/D 202호
대표전화_02) 2268-8706-7 / 팩시밀리_02) 2268-8708
메일_prun21c@yahoo.co.kr / prun21c@hanmail.net
홈페이지_www.prun21c.com
편집_송경란 심효정 장현석 / 기획 · 영업_한봉숙 한신규 지순이
ISBN 89-956134-3-2 ; ISBN 89-956134-0-8(세트)
ⓒ 2005, 푸른생각

정가 13,000원

♣ 잘못된 책은 푸른생각이나 구입처에서 교환해 드립니다.

푸른생각

중학생의 창조적 글읽기

고전소설 21

김혜니 _ 이영심 _ 호승희 | 엮음

푸른생각

옛날부터 책은 어두운 거리에 등불이 되고(암구명촉暗衢明燭), 험한 나루에 훌륭한 배가 된다(미진보벌迷津寶筏)고 일러 왔다. 책이야말로 인류의 가장 우수한 지성인, 예지자들의 두뇌의 총화를 축적한 저장고라 하겠다. 특히 고전 작품은 우리 옛 선인들의 얼과 지혜가 담겨져 있는 소중한 유산이라고 할 수 있다.

어떻게 하면 바람직한 책읽기를 할 수 있을까? 책읽기는 단지 수동적으로 읽는 것이 아니라, 스스로의 경험에서 쌓인 지식을 바탕으로 하여 글의 내용에 적극적으로 반응하며 읽어야 한다. 이러한 읽기를 바로 능동적 읽기라고 한다. 책을 능동적으로 읽는다는 것은, 현재 읽는이가 가지고 있는 지식이나 경험, 배경 지식, 가치관, 상상력 등을 총동원하여 적극적으로 활용하는 것이다. 이것이 바로 창조적 글읽기에 해당한다. 읽는이는 문학 작품과 적극적으로 대화하면서 의미를 재구성해 내는 능동적인 창조자여야 한다. 이러한 창조적 글읽기는 문학 작품을 감상하는 능력을 길러줄 뿐만 아니라, 자아 실현의 기회를 제공하며, 인간의 총체적인 삶을 이해하는 데 도움이 될 것이다.

이 책은 창조적 글읽기의 학습이 가능한 완벽한 학습서이다. 이 책과 같은 충실한 기본서를 바탕으로 하여 창조적 감각으로 공부해 나간다면 누구라도 좋은 학습 결과를 기대할 수 있다. 중학교 공부에서 문학은 매우 큰 비중을 차지하고 있지만, 많은 학생들은 문학을 어려워하고 있다. 특히 고전 소설은 더욱 더 어렵게 생각하고 있다. 그러나 여기에 수록된 작품들을 하나하나 익히면서 기본기와 창조적 감각을 다져나가다 보면 언젠가는 자기 자신도 모르게 실력이 쌓아져 갈 것이다. 그리하여 고등학교에 올라가게 되면 내신과 수능에 완벽한 대비를 할 수 있게 된다.

이 책을 다음과 같이 꾸며 보았다.

첫째, 무엇보다도 전문을 실어 완전 학습이 이루어지도록 했다. 원문을 충실히게 실었으며, 이렇게 느껴지는 낱말의 뜻, 주요 구절 풀이를 통하여 작품의 중요한 내용을 보다 철저하게 이해할 수 있게 하였다.

둘째, 작품을 감상하기 전에 미리 작품 감상에 대한 초점의 방향을 안내하고 있으며, 또한 핵심 정리를 통하여 작품을 세밀하게 사항별로 요약하고 정리하여 학습 능률을 높일 수 있도록 하였다.

셋째, 전체 줄거리를 정리하여 완전 학습이 이루어지도록 하였으며, 작품의 이해와 감상을 통하여 작품에 대한 체계적 분석과 해설을 해 놓음으로써, 학생들이 작품의 내용을 바르게 이해하고 받아들일 수 있도록 하였다.

넷째, 창조학습활동에서 실전 문제를 엄선하여 내놓음으로써, 실제로 작품을 잘 이해하고 있으며 자기 실력을 점검하도록 하였다. 이는 자신의 지식을 내용과 통합하고 활용하는 능력을 기르는 데 도움이 될 것이다. 또한 각 학습 활동의 문제들에는 도움말과 예시 답안을 제시하여 학습의 마무리가 되도록 하였다.

다섯째, 한눈에 보기를 통하여 도표나 그림으로써 작품을 통틀어 정리하였으며, 더 읽을 작품과 더 알아보기를 제시하여 학습 능률의 폭을 넓고 깊게 다져나가는 데 도움이 되도록 하였다.

현대를 살아가는 우리는 읽지 않고는 살아갈 수 없으며, 창조적으로 읽는 능력이 있어야만 개인의 성숙과 나아가서는 사회와 국가의 발전을 기약할 수 있다.

아무쪼록 이 책이 여러분에게 좋은 학습서가 되었으면 한다.

엮은이 대표
김 혜 니

차례 중학생의 창조적 글읽기 고전소설 21

만복사저포기

萬福寺樗蒲記

김 시 습

「만복사저포기」는 산 사람과 죽은 사람 사이의 사랑은 현실을 초월할 수 없는 비극적 운명을 지닐 수밖에 없다는 사실을 환상적·낭만적으로 그린 소설이다.

등장인물

양생 |

일찍이 부모를 잃고 혼자 외롭게 살아가는 노총각이다. 어느 달밤 외로움을 이기지 못하고 만복사의 부처님 앞에서 배필을 점지해 달라고 부처님과 저포로 내기를 한다. 절에 와서 또한 자신의 배필을 점지해 달라고 비는 젊은 여인을 만나 사랑을 한다. 그러나 여인이 실제는 3년 전 남원에 쳐들어온 왜구들에게 저항하다 죽은 처녀라는 것을 알게 되자, 처녀의 명복을 비는 재를 올려 준다. 그리고 다시는 결혼을 하지 않고 지리산으로 들어가 약초를 캐면서 산다. 뜨거운 정열을 가지고 진정한 사랑을 하려는 인물이다.

최씨녀 |

원래는 남원의 양가집 규수였으나 정절을 지키려다 왜구에게 죽음을 당한다. 무덤도 없이 관 속에 들어가 귀신으로 있다가 만복사에서 양생을 만나 배필을 만나고자 하는 소원을 푼다. 그리고 양생이 올려준 재 덕분에 남자로 다시 태어난다.

작가 소개 김시습(金時習, 1435~1493) |

조선 초기의 문인. 호는 매월당(每月堂). 생육신 중의 한 사람. 수양대군이 단종을 내몰고 왕위에 올랐다는 소식을 듣고 통분하여, 책을 태워 버리고 중이 되어 이름을 설잠이라고 하고 전국으로 방랑의 길을 떠났다. 저서로 『금오신화』와 『매월당집』 등이 있다.

만복사저포기

읽기 전에 | 이 작품은 남원의 만복사에서 사는 노총각 양생이 부처님의 힘을 빌어 왜구한테 칼을 맞고 원혼이 된 개녕동 아가씨와 사랑을 나눈다는 이야기다. 산 사람과 죽은 사람이 현실에서는 불가능한 초월적인 사랑을 하지만 결국 헤어져야 한다는 비극적인 운명을 낭만적으로 그리고 있는 것을 생각하면서 작품을 읽어 보자.

양생이 부처와 저포 내기를 하다. 전라도 남원에 양씨 성을 가진 젊은이가 있었다. 양생은 일찍 부모를 여의고 장가도 들지 못한 채 만복사(萬福寺)* 동쪽에 있는 방에서 홀로 지냈다. 절방 밖에는 배나무 한 그루가 서 있었다.

때는 봄이라, 배나무 꽃은 활짝 피어 마치 가지마다 구슬이 달린 것 같았으며 송이마다 은덩이 같았다.

양생은 달밤이면 배나무 아래를 거닐며 쓸쓸한 심정을 견디지 못하고 낭랑한 목소리로 시를 읊곤 하였다.

한 그루 배꽃나무 외로움을 벗삼으니,
이 달 밝은 밤을 허송하다니 가련하구나.

만복사 : 남원 기린산에 있었던 절.

젊은 이 몸 외롭게 창가에 누웠는데
어디선가 아름다운 피리소리 들려오네.

외로운 물총새는 짝을 잃고 날아가고
원앙새도 저 혼자 맑은 물 위에서 노니는구나.
누군가 온다면 바둑이나 두겠지만
한밤중 등불 꽃으로 점을 치며 창 아래에서 시름하네.*

시를 다 읊고 났을 때 문득 공중에서 소리가 들려왔다.*
"그대가 좋은 배필을 얻고 싶다면 소원이 이루어지지 않을까 걱정할 게 없지!"
양생은 그 소리를 듣고 속으로 무척 기뻐하였다.
다음 날은 바로 삼월 이십사 일이었다. 이 고을에서는 이 날 마을 사람들이 만복사에 모여 연등놀이*를 하며 복을 비는 풍습이 있었다. 이 날도 많은 남녀들이 떼를 지어 만복사로 찾아와 모두 제각기 자기 소원을 빌었다.
날이 저물자 범패 소리*도 끝이 났다. 사람의 자취가 드물어지자 양생은 소매 안에 저포(樗蒲)*를 넣고 법당 안으로 들어갔다. 그리고 저포를 부처 앞에 내놓고 중얼거렸다.
"부처님, 부처님과 저포로 내기를 하겠습니다. 만약 제가 지면 부처님께 불공을 드리겠어요. 부처님이 지신다면 아름다운 아가씨를 만나고 싶은 제 소원을 이루게 해 주십시오."

한밤중 등불 꽃으로 점을 치며 창 아래에서 시름하네 : 등불의 심지가 타서 그 끝에 꽃 모양의 불똥이 생기면 좋다고 보고 불똥이 생기지 않으면 좋지 않다고 본다. 자기 앞날에 대해 불안해 하는 양생의 마음이 잘 담겨져 있다.
시를 다 읊고 ~ 공중에서 소리가 들려왔다 : 앞으로 이야기가 초현실적으로 나아갈 것을 미리 알려 주는 구절이다.
연등놀이 : 고려 초부터 있던 국가적인 불교 행사. 온 나라가 집집마다 등을 달아 부처를 공양하고 나라의 태평을 빌었음. 처음에는 음력 정월 보름에 하다가 후에 음력 이월 보름으로 바뀌었고, 나중에는 사월 초파일로 바뀌었음.
범패 소리 : 부처의 공덕을 찬양하는 노랫소리.
저포 : 중국인들이 점을 칠 때 쓰던 윷과 같은 기구.

빌기를 마치고 양생은 저포를 던졌다. 양생이 이겼다. 양생은 곧바로 부처님 앞에 무릎꿇고 앉아 말하였다.

"이미 약속된 일이오니 약속을 지켜 주십시오."

양생은 불상을 모셔 놓은 자리 아래에 숨어서 부처님과 약속한 아가씨가 나타나기를 기다렸다.

약속대로 한 아가씨를 만나 연분을 맺다. 얼마 뒤에 아름다운 한 아가씨가 나타났다. 나이는 열대여섯 살로 보였고 검은머리를 단정하게 꾸민 것이 마치 선녀처럼 아름다웠고 행동하는 것도 매우 단정하였다.

아가씨는 기름병을 가져다가 부처 앞에 불을 켜고 향을 피웠다. 그리고 불상을 향해 세 번 절하였다. 그리고는 무릎을 꿇고 앉았다.

"사람이 태어나 아무리 운명이 기구해도 어찌 이럴 수가 있단 말인가요?"

그리고는 품속에서 축원문(祝願文)*를 꺼내어 탁자 앞에 바쳤다.

아무 고을 아무 마을에 사는 아무개는 알립니다.

지난번에 국경을 잘 지키지 못하여 왜적이 침입했습니다. 칼날이 사방에서 번쩍거렸고 나라의 위급함을 알리는 봉화가 곳곳에 올랐습니다. 왜적들은 마을 집을 불사르고 백성들의 재산을 약탈하니 사람들은 동쪽과 서쪽으로 헤어지고 남쪽과 북쪽으로 피난하여 가족과 친척, 하인들이 모두 난리 속에 흩어지게 되었습니다.

저는 연약한 몸이온지라 먼 곳으로 떠날 수 없는 형편이었습니다. 깊이 골방 안에 들어앉아 끝까지 정절을 굳게 지키고, 제 몸을 깨끗하게 지켜 난리의 화를 피했습니다.

저의 부모님께서는 딸이 지킨 정절을 기특하게 생각하시어 한적한 곳으로 저를 피신하게 하고 외떨어진 들판에서 임시로 살게 해 주셨습니다. 그것이

축원문 : 잘 되게 해 달라고 바라며 비는 글.

벌써 삼 년이 되었습니다.

그리하여 달 밝은 밤에도 꽃피는 봄에도 상심한 까닭에 제대로 감상을 못하고 세월을 헛되이 보냈습니다. 하늘에 떠다니는 구름처럼 흘러가는 강물처럼 부질없이 세월만 보냈습니다. 쓸쓸한 산골에서 짧은 인생을 한탄하며 긴긴 밤을 혼자 지내면서 아름다운 난새가 짝을 잃고 외롭게 춤을 추는 것처럼 제 신세를 슬퍼했습니다.

날이 가고 달이 가니 맑은 정신은 사라지고 여름낮과 겨울밤에 가슴이 미어질 뿐이었습니다. 부디 부처님께서는 저의 애처로운 사연을 보살펴 주십시오. 간절히 바라오니 전생에 맺은 연분이 있다면 얼른 좋은 분을 만나 즐길 수 있게 해 주십시오.

아가씨가 이 글을 읽다가 내던지고는 그만 목이 멘 소리로 흐느껴 울기 시작하였다.

이 때 양생은 틈새로 아가씨의 자태를 엿보고는 그 아름다움에 마음을 진정할 수가 없었다. 그래서 선뜻 몸을 일으켜 앞으로 나오며,

"읽던 글을 왜 던지시오?"

하고 아가씨가 읽던 글을 집어들고 읽어 보았다. 그리고는 양생이 얼굴에 은근히 기쁜 빛을 띠고 아가씨에게 말하였다.

"아가씨는 대체 누구시길래 혼자 여기에 오셨습니까?"

아가씨가 대답하였다.

"저도 역시 사람입니다. 의심할 게 있나요? 당신은 좋은 배필만 얻으면 될 텐데, 제 이름을 알아서 무엇 하시렵니까? 그렇게 서둘러 제 이름을 아실 필요는 없지요."

아가씨는 이렇게 대답하였다.

만복사는 이미 퇴락(頹落)*하여 승려들은 절의 한쪽 구석에서 살고 있었다.

퇴락 : 무너지고 떨어짐.

법당(法堂)* 앞에는 행랑채만 쓸쓸하게 남아 있었는데 그 복도가 끝나는 곳에 좁은 마루방이 있었다.

양생은 아가씨를 데리고 그 마루방으로 들어갔다. 아가씨도 이것을 뿌리치지 않았다. 거기서 서로 즐기는 것이 보통 사람과 조금도 다르지 않았다.

이윽고 밤이 깊어졌다. 달은 벌써 동산에 솟아오르고 창살 사이로 달 그림자가 비쳤다. 그 때였다. 문득 밖에서 발자국 소리가 들렸다.

아가씨가 물었다.

"밖에 누구냐? 시녀 아니냐?"

"예, 아가씨, 접니다. 아씨께서 중문* 바깥을 나가시지 않으시고 걸음걸이도 여간 조심하지 않으셨는데 어제 저녁에 우연히 나가셔서 어째서 이렇게 늦도록 돌아오시지 않습니까?"

아가씨가 말하였다.

"오늘 일은 우연한 일이 아니야. 하늘이 도우시고 부처님께서 돌봐 주셔서 훌륭한 분을 만나 백년가약(百年佳約)*을 맺게 되었다. 부모님께 여쭙지 않고 결혼해서는 안 된다고 예법에서 가르치고 있지만, 이렇게 기쁨을 누리고 즐긴 것은 역시 평생의 기이한* 인연이기 때문일 게야. 너는 초막으로 돌아가 돗자리와 술, 과일을 가져오너라."

시녀는 아무 말 없이 아가씨의 분부대로 따라하였다. 뜰 앞에다 자리를 깔았을 때는 벌써 새벽 두 시가 되었다. 차려 놓은 술자리는 지나치게 소박하여 화려하지는 않았지만, 술에서 나는 향기는 인간 세상의 것이 아니었다.

양생은 의아하고 괴이한 생각이 들었다. 그러나 아가씨의 말투나 웃는 모습이 너무도 맑고 고왔고, 얼굴과 몸가짐도 의젓하여 더 이상 의심하지 않았다.

아가씨는 술을 따라 양생에게 주고 시녀에게 노래를 불러 흥을 돋우어 드리

라고 하였다. 그러면서 아가씨는 양생에게 말하였다.

"저 애는 옛날 곡조 그대로 부를 겁니다. 제가 새롭게 노래 한 곡조를 지어 부르게 할 텐데 어떻습니까?"

양생은 아가씨의 말에 더욱 기뻤다. 아가씨는 즉시 노래 한 곡을 지어 시녀에게 부르게 하였다.

쌀쌀한 봄 추위에 명주옷이 얇은데, 애끓는 일이 몇 번이었던가.
청동 향로는 차디차고 황혼은 짙어가며
저녁노을 떠오를 때, 비단 장막 안의 원앙침을 함께 할 님이 그리워
비녀를 비스듬히 꽂고 피리만 불었더니
야속해라, 세월은 화살 같아 하염없이 마음만 태웠노라.
등잔불은 꺼지고 병풍도 나직하여 한갓 눈물만 흘렸건만,
누가 있어 이 마음 알아주었나.
즐거워라, 오늘밤 한 곡조 피리소리.
무르녹는 봄철에 다시 돌아올 줄이야.
황천(皇泉)*에 맺힌 설움. 천추(千秋)*의 원한을 깨뜨리고
한 곡조 노래하며 은술잔을 기울이니
서러워라 지난날이 서러워, 원한에 싸여 시름에 잠겨
독수공방(獨守空房)* 세던 날 그날들이 서러워라.

노래가 끝나자 아가씨는 서글픈 한숨을 지으면서 말하였다.

"지난날 봉래산* 시절에 좋은 님 만날 연분을 놓쳤지만 오늘 소상강*가에서

황천 : 저승, 명부.
천추 : 오래고 긴 세월.
독수공방 : 여자가 남자 없이 혼자 밤을 지냄.
봉래산 : 신선이 산다는 중국의 삼신산 가운데 하나.
소상강 : 중국 양자강의 지류인 소강과 상강.

정든 님을 만났으니 이것은 하늘이 내린 행운이 아니겠습니까? 낭군께서 만일 저를 버리지 않으신다면 한평생 낭군을 모시며 시중을 들까 합니다. 그러나 낭군께서 만일 저의 소원을 들어주시지 않는다면 저와 낭군은 영원히 하늘과 땅처럼 아주 갈라지게 될 겁니다.”

양생은 이 말을 듣고 한편으로는 감격하고 한편으로는 놀랐다.

“어찌 당신 말을 따르지 않겠소?”

그러나 아가씨의 태도는 아무래도 심상치가 않았다. 양생은 그 행동을 가만히 살펴보았다.

이 때 달은 벌써 서산 봉우리에 걸렸고 먼 마을에서 닭이 우는 소리가 들려왔다. 절에서도 하루를 알리는 새벽종이 울리면서 바야흐로 동이 트기 시작하였다.

아가씨가 말하였다.

“얘야, 이제 자리를 걷어 가지고 돌아가자꾸나.”

하니, 시녀가

“예!”

하고 대답하였다. 그리고는 어디론지 간데없이 사라졌다.

아가씨가 말하였다.

“인연이 이미 정해졌으니 함께 손을 잡고 가시지요.”

양생은 아가씨의 손을 잡고 마을 집들을 지나갔다. 울타리 아래에서 개들이 짖고 길에는 사람들이 다니고 있었다. 그런데 길 가는 사람들이 양생이 여인과 함께 가는 것을 모르고 있었다.

“자네는 이 이른 아침에 어디로 가고 있는가?”

하고 묻자 양생은 대답하였다.

“마침 술에 취해 만복사에 누워 있다가 친한 친구의 집을 찾아가는 길입니다.”

날이 밝아질 무렵 아가씨는 양생을 이끌고 무성한 풀숲으로 들어갔다. 이슬이 옷을 흠뻑 적실 정도였고 오솔길조차 찾을 수 없는 벌판이었다.

양생이 물었다.

"사람 사는 곳이 어째 이렇소?"

아가씨가 대답하였다.

"여자 혼자 사는 데는 원래 이렇습니다."

그리고는 『시경(詩經)』*의 시를 읊으며 웃었다.

　　이슬 촉촉이 젖은 길가를 이른 밤에 가고 싶지만

　　그 어인 이슬이 이다지도 많은지 주저하게 된다오.

양생도 『시경』의 시를 읊어 대답하였다.

　　어슬렁거리는 저 여우, 기수의 돌다리를 어정이네.

　　노나라 풍속이 문란하다 하더니, 제나라 아가씨도 잘 노네.*

두 사람은 이렇게 시를 읊으면서 한바탕 웃었다.

양생은 아가씨와 즐겁게 지내다.　마침내 그들은 함께 개녕동*이란 곳으로 갔다. 그 곳에는 다북쑥이 들을 덮고 가시덤불이 하늘을 찌를 것처럼 무성하였다. 그 속에 작은 초막(草幕)* 한 채가 있었는데 매우 깨끗하고 말쑥하였다. 양생은 아가씨가 이끄는 대로 따라 들어갔다.

방 안에는 이부자리와 휘장*이 잘 정리되어 있었다. 그 가운데 일부는 어젯

시경 : 중국 춘추 시대의 민요를 중심으로 모은 중국에서 가장 오래된 시집.
어슬렁거리는 저 여우 ～ 아가씨도 잘 노네 : 나라가 어지러워져 남녀가 짝을 잃어 과부가 홀아비를 보고서 시집가고
　자 하는 뜻을 노래한 것이다.
개녕동 : 남원에 있는 곳.
초막 : 풀이나 짚으로 지붕을 이은 조그만 집.
휘장 : 여러 폭의 천을 이어서 만든 둘러치는 막.

밤에 보던 것이었다. 밥상을 올리는데 모든 음식이 어젯밤 만복사에서 차린 것들과 차이가 없었다.

그곳에서 양생은 사흘 동안 머무르면서 인간 세상에서 하는 것처럼 즐거운 생활을 하였다.

시녀는 얼굴이 매우 아름답고 그러면서 교활하지 않았다. 그릇들은 깨끗하고 품위가 있었다. 양생은 그것들이 사람들이 쓰는 것 같지 않다는 생각을 언뜻 하였다. 그러나 아가씨와 정이 깊이 들어 더 이상 그런 생각을 하지 않았다.

사흘이 지나가 아가씨가 갑자기 양생에게 말하였다.

"여기서 보내는 사흘은 인간 세상에서 보내는 삼 년과 같습니다. 낭군께서는 다시 인간 세상으로 돌아가셔서 일을 하셔야겠어요."

마침내는 이별의 술자리를 베풀고는 헤어지게 되었다.

양생은 슬퍼하면서 말하였다.

"어찌 이다지도 빨리 헤어져야 한단 말이오!"

"나중에 다시 만나 평생의 소원을 다 이루게 될 거예요. 오늘 이렇게 누추한 저의 집에까지 오신 것은 반드시 지난 날 인연이 있었기 때문입니다."

아가씨는 말을 계속하였다.

"가시기 전에 제 이웃에 사는 친구들을 만나보시면 어떻겠습니까?"

양생은 말하였다.

"그럽시다."

아가씨는 곧장 시녀를 시켜 이웃들에게 알려 모이게 하였다. 모인 사람들 가운데 첫째가 정랑이고, 둘째는 오랑, 셋째는 김랑, 넷째는 유랑이었다. 모두 양가집 출신으로 아가씨와 한 동네에 살던 친척이면서 또 시집을 가지 않은 처녀들이었다. 모두 온화한 성격에 총명하였으며, 글과 시를 잘 지을 줄 알았다. 그들은 차례로 칠언 절구(七言節句)* 네 수씩 지어 이별의 선물로 주었다.

그 가운데 정랑은 자태가 멋스러웠으며, 구름처럼 틀어 올린 쪽진 머리가

칠언 절구 : 한 구가 일곱 자로 된 칠언이 네 구절로 이루어진 한시.

귀밑의 머리카락을 덮고 있었다. 정랑은 한숨을 한 번 쉬더니 이렇게 읊었다.

봄밤에 꽃과 달이 어우러져 곱디곱건만,

길이 시름 안고 세월 가는 줄도 몰랐네.

서러워라 이 황천을 찾는 이 없고

푸른 저고리 흐트러지고 귀밑머리 헝클어졌네.

늦게 맺은 그 연분도 끝끝내 어긋났네.

청춘이 다 지나니 일이 이미 글렀구나.

지루한 봄 한철도 속절없이 다 가고,

적막한 공산에서 몇 밤이나 지냈는가?

남교를 지나는 님 보이지 않고,

배항이 운영을 찾을 날이 언제일까?*

오랑은 머리를 두 갈래로 땋아 쪽을 진 예쁘고도 연약한 아가씨였다. 그녀는 넘쳐흐르는 정회(情懷)*를 이기지 못하고 정랑의 뒤를 이어 이렇게 읊었다.

절간에서 향 피우고 돌아오던 길,

몰래 동전을 던져 좋은 연분 만났네.

피는 꽃 지는 달에 쌓이고 쌓인 그 원한이

주고받는 한 잔 술에 다 사라졌구나.

반가워라 이웃집에 궁합(宮合)* 맞는 경사 있어

노래지어 부르면서 술을 따르네.

다락 하나 푸른 산 가운데 서 있고

남교를 지나는 님 ～ 찾을 날이 언제일까 : 남교는 당나라 때 배항이 운영을 만난 곳이다. 배항이 아직 과거에 오르지 못했을 때 운교라는 부인을 만났다. 부인이 남교라는 곳에 가면 신선이 사는 굴이 있다고 일러 주었는데, 후에 배항이 남교로 가서 운영을 만났다고 한다.
정회 : 마음속에 품은 정.
궁합 : 결혼을 생각하는 남녀의 사주를 맞추어 보아 배우자로서의 좋고나쁨을 헤아리는 점.

연리지(連理枝)* 가지 위에 꽃이 한창 붉었구나.
서럽구나, 내 인생 나무만도 못하다니
기구한 이 청춘 눈물만 고이네.

김랑은 몸가짐을 바로하고 단정하게 붓을 먹에 흠뻑 적셨다. 그리고 정랑과 오랑의 시를 너무 음란하다고 나무랐다.

"오늘의 이 자리는 수다나 떠는 자리가 아닙니다. 그저·좋은 풍경이나 읊어야 해요. 마음속에 간직한 생각을 다 풀어 놓으면 절도를 잃게 되니 우리들 속마음을 어떻게 인간 세상에 전할 수 있겠소?"

김랑은 드디어 낭랑한 목청으로 시를 읊기 시작하였다.

애처로운 옥퉁소를 다시는 불지 마오.
저 세상 속인들과 정이 들까 걱정이오.
금 술잔 은 술잔에 술 가득 부어놓고
너무 많다고 사양하지 말고 취하도록 마시자.
내일 아침 이는 바람 사납게 불면
봄 한철도 꿈인 것을 어찌하랴.
몇몇 해나 고운 얼굴 진토 속에 묻혔는가.
오늘이야 사람 만나 한 번 웃어보네.
신선의 좋은 일은 말하지 마세요.
풍류 이야기 인간 세상에 퍼질세라.

유랑은 약간 화장을 하였으나 흰옷을 입어 그다지 화려해 보이지 않았고, 행동마다 예의가 있었다. 유랑은 가만히 앉아 조용히 웃으며 시를 읊었다.

연리지 : 한 나무의 가지와 다른 나무의 가지가 서로 붙어서 나뭇결이 하나로 이어진 것. 부부 또는 남녀의 애정이 깊음을 비유하여 이르는 말.

곧은 절개 굳게 지켜 몇 해나 되었는가.

고상한 넋 귀한 몸이 황천에 묻혔어라.

복숭아꽃 도화꽃이 봄바람에 춤을 추며,

무르익은 꽃동산에 천 점 만 점 휘날리네

하지만 삼가라 이내 평생 삼가라.

아리따운 아가씨는 고운 신랑의 짝이네.

하늘이 정한 인연 정도 두텁구나.

달나라 늙은이도 노끈을 맺었으리.*

양홍과 맹광처럼 서로 화목하세요.*

아가씨는 유랑의 시 가운데 마지막 편에 감격하여 자리에 나와 앉았다.

"저 역시 글을 읽었으니 한 마디 보태겠습니다."

아가씨는 시 한 수를 읊었다.

무산 구름 속에 님을 어이 본단 말인가.

소상강 대나무 아래서 눈물만 적셨네.

한마음으로 칭칭 실을 맺었으니,*

가을 바람 원망하는 비단부채 되지 마세요.*

양생은 글을 잘 짓기 때문에 그들의 시뜻이 맑고 높으며 여운이 넘쳐흐르는 것을 칭찬하였다. 양생도 그 자리에서 시 한 수를 써서 답례하였다.

달나라 늙은이도 노끈을 맺었으리 : 달나라 노인은 남녀의 인연을 맺어 주는 신선이다. 노끈을 맺는다는 것은 인연을 이어 주는 것을 뜻한다.

양홍과 맹광처럼 서로 화목하세요 ; 양홍은 중국 한나라 때의 가난한 선비로서 한 고을에 살던 맹광에게 장가갔는데 맹광은 부잣집 딸이었다. 그런데 남편의 뜻을 받들어 검소한 차림으로 시집 와서 한평생 남편을 도와 좋은 가정 을 이루었다고 한다.

한마음으로 칭칭 실을 맺었으니 : 실은 부부 사이에 서로 마음이 변하지 않기를 맹세하며 맺는다.

가을 바람 원망하는 비단부채 되지 마세요 : 비단 부채는 여름에만 소용이 있고 가을에는 소용이 없기 때문에 소박당 한 여인이 자신을 비유해서 쓴 말이다.

이 밤이 웬 밤이냐, 선남 선녀 만날 줄을.

꽃같이 고운 얼굴, 앵두처럼 붉은 입술

시며 노래며 마디마디 깊은 뜻,

백거이*, 이안*도 입을 떼지 못하네.

그대는 문소와 오채란을 보지 못했는가?

또 장석과 두난향을 보지 못했는가?*

인생의 서로 만남 인연인 것이 분명하다.

마음껏 잔을 들고 한없이 즐겨 보자.

님이여 무슨 일로 섭섭한 말을 하오.

가을부채 버릴까 나더러 말씀이요.

천세를 누리고자 만세를 누리고자

달 아래 꽃 아래서 함께 놀아 보자.

　이윽고 서로 작별을 하려 할 때, 아가씨가 은주발 한 벌을 양생에게 주면서,
"내일 제 부모님께서 제게 줄 음식을 갖고 보련사*로 오실 겁니다. 만일 낭
군께서 저를 버리지 않으신다면 보련사 가는 길에서 저를 기다려 주세요. 저
와 함께 절로 가서 제 부모님을 만나시는 게 어떠세요?"
하니, 양생은 시원스럽게 승낙하였다.

　양생이 왜란 때 아가씨가 죽은 사실을 알다.　이튿날 양생은 은
주발을 갖고 아가씨가 말하던 길가에서 기다렸다. 과연 어느 귀족집 행차가
나타났다. 그들은 딸의 대상(大祥)*을 치르기 위해 가는 길이라고 하면서 수

백거이 : 중국 당나라의 유명한 시인.
이안 : 중국 송나라의 여성시인 이청조.
그대는 문소와 오채란을 ~ 두난향을 보지 못했는가 : 문소는 중국 당나라의 서생으로 선녀 채란을 만나 서로 부부가
　　되었으며 장석은 한나라 때의 신선으로 선녀 난향을 만나 부부가 되었다.
보련사 : 남원의 보련산에 있는 절.
대상 : 죽은 지 2년 만에 지내는 제사.

레며 말이며 길을 가득 메우면서 보련사로 가고 있었다.

그러다가 하인 한 사람이 문득 은주발을 들고 길가에 서 있는 양생을 발견하였다.

"아가씨의 무덤 속에 넣었던 물건이 벌써 도적을 맞았나 봅니다!"

이 말을 들은 귀족이 말하였다.

"무슨 말이냐?

"저기 저 사람이 들고 있는 은주발 말입니다."

그들은 말을 멈추고 양생에게 다가와 은주발을 갖게 된 이유를 물었다. 양생은 전날 아가씨와 약속한 사실을 있는 그대로 알려 주었다.

아가씨의 부모는 놀란 표정으로 양생의 이야기를 듣다가 한숨을 지었다.

"내게 딸 하나가 있었다네. 왜적의 난이 일어났을 때 놈들의 창 끝에 목숨을 잃었다오. 그 뒤로 아직까지 무덤도 만들어 주지 못하고 개녕사* 근처에 관만 놓아 두었소. 그러다가 지금껏 장례도 제대로 치러 주지 못했소. 오늘이 그 애의 대상을 치르는 날이라 재(齋)*라도 한 번 올려 주어 그 애의 명복(冥福)*을 빌어 줄까 해서 왔다오. 그대에게 만일 그런 일이 있었다면 그 애를 기다렸다가 함께 와 주면 어떻겠소. 부디 놀라지는 마오."

아가씨의 부모는 이렇게 당부하고 먼저 떠났다.

양생이 아가씨 장례를 치러 주다. 양생은 한참동안 거기서 기다렸다. 약속한 시간이 되자 과연 아가씨가 시녀를 따라 걸어왔다.

두 사람은 기쁨에 넘쳐 서로 손을 잡고 보련사로 들어갔다. 아가씨는 절에 들어서자 부처님 앞에 인사를 하고 곧 그 뒤에 있는 흰 장막 안으로 들어갔다. 아가씨의 친척이나 승려들에게는 이러한 것이 보이지 않았다. 다만 양생의 눈에만 아가씨의 행동이 분명하게 보였다.

개녕사 : 남원 대수산에 있는 절.
재 : 명복을 비는 불공.
명복 : 죽은 뒤 저승에서 받는 복.

아가씨는 양생에게 말하였다.

"저와 함께 식사를 하세요."

양생은 이 말을 아가씨의 부모에게 알려 주었다. 부모는 이상한 생각이 들었지만 시험삼아 소원을 들어주라고 하였다. 그러자 숟가락 움직이는 소리가 들려오는데 그 소리는 분명히 산 사람이 마주 앉아 식사를 하는 소리 같았다.

아가씨의 부모는 감격하여 양생에게 그 휘장 옆에서 하룻밤을 함께 지내는 것이 좋겠다고 하였다.

밤이 점점 깊어졌다. 두 사람의 이야기소리가 소곤소곤 들려왔다. 그 이야기를 들어보려고 하면 말소리가 그쳤다.

아가씨가 말하였다.

"제가 규중의 예절을 어겼다는 것은 잘 알고 있어요. 어릴 때부터 글을 읽었기 때문에 예의범절은 대강 알고 있습니다. 여자가 되어 남자를 찾아다니는 것은 도리에 어긋난 일입니다. 사람이 되어 예절을 지키지 못하는 것이 부끄러운 일이지요. 하지만 너무도 오랫동안 쓸쓸한 벌판에 버려진 채 쑥대밭 속에 파묻혀 있어 한 번 님을 그리는 마음이 일어나자 참을 수가 없었어요.

저번에 절에서 부처님께 소원을 빌었지요. 부처님께 향을 피우고 저의 불행한 인생을 한탄했더니 문득 낭군님을 만나게 된 것입니다.

제 옷차림은 비록 소박하지만 낭군의 지극한 사랑에 보답하여 백년토록 모시면서 밥도 지어 드리고 옷도 빨아 드리며 평생 아내의 도리를 하려고 했습니다.

그러나 슬프게도 저의 운명은 피할 수가 없어요. 저는 저승길을 떠나야 한답니다. 이렇게 즐거움을 다 누리지도 못하고 이별을 하게 되었군요. 이제는 보련이도 병풍 속으로 들어갔습니다.* 우레신도 우레수레를 돌려 버려 양대*에서는 구름비가 걷혔어요. 은하수에는 까막까치가 흩어지고요.

이제 헤어지면 언제 다시 만날 수 있을까요? 헤어지자니 안타까운 마음을

어떻게 말씀드려야 할지 모르겠습니다.”

그러면서 아가씨의 넋은 떠나고 있었다. 줄곧 울음 섞인 목소리가 끊어지지 않았다. 문 밖에 이르러 다만 은은한 하소연만이 공중에서 들릴 뿐이었다.

저승길 운명은 막을 수 없어
애닯고 서러운 이별이구나
바라건대 사랑하는 낭군님
길이길이 저를 잊지 마세요.
슬프고 슬프구나, 우리 부모님
딸의 도리도 다 못 해드렸네.
아득한 먼 저승에 있어도
이 마음 언제나 맺혀 있네요.

그 소리가 점점 멀어지면서 흐느끼는 울음으로 변하였다. 아가씨의 부모는 비로소 딸의 진심을 알고 더 이상 의심을 하지 않았다. 양생도 아가씨가 이미 저승의 사람이 되었다는 것을 알고 더욱 슬퍼하였다. 그리고 아가씨의 부모와 함께 통곡하였다. 한참을 통곡한 후에 아가씨의 부모가 양생에게 말하였다.

“은주발은 자네가 그대로 쓰게나. 그리고 우리 딸에게 토지 몇 마지기가 있고 하인도 있었으니 자네가 이것이라도 맡아 그 애의 표시라고 생각하면서 우리 애를 잊지 말게나.”

양생은 이튿날 제물을 차리고 술을 마련하여 전날 아가씨와 놀던 곳으로 찾아갔다. 과연 거기에는 시체 하나가 관에 들어 있었다. 양생은 재를 올리면서 지전(紙錢)*을 태워 아가씨의 명복을 빌었다. 그리고 무덤을 만들어 장례를 치러 주었다. 양생이 아가씨를 추모한 제문(祭文)*은 이러하였다.

지전 : 동전을 본떠서 만든 종이. 중국의 풍습으로, 죽은 사람의 명복을 빌거나 재해를 벗어나게 해 달라고 지전을 태웠음.
제문 : 제사 때, 죽은 사람을 위해 애도의 뜻을 표하며 읽는 글.

슬프도다, 그대여! 어려서부터 성품이 온화했고, 자라면서 자질은 깨끗하였네. 서시(西施)*처럼 아름다운 용모와 숙진(淑眞)*을 앞서는 글 솜씨로, 언제나 규방을 떠나지 않고, 항상 부모님의 훈도를 받았네.

난리를 당해 귀한 몸 지키고자, 포악한 도적들한테 정절 지키었네. 쑥대밭을 의지하여 외로이 살았으니, 지는 꽃 뜨는 달에 마음이 상했구나. 애끓는 봄바람에 접동새는 슬피 울며 피눈물 흘렸네. 차디찬 가을 서리에, 철늦은 부채인 듯 신세를 한탄했네.

지난날 우연히 만난 하룻밤, 마음속에 깃든 사랑 얽히고 설키었네. 저승과 이승이 다르다고 하지만, 고기와 물처럼 우린 서로 의지했네. 앞으로 백 년을 함께 보내자고 하더니, 어이하여 하룻밤에 헤어지게 되었나. 달나라에 난조* 타던 아가씨, 무산에서 비 내리던 선녀였네.

땅도 아득하여 찾을 길 전혀 없고, 하늘도 아득하여 바라보기도 어렵네. 들어서면 황홀하여 말이 막히고, 나서면 창망하여 갈 곳 알 수 없어. 혼령 앞에서 눈물 뿌리고, 술 따르며 슬픔 고하네. 정숙한 아가씨 얼굴 눈에 아른거리고, 다정한 아가씨 소리 귀에 쟁쟁해.

아! 슬프구나. 그대의 총명한 성품, 그대의 상냥한 기운, 넋은 이미 흩어져 떠났어도, 정신이 어찌 사라지겠는가. 부디 돌아와 여기에 머무세요. 향기 풍기며 내 곁에 있어 주세요. 비록 삶과 죽음이 다르다고 해도, 이내 심정만 알아주오.

그 뒤 양생은 집과 밭을 모두 팔아 여러 차례 정성을 다해 아가씨의 명복을 빌어 주었다. 그러자 아가씨의 영혼도 공중에서 마지막 인사를 하였다.

"낭군의 지극한 정성 덕분에 전 이미 딴 세상에서 남자로 태어났습니다. 비

서시 : 중국 월나라의 미인.
숙진 : 중국 송나라의 뛰어난 여성 시인.
난조 : 중국 전설에 나오는 상상의 새. 모양은 닭과 비슷하며, 울음소리는 오음(五音)에 해당한다고 함.

록 저승과 이승이 다르지만 낭군의 은혜를 잊지 않겠습니다. 낭군도 지금부터 도를 닦아 이 세상을 벗어나 영원히 행복하세요."*

　양생이 홀로 초야에 묻혀 살다.　양생은 그 후 다시는 결혼하지 않고 지리산으로 들어갔다. 거기서 약초를 캐며 살았는데 어떻게 살다 죽었는지 아는 사람이 아무도 없었다.

낭군의 지극한 정성 ~ 벗어나 영원히 행복하세요 : 불교의 윤회 사상이 나타난다. 또 지극한 정성은 죽은 사람의 운명도 바꿀 수 있다는 것을 알려 준다.

핵심 정리

갈래 | 한문 소설, 전기 소설, 단편 소설, 염정 소설
성격 | 낭만적, 초현실적
연대 | 조선 세조 때
배경 | 시간적-고려 말, 공간적-전라도 남원 만복사
시점 | 전지적 작가 시점
특징 | 사물을 미화. 상황에 따른 감정을 운문으로 극대화
주제 | 불가능한 사랑을 완성시키려는 남녀의 참된 사랑

구성과 내용

❶ 발단 | 양생과 부처님의 저포 내기 – 남원의 만복사에서 외롭게 살던 양생은 달 밝은 밤에 하얗게 피어 있는 배꽃나무 밑에서 짝을 그리워하며 외로움의 시를 읊다가 문득 공중에서 들려오는 소리를 듣는다. 양생은 공중의 소리에 용기를 얻어 부처님에게 배필을 구해 달라는 조건으로 저포 내기를 한다.

❷ 전개 | 양생과 아가씨의 만남 – 양생은 만복사에서 배필을 구해 달라고 부처님에게 빌러 온 한 아가씨를 만나게 된다. 두 사람은 아가씨의 집에 머무르면서 사흘 동안 사랑을 나눈다. 사흘이 지나자 아가씨는 양생에게 은주발을 선물로 주면서 보련사 가는 길목에서 다시 만나기로 약속한다.

❸ 절정 | 양생과 아가씨의 이별 – 양생은 은주발을 가지고 약속대로 보련사의 길목에서 기다리는데 그곳에서 아가씨의 부모를 만난다. 그리고 아가씨가 왜구의 난 때 죽었다는 사실을 알게 된다. 양생은 보련사에서 다시 아가씨를 만나 같이 하룻밤을 보낸다. 날이 밝자 아가씨는 서로 살아가는 장소가 다르기 때문에 헤어질 수밖에 없다고 양생에게 말한다. 양생은 아가씨가 좋은 곳에서 인간으로 다시 태어나기를 빌면서 재를 올린다. 그러자 아가씨가 다시 양생에게 나타나 남자로 다시 태어났다고 말한다. 그리고 양생에게도 도를 닦아 행복을 찾으라고 한다.

❹ 결말 | 양생의 절개 – 양생은 아가씨와의 사랑을 간직하고 죽을 때까지 장가도 들지 않고 지리산으로 들어간다. 거기서 평생 약초를 캐다가 자취를 감춘다.

전라도 남원에 사는 양생은 어려서부터 부모를 잃고 결혼도 못한 채 만복사 동쪽 절방에서 외롭게 산다. 어느 달 밝은 밤에 양생은 절방 앞에 있는 배나무 아래를 거닐면서 자신의 고독한 처지를 한탄하는 시 한 수를 읊는다.

그러자 문득 공중에서 그대가 좋은 배필을 구하고자 한다면 어찌 소원이 이루어지지 않겠느냐는 소리가 들려온다. 양생은 그 말을 의아하게 생각하면서도 기뻐한다.

다음 날은 마침 사람들이 만복사에 모여 즐겁게 연등놀이를 하면서 부처님 앞에 소원을 비는 날이었다. 사람들은 떼를 지어 절을 찾아왔고 날이 저물어서야 돌아가기 시작한다. 절의 염불소리도 끝나 인적이 드물어지자, 양생은 조용히 부처님 앞으로 나아간다. 저포(윷가락)를 꺼내 놓고는 자신이 지면 부처님에게 절을 해 드리고, 이기면 아름다운 아가씨와 결혼을 하게 해 달라고 한다.

부처님과의 저포 내기에서 양생은 손쉽게 이긴다. 기쁨을 참지 못하면서 양생은 다시 부처님께 약속을 꼭 지켜 달라고 부탁한다. 그리고는 불좌 밑에 숨는다. 한참을 기다리고 있으니 아름다운 한 아가씨가 조용히 나타난다. 아가씨는 부처님 앞에 얌전히 꿇어 앉고는 향을 피운다. 그리고는 꺼질 듯이 긴 한숨을 내쉰다.

슬픈 목소리로 자신이 써 가지고 온 글을 읽기 시작한다. 거기에는 3년 전 왜구의 난이 일어났을 때 절개를 지키기 위해 왜구에게 저항하다가 목숨을 잃은 사연과 그 후 풀이 무성하게 우거진 쓸쓸한 풀숲에서 홀로 지내며 전생의 연분을 그리워하는 마음이 담겨져 있다. 양생은 아가씨의 모습에 반해 앞으로 뛰어나간다.

그리고 법당의 아래채에 있는 한적한 마루방으로 아가씨를 데리고 간다. 양생과 아가씨는 마루방에서 서로 다정하게 마주 앉아 이야기를 나누며 즐거운 시간을 보낸다. 아가씨의 행동이 이 세상 사람 같지 않은 느낌도 들었지만, 양생은 그냥 고귀한 집안의 아가씨가 부모님 몰래 집을 빠져 나왔다고 생각한다.

시간이 조금 지나자 아가씨는 시녀를 불러 자신의 오두막으로 가서 돗자리와 술 그리고 과일을 가져오라고 한다. 시녀가 술과 과일을 갖고 오자 양생에게 술을 따라주고 시녀에게 노래를 부르게 하여 양생의 즐거움을 더하게 해 준다.

어느덧 날은 밝아온다. 아가씨는 문득 한숨을 쉬면서 양생에게 자신의 집으로 가자고 한다. 양생은 아가씨의 손에 이끌려 개녕동이라는 곳으로 간다. 쑥대와 가시덤불이 무성하게 자라 하늘을 가릴 지경이다. 그 속에 작은 초막이 한 채 있다. 초막의 방은 아주 깨끗하고 아담하다. 이부자리, 그릇, 방을 둘러친 휘장이 아무래도 인간 세상의 물건이 아닌 듯이 보인다. 양생은 초막에서 아가씨와 함께 사흘을 보낸다. 거기서 양생은 한평생 다 누릴 것 같은 즐거운 시간을 가진다.

　나흘째 되는 날 아가씨는 양생과 헤어지는 잔치를 베풀면서 이웃집 여인들을 초대했다. 정랑은 검은머리가 구름과 같았으며, 오랑은 예쁘고도 연약한 처녀였다. 김랑은 언제나 몸가짐이 단정했고 유랑은 흰옷을 즐겨 입는 얌전한 사람이었다. 이 사람들은 친척이거나 한 동네에 살던 친구들이었다. 일행은 양생과 함께 시를 주고받으며 즐거운 시간을 보냈다. 정랑과 오랑은 순결한 처녀의 사랑을 노래했고 김랑은 지조와 절개를, 유랑은 양생과 아가씨의 연분을 축하해 주는 노래를 불러 준다.

　얼마 후, 일행은 애틋한 이별 인사를 나누며 헤어진다. 그 때 아가씨는 양생에게 은주발 한 벌을 주면서 내일 자신의 부모가 보련사라는 절에 갈 테니 보련사 가는 길목에서 다시 만나자고 약속했다. 양생은 승낙하고 이튿날 보련사 길목을 찾아간다.

　아가씨가 말한 대로 양가집 행차가 딸의 제사를 지낸다며 말과 수레를 몰아 보련사로 가고 있었다. 양생은 아가씨가 준 은주발을 들고 길가에 서 있는다. 일행 중 한 사람이 은주발을 보고 아가씨 부모에게 따님의 무덤 속에 넣었던 물건이 도둑맞았다고 이른다. 이 말을 들은 아가씨 부모는 양생에게로 와 은주발을 가지게 된 이유를 묻는다. 양생은 아가씨를 만나 함께 즐기던 일이며 아가씨와 한 약속을 그대로 일러 준다.

　행차가 멀리 떠나 길에 아무도 없자 아가씨가 나타난다. 양생은 처녀의 손을 잡고 보련사로 간다. 절에 들어서자 아가씨는 부처님에게 절을 올리고 양생과 함께 식사를 하면서 오랫동안 이야기를 나눈다. 하지만 이상하게도 아가씨의 모습이며 말소리는 남의 눈에는 보이거나 들리지 않고 양생에게만 보이는 것이다. 다른 사람들은 아가씨가 이곳에 있다는 것을 어렴풋하게 느낄 뿐이다. 밤새도록 두 사람은 깊은 정을 나눈다.

　날이 밝아오자 아가씨는 눈물을 흘린다. 양생은 이승의 사람이고 자신은 저승의 사람이니 이제는 이별할 때가 왔다는 것을 말하고 슬프게 흐느끼면서 양생의 곁을 떠나간다. 아가씨의 울음소리가 오랫동안 공중에서 사라지지 않는다.

　양생과 아가씨의 부모는 더욱 슬프게 운다. 아가씨의 부모들은 양생이 자기 딸에게 그 동안 베풀어 준 친절에 감사해 하며 논과 밭을 준다. 그러나 양생은 그것을 전부 팔아 부처님에게 아가씨의 명복을 위해 재를 올려 준다.

　아가씨는 다시 양생 앞에 나타나 양생의 치성 덕분에 자신은 남자로 새로 태어나게 되었다고 하면서 양생도 부처님에게 공덕을 쌓아 생사의 윤회에서 벗어나라고 일러 준다. 그 후 양생은 평생 결혼도 하지 않고 지리산으로 들어가 약초를 캐며 살다가 자취를 감춘다.

김시습과 『금오신화』

김시습은 한시를 잘 짓고 문장을 잘 쓰는 당대의 선비였다. 하지만 세조가 조카 단종의 왕위를 빼앗은 것에 분개하여 세상과 인연을 끊고 평생 떠돌아다녔다. 절에서 오랫동안 머물기도 하고 전국 각지를 유랑하면서 우리 나라 국토의 아름다움을 직접 눈으로 확인하고 우리의 역사와 문화에 대해 깊은 관심을 갖게 되었다. 김시습이 살고 있던 15세기 후반은 많은 문인들이 여러 가지 이야깃거리를 직접 글로 써서 남기는 글쓰기가 유행했다.

예를 들어 서거정은 『골계전』, 『태평한화』를 썼고, 강희맹은 『촌담해이』, 성현은 『용재총화』를 쓰면서 당시 민중들 사이에서 떠돌던 이야기들을 책으로 남겼다. 선비들이 이렇게 민속이나 민간설화에 대해 깊은 관심을 갖고 있는 시대의 영향을 받아 김시습도 『금오신화』를 썼다.

김시습은 당시의 기이한 이야기를 소설의 형식으로 써 보자고 생각했다. 그래서 『금오신화』에 실린 다섯 작품—「만복사저포기」, 「이생규장전」, 「용궁부연록」, 「남염부주지」, 「취유부벽정기」는 모두 우리 나라를 배경으로 하여 아름다운 선남선녀들의 이루어질 수 없는 애달픈 사랑을 그리거나 용궁과 지옥을 여행하는 초현실적인 이야기를 담았다. 김시습은 우리 나라의 풍속과 사상, 감정을 제대로 표현하고 귀신이나 염라왕, 용왕과 같은 비현실적인 등장인물을 내세워 낭만주의의 색채를 더욱 강하게 보여 주었다. 그렇지만 소설의 결말은 주인공들이 전부 세상과 이별하는 비극적인 모습도 보여 주었다.

감상의 길잡이 　귀신과의 사랑 이야기　이 작품은 산 사람과 죽은 사람의 삶과 죽음을 초월한 사랑 이야기이다. 주인공 양생은 전라남도 남원에 있는 만복사에서 일찍이 부모를 잃고 혼자서 살고 있는 처지이다. 양생이 살고 있던 시대는 고려 말로서 이 시기에는 왜구들이 자주 침략해 왔다. 양생과 사랑을 나눈 개녕동에 사는 아가씨는 왜구가 남원에 쳐들어왔을 때 절개를 지키려다가 목숨을 빼앗겼다. 거기다 야산의 풀숲에 버려진 상태에서 원혼이 된, 말하자면 저승으로 가지 못하고 이승을 떠도는 외로운 귀신이다.

결혼도 못하고 나이만 먹은 외로운 양생과 저승으로 떠나지 못하는 외로운 귀신 아가씨는 부처님의 힘으로 만나게 된다. 두 사람은 곧 삶과 죽음의 벽을 넘어선 사랑을 나누게 된다. 그러나 이승과 저승이라는 넘을 수 없는 한계 때문에 어쩔 수 없이 두 사람은 헤어지게 된다. 특히 두 사람은 만남과 이별을 거듭하면서 자신들의 사랑이 이루어질 수 없다는 것을 더욱더 깨닫게 된다.

아가씨는 왜 귀신이 되었을까?

아가씨는 왜구의 침략 속에서 자신의 정절을 지키려고 하다가 왜구에게 목숨을 잃었다. 이것은 목숨을 버리는 한이 있어도 정절을 버리지 않겠다는 아가씨의 신념에서 나온 행동이라고 할 수 있다. 그런데 왜구의 칼날에 목숨을 잃은 것이 억울해서 귀신이 되고 만 것이다. 작가 김시습은 평소에도 귀신에 대해 이런 생각을 가지고 있었다. 김시습은 「귀신론」이란 글에서 사람이 억울하게 죽었을 때 그 사람의 기운이 이 세상에 남게 되는데 시간이 오래 지나야 사라지게 된다고 썼다.

아가씨는 결혼도 하지 않은 상태에서 억울하게 죽었기 때문에 살아 있을 때 이루지 못한 사랑을 이루고 싶었다. 그러나 그 사랑은 영원할 수 없었다. 왜냐하면 산 사람과 죽은 사람과의 사랑이기 때문이다. 양생도 아가씨를 만나 사랑을 이루지만 죽은 사람을 만나 사랑을 나누었기 때문에 결국 헤어져야만 하는 것이다.

양생은 왜 산 속으로 들어갔을까?

그런데 양생은 좀처럼 아가씨가 죽은 사람임을 받아들이려 하지 않는다. 오로지 아가씨와 맺은 약속만을 지키려고 한다. 그렇기 때문에 비극적인 종말을 맞이하게 된다. 만약 양생이 처음부터 아가씨가 죽은 사람이라는 것을 인정했다면 굳이 비극적인 종말을 맞지 않아도 되었을 것이다. 다른 사람을 만나 살 수도 있을 것이다.

그러나 양생은 마지막 헤어지는 순간까지 아가씨가 죽은 사람이라는 것을 인정하지 않고 있다. 아가씨와 헤어지지 않으려는 양생의 몸부림은 결국 운명 앞에 무릎을 꿇고 양생은 세상을 등지고 지리산으로 들어가고 만다. 그리고 평생을 혼자 사는데, 여기에서 아가씨에 대한 양생의 절대적인 사랑을 볼 수 있다.

「만복사저포기」는 잘 짜여진 이야기

이 작품은 두 주인공의 만남과 이별의 과정을 아주 자세하게 그리고 있다. 처음에 양생이 만복사 부처님 앞에서 아가씨와 만나고 마루방에서 하룻밤을 지낸다. 그리고 다시 아가씨의 거처가 있는 개념동으로 가서 3일을 지낸다. 3일 후 다음날 다시 만날 것을 약속하고 헤어진다. 절에서 다시 만나 둘이서 제삿밥을 같이 먹고 난 뒤 아가씨는 영원한 이별을 이야기한다.

양생이 아가씨의 부모가 준 전답을 모두 팔아 재를 지내주자 아가씨는 공중에서 고마움의 인사를 한다. 양생은 지리산으로 들어가 약초를 캐다가 죽는다. 이렇게 세 번의 만남과 이별이 치밀하게 그려지고 있어 짧은 분량의 단편 소설이지만 소설로서 훌륭한 가치를 보여 주고 있다. 또 한문으로 쓰여진 작품답게 많은 한시가 들어 있는 것도 이 작품의 특징이다. 한시는 등장인물들의 심정이나 성격을 아주 자연스럽게 표현해 주고 있다. 예를 들어 개념동에서 아가씨와 이별할 때 이웃에 사는 정랑, 오랑, 김랑, 유랑 등이 읊은 시를 보게 되면 그들의 겉모습처럼 각기 개성 있고 뚜렷한 내용을 담고 있음을 알 수 있다.

1. 「만복사저포기」의 특징이 <u>아닌</u> 것을 골라 보자.

① 전기적　　　② 해학적
③ 낭만적　　　④ 초현실적
⑤ 환상적

2. 「만복사저포기」에 대한 학생들의 의견이다. 이 중 알맞지 <u>않은</u> 것을 찾아보자.

① 정규 : 이 작품은 생사를 초월한 남녀의 사랑 이야기를 그리고 있어.
② 민희 : 원래 소설에는 작가의 생각이 들어 있기 마련이야. 만복사란 절이 소설의 배경이 되고, 또 재를 올리거나 다음 생에 남자로 태어난다는 내용이 나오는 것을 보면, 작가는 분명히 불교 사상에 깊이 빠져 있어.
③ 윤아 : 양생이 마지막에 세상과 헤어지고 산으로 들어가 혼자 살잖아. 이건 양생이 사랑을 가장 중요하게 생각하기 때문이야.
④ 수란 : 양생이 배필을 구하려고 한 것은 가정을 이루어 대(代)를 잇기 위한 거야.
⑤ 인성 : 두 주인공은 외모도 뛰어난 데다가 모두 시를 잘 짓는 것을 보면 많이 배운 사람들이야. 그런 걸 보면 재자가인(才子佳人), 즉 재주 있는 남자와 아름다운 여자라고 할 수 있지.

3. 「만복사저포기」는 불교적 색채가 강하다. 그 이유를 작품 속에서 찾아
   보자.

4. 다음 [보기]의 글을 쓴 사람의 상황을 생각해 보자.

보 기

  아무 고을 아무 마을에 사는 아무개는 알립니다.
  지난번에 국경을 잘 지키지 못하여 왜적이 침입했습니다. 칼날이 사방에서 번쩍거렸
고 나라의 위급함을 알리는 봉화가 곳곳에 올랐습니다. 왜적들은 마을 집을 불사르고
백성들의 재산을 약탈하니 사람들은 동쪽과 서쪽으로 헤어지고 남쪽과 북쪽으로 피난
하여 가족과 친척, 하인들이 모두 난리 속에 흩어지게 되었습니다.
  저는 연약한 몸이온지라 먼 곳으로 떠날 수 없는 형편이었습니다. 깊이 골방 안에 들
어앉아 끝까지 정절을 굳게 지키고, 제 몸을 깨끗하게 지켜 난리의 화를 피했습니다.
  저의 부모님께서는 딸이 지킨 정절을 기특하게 생각하시어 한적한 곳으로 저를 피신
하게 하고 외떨어진 들판에서 임시로 살게 해 주셨습니다. 그것이 벌써 삼 년이 되었
습니다.
  그리하여 달 밝은 밤에도 꽃피는 봄에도 상심한 까닭에 제대로 감상을 못하고 세월
을 헛되이 보냈습니다. 하늘에 떠다니는 구름처럼 흘러가는 강물처럼 부질없이 세월만
보냈습니다. 쓸쓸한 산골에서 짧은 인생을 한탄하며 긴긴 밤을 혼자 지내면서 아름다
운 난새가 짝을 잃고 외롭게 춤을 추는 것처럼 제 신세를 슬퍼했습니다.
  날이 가고 달이 가니 맑은 정신은 사라지고 여름낮과 겨울밤에 가슴이 미어질 뿐이
었습니다. 부디 부처님께서는 저의 애처로운 사연을 보살펴 주십시오. 간절히 바라오
니 전생에 맺은 연분이 있다면 얼른 좋은 분을 만나 즐길 수 있게 해 주십시오.

5. 「만복사저포기」 속의 은주발은 어떤 역할을 하는지 생각해 보자.

☞정답과 해설 p.398

이야기의 공간 이동

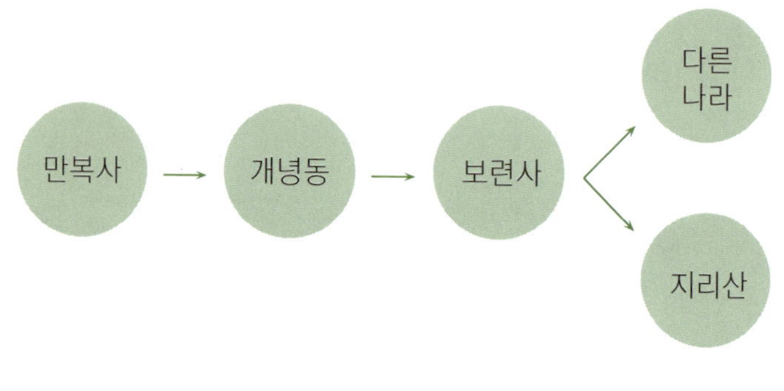

김시습의 「용궁부연록」을 감상해 보자.

용왕의 초대로 용궁에 가서 재주를 인정받고 돌아온 이야기

한생은 고려 말 이름 있는 문사였다. 어느 날 한생은 박연폭포에 사는 용왕으로부터 초대를 받는다. 용왕이 보낸 사신의 안내를 받고 한생은 용마를 타고 용궁으로 들어간다. 용궁은 수비가 굳건하다. 성문에는 게, 자라, 거북이 껍질로 만든 갑옷을 입고 창과 칼로 무장하고 있다. 용왕은 한생이 도착했다는 소식을 듣고 대궐의 섬돌 아래까지 마중을 나온다.

용왕은 자신의 외동딸이 결혼을 하는데 가회각이라는 건물을 짓게 되었는데, 건물의 자재는 모두 다 준비했지만 상량문(上樑文 : 집을 새로 짓거나 고친 내력, 즉 까닭과 공사한 날짜, 시간 등을 적은 글)을 쓸 사람이 없어 글을 잘 쓰는 한생을 초대했다고 한다. 용왕의 부탁을 받고 한생은 붓을 들어 단숨에 글을 써 내려 간다.

한생의 글을 본 용왕은 매우 만족하고 한생에게 감사의 마음을 표시하기 위하여 잔치를 베풀어 준다. 한생은 세상에서는 좀처럼 볼 수 없는 신비하고 화려한 춤과 노래를 보고 듣는다. 술상이 들어오고 풍악소리가 울려 퍼지는 가운데 아리따운 아가씨들이 너울거리며 춤을 추고 그 장단에 맞추어 벽란곡을 부른다.

춤이 끝나자 이번에는 젊은이 십여 명이 나타나 왼손으로는 피리를 불고 오른손으로는 깃날개를 쥐고 빙글빙글 돈다. 춤과 노래가 한창 무르익자 용왕은 귀한 손님인 한생을 위해 잔치에 모인 사람들에게 함께 즐겁게 놀자고 한다.

곽개사가 나와 게다리 춤을 추고 거북이가 나와 독춤을 춘다. 그리고 나무귀신, 들귀신, 산귀신, 물귀신들이 차례로 일어나 여러 가지 재주를 선보인다. 강물의 신인 조강신, 낙하신, 벼락신들이 시를 짓고 한생도 함께 시를 지어 잔치를 축하해 준다.

이윽고 한생은 용왕의 승낙을 얻어 용궁 구경을 한다. 그런데 갑자기 하늘에 오색 구름이 덮이더니 동서남북을 구분할 수 없게 된다. 이 때 구름을 없애는 사람이 나타나 바람을 일으키자 하늘은 말끔히 개이고 광활한 용궁의 거리가 바둑판처럼 나타난다.

한생은 능허각이라는 높은 누각에 올라가 그 곳에 있는 여러 가지 의장기구들을 차례로 구경한다. 거기에는 하늘에서 번개를 치는 거울이 있고, 우레를 울리는 신비한 북도 걸려 있다. 바람을 일으키는 주머니와 땅에 비를 뿌리는 수많은 풀무와 빗자루들이 늘어서 있다. 그런데 여기에 구름을 불어 없애는 기구가 없다. 한생이 이유를 물어 보자, 구름을 쓸어 없애는 것은 용왕의 신통력만으로 할 수 있기 때문에 기구가 없다고 한다.

한생은 용궁을 다 돌아본 다음 용왕한테 산호반에 양광주 두 알, 산을 꿰뚫고 물을 갈라내는 기구 등을 선물받고 사자의 등에 올라탄다. 사자의 등 위에서 눈을 감고 있다가 문득 바람과 물소리가 그쳐 눈을 떠 보니 자신이 집에 돌아와 누워 있다. 구슬과 비단은 그대로 가지고 있어 용궁에 분명히 다녀왔다는 것을 알 수 있다.

한생은 용왕이 소중한 선물을 혼자 간직하고 다른 사람한테는 보여 주지 않는다. 그 후 세상의 명예를 생각하지 않고 명산으로 자취를 감춘 뒤 소식을 감춘다.

개과천선(改過遷善) | 잘못 들어선 길을 버리고 착한 사람으로 다시 태어나겠다는 결의를 실천하여 마침내 이룩함.

건곤일척(乾坤一擲) | 하늘이냐 땅이냐를 한 번 던져서 결정(決定)한다는 뜻으로, 운명과 흥망을 걸고 단판으로 승부나 성패를 겨룸, 또는 오직 이 한 번에 흥망성쇠가 걸려 있는 일을 말함.

모순(矛盾) | '창과 방패'라는 뜻으로, 말이나 행동의 앞뒤가 서로 일치되지 아니함.

빙탄지간(氷炭之間) | 얼음과 숯 사이란 뜻으로, 둘이 서로 어긋나 맞지 않는 사이 또는 서로 화합(和合)할 수 없는 사이를 이르는 말.

삼고초려(三顧草廬) | 중국 후한의 유비가 난양에 은거하고 있던 제갈량의 초가집을 세 번 찾아가 간청하여 드디어 제갈량을 군사(軍師)로 맞아들인 일에서 유래한 말. 인재를 맞아들이기 위해서는 여러 번 찾아가는 수고도 아끼지 말고 예를 갖추어야 한다는 뜻.

새옹지마(塞翁之馬) | 인생의 길흉화복은 항상 바뀌기 때문에 미리 예상할 수가 없다는 말.

오리무중(五里霧中) | '5리에 걸쳐 있는 깊은 안개 속'이란 뜻으로, 어디에 있는지 찾을 길이 막연하거나, 갈피를 잡을 수 없음을 이르는 말.

우공이산(愚公移山) | 남이 보기엔 어리석은 일처럼 보이지만 한 가지 일을 끝까지 밀고 나가면 언젠가는 목적을 달성할 수 있다는 뜻. 옛날에 90세의 우공이 두 산이 길을 막아 다니기 어렵다고 자식들에게 산을 옮기게 하였는데, 옥황상제가 자식의 정성에 감동하여 산을 옮기도록 도와 주었다고 한 데서 유래한 말.

조강지처(糟糠之妻) | 지게미와 쌀겨로 끼니를 이을 때의 아내라는 뜻으로, '가난할 때 고생을 함께 하며 살아온 본처'를 이르는 말.

천재일우(千載一遇) | 천 년에 한 번 만난다는 뜻으로, '좀처럼 얻기 어려운 좋은 기회'를 이르는 말.

평지풍파(平地風波) | 평지에 풍파가 인다는 뜻으로, '뜻밖에 분쟁이 일어남'을 비유하여 이르는 말.

호가호위(狐假虎威) | 여우가 범의 위세를 빌려 호기를 부린다는 뜻으로. '남의 권세에 의지하여 위세를 부림'을 이르는 말.

콩쥐팥쥐전

콩쥐팥쥐전

작자 미상

「콩쥐팥쥐전」은 온갖 시련을 견뎌내어 악의 근원을 뿌리뽑고 죽음에서 부활하여 순수한 행복을 이루고 싶어하는 당시 서민들의 자연발생적 소망을 담은 소설이다.

 ## 등장인물

콩쥐 |

이 작품의 주인공으로, 아름다운 미모에 아버지를 극진히 공경하고 자질이 뛰어나서 행함과 판단에 어긋남이 없으며 근면한 성격이다. 그리하여 계모의 온갖 구박에도 잘 견디고 마침내 김감사와 혼인하여 자식을 낳아 행복한 나날을 보낸다.

팥쥐 |

콩쥐의 이복 동생으로 콩쥐의 계모인 배씨가 데리고 들어온 딸이다. 마음이 곱지 못하고 얼굴조차 못생겼으며 인물이 요사스럽고 악독하기가 이루 말할 수 없다. 김감사 아내가 된 콩쥐를 시기하여 연못에 빠뜨려 죽이나, 콩쥐는 다시 살아나게 되고 오히려 자기가 죽게 된다.

최만춘 |

콩쥐의 친아버지로서 퇴직 관리이다. 중년에 본처인 조씨가 세상을 떠나자 배씨라는 과부를 얻어 집안의 크고 작은 일을 모두 맡기고 자신은 집안일이 어찌 되어 가는지도 모르고 지낸다.

배씨 |

원래 다른 남자에게 시집을 갔다가 팥쥐 하나를 낳은 후에 남편을 여의고 과부로 지내다가 중매로 최만춘의 가문에 들어온다. 천성이 간사하고 악독하여 온갖 수단과 방법을 가리지 않고 콩쥐를 못살게 군다. 결국 팥쥐가 죽었다는 말을 듣고 기절하여 죽고 만다.

김감사 |

재산도 많고 일가 친척도 많으나 일찍 아내를 여의고 외롭게 지낸다. 그러다가 콩쥐를 만나 결혼하여 행복한 가정을 이룬다.

콩쥐팥쥐전

읽기 전에 | 이 작품은 옛날부터 전해 오던 '콩쥐팥쥐' 민담을 소설화한 것이다. 이 민담은 서양에 널리 퍼진 '신데렐라'와 같은 계통의 이야기이다. 따라서 우리 나라를 배경으로 한 민족 설화이면서 세계적 설화라는 데서 그 특징을 찾아볼 수 있다. 이 작품과 신데렐라 설화를 대비해 보고 구성상의 특징, 계모형 소설로서의 가치에 유의하면서 읽어 보자.

콩쥐가 일찍 어머니를 잃다. 조선 시대 중엽에 전라도 전주 서문 밖, 삼십 리쯤 되는 곳에 최만춘이라는 한 퇴직 관리가 있었다. 그는 아내 조씨와 이십여 년을 같이 살아왔건만 슬하에 자식이 없어 근심하였다. 명산 큰 절에 가서 기도와 불공도 하고, 곤궁한 사람을 살려 주는 착한 일도 하며, 한편으로는 의약을 써 몸을 보호하기도 하였다. 그러는 사이에 신명(神明)*이 감동하였는지 그리하지 않으면 정성이 지극하였던지, 하루는 부부가 신기한 꿈을 꾸고 이내 부인에게 태기가 있었다.

열 달이 차자 하루는 조씨 부인이 신기(神氣)*가 불편하므로 자리에 누워 있었더니, 갑자기 그윽한 향기가 방 안에 감돌며 문득 옥같은 딸을 낳았다. 만춘이 기뻐 날뛰는 모양은 이루 말할 수도 없겠거니와, 딸아이를 낳게 됨을 섭섭히 생각하지 않고 내외가 서로 위로하며 재미있게 키웠다.

신명 : 하늘과 땅의 신령.
신기 : 정신과 기운.

　딸아이의 이름을 '콩쥐' 라 지어 손바닥의 보배같이 애지중지 사랑하여 남의 귀공자를 부러워하지 아니하며, 불면 날까, 쥐면 꺼질까 하고 어서 무럭무럭 자라나기를 밤낮으로 바랐다. 그러나 어찌 알았으리요? 그 어머니의 천명(天命)*이 그만이었던지, 조물주(造物主)*의 시기함인지, 콩쥐가 태어난 지 겨우 백 일 만에 조씨 부인이 세상을 영영 떠나게 되니, 만춘은 뜻하지 않게 중년에 홀아비 신세가 되어 버렸다.

　만춘은 외롭고 쓸쓸할 때면 죽은 아내를 생각하여 눈물을 흘리며 어린 콩쥐를 안고 다니면서 동네 아낙네들의 젖을 얻어 먹였다. 그러나 하루 이틀도 아니고 일 년 이 년을 그러하였으니, 그 고생이 어떠하였을 것인가? 철모르는 콩쥐가 젖 찾는 소리를 죽은 어머니의 혼이 만약 있어 들었다면 그 흘리는 눈물이 변하여 비라도 되었을 것이다.

　하루는 콩쥐가 으슥한 깊은 밤에 빈 방에서, 두 팔을 허우적거리며 어머니를 찾으니 만춘의 마음은 봄눈이 아니더라도 그대로 녹는 듯하였다. 그러나 그런 고생도 한 해가 가고 두 해가 가니, 쉬지 아니하고 흐르는 것이 세월이라, 어린 콩쥐의 나이 십여 세에 이르게 되었다. 그러자 만춘은 오히려 이제는 고생이 호강으로 바뀌어 그 딸이 지은 밥을 먹고 그 딸이 지은 옷을 입게 되었다.

　본디 콩쥐의 성품은 어질고 재주가 뛰어났다. 비록 어려서부터 공들여 배운 바는 없을지라도 처신과 사리 판단에 어긋남이 없으며, 잠시도 놀지 아니하고, 아버지를 봉양하기에 힘을 다하므로 동리 사람들까지도 모두 칭찬하였다. 그 아버지도 콩쥐를 매우 사랑하나, 점점 콩쥐의 나이는 많아지고 시집갈 때는 멀지 아니하니, 장래의 살림을 어떻게 할까 은근히 근심하며 지내었다.

　계모 배씨가 콩쥐를 구박하다. 콩쥐가 열네 살이 되던 해에 최만춘은 배씨라는 과부를 얻어 금실의 즐거움을 얻게 되었다. 배씨는 심하게 용모가

천명 : 타고난 수명.
조물주 : 우주 만물을 다스린다는 신.

추하거나 천하지 아니하고 살림도 잘 거둘 만하므로 속으로 은근히 기뻐하여,

'저러한 사람이 들어옴은 우리 집안의 행운이요, 콩쥐도 이제부터는 어느 만큼은 의지가 되며 배우기도 하리라.'

하고 그 배씨를 매우 사랑하며 집안의 크고 작은 일을 모두 맡기니, 집안일이 어찌 되어 감을 전혀 모르게 되었다. 이 때부터 콩쥐의 신세는 은연중에 새로운 고생이 생기며, 설움이 아니면 날을 보내지 못하는 지경에 이르렀다.*

원래 배씨는 처녀로 시집을 갔다가 '팥쥐' 라는 딸 하나를 낳은 후에 남편을 여의고 과부의 박명(薄命)*이 참담하여 말이 아니더니, 좋은 중매로 최씨의 가문에 들어온 터였다. 그러나 천성이 요악 간특(妖惡奸慝)*하였으며, 그 딸 팥쥐 역시 마음이 곱지 못하고 얼굴조차 덕스럽지 못하며 요사스럽고 간악하기는, 그 어미보다도 한풀 더하였다.

그런 만큼 터무니없는 모함으로 고자질하기가 일쑤요, 콩쥐가 못 되는 것을 자기가 잘 되는 것보다 상쾌하게 생각하였다. 그리하여 모녀 사이에 소곤거림이 그치면 콩쥐의 신변에는 참혹한 일이 벌어졌다.* 그러나 그 아버지는 한번 배씨가 눈에 든 다음부터는 말할 나위 없이 감겨 들어, 배씨의 말이라면 '팥으로 매주를 쑨다' 해도 곧이 듣게 되니, 허물없는 콩쥐를 오히려 구박하여 마지않았다.

콩쥐가 검은 소의 도움으로 김을 다 매다. 하루는 배씨가 두 딸을 불러 놓고,

"시골 사는 계집애가 농사일을 몰라서는 목구멍에 밥알이 들어가지 않으니, 콩쥐는 오늘부터 들판으로 김을 매러 다녀라. 팥쥐는 너보다 한 살 덜 먹었고

아직 어린 것이라 어찌 김을 맬 수 있으랴만 그렇다고 집에 있으면 콩쥐가 제 자식만 사랑한다 할 것이니, 팥쥐 너도 오늘부터 김을 매러 다니도록 해라.”

하고 팥쥐에게는 쇠호미를 주어 집 근처 모래밭을 매게 하고, 콩쥐에게는 나무호미를 주어 산비탈에 있는 자갈밭을 매게 하였다.

콩쥐는 점심도 얻어먹지 못하고 호미도 나무로 만든 것이라 밭 한 고랑도 못 매어서 목이 부러져 버리니, 마음씨 나쁜 계모로 말미암아 기를 펴지 못하는 콩쥐의 마음이야 어찌 다 형언할 수 있겠는가? 집에 돌아가면 호미를 부러뜨린 것도 죄목이 될 것이며 김을 얼마 매지 못한 것도 허물이 될 터이니, 저녁은 별 수 없이 굶게 될 형편이었다. 어리고 약한 마음에,

“이 일을 어찌하면 좋을까?”

하고, 천지가 아득하여져 어찌할 줄을 모르고 울고만 있었다.

그럴 즈음 홀연히 하늘에서 검은 소 한 마리가 내려오더니, 콩쥐를 보고 말을 걸었다.

“너는 무슨 일이 있기에 그토록 우는지 모르겠다마는, 내게 자세한 이야기를 하면 어찌 변통할 도리가 없겠느냐? 그러하니 숨김없이 낱낱이 말하여라.”

콩쥐가 속으로 놀랍고도 이상하여 머뭇거리다가 전후 일을 자세히 이야기하였다.

검은 소는 이야기를 듣고 나서 다시 말하기를,

“그렇다면 너는 곧장 물 아래쪽에 가서 발 씻고, 물 가운데 쪽에 가서 손 씻고, 물 위쪽에 가서 낯 씻고 오너라.”

하기에, 콩쥐는 소라 하여 업신여기지 아니하고 그 말대로 손발과 얼굴을 씻으러 갔다.

한동안이 지나서 콩쥐가 돌아와 보니 검은 소가 하는 말이,

“너의 행실에 하느님도 감동하셨다.”

하며, 검은 소가 좋은 호미와 온갖 과실을 콩쥐의 치마폭에 싸 주고는 홀연히 사라져 보이지 않았다.

　콩쥐는 그것을 받고 마음이 흡족하여, 배고픔도 참은 채 과실 한 개를 입에 넣지 아니하고서 서둘러 김을 매면서,

　'아버님께도 보여 드리고, 어머니께도 이야기하며 팥쥐와도 똑같이 나누어 먹어야겠다.'

고 마음먹고, 잠시 동안에 몇 마지기 밭을 매어 놓고 집으로 돌아왔다. 그러나 집에 이르러 보니 벌써 문은 굳게 닫혀 있어 들어갈 수가 없었는데, 안에서는 저녁밥을 지어 놓고 팥쥐와 함께 마주 앉아 오순도순 재미나게 먹고 있었다.

　할 수 없이 콩쥐는 문 밖에서,

　"팥쥐야, 문 좀 열어 다오. 과실 줄게. 문 좀 열어 다오."

하고 두세 번 애걸하니 팥쥐는 그제야 말하기를,

　"조것이 거짓말이지. 과실이 날 때가 어디 있을라구? 조것이 김도 다 매지 못하고, 일찍 돌아오더니 할 말이 없으니까 저런 거짓말을 하는구나."

하고, 태연하게 여기면서 문을 열어 주지를 아니할 뿐더러 다시 하는 말이,

　"그러면 과실부터 보여 주어야 문을 열어 주겠다."

하며, 문틈으로 기웃거렸다.

　마음이 곱고 착한 콩쥐는 그 말을 듣자, 밤, 대추, 귤, 은행, 호도, 용안(龍眼)*, 예지* 등 여러 가지 과실을 하나 둘씩 문틈으로 들이밀어 보이니, 팥쥐는 일른 행주치마를 걷어들고 코웃음을 치면서 들이 내미는 대로 모조리 받고서야 대문을 열어 주었다. 콩쥐가 들어가기는 과실 덕으로 들어갔으나, 한 개도 먹어 보지를 못하고 소한테서 받은 대로 가져왔으니, 그 좋은 과실들을 어느 새 팥쥐에게 송두리째 빼앗긴 셈이 되었다. 그러나 그 과실을 온통으로 빼앗기고 먹어 보지만 못하였으면 오히려 괜찮겠으나, 통째로 빼앗긴 그 과실로 말미암아 도리어 콩쥐의 신상에 큰 액운이 덮치게 되었으니 얼마나 원통할까!

용안 : 무환자과의 높이 13m 정도 되는 상록수의 열매. 인도 원산으로 동남아시아와 열대 아메리카에 분포함. 열매에
　　붙은 용안육은 한약재로 쓰임.
예지 : 용안과 비슷한 나무 열매.

　요사하고 악독한 팥쥐는 그 과실을 빼앗았으나 저는 한 개도 아니 먹고 먼저 저의 어머니 앞에 풀어 놓으면서 얼굴을 찡긋찡긋하자, 배씨가 파랗다 못하여 노랗도록 얼굴빛이 변하며 벼락 같은 소리로,

　"콩쥐야, 이년! 이리 오너라. 네 이년, 어른이 시켜서 김인지 뭔지 매러 갔으면 일찍 마치고 돌아와서 밥도 먹고 또다른 일도 해야 할 게 아니야. 그래 여태껏 무엇을 했느냐? 그리고 과실은 어디서 났단 말이냐? 밭 한 마지기 매기에 종일 해를 보냈을 리도 없고, 이러한 과실이 이 촌구석에 있기가 만무하니 도대체 어디서 났단 말이냐? 이게 분명 불공에 쓰는 과실 같은데, 저년이 분명 공양하여 가는 아무 절 중놈에게 얻은 것이지! 네 그렇지 않고서야 어디서 났단 말이냐?

　계집애년이 생긴 대로도 아니 있고, 나이 열댓 살 가까워오니까 벌써부터 지나가는 행인을 홀려 먹는단 말이냐? 나만 아는 것이야 상관없다마는 이런 일을 너의 아버지께서 알아 봐라! 큰 일이 나지 않겠느냐? 애, 팥쥐야. 이걸 빨리 먹어 버리고 아버지 눈에 띄지 않게 해라. 눈에 띄는 날이면 언니년은 죽는 날이다. 언니는 실컷 먹었을 터이니 그만두고 너나 얼른 먹어치워라."
하니, 모녀가 마주 앉아 과실이란 과실은 저희들끼리만 먹어 버리고 콩쥐한테는 밥도 주지 아니하였다.

　콩쥐는 일이 이렇게 되고 보니, 다시 무엇이라 말할 수도 없고 애매한 소리를 듣는 것만이 억울하여 고픈 배를 졸라가면서 아무 소리 못하고, 그 날 밤을 눈물로 새웠다.

　그 날부터 콩쥐에게는 나날이 닥치느니 뜻밖의 일뿐이며, 겪느니 새록새록 생고생만이 끊임없이 닥쳐왔다.

　콩쥐가 두꺼비의 도움으로 독에 물을 채우다.　하루는 계모 배씨가 콩쥐에게 새로운 일을 시키는 것이었다.

　"오늘은 부엌의 빈 독에 물을 길어다 채워 놓아라."

하기에, 콩쥐는 즉시 그 말을 따라 방구리*로 물을 길어다 부으며 독을 채우려 하였다. 그러나 아무리 길어다 부어도 어찌된 셈인지 독이 차지 아니하였다. 아침부터 종일토록 물을 길어 나르다 보니, 이제는 기운이 쭉 빠져서 진땀이 이마에 흐르고, 고개도 부러지는 것만 같아서 다시는 단 한 방구리도 물을 길을 수가 없었다. 그렇다고 물을 채우지 못한다면 큰 고역(苦役)*이 닥쳐올 것이니, 이러한 생각에 겁이 덜컥 나고 걱정이 앞서는 것이었다. 콩쥐가 아픔을 억지로 견디어 물독을 채우고자 다시 방구리를 머리에 얹고 우물로 가려는데, 마당 한쪽에서 맷방석*만 한 두꺼비 한 마리가 엉금엉금 기어 들어오더니, 팔딱팔딱 뛰면서 입을 열어 헐떡거리며 두 눈을 꿈적거리다가 버럭 소리를 질러 말하였다.

"콩쥐야, 콩쥐야. 네 암만 물을 길어 부어도 그 독은 밑 빠진 독이라 결코 차지 않을 테니 그렇게 혼자 애쓰지 말고 내가 이르는 대로 하도록 해라. 나는 소양 배양한* 소년과는 달라서, 무엇이든지 되도록 가르쳐 주리라. 그 독은 깨어져 새는 것이 아니라, 트집*의 크기가 손가락 하나 들락거릴 만하다. 그 구멍만 내 등으로 받치고 있으면 조금도 샐 염려가 없을 것이니, 네가 그 독을 조금 기울여 주면, 내가 비록 늙은 몸으로 고생은 될지언정 그 속에 들어가 한동안 수단을 부리겠다."

공쥐는 매우 놀라운지라 낯빛을 잃으며 어찌할 바를 모르는 듯하더니, 백 번 사양하며 듣지 않았다.

"내가 타고난 고생을 어찌 남에게 지울 수 있겠는가?"*

하고 따르지 아니하니, 두꺼비가 성을 버럭 냈다.

방구리 : 물을 긷는 질그릇. 동이와 비슷하나 좀 작음.
고역 : 몹시 힘들고 고된 일.
맷방석 : 매통이나 맷돌 밑에 까는, 짚으로 만든 전이 있는 둥근 방석.
소양 배양한 : 나이가 아직 어려서 날뛰기만 하고 철이 없는.
트집 : 마땅히 한 덩이로 붙어 있어야 할 물건이나 서로 관련된 일들 사이에 생겨난 틈. 여기서는 독에 생긴 구멍을 가리킴.
내가 타고난 고생을 ~ 지울 수 있겠는가 : '자기가 원래 고생할 팔자로 태어난 것인데 어찌하여 그 고생을 남에게 대신하라고 하겠는가' 라는 뜻이다. 여기서 콩쥐의 심성이 바르고 정직함을 엿볼 수 있다.

"나도 그런 생각이 없는 바는 아니나, 너같이 마음씨 고운 아이를 너의 계모가 일부러 고생시키려고 하는 것이다. 그런데 나로 말하면 인간과 인연이 깊어 몇백 년 나이를 누리며 살아오고 있는 터이다. 나같은 늙은 것이 그와 같은 일을 돌보지 아니할 수가 없어서 각별히 온 것이니, 네가 어찌 거절하여 이 늙은 것의 깊은 뜻을 업신여기느냐?"

하며 꾸짖었다. 콩쥐는 두꺼비에게 감사하고 그 물독을 기울여 주어, 두꺼비가 엉금엉금 기어 그 밑으로 들어가게 해 주었다.

콩쥐가 독을 바로잡아 놓은 다음 물을 길어다 부으니, 과연 몇 차례 아니 떠와서 한 독에 물이 가득 찼으므로 기쁨을 이기지 못하며, 천연덕스럽게 계모 배씨에게 물독을 채웠노라고 하였다. 배씨는 겉으로 좋아하는 모양을 보였으나 속으로는 이상한 생각을 품지 않을 수 없었다.

"저것이 일전에도 난데없는 과실을 얻어오는 게 수상하더니, 이번에는 밑빠진 독에 물을 채워 놓았으니, 아무래도 저년을 그냥 두었다간 큰일나겠다. 도대체 저년이 어떻게 된 계집애이기에 남이 할 수 없는 일을 능히 해내는 것일까?"

하고 시기하는 마음이 별안간 꼭 뒤*까지 뻗쳐서, 그 때부터 어떻게 하여야 저것을 보지 아니할까 하면서 입버릇처럼,

"저년을 그저, 저년을!"

하고 벼르며 없앨 기회가 오기만을 고대하였다.

콩쥐가 직녀와 새떼의 도움을 받다. 그럭저럭 세월을 보내는데, 콩쥐의 외갓집 조씨 댁에서 무슨 잔치가 있어 콩쥐를 불렀다. 그런데 염치도 없고 인사도 모르는 계모 배씨는, 큰마누라 본갓집 잔치에 무슨 체면으로 나서려는지, 콩쥐는 젖혀 놓고 자기가 먼저 날뛰면서 하는 말이,

---

꼭 뒤 : 뒤통수의 한복판.

“콩쥐야, 너는 집이나 보도록 해라. 내가 잠시 다녀올 테니, 만약 너도 가고 싶거든 베 짜던 것이나 마저 마치고, 말리던 겉피'*석 섬만 찧어 놓고 오도록 해라.”

하며, 비단저고리를 꺼내 입고 싸두었던 진신*을 꺼내어 신고서 한동안 수선을 피우며 맵시를 내더니 팥쥐만을 데리고 떠났다.

할 수 없이 콩쥐는 혼자 처져서 눈물을 흘리며 겉피 석 섬을 마당에 널어놓고 베틀 위에 올라앉아서 짤깍짤깍 짜기를 시작하였다. 그러나 무슨 재주로 한 필 베를 짜며 석 섬 겉피를 찧으랴? 육십 척이나 되는 기나긴 한 필 베를 짜낼 길이 막연하였다. 그러는 사이에 겉피 멍석에는 난데없는 새떼가 덤벼들어 쪼아먹기에 콩쥐는 허겁지겁 뛰어 내려가서 기를 쓰고 쫓았으나, 오히려 소란만 피울 뿐 가냘픈 계집아이의 힘으로 아무리 하여도 힘에 겨운 노릇이었다. 콩쥐는 외갓집 잔치에도 계모 때문에 가지 못하게 된 것이 어린 마음에도 매우 분하거늘, 이제는 새떼마저 저를 미워하는가 하여 절로 눈물이 솟아나며 한숨이 북받치므로, 베틀 위에 엎드려 울면서,

“새야 새야, 인정 없는 이것들아! 너희들이 모두 쪼아먹더라도, 제발 덕분 헤쳐 놓치나 말려무나! 그 겉피 석 섬을 말려서 쓿어* 놓아야 외갓집에 갈 수 있는데, 아무리 한들 가기는 다 틀렸구나! 저것이 마른다 하더라도 해가 이미 기울 것이매 쓿기는 어찌 쓿며, 또한 이 베인들 어찌 하루 이틀에 끝이 날 것이냐?”

하고 한탄하였다. 이렇듯이 고생살이 끝에 모처럼의 외갓집 잔치에도 참례를 못하는가 하여 서러움이 한풀 드세어졌다.

그러나 역시 어머니를 여읜 어린아이인지라, 생각할수록 외갓집에 가고 싶은 마음에 생각이 들먹거리니, 잠시가 긴 세월 같이 여겨져서 다시금 울기를

겉피 : 껍질을 벗기지 아니한 피.
진신 : 기름칠을 한 가죽으로 만든 신.
쓿어 : 곡식의 껍질을 벗기어 깨끗이 하여.

시작하였다. 얼마나 울었던지 콩쥐는 정신을 못 차릴 지경이었다. 그런데 이
게 웬일인가? 콩쥐가 한 번도 보지 못한 예쁜 여인이 찬란한 비단옷을 곱게
차려 입고, 신기한 향내를 풍기며 뚜렷한 모습으로 베틀 앞에 다가서며 콩쥐
를 보고,

　"여보시오, 아가씨! 아가씨가 그토록 외갓집에 가고 싶다면, 어느 세월에 그
것을 마치고 가려 하시오? 내가 비록 재주는 없으나, 잠깐 베틀을 빌린다면
비록 굵고 성길지라도 당장에 짜낼 것이니, 아가씨는 곧 떠날 차비를 하도록
하시오."

하며, 콩쥐더러 베틀에서 내려오기를 재촉하였다.

　콩쥐는 마지못하여 베틀에서 내리며 공손히 묻기를,

　"어떠한 부인이신지도 자세히 모르옵는데, 어찌 제가 외가에 가려함을 아시
옵고 이렇듯 아무런 연고(緣故)*도 없는 터에 이 베를 대신 짜 주시겠다 하시
오니, 소녀는 부인의 말씀만 듣자와도 고마운 생각이 뼈에 사무치나이다. 바
라오니 부인께서 누구시온지 가르쳐 주시오면, 후일에 뵈올 적에 인사를 여쭈
고자 하나이다."

하니, 그 부인은 입가에 밝은 웃음을 띨 뿐, 말이 없이 베틀에 올라앉았다.

　그러더니 그 부인은 불과 얼마 아니 가서 짜던 것을 다 마치어 놓고, 베틀에
서 내려오며 하는 말이,

　"아가씨, 이제는 할 일이 다 끝났으니 바삐 외가에 가서 잔치에 참석하도록
하오. 또한 도중에서 좋은 기회도 있을 터인즉 되도록 견디어 보면 차차 고생
을 면하고 호강을 누리게 될지도 모르는 일이오."

하고 한 비단 보자기를 풀어헤치더니, 새로 지은 옷 한 벌과 댕기와 신발까지
새로운 것을 내어 주면서,

　"이것이 비록 좋은 것은 못 되나 새로 지은 옷이니 입고 가도록 하오. 나로

말하면 하늘에서 내려온 직녀(織女)로서, 옥황상제께 잠시 허락을 받고 이와 같이 왔으니 오래 머물지 못하오.”

직녀는 말을 마치더니 얼른 몸을 날려 공중으로 올라가는데, 멀어져 감에 따라 오색이 찬란한 구름으로 변하며 이윽고 그 모습이 사라졌다.

넋을 잃고 바라보던 콩쥐는 그제야 깨달은 듯, 하늘을 향하여 무수히 절을 하고 나서 그 의복을 입어 보니, 옷감도 고운 비단일뿐더러 품새도 틀림없이 들어맞았다. 매우 기뻐하며 허둥지둥 외갓집에 가려고 나서는데 깜빡 잊었던 것이 생각나니, 그것은 다름 아닌 마당에 널어놓은 겉피였다.

“저 석 섬을 어찌하고 간단 말이냐? 하느님이 도우셔서 새옷을 내리셨는데, 난데없는 새떼는 무슨 원수가 맺혀 있기로 저렇듯 덤벼들며 쪼아 먹느냐?”

막대를 집어들고 일어나서 마당으로 내려가자, 새떼는 훌쩍 날아가 버리는데 널어놓았던 겉피 석 섬이 쓿어 쌀이 되어 그대로 남아 있었다.* 콩쥐는 하도 신기한지라, 속으로,

‘세상에 이상한 일도 많도다. 새떼가 덤벼들면 그 곡식은 결단이 나는 줄로만 알았더니, 이렇듯이 쪼아서 껍질만 벗기고 낟알을 한 톨도 먹지를 아니하며 날았다 다시 앉았다 하도록 누가 날개를 붙여 놓을 줄이야 생각하였으랴? 이런 줄도 모르고 욕부터 하였으니 내 한 짓이 죄스럽도다.’

하고 후회하며, 한편으로는 기뻐서 어쩔 줄을 몰라 하면서 쌀을 그러모아 독을 채워 놓았다.

콩쥐는 이렇듯이 조금도 힘들이지 아니하고 계모가 시키고 나간 일을 잠시 동안에 모두 어김없이 끝내게 되었다.

콩쥐가 잔치에 가다 신발을 잃다. 콩쥐는 다시 집을 둘러보아 단속

새떼는 훌쩍 날아가 ~ 그대로 남아 있었다 : 콩쥐가 계모 배씨로부터 마당에 말리던 겉피 석 섬을 찧어 놓으라는 명령을 받는다. 그런데 난데없는 새떼가 덤벼들어 그 겉피를 쪼아 먹은 줄로만 알았는데, 그 새떼들이 겉피를 부리로 쪼아서 껍질만 벗기고 낟알을 한 톨도 먹지 아니하여 그대로 쌀이 되어 남아 있음을 말한다.

하고 건넛마을 외갓집 잔치를 보러 가는데, 때는 바야흐로 춘삼월 좋은 계절이었다. 여러 가지 아름다운 꽃이 모두 스스로 웃기를 마지 않고, 나는 새와 다른 짐승도 각기 그 즐거움을 마음껏 누리고 있었다. 콩쥐는 또한 그윽한 감회가 스스로 서리어, 날아가는 나비를 놀리며 웃기도 하고 꽃도 탐내며 두서없는 생각에 잠기어 노니면서 가는 중인데, 어느 시냇가에 다다르니, 물도 맑고 고기가 떼지어 노니는 것이 또한 볼 만하였다. 콩쥐는 물을 쥐어서 손도 씻고 돌도 던져 고기도 놀래어 보곤 하였다.

이 때 뒤로부터 감사(監司)*가 도임지로 위엄을 갖추어 행차하느라고, ‘에라 게들 섰거라’ 하는 벽제* 소리를 지르며 길 가는 사람들에게 길을 비키라고 하는 바람에 콩쥐는 허겁지겁 시냇물을 뛰어 건너려다 그만 잘못하여 신발 한 짝을 물 속에 빠뜨리고 말았다. 그러나 무섭고 다급한 마음에 콩쥐는 감히 신발을 건져 보려고도 하지 못하고 아까운 생각만을 품은 채로, 외가로 달려갔다.

뒤따른 행차가 그 길을 지나칠 때였다. 감사가 무심히 앞길을 바라보니 이상한 서기(瑞氣)*가 눈에 띄었다. 하리(下吏)* 부하를 지휘하여 그 서기가 떠도는 언저리를 찾아보게 하였다. 그러나 별다른 것은 없고 다만 개울물 속에 신발 한 짝이 있을 뿐이었다. 감사는 마음 속으로 매우 기이하게 여기어 하리에게 그 신짝을 간수하도록 일러 두었다. 그리고 부임한 후에 곧이어 신짝 잃어버린 사람을 찾아서 각처로 사람을 보냈다.

이럴 즈음 콩쥐는 외가에 가서 외삼촌과 외숙모에게 절하고 뵈니, 그 때까지 못 오는 줄 알고 섭섭히 생각하고 있던 외삼촌 내외는 매우 기뻐하며, 어머니가 돌아가신 후로 고생살이가 많음을 진심으로 위로하여 좋은 음식을 갖추어 차려 주었다. 그러자 계모 배씨의 기색이 좋지 아니하여 콩쥐를 보고 말하였다.

“콩쥐야, 네 짜던 베는 다 짜고 왔느냐? 말리던 겉피도 다 쓿어 놓고 왔느

감사 : 관찰사. 조선시대에, 외직 문관의 종이품 벼슬로 각 도의 장관을 일컫던 말.
벽제 : 지위 높은 사람의 행차 때, 일반인의 통행을 막아 길을 치우던 일.
서기 : 상서로운 기운. 경사스러운 분위기.
하리 : 조선 시대에 지방 관아에 딸렸던 하급 관원. 서리. 아전.

냐? 또 집은 어찌하려고 비워 두고 왔느냐? 그 비단옷은 어디서 웬 것을 훔쳐 입었느냐? 응? 어떤 놈이 네 대신 해 주더냐?"

이렇듯이 계모는 콩쥐를 몰아치며 남 안 보는 틈틈이 꼬집어 뜯으면서 따져 물었다. 콩쥐는 기가 막혀 할 수 없이 그 사이 겪은 바를 낱낱이 아뢰었다. 그리하여 콩쥐의 이야기를 듣던 계모는 눈알이 다시 삼모은행처럼 튀어나오고 얼굴색이 청기와처럼 푸르러지니 그 흉악한 속마음이야 어찌 다 말할 수 있겠는가?

그 때는 온 집안이 터지도록 손님들이 모여 있었다. 그러므로 이 구석 저 구석에서 콩쥐의 불쌍한 이야기를 주고받으니,

"저 아가씨는 어머니가 없으니 그 고생이 오죽할꼬?"

하는 사람도 있고,

"저 아가씨가 계모한테 구박을 받으면서도, 되도록이면 말없이 어른을 받들어 모시니, 아버지에게는 둘도 없는 효녀로구나."

하고, 칭송하는 이도 있고,

"저렇듯이 은근히 고생을 당하는데도 아버지는 모르는 것 같으니, 어찌 하였든 그 아버지가 그른 사람이다."

하는 사람도 있으며 , 또,

"이번에 올 때에 새떼들이 모여 들어 겉피 석 섬을 부리로 쓿어 주고, 다시 하늘에서 직녀가 내려와 베도 짜 주고 올라갔다 하는데, 그런 기이한 일로 미루어 보더라도 저 아가씨는 반드시 귀히 되리라."

하는 사람도 있고,

"저 옷도 직녀가 주고 간 것이라는데, 어쩐 까닭에 신발 한 짝이 없을꼬?"

하며 모든 손님들이 공론이 분분한데, 이 때 마침 관가에서 차사(差使)*가 나와 동리를 돌아다니며,

차사 : 중요한 임무를 맡겨 파견하던 임시 벼슬. 또는 고을 수령이 죄인을 잡으려고 보내던 관원.

　"이 동네에서 신발 한 짝을 잃은 사람이 있거든 이리 와서 말하고 찾아가라."

하고 외치면서 바로 콩쥐의 외갓집 문 앞에 이르렀다. 그리고는 잔치에 모인 여러 사람들에게까지 일일이 그 신발을 신겨 보는 것이었다.

　이 때 배씨는 속으로,

　'저 신짝은 분명히 콩쥐년이 잃어버린 것인데, 그 옷과 한 가지로 신발도 천녀(天女)가 내려와 주고 간 것이 틀림없으니, 저년에게 무슨 별다른 일이 있을 것이요, 또한 관가에서 저렇듯이 신발 임자를 찾으니 필시 상을 후히 내릴 것이라.'

　생각하고, 관차(官差)* 앞으로 썩 나서며 큰 소리로 하는 말이,

　"여보시오 관차님네! 그 신발 임자는 바로 나인데, 그 신짝을 잃고서는 아까운 생각을 참을 길이 없어 간밤에도 잠 한숨 이루지 못하였소. 이리 주시오. 그 신발은 어저께 새로 사서 신고 당일로 잃어버렸소."

　관차가 그 말을 듣고,

　"그러면 잃어버린 곳은 어디며, 어떻게 하다가 잃어버렸단 말이오? 이 신짝은 내가 얻은 바도 아니고 이번에 새로 부임하신 감사 사또께서 길에서 얻으신 거요. 그 신발 임자를 찾아 관가로 데려오라는 분부가 계시니, 만일 당신이 잃어버린 게 틀림없다면 이리 와서 신어 보시오."

하고 신짝을 내어놓았다. 배씨가 이 말을 듣고 버럭 화를 내며 뇌까리기를,

　"아니, 관차님네 내 말 좀 들어보소! 내 것 잃고 내가 찾아가는데, 신어 보기는 무엇을 신어 보란 말이오? 신어 보지 않으면 내 것이 아닐까 싶어 그러시오? 어제 신발은 사서 신고 이 집 잔치에 참례하러 오다가 저 건너 벌판에서 잃어버렸소. 그래도 내 말을 못 믿겠소? 여러 말 말고 어서 이리 주시오!"

하며 신짝을 잡아 빼앗으려 하니, 관차가 그 하는 모양을 보고는 어이없이 주저하다가, 배씨의 발을 내어놓게 하고 그 신발을 신겨 보았다. 그러나 발은 중

턱까지도 들어가지 않았다. 관차는 그 무엄(無嚴)한* 짓을 크게 나무라며 다른 사람들로 하여금 차례로 신어 보게 하였다. 그래도 맞는 사람이 없었다.

이윽고 관차들이 다른 곳으로 옮겨가려 하는데, 콩쥐는 천연덕스럽게 하는 체도 아니하며 구경만 하고 있었다. 그러자 손님으로 와 있던 어느 노부인이 당상에 올라앉아 있다가 관차를 불렀다.

"그 신발을 잃은 사람을 어째서 관가에서 찾는지는 모르나, 이 가운데 콩쥐라 하는 아가씨가 그 신발을 잃고 찾으려 하면서도 부끄러워 차마 말도 못하고 있으니, 신발 임자를 찾아서 주고 가시오. 그 아가씨는 생전에 처음으로 얻은 신발이라 합니다."

관차가 그 말을 듣고 콩쥐를 불러 내어 신발을 신어 보게 하니, 콩쥐가 부끄러워 낯을 붉히며 간신히 발을 내밀어 얌전한 발부리를 신짝 안에 들여놓으니 살며시 쏙 들어가 딱 맞는 것이었다. 의심할 바 없는 콩쥐의 신발이었다. 관차가 콩쥐에게 허리를 굽혀 절하고서 이내 가마 한 채를 꾸며 가지고 와서는 관가로 들어갈 것을 청하였으나, 콩쥐는 아직도 시집가지 않은 처녀의 몸이라 괴이한 생각도 들고 무서운 생각도 없지 않아, 외삼촌에게 부탁하여 함께 가기로 하였다.

콩쥐의 가마가 관가에 당도하니 관문 앞에서 사채를 치우고 외삼촌이 먼저 안으로 들어갔다. 감사는 소식을 고대하던 참이라 신짝을 잃은 처녀가 삼문(三門)* 밖에 대령하였다는 말을 듣고 좀 놀라는 기색이었다.

콩쥐가 감사의 후처가 되다. 이번에 새로 부임한 감사로 말하면, 당초에 벼슬이 종일품이요, 승지와 참판을 차례로 지낸 다음 전라감사로 임명되어 온 양반으로서 성은 김씨였다. 김감사는 본디 가산도 많고 일가 친척이 무척 많아 일찍이 아들 하나 두지 못하고 부인을 잃은 외로운 신세였다. 부인이

죽은 후로는 너무 슬프고 괴로워서 첩도 두지 아니하고 스스로 마음을 가다듬어 가며 세월을 보내고 있었다. 그런 만큼 자연 신기한 것을 즐겨 연구하는 습관이 생겨 조그마한 일일지라도 눈에 띄고 귀에 들리는 것이 기이하게 여겨지면 기어이 알아내고야 말았다.

부임하던 그 날만 하더라도 이상한 서기를 보고 또 그 곳에서 새 신짝을 얻었으므로 호기심에서 그 신발 임자를 만나 보았으면 하였던 것이다. 그런데 뜻밖에도 신발 임자를 찾으러 나갔던 관차가 감사의 명령만을 중히 여긴 나머지 남의 집 처녀를 데려왔다고 하므로, 김감사는 매우 놀랐다.

그래서 감사는,

"어떤 처녀이기에 신짝에게 그토록 서기가 생기는가?"

하고 자세한 연유를 그 외삼촌에게 물었으나, 외삼촌 되는 사람도 서기가 난 까닭에 대해서는 뭐라 대답할 수 없었으므로 결국 콩쥐로 하여금 직접 대답하도록 하였다.

콩쥐는 김사또 앞이라 일을 숨기지 못할 줄을 알아차리고 할 수 없이 어머니의 상사(喪事)*를 당한 일로부터 시작하여 계모 배씨가 들어온 이후로 구박이 점점 심해져 고생살이가 된 일이며, 김을 매러 나갔을 때에, 검은 소가 내려와 쇠호미와 과실을 많이 주던 일이며, 두꺼비가 밑 빠진 물독을 받쳐 주던 일들을 차례차례 이야기하고, 이번 외가에 올 때에도 계모의 시킨 일과 새떼가 몰려들어 겉피 석 섬을 벗겨 준 일에서, 직녀가 내려와 베도 짜 주고 옷도 주어서 입고 오는 길에 감사 행차의 벽제 소리에 놀라 신발 한 짝을 잃게 된 이유를 물 흐르듯이 낱낱이 말하였다.

감사는 다 듣고 나자 놀라는 한편 기뻐하며 진심으로 콩쥐의 덕행을 흠모하여 마지않더니, 이윽고 그 외삼촌에게 일렀다.

"내 일찍이 아내를 여의고 슬하에 한낱 자식이 없으나 여지껏 첩이라도 두

상사 : (집안의) 사람이 죽은 불행한 일.

지 아니하였음은 좋은 규수를 만나 재혼하여 가문을 유지하려는 것이었소. 지금 그대의 조카딸을 보니, 마땅히 군자의 건즐을 받들* 만하오. 그대가 깊이 생각하여 나의 뜻을 저버리지 않는다면, 후한 예로써 규수를 맞아 백 년을 같이 하리로다. 혼인은 인륜대사(人倫大事)라 신중을 기하려니와 그대의 뜻은 어떠하오?"

콩쥐의 외삼촌은 영문도 모르고 따라왔다가, 감사로부터 뜻밖의 소청을 받게 되니 어찌할 바를 모르다가 사또를 우러러 대답하였다.

"감사의 말씀을 듣자오니 황송무지(惶悚無地)할* 따름이오나, 조카딸의 아버지가 있으니 일단 물러가 상의하고 다시 들어와 아뢰겠나이다. 자못 구차한 인생들이오라 갖추지 못한 바가 많으니, 차후 사또께서는 너그러이 굽어살피시어 많이 용서하시기를 엎드려 바라옵나이다."

하고, 콩쥐의 외삼촌은 얼떨결에 고생이 막심한 질녀의 몸을 팔자 좋게 치러 주고는 싶었으나, 저의 아버지가 있는 처지에 자기가 독단으로 결정할 수 없겠기로, 곧 최만춘과 의논하고자 감영(監營)*을 물러 나왔다.

재취(再娶)한* 후 배씨에게 눈이 어두운 최만춘이지만, 콩쥐에게 영화가 되는 더욱이 지체 높은 감사와의 혼담을 싫어할 리 없으니 곧 혼인을 승낙하고, 한편 택일을 서둘러 감사의 재취 부인으로 예를 갖추어 콩쥐를 시집 보내게 되었다.

팥쥐가 콩쥐를 죽이다. 그런데 배씨는 당초에 자기가 잘 되어 영화를 누려 볼 요량(料量)*으로 전날 관차를 속여 자기가 잃어버린 신발이라 하고, 콩쥐의 복을 빼앗으려 하다가 들통나서 무안을 당한 후로는 콩쥐를 미워하는

건즐을 받들 : 여자가 아내로서 남편을 받들. 원래 건즐은 수건과 빗 또는 세수하고 머리를 빗는 일을 가리키는 말.
황송무지할 : 황공무지할. 위엄이나 지위 따위에 눌리어 두려워서 몸둘 데가 없음.
감영 : 조선 시대에 각 도(道)의 감사가 직무를 보던 관아.
재취한 : 다시 장가든.
요량 : (앞일에 대하여) 잘 헤아려 생각함, 또는 그 생각.

마음이 더욱 심해졌는데, 팥쥐도 또한 샘이 북받쳐,

"콩쥐 저년이 지금은 저렇게 고운 옷에 단장을 하고서 감사의 부인이 되어 가지만, 네가 내 솜씨 앞에서 어차피 엉덩이를 벌리고 앉아서 편안하게 호강은 못하리라."

하고 이를 벅벅 갈면서 기회가 오기를 벼르고 있었다.

하루는 벌써 석류꽃이 한철을 지냈고, 쓰르라미가 목을 가다듬어 우는 소리에 문득 세월이 빠름을 깨닫고, 팥쥐는 서둘러 일을 처리하여 보리라는 생각이 치밀어 올라 감영 내아(內衙)*로 콩쥐를 찾아보러 들어갔다.

그 때 사또는 공청(公廳)*에 나가고, 콩쥐만 홀로 녹의홍상(綠衣紅裳)*을 떨쳐입고, 분벽사창(紛壁紗窓)*으로 아담하게 꾸며 놓은 후원 연못가의 별당에서 난간에 의지하여 힘있게 솟아오른 연꽃을 구경하고 있었다. 팥쥐는 반가운 척하며 달려들어 농치기*를,

"에구머니, 형님 그 동안 혼자서만 편안히 지내셨구려? 보기 싫은 이 팥쥐는 형님이 출가하신 후 시시때때로 형님 생각이 간절하고, 어찌 지내시는지 궁금하기 그지 없어서 구차한 옷차림으로 체면(體面)*도 생각하지 않고 형님을 보러 왔소. 내가 전에는 철없이 형님한테 응석처럼 한 노릇인데 지금까지라도 어떻게 생각하시는지 모르겠지만, 나는 가끔 잘못한 뉘우침이 뼈에 사무친답니다. 그만하면 시집을 가서 우리 형제가 떨어져 있게 될 것을 어찌하여 그리하였던고 하는 마음이 참말로 금할 수 없는 때가 있습니다. 그렇더라도 형님은 그런 것을 속에다 품어 두시지 말고 다만 우리 형제가 서먹서먹하게 지내지는 맙시다."

하면서, 여러 모로 간사한 꾀를 부려 없는 정을 있는 듯이 눈물을 찔끔거리며

내아 : 지난날의 지방 관아의 안채.
공청 : '공무(公務)를 보는 집' 이라는 뜻으로 이르는 말.
녹의홍상 : '젊은 여인의 고운 옷차림' 을 이르는 말.
분벽사창 : 희게 꾸민 벽과 깁을 바른 창이란 뜻으로, '아름다운 여자가 거처하는 방' 을 이르는 말.
농치기 : 좋은 말로 풀어서 맺힌 마음을 사라지게 하기.
체면 : 남을 대하기에 번듯한 면목. 남볼썽. 낯. 면목.

수선을 피웠다.

본래 악의가 없는 사람은 속기를 잘하는 법이다. 콩쥐는 그 말을 듣더니 역시 마음이 감동되는지라, 혼자 속으로,

'저것이 아무리 그 전엔 그토록 나를 모해했더라도 그 때는 철을 모를 때요, 이제는 나이가 들어 깨달은 바 있기에, 저토록 사과하는 것이니 기특한 일이다.'

하고서, 콩쥐는 좋은 음식도 대접하며 살아가는 형편도 물어보고 하면서 집안 구경도 시켜 주었다.

이 때 팥쥐는 겉으로는 그렇듯 정숙하게 굴었으나, 속마음으로는,

'콩쥐, 저년을 어떻게 하면 움도 싹도 없어지게 할꼬?'

하는 악독한 심술이 북받쳐, 뱃속에서 온갖 꾀를 꾸며가며 콩쥐를 따라 별의별 화초와 온갖 화초를 구경하였다. 연당 앞에 이르자 문득 한 묘계를 생각해 내고는, 콩쥐에게 함께 목욕하기를 청하였다. 그러자 콩쥐는 '부끄럽다' 고도 사양하고, '더위를 먹는다' 고도 사양하고, '영감께서 들어오실 시각이 되었다' 고도 사양하고, 하다 못하여 '연못 속에 구렁이가 있다' 고도 사양하여 보았으나, 팥쥐는 생각이 다른지라 만사를 무릅쓰고 함께 목욕하기를 간청하였다. 드디어 콩쥐와 팥쥐는 옷을 연못가에 벗어 놓고 연못으로 들어가 목욕을 하게 되었다.

그리하여 콩쥐와 팥쥐는 한동안 더위를 잊은 듯이 시원한 물놀이를 즐길 때, 팥쥐가 슬금슬금 콩쥐를 깊은 곳으로 이끌고 가서 별안간 밀쳐 넣었다. 워낙 순식간의 일이었다. 그러니 어쩔 도리 없이 콩쥐는 그대로 물 속으로 빠져 들어 가라앉고 말았다. 슬프다! 콩쥐가 겨우 잡은 부귀영화를 마음껏 누려 보기도 전에 이렇듯 연못 귀신이 되고 말 줄을 누가 꿈엔들 알았겠는가?

음흉하고 요사스럽고 악한 팥쥐는, 콩쥐가 물 속으로 들어간 채 물거품만 두어 번 솟구쳐 올렸을 뿐 이내 그대로 잠잠해지는 것을 제 눈으로 보고서야 마음이 통쾌해져서,

"그만하면 내 계교(計巧)*가 마음대로 되는 것을, 쓸데없이 오랫동안 마음을 썩였구나!"

라고 뇌까리면서, 입가에 웃음을 띠며 급히 밖으로 나와서는 콩쥐의 옷을 제가 주워 입고 제 옷을 거두어 치워 버린 연후에 태연한 모습으로 마치 콩쥐인 양 별당 난간에 의지하여 연꽃을 바라보면서 못내 기뻐하였다.

감사가 이 때 공사를 마치고 내아로 들어가자, 계집 하인들이 여쭈기를,

"마님께서는 후원 별당에서 홀로 연꽃을 구경하고 계시옵니다."

하므로, 감사는 발길을 후원으로 돌렸다.

김감사는 콩쥐를 맞아들인 후로는 공사만 끝나면 콩쥐와 떨어져 있지 않으려고 하던 터였다. 그러므로 홀로 연꽃을 구경하고 있다는 말을 듣자 자기도 역시 연꽃을 구경하며 아울러 콩쥐가 연꽃을 사랑하는 의취(意趣)*도 들어보려는 생각에서 급히 별당으로 들어갔다. 그러자 그 때까지 난간에 기대어 꽃 구경을 하고 있던 팥쥐가 재빨리 자리에서 일어나 웃음 띤 얼굴로 내려와 맞이하자, 감사도 또한 기쁜 낯으로 부인의 손목을 잡고서 다시 별당 난간으로 올라가 웃으며 말하였다.

"부인은 연꽃 구경으로 오늘은 얼마나 즐겁소?"

하며 이야기를 하다가 문득 그 얼굴을 보니, 전날의 모습과는 달리 푸르고 거무튀튀할 뿐더러 얽기까지 한 것이었다. 그래 크게 놀라 낯빛마저 잃으면서 감사가 그 이유를 물으니 팥쥐는 이렇게 대답하였다.

"종일토록 이 곳에서 서성거리며 영감께서 오시기를 기다리며 햇볕을 쐬었더니 이토록 검은빛이 되었습니다. 얽어 보이는 것은 다름아니라 아까 영감께서 들어오시는 줄 알고 허둥지둥 뛰어가다가 그만 발이 걸려 콩멍석에 엎어지는 바람에 이 모양이 되었습니다."

하니, 감사는 그 말을 듣고 부인이 늙은 남편인 자기를 사모함을 고맙게 여겨

계교 : 이리저리 생각하여 짜낸 꾀.
의취 : 마음이 쏠리는 데. 의향.

여러 말로 위로하며 자못 그렇게 얼굴이 변한 것만을 애석하게 여길 뿐, 사람이 바뀐 것은 전혀 깨닫지 못하였다.

콩쥐가 연꽃이 되었다가 노파의 도움을 받다. 이럭저럭 며칠이 지난 후였다. 하루는 감사가 몸이 불편하여 일찍 공사를 마치고 들어와 연못가를 배회하고 있노라니, 못 가운데에 전날 보지 못하던 연꽃 하나가 눈에 띄었다. 꽃줄기가 유별나게 높이 솟아나 있을 뿐더러 꽃 모양도 신기하며 아름다움이 비길 데 없으므로, 노복에게 그 꽃을 꺾어다가 별당 방문 앞에 꽂아 놓게 하고 감사는 그 꽃을 사랑하여 마지아니하였다.

그러나 팥쥐는 일찍이 깨달은 바 있으므로, 그와 같이 큰 꽃이 별안간 그다지도 곱고 아름답게 피어난 것을 보고 심상치 않게 생각하던 중이라, 영감이 그 방을 떠나면 들어가 보곤 하였다. 그런데 참으로 괴상한 것은 팥쥐가 그 방에서 나올 때마다 그 꽃송이 속에 손과도 같은 것이 있는 듯, 팥쥐의 머리채를 바당바당 쥐어뜯곤 하였다.

한두 번만이 아니요 번번이 그리하는 고로, 팥쥐는 매우 놀랍게 여기고 아주 미워하며 뇌까리기를,

"요것이 필연 콩쥐년의 귀신이 붙은 것이다."

하고 그 꽃을 뽑아다가 불아궁이에 처넣었다.

그 후 과연 머리를 뜯기는 일도 없사, 팥쥐는 안신하고 무한히 상쾌하여 혼자서,

"콩쥐년, 제 아무리 죽은 귀신이 영특할지라도, 나의 알콩달콩 깨박이 쏟아지게 사는 것이 배만 아플 뿐이지, 다시는 별 수가 없으렷다!"

하며 한시름 놓은 듯이 좋아하였다.

이제는 아무것도 꺼리는 바 없이, 콩쥐의 세간도 마구 뒤지며 제 마음대로 채를 잡으려 드는데, 다시금 이상한 일이 벌어졌다. 바로 이웃에 사는 할멈 하나가 불씨를 얻으려고 감사 댁 안채로 들어왔다. 예전부터 감사부인과는 친숙

한 터라, 바로 연못가 별당으로 가서 아궁이에서 불을 떠가려 하는데, 아궁이 속을 들여다보니 불은 씨도 없이 꺼져 있고 난데없는 오색구슬이 한 아궁이 가득히 대굴대굴하였다. 노파는 구슬이 탐이 나서 허겁지겁 구슬을 모조리 치 맛자락에 쓸어 담아 가지고 급히 집으로 돌아가서는 남이 행여 알세라 하고 반닫이 속에 감추어 두었다.

그랬더니 천만 뜻밖에도 반닫이 속에서,

"할멈! 할멈!"

하며, 부르는 소리가 감사부인의 목소리와 흡사하였다. 노파가 매우 놀라 반 닫이 문을 열고 보니, 어찌된 까닭인지 감사부인이 그 속에 들어앉아 있는 게 아닌가. 그리고 노파에게 반가운 기색으로,

"내가 본래 콩쥐라 하는 여자임은 김감사와 혼인할 적에 사람들이 모두 알 고 있거니와, 우리 계모가 데리고 들어온 딸 팥쥐라 하는 계집아이가 있어 항 상 나를 모해(謀害)*코자 벼르다가, 이번에 무슨 정이 깊었던지 나를 찾아왔 다가 여차여차 되었노라."

하며 그 연못에 빠져 죽은 사연을 낱낱이 밝히고서, 다시 노파의 귀에다 입을 대고 여차여차 하여 달라고 부탁하였다.

노파는 이상도 하거니와 우선 무섭고 두려운 생각이 앞서므로 머리를 조아 리며 응낙하고 그와 같은 묘계를 거행할 때 남한테 빚도 얻고 또 얼마간의 볏 섬도 찧어 팔아서 돈을 장만하여 가지고 진수성찬(珍羞盛饌)*으로 잔치를 베 풀어 거짓으로 노파의 생일이라 일컫고, 노파는 몸소 김감사를 찾아보고 공손 히 아뢰었다.

"오늘은 소인의 생일이옵기에 변변치 못하오나 음식을 조금 준비하였기에 감히 사또의 행차를 청하오니 누추한 천인(賤人)의 집이오나 백성의 솟는 정 을 생각하시고 잠시 들어오시면 박주(薄酒)* 한 잔일망정 관과 민이 즐겨 볼

모해 : 모략을 써서 남을 해침.
진수성찬 : 맛이 좋고 푸짐하게 차린 음식.
박주 : 맛이 좋지 않은 술. '남에게 대접하는 술'을 겸손하게 이르는 말.

까 하나이다.”

하고 여러 번 청하였더니, 김감사도 그 노파의 뜻을 가상히 여겨 바쁜 시각을
쪼개어 노파의 집에 행차하게 되었다.

원혼 콩쥐가 김감사에게 하소연하다. 노파는 본디 아전의 계집으
로서 사또의 행차를 맞게 됨은 다시 없는 영광인지라 매우 기뻐하였다. 게다
가 동리 사람들까지 ‘감사가 행차하신다’ 하여 구경하러 모인 사람만도 자그
만 노파의 집터를 메울 지경이 되었다.

김감사는 노파 집에 이르러 상을 받으니, 온갖 음식이 안목을 황홀케 할 만
큼 없는 것이 없이 풍성하게 차려 놓은지라 감사는 크게 칭찬하여, 술을 따라
두어 잔 마신 후에 이것 저것 맛을 볼 생각으로 젓가락을 들어 한 번 상을 구
르니, 한 짝은 길고 한 짝은 짧은 것이 손에 제대로 잡히지 아니하였다. 그러
자 마음속으로 노파의 소홀함을 괘씸하게 여겨 좋지 못한 기색으로 참다 못하
여 젓가락이 짝이 틀림을 나무랐다. 이 때 노파가 미처 대답도 하기 전에 홀연
병풍 뒤에서 사람의 소리가 있어 대답하는 것이 아닌가?

“젓가락 짝이 틀린 것은 그렇게 똑똑히 아시는 양반이, 사람 짝이 틀린 것은
어찌하여 그토록 모르시나요?”*

하는지라, 감사는 매우 놀랍게 여기면서 잠시 말을 멈추고 가만히 마음을 가
다듬어 생각하여 보았으나, 아무리 궁리를 해 보아도 깨닫지 못하겠더라.

‘내외의 짝이 틀리다니 이 어쩐 말일꼬? 도대체 이런 말을 하는 자가 사람
인가 귀신인가?’

하고 감사는 이렇게 생각하다가도, 그 동안 자기 아내의 행동에 종종 괴상한
일이 있었음을 갑자기 깨달으며,

‘필연 콩쥐에게 무슨 일이 있음이렷다!’

젓가락 짝이 틀린 ~ 어찌하여 그토록 모르시나요 : 여기서 젓가락 짝은 부부의 짝을 의미하는 것이다. 노파가 김감
사에게 부인이 바뀌었음을, 곧 콩쥐가 팥쥐로 바뀌었음을 젓가락을 통해 알려 주고 있다.

하여 바삐 돌아가 알아보리라 하는 생각에, 진수성찬도 입에 들어가지 아니할 뿐더러 마치 바늘 방석에 앉아 있는 듯만 하였다. 그러나 집에 돌아가고자 하는 생각뿐이라 억지로 주인 노파에게 칭찬하며 상을 물리고 일어서려 할 때, 별안간 병풍 뒤에서 녹색 저고리에 붉은 치마를 입은 한 미인이 스스럼 없이 앞으로 나와 감사에게 절하며 하는 말이,

"영감께서는 첩을 몰라보십니까?"

하고 물으니, 감사는 깜짝 놀라 어찌할 바를 모르다가 대답하였다.

"부인은 어찌 사람을 이같이 심하게 속이시오? 내가 어리석었든지 그대의 조롱이 심하였든지 간에 여지껏 하는 말을 전혀 깨달을 수 없으니, 이렇듯 지체 말고 빨리 사연을 말하여 답답함을 풀어 주기 바라오."

이와 같이 감사가 소청(訴請)*하니,

"첩은 팔자가 사나워 고생을 면치 못하던 중에 영감의 두터우신 배려로 지체 있는 자리에 올랐삽기로, 배우지 못한 이 몸이나마 정성껏 받들고자 하였더니, 뜻밖에도 의붓동생인 팥쥐라 하는 계집아이의 독살스러운 해를 입어 이 몸은 이미 연못귀신이 되었습니다. 본디 첩의 성질이 악하지 아니하므로 옥황상제께서 세상에 다시 나게 하셔서, 이에 이르러 못다 한 말씀을 여쭐까 하여 주인노파께 신세를 끼치었으니, 영감께서는 이제 이렇게 된 이상 다른 생각일랑 갖지 마시고 팥쥐와 함께 내내 안녕하시기를 바랍니다."

하고는 흐느껴 울었다.

콩쥐는 되살아나고 팥쥐 모녀는 천벌을 받다. 이야기를 다 듣고 나니 감사는 자기의 불찰(不察)*이 부끄럽고, 한편 팥쥐의 소행이 괘씸하고 몹시 원통하였다. 곧 선화당으로 나가, 팥쥐를 잡아 문초(問招)*하는 한편, 사람들을 시켜서 연못의 물을 빼게 하니, 과연 콩쥐의 시체가 웃는 낯으로 누

워 있었다.

급히 건져 내어 염습(殮襲)*하려 할 때에 죽었던 콩쥐가 다시 숨을 돌리며 살아났다. 그럴 즈음 노파의 집에서 울음을 그치지 못하고 있던 콩쥐가 홀연히 온데간데없이 사라졌다. 이에 모든 관원과 읍내에 사는 백성들까지도 이 신기한 변화에 놀라지 아니하는 사람이 없었다.

그리하여 여러 사람이 한 가지로,

"팥쥐년은 천참만륙(千斬萬戮)* 되어야 마땅하다."

고 떠들썩하게 말하므로, 드디어 감사도 그것을 알게 되매 문초를 더욱 엄히 하였다.

팥쥐는 모든 형벌을 이기지 못하여 하나도 숨기지 않고 낱낱이 자백하니, 감사는 크게 꾸짖으며 즉시 팥쥐에게 칼을 씌워 옥에 가두고, 사실을 조정(朝廷)*에 보고하였다. 며칠이 지나서 조정에서 명령이 내려왔다. 감사는 그 명령대로 형리를 시켜 죄인 팥쥐를 수레에 매어 찢어 죽이고 그 송장을 젓으로 담아 항아리 속에 넣고 꼭꼭 봉하여 팥쥐 어미를 찾아 전하였다.

팥쥐 어미는 처음에 팥쥐가 흉계를 품고 콩쥐를 죽이러 들어갈 때 매우 기뻐하며,

"만만 조심하여 아무쪼록 성사하라."

고 부탁하여 보낸 후에, 곧 최만춘을 고추박이*처럼 차 버리고 다른 서방을 얻어 갔다. 이는 혹시 훗날에 있을지도 모르는 만약의 경우를 생각하여 후환을 미리 막기 위해서였다. 그리하여 밤낮으로 팥쥐의 덕을 입고자 기다리고 있던 중에, 관가로부터 봉물(封物)*이 왔다고 하는 소리에, 팥쥐 어미는 좋아라 하고 내달으며 후서방*을 안으로 불러들여,

---

염습 : 죽은 이의 몸을 씻은 다음에 수의를 입히고 염포로 묶는 일.
천참만륙 : 수없이 동강 내어 끔찍하게 죽임.
조정 : 임금이 나라의 정치를 집행하던 곳.
고추박이 : '미천한 여자의 남편'을 얕잡아 이르는 말.
봉물 : 왕조 때, 시골에서 서울에 있는 벼슬아치에게 보내는 선물을 이르던 말.
후서방 : 후살이하는 여자의 남편.

"이것 보시오. 내 딸의 효도를 보시오. 사위를 잘 골라 시집을 보냈더니, 시집간 지 얼마 안 되어 어미에게 잊지 아니하고 이런 좋은 봉물을 보내는구려! 영감도 내 덕이 아니면 관가에서 나오는 봉물을 구경하겠소? 이것 보시오."
하고, 항아리 아가리를 동여맨 노끈을 풀어 봉한 기름종이를 헤쳐 보니, 큰 백항아리에 가득 든 것이 모두 젓갈이었다.

한편 또 따로 글씨를 쓴 종이가 들어 있기에 집어서 펴 보니, 종이에 이렇게 쓰여 있었다.

흉한 꾀로 사람을 속이는 자는 누구든지 이와 같이 젓으로 담그고, 딸을 가르쳐 흉하고 독한 일을 실행케 한 자는 그 고기를 씹어 보게 하노라.

하였기에, 팥쥐 어미는 그 글을 읽고 팥쥐의 소행이 탄로나서 결국 죽음을 당한 줄로 알고 끄르던 항아리를 그대로 버려 두고, 그만 기절하여 자빠졌다.

그리하여 팥쥐 어미는 기절한 채 영영 일어나지 못하고, 풍도지옥(風途地獄)*으로 모녀가 서로 손을 잡고 가 버렸다.

한편 김감사는 콩쥐에게 자기의 밝지 못했던 허물을 사과하고, 이웃 노파에게 상금을 후히 내린 다음, 다시 콩쥐와 더불어 다하지 못한 인연을 뒤이으니 아들 셋을 낳고 딸도 낳아 화락한 나날을 보냈다.

콩쥐의 아버지 되는 최만춘도 찾아내어 정숙하고 덕있는 여자를 취하여 아들딸 낳고 단란한 살림을 이루게 해 주고, 세상 사람들에게 어진 마음씨를 베풀어 어려운 사람 구제하기를 자기 일처럼 생각하고 돈과 곡식을 아낌없이 내렸다. 이러한 김감사 내외의 어진 덕을 모든 백성이 칭송하고 그 은덕은 멀리 후세에까지 전해졌다. ✤

풍도지옥 : 염라대왕 가운데 도시대왕의 지옥. 죽은 지 1년이 되는 때에 도시대왕에게서 아홉번째 심판을 받음. 제 남편을 놓아 두고 남의 남편을 넘본 여자와 제 아내를 놔두고 남의 아내를 넘본 남자가 가는 곳. 이 곳에는 살을 에는 바람이 분다고 함.

핵심 정리

갈래 | 고전 소설, 계모형 가정 소설
성격 | 전기적, 교훈적, 신선적, 비현실적
연대 | 미상 (조선 시대 중엽)
배경 | 시간적–콩쥐팥쥐의 일생과 사후 세계까지
　　　 공간적–전라도 전부 서문 밖, 지상계, 천상계
시점 | 전지적 작가 시점
주제 | 계모와 전처 소생의 딸, 계모의 딸과 전처 소생의 딸 사이에 빚어진 비극에 대한 권선징악

구성과 내용

❶ **발단** | 어미 잃은 콩쥐 – 퇴직한 관리 최만춘은 아내 조씨와 이십여 년을 살아왔지만 슬하에 자식이 없어 근심하다가, 명산 대찰에 기도와 불공을 드려 딸아이를 얻는다. 이름을 콩쥐라고 하여 애지중지 기르면서 행복하게 살았으나 그만 조씨 부인이 세상을 하직하게 된다. 최만춘은 동네 아낙네들의 동냥젖으로 콩쥐를 키운다. 콩쥐 나이 십여 세에 이르러 콩쥐는 오히려 아버지를 봉양하게 된다.

❷ **전개** | 계모의 학대 – 콩쥐가 열네 살이 되던 해에 최만춘은 배씨라는 과부를 후처로 맞이한다. 배씨는 팥쥐라는 딸아이를 데리고 온다. 그리고 콩쥐를 구박하기 시작한다. 계모는 콩쥐에게 나무호미로 산비탈 자갈밭 김 매기, 밑 빠진 물독에 물 채우기, 베 짜기와 겉피 석 섬 찧어 놓기 등의 힘든 일을 시킨다.

❸ **위기** | 콩쥐와 감사의 인연 – 콩쥐가 외갓집 잔치에 가는 도중 시냇물을 뛰어 건너려다 잘못하여 신 한 짝을 물 속에 빠뜨리고 만다. 감사가 그 신발에서 상서로운 기운을 발견하고서 신발을 잃어버린 사람을 찾는다. 배씨가 거짓으로 자기 신발이라고 나섰다가 망신만 당한다. 결국 콩쥐의 것으로 밝혀지고 콩쥐는 감사에게 불려간다.

❹ **절정** | 콩쥐의 죽음 – 감사는 콩쥐의 덕행을 흠모하여 백년가약을 맺고 행복한 나날을 보낸다. 이것을 시기한 팥쥐가 찾아와서 음모를 꾸며 콩쥐를 연못에 빠뜨려 죽이고 자기가 대신 콩쥐 행세를 한다.

❺ **결말** | 부활한 콩쥐와 천벌 받은 팥쥐 모녀 – 팥쥐의 음모가 발각되고 능지처참을 당한다. 이에 배씨도 놀라서 기절하여 죽게 된다. 죽었던 콩쥐가 다시 숨을 돌리며 살아나서 감사와 아들 딸 낳고 행복하게 산다.

조선 중엽 전라도 전주 부근에 퇴직 관리 최만춘이라는 사람이 부인 조씨와 딸 콩쥐를 데리고 단란하게 살고 있었다. 그러나 불행하게도 부인 조씨가 병을 얻어 세상을 떠난다. 최공은 부득이 배씨라는 과부를 얻어 후처를 삼는다. 배씨는 전 남편 소생인 팥쥐라는 딸을 데리고 최씨 가문에 들어온다. 원래 요사스럽고 간악한 배씨는 갖가지 방법으로 콩쥐를 구박한다.

어느 날 배씨가 두 딸을 불러 호미를 주며 농사일을 하라고 하면서, 팥쥐에게는 쇠호미를 주어 집 근처 모래밭을 매게 하고, 콩쥐에게는 나무호미를 주어서 먼 데 있는 돌산을 매게 한다. 얼마 매지도 않았는데 콩쥐의 나무호미 자루가 부러진다. 콩쥐가 어찌할 줄 몰라 울고 있는데, 하늘에서 검은 소가 내려와 쇠호미를 준다. 그리고 맛있는 과일을 많이 주고 간다. 콩쥐는 밭을 다 매고 과일을 가지고 집으로 돌아온다. 계모는 콩쥐에게 욕을 퍼부으면서 과일을 모조리 다 빼앗아 콩쥐는 주지 않고 팥쥐와 함께 먹어버린다. 또, 하루는 계모가 콩쥐에게 구멍난 독에 물을 채워 넣으라고 한다. 콩쥐는 아무리 물을 길러 독에 부어도 물이 채워지지 않아서 울고 있는데, 두꺼비가 나와서 독의 구멍을 막아 주어서 물을 채우게 된다.

한편 외갓집에서 잔치가 있으니 놀러 오라는 소식이 온다. 그러나 계모는 체면 없이 자기 부녀가 다녀오겠다면서, 콩쥐에게는 짜던 베를 다 짜고, 또 겉피 석 섬을 말려서 찧어놓고 오라고 하고는 먼저 간다. 콩쥐가 외갓집에 가지 못하고 열심히 계모가 시킨 일을 하고 있는데, 하늘에서 선녀가 내려와서 베를 짜 주고 좋은 옷과 신을 주고 다시 하늘로 올라간다. 또 이상한 새들이 날아와서 겉피를 다 까놓고 간다. 이에 콩쥐는 좋아하며 선녀가 준 옷을 입고 신발을 신고 외가로 간다. 콩쥐는 시냇가에 이르러 감사의 부임 행차의 소리에 놀라 빨리 내를 건너려다가 신발 한 짝을 물에 빠뜨리고 만다. 김감사가 시냇가를 지나다가 광채가 나는 신발 한 짝을 물에서 건져 신발 주인을 찾는다.

처음에는 계모 배씨가 상에 욕심을 내고 자기 신발이라고 하면서 관가로 신발을 찾으러 갔다가 망신만 당하고 돌아온다. 그러자 손님으로 와 있던 어느 노부인(老夫人)이 그 신발이 콩쥐의 것임을 말한다. 신발의 주인이 콩쥐로 밝혀지자, 김감사는 콩쥐의 처지를 듣고 그 덕행을 흠모하여 아내로 맞아들인다. 계모와 팥쥐는 하루 아침에 부귀를 누리게 된 콩쥐를 질투하던 끝에 흉계를 꾸미며, 팥쥐가 연못에서 함께 목욕하자고 간청하여 콩쥐를 깊은 곳에 밀어넣어 죽인다. 그리고 팥쥐는 콩쥐의 옷을 입고 콩쥐 행세를 하고 감사부인이 된다.

어느 날 감사가 연못에서 신기한 연꽃을 발견하고, 그 꽃을 꺾어다가 병에 꽂아 두었더니, 그 연꽃이 팥쥐의 머리를 잡아뜯는다. 팥쥐는 견디다 못하여 그 연꽃을 부엌 아궁이에 넣어 태워 버린다. 이 때 이웃집 노파가 김감사의 집에 불씨를 얻으러 왔다가, 오색으로 빛나는 구슬이 부엌에 있는 것을 발견하고 가지고 간다. 그 구슬이 콩쥐로 변하여 노파에게 자기가 팥쥐에게 죽임을 당했다고 말한다. 그리고 김감사를 노파의 집에 초대해 달라고 부탁한다.

노파의 초대를 받은 김감사가 밥상에 놓인 젓가락이 짝짝이임을 알고 불쾌히 여겨 노파에게 이유를 물어본다. 그 때, 병풍 뒤에서 홀연 "젓가락 짝이 틀린 것은 그렇게 똑똑히 아시는 양반이, 사람 짝이 틀린 것은 어찌하여 그토록 모르시나요?" 하는 소리가 난다. 이에 감사는 불안하여 성대하게 차린 음식도 먹지 않고 돌아가려 한다. 이에 콩쥐는 사람으로 변하여 감사 앞에 나타나서, 자기가 죽게 된 까닭을 이야기한다. 감사가 돌아가서 팥쥐를 문초하고 연못의 물을 퍼 내자, 웃는 낯으로 누워 있는 콩쥐의 시체가 나온다. 이를 건져 내니 콩쥐가 다시 숨을 돌리며 살아난다.

감사는 팥쥐는 수레에 매어 찢어 죽이고 그 송장을 젓으로 담아 항아리 속에 넣고 어미 배씨에게 전한다. 그것을 받은 배씨는 기절하여 죽고 만다. 김감사는 다시 콩쥐와 더불어 다하지 못한 인연을 이으면서 아들 셋을 낳고 딸도 낳아 행복한 나날을 보낸다.

더 알아보기

신데렐라 설화의 전형적인 이야기

아름다운 신데렐라는 계모와 그이 자녀인 자매들에게 학대를 받으며, 항상 부엌 구석에서 고된 일에 시달린다. 반면 계모 소생의 자매들은 맛있는 음식을 먹고 재미있게 놀며 지낸다.

어느 날 신데렐라는 요정의 도움으로 아름다운 옷을 입고, 무도회에 참석할 기회를 갖는다. 그곳에서 신데렐라는 귀공자 혹은 왕자의 눈에 띄어 사랑을 받게 된다. 밤이 깊어 신데렐라는 급히 무도회장을 뛰어나오다가, 그만 요정이 준 구두 한 짝을 잃어버린다. 신데렐라가 마음에 든 그 귀공자 혹은 왕자는, 그 구두를 주워 많은 여인에게 신어 보게 한다. 신데렐라의 계모 딸들도 그 구두를 신어 보았으나 맞지 않는다.

마침내 신데렐라가 구두를 신으니 발에 꼭 맞는다. 이에 귀공자 혹은 왕자는 신데렐라와 결혼하여 행복하게 산다.

설화를 바탕으로 한 「콩쥐팥쥐전」 「콩쥐팥쥐전」은 ‘콩쥐팥쥐’ 설화를 소설로 꾸민 작품으로, 서양의 신데렐라 계통(Cinderella Cycie)의 소설과 같은 것이다.

‘콩쥐팥쥐’ 라는 이름의 어원과 그 의미를 살펴보면, 계모가 전처 소생의 딸을 미워하여 콩죽만 주어서 ‘콩쟁이’라 이름하고, 자기의 딸은 예뻐하여 팥죽을 주어 ‘팥쟁이’라고 불렀다고 한다. 이로써 추측한다면, 콩쥐팥쥐는 콩과 팥의 어간에 사람의 직업, 성질, 습관, 행동, 모양 등을 나타내는 ‘쟁이’(장(匠)이의 사투리) 라는 말이 붙어 이루어진 것이라 할 수 있다. 그리고 ‘쟁이’ ‘쥐’는 사람을 낮게 부르는 접미사이기도 하다. 또한 콩과 팥은 옛날 우리의 식생활에서 주식인 쌀 다음으로 우리 민족에게 매우 밀접한 관계에 있다. 예를 들면, ‘변덕이 팥죽 변하듯 한다’, ‘콩으로 메주를 쓴다고 해도 못 믿는다’ 등은 매우 동양적이고 우리 민족의 의식 속에 숨어 있는 속담들이다. 또한 ‘쥐’는 일반적으로 인간에게 해를 끼치는 동물로 알려져 왔으나, 한편으로는 ‘서생원’·‘서동지’ 등 인간과 가장 가까운 많은 이야기를 낳고 있는 동물이기도 하다. 따라서 이 소설의 주인공인 ‘콩쥐팥쥐’ 라는 이름은 특수화된 영웅이나 상층 계층의 이름이라기보다는, 보편적이고 민속적이며 서민에게 친밀감을 주는 이름이라고 할 수 있다.

계모의 학대와 조력자의 도움을 받는 이야기 이 소설에서 콩쥐에 대한 계모의 학대는 다섯 가지로 나타난다. 즉 나무호미로 산비탈에 있는 자갈밭을 매게 하는 일, 밑 빠진 독에 물을 채우라고 하는 일, 베를 짜라고 하는 일, 겉피 석 섬을 찧으라고 하는 일, 외갓집 잔칫날 데려가지 않는 일 등이 그것이다. 그러나 이러한 학대는 매번 조력자(助力者 : 도와주는 사람)의 도움으로 무사히 해결된다. 자갈밭은 검은 소가 매 주고, 물 채우기는 두꺼비가 밑 빠진 부분을 막아 주고, 겉피 석 섬을 찧는 일은 하늘에서 이상한 새떼들이 날아와 부리로 껍질을 까 주고, 베는 하늘에서 선녀가 내려와 짜 준다. 선녀는 또한 콩쥐에게 아름다운 옷과 신발을 주면서 잔치에 참석할 수 있도록 도와 준다. 그런데 이 작품에서 콩쥐는 자기가 해결할 수 없는 일에 부닥치면 먼저 울음을 터뜨린다. 울음은 일반적으로 많은 설화에서 되풀이되는 특징의 하나로 도움을 불러일으키는 역할을 한다.

콩쥐는 조력자의 도움으로 모든 일을 완수하고서야 잔치에 참석하게 된다. 이 때 콩쥐는 가장 아름다운 모습으로 우리 앞에 나타난다. 그리고 기적같이 감사를 만나게 된다. 여기에서 온갖 시련의 과정이 감사를 만나 행복하게 살기 위한 하나의 시험 기간이라는 것을 알 수 있다. 곧, 시련을 극복한 자만이 그 보상으로 행복한 삶을 획득할 수 있다는 의미를 담고 있는 것이다. 콩쥐는 선녀가 준 옷을 입고 신발을 신고 외갓집 잔치에 가다가 마침 부임하는 감사의 행차에 놀라 신발 한 짝을 잃어버린다. 그 신 한 짝을 계기로 하여 콩쥐는 감사와 인연을 맺는다. 주인공의 운명을 바꿔 놓은 '신발'은 이 소설의 중심 소재이면서 복잡한 상징성을 띤다. 남부 중국에서는, 결혼할 신부가 정혼자에게 신발 한 켤레를 보내는 풍습이 있다. 이것은 미래 그녀가 남편에게 복종할 것을 나타내는 것이라고 한다. 어쨌든 '신발'은 남녀 결혼의 신표라는 의미를 지닌다. 「콩쥐 팥쥐전」에서의 신발도 아름다운 개념으로서의 조그만 발의 개념과 결혼을 암시하는 것으로 해석할 수 있다.

죽음과 부활의 재생 구조 김감사는 신발 한 짝의 주인을 찾는다. 결국 콩쥐의 발이 그 신에 꼭 맞아 김감사와 결혼하게 된다. 그러나 행복이라는 결말 앞에 또 하나의 장벽이 가로막고 있다. 계모와 팥쥐가 음모를 꾸며서 콩쥐를 연못에 빠져 죽게 한 것이다. 그러나 콩쥐는 다시 살아난다. 이러한 것을 두고 죽음과 부활의 '재생 구조'라고 한다. 이러한 구조는 민중들의 공통된 소망이라고 할 수 있다. 민중들은 자신들의 삶이 고단하고 어렵기 때문에, 콩쥐라는 이야기 속 인물을 실제 현실과 관련지어 소위 내티 만족을 얻으려고 한 것이다. 그러므로 이 소설은 당시 서민들이 지닌 권선징악에 대한 강한 욕구와 행복한 삶에 대한 순수한 소망을 담고 있다고 할 수 있다.

1. 「콩쥐팥쥐전」에 대한 설명으로 <u>잘못된</u> 것을 골라 보자.

　① 가부장의 무능, 계모와 전처 자식 간의 갈등을 다룬 가정 소설이다.
　② 콩쥐와 팥쥐의 이름은 민속적이고 서민적인 친밀감을 준다.
③ 설화를 바탕으로 판소리 사설을 거쳐 완성된 고전 소설이다.
④ 콩쥐는 계모에게 학대를 받을 때마다 조력자의 도움을 받는다.
⑤ 콩쥐의 온갖 시련과 행복한 결말은 민중의 삶과 희망을 반영한 것이다.

2. 다음 중 '팥으로 매주를 쑨다 해도 곧이 듣는다'와 비슷한 속담이 <u>아닌</u> 것을 찾아보자.

① 팥을 콩이라 해도 곧이 듣는다.
② 소금으로 장을 담근다 해도 곧이 안 듣는다.
③ 콩으로 메주를 쑨다 해도 곧이 안 듣는다.
④ 흑백이 앞에 있어도 분간하지 못한다.
⑤ 푸른색과 누런색을 분간하지 못한다.

3. 다음은 어느 중학교에서 각각 「콩쥐팥쥐전」과 「장화홍련전」을 읽고, 등장인물인 '아버지'의 공통된 입장과 성격에 대하여 나눈 대화 내용이다. 알맞지 <u>않은</u> 것을 찾아보자.

① 진수 : 두 작품의 아버지 모두 딸아이 하나를 얻은 후 부인을 잃은 사람들이야.
② 상화 : 그 두 사람은 모두 벼슬에서 물러난 무능한 관리라는 데 공통점이 있지.
③ 승환 : 두 아버지는 가정에서 일어나는 모든 일을 부인에게 맡기는 나약한 인물들이기도 해.
④ 영광 : 그것은 당시 사회의 부권 상실이 담겨 있는 것으로, 후처과 전처 자식 사이에서 어쩔 수 없었던 입장을 보여 주고 있어.
⑤ 효식 : 두 아버지들이 전처 자식을 불쌍하게 여겨 편애함으로써, 가정의 불화가 시작되었어.

4. 「콩쥐팥쥐전」에서 콩쥐의 잔치 참석과 잃어버렸던 신을 찾는 일에는 어떠한 상징적 의미가 있는지 생각해 보자.

5. 「콩쥐팥쥐전」에서는 '재생 구조'가 선명하게 나타난다. 구체적으로 설명해 보자.

☞정답과 해설 p.399

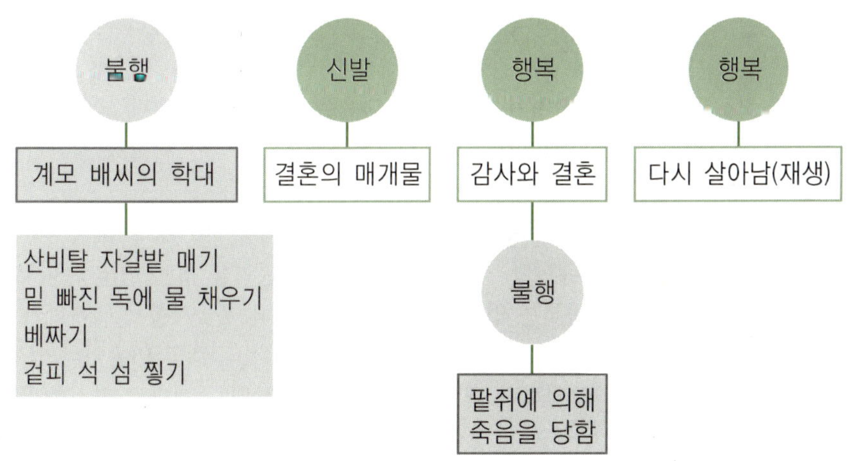

신데렐라계의 중국 민간 설화를 감상해 보자.

아름다운 '이쁜이'는 일찍 어머니를 잃고 계모의 학대를 받으며 산다. 계모의 자식인 못생긴 '곰보'는 언니인 '이쁜이'를 미워하고 시기한다. 그런데 이쁜이 생모는 죽은 뒤 황소로 환생하여 자기 딸을 돌보아주고, 이쁜이도 그 황소를 몹시 좋아한다.

어느 날 계모는 곰보만 데리고 극장에 가면서 이쁜이에게는 헝클어진 마(麻)를 정리하게 한다. 하루 동안에 그 헝클어진 마를 다 정리해야만 계모의 꾸중을 면할 수 있는데, 도저히 불가능한 일이다. 그런데 들에 있던 황소가 입으로 그 헝클어진 마를 순식간에 다 정리해 준다. 계모는 그 다음 날도 극장 구경을 시켜 주지 않고, 또 섞여 있는 깨와 팥을 가려 놓으라고 한다. 이쁜이는 그 일도 황소의 도움으로 말끔히 가려 놓는다. 결국 계모는 황소가 이쁜이를 돕고 있다는 사실을 알고, 그 황소를 잡아먹어 버린다. 이쁜이는 슬퍼하면서 그 소의 뼈를 모아 항아리에 담아서 침상 밑에 숨겨 둔다.

계모는 또 곰보만 데리고 극장에 간다. 이쁜이는 자신의 신세가 한스러워 방 안에 있는 물건들을 집어 던진다. 그러다가 이쁜이는 황소의 뼈항아리까지 깨뜨리게 된다. 그런데 뼈항아리가 깨지면서, 그 항아리 속에서 백마 한 마리와 새 옷 한 벌 그리고 수놓은 예쁜 신발 한 켤레가 나온다. 이쁜이는 곧 그 옷을 입고 신을 신고 백마를 타고 거리로 나온다. 그리고 백마를 타고 가다가 그만 신 한 짝을 개울에 떨어뜨리게 된다. 마침 어물 행상인이 지나가는 것을 보고 이쁜이는 그 신을 집어 달라고 부탁한다. 그러나 그 행상인은 자기와 결혼한다면 집어 주겠다고 말한다. 이쁜이는 그 고기 비린내가 역겨워 거절한다. 다음은 쌀장사가 지나갔다. 역시 어물장사와 같은 조건을 제시하였고, 이쁜이는 쌀장사의 먼지가 역겨워 거절한다. 다음은 기름장사가 지나갔으나, 이 또한 찐득찐득한 기름이 싫어서 거절한다. 마지막으로 인물이 준수한 학자가 지나간다. 이쁜이는 그 학자와 결혼할 것을 조건으로 신을 받아 신는다.

학자와 결혼한 이쁜이는 3일 후, 남편과 함께 자기 집에 돌아온다. 계모와 그의 딸들은 예전과 달리 퍽 정답게 대한다. 그 날 밤, 계모는 이쁜이를 집에 남도록 하고 학자만 되돌려 보낸다. 그리고 곰보는 언니 이쁜이의 손을 잡고 우물가를 산책하다가, 갑자기 이쁜이를 우물 속에 밀어 넣고 우물 뚜껑을 닫아 버린다. 그리고 이쁜이의 남편에게는 천연두로 이쁜이가 앓고 있으니, 병이 다 나으면 곧 보내 주겠다고 편지를 띄운다. 두 달이 지난 뒤, 계모는 곰보를 단장시켜 이쁜이 대신 학자에게 보낸다. 처음 학자는 그 추한 모습에 깜짝 놀랐으나, 천연두로 얼굴이 곰보가 되었다는 변명을 반신반의로 듣고 그대로 며칠을 지낸다.

한편, 죽은 이쁜이는 새로 변하여 곰보가 머리를 빗을 때에는 나타나서 놀려준다. 학자는 그 새가 이쁜이의 화신인 줄 눈치채고 황금 새장에 넣어 기른다. 곰보는 이를 시기하여 새를 죽여 버린다. 그랬더니 새는 대나무로 변한다. 학자가 그 대나무씨를 먹으면 감미로움이 이루 말할 수 없었지만, 곰보가 먹으면 혓바닥에 부스럼이 생긴다. 곰보는 그 대나무를 도끼로 찍어 침상을 만든다. 학자에게는 그 침상이 너무 편안했지만, 곰보에게는 눕기만 하면 가시가 돋친다. 이에 곰보는 그 침상을 길가에 버린다. 이것을 이웃에 사는 주머니장사 노파가 가지고 간다. 그날부터 노파의 부엌에서는 끼니마다 저절로 밥이 지어진다. 이상히 여긴 노파는 어느 날 몰래 숨어 부엌을 엿본다. 그랬더니 어떤 검은 그림자가 밥을 짓고 있었다. 노파는 그 그림자의 허리를 끌어안고 누구냐고 묻는다. 그 그림자는 이쁜이의 혼이다. 이쁜이의 혼은 자기의 억울한 사정을 낱낱이 호소하고 말하기를, "내 머리 대신에 쌀항아리를, 손 대신에 지팡이를, 내장 대신에 행주를, 발 대신에 부젓가락을 주시면 나는 옛날 모습으로 변할 수 있습니다"라고 말한다.

노파는 그의 부탁대로 해 준다. 그랬더니 과연 이쁜이의 혼은 절세 미인으로 변한다. 이쁜이는 노파에게 주머니를 하나 주면서, 자기 남편인 학자에게 팔아 오라고 부탁한다. 노파에게 주머니를 산 학자는 크게 놀라, 이 주머니는 내 아내 이쁜이의 것인데 어디에서 얻었냐고 묻는다. 노파는 모든 사실을 세세하게 이야기한다. 이에 남편은 붉은 옷감을 깔아 이쁜이를 맞아들인다. 그러나 간악한 곰보는 끝끝내 자기가 본처라고 고집을 부린다. 그래서 마침내 이 둘은 재주 시합을 해서, 이기는 자가 본처가 될 것을 제안한다. 이쁜이는 그에 응한다. 처음에는 달걀 밟기, 둘째는 칼사다리 오르기를 했으나 모두 이쁜이가 이긴다. 마지막으로 끓는 기름가마에 뛰어들어가기를 했는데, 곰보는 이쁜이를 먼저 넣어 죽이려 했으나, 그녀는 죽지 않고 오히려 곰보가 뜨거운 기름에 타서 죽고 만다.

이쁜이는 곰보의 동생의 시체를 상자에 넣어 계모에게 보낸다. 계모는 딸의 멀리서 자기가 좋아하는 잉어를 보낸 줄 알고 반갑게 상자를 열어 보니, 그것은 잉어가 아니라 딸의 시체였다. 순간 계모는 비명을 지르며 쓰러져 죽고 만다.

개권유익(開卷有益) | 책을 펴서 읽으면 반드시 이로움이 있다는 뜻으로, '개권(開卷)'은 책을 펴서 읽는 것을 말함.

고희(古稀) | 70세를 일컬음. 일흔 살까지 산다는 것은 옛날에는 드문 일이다는 뜻

군계일학(群鷄一鶴) | 무리 지어 있는 닭 가운데 있는 한 마리의 학이라는 뜻으로, 여러 평범한 사람들 가운데 있는 뛰어난 한 사람을 이르는 말.

문경지교(刎頸之交) | 목을 벨 수 있는 벗이라는 뜻으로, 생사를 같이 할 수 있는 매우 소중한 벗.

선입견(先入見) | 어떤 일에 대해 이전부터 머릿속에 들어 있는 고정적인 생각이나 견해.

수구초심(首邱初心) | '고향을 그리워하는 마음'을 비유하여 이르는 말. 여우가 죽을 때 머리를 자기가 살던 굴 쪽으로 두고 죽는다는 이야기에서 유래함.

오합지중(烏合之衆) | 까마귀 떼처럼 아무 규율도 통일도 없이 몰려 있는 무리, 또는 그러한 군사.

이심전심(以心傳心) | (말이나 글을 쓰지 않고) 마음에서 마음으로 서로 뜻을 전함.

조령모개(朝令暮改) | 아침에 영을 내리고 저녁에 다시 고친다는 뜻으로, '법령이나 명령이 자주 뒤바뀜'을 이르는 말.

철면피(鐵面皮) | 무쇠처럼 두꺼운 낯가죽이라는 뜻으로, '뻔뻔스럽고 염치없는 사람'을 이르는 말.

풍수지탄(風樹之嘆) | '어버이가 돌아가시어 효도하고 싶어도 할 수 없는 슬픔'을 이르는 말.

장끼전

작자 미상

「장끼전」은 현실에 무지하고 무능한 장끼와, 현실 변화에 적응하며 네 번 재혼하고 다시 개가하는 까투리를 통해 양반의 허세와 무능, 남존여비와 개가 금지에 대해 풍자하고 비판한 우화 소설이다.

등장인물

장끼 |

아내의 말을 무시하고 눈앞의 이익만을 탐내다가 화를 당하는 어리석은 인물이다. 남존여비의 봉건적 사고를 지닌 가부장적 인물을 풍자하고 있다.

까투리 |

남편의 뜻에 무조건 따르기보다는 자기 생각을 밝힐 줄 아는 신중하고 지혜로운 인물이다. 또한 수절하라는 장끼의 부탁을 거절하고, 결국 다른 장끼와 혼인한다. 자신의 생각에 따라 실천하는 현대적인 여성상을 보여 주고 있다.

장끼전

장끼전

읽기 전에 | 이 작품은 붉은 콩을 먹지 말라는 아내 까투리의 말을 무시하고 죽은 장끼와 장끼가 죽은 뒤 곧바로 결혼한 까투리를 통해 남존여비와 여자의 개가 금지라는 조선 시대 윤리를 비판한 이야기이다. 동물들의 모습과 행동을 통해 인간 세상의 세태를 풍자하고 있다는 점에 유의하여 작품을 읽어 보자.

세상에서 꿩이 살아가기는 어려웠다. 하늘과 땅이 처음으로 생겨나고 만물이 번성하니, 그 가운데 귀한 것은 인생이며 천한 것은 짐승이었다.

날짐승도 삼백이고 길짐승도 삼백인데, 꿩의 모습을 본다면 입은 옷은 오색이고, 다른 이름은 화충(華蟲)*인데 화려하게 생긴 짐승이란 뜻이다. 꿩은 산새와 들짐승의 천성을 갖고 있어 사람을 멀리하였다. 또 푸른 숲 속 시냇가에 휘둘러진 소나무를 정자로 삼고 아래위로 펼쳐진 밭과 들 가운데 널려 있는 곡식을 주워 먹고 살아갔다.

그러나 임자 없는 몸이기 때문에, 관청의 포수와 사냥개에게 걸핏하면 잡혀가는데, 꿩고기는 삼정승*과 육조의 판서*, 지방의 원님과 관찰사들이 아침저녁으로 질리도록 먹고 있었다.

화충 : 꿩의 다른 이름으로 꿩의 색깔이 화려하기 때문에 생긴 말. 장끼는 시냇물 또는 거울에 비친 아름다운 자기 모습을 보고는 춤을 춘다는 전설이 있음.

삼정승 : 영의정, 좌의정, 우의정의 세 정승.

육조의 판서 : 육조는 나라일을 맡아 하던 6개 중앙 관청(이 · 호 · 예 · 병 · 형 · 공조)이며, 판서는 지금의 장관과 같은 벼슬임.

또 부자마을인 다방골*에 사는 풍채 좋은 늙은 주인들도 싫도록 오래 먹었다.* 고기 먹고 남은 깃털은 골라내어 군대의 대장이 드는 깃발 끝에 꽂고, 또 남은 것은 장사하는 가겟집 먼지떨이로 만들어 쓰니 그 쓰임새가 아주 많았다.

이렇듯 신세가 가련한 꿩은 한평생 몰래 숨어서 살고 있다. 경치라도 구경할까 하여 구름 위 산봉우리로 허위허위 올라가기라도 하면 꿩이 오기를 기다렸다는 듯 몸이 가벼운 보라매가 여기서 떨렁, 저기서 떨렁하며 방울소리를 냈다. 짤막한 몽둥이를 든 몰이꾼은 여기서 "우여!", 저기서 "우여!" 하며, 냄새를 잘 맡는 사냥개는 여기서 컹컹대고 저기서 컹컹댔다.

먹이를 찾아 속잎포기 떡갈잎을 뒤적뒤적 찾아다니고 있는 꿩이 살아날 길이 없구나. 사잇길로 가려고 해도 너무도 많은 포수들이 총을 둘러메고 들어서고 있으니, 이 엄동설한(嚴冬雪寒)*에 굶주린 몸이 어디로 가야 한단 말인가.

하루 종일 푸른 산 따가운 햇살 밑에서 위아래로 펼쳐진 밭이며 넓은 들에 혹시라도 콩알이 있을 것 같아 한 번 주우러 가 볼까나.

장끼가 붉은 콩을 먹으려 하다. 이 때 장끼 한 마리가 붉은색 비단 두루마기를 입고 초록색 비단 깃을 달고, 하얀 동정 깨끗하게 빨아 입고 주먹 같은 옥으로 된 관자*를 달고 꽁지 깃털을 단 모습을 하고 있는데 장부의 기상이 뚜렷하구나.

또 잘게 누빈 누비 속저고리를 겹겹이 위아래로 골고루 갖추어 입은 까투리 한 마리가 아홉 아들과 열두 딸을 앞세우고 뒤세우며 나타났다.

"어서 가자, 바삐 가자. 질펀한 너른 들에 줄줄이 퍼져 너희들은 저 골짜기에서 줍고 우리들은 이 골짜기에서 줍자꾸나. 알알이 콩을 줍게 되면 사람들

이 바치는 공양(供養)*을 부러워하여 무엇하랴. 하늘이 만물을 만들어 낼 때 자기가 먹고 살 수 있게 하였다고 하니 우리도 오늘 한 끼나마 배불리 먹는다면 운수가 좋은 일이지.”

하면서 장끼와 까투리가 들판에 떨어져 있는 콩알을 주우러 들어간다.

그러다가 문득 붉은 콩 한 알이 덩그렇게 놓여 있는 것을 장끼가 먼저 보았다. 장끼는 눈을 크게 뜨면 말하였다.

“어허, 그 콩 먹음직스럽구나! 하늘이 주신 복을 내가 어찌 마다하겠느냐? 내 복이니 어디 먹어 보자.”

옆에서 이 모양을 지켜보고 있던 까투리는 문득 불길한 생각이 들었다.

“아직 그 콩 먹지 마오. 눈 위에 사람의 자취가 있는 게 수상하오. 자세히 살펴보니 입으로 훌훌 불고 비로 싹싹 쓴 흔적이 너무 수상하니, 제발 부탁하니 그 콩일랑 먹지 마오.”

하고 말리지만 장끼는 듣지 않았다.

“자네 말은 미련하기 짝이 없네. 지금이 어느 때인가. 동지섣달 눈 덮인 겨울이 아닌가. 첩첩이 쌓인 눈이 곳곳에 덮여 있어 사람의 자취가 왜 있겠는가. 옛말에 이런 말이 있지 않나. 산마다 새마저 날지 않고 들마다 사람의 발길이 끊겼다*고.”

까투리도 지지 않고 입을 열었다.

“이치는 그럴 듯하지만 지난 밤에 꾼 꿈이 너무 불길하니 잘 생각해서 일을 해야 하지 않소?”

그러자 장끼가 또 말하였다.

“내가 간밤에 꿈을 꿨는데 신선이 타는 황학을 타고 하늘로 올라가 옥황상제를 문안드렸네. 상제께서 나를 보시고는 산림처사(山林處士)*의 벼슬을 내려주시고, 많은 곡식을 넣어두는 창고에서 콩 한 섬을 내주셨으니,* 오늘 이 콩 하나가 어찌 반갑지 않은가? 옛글에 이르기를 '주린 자는 달게 먹고 목마른 자는 쉽게 마신다' 고 했으니, 어디 한 번 주린 배를 채워 봐야지."

까투리는 지지 않고 또 말렸다.

"당신은 그런 꿈을 꾸었겠지만, 내가 꾼 꿈을 풀이해 보면 이렇소. 어젯밤 밤 10시 무렵에 첫 잠이 들어 꿈을 꾸었소. 북망산(北邙山)* 그늘진 쪽에서 궂은 비가 흩뿌려지고, 맑은 하늘에 쌍무지개가 갑자기 칼이 되어 당신의 머리를 뎅겅 베어 내리쳤소. 이것이야말로 당신이 죽을 흉한 꿈이 틀림없으니 제발 그 콩일랑은 먹지 마오."

장끼 또한 그대로 있을 수 없었다.

"그 꿈 또한 염려 말게. 춘당대에서 열리는 알성과에 문과 장원(文科壯元)*으로 급제하여 어사화* 두 가지를 머리 위에 숙여 꽂고 서울의 큰 거리를 왔다갔다하는 꿈이로세. 어디 과거에나 한 번 힘써 보세나."

까투리가 다시 또 말하였다.

"한밤중에 또 한 번 꿈을 꾸니, 천 근이나 되는 무쇠 가마를 그대의 머리에 흠뻑 쓰고 만경창파(萬頃蒼波)* 깊은 물에 아주 풍덩 빠졌기로, 내가 홀로 그 물가에 앉아 큰소리로 통곡하였으니, 이거야말로 당신이 죽는 꿈이 아니겠소? 부디 그 콩일랑 먹지 마오."

장끼란 놈은 또 지지 않고 말하였다.

"그 꿈은 더욱 좋을시고! 명나라가 다시 일어날 때 구원병을 청해 온다면 이 몸이 대장이 되어 머리 위에 투구를 쓰고 압록강을 건너가서 중국 대륙을 평정하고 전쟁에서 승리하는 장수가 될 꿈이로세."

상제께서 나를 보시고는 ~ 한 섬을 내주셨으니 : 하늘에 있는 옥황상제가 장끼의 몸은 화려하지만 마음은 벼슬을 마다하고 산 속에서 한가히 살아간다고 하여 산림처사라는 벼슬을 주고 살기가 힘들 테니 콩 한 섬을 주었다는 뜻.
북망산 : 사람이 죽어서 파묻히는 곳.
문과 장원 : 문관을 뽑는 마지막 순서의 과거시험으로 임금이 지켜보는 가운데서 첫 번째로 합격한 사람을 말함.
어사화 : 과거에 급제한 사람이 쓰는 모자에 단 꽃으로 임금이 주는 종이꽃.
만경창파 : 한없이 넓은 바다나 호수의 맑은 물결.

그래도 까투리는 또 말하였다.

"그것은 그렇다 하더라도 새벽 두 시에 다시 꿈을 꾸니 노인이 대청마루 위에 앉아 있고 소년이 잔치를 하는데, 스물두 폭이나 되는 장막을 받쳤던 큰 장대가 우지끈 뚝딱 부러지며 우리들 머리 위에 덮치니 숨이 막혀 답답한 일을 겪을 꿈이 아니고 무엇이요? 새벽 네 시에 또 꿈을 꾸었소. 까마득한 벼랑에 큰 소나무 한 그루 솟아 있고, 뭇별들이 은하수를 둘렀는데 그 가운데 장수별이 길게 그대 앞으로 뚝 떨어지겠지. 땅 위에 있는 생명은 자기를 지켜 주는 별이 하나씩 있다고 하지 않소? 삼국 시대 제갈공명*이 오장원에서 죽을 때에는 긴 별이 떨어졌다 합니다."

장끼란 놈은 더욱 신이 나서 지껄였다.

"그 꿈도 염려할 게 전혀 없네. 장막이 덮친 것은 푸른 산에 해가 저물어 밤이 되면 화초로 병풍처럼 둘러치고, 장판처럼 깔린 잔디에서 등걸을 베개 삼고 칡잎으로 요를 깔고 갈잎으로 이불 삼아 자네와 내가 추켜 덮고 이리저리 뒹굴 꿈이네.

별이 길게 떨어져 보인 것은 옛날에 중국의 황제 헌원씨*의 부인이 북두칠성의 기운을 받아 아들을 낳는 것이고, 견우와 직녀가 칠월칠석날에 서로 만나는 것과 같으니, 자네 몸에 태기가 있어 귀한 아들을 낳을 꿈일세. 그런 꿈이라면 제발 좀 많이 꾸게나."

까투리가 붉은콩을 먹지 말라고 애써 장끼를 말리다. 까투리는 또다른 꿈 이야기를 하였다.

"새벽녘 닭이 울 때 또 꿈을 꾸니 색저고리 색치마로 몸을 꾸미고 푸른 산의 맑은 물가에서 노니는데 갑자기 청삽사리가 입술을 앙 다물고 와락 뛰어 달려

제갈공명 : 중국 촉나라 재상인 제갈량으로 중국 섬서성에 있는 오장원에서 위나라와 싸우다 병으로 죽음. 그 때 긴 별이 떨어졌다고 함.
헌원씨 : 중국 고대의 임금인 황제를 말함.

들어 발톱으로 해치는데 놀라 두려워 당황해서 갈 데 없이 삼밭으로 달아났소. 그런데 긴 삼대가 쓰러지고 굵은 삼대가 춤을 추듯이 잘룩하니 가는 내 몸에 휘휘청청 감겼으니 이내 몸 남편 잃어 상복(喪服)*을 입을 꿈이오라, 제발 부탁하니 먹지 마오. 부디 그 콩 먹지 마오."

이 말을 들은 장끼란 놈은 화가 많이 나서 까투리 멱살을 잡고 이리 차고 저리 차며 소리를 질렀다.

"꽃 같은 얼굴에 달 같은 교태를 부리는 저 간나위년*, 기둥서방*을 마다하고 다른 남자와 즐기다가 온갖 밧줄로 뒷죽지를 묶어서 이 거리 저 거리 종로 네 거리고 북 치며 끌고 다니다가 세모난 곤장에 큰 곤장으로 마구 매를 맞을 꿈이로구나. 그 따위 꿈 이야기란 다시 말라? 앞정강이를 꺾어 놓을 테다."

그래도 까투리는 장끼를 아끼는 마음이 더하여, 입을 다물지 않고 말을 계속하였다.

"기러기는 물가를 울며 갈 때 왜 갈대를 물고 날아간다오. 조금이라도 도움이 되겠기에 조심하는 탓이라오. 봉황새가 천 길이나 날 수 있지만 굶으면 굶었지 좁쌀을 쪼아먹지 않는다오. 군자의 염치 때문이오. 당신이 비록 미물이라 하나 군자(君子)의 본을 받아 염치를 좀 알 것이오. 백이와 숙제는 주나라 곡식은 먹지 않았고,* 지혜가 많은 장자방*이 벼슬을 사양하여 농부가 되었으니 당신도 이를 본받아 조심하세요. 그러니 제발 그 콩은 먹지 마시오."

장끼 또한 그대로 있겠는가?

"자네가 참 무식한 소리 하네. 예절을 모르는데 염치를 내가 알겠는가? 백이 숙제는 수양산에서 결국 굶어 죽었고, 장자방도 적송자*를 따르지 않았는

상복 : 상제로 있는 동안에 입는 예복.
간나위년 : 매우 간사한 여자.
기둥서방 : 원래 뜻은 기생에게 일을 시키고 자신은 놀고먹는 남편으로 여기서는 본남편을 이름.
백이와 숙제는 주나라 곡식은 먹지 않았고 : 중국 은나라 사람 백이와 숙제의 절개와 염치를 본받으라는 뜻이다. 백이와 숙제는 형제인데 주나라 무왕이 은나라를 치자 무왕 밑에서 벼슬을 하지 않겠다고 수양산에 들어가 고사리를 뜯어먹으면서 지내다가 굶어 죽었다.
장자방 : 옛날 중국 한나라 때 지혜가 아주 많았다는 재상인 장량을 말함.
적송자 : 옛날 중국 신농씨 때 비를 다스리던 신선이라고 함.

가? 염치도 부질없고 먹는 것이 으뜸일세. 또한 한신*은 빨래하는 아낙네에게 밥을 얻어먹고 훗날 한나라 장군이 되었으니 나도 이 콩 먹고 크게 될 줄 누가 알겠느냐?"

까투리는 그래도 가만히 있으면 안 되겠다 싶어 다시 말하였다.

"그 콩 먹고 잘 된단 말은 내가 먼저 말하오리다. 잔디밭 지키는 벼슬이나 하다가 저승으로 가는 황천 고을의 원이 되면 이 푸른 산을 영원히 이별하게 될 터이니 내 원망은 부디 마오. 옛 글을 보면 고집을 너무 피우다가 패가망신한 자 그 몇이요? 옛날 진시황은 맏아들 부소의 말을 듣지 않고 몹쓸 고집을 피우다가 민심이 소동을 부려 나라를 세운 지 사십 연도 안 되어 아들대에 가서 나라를 잃지 않았소.* 초나라 패왕 항우도 범증의 말을 듣지 않고 어리석은 고집을 피우다가 팔천 명의 군대를 모두 잃고 면목이 없어 자살하지 않았소?*

초나라 회왕이 굴원의 말을 듣지 않고 고집불통을 부리다가 진나라 국경에 있는 무관이란 땅에서 갇혀 가련하게 죽었으니* 강 위에서 우는 새 고기 뱃속에 있는 충성스러운 넋*을 부끄럽게 생각한다오. 당신 고집 너무 피우다가 목과 목숨을 그르칠 것이외다."

그렇지만 장끼란 놈은 그 고집을 버릴 수 없었다.

"콩 먹고 다 죽을까? 옛 글을 보면 콩탯자[太]를 쓴 사람은 모두 귀하게 되었지. 아주 옛날 천황씨*는 일만팔천 살을 살았고, 태호 복희씨*는 들려오는 명성

한신 : 중국 한나라의 재상으로 어려서 집이 가난하여 낚시질을 하면서 표모에게서 식은 밥을 얻어먹고 자라남.

옛날 진시황은 맏아들 ~ 나라를 잃지 않았소 : 중국을 최초로 통일한 황제인데 난폭한 정치를 하지 말라는 맏아들 부소의 말을 듣지 않아 진나라가 아들 대에서 망했다.

초나라 패왕 항우도 ~ 없어 자살하지 않았소 : 초나라 패왕은 중국 초나라의 임금인 항우이다. 항우는 고집이 세어 자기가 의지하던 범증의 조언까지 듣지 않았다. 그 결과로 유방과 해하에서 싸우다가 패하고 강동으로 가던 도중 오강에 이르렀다. 항우는 처음 전쟁에 나갈 때 고향의 병사 팔천 명을 데리고 나갔으나 다 죽고 병사의 부모들을 볼 낯이 없다고 생각하고 오강에서 스스로 목을 찔러 죽었다.

초나라 회왕이 굴원의 ~ 갇혀 가련하게 죽었으니 : 굴삼려는 중국 초나라 때 삼려대부의 벼슬을 지낸 굴원이다. 굴원은 초나라 회왕이 진나라의 초청을 받고 가려고 할 때 이를 말렸다. 그러나 회왕은 굴원의 말을 듣지 않고 진나라로 갔다가 진나라 국경에 있는 무관에서 진나라 군사에게 붙잡혀 죽었다.

고기 뱃속에 있는 충성스러운 넋 : 굴원은 멱라수라는 강에 몸을 던져 죽었는데 그의 혼이 고기의 뱃속에 있다는 말.

천황씨 : 옛날 중국의 세 황제의 한 사람.

태호 복희씨 : 옛날 중국의 임금들인 다섯 임금의 한 사람.

이 대대로 이어져 십오 대를 전했으며, 한태조와 당태종*은 풍진 세상에서 나라를 세우는 임금이 되었으니*, 오곡 백곡 잡곡 가운데서 콩탯자가 제일일세.

강태공(姜太公)*은 팔십에 이르도록 살았고, 시(詩)의 천자인 이태백은 고래를 타고 하늘에 올랐고,* 북방에 있는 태을성은 별 가운데 으뜸일세. 나도 이 콩 달게 먹고 태공처럼 오래 살고 태백처럼 하늘에 올라 태을선관(太乙仙官)* 되고 싶구나.”

장끼가 붉은콩 먹다가 덫에 걸리다. 장끼가 고집을 끝끝내 굽히지 아니하니 까투리는 할 수 없이 물러났다.

그러자 장끼란 놈이 얼룩 꽁지깃 펼쳐 들고 꾸벅꾸벅 고갯짓하며 조금조금씩 콩을 먹으러 들어갔다. 반달 같은 혓부리로 콩을 콱 찍으니, 덫의 두 고리가 둥그러지며 머리 위에 치는 소리가 박랑사에서 장량이 원수를 갚으려고 진시황을 향해 활을 쏘았는데 실수로 버금수레*를 맞힌 것처럼 와지끈 뚝딱 푸드드득 푸드드득 여지없이 올가미에 걸려들었다.

이 꼴을 본 까투리 기가 막히고 앞이 아득하여,

“저런 광경 당할 줄 몰랐던가. 남자라고 여자 말 잘 들어도 패가(敗家)하고 계집 말 안 들어도 망신(亡身)하네.”

하면서, 위아래 넓은 자갈밭에 짧은 머리를 풀어헤치고 뒹굴뒹굴 구르면서 가슴 치고 일어나 앉아 풀을 쥐어뜯어 가며 애통해 하고 두 발을 땅땅 구르면서 성(城)을 무너뜨릴 듯이 대단히 절통해 하였다.

한태조와 당태종 : 한나라를 세운 유방과 중국 당나라의 두 번째 임금인 이세민.
풍진 세상에서 나라를 세우는 임금이 되었으니 : 어지럽고 편안하지 못한 세상에 왕조를 처음 세운 임금이 되었으니.
강태공 : 중국 주나라 사람인 여상으로 160살을 살았음. 강태공은 위수 강가에서 고기를 낚으며 지내다가, 여든 살이 되자 주나라 문왕을 만나 벼슬을 하면서 여든 살을 더 살았음.
시의 천자인 이태백은 고래를 타고 하늘에 올랐고 : 중국 당나라 때 시인 이태백이 채석강에서 놀다가 술에 취해 강물에 비치는 달을 잡으려다가 빠져 죽었는데, 뒷사람이 이를 미화하여 이태백은 강물의 고래를 타고 하늘에 올라갔다고 전한다.
태을선관 : 하늘에 산다는 신선의 하나.
버금수레 : 임금이 행차할 때 자기가 타고 가는 수레를 알리지 않게 하기 위해 예비로 끄는 수레.

아홉 아들 열두 딸과 친구 벗님네들이 불쌍하다고 탄식하며 조문(弔問)*을 하고 슬픈 곡을 하니 가련한 빈 산에 나뭇잎이 지는 때에 울음소리뿐이었다.

까투리는 그 슬픈 가운데서도,

"조용하고 쓸쓸한 산 속의 달밤에 우는 소쩍새 소리에 슬픈 마음 더욱 섧구나. 『자치통감(資治通鑑)』*에 이르기를, 좋은 약은 입에 쓰지만 병에는 이롭고, 옳은 말은 귀에 거슬리나 행실에다 이롭다 하였으니 당신도 내 말 들었더라면 이런 변 당할 리 없지. 애고, 답답하고 불쌍하다. 우리 부부 좋은 금실을 누구에게 말할 것인가? 슬피 서서 통곡하니 눈물은 연못이 되고 한숨은 비바람이 되는구나. 애고, 가슴에 불이 붙네. 이내 평생 어찌할까?"

하며 장끼의 죽음을 안타까워했다.

아직 숨이 끊어지지 않은 장끼는 그래도 덫 밑에 엎디어서 말하였다.

"에라, 이년. 요란하다! 호환(虎患)*을 미리 알면 산에 갈 사람 어디 있겠나? 미련은 먼저 오고 지혜는 누구나 그 뒤의 일이니라.* 죽는 놈이 탈없이 죽을까? 그것은 그렇다 치고 사람도 죽고 삶을 맥(脈)으로 안다 하니 나도 죽지는 않겠나 어디 한 번 맥이나 짚어 보소."

까투리는 장끼의 말을 듣고 그러려니 여겨 장끼의 맥을 집어 보다가,

"비위맥(脾胃脈)*은 끊어지고, 간장맥(肝腸脈)은 서늘하고, 태충맥(太衝脈)*은 굳어져 가고, 명맥(命脈)*은 떨어지오. 아이고, 이게 웬일이오? 웬수로다."

하니, 장끼란 놈 몸을 한 번 푸드득 떨고 나서 또 하는 말을 한다.

"맥은 그러하나 눈동자를 살펴보게. 동자부처*가 온전한가?"

까투리는 장끼의 눈동자를 살펴보고 나서는 한숨을 쉬면서 탄식한다.

조문 : (남의 죽음에 대하여) 슬퍼하는 뜻을 드러내며 상주(喪主)를 위문함
자치통감 : 중국 송나라 사마광이 편찬한 역사책.
호환 : 호랑이에게 상하거나 잡아먹혀 입는 화.
미련은 먼저 오고 지혜는 누구나 그 뒤의 일이니라 : 미련한 짓이 앞서면 그것을 바로잡고자 해도 때를 잃고 만다.
비위맥 : 비장과 위장에 해당하는 맥.
태충맥 : 엄지발가락 위에서 짚는 맥의 하나.
명맥 : 생명이 유지되는 중요한 맥.
동자부처 : 눈동자에 비치어 나타난 사람의 모습.

　"이제는 속절없네. 저편 눈의 동자부처 첫새벽에 떠나가고, 이편 눈의 동자부터는 지금 막 떠나려고 파랑보에 봇짐 싸고 곰방대 붙여 물고 길목버선* 발감개 하네.

　애고애고, 아내 팔자 이다지도 기박한가. 남편도 자주 잃네.

　첫째 낭군 얻었다가 보라매에 채여 가고, 둘째 낭군 얻었다가 사냥개에 물려가고, 셋째 낭군 얻었다가 살림도 채 못 하고 포수에게 맞아 죽고, 이번 낭군 얻어서는 금실도 좋거니와 아홉 아들 열두 딸을 남겨 놓고 아들딸 혼사도 채 못 해서 입과 배가 원수로고, 콩 하나 먹으려다 덫에 덜컥 치었으니 속절없이 영 이별하겠구나.

　도화살*을 가졌는가, 이내 팔자 험악하네. 불쌍하다, 우리 낭군. 나이 많아 죽었는가, 병이 들어 죽었는가. 망신살을 가졌는가, 고집살을 가졌는가. 어찌하면 살려 낼까? 앞뒤에 있는 자녀는 누구와 결혼하며, 뱃속에 든 유복자 해산할 때 누가 옆에서 시중들어 줄까?

　운림초당* 넓은 들에 백년초를 심어 두고 백년해로 하자고 했더니, 단 삼 년이 못 지나서 죽어서 영원히 이별하는 이별초가 되었구나.

　저렇게도 좋은 모습, 언제 다시 만나볼꼬? 명사십리(明沙十里)* 해당화야, 꽃 진다고 한탄 마라. 너는 내년 봄이 되면 또다시 피려니와, 우리 낭군 이번 가면 다시 오기 어려워라. 미망(未亡)*일세, 미망일세, 이내 몸이 미망일세."

　한참 동안 통곡을 하니 장끼는 눈을 반쯤 뜨고,

　"자네 너무 서러워 말게. 남편을 자주 잃는 자네 가문에 장가간 게 내 실수라. 이말 저말 잔말 말게. 죽은 자는 다시 살아날 수 없음이라.

　다시 보기 어려울 테니 나를 굳이 보겠으면 내일 아침 일찍 먹고 덫 임자 따

길목버선 : 먼 길을 가는데 신는 버선. 볼이 없고 웃뚜껑만 있음.
도화살 : 재앙을 일으키는 살로서 살은 사람을 해치거나 물건을 깨친다는 모진 귀신의 독기.
운림초당 : 구름 낀 숲 속에 있는 이엉으로 지붕을 이은 조그만 집.
명사십리 : 아주 곱고 깨끗한 모래밭.
미망 : 남편은 죽었으나 홀로 살아남아 있음.

라가면 김천장에 걸렸거나, 청주장에 걸렸거나, 그렇지 아니하면, 감령도나 병영도나 수령도나 관청고에 걸렸든지, 봉물짐*에 얹혔든지, 사또 밥상에 오르든지, 그렇지도 아니하면 혼인할 때 폐백 드리는 건치*가 되리로다. 내 얼굴 못 보아 서러워 말고 자네 몸 수절하여 정렬부인(貞烈夫人)* 되어 주게. 불쌍하다, 불쌍하다, 이내 신세 불쌍하다. 우지 마라, 우지 마라, 내 까투리 우지 마라. 장부 간장 다 녹는구나. 자네가 아무리 슬퍼해도 죽는 나만 불쌍하네.”

그러면서 장끼는 기를 벅벅 썼다. 덫의 아래고리를 벌리고 윗고리 당기면서 버럭버럭 기를 쓰나 살길은 전혀 없고 털만 쑥쑥 다 빠졌다.

장끼가 잡혀가자 까투리가 제사를 지내다. 이 때 덫 임자 탁첨지가 망을 보고 있다가 만선두리* 서피 휘양*을 우그려 쓰고 지팡이를 걷어 집고 허위허위 달려들어, 장끼를 빼어 들고 희희낙락 춤을 추며,

“지화자 좋을시고, 푸른 시냇물에 물 먹으러 네 왔더냐, 화려한 도화꽃 구경하러 네 왔더냐. 먹을 것 탐내다가 죽을 줄 모르고서 식욕이 과하기로 콩 하나 먹으려다가 녹수청산에서 놀던 너를 내 손으로 잡았구나. 산신께 정성을 드려 네 가족들을 다 잡으리라.”

하면서 장끼의 빗겨 문 혀를 빼내어 바위 위에 얹어 놓고 두 손을 합장하고 빌었나.

“아까 놓은 저 덫에 까투리마저 치이게 하옵소서. 나무아미타불 관세음보살.”

꾸벅꾸벅 절을 하며 빌기를 마친 탁첨지는 어깨마저 들먹이며 내려갔다.

까투리는 몰래 그 뒤를 따라 가서 바위에 얹힌 털을 울며불며 찾아다가 갈

봉물짐 : 시골에서 서울의 벼슬아치에게 선사하는 물건을 넣는 짐.
혼인할 때 폐백 드리는 건치 : 결혼식을 할 때 예를 갖추어 보내는 꿩고기 말린 것. 신부가 시부모를 처음 뵐 때 시어머니에게 건치를 폐백으로 드렸다.
정렬부인 : 정렬이 있는 부인에게 내리는 칭호.
만선두리 : 벼슬아치가 겨울에 예복을 입을 때 머리에 쓰는 추위를 막는 모자.
서피 휘양 : 무소 가죽으로 만든 모자로 추울 때 머리에 씀. 생김새는 남바위 비슷하며 뒤가 길며 목덜미와 뺨도 싸게 되어 있음.

잎으로 감싸서 댕댕이덩굴에 파묻고 원추리로 더 쌓아서 어린 소나무에 걸어 놓고 밭머리에 산사태 난 데 구덩이를 파지 않고 무덤을 만들어 관을 내려놓고, 산신령과 부처님께 제사를 지내고 제물을 차렸다.

가랑잎에 이슬을 받아 도토리 잔에 따라 놓고, 속잎대로 수저를 삼아 집의 형편에 따라 그렁저렁 차려 놓고, 초상 치르는 입장에서 의관 좋은 두루미는 제사 지낼 때 첫째 번으로 술잔 드리게 되었고, 몸이 가벼운 제비는 손님 맞게 되었고, 말 잘하는 앵무새는 음식을 차리는 일을 맡았다.

따오기는 제상 앞에 꿇어앉아 축문(祝文)*을 읽었다.

"아무 해 아무 달 아무 날에 과부 까투리가 감히 아뢰옵니다. 세상을 떠난 남편 장끼의 넋은 무덤 속으로 돌아가고 신령은 집으로 돌아오소서. 신주(神主)*를 이미 만들었으니, 부디 신령께서는 옛것을 버리시고 새것에 의지하소서."

따오기의 축문이 끝난 뒤 제물을 상에서 내려놓을까 말까 하는데 마침 소리개 한 마리 날아오다가 주린 배를 생각하고 내려다보며,

"어느 놈이 맏상제냐? 내 한 놈 데려 가리라."

하고 주루룩 달려들어 두 발로 꿩 새끼 한 마리를 툭 차 가지고 공중에 높이 떠서 절벽 맨꼭대기에 덥석 올라앉아 이리저리 뒤적뒤적하면서,

"감기로 몸이 불편해 십여 일 굶주려 입맛이 떨어졌더니 오늘에야 가장 맛난 것을 얻었구나. 문어 전복 해삼찜은 재상이 먹는 것이고, 전초자반을 안주 삼아 솔잎술을 먹는 것은 임금의 일이고, 십 년마다 열린다는 용궁의 복숭아는 신선의 음식이요, 일 년 동안 취한다는 약산주는 부잣집 늙은이나 마시는 것이고, 저절로 죽은 강아지와 꽁지 안 난 병아리는 연장군*인 내 것인데 크나 작으나 꿩은 꿩이니 이런 횡재가 어디 또 있으랴. 배고픈 김에 먹고 보자."

너울너울 춤을 추다가 아차 하고 돌아보니 꿩 새끼는 바위 아래 절벽으로

축문 : 제사 때 신령에게 읽어 고하는 글.
신주 : 죽은 이의 이름을 적어 놓은 나무패(위패).
연장군 : 소리개를 장군으로 비유한 것.

떨어져 어디론가 자취를 감추어 버렸다.

소리개는 어안이 벙벙하고 어처구니가 없어 탄식하여 말하였다.

"내 언제 한 번인들 잡은 먹이 놓친 적 있었던가. 삼국의 명장 관우님도 화용도 좁은 길에서 다 잡은 조조를 놓아 주었던 것은* 대의(大義)*를 생각하심이라. 성질 사나운 연장군도 꿩 새끼를 놓아주었으니 이는 또한 선심을 쓴 것이로다. 내 자손이 번창할 것이로다."

여러 새들이 까투리에게 청혼하다. 이 때 태백산 갈가마귀가 북악을 구경하고 도중에서 배가 고파 요기를 하고서 까투리에게 조문하고 과실을 나눠 먹고 탄식하여 말하였다.

"그 친구 모습 좋고 마음 좋아 오래 살 줄 알았더니, 붉은 콩 하나 잘못 먹고 어찌 비명으로 죽었단 말인가? 가련하고 불쌍하도다. 우리야 그런 콩 보아도 먹겠는가? 여보, 까투리 마누라님 들어보오. 오늘 이 말씀하는 것은 체면상 들린 일이나 옛날에 이르기를 장수 나면 용마(龍馬)*가 나고, 문장이 나면 명필이 난다 하였으니 그대는 남편을 잃고 나는 아내를 잃어 오늘 여기 오게 되었으니 이는 곧 하늘이 정해 준 연분이 아니고 무엇이겠소. 꽃 본 나비가 불을 망설이며 물 본 기러기가 어부를 두려워하랴? 그 형편과 그 집안 내가 알고, 내 형편과 내 집안 그대가 알 테니 우리 둘이 같이 살림을 꾸려 나간다는 생각으로 오랫동안 즐거움을 나누는 것이 어떠하오?"

이 말을 들은 까투리는 한 마디로 한심하여 툭 쏘아붙이는데,

"아무리 미천한 짐승인들 삼년상도 못 마치고 다시 결혼하는 법을 누구의 예문(禮文)*에서 보았소? 옛말에 용은 구름을 따르고 호랑이는 바람을 따른다

삼국의 명장 관우님도 ~ 놓아 주었던 것은 : 촉나라의 장수 관우가 조조와 적병강에서 싸울 때 조조가 패하여 화용도로 달아났다. 그 때 길목을 지키던 관우에게 잡혔는데 이전에 관우가 잡혔을 때 후히 대접하며 놓아 준 말을 조조가 하자 관우가 조조를 놓아 주었다고 한다.
대의 : 사람이 지켜야 할 큰 의리.
용마 : 썩 훌륭한 말.
예문 : 예법에 대해 써 놓은 글.

고 하였고, 계집은 필히 그 지아비를 따르라 하였는데 임마다 따라가겠소?"

까투리의 말을 들은 까마귀가 자신의 경솔함은 생각하지 않고 크게 화를 내며 말하였다.

"그대 말은 가소롭다. 『시전(詩典)』*이란 책에 있는 개풍장에 이르기를, 아들이 일곱이나 있어도 어머니의 마음을 위로해 주지 못한다고 하였으니 이는 어머니가 다시 결혼할 때 탄식한 말이라. 사람도 그러한데, 하물며 그대 같은 미천한 짐승에게 수절이 맞는 말인가? 예로부터 까투리의 열녀문(烈女門)*을 내 일찍이 본 일이 없도다."

이 때 부엉이가 들어와 조문을 끝내고 까마귀를 돌아보며 꾸짖었다.

"몸뚱이도 검거니와 주둥이도 고약하구나. 어른이 오시면 몸을 벌떡 일으켜서 인사를 할 일이지, 일어서지도 않고 그대로 앉았느냐?"

이 말 듣고 까마귀 그대로 있을 수 있겠는가?

"이 버릇없는 부엉아! 눈이 우묵하고 귀만 쫑긋하면 다 어른이냐? 내 몸 검다고 웃지 말라. 거죽이 검다한들 속까지 검을쏘냐? 우연히 산음벌을 날면서 지나가다가 이내 몸 검어진 것이니라.* 내 부리 또한 비웃지 말라. 남월의 왕 구천*이도 내 입과 흡사하나 하루 세 번 장복하고 십 년이 흘러 제후왕*이 되었느니라. 옛글도 모르면서 어찌 진정 어른을 학대하느냐? 내일 식후에 통문(通文)*을 놓아 대동회(大同會)*에 방을 붙이고 명부에서 이름을 없애리라."

이렇듯, 까마귀와 부엉이가 서로 다투고 있을 때 푸른 하늘에 외기러기가 구름 사이로 떠올랐다가 내려와서 목을 길게 늘어뜨리고 좌우를 크게 꾸짖었다.

시전 : 『시경』를 자세하게 풀이한 책.
열녀문 : 열녀의 행실을 칭송하고 기념하기 위해 열녀의 집 앞에 세우는 붉은 문 또는 그렇게 세운 비석.
우연히 산음벌을 날면서 지나가다가 이내 몸 검어진 것이니라 : 조선 시대 세조 때의 성삼문의 시 구절이다. 우연히 산음벌이란 곳을 날아서 지나다가 그만 옛 명필이 벼루 씻은 못에 떨어진다는 뜻이다. 까마귀가 몸빛깔이 검어진 이유를 표현하고 있다.
남월의 왕 구천 : 중국 월나라의 임금 구천. 목이 길고 입이 뾰족하였다고 함.
제후왕 : 천자에게 매여 있으면서 일정한 지역을 받아 그 지역의 백성을 다스리는 임금.
통문 : 여러 명이 돌려보는 통지문. 받아 보는 사람의 이름을 미리 써 놓고 차례로 돌림.
대동회 : 옛날에 여러 사람이 모이는 모임의 한 가지.

"너희들이 무슨 어른이냐? 한나라 소자경이 북해에 십구 년을 갇혀 있을 때 고국 소식 몰라 하기로 한 장 편지 맡아다가 한나라 천자에게 바쳤으니,* 이런 일을 보더라도 내가 먼저 어른이지 너희들이 무슨 어른이냐?"

이 때 앞 연못 물오리가 일곱 번 마누라를 잃고 자식이 없어 후처를 구하고 있는데, 까투리가 남편을 잃었다는 소식을 듣고 결혼하자는 뜻도 미리 알리지도 않고 혼인 잔치하겠다고 사이좋게 우는 기러기로 안부장이*를 삼고, 구구거리는 진경이*로 함진아비*를 하고, 쾌활한 황새는 후행(後行)*을 삼았으며, 목소리가 큰 왜가리로는 길잡이로 삼았고 맵시 있는 호반새는 전갈 하인*을 삼았다.

이 날 호반새 들어와서 말하였다.

"과부 홀아비 만나는데 예절 보고 사주(四柱)* 보랴? 신부 신랑 둘이 만나면 자연 궁합 되느니라. 그럴 것 없이 날이나 한 번 잡아 보세. 갑자 을축 하고 하늘의 덕, 날의 덕이라. 허허 아무리 꼽아 보아도 좋고 좋다. 오늘밤이 가장 좋다. 잔말 말고 같이 자세."

슬피 울던 까투리 얼굴에 웃음이 번졌다.

"자네도 남아라고 음흉한 말 제법 하네."

오리가 또 입을 열어 말하였다.

"잔말 말고 이내 호강 한 번 들어보오. 바다 위에 솟은 명산에 신선들이 노는 모양노 내가 민지 구경하고, 넓고 넓은 물에 떠서 붉은 여뀌 흰 마름 설레는 곳에 집을 잡고 오락가락 노닐면서 살지고 좋은 생선 배부르게 먹으니 천

한나라 소자경이 북해에 ~ 한나라 천자에게 바쳤으니 : 한나라 때의 소무를 가리킨다. 월씨국에 사신으로 갔다가 잡혔지만 거기서 꺾이지 않고 19년 동안 갇혀 있었다. 기러기가 편지를 전해 주었다는 이야기가 있다.
안부장이 : 안부쟁이. 즉 신랑이 신부집에 기러기를 가지고 가서 상위에 놓고 절하는 의식을 치르는데, 그 때 기러기를 들고 신랑 앞에 서서 가는 사람.
진경이 : 오리와 비슷하게 생겼으면서도 갈색이 약간 섞이고 허리와 꼬리가 검은 따오기.
함진아비 : 혼인 때 신부 집으로 함을 지고 가는 사람.
후행 : 결혼할 때 신랑이나 신부의 뒤를 따라가는 사람.
전갈 하인 : 결혼할 때 신랑집의 의사나 일을 전달하는 심부름꾼.
사주 : 사람이 태어난 연·월·일·시의 네 가지 간지.

지간의 좋은 생애 물 밖에 또 있는가?"

  까투리가 새 남편 장끼와 살다가 조개가 되다. 물에서 사는 오리의 자랑을 듣고, 까투리가 잠자코 있겠는가?

"물 생애가 좋다한들 육지 생애와 같겠는가? 육지 생애 이를 테니 우리 생애 들어보오. 평원광야 넓은 들에 오락가락 노닐다가 층암절벽 높은 산에 올라가 사방팔방 구경하고, 춘삼월 꽃 시절에 버들잎이 푸를 때 황금 같은 꾀꼬리는 이리저리 펄펄 날고, 오얏꽃 피는 밤이면 소쩍새 소리 구성져서 내 고향 돌아가자 어찌나 간절한 지 초목도 짐승들도 생각에 잠기나니 그도 또한 놀랍네. 가을 팔월에 누런 국화 피었을 때 만산에 널린 과일 주워다가 앞뒤로 쌓아놓고 장끼 장군의 좋은 옷과 우는 소리 고금에 비길 데 없네. 물 생애가 좋다한들 육지 생애를 당하겠는가?"

말이 막힌 오리가 할말없어 잠자코 있는데 그 옆에 조문 왔던 장끼란 놈이 썩 나서서 하는 말이,

"이내 몸이 홀아비 된 지 삼 년이 지났는데도 마땅한 혼처 없어 외롭더니, 오늘 그대가 과부 되었고 내가 조문하러 왔음은 하늘이 정해 준 배필을 찾게 해 주심이라. 우리 둘이 짝을 지어 아들딸 낳고 장가 시집 보내면서 백 년을 같이 사는 것이 어떠한가?"

이 말 들은 까투리 얼굴 살짝 붉히며 하는 말이,

"죽은 낭군 생각하면 다시 결혼하기 야박하나, 내 나이 꼽아 보면 늙지도 젊지도 아니한 중늙은이라. 남자도 알고 살림할 나이로다. 오늘 그대 모습 보니 수절할 맘 전혀 없고 솔깃한 맘이 불붙네. 숱한 홀아비가 예서 제서 결혼하자고 하나 끼리끼리 논다 하였으니 까투리가 장끼 신랑 따라가는 것이 실로 마땅한 일이로다. 아무렴 살아 보세."

장끼의 결혼 신청을 기꺼이 승낙하는 까투리였다. 까투리의 허락을 얻어낸 장끼란 놈은 꺽꺽 푸드득하더니 벌써 잠자리를 만들었다.

이 모양을 멀건히 구경하던 까마귀, 부엉이, 물오리들은 가차없이 거절당하고 무안해서 훨훨 날아가 버렸다. 그 뒤를 따라 손님들도 모두 다 날아갔다. 깜장새 호루룩, 방울새 딸랑, 앵무, 공작, 기러기, 왜가리, 황새 모두들 날아가 버렸다. 그러자 까투리 새 낭군 앞세우고, 아홉 아들 열두 딸을 뒤세우고 눈보라 무릅쓰고 구름숲과 푸른 냇물로 돌아갔다.

다음 해 삼월 봄이 되자 아들 딸 시집 장가 다 보내고 암수가 쌍을 지어 명산대천으로 노닐다가, 시월이라 십오 일에 부부 내외 암수가 함께 큰 물 속으로 들어가 조개가 되었다. 세상 사람들은 이를 가리켜 꿩 부부가 바다에 들어가 조개로 변하였다고 하는 것이 바로 그것이다. ✺

갈래 | 한글 소설, 우화 소설, 교훈 소설, 판소리계 소설
성격 | 우화적, 풍자적
연대 | 19세기 이후
배경 | 시간적-미상, 공간적-미상
시점 | 전지적 작가 시점
주제 | 남녀의 불평등 관계와 과부의 개가 금지에 대한 비판

구성과 내용

❶ 발단 | 붉은 콩을 먹으려는 장끼와 이를 말리는 까투리 – 어느 추운 겨울날, 장끼와 까투리가 아들딸들을 거느리고 먹이를 구하러 들판으로 나간다. 장끼가 붉은 콩 하나를 찾았는데 까투리는 주워 먹지 말라고 장끼를 붙잡고 말린다. 까투리가 지난 밤에 꾼 꿈이 좋지 않다고 하는데도, 장끼는 이를 듣지 않는다.

❷ 전개 | 덫에 걸린 장끼의 요구 – 고집이 센 장끼는 까투리가 말리는데도 붉은 콩을 주워 먹으려다가 탁첨지가 놓은 덫에 치인다. 까투리는 탄식하며 당황하는데 장끼는 죽어 가면서도 까투리에게 수절하며 결혼하지 말라고 한다.

❸ 위기 | 과부가 된 까투리의 청혼 거절 – 과부가 된 까투리는 장끼의 깃털을 하나 주워다가 장례를 치른다. 장례식에 갈가마귀, 물오리 등이 조문하러 온다. 모두 까투리에게 청혼하지만 까투리는 아직 삼년상을 다 치르지 않았다고 하며 이를 거절한다.

❹ 전환 | 까투리의 네번째 재혼 – 뒤늦게 찾아온 홀아비 장끼에게 마음이 쏠린 까투리는 자신이 한 말을 뒤집고 결혼을 한다.

❺ 결말 | 조개가 된 까투리 – 새로운 남편을 만난 까투리는 아들딸을 모두 시집 장가 보내고 명산대천을 놀러 다니면서 큰 물에 들어가 조개가 된다.

작품 줄거리　　　눈이 덮인 아주 추운 겨울날, 장끼와 까투리는 굶주림을 이기지 못하고 9명의 아들과 12명의 딸을 거느리고 먹을 것을 찾아 들판에 나간다. 그들은 밭에서 붉은 콩 하나를 발견한다. 장끼가 이것을 주워 먹으려 하자, 까투리는 눈 위에 사람 발자국이 있다고 먹지 말라고 한다. 그러나 장끼는 사람의 흔적이 있다는 까투리의 말을 미련하다고 나무란다. 이에 까투리는 지난밤에 꾼 여러 가지 꿈들을 들어 불길하다고 한다. 그 때마다 장끼는 그 꿈을 좋은 징조라고 해석하며 까투리의 말을 귀담아 듣지 않고 오히려 방정맞은 소리를 한다고 야단친다. 그리고 끝내는 콩을 먹으려 한다. 그 순간 장끼는 덫에 치이고 만다.

비명에 죽어가던 장끼는 자신의 운명을 슬퍼하면서 까투리에게는 부디 다시 결혼하지 말고 혼자 살라고 한다. 장끼가 죽자 덫은 놓았던 탁첨지는 기뻐하면서 장끼를 가져간다.

까투리는 서러워하며 죽은 장끼의 털을 주워 장례를 치른다. 그 때 수리개가 날아들어 맏아들을 채간다. 하루는 갈가마귀가 북악을 구경하고 돌아오던 길에 문상도 하고 고픈 배도 채울 겸 들른다. 갈가마귀는 까투리에게 같이 살자고 조르지만 까투리는 아무리 미천한 짐승이라도 남편 죽은 뒤 삼 년은 기다려야 한다면서 거절한다. 그 다음에는 부엉이와 물오리가 찾아온다. 물오리가 일곱 번째 아내를 잃고 같이 살자고 하지만 까투리는 여전히 거절한다. 조문을 왔던 장끼가 옆에서 저마다 까투리에게 청혼하는 것을 보고 자신은 홀아비로 산 지 3년이나 되었다면서 청혼한다. 까투리는 죽은 장끼를 생각하면 다시 결혼하는 것이 미안하지만 옛말에 이르기를 같은 무리끼리 따르고 사귀라고 했으니 청혼을 받아들인다고 한다. 눌은 찍을 지어 전국의 좋은 장소는 다 구경하고 다니면서 재미있게 산다. 그리고 큰 못에 들어가 조개가 된다.

우화 소설

「장끼전」은 사람의 행동을 하는 동물들에 의해 사건이 펼쳐지는 소설이다. 우리는 이것을 우화 소설이라고 한다. 우화 소설은 동물이나 식물의 가면을 쓴 보통의 일반적인 인물을 통해 인간의 성품이나 행동을 비판하거나 풍자하고 진실과 교훈을 가르쳐 준다.

「장끼전」에서 보면 장끼와 까투리가 각기 풍채 좋은 장부와 아내의 모습으로 나온다. 이것은 인간 생활을 그대로 반영한 것이다. 또 화려한 숫놈과 수수한 암놈의 특성을 살려 그것을 사람의 몸치장과 결부시켜 잘 그리고 있다. 그리고 장끼로 나타나는 남자들의 올바르지 못한 권위의식과 탐욕을 나무라고, 고난과 순종을 강요당하는 여인의 비극적인 운명과 이것을 극복하려는 의지를 까투리의 개가라는 사건을 통해 보여 준다.

「장끼전」과 함께 대표적인 우화 소설로 「토끼전」과 「서옥기」가 있다. 「토끼전」은 용왕과 자라가 등장하여 군주와 신하로 행세한다. 자라는 부귀영화를 바라며 임금에게 절대적 충성심을 바치는 충신의 모습을 보이고 토끼는 허욕에 눈이 멀어 일시적으로 유혹에 넘어가 위기에 처했다가 살아남은 서민의 모습을 풍자하고 있다.

「서옥기」는 창고를 털어 먹은 큰 쥐의 범행에 대해 80여 가지나 되는 동물과 식물이 얽혀 있는 재판 사건을 그리고 있다. 이것은 조선 후기 농촌에서 서민들의 재산을 마음대로 빼앗는 양반들을 갖가지 수법과 사건을 통해 풍자하고 있는 작품이다.

감상의 길잡이　　　**아내 까투리를 무시하는 남편 장끼**　이 작품에서 등장하는 두 주인공 장끼는 수꿩이고 까투리는 암꿩이다. 「장끼전」이란 제목이 붙어 있으나 실제 주인공은 까투리이므로 「까투리전」이라고 해도 좋다.

「장끼전」은 두 개의 장면으로 이루어져 있다. 첫 이야기는 장끼 가족이 아주 추운 겨울에 먹이를 찾아 들판을 나서는 모습이 그려진다. 여기서 장끼와 까투리는 인간이 덫으로 쳐놓은 것으로 추측되는 붉은 콩을 먹을 것인가 말 것인가에 대해 다툼을 벌인다. 장끼는 먹겠다고 고집을 부리고 까투리는 어젯밤 꾼 꿈이 좋지 않다고 하면서 먹지 말라고 말리면서 실랑이를 벌인다. 장끼는 까투리의 꿈을 자기 식대로 풀이하면서 까투리를 무시하는데 이것은 아내의 말을 무조건 무시하는 남편의 권위적인 태도를 나타낸다. 반면 까투리는 조심스럽고 신중한 현명한 아내의 모습을 보여 준다. 장끼가 덫에 치어 죽어가는 장면에서도 권위적인 남편과 현명한 아내의 모습이 잘 보인다. 장끼는 끝까지 남편을 자주 잃는 까투리의 집안에 장가들었기 때문에 자기가 죽는다고 주장을 한다. 죽는 순간에도 자기가 생각을 잘못해서 죽은 것이 아니라 까투리 탓이라고 주장하는 장끼의 모습은 웃음을 자아낸다.

다시 결혼하는 까투리   장끼가 죽은 뒤 까투리는 장끼의 장례식을 치른다. 장례식을 치르는 곳에 온갖 새들이 모여든다. 장끼의 장례식에 온 갈가마귀, 부엉이, 물오리가 차례로 까투리에게 결혼을 하자고 조르지만 까투리는 삼 년 동안 수절해야 한다고 전부 거절한다. 그러나 홀아비 장끼가 나타나자 수절하겠다는 생각을 버리고 끼리끼리 모여서 살아야 한다며 청혼을 받아들인다. 이것은 남편이 죽으면 아내는 죽을 때까지 수절을 해야 한다는 당시의 관습을 뒤집은 것이다. 까투리는 청혼을 해오는 새들을 고르고 있다. 또다시 결혼하는 것이 죽은 장끼에게는 미안하지만 아직 나이도 젊고 또 홀아비 장끼가 마음에 들어 수절할 마음이 없어졌다고 솔직하게 말하고 있다. 이것은 과부의 결혼을 금지한 당시의 관습에 대한 도전이라고 할 수 있다.

「장끼전」은 우화 소설이며 풍자 소설   「장끼전」은 남편이 아내를 무시하고 과부의 재혼을 무조건 금지하는 조선 시대 관습에 대해 비판하고 있다. 이것은 조선시대 영조와 정조 임금 때부터 나타나기 시작한 평민들의 자각 때문이다. 장끼와 까투리가 굶주려 들판을 헤매면서 콩을 주우러 다니는데 양반들에게 재산을 빼앗기고 떠돌아다녀야 했던 당시 서민들의 고달픈 모습이 이러했다. 또 아내는 무조건 남편에게 복종해야 한다든지, 한 번 시집을 가면 개가할 수 없다든지, 또 어려서는 부모를 따르고 결혼해서는 남편을 따르고 늙어서는 아들을 따라야 한다는 삼종의 덕을 지키라는 관습을 용감하게 타파하려는 내용을 담고 있다.

「장끼전」은 판소리계 소설   장끼전은 원래 판소리로 불러지다가 어느 때인가 창(唱)을 잃어버리고 내용만 남은 소설이다. 전해오는 설화를 바탕으로 만들었다는 이야기도 있다. 다른 이름으로 「화충전」이라고도 하는데, 화충이란 꿩의 모습이 화려하다고 해서 붙여진 것이다. 그런데 노래로 불려진 소설이었기 때문에 문체가 특이하다. 노래 가락에 맞게 3·4조나 4·4조로 이야기가 펼쳐지고 있으며, 어떤 부분에서는 민요나 가사를 그대로 옮겨 놓은 것 같은 곳도 있다. 아름답게 꾸민 말과 글귀가 대부분이면서도 평민들이 살아가는데 생기는 고통을 구수한 해학과 신랄한 풍자로 풀어 내고 있다.

1. 「장끼전」에 등장하는 남편 장끼의 성격으로 가장 알맞은 것을 골라 보자.

   ① 포악하고 날카롭다.
   ② 의심이 많고 신중하다.
   ③ 급하고 허세가 많다.
   ④ 겁이 많고 소심하다.
   ⑤ 교활하고 고집이 세다.

2. 「장끼전」을 읽고 나눈 다음의 대화를 읽고, 중심 화제는 무엇인지 찾아보자.

보기

승은 : 너 장끼전 읽어 봤어? 장끼 같은 사람 어때?

용선 : 난 그런 인물 별로 안 좋아해. 까투리를 너무 무시하잖아.

재화 : 나도 그렇게 생각해.

승은 : 그래도 장끼가 까투리를 사랑하기는 했어. 자기가 죽으면 정절을 지켜 달라고 하잖아.

용선 : 그러니까 더 문제야. 까투리를 아끼는 마음이 있다면 차라리 까투리한테 좋은 사람 만나서 행복하게 살라고 해야 하지 않을까? 거기다가 장끼는 까투리의 충고 한 마디도 듣지 않다가 죽게 되었잖아.

재화 : 까투리가 그렇게 말리는 데 장끼는 자기 고집만 부리다니……

승은 : 그것이 그 당시 남자들의 생각이 아니었을까?

① 인물의 성격　　② 사건의 전개　　③ 작가의 생애
④ 문체의 효과　　⑤ 작품의 주제

3. 까투리가 홀아비 장끼를 선택하여 재혼한 이야기와 관련하여, 다음 중에서 이 이야기를 가장 들려 주고 싶은 대상을 찾아보자.

　① 국산보다 외국에서 만든 제품을 더 선호하는 사람
　② 중국에서 수입한 마늘을 토종 마늘이라고 속여서 파는 사람
　③ 양식을 먹을지 한식을 먹을지 고민하는 사람
　④ 교훈이 될 만한 웃어른들의 말씀을 잘 듣는 사람
　⑤ 자신이 저지른 잘못을 늘 핑계를 대어 합리화시키는 사람

4. 「장끼전」의 전반부에서 장끼와 까투리가 하는 대화를 통해 알 수 있는 성격에 대해 이야기해 보자.

5. 「장끼전」이 풍자하고자 하는 것은 무엇일까? 간략하게 정리해 보자.

☞정답과 해설 p.400

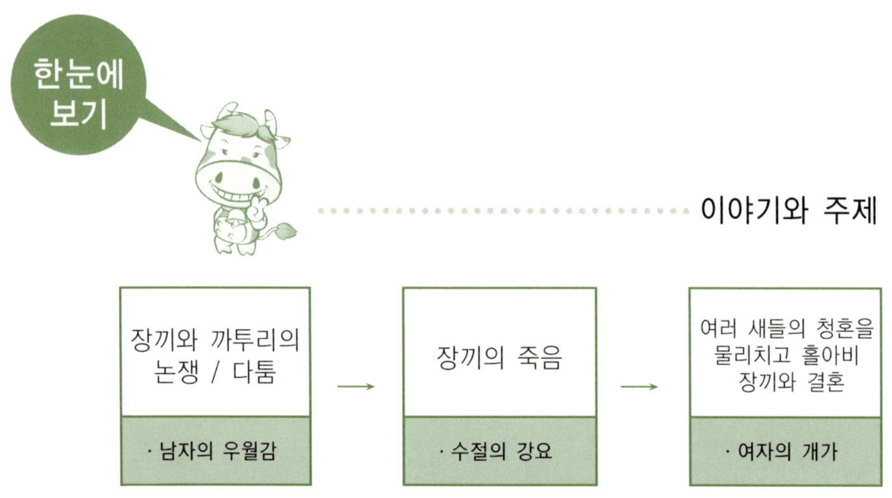

더 알아보기

판소리 다섯마당은 어떻게 이루어졌는가?

판소리는 조선 시대 순조(재위 1800~1834) 무렵부터 판소리 8명창이라 하여 권삼득, 송흥록, 모흥갑, 염계달, 고수관, 신만엽, 김제철, 주덕기 등이 유명하였다. 이들이 장단과 곡조를 오늘날과 같이 발전시켰다. 판소리는 지역에 따라 동편제(전라도 동북지역), 서편제(전라도 서남지역), 중고제(경기도·충청도) 등으로 나뉜다.

판소리가 발생할 당시에는 한 마당의 길이가 그리 길지 않아서 판소리 열두 마당이라 하여 「춘향가」, 「심청가」, 「수궁가」, 「흥보가」, 「적벽가」, 「배비장타령」, 「변강쇠타령」, 「장끼타령」, 「옹고집타령」, 「무숙이타령」, 「강릉매화타령」, 「가짜신선타령」 등 그 수가 많았다. 그러나 현실성 없는 이야기 소재와 소리가 점차 길어지면서 충, 효, 의리, 정절 등 조선 시대이 가치관을 담은 「춘향가」, 「심청가」, 「수궁가」, 「흥보가」, 「적벽가」만이 좀 더 예술적인 음악으로 가다듬어져 판소리 다섯마당을 이루게 되었다.

결혼과 관련된 또다른 우화 「두더쥐의 혼인」을 감상해 보자.

두더쥐가 여기저기 아들의 신부감을 구하다가 결국 같은 두더쥐와 결혼을 시켰다는 이야기.

옛날에 두더지가 새끼를 낳아 매우 소중하게 키웠다. 새끼가 다 자라자 신부감을 구하게 되었다. 아주 귀한 아들이니 신부도 이 세상에서 가장 고귀한 종족과 결혼을 시켜야겠다고 마음먹는다. 하늘을 보고 생각한다. 이 세상에 둘도 없이 큰 종족은 하늘만 한 것이 없어 보인다. 그래서 하늘에게 결혼하자고 한다.

그러자 하늘은 대답한다.

"나는 세상의 모든 땅을 덮을 수 있고 세상의 모든 생물을 낳게 하고 자라게 할 수 있지만 구름에 가리면 어쩔 수가 없네. 그러니 구름만 못 하지."

두더지는 구름에게 가서 결혼하자고 한다. 구름은 대답한다.

"나는 해와 달을 가릴 수 있네. 산과 바다도 어둡게 할 수도 있지. 사방을 컴컴하게 만들 수도 있지만 바람이 불면 사라지고 말지."

두더지는 바람에게 가서 결혼하자고 한다. 바람은 대답한다.

"나는 큰 나무도 꺾을 수 있고 큰 집도 날릴 수 있네. 다만 과천 교외에 있는 돌미륵만을 엎어버릴 수 없어. 그러니 돌미륵만 못 한다네."

두더지는 과천에 있는 돌미륵에게 가서 결혼하자고 한다. 돌미륵은 대답한다.

"난 두더지가 내 발 밑에서 흙을 파버리며 엎어지게 되네. 그러니 두더지만 못 한다네."

결국 두더지를 자신을 되돌아본다. 그리고 두더지야말로 천하에 둘도 없이 큰 종족이라는 것을 알게 된다. 마침내 아들을 같은 두더지와 결혼을 시킨다.

결초보은(結草報恩) | 풀을 묶어서 은혜를 갚는다라는 뜻으로, 죽어 혼이 되더라도 입은 은혜를 갚는다는 말.

과유불급(過猶不及) | 모든 사물이 정도를 지나치면 도리어 안 한 것만 못함이라는 뜻으로, 중용(中庸)을 가리키는 말.

권선징악(勸善懲惡) | 착한 행실은 권하고 악한 행실에는 벌을 내림.

문일지십(聞一知十) | 한 가지를 들으면 열 가지를 미루어 안다는 뜻으로, 총명함을 이르는 말.

수어지교(水魚之交) | 물과 물고기의 사귐이란 뜻. 서로 떨어질 수 없는 친한 사이를 이르는 말.

식자우환(識字憂患) | 글자를 아는 것, 즉 지식이 많은 것이 오히려 근심이 된다는 뜻.

와신상담(臥薪嘗膽) | '원수를 갚거나 어떤 목적을 이루기 위하여 괴로움을 참고 견딤'을 비유하여 이르는 말.

용두사미(龍頭蛇尾) | 머리는 용이나 꼬리는 뱀이라는 뜻으로, '시작은 거창하나 뒤로 갈수록 흐지부지해짐'을 비유하여 이르는 말.

일석이조(一石二鳥) | 한 개의 돌을 던져 두 마리의 새를 맞추어 떨어뜨린다는 뜻으로, 한 가지 일을 해서 두 가지 이익을 얻음을 이르는 말

죽마고우(竹馬故友) | 대나무로 된 말을 타고 함께 놀던 친구란 뜻으로, '어릴 때부터 같이 놀며 자란 오랜 벗'을 이르는 말.

청천벽력(靑天霹靂) | 맑게 갠 하늘에서 치는 벼락이란 뜻으로, '뜻밖의 큰 변'을 비유하여 이르는 말.

표리부동(表裏不同) | 겉과 속이 같지 않음이란 뜻. 마음이 음흉하여 겉과 속이 다르다는 말.

유충렬전

작자 미상

「유충렬전」은 고대의 영웅 이야기를 가장 충실하게 그린 고전 소설이다. 주인공 충렬의 탄생과 자라면서 겪는 고난과 시련, 그리고 전쟁에서 공을 쌓아 나라를 위기에서 구하고 마침내 부귀영화를 얻는 이야기는 위태로운 나라를 구해 줄 영웅을 기다리는 민중의 마음을 담고 있다.

 ## 등장인물

유충렬 |

천상에서 지상으로 내려온 신과 같은 능력을 가지고 있는 인물이다. 정의를 위하여 악과 싸우는 전형적인 영웅으로, 천상에 있었을 때에도 선을 대표했고 이름은 자미성이었다. 백옥루 잔치 때에 익성과 대결하다가 죄를 지어 지상으로 내려와서 유심의 아들이 되었다.

유심 |

명나라 개국 공신의 후손으로 정직하고 충성스러운 인물이다.

강희주 |

유충렬의 장인으로 유심의 오래된 친구이다. 유심과 마찬가지로 충직한 성격의 소유자다.

정한담 |

천상에서부터 충렬과 대립하던 악인으로, 천상에서의 이름은 익성이다. 지상으로 유배되어 명나라의 간신이 된다. 적과 내통하여 역모를 꾀하다가 유충렬에게 사로잡혀 죽음을 당한다.

유충렬이 태어나다. 명나라 영종이 왕위에 막 올랐을 때 황실의 세력이 약하고 법령이 제대로 행해지지 않는 가운데, 남만(南蠻) 북적(北狄)*과 서역(西域)*이 세력을 키워 임금을 배반하고 군사를 일으킬 뜻을 두었다.* 이러한 까닭에 황제가 남경에 있을 뜻이 없어 다른 데로 도읍을 옮기고자 하였는데, 그 때 동방에 있는 창해국*에서 사신이 왔다. 그의 성(姓)은 임이요 이름은 경천이라 하는 사람이있다. 황제가 반가워서 그를 불러 접대한 후에 도읍 옮기는 문제를 의논하니, 임경천이 말했다.

"소신이 옥루(玉樓)*에서 산천을 바라보니, 지금 황제 계신 곳이 매우 좋은

남만 북적 : '남쪽 오랑캐'와 '북쪽 오랑캐'라는 뜻.

서역 : 지난날 중국 서쪽에 있던 나라들을 통틀어 이르던 말.

명나라 영종이 왕위에 ~ 일으킬 뜻을 두었다 : 작품의 배경이 나오고 있다. 「유충렬전」처럼 중국을 무대로 한 영웅 소설들이 많이 있는데, 중국을 배경으로 한 이유는 이야기를 꾸려나가는 데 자유롭고 편리하기 때문이다. 공상적인 전쟁과 많은 사건을 다루려면 우선 공간이 넓어야 하고, 또 독자에게 낯선 땅에 대한 흥미를 더욱 돋울 수 있기 때문이다. 나라가 어지러운 것은 주인공이 크게 활약할 수 있는 기회를 더 주게 된다.

창해국 : 고대 중국 동방에 있었던 나라 이름. 또는 신선이 산다는 상상의 나라.

옥루 : 천상에 옥황상제가 거처하는 곳.

곳입니다. 천하의 명산인 오악(五岳)* 중에 남악인 형산은 가장 신령한 산으로 한 나라의 주룡*이 되었고, 창오산 구의봉은 변화하여 외청룡*이 되었으며, 소상강 동정호는 물의 흐름이 넓고 활발하여 내청룡이 되어서 이익이 흘러가는 곳을 막았으니, 여러 왕이 오래도록 나라를 다스릴 것입니다. 또한 소신이 몇 년 전에 본국에서 하늘의 기운을 바라보았더니, 북두칠성의 정기가 남경으로 내려가고, 삼태성의 곱고 아름다운 빛이 황성에 비쳤으며, 자미원 대장성이 남쪽 지방에 떨어졌습니다. 머지않아 신기한 영웅이 날 것인데 황상(皇上)*은 어찌 조그마한 일로 이렇듯 굳게 방비가 되어 있는 이 중요한 곳을 버려 두려 하시며, 선황제 때부터 오래도록 전해져 온 나라의 터를 어찌 하루 아침에 버리려 하십니까?"

황제가 이 말을 듣고 마음이 가벼워져 도읍을 옮기려던 생각은 잊고 나라를 잘 다스리니, 시절이 태평하고 인심이 평안하였다.*

이 때 조정에 성은 유요 이름은 심인 신하가 있었다. 예전에 선조가 나라를 세울 때 공신이었던 유기*의 십삼 대 손이고, 전 병부상서 유현의 손자였다. 대대로 이름 있는 집안의 후예로 높은 벼슬에 있었는데, 유심은 정언주부(正言注簿)*로 있었다. 사람됨이 정직하고 타고난 본성이 민첩하며 한결같은 마음으로 충성하여 나라의 녹봉을 많이 받게 되었다. 따라서 집안 재산이 풍부하고, 일도 법에 따라 공평하게 처리하니 세상 공명은 한 시대의 제일이요, 나라 안의 온 사람들이 그의 부귀함을 칭송하였다. 다만 슬하에 자식이 한 명도 없어 매일 한탄하여 일 년에 한 번씩 선영(先塋)* 제사를 올릴 때마다 홀로 앉

오악 : 중국에서 유명한 5개의 산으로, 동·서·남·북·중앙에 하나씩 있음.
주룡 : 한 나라의 중추를 이루는 산맥.
외청룡 : 주산에서 왼쪽으로 갈려 나간 산맥 가운데 밖의 것을 말함.
황상 : 현재 나라를 다스리는 황제를 달리 말한 것.
그 때 동방에 있는 ~ 태평하고 인심이 평안하였다 : 나라가 위태로울 때 이를 구해줄 영웅이 출생할 것이라고 창해국 사신 임경천이 미리 예언을 하고 있다.
유기 : 주원장을 도와 명나라를 건국한 인물.
정언주부 : 임금의 뜻을 밝힌 문서를 심의하거나 왕에게 간하여 잘못을 바로잡는 일을 맡던 정육품의 벼슬.
선영 : 조상의 무덤이 있는 곳.

아 울면서 말하곤 하였다.

"슬프다! 나에게 무슨 죄 있어 나라의 녹봉을 먹으면서도 자식이 없으니, 세상이 좋다 해도 좋은 줄 잘 모르겠고 부귀가 영화롭지만 영화로운 줄도 잘 모르겠구나. 나 죽어 청산에 묻힌 백골이 되면 누가 그것을 거두며, 선영의 제사를 누가 모시며 지낼까?"

하며 하염없는 눈물이 옷깃을 적셨다.

부인 장씨는 이부상서 장윤의 맏딸이었다. 유주부가 이렇게 슬퍼하자, 주부의 곁에 앉아 있다가 가슴 깊이 슬픔에 젖어 말하였다.

"상공이 자식을 두지 못한 것은 소첩이 복이 없기 때문입니다. 첩의 죄를 따진다면 벌써 저를 버리셨을 것이지만, 상공의 은덕(恩德)으로 지금까지 잘 지내왔으니 부끄럽기만 합니다. 남악 형산은 이 세상에서 경치가 가장 뛰어난 산이라고 들었습니다. 우리 수고스러움은 생각지 말고 형산에 가서 산신께 정성껏 소원을 빌어 보십시다."

주부가 이 말을 듣고 대답하였다.

"하늘의 뜻으로 팔자에 자식이 없는 것인데, 빌어서 자식을 낳을 수 있다면 세상에 자식 없는 사람이 어디 있겠소?"

장부인이 여쭈었다.

"그 말씀도 당연하십니다. 그러나 옛날 성현 공자도 이구산*에 빌어서 났고, 정나라 정자산*노 우싱신에 빌었으니 우리도 빌어 보십시다."

주부가 이 말을 듣고 삼칠일 동안 마음과 몸가짐을 깨끗이 하고, 소복을 공들여 지어 입으며, 제물을 갖추고, 축문을 따로 지어서 부인과 함께 남악산을 찾아갔다. 가서 보니 산세가 웅장하고, 봉우리 꼭대기마다 푸른 소나무가 울창하여 옛날 그대로의 모습을 띠고 있었으며, 강물은 잔잔하여 거문고 타는

이구산 : 중국 산동성에 곡부현 동남에 있는 산. 공자가 탄생한 곳.
정자산 : 중국 춘추시대 정나라의 대부 공손교. 자는 자산. 나라를 잡고 있을 40여 년 동안 진·초나라가 쳐들어가지 못하였다 함.

소리를 돋우었다. 또 칠천십이 봉이 구름 밖에 솟아 있고, 층암절벽 위에는 갖가지 색을 띤 온갖 꽃들이 피어 있으며, 소상강의 아침 안개는 동정호로 돌아가고, 창오산의 저문 구름은 호산대로 돌아들었다. 주부가 부인과 함께 강수성을 바라보며 버드나무 가지를 부여잡고 육칠 리를 들어가니, 중간쯤에 연화봉이 있었다. 꼭대기에 올라서서 사방을 살펴보니, 옛날 하우씨*가 9년 동안 홍수를 다스리기 위해 층암절벽을 팠던 터가 어제 한 것처럼 분명하게 남아 있고, 산천이 매우 엄숙한 곳에 천제당을 높이 쌓고 백마를 잡던 곳이 뚜렷하였다. 추연을 바라보니, 옛날 위부인(衛夫人)*이 선동(仙童) 오륙 명을 거느리고 도를 닦던 일층 단이 무너져 있었다.

　주부와 부인이 제단 한 층을 따로 쌓아 노구밥*을 깔끔하게 정성 들여 담아 놓았다. 그리고 부인이 단 아래에 무릎 꿇고 주부는 단 위에 무릎 꿇고 앉아서 향을 피운 후 축문을 고운 소리로 읽으며 빌었다.

　유세차(維歲次)* 갑자년 갑자월 갑자일에 명나라 동성문 안에 사는 유심은 형산 신령께 비나이다. 슬프도다! 저는 명나라 태조께서 나라를 세울 때 공을 세운 신하의 후손입니다. 조상의 공덕으로 부귀를 아울러 갖추었으며, 몸에 아무런 탈도 없습니다. 다만 나이가 인생의 반이 넘도록 한 명의 자식도 두지 못했으니, 죽은 뒤 백골이 되면 누가 흙으로 덮어 줄 것이며 선영의 제사를 누가 받들겠습니다. 인간의 죄인이요, 지하의 악귀가 될 뿐입니다. 이 일을 생각하면 원한이 마음에 가득합니다. 이러한 까닭에 하찮은 정성으로나마 신령께 소원을 비오니, 하늘은 감동하시어 자식 하나 점지해 주십시오.

하우씨 : 하나라를 세웠다는 우임금을 이르는 말.
위부인 : 이름은 회존. 어려서부터 도를 좋아하고 신선을 사모하는 뜻이 있어 일찍이 형산에 거처하였다고 함. 양천봉과 백운담은 그녀가 남긴 작품임.
노구밥 : 산천의 신령에게 치성 드리기 위하여 노구솥에 지은 밥.
유세차 : 축문이나 제문의 첫머리에 나오는 말로, '해의 차례' 라는 뜻.

이렇듯 간절하게 비니, 하늘이 무심할 수 있겠는가. 지성이면 감천이라. 제단 위의 오색구름이 사방을 둘러싸고, 산 속 백발 신령이 일제히 내려와 깔끔하게 정성들여 지은 제물을 모두 다 받아먹는다. 이와 같이 징조가 좋으니 귀한 자식을 두지 못하겠는가.

부인이 다 빌고 나서 온 마음으로 기다렸다. 하루는 부인이 꿈을 꾸었는데, 오색구름이 영롱하고 하늘 위에는 한 선관(仙官)*이 청룡을 타고 내려와서 말하였다.

"나는 청룡을 다스리는 선관이었는데, 익성*이 도리가 없기에 옥황상제께 아뢰어 익성의 죄를 다스려 다른 방향으로 귀양을 보냈습니다. 그런데 익성이 이것에 불만을 품어 백옥루에서 잔치를 벌일 때 서로 싸우게 되었지요. 이로 인해 상제께 죄를 짓고 인간 세상으로 쫓겨나 갈 곳을 모르다가 남악산 신령이 부인 댁으로 가라고 지시하기에 왔습니다. 부인은 저를 불쌍히 여기시어 은혜를 베풀어 주십시오."

선관이 타고 온 청룡을 오색구름 사이에 놓아주며 말하였다.

"이 다음 속세에서 다시 너를 찾겠다."

하더니 부인의 품속으로 달려들었다.* 부인이 놀라 깨어나니 꿈을 꾼 것이었다. 정신을 차리고 주부를 들어오게 하여 꿈 이야기를 하자, 주부가 매우 즐거워하였다. 부인을 위로하여 봄기운을 부쳐 두고 아들 낳기를 온 마음으로 기다렸다.

과연 그 날부터 태기가 있어 열 달이 다 된 후에 옥동자가 태어났다. 이 때 방 안에서 향취가 나고, 문 밖에 상서로운 기운이 뻗쳐 싱그러운 빛이 땅에 가

득하였다. 이렇듯 상서로운 채색이 온 하늘을 가득 메운 가운데 한 선녀가 오색구름을 타고 내려왔다. 그리고는 부인 앞에 무릎을 꿇고 앉아 백옥상에 놓인 과일을 부인에게 주며 말하였다.

"소녀는 천상 선녀인데, 오늘 상제께서 자미원 장성이 남경 유심의 집에 다시 태어났으니, 네가 바삐 내려가 산모를 돕고 아기를 잘 보살피라고 하시기에 내려왔습니다. 백옥병의 향탕수*를 부어 동자를 씻기시면 온갖 병이 없어지고, 유리 주머니에 들어 있는 과일을 산모가 잡수시면 죽지 않고 오래도록 사실 것입니다."

부인이 그 말을 듣고 유리 주머니에 들어 있는 과일 세 개를 모두 집어드니, 선녀가 물었다.

"이 과일 세 개 가운데 한 개는 부인이 잡수시고, 하나는 공자를 먹일 것이요, 남은 한 개는 나중에 주부가 잡수실 것입니다. 옥황상제께서 다 각기 임자를 정해주신 과일을 어찌 혼자서 다 잡수시려 하십니까?"

하고, 부인에게 한 개를 먹게 한 후 향탕수를 부어 옥동자를 씻겨 비단 이불 속에 뉘여 놓았다. 그리고는 부인에게 작별 인사를 하고 오색구름에 싸여 사라졌다. 그런 후에도 공중에 서려 있는 상서로운 기운은 여전히 떠나지 아니하였다.

부인이 선녀를 보낸 후에 일어나 앉으니, 정신이 상쾌하고 맑아지면서 깨끗한 기운이 전날보다 배나 더하였다. 주부를 들어오게 하여 아기를 보이며 선녀가 하던 말을 낱낱이 전하니, 주부가 하늘을 향해 옥황상제께 감사드렸다.

유주부가 아기를 살펴보니, 생김새가 웅장하고 기이하였다. 이마가 매우 넓고 얼굴이 둥글넓적하며, 초생달 같은 두 눈썹은 강산의 정기를 받았고, 밝은 달 같은 앞가슴은 천지조화를 품었으며, 단산에 있는 봉황새의 눈은 두 귀밑을 돌아보고, 칠성에 둘러싸인 종학처럼 얼굴이 잘 생겼다. 또 북두칠성 맑은

향탕수 : 향을 넣고 끓인 목욕물.

별이 두 팔뚝에 박혀 있고, 뚜렷한 대장성이 앞가슴에 박혔으며, 삼태성 정신별이 등 위에 떠 있었다. 붉은색으로 새겨진 '명나라 대사마 대원수' 라는 글자가 은은히 박혀 있으니, 웅장하고 기이함은 세상의 제일이요, 천추의 하나로다. 주부가 기운이 상쾌하여 부인을 돌아보며 말하였다.

"이 아이의 관상을 보니, 천상의 사람이 인간 세상에 귀양 옴이 틀림없고, 세상의 영웅이 분명하오. 예전에 황제께서 도읍을 옮기고자 하여 창해국 사신인 임경천에게 물으니, 임경천이, 북두 정기가 남경으로 내려가고 자미원 대장성이 황성에 떨어져 머지않아 신기한 영웅이 나리라 했는데, 이 아이가 틀림없으니, 정말 즐겁소. 오래지 않아 대장 절월*을 허리에 옆에 차고 상장군 인수*를 비단 주머니에 넌지시 넣어, 부귀영화는 선영을 빛내고 사나운 기운과 영웅의 풍채가 세상에 울려 퍼질 것이니, 누구나 칭찬할 것이오. 산신의 깊은 은덕을 죽은 뒤에도 잊기 어려우니 백골이 된다고 해서 잊을 수 있겠는가." 하고, 이름을 충렬이라 짓고 자(字)*는 성학이라 하였다.*

유주부는 귀양가고, 장부인은 도적을 만나다. 세월이 물처럼 흘러서 충렬이 칠 세가 되었다. 얼굴이 잘 생기고 총명하며 필법은 왕희지(王羲之)*와 같고 문장은 이태백(李太白)*이며 무예와 장수의 지략은 손오(孫吳)*보다 나았다. 또 천문지리를 가슴 속에 모아 두고 국가의 흥망을 손 안에 움켜쥐었으며, 말 달리기와 칼 쓰는 재주는 천신도 당하지 못할 정도였다.

아, 슬프다! 시대의 운이 불행하고 조물주가 시기하는지, 유주부가 대대로 부귀하다가 인생의 즐거움이 다하고 슬픔이 찾아왔으니, 어찌 이를 피할 수

절월 : 임금이 장수를 임명할 때에 신임한다는 표시로 주는 깃발과 도끼.
인수 : 벼슬아치가 임명될 때에 임금에게서 신임한다는 표시로 받은 병부주머니에 단 끈.
자 : 사람의 본이름 외에 부르는 이름. 흔히 장가든 뒤에 어른으로서 본이름 대신으로 부름.
유주부가 아기를 살펴보니 ～ 자는 성학이라 하였다 : 주인공의 평범하지 않은 모습을 그리고 있다. 이것은 유충렬이
　　천상의 사람이었다는 것을 보여 준다.
왕희지 : 중국 동진의 서예가. 호는 일소.
이태백 : 중국 당나라의 시인. 이름은 백. 시선(詩仙)으로 일컬어짐.
손오 : 중국 춘추시대에 제나라의 병법가 손무와 위나라의 병법가 오기를 함께 부르는 말.

있을 것인가?*

이 때 조정에는 두 신하가 있었다. 한 사람은 도총대장* 정한담이요, 또 다른 한 사람은 병부상서* 최일귀였다. 한담은 본래 천상 익성으로 자미원 대장성과 백옥루 잔치에서 싸운 죄로 옥황상제에게 죄를 지어 인간 세상에 귀양와서 명나라 황제의 신하가 된 사람이었다. 본시 천상의 사람인 까닭에 지략이 뛰어나고 술법이 신기한 데다가, 금산사 옥관대사를 데려와 별당에서 지내게 하고 술법을 배워 만 명의 사람으로도 당할 수 없는 용맹과 백만 군의 대장이 될 만한 재주를 지니고 있었으나, 포악하기가 이를 데 없었다.* 일품 벼슬로 모든 백성의 생사가 그의 손 안에 매여 있고, 한 나라의 권세가 그의 손끝에 달렸으니, 초나라 회왕* 때의 항적*이요, 당명황* 때의 안록산*과 같았다.

항상 마음속으로 황제를 내쫓고자 했으나, 다만 정언 주부의 솔직한 조언을 꺼려하고, 또한 퇴임한 재상 강희주*의 상소를 꺼려 포기한 지 오래였다. 그런데 영종이 즉위하자마자 여러 나라의 제왕들이 각각 사신을 무시하여 조공(朝貢)*을 바치지 않았다.

정한담과 최일귀 두 사람이 이 때를 틈타서 황제에게 아뢰었다.

"폐하께서 즉위하신 후에 은덕이 온 백성에게 미치고 위엄이 온 세계에 울려 퍼져 여러 나라의 신하들이 다 조공을 바치는데, 오직 토번*과 가달*이 사

세월이 물처럼 흘러서 ~ 수 있을 것인가 : 유충렬의 뛰어남을 그리고 있으며 또 장차 일어날 불행한 사건을 미리 설명하고 있다. 유충렬은 영웅적 외모와 함께 뛰어난 장군이 될 능력이 있다는 것도 보여준다.
도총대장 : 도총부의 장수.
병부상서 : 병부는 군사를 맡아보는 중앙 관청의 하나, 상서는 그 관청의 장관.
이 때 조정에는 ~ 이를 데 없었다 : 천상에서 유충렬과 대립했던 인물 정한담이 이미 지상으로 내려와 유충렬과 싸우기 위해 준비한다. 지상에서 정한담은 간신, 유충렬은 충신으로 나와 싸움을 벌이게 된다.
초나라 회왕 : 중국 전국 시대의 사람으로 항적에 의해 잠시 황제가 되었다가 결국 항적에게 죽었음.
항적 : 중국 진나라 장수. 회황을 잠시 황제로 추대하였다가 나중에 죽임.
당명황 : 중국 당나라 현종. 안록산의 반란으로 촉 지방으로 피난을 갔음.
안록산 : 중국 당나라 현종 때의 무장. 현종의 총애를 받음, 하동 절도사가 되자 군의 증강·사유화와 역모를 꾀함. 낙양을 공격한 후 웅무황제라 칭하고 국호를 연(燕)이라 하였으나, 그 아들 경서와 이저아 등에게 살해당함.
퇴임한 재상 강희주 : 강희주는 나중에 유충렬의 장인이 되는 인물이다.
조공 : 다른 나라의 지배를 받게 된 나라가 지배하는 나라에게 때마다 예물을 바치던 일.
토번 : 17,18세기에 중국에서 티베트를 부르던 이름.
가달 : 당대 서역의 종족 이름으로 오랑캐를 뜻함.

납고 포악하여 폐하의 명을 어기고 있습니다. 저희들이 비록 재주는 없으나 남적에게 항복을 받아 폐하의 위엄이 남방에 가득하게 하고, 소신들은 충신이 되어 공명을 후세에 전하고자 합니다. 황상께서는 깊이 생각하여 주십시오.”

황제가 매일 남적의 세력이 강해지는 것을 근심하다가 이 말을 듣고 매우 기뻐하며 말하였다.

“경의 마음대로 병사를 거느리고 가거라.”

이 때 유주부가 조회(朝會)*를 하고 나오다가 이 말을 듣고 황제 앞에 나아가 엎드려 아뢰었다.

“폐하께서 남적을 치기 위해 군대를 일으킨다는 말씀이 사실입니까?”

“정한담의 말이 여차저차 하기에 그런 일이 있노라.”

유주부가 놀라서 말하였다.

“폐하 어찌 허락하셨습니까? 왕실은 미약하고 외적은 강성하니, 이는 자는 호랑이를 찌르고, 들어오는 토끼를 놓치는 것과 같습니다. 한낱 새알이 천근의 무게를 어떻게 견딜 수 있겠습니까? 가련한 백성의 목숨을 잃고 백 리 모랫벌에 외로운 넋이 되면, 그것이 곧 악을 쌓는 일이 아니겠습니까? 황상은 부디 병사를 일으키지 마십시오.”

황제가 그 말을 듣고 고민하고 있을 때, 환담과 일귀가 동시에 아뢰었다.

“유심의 말을 들으니 죽여도 아깝지 않을 일이요, 오나라의 간신과 같은 부류입니다. 대국을 저버리고 도적놈만 칭찬하여, 개미 무리를 대국에 비하고 한낱 새알을 폐하에게 비하니 이 시대의 간신이요, 역적입니다. 신들은 두렵습니다. 유심이 가달을 못 치게 하는데, 이는 가달과 내통하는 것이 분명합니다. 유심을 먼저 죽이고 가달을 치게 해 주십시오.”*

황제가 이를 허락하였다.

이 때 한림박사 왕공열이 유심을 죽인다는 말을 듣고 땅에 엎드려 아뢰었다.

"주부 유림은 사람됨이 정직하고 마음이 한결같이 충성스러우며, 남적을 치지 말라는 말은 조금도 사리에 어긋남이 없습니다. 그런데 그 말을 죄라 하여 충신을 죽이면 바른 대로 말할 신하가 없을 것입니다. 더구나 유심은 이전의 황제 때 개국공신이었던 유기의 후손입니다. 태조황제 사당(祠堂)* 안에 유상공이 배향(配享)*하였는데, 유심을 죽이면 봄가을로 제사를 드릴 때에 무슨 면목으로 뵐 수 있겠습니까. 황상은 깊이 생각하시어 죄를 용서해 주십시오."

황제가 이 말 듣고 정한담을 돌아보니 한담이 말하였다.

"유심을 처벌하시는 것은 만 번 죽여도 아깝지 아니하나, 공신의 후예이니 죄목대로 다 못하고 귀양이나 보내는 것이 좋을 듯합니다."

황제가 옳다고 여기고,

"황성 밖으로 멀리 귀양을 보내라."

하니, 한담이 곧 승상부에 나앉아 유심을 잡아내어 죄목을 따져 말하였다.

"너의 죄를 따진다면 먼저 목을 벤 후에 이런 일이 없도록 타이르는 것이 당연하나 황상의 은혜가 깊어 네 목숨을 살려 주는 것이니, 이후부터 다시는 그런 말을 말라."

이윽고 유배지를 북경으로 정하여,

"어서 빨리 떠나거라. 만일 더 이상 잔말을 하면 능지처참하리라."

하였다. 주부가 이 말을 듣고 분한 마음이 하늘에 솟구쳐 한참 후에 말하였다.

"내 무슨 죄가 있기에 북경으로 간단 말인가. 왕망*이 섭정(攝政)*함에 한나라 왕실이 미약하고, 동탁*이 난을 일으키니 충신이 다 죽었다. 나 죽은 후에 내 눈을 빼어 동문에 높이 달아 가달국 적장 손에 네 머리가 떨어지는 것을 분

사당 : 조상의 신주를 모시는 곳.
배향 : 공신의 신주를 종묘에 모시던 일.
왕망 : 한나라 때 사람으로 한때 사람들의 신임을 얻었으나 갖은 모략을 다하여 황제가 되었음.
섭정 : 임금을 대신하여 정사를 맡아봄.
동탁 : 한나라 때 사람으로 사납고 꾀가 많아 간사한 짓을 많이 했다고 함.

명히 보리라. 지하에 돌아가서 오자서(伍子胥)*의 충혼이 부끄럽게 말라.”

한담이 이 말을 듣고 분한 마음이 솟구쳐서 말하였다.

“어명이 이러하니 무슨 변명을 하느냐?”

한담이 대궐문으로 들어가면서 금부도사*에게 유심을 채찍질하여 북경으로 가라 하며 소리질러 재촉하였다. 유주부가 할 수 없어 유배지로 가려고 집으로 돌아오니, 온 집 안에 슬피 우는 소리가 울려 퍼졌다.

주부가 충렬의 손을 잡고 부인에게 말하였다.

“우리 나이가 인생의 반이 넘도록 한 명의 자녀도 없다가 하늘이 감동하여 아들을 점지하여 영화를 누려보려 했더니만……. 기운이 막히고 세상이 시기하여 간신의 모함을 받고 만 리 유배지로 떠나가게 되었으니 언제 죽을지 모르겠소. 어느 날에 다시 볼 수 있을꼬. 나같은 인생은 조금도 생각 말고 이 자식을 길러내어 나중 일을 받기면, 저승에 가도 눈을 감고 잘 것이오. 부인의 깊은 은덕은 후세에 반드시 갚으리다.”

또 충렬을 붙들고 슬피 울며 말하였다.

“네 아비 무슨 죄로 만 리 연경에 간단 말인가? 너를 두고 가는 설움, 단산의 나는 봉황을 두고 가는 듯, 북해 흑룡이 여의주*를 버리고 가는 듯, 고통스럽고 서러운 마음을 한 입으로 다 말하기 어렵구나. 생각하니 기가 막혀 할 말이 없구나. 잠시나마 잊자 하니 가슴에 맺힌 한이 죽어도 잊을 수 있겠느냐. 네 아비 생각 말고 네 어머니 모시고 무사히 지내며, 봄풀이 푸르거든 아비와 자식이 서로 만날 줄 알고 있어라.”

유주부가 큰 소리로 통곡하고, 죽도(竹刀)*를 끌러 충렬을 채워 주면서 당부하여 일렀다.

오자서 : 중국 춘추 시대 말기 사람. 초나라 사람이나 아버지와 형이 초나라 평왕에게 죽자 오나라로 가서 전략가가 됨. 후에 아버지와 형의 원수를 갚음.
금부도사 : 의금부에서 죄인을 잡다가 잘못을 밝히는 일을 하던 벼슬아치.
여의주 : 모든 소원을 뜻대로 이루어지게 해 준다는 신기한 구슬.
죽도 : 대나무로 자루를 만든 작은 칼

“저승에서 만날 때 부자간임을 알 수 있는 신표(信標)*가 없어서 되겠느냐? 이 칼을 잊지 말고 부디 잘 간수하여 두어라.”

처자식과 이별하고 떠날 채비를 바삐 차려 문 밖에 나오니 정신이 아득하였다. 한 번 걷고 두 번 걸어 열 걸음 백 걸음에 구곡간장(九曲肝腸)*이 다 녹으며, 일편단심(一片丹心)*도 다 녹는다. 성 안에서 보는 사람들 가운데 눈물 흘리지 않은 이가 없고, 강산의 초목이 다 슬퍼하였다.

동성문을 나서서 연경을 바라보고 수레를 인솔하는 관리를 따라갈 때, 삼일 동안을 간 후에 청송령을 지나 옥해관에 도착하니, 이 때가 가을 팔월 보름이었다. 찬바람은 소슬하고 낙엽은 쓸쓸한데, 깊은 밤에 객사(客舍)*의 쓸쓸한 등불을 벗삼아 베개 베고 누웠으니, 타향의 가을 소리 나그네의 슬픔을 다 녹인다. 쓸쓸한 산에서 우는 두견새는 귀촉도 불여귀를 찾으며 울고, 푸른 하늘에 뜬 기러기는 객사 밖에서 슬피 우니, 유배길이 피곤해도 잠이 올 리가 전혀 없었다. 그 밤을 지샌 후에, 이튿날 길을 떠나 소상강을 바삐 건너 멱라수에 도달하니, 이 땅은 초나라 회왕 때 옛날에 충신인 굴삼려*가 간신에게 패하여 연못가에 장사지낸 곳이었다. 훗날 사람들이 슬픔에 젖어서 회사정을 높이 짓고 조문(弔文)*을 지었다.

“해와 달같이 밝은 충성은 세상에 빛나고 쇠와 돌처럼 굳은 절개는 오랜 세월 동안 밝았으니, 이 땅을 지나가는 사람이라면 누구나 감격하겠구나.”

이렇듯이 슬픈 사연을 현판(懸板)*에 써 붙였으니, 유주부가 이 글을 보고, 충성스런 마음이 곧바로 일어나 행장에서 붓과 먹을 꺼내어 회사정 동쪽 벽 위에 큰 글자로 썼다.

신표 : 뒷날에 서로 알아볼 수 있도록 하기 위해 서로 주고받는 물건.
구곡간장 : 굽이굽이 깊이 서린 마음속.
일편단심 : 변하지 않는 참된 마음.
객사 : 나그네가 드는 집.
굴삼려 : 시와 글을 잘 지었다는 굴원. 벼슬이 삼려대부였음. 바른 말을 잘하고 충성스럽기로 이름높은 사람.
조문 : 죽은 사람의 생전의 공덕을 기리고 명복을 비는 글.
현판 : 글자나 그림을 새기거나 써서 벽 위에 혹은 문 위에 다는 널판자.

"명나라 유심은 간신 정한담과 최일귀의 모함을 받아 연경으로 귀양가다가, 일월같이 밝은 마음을 밝힐 길이 전혀 없고, 얼음과 눈 같이 맑은 절개를 보일 곳이 전혀 없어 멱라수를 지나다가 굴삼려의 충혼을 만나 물에 빠져 죽는다."

유주부는 다 쓰고 난 후에 물가로 내려가서 두 손을 모아 하늘에 빌고, 소리 내어 크게 통곡을 한 다음, 옷자락으로 눈을 가리고 넓고 깊은 물에 펄쩍 뛰어 들었다. 이 때 수레를 몰고 가던 신하가 보고 허겁지겁 달려들어 주부의 손을 잡고 말리며 말하였다.

"그대의 충성은 천신도 알 것입니다. 그대의 죄목은 황제에게 달려 있으니 명(命)을 받아 유배지로 가다가 죽으면 나도 또한 죽을 것이오. 또 그대에게 죄가 없음은 천하가 다 아는 바입니다. 다행히 황제께서 감격하시어 쉽게 풀려날 수도 있는데, 그대가 유배지를 버리고 죽는다면, 비록 충혼(忠魂)이 될지라도 산 것과 같을 수 있겠습니까?"

신하가 죽음을 무릅쓰고 만류하여 백사장으로 끌어내니, 유주부가 어쩔 수 없이 회사정을 지나 황주에 이르렀다. 황주는 바로 서호가 있는 곳이다. 송나라가 망할 때에 일품 벼슬에 있던 대신들이 이 곳에서 국사를 돌보지 아니하고 풍악만 즐기며 날마다 술에 취해 있었다고 한다. 이 곳 서호의 경치는 무척 아름다웠다.

그 땅을 지나 두세 달 만에 연경에 도착하여 유주부가 연경자사에게 예의를 갖추어 인사하니, 자사가 주부를 객실로 인도하였다. 이 때는 겨울철인데다가 연경은 본래 매우 추운 지역이었다. 주부가 물러 나와 객실로 들어가니, 흰 눈이 세 길이나 쌓여 있고 낡아서 무너진 객실방에 찬바람이 스산하게 불었다. 흰 눈이 어지러이 흩날리어 인적이 끊어지니, 불쌍하고 고달픈 주부의 형상이 어찌 다 헤아릴 수 있겠는가.

이 때에 정한담과 최일귀가 유주부를 모함하여 유배지로 보낸 후에 마음이 더욱 교만해졌다. 이들이 별당으로 들어가 옥관도사를 보고 황제를 내쫓을 묘책을 물으니, 도사가 문 밖에 나와 하늘의 기운을 자세히 보고 들어와서,

“요사이 밤마다 살펴보니 두려운 일이 황성에 있습니다.”

하였다. 한담이 물었다.

“두려운 일이라 하오니 무슨 일이 있겠소?”

그러자 도사가 말하였다.

“천상의 삼태성이 황성 가운데서도 유심의 집에 비쳐 있습니다. 유심은 비록 연경으로 갔으나, 신기한 영웅이 황성 안에 살고 있음이 분명한 바, 그대가 꾀하는 일이 어려울 듯합니다.”

한담이 이 말을 듣고 사랑채로 나와 일귀에게 전하니, 일귀가 대답하였다.

“도사의 신기함은 천신보다 뛰어난데, 그러한 도사가 신기한 영웅이 황성 안에 있다고 하니, 진실로 마음이 두렵습니다.”

한담이 말하였다.

“내가 생각하니, 유심이 나이가 늦도록 자식이 없는 까닭에 수년 전에 형산에 제사를 지내고 자식을 얻었다 합니다. 도사의 말씀에 신기한 영웅이 황성에 있다 하니, 혹시 유심의 아들이 아닐까요?”

일귀가 말하였다.

“분명히 그러하다면 유심의 집을 몰락시켜 아예 후환을 없애는 것이 좋을 듯합니다.”

한담이 옳다 하고, 그 날 밤 자정이 넘어서 가만히 승상부에 나와 나졸 십여 명을 차출하여 유심의 집을 둘러싸고, 화약과 염초를 갖추어 그 집 사방에 묻혀놓고 심지에 불을 붙여 일시에 불을 놓으라고 약속을 정하였다.

이 때 장부인이 유주부를 이별하고 충렬을 데리고 한숨으로 세월을 보내고 있었다. 그런데 이 날 밤 자정에 피곤하여 잠자리에서 졸고 있는데, 갑자기 어떤 한 노인이 붉은 부채 한 자루를 가지고 와서 부인에게 주며 말하였다.

“오늘밤 삼경에 큰 난리가 있을 것이오. 이 부채를 가지고 있다가 불꽃이 일어나거든 부채를 흔들면서 뒤뜰 담장 밑에 몸을 숨겼다가, 충렬만 데리고 인적이 끊어진 후에 남쪽 하늘을 바라보고 끝없이 도망하시오. 만일 그렇지 않으면 옥황께서 주신 아들이 불길에 휩싸여 죽을 것이오.”

노인은 이렇게 말하고 금방 사라졌다.* 부인이 놀라 깨어나니 꿈이었다. 충렬은 잠이 깊이 들어 있는데 과연 붉은 부채 한 자루가 이불 위에 놓여 있었다. 부인이 부채를 손에 들고 충렬을 깨워 앉힌 채, 근심에 잠겨 잠을 이루지 못하였다. 그 때 한 줄기 거센 바람이 불어오더니 난데없이 불이 사방에서 일어났다. 거대한 불길로 높고 큰 누각이 불타는 화로에 한 점 눈송이가 녹듯이 사라져 버리고, 앞뒤로 쌓인 세간이 가을바람에 떨어지는 낙엽처럼 흩날렸다.

부인이 당황하면서도 충렬의 손을 잡고 붉은 부채를 흔들면서 담장 밑에 몸을 숨기니, 불길은 온 하늘을 뒤덮고 불에 타고 남은 재가 땅에 가득하였다. 산처럼 쌓여 있던 물건들이 불에 다 타 없어지니 이 얼마나 슬픈가.

새벽에 이르러 인적이 끊기고 사방이 고요해졌는데, 군사 두 명이 중문을 지키고 있었다. 부인이 문으로 나가지 못하고 담장 밑을 배회하다가 창백한 달빛 속에서 두루 사방을 보았다. 그러나 겹겹이 쌓인 담장 안에서 빠져 나갈 길은 없고, 다만 물이 흘러가는 수채 구멍이 하나 있기에 부인이 충렬의 옷을 잡은 채 그 구멍에 머리를 넣고 땅에 바싹 엎드려 기어 나왔다. 겹겹이 싸인 수채를 다 지나 중문 밖에 나서니, 충렬과 부인의 몸이 모진 돌에 긁혀 흰 구슬 같은 몸에 피가 흐르고, 달빛 같은 고운 얼굴이 진흙빛으로 바뀌어 버렸다. 그 불쌍하고 가련한 모습에 천지도 슬퍼하고 강산도 슬픔에 젖었다.

부인이 충렬을 앞에 안고 사잇길로 나와 남쪽 하늘을 바라보며 한없이 도망하였다. 한 곳에 이르니 옆에 큰 산이 있었다. 높기는 만 길이나 되고 봉우리 위에는 오색구름이 사방에 어리어 있었다. 자세히 보니 하늘에 제사를 지내던 남악 형산이었다. 예전에 보면 얼굴이 부인을 보고 반기는 듯, 뚜렷한 천제당이 분명하게 보였다. 부인이 슬픈 마음을 참지 못하고 충렬을 붙들고 소리 높여 통곡하였다.

그런데 이 날 밤 ~ 말하고 금방 사라졌다 : 고전 소설에서는 주인공이 위기에 처했을 때 언제나 기이한 사람의 도움을 받는다. 여기서는 도사가 꿈 속에 나타나 유충렬과 어머니를 도와 준다. 이것은 유충렬이 평범한 사람이 아님을 말해 준다.

"너는 이 산을 아느냐? 칠 년 전에 이 산에 와서 제사를 지내고 너를 낳았는데, 이 지경이 되었구나. 네 아버지는 어디 가고 이런 변을 모르는가. 이 산을 보니 네 아버지를 본 듯하구나. 통곡하고 슬픈 마음을 어찌 다 말하겠는가."

충렬이 그 말을 듣고 부인의 손을 잡고 울었다.

"이 산에 제사를 지내고 나를 낳았단 말입니까? 분명 그러하다면 산신은 우리의 사연을 알련마는 이다지도 무정하신가요."

부인이 이 말을 듣고 목이 메어 말을 못하니, 충렬이 위로하였다.

이윽고 부인이 마음을 가라앉힌 다음, 충렬을 앞세우고 변양수를 건너 회수 가에 이르니, 날이 이미 저물어 해가 서산에 걸려 있고, 멀리 보이는 마을에선 저녁 연기가 피어나고 있었다. 푸른 강물에서 놀던 물새는 수양버들 속으로 날아들고, 푸른 하늘을 날던 까마귀는 울면서 구름 사이로 사라졌다. 바닷가를 바라보니, 멀리 항구로 들어가는 배의 돛대 위에는 저문 안개가 서려 있고, 강촌에서 부는 어부들의 피리 소리는 가랑비 속에서 흩날렸다. 부인이 슬픈 마음을 진정하고 충렬의 손을 잡고 물가에서 배회하였다. 그러나 건너갈 배가 전혀 없었다. 부인이 하늘을 우러러 계속 탄식하였다.

이 때 정한담과 최일귀는 유심의 집에다가 불을 놓고 불꽃 사이로 엿보고 있었는데, 한 줄기 거센 바람에 불꽃이 일어나면서 웅장했던 높고 큰 누각이 불에 타 한 조각 재물마저 보이지 않게 되었다. 그러자 그 안에 든 사람은 씨도 없이 다 죽었겠다 하고, 별당으로 들어가 도사에게 다시 물었다.

"예전에 우리가 큰 일을 이루고자 하다가 선생이 영웅이 있다고 말씀하시기에 근심을 했는데, 아직도 그러한지 다시 하늘의 기운을 살펴보십시오."

도사가 밖으로 나와 하늘의 기운을 살펴본 후, 다시 방으로 들어와서,

"지금은 삼태성이 황성을 떠나 번양* 회수에 비쳐 있으니, 아무래도 수상합니다. 내가 생각하기에 유심의 가족들이 유심의 유배지를 찾아가려고 회수가

번양 : 중국의 하남성 신채현 북쪽을 가리킴.

로 간 듯합니다."

하니, 한담이 이 말을 듣고 마음속으로 생각하였다.

'그렇게 엄청난 불길에 틀림없이 불에 타 죽었으리라 여겼더니, 살아 있다니 영웅이 분명하구나. 영웅이라면 불길 속에서 벗어나는 것이 조금도 이상할 것이 없다.'

한담이 사랑채로 나와 날랜 군사 다섯 명을 급히 뽑아서 그들에게 명령을 내렸다.

"너희들은 바삐 이 밤에 번양 회수가로 달려가서 나의 전갈을 회수 사공들에게 분부하여라. 그리고 너희는 오늘과 내일 사이에 어떤 여인이 어린아이를 데리고 물을 건너려 하거든 즉시 결박하여 물 속에 처넣어라. 만일 그렇지 아니하면 회수의 사공과 너희들을 모두 죽이겠다."

나졸들이 크게 놀라서 나는 듯이 회수로 달려갔다. 과연 물가에 인적이 있고 여인의 울음소리가 들리었다. 사공을 불러내어 한담이 한 말을 낱낱이 이야기하니, 사공이 크게 놀라 대답하였다.

"어떻게 대감의 명령을 거역하겠습니까?"

사공이 조그만 배 한 척을 물가에 대고 기다렸다.

이 때 부인이 충렬을 데리고 건널 배가 없어 머뭇거리고 있는데 난데없이 조그만 배 한 척이 떠오며 부인에게 오르라고 청하였다. 부인이 그들의 간사한 계교를 알지 못한 채 충렬을 이끌고 배에 올라 물 한가운데로 나아갔다. 그런데 갑자기 한 줄기 거센 바람이 일어나면서 두 개의 돛대가 선창에 자빠지더니 난데없는 도적배가 달려들어 배를 잡아매었다. 그런 뒤에 무수한 도적들이 사방에서 달려들어 부인을 묶어 배에 높이 매달고 충렬을 물 가운데 던져 버렸다.

가련하다. 유주부의 천금같이 귀한 자식이 백사장 가랑비 속에서 주인 없는 외로운 혼령이 되겠구나. 한없이 넓고 깊은 물에 풍랑이 일어나니, 단 하나의 핏줄인 충렬의 백골을 어찌 찾을 수 있겠는가. 육신인들 건질 수가 있겠는가.

달빛은 창백하고 애수를 느끼게 하는 구름은 적막하기만 한데, 덧없는 구름 속에 강의 신이 우는 소리에 강산도 슬퍼하고 하늘의 신도 슬픔에 젖어 있는데, 하물며 사람이야 말해서 무엇 하겠는가.

이 때 장부인이 도적에게 잡혀 묶인 채 배 안에 거꾸러져 충렬을 찾았으나 충렬이 물 속에 빠졌는데 어찌 대답할 수 있겠는가. 한 번 불러 대답 않고 두 번 불러 소리 없다. 천만 번을 넘게 부른들 사면에 있는 것은 오직 흉악한 도적놈들뿐인데 소용이 있겠는가. 도적놈들이 노를 저으며 부인에게 소리를 내지 말라고 재촉할 뿐이었다. 부인이 물에 빠져죽고자 해도 굵은 닻줄로 연약하고 가냘픈 몸을 사방으로 얽었으니 빠져나갈 길이 전혀 없었다. 목을 매어 죽으려 해도 곱고 가녀린 손과 발을 빈틈없이 묶여 있으니 목을 맬 방법이 전혀 없었다. 어쩔 수 없이 도적의 배에 실려 잡혀갔다. 동방이 밝아오자 한 곳에 배를 매고 부인을 잡아내어 말 위에 앉히고는 말을 채찍질하여 달려가니, 세상에 불쌍한들 이보다 더할 수가 있겠는가.

이 때 회수 사공인 마룡이라 하는 놈이 세 아들을 두었는데, 모두 다 용맹하고 검술이 뛰어났다. 큰아들 마철은 일찍 아내를 잃고 아직 새 장가를 들지 못하고 있었다. 때마침 장부인의 얼굴을 보니, 달처럼 아름다운 자태는 옷에 가리었으나 꽃같이 고운 얼굴은 늙지 않았고, 근심스러운 빛이 얼굴에 가득함에도 여전히 아름다움을 간직하고 있었다. 충렬을 낳을 때에 장부인이 선녀가 준 천도* 한 개를 먹었는데, 나이는 인생의 절반을 넘게 살았지만 아름다움은 변하지 않았다. 이런 까닭에 회수 사공놈이 충렬을 물에 넣고 부인을 데려다가 아내를 삼고자 하여 이런 변을 일으킨 것이다.

이 때 장부인이 할 수 없이 도적의 말에 실려 한 곳에 다다르니, 몇 개의 집으로 이루어진 마을이 태산의 험준한 고개의 암석에 의지하여 있었다. 날이 밝아 돌길 아래에 있는 초가집 안으로 들어가니 큰 굴방이 있었다. 사면이 주

천도 : 하늘에서 난다는 복숭아.

석으로 싸여 있고 출입하는 문은 철판으로 만들어져 있었다. 그 방에 부인을 가두었다.

가련하다 장부인이여! 이런 팔자가 어디 있단 말인가. 대대로 명문가인 장 상서의 집안에서 곱게 자란 여자로 유씨에게 시집 와서 나이가 인생의 반이 넘도록 자녀를 두지 못하다가 하늘의 도움으로 자식 하나 두었는데, 만 리 연경에 남편 잃고 천리 바닷가에서 자식을 잃고도 모진 목숨 죽지 못하고 도적놈에게 잡혀와 이 지경이 되었구나. 아름답게 꾸민 방은 어디 두고 도적놈의 토굴방에 앉아 있으며, 천금같은 자식을 잃고 만금같은 남편을 이별하고 혼자 살아났으니, 저승에 돌아가서 유주부를 어찌 보며, 인간 세상에 산다고 해도 도적놈을 어찌 볼 것인가. 무수히 통곡하다가 기운이 다 빠져 토굴 속에 누워 있는데, 한 계집종이 저녁밥을 가져왔다. 부인이 기운이 다 빠져 먹지 못하고 도로 보내니, 또 미음을 가지고 와서 먹기를 권하였다. 부인이 마음속으로 생각하였다.

'내 아들 충렬은 천신이 감동하고 신령이 도운 인물이기에 이후에 마땅히 귀하게 될 것이다. 내가 연경으로 가서 주부를 모시고 와 충렬을 다시 보게 될 날이 있을 것이니, 이제 여기서 죽는다면 반드시 후회하게 되리라.'

부인이 억지로 일어나 앉아 미음을 마시니, 계집종이 반가워서 적장에게 알렸다. 도적이 매우 기뻐하며 그 날 밤에 토굴에 들어가 절하고 앉으며 말하였다.

"부인이 이렇듯 누추한 곳에 와서 나같은 이를 섬기고자 하니 진실로 감격스럽습니다."

부인이 그 말을 듣고 분한 마음이 북받쳐 올랐다. 그러나 돌이켜 자신의 처지를 생각하니, 연하고 허약한 몸이 함정에 빠진 호랑이와 같은 처지라서, 할 수 없이 거짓으로 대답하였다.

"팔자가 기박하여 물 속에 빠져 죽게 된 것을 그대가 구하여 평생 함께 살고자 하니, 감격스러운 마음을 어찌 말로 다할 수가 있겠습니까? 다만 미안한 일이 있으니, 이 달 초삼일이 제 아버지 제삿날입니다. 아무리 여자일지라도 아버지의 제삿날을 맞아 어찌 경사스러운 혼례를 치를 수 있겠으며, 또한 백년해로(百年偕老)* 할 것인데 어찌 제삿날을 가리지 아니하겠습니까?"

도적이 그 말을 듣고 즐거운 마음으로 정답게 말하였다.

"진실로 그러하다면, 장인의 제삿날에 사위가 어찌 정성을 다하지 아니하겠습니까? 정성껏 제물을 장만할 것이니 부디 염려하지 말고 안심하십시오."

부인이 조금도 의심하지 않고 고맙다고 인사를 하며 반겨하였다. 도적이 감격하여 전혀 다른 생각을 하지 못한 채 안으로 들어가 계집종을 보내어 부인을 모시게 하였다. 계집종이 들어와 곁에 누워 잠이 깊이 들었다. 밤이 깊어 사방이 고요해지자 부인이 몰래 도망쳐 나왔다. 이 때 방에 자고 있던 계집종이 갑자기 잠에서 깨어 주위를 둘러보니, 부인은 간 데 없고 중문이 열려 있었다. 이에 황급히 부인을 부르며 쫓아오자, 부인이 크게 놀라 거짓으로 앉아서 뒤를 보는 체하고 계집종을 꾸짖어 말하였다.

"며칠 동안 계속 고생하여 목이 마르기로 냉수를 많이 먹었더니 배가 편치 않아서 나와 뒤를 보고 있다. 너는 어찌 이렇듯 소란을 피워 집안을 놀라게 하느냐?"

계집종이 무안하여 방으로 들어가고 부인도 어쩔 수 없이 방으로 들어가 잠자리에 들었다. 그 날 밤이 지나고 이튿날 도적놈이 부인의 말에 속아 종들을 데리고 제물을 장만하였다. 부인이 목욕하고 방으로 들어와 주위를 살펴보니 동쪽 벽 위에 이상한 물건이 놓여 있었다. 펼쳐 보니 기묘하였다. 나무도 아니고 돌도 아니었으며, 그렇다고 옥(玉)이나 금도 아니었다. 광채가 찬란하여 햇빛을 가리우고 어릿어릿한 색이 휘황하여 눈이 부셨다. 천지조화가 모서리마다 모여 있고 강산의 정기가 복판에 깃들어 있으니, 어디에서도 볼 수 없었던 옥함(玉函)*이었다. 실로 용궁의 조화가 아니면 신의 솜씨임에 틀림없었다. 앞면을 살펴보니, '명나라 고원수 유충렬은 열어 보아라'라는 글자가 뚜렷이

백년해로 : 부부가 되어 서로 사이 좋고 화락하게 함께 늙음.
옥함 : 옥으로 만든 함.

새겨 있었다. 부인이 옥함을 보고 매우 놀라서 마음속으로 생각하였다.

'세상에 성과 이름이 똑같은 사람이 또 있단 말인가. 진실로 내 아들 충렬의 물건이라면 어찌 이 곳에 있는가? 충렬아, 너의 옥함은 여기 있다마는 너는 어디 가고 너의 물건을 모르느냐.'

옥함을 다시 싸서 그 곳에 놓고 밤이 되기를 기다렸다. 밤이 되자 도적놈이 제물을 많이 장만하여 부인의 방으로 들어왔다. 부인이 제물을 차례로 상 위에 올려놓고 제사를 지낸 후, 한밤중이 되어서 음복(飮服)*을 하고 각기 잠자리에 들었다. 도적놈과 종들이 종일토록 제물을 마련하느라 피곤하여 모두 잠에 빠지자, 부인은 옥함을 꺼내어 행장에 깊이 싸 가지고 바삐 나와 북두칠성을 바라보고 한없이 도망쳤다. 한 곳에 다다르니 날이 이미 밝고 큰길이 나왔다. 지나가는 사람들에게 물으니 영릉관 큰길이라 하였다. 주막에 들어가 아침밥을 구걸하여 먹고 다시 하루 종일 걸어갔으나 몇 리를 왔는지 알 수가 없었다.

한 곳에 도착하니 앞에 큰 물이 있는데, 풍랑은 하늘에 낳을 듯이 일렁거리고 푸른 물결이 한없이 넓게 펼쳐져 있었다. 사방을 둘러보아도 사람의 자취는 없는데 청산이 푸르러 있고, 십 리나 되는 긴 강의 텅 빈 물가에 궂은 비만 내리고 있었다. 무심한 저 백구는 사람 보고 놀래는 듯 이리저리 날아가고, 슬픈 마음 긴 한숨에 피 같은 저 눈물 뚝뚝 떨어져 백사장에 나리니, 모래 위의 붉은 점은 복사꽃이 흐드러지게 핀 듯하네. 무정한 저 물새는 봄의 나라인 듯 날아가고, 수심에 젖은 맑은 강물 소리는 속절없이 목메게 하니 어찌 한심하지 않겠는가.

부인이 종일토록 길을 걸음에 몸이 피곤하여 인가를 찾아가 밤을 지내고자 하였으나, 배가 한 척도 없어 물가에서 이리저리 헤매고 있었다. 이 때에 서산에 해가 지고 찬 강물에 어둠이 깔리니, 앞으로 나갈 수도 뒤로 물러설 수도

음복 : 제사를 지낸 후 제물을 먹음.

없었다. 할 수 없이 물가를 따라 걸어가니, 그 길이 끊어지지 아니하고 계속 이어져 있었다. 사람이 없어 사방이 고요한데 두견새와 접동새의 울음소리, 그리고 원숭이가 구슬피 우는 소리만 들릴 뿐이다. 우거진 숲 속에서 나뭇가지를 더위잡고 골짜기의 물을 따라 올라가니 밝은 달빛 속에 몇 채의 집이 보였다. 부인이 반가워서 급히 들어가니 사립문에 개가 짖으며 한 노파가 문 밖으로 나왔다. 노파에게 절을 하니 노파가 답례하고 개가 방으로 들어가자고 권유하였다. 부인이 노파를 따라 방 안으로 들어가 앉으며 살펴보니, 사면에 여자 옷은 없고 남자 옷만 걸려 있었다. 또한 곁방에서 남정네들 소리가 나거늘, 부인이 마음이 불안하여 편히 앉아 있지 못하였다.

저녁밥을 먹은 후에 늙은 할미가 물었다.

"그대는 뉘 집 부인인데 어찌 혼자 이 곳에 왔습니까?"

부인이 대답하였다.

"나는 본래 황성 사람으로 친정에 갔다가 바다에서 도적을 만나 겨우 도망하여 이 곳에 왔습니다."

늙은 할미가 이 말 듣고 곁방으로 들어가 식구들에게 일러 말하였다.

"저 여인의 말을 들으니 이상하다. 며칠 전에 들으니 석장동 당질놈이 회수 사공하다가 이 달 초에 물 위에서 한 부인을 얻어 함께 살기로 하였다더라. 그런데 저 여인의 말이 해적을 만나 도망하여 왔다 하니, 당질놈이 얻은 계집이 틀림없다. 바삐 이 밤 자정에 석장동으로 달려가서 마철을 데리고 와 이 계집을 데려가게 해라."

할미의 자식이 이 말을 듣고 급히 뒤뜰로 나와 말 한 필을 꺼내어 타고 바삐 채찍질하여 나섰다. 본래 이 말은 천리마였다. 그래서 순식간에 석장동에 도착하였다.

이 때에 장부인이 도망쳐 오느라 몸이 피곤하여 할미의 방에서 잠이 깊이 들었는데, 꿈 속에 한 노인이 들어와 부인 곁에 앉으며 말하였다.

"오늘밤에 큰 난리가 날 것이니, 급히 일어나서 동산에 올라가 몸을 숨겼다가 변이 일어나거든 바삐 물가로 내려가라. 그러면 표주박처럼 작은 배 한 척이 있을 것이니, 그 배를 타고 급히 화를 면하라. 만일 그렇지 아니하면 천금같이 귀한 몸을 보전하기 어려울 것이다.”

이번에도 노인은 눈 깜짝할 사이에 사라졌다. 부인이 놀라 깨어 보니 또한 꿈이었다.

급히 일어나 보니 할미도 어디를 갔는지 보이지 않았다. 행장을 옆에 끼고, 급히 동산에 올라가 몸을 숨기고 동정을 살펴보니, 과연 남쪽에서 포 쏘는 소리가 한 번 나면서 불길이 일어나는 가운데 무수한 도적들이 사방을 에워쌌다. 그 중 한 도적이,

“그 계집이 여기 있느냐?”

며 소리를 지르니, 그 소리가 산골짜기를 진동하였다. 부인이 크게 놀라 길도 제대로 분간하지 못하고 엎어지고 넘어지면서 동산을 넘어 물가에 다다랐다. 사방을 둘러보아도 사람은 없고 적막하기만 한데, 난데없이 표주박 같은 조그만 배가 물가에 묶여 있고, 배 안에서 한 선녀가 선창 밖으로 나오면서 부인에게 배 안으로 들어오라고 재촉하였다. 부인이 정신없어 당황하는 가운데 배에 올라 선녀를 보니, 머리 위에 옥으로 만든 연꽃을 꽂고 손에는 봉의 꼬리털로 만든 부채를 들었다. 푸른 저고리 붉은 치마에 백옥패(白玉佩)를 찼으니, 틀림없이 선녀요 속세의 인간이 아니었다. 부인이 황송하여 허리를 굽혀 큰절을 하고 말하였다.

“복도 없는 저를 이렇게 구해 주시니 선녀의 깊은 은덕을 어찌 다 갚겠습니까?”

선녀가 대답하였다.

“소녀는 남해 용왕의 큰딸입니다. 오늘 부왕이 분부하시기를, 명나라 유충렬의 어머니 장부인이 오늘밤에 도적의 변을 당할 것이니, 네가 바삐 가서 구해 주어라 하시기에 왔습니다. 부인의 운명은 상제께서도 알고 있는 일인데, 소녀 같은 계집에게 무슨 은혜가 있다고 하겠습니다.”

부인이 상제에게 감사를 드리려고 하는데, 어느 새 도적이 벌써 물가에 이르러 포를 한 번 쏘니 난데없는 불길이 강물을 끓일 듯이 솟아오르고, 조그만 배 한 척이 양쪽에 돛을 높이 달고 쏜살같이 달려들어 부인이 탄 배에 접근하였다. 그 배에서 고함을 질러 하는 말이,

"네 이 년 어디로 가느냐. 천신이 아닌데 물 속으로 들어가겠느냐. 도망가지 말고 거기 있거라. 나의 호통하는 소리에 나는 새라도 떨어지고 달아나는 짐승도 못 가는데, 요망한 계집이 어디로 가려고 하느냐."

이렇듯이 소리를 지르니, 배 가운데 있는 부인은 혼이 나간 듯하였다. 정신 없이 허둥대다가 돌아보니 도적이 배의 선창으로 달려들고 있었다. 부인이 어쩌지 못하고 통곡하였다.

"무지한 도적놈아. 나는 남경 유주부의 아내이다. 간신의 모함으로 이 지경이 되었을지라도 네 아내는 될 수는 없다. 차라리 물에 빠져 맑고 깨끗한 넋이 되겠다."

도적이 이 말을 듣고 분한 마음이 솟구쳐서 부인이 탄 배에 바싹 붙어 창검을 내리치는 순간, 난데없이 거센 바람이 동남쪽에서 일어났다. 백사장에 쌓인 돌이 거센 바람에 흩날려 비 오듯이 떨어지니, 깊은 물에 풍랑이 일어나 천둥같이 내리쳤다. 강산도 두려운데 도적놈의 조그만 배가 제 어떻게 견딜 수가 있겠는가. 천지가 진동하며 적선의 양쪽 돛대가 부러져 물 속으로 떨어지니, 천하의 항우장사일지라도 해상에서 돛대가 없으니 배를 타고 어디로 가겠는가. 적선은 오도가도 못하고 물 위에 둥둥 떠 있는데, 부인이 탄 작은 배는 용왕의 배라서 바람이 아무리 불어도 부서질 리가 없었다. 중류에서 두둥실 높이 떠 쏜살같이 달아나는데, 그 배 앞은 고요하여 푸른 물결이 잔잔하고 달빛은 은은하였다. 옥황상제의 분부로 용왕이 주신 배인데 염려할 필요가 있겠는가.

순식간에 배를 언덕에 대고 부인을 인도하여 바위 위에 내려주니, 부인이 정신을 가다듬고 무수히 치사하면서 행장을 수습하여 물가로 올라갔다. 그러나

기운이 다 빠져 단 한 걸음도 내딛기가 어려웠다. 비틀거리며 종일토록 가다가 한 곳에 다다르니, 이 땅은 천덕산 활인동으로 산천이 수려하고 지형이 단정하였다. 그 곳에 도달하자마자 날이 저물었다. 부인이 노곤하여 물가에 앉아 쉬다가 잠깐 조는데, 예전에 꿈에 나타났던 노인이 부인을 깨우며 말하였다.

"부인의 악(惡)은 이제 다 없어졌다. 이 산골짜기로 들어가면 자연히 구해 줄 사람이 있을 것이니 바삐 가라."

부인이 놀라 깨어 보니 푸른 산은 울창하고 시냇물은 잔잔하였다. 부인이 자리에서 일어나 노인의 말대로 산골짜기를 찾아 들어갔다. 백옥같이 고운 손발로 험한 산길을 발 벗고 들어가니, 모진 돌에 채이며 모진 나무에도 채여 열 발가락이 하나도 성한 데가 없었다. 피가 여기저기서 흐르고 온몸이 흉측하게 되니 세상이 귀찮기도 했으며, 고운 얼굴에 수심이 가득하고 피골이 상접하니, 살고 싶은 마음은 전혀 없고, 죽고 싶은 마음만 간절하였다. 부인이 앉아서 슬피 울었다.

"연경으로 가자 하니 여기서 연경이 사만오천육백 리라. 여자 혼자서 그 많고 많은 산과 강을 어떻게 갈 수 있겠는가. 며칠 지나지도 않아서 이러한 변을 당했는데, 멀고도 험한 연경으로 가다가는 절개도 잃고 목숨마저 부지하기 어려울 것이다. 차라리 이 곳에서 죽어 백골이나마 고향으로 돌아가 남은 넋이라도 황성을 다시 보리라."

부인이 행장을 끌러 옥함을 내어놓고 비단 수건에 붉은 글자를 새겨 썼다.

"모년 모월 모일에 명나라 동성문 안에 사는 유충렬의 모 장씨는 옥함을 내 아들 충렬에게 전하노라. 죽은 넋이라도 받아 보라."

부인이 한 자 한 자 또박또박 글자가 새겨진 수건으로 옥함을 싸서 물 속에 넣고 대성통곡하며 치마를 덮어쓰고 물에 빠져 죽으려 하였다. 이 때 산골짜기 사이에서 어떤 여인이 물동이를 옆구리에 끼고 금간수에서 물을 긷다가 부인을 보고 급히 내려와 만류하며 바위 위에 앉히고 물었다.

"부인은 무슨 일로 이러하십니까? 내 집으로 가십시다."

부인이 문득 꿈에 나타났던 노인의 말을 생각하고 그 여인을 따라갔다. 가서 보니 바위 위에 있는 돌길 사이에 아홉 칸 초가집이 있는데, 깨끗하면서도 기묘하고 아름다운 빛을 띤 구름이 어리었으니 군자가 사는 데요, 신선이 거처할 만한 곳이었다. 방으로 들어가 보니 갈초로 만든 옷이 벽 위에 걸려 있고 수많은 책들이 책상 위에 놓여 있었다. 부인이 반갑고 또 마음이 편안해져서 그동안 고생하던 이야기와 연경을 찾아가다가 도중에 봉변을 당한 일을 낱낱이 말하자, 주인도 눈물을 흘리고 손님도 슬피 울었다.

원래 이 집은 명나라 성종 때에 벼슬하던 이인학의 아들 이처사의 집이다. 인학의 어머니는 유주부의 종숙모였으나 서로 이별한 지 몇 년이 지난 터였다. 처사는 마음이 청렴하고 행실이 분명하여 벼슬을 그만두고 산 속에 들어와 농업에 힘쓰며 학업에 열중하였다. 행실은 심양강 오류촌의 도처사(陶處士)*와 같았고, 절개는 부춘산 칠리탄 엄자릉(嚴子陵)*과 같았다. 세상의 공명(功名)을 장자방(張子房)*이 오곡을 먹지 않고 신선을 따라 가듯이 여기며, 인간 부귀는 소태부(疏太傅)*가 금을 흩뿌리듯 하니, 세상에 이런 사람은 없을 것이다. 이 처사가 뜻밖에 부인의 말을 듣고 크게 놀라 부인을 중당에서 맞아 예를 마친 후에, 그간 일어났던 일을 다 듣지도 못하고 눈물을 흘리며 말하였다.

　"처숙(妻叔)*인 주부를 이별한 지 겨우 몇 년이 지났는데, 사람의 일이 그토록 변하여 이 지경이 될 줄 어찌 알았겠습니까."
하고, 서로 울며 마음을 위로하고 음식과 거처를 편히 공양하니 부인의 몸은 편안해졌다. 다만 가슴속에 한을 간직하고 세월을 보내었다.

도처사 : 동진의 시인 도연명. 이름은 잠. 심양 강서성 구강현 사람. 팽택의 현령으로 부임한 지 80여 일 만에 「귀거래사」를 남기고 관직에서 물러나 귀향함. 성품이 청렴하여 오류선생이라 자처함. 기교를 부리지 않은 담백한 시풍으로 당 이후 최고의 시인으로 평가받음.
엄자릉 : 후한 광무제 때 은둔해 살던 선비 엄광. 벼슬도 마다하고 부춘산에서 밭 갈고 칠리탄에서 낚시하며 살았음.
장자방 : 장량. 한 고조를 도와 한의 건국에 공이 있었으나 후에 명예와 이익을 버리고 신선을 따라 종적을 감춤.
소태부 : 중국 전한의 학자.
처숙 : 아내의 숙부.

충렬이 강승상을 만나 도움을 받다. 이 때 충렬은 어머니 잃고 물에 빠져 살 길이 없었다. 그러다가 문득 두 발이 닿아 자세히 살펴보니 물 속의 큰 바위였다. 그 위에 올라앉아 하늘을 우러러 어머니를 찾았으나 간데없고, 사방을 돌아보니 푸른 산이 은은하고 다만 물새소리만 들릴 뿐이었다. 강가에서 수많은 원숭이들이 밤늦도록 슬피 우니, 충렬이 통곡하며 바위 위에 서 있었다.

 이 때 남경의 장사꾼들이 재물을 많이 싣고 북경으로 가면서 회수에 배를 띄워놓고 두둥실 중류로 내려가는데, 처량한 울음소리가 바람을 타고 들려왔다. 뱃사람들이 이상하게 생각하여 배를 빨리 저어 우는 곳을 찾아가니, 과연 한 소년이 물가에 서서 슬피 울고 있었다. 급히 건져 배 안에 올려놓고 사연을 물으니,

"바다에서 도적을 만나 어머니를 잃고 웁니다."
하였다. 뱃사람들이 슬픔에 젖어서 충렬을 물가에 내려놓고 가고 싶은 대로 가라고 한 뒤 배를 띄워 북경으로 향하였다.

 충렬은 뱃사람들과 이별하고 정처없이 떠돌아다녔다. 이 마을 저 마을을 돌아다니면서 구걸하여 먹고, 아무 데서나 빌어서 잠을 자곤 하였다. 아침에는 동쪽에 있고 저녁에는 서쪽에 있으니 가을 바람에 낙엽이 흩날리고, 오가는 데 인석은 끊어지고 푸른 하늘을 떠다니는 것은 뜬구름뿐이었다. 그의 얼굴은 비쩍 말라죽은 사람 같고 차림새도 말이 아니었다. 담장만 쌓던 부열*이도 은나라 고종인 무정*을 만났고, 밭만 갈던 이윤*도 은나라의 왕인 성탕*을 만났으며, 위수에 여상*이도 주나라의 문왕을 만났다 한다.

부열 : 은나라 고종의 어진 재상. 전설에 따르면 은 고종 무정이 부암에서 담을 쌓고 있는 그를 꿈에 얻어 재상으로 삼았다 함.
무정 : 은나라 고종의 이름.
이윤 : 은나라의 어진 재상. 탕이 세 번 초빙을 한 뒤에 탕의 재상이 되어 걸(傑)을 치고 드디어 탕에게 천하의 왕이 되게 하였음.
성탕 : 은나라의 왕으로 7년 큰 가뭄을 다스렸음.
여상 : 주나라 동해 사람. 본성은 강이며, 여(呂)에 봉하였으므로 여상이라 함. 주나라 문왕의 스승. 무왕을 도와 은나라 주왕을 쳐서 나라를 세운 공으로 제후가 됨. 태공망.

세월은 물같이 흘러가서 충렬의 나이도 어느덧 열네 살이 되었다.*

하늘과 땅을 집으로 삼고 이리저리 돌아다니며 길거리에서 빌어먹다가 한 곳에 이르니, 이 땅은 초나라였다. 영릉을 지나다가 긴 모랫벌을 바라보며 어느 물가에 다다르니, 아득히 넓고 인적 없는 물가에는 원숭이 소리가 구슬프게 들리고, 가랑비가 내리는 백사장에는 흰 갈매기가 날아 오갈 뿐이었다. 뒤쪽을 돌아보니 푸른 대나무와 소나무가 우거져 있고, 오래 된 정자 하나가 층랑 사이로 보였다. 그 곳에 올라가니 이 물은 멱라수요, 이 정자는 회사정이라 하는 정자였다. 바로 유주부가 글을 쓰고 빠져 죽고자 하던 곳이었다.

마음이 절로 비감하여 정자에 올라가 사면을 살펴보니, 제일 위에는 굴삼려의 평생 행적을 써 붙이고, 그 밑에 오래된 문장과 시, 지나가는 나그네들이 남겨놓은 여행기록이 사면에 붙어 있었다. 동쪽 벽 위에 새로운 글 두 줄이 씌어 있었는데, 그 글을 보니,

"모년 모월 모일에 남경 유주부는 간신에게 패하여 연경으로 귀양가다가 멱라수에 빠져 죽노라."

라고 쓰여 있었다. 충렬이 그 글을 보고 정자 위에 거꾸러져 목놓아 울며,

"우리 아버지가 연경으로 간 줄만 알았더니 이 물에 빠지셨구나. 나 혼자 살아나서 세상에 무엇을 하겠는가. 회수에서 어머니를 잃고 멱라수에 아버지를 잃었으니, 무슨 면목으로 세상에 살아남을 것인가. 나도 함께 빠지리라."

하고, 물가에 내려가니 충렬의 울음소리가 용궁에까지 사무쳤는지라, 하늘이 무심할 것인가.

이 때 영릉 땅에는 강희주라 하는 재상이 살고 있었다.* 소년 시절에 과거에 합격하여 승상 벼슬을 하다가 간신의 모함으로 벼슬을 그만두고 고향으로 돌

아와 있었다. 그러나 충신이 오로지 국가를 잊지 못하여 항상 황제가 잘못 결정하는 일이 있으면 상소하여 구원하니, 조정의 신하들이 강승상의 솔직한 조언을 꺼려하였다. 그 중에도 정한담과 최일귀가 강상승을 가장 미워하였다. 강승상이 마침 본부에 갔다가 돌아오는 길에 오른쪽 주막에서 자다가 꿈을 꾸었다. 오색구름이 멱라수에 어리었는데 청룡이 물 속에 빠지려 하면서 하늘을 향하여 무수히 통곡하고 백사장을 배회하는 꿈이었다. 마음속으로 이상하게 생각하여 날이 밝기를 기다리다가, 새벽닭이 울고 날이 밝자 멱라수로 바삐 달려갔다. 가서 보니 과연 어떤 동자가 물가에 앉아 울고 있었다. 급히 달려들어 그 아이의 손을 잡고 회사정에 올라와 자세히 물었다.

"너는 누구길래 이 곳에 와서 우느냐?"

충렬이 울음을 그치고 대답하였다.

"소자는 남경 동성문 안에 사는 정언 주부 유공의 아들입니다. 아버지께서 간신의 모함을 받고 연경으로 귀양가시다가 이 물에 빠져 죽은 흔적이 회사정에 있는 까닭에 소자도 이 물에 빠져 죽고자 합니다."

강승상이 이 말을 듣고 크게 놀라 낯빛이 변하면서 말하였다,

"이것이 웬 말이냐? 최근 몇 년 동안 노환(老患)으로 황성에 못 갔더니 그토록 사림의 일이 변히여 이런 변이 있었단 말인가, 유주부는 한 나라의 충신이다. 같은 조정에서 벼슬하다가 나는 나이가 많이 들어 고향으로 돌아왔는데, 유주부가 이렇게 된 줄 꿈 속에서나 생각하였겠느냐? 전혀 생각지 못하였다. 이미 지나간 일은 따지지 말고 나를 따라 함께 가자."

충렬이 말하였다.

"대인(大人)은 소자를 생각하여 가자고 하시나 소자는 이 세상에 다시 없는 불효자입니다. 살아서 무엇하겠습니까? 또한 어머니가 번양 회수에서 돌아가시고 아버지는 이 물가에 돌아가셨으니, 소자 혼자서 살 마음이 없습니다."

승상이 충렬을 달래며 말하였다.

"부모가 모두 돌아가셨는데 너조차 죽는단 말이냐. 세상 사람들이 자식을 낳

고 좋아하는 것은 대가 끊기지 않기 때문이다. 너조차 죽게 되면 유주부 사당에 한 번이라도 영광스러운 일이 있을 수 있겠느냐. 잔말 말고 따라오너라.”

충렬이 어쩔 수 없이 강승상을 따라가니, 그 곳은 영릉땅 월계촌이었다. 인가가 즐비하고 지위 높은 사람들이 오가면서 행인을 통제하는 소리가 요란하였다. 문과 창을 아름답게 꾸민 높은 누각과 큰 집들이 하늘 높이 솟아 있고, 화려하게 장식한 수레가 빼어난 인물들을 태운 채 오가고 있었다.

강승상이 충렬을 사랑채에 두고 안으로 들어가 부인 소씨에게 충렬의 이야기를 하니, 소씨가 이 말을 듣고 충렬을 오라 하여 손을 잡고 눈물을 흘렸다.

“네가 동성문 안에 사는 장부인의 아들이냐? 부인이 나이가 늦도록 자식이 없어 나와 함께 매일 한탄하곤 했단다. 그런데 장부인이 어찌하여 저런 아들을 두었다가 영화를 다 못 보고 죽었단 말인가. 세상의 일은 참으로 허망하구나. 간신의 모함을 받아 충신이 다 죽으니 나라인들 무사할 수 있겠느냐. 다른 데 가지 말고 내 집에 있거라.”

충렬이 감사의 절을 올리고 사랑채로 나왔다.

이 때 강승상에게는 아들은 없고 다만 딸 하나만 있었다. 부인 소씨가 딸아이를 낳을 때에 한 선녀가 오색구름을 타고 내려와 소씨에게 말하였다,

“소녀는 옥황의 선녀입니다. 자미원 대장성과 인연을 맺고 있었는데 옥황께서 소녀를 강씨의 집안으로 보내시기에 왔사오니, 부인은 저를 불쌍하게 여겨 주십시오.”*

부인이 혼미한 가운데 딸아이를 낳으니 용모가 비범하고 행동거지가 단정하였다. 시 짓기와 글쓰기를 잘 하고, 모르는 음률*이 없었으니 여자 가운데 군자요, 총명한 지혜는 짝을 이룰 만한 사람이 없었다. 부모가 사랑하여 사윗감을 쉽게 고르지 못하고 염려하였는데, 천만다행으로 충렬을 데려다가 사랑

채에서 지내게 하고 자식같이 길러냈다. 충렬의 고귀한 모습은 이루 말로 다 표현하기 어려울 정도였다. 부귀함과 벼슬은 물론이고 영웅준걸의 모습은 제일 뛰어났다. 승상이 매우 기뻐하며 안방으로 들어가 부인에게 혼사를 의논하니, 부인 역시 매우 즐거워하며 말하였다.

"나도 마음속으로 충렬을 사랑하였는데, 승상께서 또한 그렇게 말씀을 하시니 더 이상 여러 말 하지 말고 혼사를 치루도록 합시다."

승상이 밖에 나와 충렬의 손을 잡고,

"결혼과 관련하여 너에게 긴히 할 말이 있다. 내가 늙은 말년에 오로지 딸 하나만을 두었는데, 지금 보니 너와 하늘이 정해 준 배필임이 분명하다. 이제 백년고락(百年苦樂)*을 너에게 부탁하겠다."

그러자 충렬이 무릎을 꿇고 앉아 눈물을 흘리며 여쭈었다.

"소자의 목숨을 구해 주시고 또 슬하에 두고자 하시니 감사하기 이를 데가 없습니다. 다만 가슴 속에 통탄할 일이 사무쳐 있습니다. 소자가 복이 없어 부모의 생사를 모른 채 결혼하여 아내를 얻는 것은 자식으로서 할 도리가 아닙니다. 이것이 한스러울 뿐입니다."

승상이 그 말 듣고 슬픔에 젖어서 충렬의 손을 잡고 말하였다.

"이것은 때에 맞추어 임기응변으로 일을 적절하게 처리하는 방법이다. 너의 집 시조공(始祖公)*도 일찍 부모를 여의고 장씨 가문에 장가가서 어진 임금을 만나 개국공신이 되었으니, 조금도 서러워 말아라."

바로 좋은 날을 택하여 혼례를 치르니, 아름다운 신랑과 신부의 모습은 하늘에서 죄를 짓고 인간 세상에 내려온 신선이 분명하였다.

혼례를 다 끝내고 방으로 들어가 사방을 살펴보니, 빛나고 빛난 것이 한 입으로는 다 말하기 어렵고, 붓 하나로는 다 기록하기 어렵다. 신방(新房)*에 켠

환한 촛불 아래 깊은 밤에 신랑과 신부가 평생 연분을 맺었다. 서로 사랑하며 주고받은 말을 어떻게 다 헤아릴 수 있으며, 어떻게 다 기록할 수 있을까? 밤을 지낸 후에 이튿날 승상 부부를 뵈니 승상 부부가 매우 즐거워하였다.

이렇듯이 세월이 흘러서 유생의 나이 열다섯 살이 되었다. 이 때 승상이 어진 사위를 얻고 만년에 근심이 없었으나, 다만 유주부가 간신의 모함을 받아 멱라수에 빠져 죽은 것을 생각하면 분한 마음이 곧바로 일어나곤 하였다. 그래서 나라에 글을 올려 유주부의 원통함을 풀어 없애고자 하여 즉시 황성으로 가려 하였다. 유생이 만류하며 말하였다.

"대인의 말씀은 감격스러우나 간신이 조정에 가득하여 국권을 쥐고 있으니 황제께서 상소를 듣지 아니할 것입니다."

승상이 듣지 않고 급히 행장을 차려 황성에 올라가 퇴임한 재상 권공달의 집에 머무르며, 상소를 지어 승지를 불러 황제에게 올리라 하였다.

전 승상 강희주는 삼가 머리를 조아려 백 번 절하고 상소를 폐하께 올립니다. 황송스러우나 충신은 국가의 중심을 이루는 마음입니다. 간신을 몰아내고 충신을 등용하시어 어진 정치를 행하시고 덕을 베푸시어 온 백성을 보살피시면, 소신같이 병든 몸일지라도 오랜 옛날 순임금의 풍모를 다시 만나 백골이 나마 푸른 산 좋은 땅에 묻힐까 하였습니다. 그런데 간신의 말을 들으시고 주부 유심을 멀리 연경으로 귀양 보내시다니요. 어진 임금과 신하 보기를 하찮게 여겨 밖으로 충신의 입을 막고 간신의 악을 받아 국권을 빼앗았으니, 어찌 한심하지 않겠습니까? 왕망이 임금 대신에 나라를 다스리자 왕실이 미약해지고 회왕이 위태하므로 항적이 죽었습니다. 황상은 깊이 생각하시기 바랍니다. 신이 비록 죽는 날이 오더라도 그 은혜가 해와 같으시니, 황상은 충신 유심을 즉시 풀어 주시어 폐하를 돕게 하십시오. 아뢸 말씀은 끝이 없으나 황송하여 이만 그칩니다.

　황제가 이 상소를 보고 크게 화를 내며 조정에 내려와 보라 하였다. 이 때 정한담과 최일귀가 강희주의 상소를 보고 화가 나서 대궐 안으로 들어가,

　"퇴임한 신하 강희주의 상소를 보니 그 죄악이 사람의 도리에 크게 어긋납니다. 충신을 왕망에게 비유하여 폐하를 죽인다 하니, 이 놈을 역적에 해당하는 법률로 다스려 능지처참하고, 그의 삼족(三族)*을 멸하십시오."

하니 황제가 곧 허락하였다. 한담이 즉시 승상부에 나와 나졸을 재촉하여 강희주를 잡아들이라 하였다. 나졸들이 한담의 명령을 듣고 권공달의 집에 가 강희주를 철망으로 결박하여 잡아갔다. 이 때 강희주가 삼족을 멸하다 하는 말을 듣고, 유생까지 잡혀 갈까 두려워 급히 편지를 써서 집으로 보냈다. 그리고는 철망에 싸여 의금부로 들어가니, 백발이 흩어지고 피눈물이 얼룩져 있었다.

　"충신을 구하려다가 장안의 저자거리에서 주인 잃은 외로운 넋이 된단 말인가? 죽은 넋이라도 용봉(龍逢)* 비간(比干)*을 벗한다면 역사에 길이 영화로운 것이오. 간신 정한담은 왕위를 빼앗으려고 충신을 모함하여 원통한 넋이 되게 하니 살아도 부끄럽지 아니하겠는가?"

하고, 무수히 원통함을 부르짖으며 금부로 들어갔다.

　이 때 한담이 승상부에 높이 앉아 강승상을 끌어내어 계단 아래에 무릎을 꿇리고 꾀를 따져서 말하였다.

　"네가 예전에 스스로 충신이라 일컫더니 충신도 역적이 될 수 있단 말인가?"

　승상이 눈을 부릅뜨고 한담을 보며 말하였다,

　"관숙*과 채숙*이 주공*더러 역적이라 하지 않았더냐? 또 양화*가 공자더

삼족 : 부모, 형제, 자기 집안과 외가와 처가를 말함.
용봉 : 중국 은나라의 어질고 충성스러운 신하. 걸임금이 밤낮없이 술을 마시자 이것에 대해 충성스럽게 끝까지 옳지 못한 일을 바로잡고자 하다가 살해된다. 올곧은 사람으로 알려져 있음.
비간 : 역시 같은 은나라의 신하. 주임금의 삼촌으로 주임금의 음란한 생활을 끝까지 간하다가 살해됨.
관숙 : 이름은 선. 문왕의 셋째 아들로 무오아의 아우이며, 주공 단의 형. 무왕이 관에 봉하였으나 문왕이 죽은 후에 주왕의 아들 무경을 받들어 역모를 꾀하다가 주공에게 피살당함.
채숙 : 주공 단의 형제로, 관숙과 함께 난을 일으켰다가 피살당함.
주공 : 중국 주나라 문왕의 아들이며, 무왕의 아우. 이름은 단. 문왕과 무왕을 도와 주를 치고, 성왕을 도와 왕실의 기초를 세움. 제도나 예악을 정하여 주 문화의 발전에 크게 이바지함.
양화 : 중국 춘추 시대 정치가 양호. 화는 자. 계씨의 신하로 정치에 전력했으나, 정공을 거역하여 진나라로 망명함.

러 소인(小人)이라 한 것이 어제 들은 듯하구나.”

한담이 매우 화가 나서 좌우 나졸을 재촉하여 수레 위에 높이 싣고 장안의 저자거리로 나갔다.

이 때 황제의 황태후는 승상의 고모였다. 승상을 죽인다는 말을 듣고 급히 황제에게 들어가 눈물을 흘리며 말하였다.

“강희주를 죽인다고 하는데, 대체 무슨 죄를 지었느냐? 친정으로 해서 나의 혈육이라고는 다만 늙은 강희주뿐이다. 설사 죽일 죄를 지었다고 하더라도 날 보아 죽이지 말고 먼 지방으로 귀양을 보내기 바란다.”

황제가 역시 슬퍼하면서 즉시 한담을 불러 죽이지 말고 유심과 마찬가지로 멀리 옥문관으로 귀양을 보내라 하였다. 한담이 황제의 명을 받고 마지못하여 옥문관에 유배시키고, 강희주의 모든 가족들을 잡아다가 관청의 노비로 들이라고 명령을 내린 후, 나졸들을 불러 모아 함께 영릉으로 갔다.

이 때 유생이 승상 강희주가 황성에 들어간 후에 밤낮으로 염려를 하고 있었다. 그런데 뜻밖에 강승상의 편지가 왔기에 급히 뜯어서 열어 보았다.

오호라! 늙은 아비는 전생에 죄가 많아서 슬하에 아들 없이 오직 딸 하나만 두었다가 다행스럽게도 그대를 만나 부귀영화를 보려 하고 딸아이의 평생을 그대에게 부탁하였네. 집안의 운이 그러한지 세상이 시기한 탓인지 충신을 구원하려다가 만리 변방에 유배되어 생사를 모르게 되었구나. 이러한 변이 또 어디 있겠느냐. 나는 나이가 많아 풀 끝에 김나고 앞으로 살 날이 얼마 남지 않아 지금 죽어도 서럽지 아니하나 딸아이의 일생을 생각하니 가련하고 불쌍하구나. 하늘이 맺어 준 연분으로 그대를 만나 신혼의 정이 한창일 텐데 이 지경이 되었으니, 앞으로 그 아이의 신세가 어찌 될지 가슴이 답답하다. 그러나 나는 반역죄로 잡히어 철망에 싸여 멀리 옥문관으로 유배되고, 나의 모든 가족들은 잡아다가 관청의 노비로 귀속시킨다 하고 나졸들이 내려갔다. 그러니 그대는 급히 집을 떠나 재난을 면하라. 만일 도망가지 않으면 우리 두 집안의 유일한 핏줄이 젊은 나이에 외로운 넋이 될 것이니, 부디 도망하였다가 이후에 귀하게 되거든 내 자식을 찾아 버리지 말고 백년해로 하여라. 그리고 내가 죽은 날에 좋지 않은 술 한 잔이라도 향불을 피우고, '승상은 평생 기르던 충렬의 손에 많이 흠향하고 가라' 하면, 구천에 남은 넋이라도 한 잔의 술을 상에 가득히 쌓인 술과 고기로 알고 먹고, 청산에 썩은 뼈라도 봄바람을 다시 만나 그 은혜를 갚으리라.

충렬이 다 읽은 후에 낭자 방에 들어가 편지를 보였다. 전생에 명(命)이 기구하여 어려서 부모를 잃고 하늘과 땅을 집으로 삼고, 이리저리 떠돌며 밥을 얻어먹고 살더니, 천만 다행으로 대인(大人)을 만나 낭자와 백년언약을 맺었다가 일 년도 되지 않아서 이런 변을 당하였다. 충렬이 입고 있던 속적삼을 벗어 글 두 구절을 써주며 낭자에게 말하였다.

"다른 날 보십시다."

낭자 이 말을 듣고 매우 놀라 낯빛이 변하면서 유생의 옷을 잡고 소리 높여 통곡하였다.

"노부께서는 무슨 죄로 만리 오랑캐 땅으로 간다 하며, 청춘인 소첩이 무슨 죄를 지었기에 이처럼 박명합니까? 나같은 여자는 생각하지 말고 급히 재난을 면하소서."

낭자가 붉은 치마 한 폭을 떼어 그 두 구절을 지어주며,

"급히 나가소서."

하였다. 유생이 글을 받아 비단 주머니에 넌지시 넣고 소리를 놓아 울면서 하루를 보내니, 낭자 울며 말하였다.

"낭군이 이제 떠나가면 어느 날 다시 볼 수 있겠습니까? 황제의 명이 매우 엄하여 궁궐의 노비가 되어서 관청에서 살게 되면 저승에나 가서 다시 볼까 합니다."

충렬이 슬피 울며 떠나가는데, 강낭자를 두고 가는 마음이 가을날 달 밝은

밤에 항우가 우미인(虞美人)*과 이별하듯 하였다.

　유생이 급히 행장을 차려 서쪽 하늘을 바라보고 정처 없이 가다가, 자신의 가련한 신세를 생각하고 속절없는 눈물을 비 오듯이 흘리니, 천리나 되는 길고 긴 길에 눈이 캄캄하여 앞으로 나가지 못하였다. 한참 후에 소매로 눈물을 훔치고 서쪽 하늘의 구름을 바라보며 한없이 걸어갔다.*

　소부인은 자결하고, 강낭자는 절개를 지키다. 이 때 부인과 낭자가 유생을 이별한 후 온 집안이 망극하여 울음소리가 떠나지 않았다. 사오일이 채 지나지 않아서 금부도사가 내려와 월계촌으로 달려들어 소부인과 낭자를 잡아내어 수레 위에 싣고 군사를 재촉하여 황성으로 올라갔다. 한편으로는 집을 헐어 연못을 만들고 가니 가련하기만 하구나. 강승상이 대대로 살던 집을 헐어 하루아침에 연못을 만드니, 집오리만 둥둥 떠다녔다.

　소씨와 낭자가 어쩔 수 없이 잡혀 올라가다가 청수에 이르렀다. 해가 서산에 져서 주점 객실에 들어가 하룻밤을 머물게 되었다. 이 때 금부 나졸 중에 장한이라 하는 군사가 있었다. 옛날 강승상이 벼슬할 때에 승상부의 서리였던 장한의 아버지가 죄를 지어 거의 죽게 된 것을 강승상이 구하여 살린 일이 있었다. 이로 인해 장한의 부자(父子)는 그 은혜를 밤낮으로 생각하더니, 장한이 이 때를 당함에 불쌍함을 이기지 못하여 다른 군사 모르게 슬피 울었다.

　그 날 밤 상경에 다른 군사들이 다 잠이 깊이 들었다. 이 때 장한이 가만히 부인이자는 방문 앞으로 나아갔다. 마침 부인과 낭자가 서로 붙들고 잠을 이루지 못하고 있는데, 문 밖에서 기침하고 부인을 불렀다. 부인이 놀라 문을 열어 보니, 장한이 땅에 엎드려 가만히 여쭈었다.

우미인 : 중국 초왕 항우의 애인. 항우가 해하에서 적에게 포위당했을 때 항우의 시에 맞추어 춤을 추고 자살하여 항우를 격려하였다고 함.
유생이 급히 행장을 ～ 바라보며 한없이 걸어갔다 : 주인공의 두 번째 고난이 시작되고 있다. 첫 번째는 걸인으로 떠돌아다니다가 강낭자와 결혼하여 위기를 벗어난다. 그러나 다시 정한담으로 인해 위기를 맞이하고 광덕산 백룡사의 도승을 만나 도술을 배운 다음 갑옷과 용마, 보검을 얻어 본격적으로 나라를 구하는 준비를 한다.

"소인은 금부 나장입니다. 옛날 대감께서 벼슬할 때에 소인의 아버지가 나라에 죄를 짓고 죽게 된 것을 대감께서 살려 주셨습니다. 그 은혜가 뼈에 사무쳐 반드시 갚고자 하다가, 이 때를 당하여 소인이 어떻게 무심할 수가 있겠습니다. 부인은 너무 염려하지 마십시오. 오늘밤에 여기서 도망하시면 그 뒤는 소인이 감당할 것이니, 조금도 염려 마시고 도망하여 살 길을 찾으십시오."

부인이 이 말을 듣고 마음이 조금 풀리어 낭자를 데리고 장한을 따라 주막 밖으로 나왔다. 이미 때는 자정이었다. 인적이 고요한데 동산을 넘어 십 리를 가니 청수에 이르렀다. 장한이 작별 인사를 하고 말하였다.

"부인과 낭자는 이 물가에 빠져 죽은 표시를 하고 가시면 후환이 없을 것입니다. 부디 살아나 대를 이으십시오."

이 때 부인이 낭자의 신세를 생각하니 정신이 아득하여 마음속으로,

'이제 비록 도망하였으나 젊은 여자를 데리고 어디로 가 살며, 살아나게 되면 승상과 어진 사위를 이별하고 살아서 무엇하겠는가. 차라리 이 물에 빠져 죽으리라.'

하고, 낭자를 속여 뒤를 보는 체하고 급히 청수에 가 신을 벗어 물가에 놓고 깊은 물에 뛰어들었다. 가련하다! 장승상의 부인이 백옥 같은 고운 몸을 물고기의 뱃속에 장사지내니, 어찌 가련하지 않겠는가.

이 때 낭자가 어머니를 기다렸으나 끝내 오지 않았다. 급히 나와서 살펴보니 사방에 사람의 자취라곤 찾아볼 수가 없었다. 마음이 답답하여 어머니를 부르며 청수가에 나와 보니, 어머니가 물가에 신을 벗어 놓은 채 온데간데없었다. 낭자는 발을 동동 구르다가 자기도 또한 신을 벗어 물가에 놓고 물에 빠져 죽으려 하였다. 이 때는 밤이 오경이 되어 동방이 밝아오고 있었다.

때마침 영릉골 관비(官婢)* 한 사람이 다른 마을에 갔다가 돌아오는 길에 청수가를 지나게 되었다. 어떤 여자가 물가에서 통곡하며 물에 빠져 죽으려 하

관비 : 관가에서 부리던 여자종.

고 있었다. 급히 쫓아와 낭자를 붙들어 물가에 앉히고 사연을 물은 후에 제 집
으로 가자고 하였으나, 낭자는 한사코 죽으려고 하였다. 관비가 갖은 방법으
로 타일러 데리고 와서 수양딸로 정한 후에, 낭자의 얼굴과 태도를 살펴보니
하늘 나라의 선녀와 같았다. 이 고을 수령들에게 수청을 들게 하면 천금의 재
산도 부럽지 않으며, 만 냥의 재산을 가진 태수도 원할 필요가 없을 듯하여 온
갖 방법으로 달래어 다른 데로 가지 못하게 하였다.

이 때 유생이 강승상의 집을 떠나 서쪽 하늘을 바라보고 정처 없이 가며 자
신의 신세를 생각하니, 속절없고 어쩔 수 없었다. 이제는 어떻게 할 도리가 없
다 하여, 산 속에 들어가 머리를 깎고 중이 되어 불도나 닦으려고 하였다. 그
래서 푸른 산을 바라보고 종일토록 가다가 한 곳에 다다르니, 앞에 큰산이 있
었다. 수많은 봉우리와 골짜기가 하늘 높이 치솟아 있는 가운데 오색구름이
구의봉에 떠 있고, 갖가지 화초가 활짝 피어 있었다. 신령한 산이라 생각하고
찾아 들어가니, 경치가 매우 뛰어나고 풍경이 산뜻하였다.

산길 육칠 리에 잔잔한 물소리만 들리고, 울창한 청산만 보였다. 나뭇가지
를 잘 잡고 울창한 숲 속을 기어올라가니, 수양버들의 수많은 가지들이 봄바
람을 못 이기어 동네 어귀에 늘어져서 흔들거렸다. 푸른 대나무와 소나무는
우거진 가지에 온갖 풀들의 봄기운을 다투었다. 층층히 이루어진 꽃핀 골짜기
에는 앵무새와 공작새가 뛰노는데 푸른 하늘에 걸린 폭포가 층암절벽 치는 소
리는 한산사 쇠북 소리가 손님을 태운 배에까지 들리는 듯하였다. 하늘 높이
솟은 암석이 푸른 소나무에 싸여 있는 모습은 산수화를 그린 여덟 칸 병풍을
둘러놓은 듯하였다. 경쇠소리가 들리기에 차츰차츰 안으로 들어가니, 오색구
름 속에 휘황하게 단청을 한 높은 누각과 큰 집들이 즐비하였다.

일주문(一柱門)*을 바라보니 황금대자(黃金大字)*로 '서해 광덕산 백용사'
라 뚜렷이 붙어 있었다. 절로 들어가니 큰스님이 한 사람 나왔다. 그 중의 행

일주문 : 기둥이 하나인 문.
황금대자 : 황금색으로 쓴 큰 글씨.

동을 보니 희디흰 두 눈썹은 눈을 덮은 듯하였고, 마르고 흰 듯한 두 귀는 두 어깨에 늘어져 있었다. 맑고 빼어난 외모와 은은한 정신이 엿보이는 태도로 보아 평범한 중이 아니었다. 백팔염주를 목에 걸고 지팡이를 짚고서 흑포장 삼*에 떨어진 송낙* 쓰고 나오며, 유생을 보고 말하였다.

"소승(小僧)*이 연로하여 유상공 오시는 행차를 동구 밖에 나가 맞이하지 못하였으니, 소승의 무례함을 용서하십시오."

유생이 크게 놀라 말하였다.

"천한 인생으로 팔자가 기박하여 어려운 부모를 잃고 정처없이 다니다가 우연히 이 곳에 와 대사를 만난 것인데 그토록 관대하시며, 소생의 성은 어떻게 알고 있습니까?"

노승이 답하여 말하였다,

"어제 남악 형산의 화선간이 소승의 절에 오셔서 소승에게 부탁하기를, '내일 낮 12시경에 남경 동성문 안에 사는 유심의 아들 충렬이가 올 것이니 내쫓지 말고 잘 대접하라' 하셨습니다. 마침 소승이 찾아 나오다가 상공의 옷차림새를 보니 남경 사람이기에 알아보았습니다."

유생이 그 말을 듣고 한편으론 기쁘고 한편으론 슬퍼하면서 노승을 따라 들어가니, 여러 승려들이 두 손 모아 절하며 반가워하였다. 노승의 방에 들어가 저녁밥을 먹은 후에 그 밤을 편히 쉬니 이 곳은 선경(仙境)*이었다. 세상의 일을 모두 잊고 일신이 편안하였다. 이후로는 노승과 함께 병서(兵書)*도 깊이 탐구하고 불경도 명확하게 의논하게 되었다. 그렇게 되니 이렇게 밝은 세상에 나그네는 없고, 광덕산 속에 머리 기른 중만 있었다. 본래 신분이 천상 사람으로 살아 있는 부처를 만나 기이한 술법을 배우고, 하늘 위의 해와 달과 별들,

---

흑포장삼 : 검은 빛깔의 베로 만든 품과 소매가 넓은 중의 웃옷.
송낙 : 여승이 평상시에 쓰는 모자.
소승 : 중이 자신을 낮추어 부르는 말.
선경 : 신선이 산다는 곳.
병서 : 군사 전략에 관한 책.

그리고 하늘 아래 명산의 신령들이 모두 다 힘을 합치니, 그 재주와 영민함을 누가 당할 수 있겠는가. 유생은 이렇게 밤낮으로 공부하였다.

　황제가 군사를 일으키고, 간신이 적에게 항복하다.　이 때 도통대장 정한담과 병부상서 최일귀가 항상 꺼려하던 유심과 강희주를 만리 밖에 유배시키고, 조정의 모든 관리들을 없애고 황제를 내쫓고자 하였다.* 한담은 신기한 병법을 비롯하여 둔갑하여 몸을 숨기는 술법과 하늘로 오르고 땅 속으로 들어가는 술책, 변화하여 신이 되는 술법과 손으로 불을 잡고 물을 막는 술법 등을 배워 통달하였다. 그도 본래 신분이 하늘나라의 익성이었으니, 인간 세계의 사람으로서는 당할 이가 없었다. 이러한 한담이 한 나라에서 가장 높은 지위를 차지하고, 내부에서 반란을 일으키니 나라가 어찌 무사하겠는가?

　이 때는 영종이 즉위한 지 3년이 되는 봄 정월이었다. 나라의 운이 불행하여 남흉노의 선우가 북쪽 오랑캐와 합의하여 황제를 내쫓기 위해, 서천 삼십육도의 군장과 남만의 가달, 토번의 다섯 나라가 합세하여 팔천여 명의 장수와 정병 오백만을 이끌고 밤낮으로 행군하여 진남관에 다달아 격서(檄書)*를 남경에 보내고 진남관에서 지키고 있었다. 이 때 백성들이 난리를 보지 못하였다가 뜻밖에 난을 만나서 산이나 들판에 숨는 등 사방으로 흩어져서 피난하였다. 쌓아놓은 땔감도 헛되이 써버리고 창고에 비축해 놓은 곡식도 다 없어져 버렸다. 하늘이 정한 운수가 아니고서야 어떻게 그렇게 될 수가 있겠는가?

　이 때 황제가 정월 대보름날에 호산대에 올라가서 보름달을 즐기고, 궁궐로 돌아와 잔치를 크게 베풀어 모두가 함께 즐기고 있는데 뜻밖에 전남관 수문장이 장계(狀啓)*를 올렸다. 급히 뜯어서 읽어 보니,

---

이 때 도통대장 정한담과 ~ 황제를 내쫓고자 하였다 : 이야기의 본격적인 위기가 시작되고 있다. 정한담은 두 차례에 걸쳐 유충렬의 아버지 유심과 장인 강희주를 유배시키고 황제를 내쫓고 자신이 황제의 자리에 앉기 위해 오랑캐와 모략을 꾸민다. 황제는 정한담에게 쫓겨나 비참한 처지가 되어 항복을 강요받는다.
격서 : 급히 여러 사람에게 알리려고 각처로 보내는 글.
장계 : 지방으로 파견된 관원이 급히 임금에게 글로 보고하는 것.

"남적이 기세가 강해져 호국과 힘을 합쳐 전남관 백 리 안에 가득하고 백성을 노략하여 황성을 치려고 하니, 바삐 군대를 보내어 도적을 막으소서."

황제가 크게 놀라서 여러 신하들을 모아 놓고 의논을 하였다. 이 때 정한담과 최일귀가 이 말을 듣고 매우 기뻐 급히 별당으로 들어가 도사에게, 밖에 도적이 일어났다는 말을 하고 큰일을 물으니, 도사가 문을 열고 나와 하늘의 기운을 살핀 후에 말하였다,

"때가 왔도다. 때가 왔도다. 신기한 영웅이 황성 안에 있는가 했는데 이제 죽었으며, 때 맞추어 도적이 일어나니 이는 그대가 황제가 될 운수다. 급히 공격하여 때를 잃지 마오."

한담이 매우 기뻐하며 일귀와 함께 갑옷과 투구를 갖추고 대궐문으로 들어갔다.

이 때 황제가 여러 신하들과 적을 막을 방법을 의논하고 있는데, 장안에 바람이 일어나며 한 대장이 섬돌 아래 엎드려 아뢰어 말하였다,

"소장(小將)* 등이 비록 재주는 없으나 한 번 나가 남적을 모두 몰살하여 황상의 근심을 없애고 소장의 공을 세우겠습니다."

모두 보니 키가 십여 척에다가 얼굴이 웅장하며 황금투구에 녹운포를 입은 것은 도총대장 정한담이었으며, 얼굴빛이 숯먹 같고 눈빛이 황홀하며 백금투구에 홍운포를 입은 것은 병부상서 최일귀였다. 황제가 매우 기뻐하며 두 장수의 손을 잡고 말하였다.

"경들의 충성과 지략은 짐이 이미 알고 있다. 남적을 쳐 없애서 짐의 근심을 덜도록 하라."

두 장수가 명령을 받고 각각 물러 나와 정예병사 오천 명씩을 거느려 행군하고 진남관에 진을 치고, 그 날 밤에 군사 한 명을 깨워 가만히 항복문서와 편지를 써서 적진 중에 보내고 회답을 기다렸다. 그 군사가 적진에 들어가 적

소장 : 장수가 자신을 낮추어 부르는 말.

장에게 항복문서를 올린 후에 또 편지를 드리거늘, 적장이 크게 기뻐하며 뜯어서 읽어 보았다.

남경의 장수 정한담과 최일귀는 한 장의 편지를 남진 대장의 처소에 올립니다. 우리 두 사람이 진심으로 충성을 다하여 전차를 도와 국가에 공을 세우고 백성들에게 덕을 베푸는 등 지성으로 받들어 모시었으나, 아직 우리를 알아주는 어진 임금을 만나지 못해 항상 마음이 불만스러웠습니다. 대장부가 이 세상에 태어나서 어찌 오래도록 남의 신하로만 있을 수 있겠습니다. 남자가 꽃다운 이름을 후세에 남기려면 또한 마땅히 더러운 이름을 오래도록 남겨야 한다고 했으니, 이 때를 맞이하여 어찌 기묘한 계책이 없겠습니까. 우리 두 사람을 선봉에 세우시면 황제가 항복할 것이니, 그대의 뜻은 어떠합니까? 회답을 보내기 바랍니다.

적장이 그 글을 보고 매우 기뻐서 말하였다.
"우리가 남경으로 나올 때에 도사가 근심하여 정한담과 최일귀를 염려했는데, 이제 저희가 먼저 항복하고자 하니 이는 하늘과 귀신이 도운 것이다."
하고, 즉시 회답을 써 주었다. 그 군사 급히 본래의 진으로 돌아와 답서를 올려 뜯어 보니,
"그대의 마음이 우리의 마음 같도다. 바라는 대로 선봉을 맡길 것이니 오늘 밤에 반갑게 만나도록 합시다."
정한담과 최일귀가 갑옷과 투구를 갖추고 적진으로 들어갔다.
이 때에 중군장이 급히 황성에 올라가 그 사이 일어났던 앞뒤의 사정을 황제에게 아뢰니, 황제가 이 말을 듣고 용상(龍床)* 밑으로 떨어져 발을 구르며,
"정한담과 최일귀가 적장에게 항복하였으니, 적진은 호랑이 날개를 얻은 것

용상 : 임금이 앉는 자리.

과 같고, 짐은 용이 물을 잃은 것과 같다. 이제는 어쩔 수 없다.”

하고 성 안에 남아 있던 군사를 낱낱이 지휘하여 감독하였다. 각 도와 각 읍에 문서를 보내어 군사와 군량미를 준비하게 한 다음, 우승상 조정만에게 도성을 지키게 하고, 태자를 중군으로 정하고, 황상이 친히 후군이 되어 행군을 재촉하였다. 이 때 군사는 십여 만이요, 장수는 백여 명이나 되었다.

행군의 북소리를 재촉할 때, 예전에 길주지사로 갔던 이행이 군의 진영 문 밖에 엎드려 말하였다.

“소신이 재주는 없으나 이 때에 이르러 신하된 자의 도리로써 어찌 조정을 돕지 아니하겠습니까? 소신으로 선봉을 삼아 주십시오.”

황제가 매우 기뻐하며 즉시 이행을 선봉으로 삼아 도적을 막았다. 이 때 정한담과 최일귀가 적진에 항복하여, 한담은 선봉이 되고 일귀는 중군대장이 되어 급히 황성으로 쳐들어오니, 의기가 양양하고 호령이 엄숙하였다. 깃발과 창검은 팔공산 나무같이 벌여 있고, 투구와 갑옷은 추운 겨울에 햇빛같이 눈부셨으며, 쇠북소리와 함성은 천지를 진동하고, 목탁과 나팔은 강산을 뒤엎는 듯하였다. 순식간에 들어와 금산성 백 리의 벌판에 빈틈없이 벌여 서서 안팎으로 진을 치고, 도사가 진중에서 기운을 바라보면서 싸움을 재촉하였다. 적진 중에서 포 쏘는 소리가 한 번 나자 한 장수가 내달아 소리를 질러 말하였다.

“명나라의 진중에 이 천극한의 적수가 있거든 빨리 나와 대적하라.”

하니, 명 진중에서 대응하는 포를 쏘고, 좌익장 주선우가 대답하여 소리를 지르며 달려들어 싸웠다. 양 진영의 군사들이 첫 싸움이라 군사가 대열을 제대로 갖추지 못하고 승부를 구경하였다. 몇 번 싸우지도 않고 극한의 칼이 번듯하면서 선우의 머리가 말 아래로 떨어졌다. 명 진중에서 좌익장이 죽는 것을 보고 또 한 장수 내달아 진영문 밖에서 소리를 질러 말하였다.

“극한은 가지 말고 최상정은 칼을 받아라.”

극한이 달려들어 함성이 끊어지고 그 칼이 번듯하며 최상정의 머리가 떨어졌다. 명 진중에서 선우 익장이 죽는 것을 보고 왕공열이 소리지르고 달려들어 극한과 싸웠으나 한 번도 못 겨루고 거의 죽게 되었다. 명 진중에서 팔대장군이 일시에 달려들어 왕공열을 구하였다. 적진 중에서 명나라의 여덟 장군이 나오는 것을 보고 한진이 극한과 힘을 합쳐 명나라의 여덟 명의 장수들과 맞붙어 싸우는데, 한진은 서편을 치고 극한은 동쪽을 치니 접촉하는 곳마다 수많은 군사가 죽어 그 수를 알 수가 없었다. 세 번도 못 싸우고 극한의 창검 끝에 여덟이 다 죽었다.

이 때 태자가 중군에 있다가 팔장의 죽음을 보고 분한 마음을 억누르지 못하여 말을 타고 진문 밖에 나서며 소리질러 말하였다,

"무도한 남적놈아. 천명을 거역하니 그 죄가 죽어도 아깝지 않을 것이다. 너의 진중에 정한담과 최일귀의 머리를 베어 명진 중에 보내는 자가 있으면 옥새*를 전하리라."

이렇게 태자가 극한을 맞아 싸웠다. 선봉장 이황이 이 말을 듣고 달려오며,

"태자께서는 아직 분을 참으십시오. 소정이 잡아오겠습니다."

하고, 나는 듯이 들어가 왼손에 든 칼로 극한의 머리를 베고, 오른손의 긴 창으로 한진의 머리를 베어 두 손에 갈라 들고 좌우로 충돌하여 본 진영으로 돌아왔다. 적진 중에서 이를 본 한담이 장막 밖으로 나오며 청사마를 타고 9척이나 되는 긴칼을 높이 들고 곧바로 명진으로 달려가서 단칼에 함락시키고자 하였다. 이 때에 먼저 남적 선봉장인 정문걸이 달려나오며 한담을 불러 말하였다.

"대장은 분을 참으십시오. 소장이 이황을 잡아오겠습니다."

하고, 창을 번득이며 말을 타고 달려나와 싸우는데, 일합이 못 되어 문걸의 칼이 진중에 빛나며 이황의 머리가 말 아래로 떨어졌다. 문걸이 이황의 머리를 칼끝에 꿰어들고 본 진영으로 향하다가 도로 명진의 선봉으로 쳐들어오며,

"명진은 불쌍한 인생을 죽이지 말고 빨리 항복하라."

옥새 : 임금의 도장.

하였다. 순식간에 선봉을 다 베고 달려들어 중군으로 들어오니, 태자가 중문을 지키다가 당하지 못할 줄 알고 후군과 황제를 모시고 금산성으로 도망하였다.

이 때 문걸이 명진의 창수를 씨도 없이 다 죽이고 명나라 황제를 찾았으나 도망하고 없었다. 어쩔 수 없이 명군의 장비와 군복을 모두 다 빼앗아 본 진영으로 돌아오며, 정한담에게 바로 달려들어갔다.

이 때 황제가 옥새를 땅에 놓고 하늘을 우러러 통곡하며 말하였다.

"짐이 사리에 어두워 선황제께서 세우신 사백 년 왕업을 하루 아침에 정한담에게 잃게 되니, 이는 호랑이를 길러서 근심을 사게 된 꼴이다. 누구를 원망하겠소. 모두 다 짐의 잘못이다. 황천에 돌아간들 선황제를 어찌 보며, 인간으로 살아 있어도 오랑캐에게 무릎을 어찌 꿇을꼬."

이 통곡소리가 금산성이 떠나갈 듯 진동하였다.

수문장이 알려왔다.

"해남 절도사가 군병을 거느리고 왔나이다."

황제가 매우 기뻐 바삐 모시고 들어오라 하니, 해남 절도사가 군사 십만 명을 거느리고 성 안으로 들어와 황제를 뵈었다. 황제께서 즉시 절도사를 선봉으로 삼아 도적을 막으라 하니, 절도사가 명령을 받고 성 아래에 진을 치고 머물러 있었다.

이 때 한담이 도성으로 들어가 용상에 높이 앉아서 호령하니 조정의 모든 관리들이 하루 아침에 항복하였다. 성 안에 가득한 백성들이 도적의 밥이 되어 물 끓듯 하였다.

이 날 한담이 삼군(三軍)을 재촉하여 금산성을 공격하여 깨뜨리고 옥새를 빼앗고자 하여 금산성 아래에 다다랐다. 명진 군사가 길을 막자, 정문걸이 한 필의 말과 한 자루의 창을 들고 명나라 진영을 공격하여 좌우로 충돌하니, 온몸이 칼날이 되어 그의 앞에 있는 장졸의 머리가 가을바람의 낙엽처럼 떨어지고, 호랑이 앞에 도망가는 토끼와 같았다. 순식간에 명나라 군사를 다 죽이고 산성문 밖에 달려들어 성문을 두드리며,

"명나라 황제야, 옥새를 내놓아라."

하는 소리에 금산성이 무너지며 강산이 뒤엎어지는 듯하였다. 성 안에 있는 군사들이 얼이 빠져 허둥대니, 그 아니 가련한가.

황제와 조정만이 황급히 북문을 열고 도망하여 바위틈에 몸을 숨겼다.

이 때 태자가 황후와 태후를 모시고 도망하려 했으나, 정문걸이 성 안에 들어와 황제를 찾다가 도망하고 없자 황후와 태자를 붙잡아 본 진영으로 돌아왔다. 정한담이 황후를 묶어 진영 앞에 무릎꿇게 하고 황제가 간 곳을 말하라고 하였다. 황후가 망극하여 대답지 아니하자 좌우에 있던 군사들이 창검을 갈라 들고 몸을 겨누면서 바른 대로 말하라고 하니, 황후가 황급히 대답하였다.

"이 몸은 계집이라. 성중에 묻혀 있다가 뜻하지 않은 난을 당하였소. 황제는 밖에 있기 때문에 죽었는지 살았는지를 모르노라."

한담이 분노하여 황후와 태자를 진중에 두어 굶주려 죽게 하고, 용상에 높이 앉아 황제의 일을 행하면서 군사들에게 호령하였다.

"명제를 사로잡는 자 있으면 천금의 상을 주고 만호후(萬戶侯)*에 봉하리라."

군사들이 명령을 듣고 각기 자기들 전으로 돌아갔다.

이 때 황제는 금산성에서 도망하여 조정만과 함께 산골짜기 사이에 몸을 숨기고 있다가, 황태후가 적진에 잡혀 가 죽게 되었다는 말을 듣고 통곡하여 바위 아래로 떨어져 죽으려 하였다. 이에 조정만이 황제를 붙들어 구한 뒤, 황제를 업고 명성원으로 도망가면서 황제에게 말하였다.

"남경이 모두 멸망하여 도적 정한담을 잡기는 고사하고 새로이 정문걸을 잡을 장수도 없습니다. 이제 산동의 육국에 구원병을 청하여 싸우다가, 일이 여의치 아니하면 옥새를 가지고 소신과 함께 용동수에 빠져 죽는 것이 좋겠습니다."

황제가 옳게 여겨 급히 조서(詔書)*를 써 산동의 육국에 구원병을 청하니, 육국왕이 이 조서를 보고 각각 군사 십만 명과 장수 천여 명을 불러모아서 급

만호후 : 많은 백성을 다스리는 제후.
조서 : 임금의 명령을 적은 문서.

히 남경 명성원으로 보내었다.

이 때 육국이 힘을 합쳐 호산대 넓은 벌판을 빈틈없이 행군하여 들어왔다. 황제가 매우 기뻐서 군사들 속으로 들어가 위로하고 적진 형세와 여러 번 패한 사실을 낱낱이 말하였다. 그런 후에 적응으로 선봉을 삼고 조정만으로 중군을 삼아 황성으로 들어오니, 그 웅장한 태도는 가을 서리와 같았다. 백사장 백 리 안에 군사가 늘어서서 들어오니, 남경이 비록 모두 탕진하였으나 무서운 것이 황제의 위엄 있는 몸가짐임을 알겠다. 구원병이 금산성 아래에 진을 치고 싸움을 돋우었다. 이 때 정문걸이 선봉에 있다가 구원병이 오는 것을 보고 한 필의 말과 한 자루 창을 들고 전문을 열고 나오니, 한담이 문걸을 불러 말하였다.

"적병이 저렇듯 장엄한데 장군은 어찌 가볍게 여겨 먼저 가려고 하는가."

문걸이 대답하였다.

"폐하, 어찌 소장의 재주를 가볍게 아십니까? 군졸 사십만과 백 명의 기마병을 한 칼에 다 죽인 적도 있습니다. 남경이 비록 육국에 구원병을 청하여 억만 군사가 왔지만 소장의 한 칼 끝에 죽는 구경이나 앉아서 보십시오."

한담이 매우 기뻐서 지휘대에 높이 앉아 싸움을 구경하니, 문걸이 창칼을 좌우에 갈라 잡고 말 위에 높이 앉아 나는 듯이 들어가며 크게 호통을 쳤다.

"명나라 황제야, 옥새를 가져 왔느냐? 너를 잡으려 하였는데 이제 왔으니, 이를 두고 이른바 봄 꿩이 스스로 운다고 하는 것이렷다. 빨리 항복하여 남은 목숨을 보존하라."

하고, 억만 군중 사이를 거칠 것 없이 제멋대로 다니면서 동쪽에 있는 장수를 치는 듯 남쪽의 장수를 베고, 북쪽의 장수를 베는 듯 서쪽 장수의 목을 떨어뜨렸다. 죽는 군사가 산처럼 쌓이고 흐르는 피가 내를 이루었다. 문걸이 닿는 곳곳마다 싸울 군사가 없었다.

이 때 황제가 조정만과 함께 옥새를 가지고 용동수에 빠져 죽으려고 하였으나, 또한 도망할 길이 없어 하늘을 우러러 탄식만 하였다.

충렬이 백룡사에서 도술을 익히고 무기를 얻다. 이 때 유충렬은 서해 광덕산 백룡사에 있어 노승과 함께 서로 마음을 알아주는 절친한 사이가 되어 세월을 보내고 있었다.

때는 부흥 13년 가을 7월 보름이었다. 찬바람이 소소하고 나뭇잎이 어지러이 날리자, 충렬이 고향과 자신의 신세를 생각하면서 달 밝은 깊은 밤에 홀로 앉아 슬픔에 젖어 있는데, 노승이 일어나 밖에 나갔다 들어오며 충렬을 불러 말하였다.

"상공은 오늘 천문(天文)*을 보았습니까?"

충렬이 놀라 급히 나와 보니, 남경에 살벌한 기운이 가득하였다. 방으로 들어와 한숨 짓고 눈물을 흘리니, 노승이 말하였다.

"병란은 남경에서 났는데 산속에 숨어 있는 사람이 무슨 근심이 있습니까?"

충렬이 울며 말하였다.

"소생은 남경에서 대대로 녹을 먹어 오던 신하입니다. 나라에 큰 변란이 일어났는데 어찌 근심이 없겠습니까? 그러나 혼자서 빈 몸으로 만리 밖에 있으니, 한탄한들 무슨 소용이 있겠습니까."

노승이 웃고 벽장을 열어 옥함을 내어놓으며 말하였다,

"옥함은 용궁에서 만들어 낸 것이나 옥함을 싸맨 수건은 어떤 사람의 필체인지 자세히 보시오."

유생이 의심하여 옥함을 살펴보니, '남경 도원수 유충렬은 열어 보아라' 하는 글자가 금으로 새겨 있고, 싸맨 수건을 풀어보니,

"모년 모월 모일에 남경 동성문 안에 사는 충렬의 어머니 장부인이 아들 충렬에게 부치노라."

고 쓰여 있었다. 충렬이 수건과 옥함을 붙들고 소리를 놓아 통곡하니, 노송이 위로하였다.

천문 : 천체의 운행에 따라 역법을 연구하거나, 길흉을 예언하는 일.

"소승이 몇 년 전에 절을 새롭게 고치기 위해 시주를 얻으려고 번양에 간 일이 있었습니다. 회수에 이르러서 기이한 오색구름이 수건에 덮여 있기에 빨리 가서 보니, 옥함이 물가에 놓여 있었습니다. 임자를 찾아 주려고 가져다 간수하였는데, 오늘로 보건대 상공이 전쟁터에서 사용할 기구들이 옥함 속에 있는가 합니다."

이 옥함은 회수에 사는 마철이가 물 속에 잠수질하다가 큰 거북이 이 옥함을 지고 나오는 것을 보고 거북을 죽이고 옥함을 가져다가 제 집에 두었는데, 예전에 장부인이 도적에게 잡히어 석장동 마철의 집에 가서 옥함을 가져다가 수건에 글을 쓰고 회수에 넣었던 것이었다. 그런데 백룡사 부처 중이 가져다가 이 날 충렬에게 준 것이다.

이 때 충렬이 옥함을 안고,

"이것이 정녕 저의 물건이라면 옥함이 열릴 것입니다."

하고 윗뚜껑을 열어 보니 상자 가득히 물건이 들어 있었다. 자세히 보니 갑옷과 투구 한 벌에 장검 하나와 책 한 권이었다. 투구를 보니 금도 아니고 옥도 아닌데 광채가 찬란하여 눈이 부시고, 그 속에 '일광주'라는 글자가 새겨 있었다. 갑옷을 보니 용궁에서 만든 것이 분명하였다. 무엇으로 만들었는지 알 수가 없는데 옷깃 밑에 '용린갑'이란 글자가 금으로 새겨져 있었다 또 긴칼이 하나 놓여 있는데 칼의 머리와 꼬리가 없었다. 『신화경(神化境)』*이라는 책을 펼쳐놓고 칼 쓰는 법을 보니,

"일광주와 용린갑을 갖추어 입은 후에 『신화경』을 펼쳐 보고 하늘 위의 대장성을 세 번 보게 되면 칼이 저절로 펴지며 변화가 무궁하리라."

하였다. 즉시 시험해 보니 장검이 번듯하며 사람을 놀라게 하였다. 장검 한가운데 대장성이 샛별 같이 박혀 있고 '장성검'이라는 글자가 금으로 새겨 있었다. 충렬이 모두 다 행장에 간수하고 노승에게 말하였다.

신화경 : 고수들의 뛰어난 무술을 모아 놓은 책이라고 함.

"하늘의 도움으로 대사를 만나 갑옷과 투구, 창검은 얻었으나, 용마(龍馬)*가 없으니 장군이 쓸모가 없게 된 꼴입니다."

노승이 대답하였다.

"옥황께서 장군을 명나라에 보낼 때 사해 용왕이 몰랐겠습니까? 몇 년 전에 소승이 서역에 갈 때 벽룡암에 다다르니 어미 잃은 망아지가 누워 있었습니다. 그 말을 데려왔으나 산 속의 중에게는 옳지 못한 것이라, 송림촌의 어르신에게 맡기고 왔습니다. 그 곳을 찾아가 그 말을 얻은 후 중간에서 지체하지 말고 급히 호아성으로 달려가십시오. 지금 황제의 목숨이 경각에 달려 있으니 급히 가서 구원하기 바랍니다."

유생이 그 말을 듣고 송림촌을 바삐 찾아가 마을 어른을 만난 후에 말을 구경하자 청하였다. 이 때 천사마가 제 임자를 만난 터라, 벽력같이 소리를 지르며 백여 길이나 되는 토굴을 넘어 뛰어나와 충렬에게 달려들어 옷도 물고 몸도 대어 보니, 웅장한 행동은 붓 하나로는 다 기록하기 어려웠다. 깊은 산의 사나운 호랑이가 냅다 선 듯, 북해 흑룡이 푸른 하늘에 오르는 듯, 강산의 정기는 눈빛에 모여 있고, 나는 용의 조화는 네 말굽에 번듯하였으며, 턱 밑에 '사송(賜送)* 천사마(天賜馬)*'라는 글자가 용의 비늘로 새겨져 있었다. 유생이 어른에게 말을 사자 하니, 어른이 웃으며 말하였다.

"몇 년 전에 백룡사 부처승이 이 말을 맡기며 말하였다. '이 말을 길러내어 임자를 찾아주라' 하기에 맡아 지금까지 길러 왔습니다. 이 말이 장성함에 잡을 길이 없어 토굴에 가두었는데, 수많은 사람들이 구경을 하였으나 아직껏 단 한 사람도 가까이 못 갔습니다. 그런데 오늘 그대를 보고 제 스스로 찾아오니, 부처중이 이르던 임자가 바로 그대임이 분명합니다. 하늘이 주신 보배는 어떻게 판단 말입니까? 물건에는 각기 주인이 있다고 하니 가져가십시오."

용마 : 잘 달리는 훌륭한 말.
사송 : 임금이 신하에게 물건을 내려보냄.
천사마 : 하늘에서 내려준 말.

유생이 이 말을 듣고 매우 기뻐 안장을 갖추어 타고 마을 어른과 헤어져 다시 광덕산으로 가서 노승에게 감사드렸다. 몇 년 동안 그리움이 쌓였는데 이별하려 하니, 절 안의 여러 중들이 이야기한 이별의 아쉬움을 어찌 다 말로 표현하고 기록할 수 있겠는가. 이별하고 그 말 위에 높이 앉아 남경을 바라보며 구름을 가리켜 말에게 경계하여 일렀다.

"하늘이 나를 내시고 용왕이 너를 낼 대는 그 뜻이 모두 다 남경을 돕기 위함이었다. 이제 남적이 강성한 힘을 믿고 황성에 침입하여 황제의 목숨이 경각에 있다 하니, 대장부의 급한 마음에 잠깐도 가을 석 달과 같다. 너는 힘을 다하여 빨리 남경에 도착하게 하라."

. 그 말이 유생의 말을 듣고 푸른 하늘을 바라보며 벽력같이 소리를 지르고 흰 구름을 헤쳐 나는 듯이 달려갔다. 사람은 하늘의 신이요, 말은 날아다니는 용이었다. 바람같이 남경으로 들어가니, 금산성 아래 넓은 벌판에는 살기가 하늘을 찌르고, 황성문 안에는 곡소리가 진동하였다.*

이 때 황제가 중군 조정만과 함께 옥새를 가지고 도망하여 용동수에 빠져 죽고자 하였으나, 적진을 벗어날 길이 없어 급한 마음에 어쩔 줄 모르고 허둥대고 있었다. 그런데 문득 북편에서 수많은 군사와 말들이 달려오며 황제를 불렀다 황제의 명나라 군사가 오는 줄 알고 반가워 바라보니, 남적과 마음을 같이 한 마룡이 진공이라 하는 도사를 데리고 황제를 치기 위하여 억만 군병을 통솔하여 일시에 들어오고 있었다. 이 때에 정한담이 황제가 되어 온갖 관리들을 거느리고 최일귀는 대장이 되어 삼군을 통솔하고 있는 데다가 또한 북적이 합세하니, 그 형세가 웅장하고 세상의 으뜸이었다.

선봉장 정문걸이 의기양양하여 명지 육국의 구원병을 한 칼에 다 무찌르고 선봉을 헤쳐 진중에 들어와,

이 때 유충렬은 서해 ~ 안에는 곡소리가 진동하였다 : 이야기의 전반부는 유충렬의 개인적인 고난과 극복 그리고 무술의 수련으로 이어지고 이제부터는 나라의 위기를 구하기 위한 초인적인 무공담이 펼쳐진다. 보검과 갑옷 그리고 말을 얻는데 모두 신이한 보물들이다. 이 보물들의 힘을 입어 주인공은 탁월한 무술 실력으로 혼자 적들을 물리치고 정한담에게 통쾌한 복수극을 벌인다.

"명나라 황제야, 항복하라. 내가 한 칼로 육국의 구원병을 다 죽였고 또 북적이 합세하였으니, 네가 어떻게 당할 수가 있겠느냐. 빨리 나와 항복하여 네 어미를 찾아가라."

하고 쳐들어왔다. 이제 황제가 어쩔 수 없이 옥새를 목에 걸고 항복문서를 손에 들고 항복하려고 나오니, 중군 조정만과 명나라 궁 안에 남은 군사가 어찌 한심하고 슬프지 않겠는가. 황제가 소리 높이 크게 울면서 항복하러 나왔다.

충렬이 황제를 만나 대원수가 되다. 이 때 충렬이 금산성 아래에서 바라보고 있다가 형세가 급한 것을 보고, 일광주와 용린갑*에 장성검을 높이 들고 천사마를 채찍질하여 바삐 중군소*에 들어가 조정만에게 성명을 올려 싸우기를 청하니, 충군이 바삐 나와 손을 잡고 울며 말하였다.

"그대의 충성은 지극하나 지금 황상이 항복하려 하시고 또한 적진의 형세가 저러하니, 그대 청춘이 전쟁터의 백골이 될 것이다. 원통하기 그지없구나."

충렬이 분함을 이기지 못하고 진문 밖으로 나와 먼저 벽력같이 소리를 질러 적장을 불러 말하였다.

"이 놈 역적 정한담아! 남경 동문 안에 사는 유충렬을 아느냐 모르느냐. 빨리 나와 목을 들이라."

하는 소리에 양쪽 진영이 뒤흔들리며 천지강산이 진동하였다. 문걸이 크게 놀라서 돌아보았다. 빛이 나는 투구에 눈이 부시고 용의 비늘로 만든 갑옷은 온몸을 가리었으며, 천사마는 하늘 나는 용이 되어 구름 속에 싸여 있었다. 공중에서 소리만 나고 눈에는 보이지 않아 문걸이 창검만 높이 들고 주저주저하는데, 벽력같은 소리 끝에 장성검이 번쩍하며 정문걸의 머리가 땅에 떨어졌다. 충렬이 문걸의 목을 베어 들고 중군으로 달려오니, 조정만이 엎어지며 문 밖으로 급히 나와 충렬의 손을 잡고 들어갔다.

용린갑 : 용비늘로 만든 갑옷.
중군소 : 전군(全軍)의 중심 부대가 있는 곳.

이 때 황제가 옥새를 목에 걸고 항복문서를 손에 든 채 진영 문 밖으로 나왔다. 이 때 뜻밖에 호통소리가 나며 어떤 한 대장이 문걸의 머리를 베어 들고 중군으로 들어갔다. 황제가 매우 놀라고 또 기뻐서 중군을 급히 불러 말하였다.

"적장 벤 장수 성명이 무엇이냐? 빨리 모시고 들어오라."

충렬이 말에서 내려 황제 앞에서 땅에 엎드리니, 황제가 급히 물었다.

"그대는 뉘신대 죽을 사람을 살리는가?"

충렬의 저의 아버지와 강희주의 죽음을 몹시 원통하고 분하게 여겨 통곡하였다.

"소장은 동성문 안에 살던 정언 유주부의 아들 충렬입니다. 사방을 떠돌아다니며 빌어먹으면서 만리 밖에 있다가 아비의 원수를 갚으려고 여기 잠깐 왔습니다. 폐하께서 정한담에게 핍박을 당하리라곤 꿈에도 생각지 못했습니다. 예전에 정한담을 충신이라 하시더니 충신도 역적이 될 수 있습니까? 그놈의 말을 듣고 충신을 멀리 귀양보내어 죽이고 이런 어려움을 당하시니, 천지가 아득하고 해와 달이 빛을 잃은 듯합니다."

충렬이 이렇게 슬피 통곡하며 머리를 땅에 두드렸다. 산천의 초목도 슬퍼하며 진중의 군사들이 눈물을 흘리지 않는 이가 없었다. 황제가 이 말을 들으시고 후회기 막급이나 할 말 없어 우두커니 앉았는데, 적진에 잡혀갔던 태자가, 본진영에서 문걸의 목을 베는 것을 보고 급히 도망하여 돌아와 황상 곁에 앉아 있다가, 충렬의 말을 듣고 버선발로 내려와서 충렬의 손을 붙들고 말하였다.

"경이 이게 웬 말인가? 옛날 주나라 성왕*도 관숙과 채숙의 말을 듣고 주공을 의심하다가 잘못을 깨닫고 스스로 꾸짖어 훌륭한 임금이 되었으니, 충신이 죽는 것은 모두 다 하늘에 달린 일이라. 그런 말을 말고 온 힘으로 충성을 다하여 황상을 도우시면, 태산 같은 그대 공로는 천하를 둘로 나누고, 바다 같은 그 은혜는 죽은 뒤에라도 풀을 맺어 갚으리라."

성왕 : 주나라 무왕의 뒤를 임금. 나이가 어려서 임금의 자리에 올라 주공이 섭정을 하였음. 그 때 관숙과 채숙이 주공을 역적이라고 하여 주공을 모함함. 성왕은 그 후 이들이 모함했다는 것을 알고 주공을 시켜 벌을 주게 함.

충렬이 울음을 그치고 태자의 얼굴을 보니, 황제의 기상이 뚜렷하고 훌륭한 임금이 될 듯하여 투구를 벗어 땅에 놓고 황제 앞에 사죄하여 말하였다.

"소장이 아비의 죽음을 한탄하여 분한 마음이 있는 까닭에 격하게 폐하께 아뢰었으니 죽을 죄를 지었습니다. 소장이 죽을 각오로 폐하를 돕겠습니다."

황제가 충렬의 말을 듣고 친히 계단 아래로 내려와서 투구를 씌워 주면서 손을 잡고 말하였다.

"과인은 보지 말고 그대의 선조가 창건하던 일을 생각하여 나라를 도와주면, 태자가 말한 대로 그대의 공을 갚으리라."

충렬이 명령을 받고 물러 나와 지휘대에 높이 앉아 군사를 통솔하니, 병들고 피로에 지친 장수와 군졸들이 불과 일 이백 명만 남아 있었다. 황제가 삼층단에 높이 앉아 하늘에 제사하고 인검(印劍)*을 끌러 충렬에게 주신 후에, 대장이 지휘하는 깃발에 친필로 '대명국 대사마 대원수* 유충렬' 이라 뚜렷이 쓰시어 내주니, 원수가 감사의 절을 하고 물러 나와 진법(陣法)*을 시험하였다. 긴 뱀처럼 한 줄로 길게 늘어진 모양을 한 진을 쳐서 머리와 꼬리가 서로 합쳐지게 하고 군중을 호령하였다.

"남북 적병이 비록 억만 병이라 할지라도 나 혼자 감당하겠으니 너희들은 군사 대열을 잃지 말라."

이 때에 적진 중에서 문걸이 죽는 것을 보고 온 진영이 진동하여 서로 나와 싸우려 하였다. 삼군대장 최일귀가 분함을 이기지 못하여 푸른 도포를 구름처럼 드리운 갑옷에 백금으로 된 투구를 쓰고 긴 창과 큰 칼을 좌우 양손에 갈라 들고 적제마를 채찍질하여 나는 듯이 달려들며 소리를 질러 말하였다.

"적장 유충렬아. 네 아직 철이 안 들어서 남북의 병사 억만 군을 업신여기니 빨리 나와 죽어라."

인검 : 군사를 이끄는 데 이용하는 검.
대사마 대원수 : 대사마는 병조판서를 이르는 말이며, 대원수는 전쟁이 일어났을 때 군의 일을 맡아보는 장수.
진법 : 군사를 부리어 진을 치는 법.

원수가 지휘대에 앉아 있다가 최일귀란 말을 듣고 어서 나와 소리를 마주
질렀다.

"정한담은 어디 가고 너만 어찌 나왔느냐. 너희 두 놈의 간을 내어 우리 부
모 영위(靈位)* 앞에 두 번 절하고 드리리라."

이렇게 함성을 지르며 달려들었다. 그 순간 원수의 장성검이 번쩍하며 일귀
의 긴 창과 큰 칼이 조각조각 깨어져 부서지니, 최일귀가 크게 놀라 철퇴로 치
려고 하였다. 그러나 원수의 온 몸이 전혀 보이지 아니하니 어떻게 칠 수 있겠
는가. 적진 중에서 옥관도사가 싸움을 구경하고 있다가 크게 놀라서 급히 쟁*
을 쳐 거두니, 일귀가 겨우 본 진영에 돌아와서는 정신을 잃어버렸다.

이 때 북적 선봉장인 마룡은 천하의 명장이었다. 일귀가 충렬을 잡지 못하
고 돌아온 것을 분하게 여겨 진영 문을 열며 말하였다.

"대장은 어찌 조그만 아이를 살려 두고 오십니까? 소장이 잡아오겠습니다."
하며, 나는 듯이 달려나가려 할 때, 북적 진중에서 또다른 도사인 진진이 나와
마룡의 말머리를 잡고 말하였다.

"대장은 가지 마십시오. 적장의 갑옷과 투구, 창검을 보니 이 세상 것이 아
니다. 몇 년 전에 대장성이 남경에 떨어졌었는데, 지금 적장의 검술을 보니 북
두성 대강성이 칼빛에 응히였고, 일광주와 용린갑이 온 몸을 가리웠으니 사람
은 천신이요, 말은 비룡이다. 누가 당하겠는가?"

마룡이 분노하여 도사를 꾸짖어 말하였다.

"대장부 앞에 요망한 도사놈이 무슨 잔말을 하느냐? 빨리 물러서라."

도사가 생각하니, 머지않아 큰 근심이 일어날 게 분명하였다. 그래서 진영
으로 들어가지 않고 조그만 길로 도망하여 싸움을 구경하였다.

이 때 마룡이 왼손에는 삼천 근 철퇴를 들고 오른손에는 창검을 들고 호통
을 치며 나와 원수를 맞아 싸웠으나, 일광주에서 나오는 빛에 쏘여 눈 앞이 캄

캄하여 정신을 차릴 수가 없었다. 구름 속에서 소리가 나고 칼빛이 빛나기에 원수를 치려 하는 순간에 장성검이 번쩍하며 마룡의 손을 치니 철퇴를 든 왼팔이 땅에 떨어졌다. 마룡이 크게 놀라 공중으로 치솟아 오른손에 든 칼로 번개처럼 냅다 쳤으나 구척 장검*의 칼날이 낱낱이 부서진 채 빈 자루만 남았다. 제 아무리 이름난 장수라 할지라도 맨손으로 당할 수가 있겠는가. 자기 진영으로 도망치려고 하는 순간 벽력 같은 소리가 진동하며 장성검이 번쩍하더니 마룡의 머리가 안개 속에 떨어졌다.* 원수가 마룡의 목을 찔러 자기 진영에 던지고 몸은 적진을 향하면서 말하였다.

“이봐 정한담아. 빨리 나와 죽기를 재촉하라. 네놈도 이같이 죽이리라.”

하며, 좌우로 오가면서도 공중에서 소리만 나고 몸이 보이지 않으니, 적진이 크게 놀라 모두들 얼이 빠진 듯하였다.

한담이 크게 화를 내며,

“억만 군중에 충렬을 잡을 자가 없느냐?”

하니, 최일귀가 형사마를 타고 십 척 장검 빼어들며 전문 밖으로 썩 나서면서,

“대장은 아직 참으십시오. 소장이 대적하겠습니다.”

하며, 나는 듯이 들어가 소리질러 말하였다.

“적장 유충렬은 이제 승부를 결정짓지 못했던 싸움을 결단하자.”

원수가 서로 천사마에 올라타고, 왼손의 신화경은 신기한 장(神將)을 호령하고 오른손의 장성검은 해와 달을 놀리는 듯하였다. 적진을 바라보고 나는 듯이 들어가니 온 몸이 햇빛이 되어 가는 것을 알 수가 없었다. 일귀를 맞아 싸워 제대로 싸우지도 못하고 장성검이 번쩍하며 일귀의 머리가 땅에 떨어졌다. 원수가 일귀의 머리를 칼끝에 꿰어들고 본 진영으로 돌아와서 황제 앞에 바치며 말하였다.

구척 장검 : 아홉 자 정도의 매우 긴 칼을 뜻함. 1척(자)는 30.3㎝이므로 약 270㎝가 넘는 길이임.
이 때 마룡이 왼손에는 ~ 안개 속에 떨어졌다 : 정한담의 장수인 마룡과 싸우는데 유충렬이 둔갑술을 부려 마룡을 죽인다. 이처럼 비현실적인 사건이 고전 소설에서는 자주 나온다.

“이것이 최일귀의 머리가 틀림없습니까?”

하니, 황제가 일귀의 머리를 보고 매우 화가 나서 도마 위에 올려놓고 도막도 막 오려내면서 원수에게 칭찬하여 말하였다.

“짐이 현명치 못하여 경의 아비를 선문 밖으로 내쫓았는데, 이놈이 나를 속여 만리 연경으로 보낸 것이다. 이제 치욕을 씻었으니 경의 은혜를 따진다면 살을 베어서 봉양한다고 해도 부족할 것이다. 백골이 진토가 되어도 그 은혜를 다 갚을 수 있겠는가. 황태후는 어디 가시어 이 고기 맛볼 줄을 모르는가.”

하며, 원수의 손을 잡고 백 번이나 칭찬하였다. 원수가 더욱 감격하여 머리를 조아려 사례하고 군중으로 물러나오니, 중군장 조정만이 즐거움에 겨워 누각 아래로 내려와 백 배 칭찬하며 즐거워하였다.

이 때 한담이 일귀의 죽음을 보고 분노가 가슴에 북받치어 벽력같은 소리를 천둥같이 지르며 긴 창과 큰 칼을 다 잡아 쥐고 앞으로 오백 보를 솟아 뛰더니 육정육갑*을 베풀어 좌우에 신장(神將)*을 둘러싸고, 둔갑술(遁甲術)*로 몸을 숨기어 변화를 일으키더니 큰 소리로 원수를 불러 말하였다.*

“충렬아, 가지 말고 네 목을 빨리 올려 바쳐라.”

원수가 한담이 나오는 것을 보고 매우 기뻐서 응하니, 황제가 원수에게 당부하였다.

“한담은 일귀나 마룡과는 부류가 다른 놈이다. 천신의 술법을 배워 만 명의 사람으로도 당해 내지 못할 힘이 있고 변화를 헤아릴 수가 없으니 각별히 조심하라.”

원수가 크게 웃고 진영 앞으로 나와 멀리서 한담을 바라보았다. 한담은 신장이 십여 척에다가 얼굴이 웅장하였다. 황금투구에 푸른 도포를 구름처럼 드리워 조화를 부렸고, 천상 익성의 정신을 흉중에 감추었으니, 일대의 명장이

육정육갑 : 둔갑술을 할 때 부른다는 신장의 이름.
신장 : 갑옷을 입고 투구를 쓴 귀신을 이르는 말.
둔갑술 : 귀신을 부려 변신하는 술법.
이 때 한담이 일귀의 ~ 원수를 불러 말하였다 : 정한담도 유충렬처럼 신이한 힘을 지니고 있음을 보여 준다.

요, 역적이 될 만하였다.*

원수가 기운을 가다듬고 신화경을 잠깐 펴 익성이 정신을 못 차리게 하고, 장성검을 다시 닦아 찬란한 광채가 나게 한 다음, 변화를 부려 몸을 숨기고 한담에게 크게 호통을 쳐 말하였다.

"네 놈은 명나라 정종옥의 자식 정한담이 아니냐? 대대로 명나라 녹을 먹고 어진 임금을 섬기다가 무엇이 부족하여 충신을 다 죽이고 부모의 나라를 치려 하느냐. 비단 천하의 사람뿐만 아니라 지하의 귀신들도 너를 잡아 황제께 드리고자 할 것이니, 너 같은 만고 역적이 살기를 바랄 수가 있겠느냐. 네 놈을 사로잡아 전후의 죄목을 따진 후에 너의 살로 포(脯)를 떠서 종묘에 제사하고, 그 남은 고기를 받아다가 우리 아버지 충혼당에 석전제(釋奠祭)*를 지내리라. 빨리 나와 나를 보라."

한담이 분노하여 말을 타고 나오니, 원수가 한담을 맞아 싸웠다. 칼로 칠 것 같으면 금방 한담을 죽일 수 있었다. 그러나 산 채로 잡고자 하여 장성검을 높이 들어 정한담을 치려 하는데, 한담은 간데없고 채색 구름이 뭉게뭉게 일어나며 원수의 장성검이 빛을 잃으면서 펴 있던 칼이 도로 사그라들었다.

원수가 크게 놀라서 급히 물러 나와 재빨리 신화경을 펴서 한 편을 외운 후에 장성검을 세 번 치며 바람의 신을 급히 불러 채색 구름을 쓸어 버렸다. 그런 다음 안순풍의 조화를 부려 적진을 살펴보니, 한담이 변신하여 채색구름에 싸인 채 십 척장검을 번득이며 원수를 따랐다. 원수가 그제서야 깨닫고 말하였다.

"한담은 천신이라. 산 채로 잡으려 하다가는 도리어 화를 당하리라."
하고, 다시 싸우러 나가니, 진 앞에 안개가 자욱하고 장성검이 번개되어 공중에 빛나면서 한담을 치려 하였다. 그러나 한담의 몸으로는 끝내 칼이 가까이

가지 못하였다. 적진을 향해 뒤로 돌아 들어가 진중을 해칠 듯하니, 한담이 원수를 따라잡으려고 급히 말머리를 돌리는데 번개가 번쩍하며 한담이 탄 말이 땅에 거꾸러졌다. 원수가 급히 칼을 들어 한담의 목을 치니 목은 맞지 않고 투구만 깨졌다. 적진에서 한담의 투구가 깨지는 것을 보고 크게 놀라 급히 쟁을 쳐 싸움을 거두었다. 한담이 기운이 다하여 거의 죽게 되었다가 쟁 치는 소리를 듣고 본 진영으로 돌아왔으나 정신을 놓은 채 기운을 차리지 못하였다. 좌우에 있던 군사들이 구원하니, 겨우 정신을 차리고 자리에 앉으며 말하였다.

"선생이 어찌 알고 소장을 불렀습니까?"

하니, 도사가 말하였다.

"적장의 칼 끝에 장군의 투구가 꿰어 있기에 매우 위태로운 줄 알고 불렀습니다."

한담이 크게 놀라 머리를 만져 보니 과연 투구가 없었다. 더욱 놀라 말하였다.

"적장은 분명히 천신이요 사람이 아니다. 십 년을 공부하여 사람은 물론이거니와 귀신도 헤아리지 못하는 술법이 많은데, 마룡과 최일귀가 죽는 것을 보고 조심하여 십 년 배운 술법을 오늘 모두 다 발휘하여 적장을 잡으려 했습니다. 그런데 잡기는 고사하고 도리어 기운이 쇠진하여 거의 죽게 되었는데, 천행으로 선생의 힘을 입어 목숨은 구했습니다, 아무리 생각해 보아도 힘으로는 잡을 수 없으니, 선생은 잡을 방법을 깊이 생각해 보십시오."

도사가 이 말을 듣고 간담이 서늘하여 이윽고 생각하다가 군중에 명령을 내려 진문을 굳게 닫고, 한담을 불러 말하였다.

"적장을 사람의 힘으로는 잡지 못할 것입니다. 적장을 잡으려면 군장기계를 모아 여차여차 하십시오. 이렇게 적장을 유인하여 진중에 들어오게 하면 제가 비록 천신이라 할지라도 피할 길이 없을 것입니다."

한담이 매우 기뻐 도사의 말대로 약속을 정하였다. 며칠이 지난 다음에 한담이 갑옷과 투구를 갖추어 진문을 나서며 원수를 불러 말하였다.

"네 한갓 혈기만 믿고 우리를 대적하니, 나이 어린 놈이 두려워할 만하구나.

빨리 나와 승부를 결단하자."

　이 때 원수가 의기양양하여 진전을 휘젓고 다니다가 한담이 부르는 소리 듣고 말을 타고 나아갔다. 일합이 못 되어 거의 한담을 잡게 되었으나 적진에서 또 쟁을 쳐 싸움을 거두었다. 원수가 이긴 김에 계속 뒤쫓아서 곧바로 적진의 선봉을 해치려고 달려드니, 지휘대에서 북소리가 나며 난데없는 안개가 사면에 가득하였다. 그 순간 적장은 간 데 없고 음산한 바람이 스산하게 불어오며 차가운 눈발이 어지러이 날려 가까운 곳도 분간할 수가 없었다.

　가련하다. 유충렬이 적장의 꾀에 빠져 함정에 들었으니, 목숨이 위태로워졌구나. 원수가 크게 놀라 진중을 살펴보니, 토굴을 깊이 파고 그 가운데 긴 창과 칼날을 벌여 놓았다. 게다가 독한 안개와 모진 모래를 뿌려 대는데, 사방에서 항복하라고 함성을 지르는 소리가 천지에 울려 퍼졌다. 원수가 그제야 간사한 꾀에 빠진 줄 알고 『신화경』을 다시 펴 도술을 부려 신장에게 호령하고, 바람의 신을 바삐 불러 구름을 쓸어 버리니, 명랑한 푸른 하늘과 밝은 해가 일광주를 놀리고 장성검은 번개가 되어 적진 중에 요란하였다.

　적진을 살펴보니 사방에 수많은 복병들이 있고 진중의 모든 군사들이 둘러싸서 백만 겹으로 에워쌌는데, 한담이 지휘대에서 북을 치며 군사를 독촉하고 있었다. 원수가 분노하여 일광주를 다시 만져 용린갑을 다스리고 천사마를 채찍질하여 호통을 치면서 좌우 진중을 이리저리 돌아다녔다.

　원수의 호통소리 지나는 곳에 뇌성벽력이 진동하니 군사들은 넋을 잃고 모든 장수는 귀 먹고 눈 어두워 자기 군사를 자기가 몰라보았다. 적군이 어지럽게 서로를 짓밟을 때, 변화 좋다 장성검. 동쪽 하늘에서 번쩍하며 오랑캐의 목이 떨어지고, 서쪽 하늘에서 번쩍하여 앞뒤의 군사들이 다 죽는다. 가을 바람에 떨어지는 낙엽 볼 만하여, 무릉도원에 붉게 흐르는 물은 모두가 핏물이었다.*

원수의 호통소리 지나는 ~ 물은 모두가 핏물이었다 : 유충렬은 혼자서 많은 수의 군대와 싸우고 있다. 이처럼 주인공은 예사롭지 않은 출생과 뛰어난 능력, 고귀한 신분, 출중한 능력을 갖고 싸우고 있어 영웅 소설의 전형적인 무용담을 보여 주고 있다.

원수가 선봉과 중군을 다 헤치고 적진 장대(將臺)*에 달려드니, 정한담이 칼을 들고 대 위에 서 있었다. 크게 호통을 치고 장성검을 높이 들어 단칼에 베어 들고 후군으로 달려들었다.

이 때 황후와 태후가 적진에 잡혀 토굴 속에 갇혀 있다가 소리를 지르며 말하였다.

"저기 가는 저 장수여. 혹시 명나라 장수이거든 우리 고부(姑婦)*를 살려 주십시오."

원수가 분기 등등하여 적진을 휘젓고 다니는데 토굴 속에서 구슬픈 소리가 들려왔다. 이에 천사마가 그 곳으로 빨리 달려갔다. 원수가 급히 가 보고 말에서 내려 말하였다.

"소장은 동성문 안에 살던 유주부의 아들 충렬입니다. 아비의 원수를 갚으려고 천 리를 멀다 않고 달려와서 정문걸을 한 칼에 벤 후 최일귀와 마룡을 잡고, 한담의 목을 베러 이 곳에 왔습니다. 소장과 함께 본 진영으로 가십시다."

황후와 태후가 이 말을 듣고 토굴 밖에 나와 원수의 손을 잡고 감사하며 말하였다.

"그대가 분명 유주부의 아들인가? 어디에 가서 장성하여 이렇듯 훌륭한 장수가 되었는가. 그대이 아버지는 어디 있느냐? 장군의 힘을 입어 우리 고부가 살아가 백발이 성성한 이내 몸이 황제 아들 다시 보고, 홍안(紅顔)*이 곱고도 고운 이 며느리 황제 낭군을 다시 보게 되니, 그 공로 이 은혜 태산이 무너져 평지가 되어도 잊을 수 없고, 천지가 변하여 푸른 바다가 될지라도 잊을 길이 전혀 없네. 머리카락을 베어 신을 삼고 혀를 빼어 창을 받아 백 년 사만육천 일을 날마다 이고 다닐지라도 그 공로를 어찌 다 갚겠는가. 본 진영에 돌아가서 나의 아들을 어서 보세."

장대 : 장군이 서 있는 단.
고부 : 시어머니와 며느리.
홍안 : 혈색이 좋은 얼굴.

　원수가 절한 후에 황태후를 바삐 모시고 본 진영으로 돌아와 정한담의 목을 내어 황제 앞에 바치려고 칼 끝을 빼어 보니, 진짜는 간 데 없고 허수아비의 목만 매달려 있었다. 원수가 분노하여 다시 싸움을 하러 나섰다.

　이 때 황제가 양진의 싸움을 구경하고 있는데, 원수가 적진으로 달려들자 사방에 안개가 자욱해지더니 숨어 있던 적진의 병사들이 빈틈없이 그를 에워 쌌다. 사방에서 함성이 일며 천지가 진동하고 원수의 칼빛이 보이지 않는데, 황제가 크게 놀라 낯빛이 파래지면서 발을 구르며 땅에 엎드려 통곡하였다.

　"이제는 죽었구나. 천행으로 충렬을 얻었더니 이제 죽었으니, 알 수 없는 이 내 팔자, 살아 무엇하리. 신령하신 지하의 신과 땅의 신은 이런 정상을 살펴 유충렬을 살려 주소서."

　이렇듯 슬피 울고 있는데, 뜻밖에 적진 중에 안개가 없어지면서 벽력 같은 소리가 나고, 장성검이 번개 되니 적진의 억만 병이 순식간에 쓰러져 거칠 것 이 없었다. 이 때 한 대장이 황후와 태후를 모시고 적의 진문을 나와 본 진영 으로 돌아오는 것이었다. 이를 본 황제와 태자가 버선발로 달려 나와, 황제는 원수의 손을 잡고 태자는 태후의 손을 잡고 한데 어우러지니, 즐거운 마음 헤 아릴 길이 없었다. 울음 절반 웃음 절반 두 가지로 섞여서, 황제는 옥새를 목 에 건 채 항복문서를 손에 들고 항복하러 나오다가 뜻밖에 충렬의 도움으로 살아난 것을 이야기하고, 황태후는 적진에 잡혀가 토굴 속에 갇혔다가 뜻밖에 원수를 만나 살아온 것을 이야기하니, 군사들도 이 말을 듣고 즐거워 너도나 도 칭찬하였다.

　한담이 유심을 잡아 다시 귀양 보내다.　이 때 정한담이 도사의 꾀를 듣고 적장을 유인하여 함정에 넣었다. 그런데 적장이 죽기는커녕 삼군 억만 명을 한 칼에 무찌르고 장대에 달려들어 자신의 넋을 붙인 허수아비를 벤 다음, 후군을 횡행하다가 황태후를 데려가는 모양을 보고 넋을 잃은 채 도 사에게 들어가 물었다.

"충렬은 분명 천신이라. 이제는 온갖 꾀를 다 쓰더라도 해결할 방법이 없으니, 어떻게 하면 좋겠습니까?"

도사가 난감해 하다가 문득 꾀 하나를 생각해 내고는 한담에게 말하였다.

"적장 유충렬이 몇 년 전에 연경으로 귀양간 유심의 아들이라 하니, 이제 급히 군사를 재촉해 보내서 유심을 잡아다가 진중에 가두고 죽이려 하면, 제 아무리 충신일지라도 인자한 임금만 생각하고 제 아비를 생각지 아니하겠습니까?"

한담이 이 말을 듣고 매우 기뻐 군중에 명령을 내리기를, 날랜 군사 십여 명을 가려 뽑아서 유주부를 빨리 잡아들이라 분부하였다.

이 때 유주부가 매우 추운 북방에서 몇 년 동안 고생함에 그 형상이 말이 아니었다. 그럼에도 남경에 난리가 났다는 말을 듣고 밤낮으로 혹시나 황제가 죽을까 염려하여, 길고 긴 겨울밤에 촛불을 돋우어 켜고 두 손을 모아 빌었다.

"밝은 하늘이시여. 감동하시어 우리 황제를 살려 주십시오. 내 아들 충렬이 살았거든 남경을 구원하고 제 아비 원수를 갚게 하소서."

이렇듯이 정성을 드리고 있는데, 뜻밖에 군사 한 무리가 달려들어 유주부를 잡아내어 수레 위에 높이 싣고 머나먼 천 리 길을 재촉하여 가거늘, 유주부가 정신이 없어 돌아가는 사정을 모르다가 겨우 정신을 차려 생각하였다.

"이제는 어쩔 수 없이 죽었구나. 우리 황제가 전쟁에서 이겼다면 나를 잡아오라고 할 리가 전혀 없다. 틀림없이 정한담이 역적이 되어 황제를 죽이고 나도 또한 죽이고 이 지경이 되었구나. 푸른 하늘의 해와 달도 무심하고 형산의 신령도 못 믿겠다. 내 아들 충렬이도 정녕 죽었단 말인가. 살았으면 어디 가서 아비의 원수를 못 갚는가?"

이렇듯이 슬피 우니 군사들도 눈물을 흘렸다.

여러 날 만에 적진 중에 도달하니, 모든 신하가 임금을 호위한 한가운데 정한담이 곤룡포(袞龍袍)*를 깨끗이 입고 용상에 높이 앉아 있었다. 군사들이

곤룡포 : 임금이 입는 옷.

유심을 잡아다가 계단 아래에 엎드려 꿇리니, 한담이 달래어 말하였다.

"그대가 하도 고집스럽기에 만리 연경에 보냈으나, 몇 년 동안 고생했을 것을 생각하니 내 마음이 안쓰럽다. 이제는 짐이 황제가 되어 백관을 거느리게 되었는데, 그대 아들이 아직 철이 없어 황제의 위엄을 모르고 죽은 명제를 살리려고 우리 군사를 해치고 있다. 죄의 실상을 따진다면 일찍 죽었을 것이나, 그대를 생각하여 아직 살려 두었는데도 끝내 항복하지 않기에 그대를 데려온 것이다. 자식에게 편지나 하여 부자가 만나 함께 나를 도우면, 원하는 대로 높은 벼슬과 직위를 줄 것이니 부디 사양치 말라."

유주부가 이 말을 듣고 분한 마음이 하늘에 치솟아 눈을 부릅뜨고 쪼그려 앉으며 말하였다.

"네 이놈 정한담아. 천지는 무섭지 않고 일월도 두렵지 아니하냐? 나는 자식이 없다. 설혹 자식이 있다고 한들 우리 황제를 모시고 너 같은 역적놈을 죽이려 하는데, 그 아비가 무슨 이유로 성군을 저버리고 역적을 도우라 하겠느냐. 내 자식은 고사하고 광대한 이 세상에 삼척동자(三尺童子)*도 네 고기를 먹고 싶어한다. 하물며 내 아들은 남경은 도우라고 옥황께서 점지하셨으니, 만고 역적인 너 같은 놈을 섬길 것 같으냐."

이렇듯이 노기가 등등하여 꾸짖으니, 한담이 대로하여 유심을 잡아내어 군중에서 목을 베라고 명령을 내렸다. 곁에 있던 군사들이 벌떼같이 달려들어 칼날을 번뜩이며 유주부를 잡아 내니, 도사가 한담을 말리며,

"그대 어찌 가벼이 행동하시는가. 유심의 관상을 보니 왕후가 될 기상이 뚜렷한데 함부로 죽일 수 있겠소. 만약 죽였다가는 커다란 재앙이 눈 앞에 바로 닥칠 것이니 분한 마음을 참으십시오."

하니, 한담이 분기를 이기지 못하여 살아서는 돌아오지 못할 곳으로 유심을 다시 귀양 보내고, 유심의 편지를 거짓으로 만들어 무사로 하여금 명진 중에

삼척동자 : 키가 석 자밖에 되지 않는 아이라는 뜻으로 '철부지 어린아이'를 이르는 말.

쏘아 원수에게 보내었다.

 충렬이 아버지를 찾아 싸우러 나서다. 이 때 원수가 장대에 앉아 있는데 난데없는 화살 하나가 진중에 떨어졌는데, 급히 주워서 보니 화살 끝에 편지 한 장이 달려 있었다. 편지를 끌러 보니, 이런 내용이었다.

　연경에 유배된 유주부는 불효자 충렬에게 한 장의 편지를 부치니 급히 받아 떼어 보아라. 슬프다. 너의 부모 나이가 인생의 반이 넘도록 한 명의 자식도 두지 못하다가 남악산에 제사하고 너를 늦게야 낳아 영화를 보려 하였다. 그런데 나의 팔자가 기박하여 황제께 죄를 짓고 만리 연경에 귀양가서 죽을 지경에 이르렀는데도, 너는 자식이 되어 아비를 찾지 않는구나. 자식이 부모를 찾는 것은 천륜(天倫)*에 당연한데, 너는 어찌 어른이 다 되어서 망한 나라를 섬기려고 새 나라를 침노하느냐. 새 황제께서 네 아비를 잡아다가 너 같은 몹쓸 자식을 두었다 하시고 도마 위에 올려놓고 죽이려 하니, 이 아니 망극한 일이냐. 세상 사람이 자식을 낳으면 좋다고 하는데, 나는 무슨 죄로 영화를 누리기는커녕 백발이 성성한 파리한 목에 창검이 웬일이며, 살가죽과 뼈가 서로 맞붙은 늙은 손과 발에 사지를 찢는 형벌을 어떻게 견디겠느냐. 네가 나의 자식이 분명하거든 빨리 항복하여 우리 부자가 서로 만나 많은 복록을 누리게 하라. 만일 내 말을 듣지 아니하면 죽은 혼이라도 자식이라 아니하고 어미가 귀신이 되어 네 몸을 해치리라. 할 말이 끝없이 많으나 목숨이 경각에 달려 있기에 다급하여 이만 그치노라.

　원수가 이 편지를 보고 정신이 아득하여 흉중이 막히고 앞뒤를 분별하지 못하다가, 겨우 마음을 가라앉히고 황제께 들어가 그 편지를 올리며 말하였다.

천륜 : 부자, 형제 사이의 변하지 않는 떳떳한 도리.

"이 글을 보십시오. 폐하께서는 예전에 제 아비의 필적을 보았을 것입니다. 이것이 정녕 아비의 필적입니까?"

황제와 태자가 그 편지를 다 본 후에 손뼉치고 크게 웃으며 위로하여 말하였다.

"그대의 아버지는 죽은 지 오래 되었음이 틀림없다. 넋이 살았더라도 글씨를 보니 아직껏 본 적이 없는 필적이다. 설령 살았을지라도 그대의 아버지가 이런 말을 어떻게 할 수가 있겠는가? 장군은 염려하지 말고 정한담을 사로잡아 그 곡절을 물어보면 내 말을 옳다 할 것이다."

원수가 물러 나와 생각하였다.

'옛날 강승상을 만났을 때 멱라수 회사정에 아버지가 빠져 죽은 표적을 남기셨으니, 아버지가 돌아가신 것은 분명한 일이다. 그런데 이제 와서 어떻게 적진에 들어가 편지를 부칠 수 있겠는가? 그러나 나의 마음이 심란하다. 적진을 쳐 깨뜨리고 한담을 사로잡아 어떻게 된 일인지 알아보리라."

그리고 원수는 누런 용과 같은 수염을 바로 세우고 봉황새의 눈을 부릅뜬 채, 일광주를 다시 쓰고 용린갑을 죄어서 입은 후에 대장검과 신화경을 두 손에 나눠 들고 천사마를 빨리 몰아 적진 앞에 나서며, 한담을 크게 불러 말하였다.

"네 이놈! 간사한 꾀를 내어 나의 항복을 받고자 하는데 내가 어찌 모르겠느냐. 빨리 나와 죽어 봐라."

한담이 겁에 질려 선봉만 남겨 둔 채 도성으로 들어가 군문을 굳게 닫고 나오지 않았다. 그러니 원수가 승승장구하여 적진으로 달려가 장성검을 번쩍이며 적진의 선봉을 씨도 없이 다 죽이고 도성문에 이르렀으나, 사대문이 모두 굳게 닫혀 있었다. 원수가 크게 호통을 치고 장성검을 번뜩이며 철판으로 문을 치니, 문이 조각조각 부서져 추운 겨울 찬바람에 흰 눈이 흩날리는 듯하였다. 순식간에 달려들어 대궐문 밖에 진 친 군사들을 단칼에 무찌르고 정한담을 찾아 재빨리 대궐문 안으로 들어갔다.

이 때 한담이 원수가 도성 안에 들어왔다는 말을 듣고 도사를 데리고 황급히 북문으로 도망하여 호산대에 높이 올라 화를 피하였다. 원수가 도성에 들어 한담의 가족을 비롯하여 삼족(三族)을 다 붙잡아 본 진영으로 보내고, 모든 신하에게 호령하여 황제의 수레를 갖추어 본 진영에 돌아가 황제를 궁궐로 모시었다. 궁궐로 돌아온 후 한담의 가족들이 지은 죄를 낱낱이 문책하여 모두 베고, 조정만에게 단단히 일러 본 진영을 지키게 하고, 예전에 살던 집에 가 보니 웅장한 고루거각이 빈터만 남아 있었다. 원수가 슬픈 마음을 진정하고 궐문을 향하여 돌아서려는 순간 부모님 생각을 억누르지 못하고 눈물을 흘렸다. 눈물에 가리어 나가는 길이 캄캄하였다. 이에 갑옷과 투구를 벗어 땅에 놓고 가슴을 두드리며 큰 소리로 통곡하였다.

 "옛날 은나라의 기자(箕子)*도 나라 망한 후에 옛터를 지나다가 궁실이 무너져서 쑥대밭이 된 것을 보고 「맥수가(麥秀歌)」*를 지어 옛 정을 생각하였다고 한다. 이제 유충렬은 물 속에 부모를 잃고 길거리에서 구걸하다가 이내 몸이 장성하여 살던 데를 다시 보니 장부 한숨 절로 난다. 우리 부모는 어디 가시고 이런 줄을 모르시는가? 뽕나무밭이 푸른 바다로 변하였다는 말을 곧이 듣지 않았더니, 이내 신세를 생각하니, 백년의 인생은 풀 위에 맺힌 이슬과 같고, 만년의 세월은 흐르는 물과 같구나. 부귀영화를 누린다고 부디 다른 사람 입신여기지 말고, 제 복이 있어 잘 산다고 일가 친척 괄세하지 마시오 괴로움이 다하면 즐거운 일이 생기고, 흥겨움이 다하면 슬픔이 오는 것은 옛날이나 지금이나 항상 있는 일이라네. 양지가 음지 되고, 음지가 양지 되는 줄은 그 누가 알까. 권세가 좋고 귀하다고 천만 년을 믿지 마소."

 이렇듯이 눈물을 흘리고 도성으로 돌아오니, 황제를 모시는 만조 백관 중에 충신은 다 죽고 남아 있는 자는 정한담과 같은 간신들뿐이었다. 낱낱이 잡아내어 죄질이 가벼운가 무거운가를 따져서 죄가 무거운 놈은 장안에서 처형하

<hr>

기자 : 은나라의 어진 인물로, 은나라가 멸망하기 전에 주왕의 잘못을 지적하며 간했다가 미움을 사서 옥에 갇힘. 훗날 은이 멸망한 뒤에 주나라 무왕이 투옥되어 있던 기자를 석방하고 그를 조선의 왕으로 봉했다는 얘기가 있기도 함.(기자동래설)
맥수가 : 기자가 은의 옛 도읍을 지나며 지었다는 시. 고국의 멸망을 탄식하였다고 함.

고, 군중에 명령을 내려 정한담을 찾으라고 하였다.

이 때 정한담이 호산대에서 도사와 의논하더니, 도사가 꾀 하나를 생각해 내고 말하였다.

"이제는 온갖 꾀가 다 소용이 없게 되었습니다. 몇몇 남은 군사를 남만과 서번 그리고 호국에 보내어 패전한 사실을 전하고 구원병을 요청하여 다시 한 번 싸운 후에, 일이 여의치 않으면 목숨만 도망하였다가 후일을 도모하는 것이 어떻겠습니까?"

하니, 한담이 공문을 써서 급히 오국에 보냈다.

이 때 오국 군왕이 각각 장수를 보내어 전쟁에서 이기고 돌아오기를 밤낮으로 기다리고 있었다. 그런데 뜻밖에 싸움에서 졌다는 소식이 왔다. 모두 분노하여 서천 삼십육도의 군의 대장을 비롯하여, 가달 토번왕과 호국대왕이 정예 병사 팔십만과 용감한 장수 천여 명을 모았다. 그런 다음 천하의 명장을 가려 뽑아서 선봉장으로 삼고, 각각의 군왕 등은 주군이 되어 신기한 도사를 좌우에 앉히고 전세를 살피며 행군을 재촉하여 달려드니, 그 웅장한 거동은 한 입으로는 말하기가 어려웠다.

이 때 정한담이 구원병이 오는 것을 보고 기운이 펄쩍 나서 급히 성명을 적어 군중에 통지하고, 도사와 함께 호왕을 뵙고 앞뒤의 사정을 낱낱이 아뢰었다. 호왕 등이 정문결과 마룡이 죽었다는 말을 듣고 간담이 서늘하여 맞붙어 싸울 마음이 없었다. 한낱 분함을 못 이겨 정한담과 마음을 같이하여 호산대에 진을 치고 격서를 남경으로 보냈다.

충렬이 황제를 구하고 한담을 잡다. 이 때 원수는 도성 안에 있고 조정만이 금산성 아래 진을 치고 있었는데, 뜻밖에 조정만이 전갈을 보냈는데, 이를 급히 뜯어서 열어 보았다.

"오국 군왕 등이 패군하였다는 말을 듣고 각각 중군이 되어 오는 중에 정한담과 육관도사도 힘을 합쳐 함께 격서를 보내었으니, 원수는 급히 와 적을 막으십시오."

원수가 듣고 크게 웃으며 말하였다,

"정문걸과 마룡은 천하 명장이라도 내 칼 끝에 죽었는데, 하물며 오국의 오랑캐 군대랴. 제 비록 하늘로 오르고 땅속으로 들어가는 재주를 가진 놈이 선봉이 되었다 하나, 한갓 장성검에 피만 묻힐 따름이다. 황상은 염려 마십시오."
하고, 즉시 갑옷과 투구를 갖추고 본 진영으로 돌아와 군사들에게 단단히 타일러 군사들을 각별히 단속한 다음, 적진에 글을 보내 싸움을 돋우었다.

이 때 정한담이 꾀 하나를 내어 오국 군왕들에게 말하였다.

"소장이 육관도사에게 10년을 공부한 후 재주가 무궁하여, 제가 휘두른 구척 장검 칼 머리에 강산이 무너지고 드넓은 바다도 뒤엎었습니다. 그러나 명진 도원수 유충렬은 천신이요 사람이 아닙니다. 이제 대왕이 억만 병을 거느려 왔으나 충렬을 잡기는커녕 그와 맞붙어 싸울 장수도 없습니다. 만일 싸우다가는 우리 군사가 모조리 다 죽을 것이요, 대왕의 귀중한 목숨마저 보존하기 어려울 것입니다. 오늘밤 삼경에 군사를 나누어 먼저 금산성을 공격하면 분명히 충렬이 구하러 올 것입니다. 그 때를 틈타 소장이 도성에 들어가 황제에게 항복을 받고 옥새를 빼앗으면, 제 비록 천신인들 자기 임금이 죽었는데, 무슨 면목으로 싸우겠습니까?"

호왕이 크게 기뻐 한담을 대장으로 삼고 천극한을 선봉 삼아 약속을 정하였다.

이 때 원수가 금산성에서 적의 기세를 탐지하니, 적군이 깃발을 두르고 도성으로 갈 듯하였다. 그래서 급히 도성으로 돌아왔다.

이 날 밤 자정에 한담이 선봉장 극한을 불러 군사 10만 명을 주어 금산성을 치라 하였다. 극한이 명령을 받아 10만 명을 이끌고 금산성으로 달려가서 한 번 호통을 친 다음, 재빨리 군문을 헤치고 군중으로 들어갔다. 극한이 좌우로 충돌하며 군사를 제치며 들어가니, 명군이 불의에 난리를 만나 당황하여 어찌할 줄 몰랐다.

이 때 원수는 도성에서 적의 기세를 탐지하고 있는데, 한 군사가 급히 달려와 알렸다.

"지금 도적이 금산성으로 쳐들어가 군사를 다 죽이고 중군장을 찾아 제멋대로 날뛰고 있으니, 원수께서 급히 가시어 구원하여 주십시오."

원수가 크게 놀라 나는 듯이 금산성으로 달려가 벽력같이 소리를 지르며 적진을 헤치고 중군에 들어가 조정만을 구하여 장대에 앉히고, 필마단창으로 성화같이 적군에게 달려들어 장성검으로 천극한의 머리를 베었다. 이렇듯이 적진을 헤집고 다니니, 원수의 천사마가 닿는 곳마다 팔공산의 초목이 구시월 만난 듯 10만의 적병이 순식간에 없어졌다. 원수가 본 진영에 돌아와 칼 끝을 보니, 정한담은 어디 가고 없고 앞뒤로 쌓인 것이 못 보던 오랑캐들뿐이었다.

이 때 한담이 원수를 속이고 정병만 가려 급히 도성으로 쳐들어가니, 도성 안에는 군사가 없었다. 황제는 원수의 힘만 믿고 깊은 잠에 들어 있었는데, 뜻밖에 수많은 적병들이 성문을 깨뜨리고 궁궐 안으로 들어와 함성을 질렀다.

"이봐, 명나라 황제야! 네가 어디로 갈 수 있겠느냐? 팔랑개비라 하늘로 날아오르며 두더지라 땅속으로 들어가겠느냐? 네 놈의 옥새를 빼앗으려고 하는데, 이제는 어디로 달아나겠느냐? 빨리 나와 항복하라."

하는 소리에 궁궐이 무너지며 넋이 하늘로 날아오르는 듯하였다. 황제가 넋을 잃고 용상에서 떨어져 옥새를 품고 말 한 필을 잡아 타고 엎어지며 자빠지며 북문으로 도망하여 번수가에 이르렀다. 한담이 궁궐 안으로 달려들어 황후를 잡아 호왕에게 맡기고, 북문으로 나오다 보니 황제가 번수가로 도망하고 있었다. 한담이 크게 기뻐 천둥같이 소리를 지르고 순식간에 달려들어 9척이나 되는 긴 칼을 번쩍하며 내려치니, 황제가 탄 말이 백사장에 거꾸러졌다. 한담이 황제를 잡아내어 말 아래 무릎을 꿇리고 서리 같은 칼로 통천관(通天冠)*을 깨어 던지며 호통을 쳤다.

"이봐 들어라. 하늘이 나 같은 영웅을 내실 때는 남경의 황제를 시키기 위한

것이다. 네가 어찌 황제를 바랄 수가 있겠느냐? 네 한 놈을 잡으려고 십 년을 공부하여 변화가 무궁한데, 네 어찌 순종치 아니하고 조그마한 충렬을 얻어 내 군사를 침략하느냐? 너의 죄를 따진다면 지금 곧바로 죽이는 것이 마땅하고 옥새를 바치고 항복 문서를 써서 올리면 죽이지 아니하겠다. 만약 그렇게 하지 않으면 네놈의 늙은 어머니와 처자식들을 한 칼에 죽이리라.”

황제가 어쩔 수 없이 말하였다.

“항서를 쓰려고 해도 종이와 붓이 없다.”

한담이 분노하여 창검을 번득이며 말하였다.

“용포를 떼고 손가락을 깨물어 항서를 쓰지 못할까?”

황제가 용포를 떼고 차마 손가락을 깨물지 못하고 있을 즈음에 황천인들 무심하겠는가.

이 때 원수가 금산성에서 적군 10만 명을 한 칼에 무찌르고 곧바로 호산대로 달려가 적의 구원병을 모조리 죽이려고 갔다. 그런데 뜻밖에 달빛이 희미해지며 난데없이 빗방울이 원수의 얼굴 위에 떨어졌다. 원수가 이상하게 생각하여 말을 잠깐 멈추고 하늘의 기운을 살펴보니 도성에 살기가 가득하고 황제의 자미성이 떨어져 번수가에 비쳤다. 원수가 크게 놀라 발을 구르며 말하였다.

“이게 웬 변이냐?”

하고, 갑옷과 투구, 창검을 갖추고 천사마 위에 재빨리 올라타고 채찍을 높이 들어 채찍질하면서 말에게 단단히 부탁하여 일렀다.

“천사마야, 너의 용맹을 두었다가 이런 때에 쓰지 않고 어디에 쓰겠느냐? 지금 황제께서 도적에게 잡혀 목숨이 경각에 달려 있다. 순식간에 달려가서 황제를 구원하라.”

천사마는 본래 하늘에서 타고 온 비룡이었다. 비룡의 조화를 지녀서 채찍질을 하지 않고 제 가는 대로 두면 순식간에 몇천 리를 갈 줄 모르는데, 하물며 제 주인이 급한 말로 단단히 부탁하고 산호채로 채찍질하니 어찌 급히 가지 않겠는가. 눈 한 번 깜짝하는 사이에 황성 밖을 얼른 지나 번수가에 이르렀다.

이 때 황제는 백사장에 엎어져 있고 한담이 칼을 들고 황제를 치려 하고 있었다. 원수가 이 때를 당하여 자신이 갖고 있던 온 기운과 힘으로 호통을 질렀다. 그러자 천사마도 평생의 용맹을 이 때에 다 부리고 변화 좋은 장성검도 온갖 조화를 이 때에 다 부렸다. 원수가 닿는 곳마다 강산이 무너지고 넓은 바다가 뒤엎어지는 듯이 요란하였다. 그러니 귀신인들 울지 않으며 넋인들 아니 울겠는가. 원수의 몸이 온통 불빛이 되어 벽력같이 소리를 지르며 말하였다,

"이놈 정한담아! 우리 황제를 헤치지 말고 나의 칼을 받아라."

하는 소리에, 나는 새도 떨어지고 강산 산을 다스리는 귀신도 넋을 잃었으니, 정한담의 넋인들 어디 가며 간담이 성할 수 있겠는가. 원수의 호통치는 소리를 듣고, 한담이 두 눈 캄캄하고 두 귀가 멍멍하여 탔던 말에 올라타고 도망하려다가 형산마가 거꾸러지며 백사장으로 떨어졌다. 그런 와중에도 한담이 원수의 칼을 막으려고 창과 칼을 두 손에 나누어 들고 서 있었다. 그 때 구만 리 구름 속에서 번개칼이 번쩍하면서 한담의 긴 창과 큰 칼이 산산조각으로 부서졌다. 원수가 달려들어 한담의 목을 산 채로 잡아들고 말에서 내려 황제 앞으로 나아갔다.

이 때 황제는 백사장에 엎어져서 거의 죽을 지경이 되어 기절하여 누워 있었다. 원수가 황제를 붙잡아 앉히고 정신을 차리게 한 후에 엎드려 아뢰었다.

"소장이 도적을 다 죽이고 한담을 사로잡아 말에 달고 왔습니다."

황제가 정신이 없는 가운데 원수란 말을 듣고 벌떡 일어나 보니, 원수가 땅에 엎드려 있었다. 황제가 달려들어 목을 안고 말하였다.

"네가 틀림없는 충렬이냐? 정한담은 어디 가고 네가 어찌 여기에 와 있느냐. 내가 죽게 된 것을 네가 와서 또 살리었구나."

원수는 이 일을 다 아뢴 후에 한담의 머리를 풀어 손에 감아들고 도성으로 돌아왔다.

이 때 오국 군왕이 도성 안으로 들어왔다가 한담이 사로잡혔다는 말을 듣고, 도성 안에 있던 온갖 보물과 어여쁜 계집들을 탈취한 뒤 황후, 태후, 태자

를 사로잡아 수레 위에 높이 싣고 본국으로 돌아가고 없었다. 황제가 원수를 붙들고 목놓아 울며 말하였다.

“이 몸이 하늘에 죄를 짓고 나라를 망하게 하였다가 충신인 그대를 얻어 회복하게 되었으나, 부모와 처자를 되놈에게 보내고 나 혼자 살아서 무엇 하리? 천하를 그대에게 전하니 그리 알라. 과인은 이제 죽어 넋이나마 호국에 들어가 어머니를 만나 보게 되면 저승에 들어가도 남은 한이 없을 것이다.”

궁궐 안에 있는 백화담에 빠져 죽고자 하나, 원수가 붙들어 용상에 앉히고 물었다.

“소신이 충성이 부족하여 이 지경이 되었습니다. 이런 때에 신하 된 자로서 호국을 가만히 둘 수 있겠습니까? 소신이 재주는 없으나 호국에 들어가 오랑캐를 모두 죽이고, 황태후를 편히 모시고 돌아오겠습니다.”

황제가 원수의 손을 잡고 눈물을 흘리며 부탁하였다.

“경이 충성을 다하여 호국을 쳐 멸망시키고 과인의 늙은 어머니와 처자식을 다시 보게 하면 살을 베어 봉양하여도 아깝지 아니할 것이오.”

원수가 절하고 나와서 정한담을 끌고 와 섬돌 아래에 무릎을 꿇린 후, 좌우에 있는 나졸들에게 호령하여 온갖 형벌을 갖추게 하고 그 간의 죄목을 낱낱이 물어 말하였다,

“이놈 들어라. 네가 스스로 신황제라 일컫고 나에게 하늘의 뜻을 모른다고 하더니, 어떻게 두 팔을 잃은 채 나에게 잡혀 왔느냐?”

한담이 부끄러워 아무런 말도 하지 못하였다. 원수가 다시 호통을 치면서 말하였다.

“네 자칭 십 년을 공부하여 황제를 내쫓는다 하더니, 어떠한 놈에게 배워서 역적이 되었느냐?”

한담이 물었다.

“소인이 모자라 도사 말만 듣고 이 지경이 되었으니 아뢸 말씀이 없나이다.”

“도사놈은 어디 갔는가?”

“소인이 번수가에 갔을 때에 호국으로 들어간 듯합니다.”

원수가 말하였다.

“네놈은 나와는 이 세상에서 함께 살 수 없는 원수라, 일찍 죽이려 하였다. 그러나 내 아비의 생사를 알고자 아직 살려 둔 것이니, 바른 대로 말하거라.”

한담이 다시 물었다.

“소인이 죄가 무거워 도사의 말을 듣고 정원 주부를 모함하여 연경으로 귀양보냈다가 얼마 전에 다시 잡아와 항복을 받고자 하였으나, 끝내 듣지 아니하기에 다시 오랑캐 나라의 포관이라는 데로 귀양 보냈으니, 그 사이에 죽었는지 살았는지는 모릅니다.”

원수가 이 말을 듣고 통곡하여 말하였다,

“강의주는 죽었느냐?”

한담이 말하였다.

“강승상도 모함하여 옥문관으로 귀양을 보내고 그 집 가족들은 잡혀오는 도중, 밤중에 달아나다가 모두 영릉땅 청수에 빠져 죽었다고 합니다.”

원수가 어머니가 회수에서 봉변당한 일은 한담이 한 짓인 줄 모르고, 강낭자가 죽은 일만으로도 원통하고 분하여 한담을 한 칼에 죽이려고 하였다. 그러나 아버지를 만난 후에 죽이리라 하고 형틀을 갖추어 묶은 후 감옥에 가두었다. 그런 후 갑옷과 투구, 장검을 갖추어 황제에게 작별 인사를 하고 나오려 하니, 황제가 섬돌 아래로 내려와 원수의 손을 잡고 눈물을 흘리며 말하였다.

“짐의 가족을 멀리 타국에 보내고 어떻게 마음 편히 있겠는가? 부디 충성을 다하여 어머니와 자식을 구해서 쉬이 돌아오소. 만일 그간에 재난이 있으면 누구의 힘을 빌어 살아날까?”

황제가 십리 밖에까지 나와 전송하며 수없이 당부하니, 원수가 명령을 받고 필마단창(匹馬單槍)*으로 만리 타국으로 들어갔다.

필마단창 : 한 필의 말과 한 자루의 창. 곧 혼자서 한 필의 말을 타고 간단한 무장(武裝)을 하고 나감을 이름.

충렬이 태후와 태자를 구하다. 이 때 호왕이 자기 나라로 돌아가면서 후환(後患)*이 있을까 두려워 각 도와 각 관문에 공문을 보내어, 호국에 들어오는 길목에 있는 집들을 모두 없애고 강마다 배를 없애 사람들이 지나지 못하게 하였다.

원수가 전쟁터에서 음식을 전혀 먹지 못한 날이 많아 고생을 한데다가, 아버지의 소식이 궁금하여 제대로 잠을 자거나 밥을 먹지 못하였다. 그러던 차에 주막도 없는 호국 수만 리를 지나오니 기운이 반으로 줄어들었다. 피곤한 행색으로 겨우 유주에 도달한 후 자사를 붙잡아 죄를 물어 말하였다.

"네 이놈 대대로 나라의 녹을 먹은 신하로서 국가가 불안한데도 네 몸만 생각하고 나라의 일을 돌보지 아니하였다. 또한 정한담의 말을 듣고 유주부를 네 고을에 유배시켰다 하는데 지금 어디 계시느냐?"

자사가 급히 사죄하여 말하였다.

"소인이 나라의 녹을 먹는 신하로 어찌 나라의 일에 무심하였겠습니까? 다만 호병이 남경으로 가는 길에 소인의 고을에 달려들어 군사의 양식을 탈취하고 소인을 죽이려 하기에 도망하여 목숨만 살았던 것입니다. 국가가 위기에 처한 것을 알면서도 본래 재주가 없고 또 맨손에 혼자 몸으로 어찌할 줄 모르고 있었는데, 며칠 전에 호병이 전쟁에서 이기고 황후와 태후, 태자를 사로잡아 간다는 소식을 듣고 당황하고 있는 중입니다. 그러던 차에 장군께서 와 계시니, 죄송하오나 성명은 무엇이며 무슨 일로 유주부를 찾습니까?"

원수가 슬픔에 젖어서 말하였다.

"나는 이 고을에 유배되었던 유주부의 아들이다. 부모님 원수를 갚으려고 적진에 들어가 황제를 구하고, 정한담과 최일귀를 한 칼에 죽은 후 오국 정병을 한꺼번에 무찌르고 황제를 모시고 궁으로 돌아왔다. 그런데 뜻밖에 오국왕이 도성에 들어와 나를 속이고 많은 사람들을 죽인 다음 황후를 사로잡아갔

후환 : (어떤 일로 말미암아) 뒷날에 생기는 걱정이나 근심.

다. 그래서 북적을 모조리 다 죽이고 황후를 모셔 가려고 가는 길에 들렀다.”

자사가 이 말을 듣고 섬돌 아래로 내려와 절을 백 번 올려 잘못을 빌고, 술과 고기를 많이 내어 대접한 후 십 리 밖까지 나와 배웅하였다. 원수가 유주를 떠나 호국에 다다르니, 눈발이 어지러이 날리고 도로는 험악하여 사람의 자취라곤 찾아볼 수가 없었다.

이 때 호국이 십만 병을 거느리고 남경에 가다가 한담이 사로잡혔다는 말을 듣고, 도성에 들어가 황후, 태후, 태자를 사로잡아 도성 안의 보물과 어여쁜 계집들을 빼앗아 본국으로 돌아와 승전고를 울리며 잔치를 벌여 며칠 동안 즐겼다. 그런 이후 황후, 태후, 태자를 잡아내어 섬돌 아래 무릎을 꿇린 다음, 나졸들을 좌우에 늘어 세워 놓고 문초를 하였다. 호왕이 인검(印劍)으로 난간을 치며 태자에게 호령하여 말하였다

“네 이놈아. 지난날에는 네 아비의 힘만 믿고 외람되이 동궁이라 하였는데, 이제는 과인이 하늘의 명을 받아 황제를 굴복시키고 네 조모를 잡아왔으니, 세상에 황제가 나 밖에 또 있느냐? 네가 항복하여 나를 도우면 죽이지 않겠지만, 그렇지 않으면 너의 모자를 북해상(北海上)에 던지리라.”

이렇듯 호령하니, 군사들의 장엄한 용모는 염라국이 가까운 듯하였다. 호왕의 엄한 위풍은 단산의 맹호가 엎드려 있는 듯하였다. 황후와 태후가 정신이 아득하여 세 사람이 서로 목을 끌어안고 섬돌 아래 엎어져서 어떻게 해야 할지를 몰라 하였다.

이 때 태자의 나이 열세 살이었다. 호왕에게 호령하여,

“네 이놈. 역적놈이 한갓 강한 것만을 믿고 외람되이 남경을 침략하여 이 지경이 되었으나, 어찌 감히 황제를 꾸짖어 욕을 하고 나를 굴복시켜 네 신하를 삼을 생각을 했느냐? 임금과 신하의 분수와 의리를 얘기한다면, 황제는 모든 백성의 아버지이며, 황후는 모든 백성의 어머니다. 너는 역적놈일 뿐이다.”
하니, 호왕이 분노하여 모두 처형하라 재촉하였다. 나졸들이 일시에 달려들어 황후, 태후, 태자를 잡아내어 온갖 형벌 기구를 다 갖추고 수레 위에 높이 실

어 동문 큰길가로 나오니, 깃발과 창칼이 죽 늘어서 있었다. 총융대장이 높이 앉아 자객(刺客)*에게 상을 주고 검술을 하니, 황후, 태후, 태자가 수레에서 내려 황후는 태후의 목을 끌어안고 태자는 황후의 목을 끌어안은 채, 세 사람이 한 몸이 되어 백사장 넓은 들에 엎어져 땅을 헤치며 소리높이 통곡하였다.

"전생에 무슨 죄로 백발의 늙은이가 젊은 며느리와 어린 손자를 앞세우고 되놈에게 잡혀와 한 칼에 죽임을 당하게 되었구나. 이렇게 북방 천 리 멀고먼 길에 주인 잃은 넋이 된단 말인가. 이 내 몸은 되놈에게 자식 잃고, 내 며느리는 되놈에게 낭군 잃고, 의지할 데 없는 외로운 내 손자 되놈에게 아비를 잃었구나. 만 리 호국 험한 땅에 누구를 보려고 여기 왔다가 세 몸이 한 몸이 되어 자객의 손에 죽게 되었단 말인가. 천만 년이 지나간들 이런 변을 다시 볼 수 있겠는가. 넓고 넓은 이 세상에 흉칙한 것이 우리 세 사람 팔자로구나.

우리 아들 도적에게 황성을 잃고 정한담을 피해 북문으로 도망하더니, 죽었는가 살았는가. 넋이나 둥둥 떠서 늙은 어미 죽는 줄을 귀신이야 알련마는, 창망한 구름 속에 사람 소리뿐이로다. 유충렬은 어디 가고 날 살릴 줄 모르는가. 한심하다. 형산 신령은 어질고 착한 내 아들을 남경에 점지하여 임금 자리 위에 앉힐 때에 그 어미는 무슨 죄로 이 지경이 되며, 영웅 유충렬을 명나라에 점지할 때 어떤 어진 임금을 섬기려고 나와 손자 죽는 줄을 모르는가. 비나이다, 비나이다. 형산 신령은 명나라 황성에 급히 가 우리 유원수를 찾아 내 말을 전하소서. 깃발과 창검이 늘어선 장막 안에 자객이 지키고 있는데, 명나라 황태후가 며느리와 어린 손자 목을 안고 세 몸이 한 몸이 되어 금일 정오만 지나면 죄없는 세 목숨이 창검 끝에 사라질 것이라고 부디 속히 전해 주오."

이렇듯이 통곡하니, 피같은 저 눈물은 소상강 저문 비가 검은 색깔로 아롱진 대나무에 뿌리는 듯하였다. 가련하다. 황후는 올해로 스물여덟 살이었다. 고운 얼굴과 귀한 몸이 여러 날 잠 못 자고 굶어서 모습이 초췌하였다. 호왕이

자객 : 사람을 몰래 찔러 죽이는 사람. 여기서는 사형을 집행할 때에 찔러 죽이는 일을 하는 사람.

잡아낼 때 흉악한 군사놈이 억지로 끌어내어 얼굴 가득히 피가 흐르고 옷이 남루하게 되었다. 푸른 하늘의 밝은 달이 검은 구름 속에 둘러싸인 듯, 푸른 물의 붉은 연꽃이 흙비를 머금은 듯, 가련하고 슬픈 모습을 차마 눈뜨고 보기 어려웠다.

총융대장이 군사를 재촉하여 죄인을 잡아다가 깃대 밑에 꿇리고 자객들에게 호령하였다.

"한 순간에 목을 베라!"

자객들이 명령을 받고 붉은 도포에 남빛 허리띠를 두르고 칼을 번뜩이며 좌우에 갈라서서,

"명령대로 하라!"

하는 고함소리에 푸른 하늘이 진동하니, 하늘과 땅이 어찌 무심하겠는가.

이 때 유원수가 호국의 국경에 이르러 급히 상남 뜰로 나아가니, 호국 선우대가 구름 속에 보였다. 흰 눈이 내리는 푸른 강의 갈대 밑에서 천사마에게 물을 먹이고, 강물을 손으로 떠서 낯을 씻으며 사방을 둘러보았으나 사람의 자취라곤 찾아볼 수가 없었다. 그런데 난데없이 표주박 같은 배 한 척이 강 위로 떠오더니, 한 선녀가 선창 밖으로 나와 원수에게 절을 올리고, 비단 주머니를 끌러 과일 두 개를 주면서 말하였다.

"여행길이 괴롭고 피곤하니 이 과일을 한 대 잡수시고, 한 개는 두었다가 후일 쓰십시오. 지금 황후, 태후, 태자가 호국에 잡혀가서 동문 큰길가에 온갖 형구를 갖추고 자객을 재촉하여 검술을 보이는데, 황후의 귀한 생명이 위험합니다. 장군은 어찌 급한 것을 모르고 빨리 가지 아니하십니까."

이렇듯 두어 마디 이르더니 두둥실 물 가운데로 떠갔다. 원수가 크게 놀라 그 과일을 한 개 먹고 하늘의 기운을 살펴보니, 태자의 별이 떨어질 듯하고, 자미성이 칼끝에 달려 있었다. 크게 놀라 황룡 같은 수염을 추스르고, 봉의 눈을 부릅뜨며, 일광주와 용린갑을 단단히 졸라매어 장성검을 펴들고, 천사마를 채찍질하여 나는 듯이 들어갔다. 동문 밖 십 리 백사장에 군사가 가득하였다.

말 안장에 달려 있는 주머니를 급히 열어 조총(鳥銃)*을 잠깐 꺼내어 대한고*를 한 번 놓으니, 우레 같은 함성소리가 푸른 하늘의 밝은 해를 뒤흔드는 듯하였다. 그런 후 원수가 호왕을 부르며 큰 소리로 외쳤다.

"여봐라, 호왕놈아! 황후, 태후, 태자를 해치지 말라."

이 때 자객이 비수를 번득이며 태자의 목을 치려 하는데, 난데없는 벽력소리가 맑은 하늘에 떨어지며 어떤 대장이 제비같이 달려들었다. 모두들 당황하여 주저주저하고 있는 순간에, 천사마가 눈을 한 번 깜빡이고 장성검이 번쩍 빛나면서 동문 밖 큰길가 넓은 백사장에 다섯 줄로 늘어선 기마병들을 모조리 다 죽었다. 원수가 성으로 달려가서 대궐문을 깨부수고 대궐 안의 모든 신하를 단칼에 무찌르고, 용상을 깨뜨리며 호왕의 머리를 손에 감아쥐고 동문 밖 큰길로 급히 오니, 이 때 황후, 태후, 태자가 자객의 칼날 끝에 넋이 흩어져서 기절해 있었다. 원수가 급히 달려들어 태자를 붙들어 앉히고 황후와 태후를 흔들어 깨우니, 한 나절이 지난 후에야 겨우 정신을 차리었다. 원수가 땅에 엎드려 여쭈었다.

"정신을 차리소서. 명나라 고원수 유충렬이 호왕을 사로잡고 자객과 군사를 한 칼에 다 죽이고 이기고 돌아왔습니다."

태자 이 말을 듣고 급히 일어나 황후의 목을 안고,

"남경 유충렬이 왔소."

하고 정신을 차려 충렬을 다시 보고 이렇게 부르짖었다. 황후와 태후가 기절하였다가 유충렬이 왔다는 말을 듣고 가슴을 두근거리며 벌떡 일어나 앉으며 바라보니, 군사는 하나도 없고 대장 한 사람이 그들 앞에 엎드려 말하였다,

"소장은 남경 유충렬로 호왕을 사로잡아 이 곳에 왔습니다."

하니, 황후가 이 말을 듣고 왈칵 달려들어 손을 잡고 말하였다.

"그대가 틀림없는 유원수냐? 하늘에서 내려왔는가, 땅속에서 솟아났는가?

조총 : '화승총'의 예전 이름.
대한고 : 화약으로 큰 소리를 내는 기구인 듯함.

수만 리나 되는 북방 오랑캐땅을 어찌 알고 왔는가? 그대의 은덕을 백골이라
도 잊기 어려우니 어찌 다 갚으리오.”

태자도 무척 감사해 하며 급히 황제의 안부를 물으니, 원수가 말하였다.

“소장이 도적에게 속아 금산성으로 들어가니, 적장 천극한이 10만 명을 거
느려 왔기에 한 칼에 다 죽였습니다. 돌아오다가 하늘의 기운을 살펴보니 황
상이 번수가에 죽게 되었기에 급히 달려갔더니, 황상은 백사장에 엎어져 있고
정한담이 칼을 들어 황상을 치려 하는 순간 소장이 달려들어 정한담을 사로잡
아 감옥에 가두고, 황상을 편히 모셔 궁궐로 돌아왔습니다. 그런 후에 소장은
대비와 대군을 구한 다음 아비를 찾으려고 이 곳에 온 것입니다.”

세 사람이 매우 감사를 드리며 말하였다.

“북망산(北邙山)*에 계신 부모가 다시 살아나서 본들 이보다 더 반가우며,
강동으로 떠난 형제를 밤중에 만나본들 이보다 더 기쁘겠는가. 이제 돌아가
우리 황제가 원수와 더불어 형제의 의를 맺어 영원토록 같이 살며, 천하를 반
으로 나누어 태평한 시절을 함께 즐길까 하노라.”

태자가 호왕이 잡혀온 것을 보고 원수의 칼을 빼어 가지고 호왕을 땅에 엎
어뜨리며 말하였다,

“네 이놈아. 황후를 꾸짖으며 욕하고 나를 굴복시켜 네 신하를 삼고자 하더
니, 맑은 하늘에 일월이 밝았는데 어찌 감히 그런 생각을 하여 하늘을 욕되게
하였느냐.”

하고, 분한 마음을 참지 못하여 장성검을 높이 들어 호왕의 머리를 베어 칼 끝
에 꿰어들고, 호왕의 간을 꺼내어 낱낱이 씹어 삼켰다. 그런 후에 성 안으로
들어가 남아있는 군사들마저 다 죽이고, 준마 세 필을 구하여 가마를 갖추어
황후, 태후, 태자를 모시고 호국의 옥새와 지도책을 가지고 길을 재촉하여 돌
아왔다. 돌아오는 길에 원수가 아버지를 생각하고 눈물을 비 오듯이 흘리며

북망산 : 중국 하남성 낙양의 북쪽에 있는 구릉을 통틀어 일컬음. 이 곳에 한, 수, 당 등 역대 제왕들의 묘가 많았다
　　　고 해서, ‘묘지가 있는 곳’, 또는 ‘사람이 죽어 가는 곳’을 일컫게 됨.

슬픈 마음을 이기지 못하여 목놓아 통곡하였다.

　"황제는 나같은 신하를 두었다가 만리 호국에서 죽게 된 부모와 처자 만나 보게 되었는데, 나는 포판에 있는 아버지가 죽었는지 살았는지도 모르는구나. 회수정에서 어머니를 잃고, 만리 북방에서 아버지를 잃고, 영릉 청수에서 아내를 잃었으니, 죽어도 아까울 것이 없으니 살아서 무엇 하겠는가? 도리어 악귀가 될 것이 분명하다. 어서 포판으로 가서 아버지의 생사나 알아보자."
하며, 슬피 우니, 태후와 태자가 원수의 손을 잡고 여러 가지로 위로하며 길을 재촉하였다. 여러 달 만에 포판에 이르니, 이 땅은 북해상에 있어 사람이 살지 않는 곳이었다. 사방에 사람의 자취라곤 찾아볼 수가 없었는데, 다만 바닷가의 풍랑소리만이 들리어 외로움을 더해 주고, 찬바람이 싸늘하게 부는 가운데 원숭이가 슬피 울어 나그네의 슬픔을 돋울 뿐이었다. 더구나 귀신이 난잡한 곳이라 혈혈단신인 유주부가 살아 있을 가망이 전혀 없어 보였다.

　충렬이 유주부와 만나다.　이 때 유주부는 도적에게 끌려갔다가 항복하지 않는다고 연약한 몸에 곤장을 많이 맞은 데다가, 사람이 살지 않는 북해상에 보내졌다. 그러니 어떻게 견딜 수가 있었겠는가? 얼마 못 가서 죽음을 맞이하게 되었다. 원수가 급히 달려가 보니, 토굴을 깊이 파서 가시덤불로 사방을 둘러놓고 군사 한 명만을 두어 지키게 하고 한 달에 아홉 번만 구멍으로 밥을 넣어 주고 있었다. 이 때 주부는 토굴 속 바닥에 깔려 있는 짚자리에 의식을 잃고 누워 있었다.

　원수가 급히 투구를 벗어 땅에 놓고 사방에 둘러친 가시덤불을 헤친 다음, 토굴문 밖에 엎드려 아뢰었다.

　"명나라 남경 동성문 앞에 사는 충렬은 도적을 잡아 난리를 평화롭고 안전하게 한 후에 황후, 태후, 태자를 모시고 이리 왔습니다."

　이 때 주부는 기운이 다 빠져서 정신을 잃고 깊은 잠에 들었다가 비몽사몽 간에 언뜻 들으니, 충렬이란 말이 천 리 밖에서 나는 듯하여 잠에서 깨어나 앉으며 말하였다.

"네가 귀신이냐? 이 땅은 사람이 살지 않고 물귀신이 많은 곳이다. 어떻게 알고 여기에 왔느냐?"

하고 통곡하며 가슴을 두드리다가 기가 막혀 다시 물었다.

"네가 귀신이냐? 사람이냐?"

"충렬이 살아서 왔습니다."

주부가 충렬이 찾아오리라고는 꿈에도 생각지 못한 일이었다. 귀신인가 의심하여 주문을 외우며 말하였다,

"내 아들 충렬은 호수에서 죽었으니 너는 충렬의 넋임이 틀림없구나. 넋이라도 반갑고 반갑다."

하니, 충렬이 울며 말하였다.

"소자가 회수에서 죽게 되었다가 천행으로 살아나 도적을 모조리 다 죽인 후에 황제를 궁궐에 모시어 놓고, 지금 호국에 가 황후, 태후, 태자를 모시고 문 밖에 온 것입니다."

주부가 이 말을 듣고,

"이게 웬 말이야?"

토굴을 두드리며,

"네가 분명 충렬이냐? 충렬이 틀림없거든 10년 전에 연경으로 귀양갈 때 주었던 죽도를 갖고 있느냐?"

원수가 급히 옷을 벗고 속적삼에 찬 죽도를 끌러내어 두 손에 들고,

"여기 있습니다."

하니, 주부가 이 말을 듣고 토굴 문에 엎드려서 손을 내어 받아 보았다. 소상강의 반죽이라는 대나무 다섯 마디에 '황강죽루' 라는 글자가 불침으로 새겨 있었다. 주부가 저 세상에 간다고 해서 부자 사이라는 표시를 모르겠는가? 벌떡 일어나 앉으며 말하였다.

"이게 웬일이냐. 충렬이 왔구나. 죽도는 보았으나 내 아들 충렬은 가슴에 대

장성이 박혀 있고 등에는 삼태성이 있느니라.”

원수가 옷을 벗어 땅에 놓고 주부 곁에 앉았다. 주부가 가슴과 등을 살펴보니, 샛별 같은 삼태성과 대장성이 뚜렷이 박힌 가운데 금으로 ‘대병국 도원수’ 라는 글자가 뚜렷하게 새겨 있었다. 주부가 왈칵 달려들어 충렬의 목을 끌어안고 통곡하며 말하였다.

“어디 갔다 이제 왔느냐? 하늘에서 떨어졌느냐? 땅에서 솟았느냐? 우리 황제께서는 살아 계시며, 너의 어머니는 어찌 되었느냐? 역적 정한담이 우리 집에 불을 놓아 너희 모자를 죽이려 하였다더니, 어떻게 살아나서 이토록 장성하였느냐? 네가 분명 충렬이냐? 네가 틀림없이 성학이냐? 죽도와 표적을 보니 충렬임이 분명한데, 정한담의 흉계로 회수 물 속에 빠져 죽었다던 네가 일곱 살의 어린 나이로 깊고 넓은 물에서 어떻게 살아났느냐? 우리 부자가 정말 다시 만나게 되었단 말인가?”

이렇듯이 슬프게 통곡하다가 기절하였다. 원수가 크게 놀라 행장을 급히 끌러 선녀가 준 과일을 꺼내어 주부를 먹인 후에 손발을 주물러 다시 정신이 들도록 하였다. 한나절쯤 지나서 주부가 일어나 앉으며 정신을 차리니, 난데없이 기운이 밝아져 푸른 하늘에 떠 있는 일월과 같았다. 주부가 충렬의 손을 잡고 말하였다,

“네가 무슨 약을 얻어와서 이렇듯이 나를 구하느냐?”

이 때 황후와 태후께서 주부가 다시 살아난 것을 보고 급히 들어가 주부의 손을 잡고 말하였다.

“어찌 저렇듯이 귀한 아들을 두어 만리 타국에 그대와 우리를 살려내어 이곳에 서로 만나 보게 했는가?”

주부가 땅에 엎드려 아뢰었다.

“이게 다 황상의 덕택입니다.”

원수가 황후와 태후, 태자와 아버지를 모시고 호국을 떠나 양자강을 건너가니, 여기서 남경까지는 사만오천육백 리였다. 황주로 들어가서야 간신히 배고

품을 면할 수 있었다.

이 때 황제는 원수를 만리 타국에 보내 놓고 밤낮으로 한탄하며 천행으로 황후, 태후, 태자를 찾아올까 하여 두 손을 모아 기도하더니, 뜻밖에 원수가 전갈을 보냈기에 급히 뜯어서 열어 보았다.

> 노원수 유충렬은 호국에 들어가 호적을 모두 쳐부수고 황후, 태후, 태자를 모시고 오는 길에 포판으로 가서 아버지를 살려내어 이제 함께 본국으로 들어 갑니다.

황제가 전갈을 보고 매우 기뻐하며 십 리 밖까지 나와 맞이하였다. 이 때 황후와 태후가 달려들어 반가워하면서도, 다른 한편으로는 슬피 우니, 그 광경을 차마 눈뜨고 보기 어려웠다.

태자가 땅에 엎드려, 호국에 잡혀가 호왕에게 욕을 보고 동문 큰길 가에서 거의 죽게 되었다가 천행으로 원수를 만나 살아난 이야기와, 포판에 들어가 주부를 살려온 말씀을 낱낱이 아뢰니, 황제가 이 말을 듣고 충렬의 등을 만지며 말하였다.

"옛날 삼국시절에 유비, 관우, 장비 세 사람이 도원에서 형제의 의를 맺었는데, 이제 과인도 경과 더불어 형제의 의를 맺으리라."

하고 수없이 칭찬하니, 이 때 주부 땅에 엎드려 아뢰었다.

"소인은 연경에 귀양갔던 유심입니다. 자식의 힘을 입어 남은 목숨이 살아나서 폐하를 다시 뵙게 되니 참으로 다행한 일입니다. 그러나 폐하께서 이렇듯 국사로 고생하시는데 소신의 충성이 부족하여 호국에 갇혀 폐하를 돕지 못하였으니, 죽어 마땅한 죄를 지었습니다."

황제가 이 말을 듣고 버선발로 뛰어내려 주부의 손을 잡고 말하였다.

"이게 웬 말인가? 회사정에서 죽은 줄만 알았더니 어떻게 살아왔는가? 과인이 현명치 못하여 역적놈의 말을 듣고 무죄한 우리 주부를 만리 연경에 보냈으니, 누구를 원망하겠는가. 모두 다 과인이 현명치 못한 탓이었네. 그대의 얼굴을 보니, 죄가 많은 이내 몸이 무슨 면목으로 용서를 빌 수 있겠는가? 그대에게 공덕을 갚으려면 살을 베어 봉양하고 천하를 반으로 나눠 준다고 해도 어찌 다 갚겠는가."

이렇듯이 칭찬하고 도성으로 들어오니, 이 때 장안의 온 백성을 비롯하여 중군 조정만과 군사들이 일시에 들어와 원수 앞에 낱낱이 절하여 감사드리고, 남녀노소 없이 원수의 말을 잡고 원수의 덕을 기리며 두 손 모아 계속 빌었다.

또한 머리가 흰 노인이 대나무 지팡이를 잡고 떨어진 감투를 쓴 채 어린아이를 앞세우고 동편 골목으로 나와 술 한잔을 받아들고, 안주는 낙엽에 싸서 손자에게 들리고, 엉금엉금 기어 나와 원수께 백 배 감사하고 만만세를 부르며 말하였다.

"소인은 도성문 안에 사는데, 삼대 독자이었다가 소인에게 이르러 삼남 일녀를 낳아 귀하게 길러 모두 건강한 젊은이로 성장하였습니다. 그런데 역적 정한담이 도성을 공격하여 깨뜨리고 용상에 높이 앉아 스스로 황제라 일컫고 온 백성을 비참한 지경에 빠뜨렸습니다. 이 때, 소인의 자식이 두 명 다 군대에 뽑혀 나가 전장에서 싸우다가 그 중 한 자식이 죽었지요. 옥황이 남경을 도우시어 장군님을 남경에 점지하시니, 장군님께서 두 적을 치려고 저진 중에 달려들어 적장 정문걸의 목을 베고 황제를 구원하셨습니다. 소인의 남은 자식을 성 안에 두었다가는 정한담에게 죽을 듯하여 밤중에 도망하여 중군 조정만에게 가게 하여 장군님의 수하에 머물게 했지요. 북두칠성께 '우리 나라의 장수님이 싸움에서 이기게 해 주십시오' 라며 일년 삼백육십 일을 밤마다 두 손 모아 빌었습니다. 소인이 바라던 대로 장군님의 힘을 입어 명나라 군사들이 하나도 지치지 않고 왔기에 소인의 남은 자식이 살아나서 이 손자를 두었습니다. 이놈은 장군님의 자식과 다름이 없습니다. 이제는 소인이 죽어도 백골을 묻어줄 자식이 있고 선영에 향불을 키고 제사를 받들 손자가 있게 되니, 죽어도 여한이 없을 듯하여 손자를 이끌고 왔습니다. 이는 모두 다 장군님의 덕입니다. 소인이 죽을 날이 멀지 않기에 다만 술 한 잔을 장군님께 올리니, 만세토록 건강하십시오."

이 때 원수와 주부, 황후, 태후, 태자를 비롯하여 여러 장수들이 이 말을 듣고 마음이 온통 슬픔에 젖어 있는데, 원수가 눈물을 흘리며 말하였다.

"이는 모두 다 노인이 두 손을 모아 기도한 공이오, 황제의 은덕입니다. 나 같은 사람이야 무슨 공이 있다고 하겠습니까? 돌아가 편히 살도록 하십시오."

원수가 노인이 드리는 술을 받아 황제께 바치고 행군을 재촉하니, 황제가 노인의 말을 듣고 조정만을 급히 불러,

"그 노인의 아들 이름을 알아 두라 하여라."

하니, 이 때 한 군사가 다 떨어진 전립을 쓰고 칼 하나를 손에 들고 원수 앞으로 나와 땅에 엎드렸다. 원수가 성명을 물은 후에 칭찬하고, 친국문 호위장을 삼아 늙은 아비를 섬기라 하였다.

원수가 말을 재촉하여 도성으로 들어가니, 절개를 굽히지 않았던 몇몇 충신들이 머리를 조아려 여러 번 절하며 감사하고, 삼군이 원수의 덕을 칭송하였다. 황제와 원수, 황후와 태후 등이 한 자리에 모여 앉아 그 간 고생했던 일을 밤새도록 이야기하였다.

정한담은 처형을 당하다. 이튿날 전옥관을 불러 한담을 잡아다가 궁궐 넓은 뜰에 꿇어 엎드리게 한 후, 유주부가 황제의 옆에 앉아 나졸들에게 호령하여 온갖 형틀을 갖추게 하고, 한담의 죄목을 따져 물었다.

"네 이놈, 정한담아! 전상(殿上)*을 쳐다보아라. 나를 아느냐? 모르느냐? 네가 스스로 황제라 일컫더니, 조그만 유심의 아래에서 무릎을 꿇고 땅에 엎드린 것은 무슨 일인가? 네 죄를 네가 아느냐?"

정한담이 땅에 엎드려 아뢰었다.

전상 : 전각이나 궁전의 자리 위.

"소신의 머리털을 빼 죄를 논하여도 모자라니 죽여 주십시오."

주부가 크게 화를 내며 말하였다.

"네가 저지른 죄목이 열 가지니 자세히 들어라. 네놈이 본래 하늘나라의 익성으로 명나라에 내려왔으나 용맹이 남보다 뛰어나다고 하여 도사를 데려다가 놓고 항상 황제를 내쫓으려 하였으니 만고의 큰 죄 하나다. 조정의 충신을 꺼려하는 죄 없는 신하를 모함하여 나를 연경으로 귀양 보냈으니 죄 둘이다. 또 신기한 영웅이 황성에 있다는 도사의 말을 듣고 내 자식을 죽이려고 내 집에 불을 놓았다가 죽지 않고 살아 회수에 갔으나 군사를 보내어 내 자식을 결박하여 물 속에 던져 죽이려 한 것이 죄 셋이다. 퇴임한 재상 강희주를 역적으로 몰아 옥문관으로 귀양 보내었으니 죄 넷이다. 강승상의 가족을 잡아다가 도중에서 죽인 것이 죄 다섯이다. 황후 태후 태자를 사로잡아 진중에 가두어 주려 죽이려 하였으니 죄 여섯이다. 충신을 다 죽이고 황제를 속여 거짓으로 도적을 막는다고 하고 도리어 도적에게 항복함이 죄 일곱이다. 스스로 황제라 일컬어 백성들을 도탄에 빠지게 하고 충신을 잡아 굴복시키고자 함이 죄 여덟이다. 호국에 구원병을 청하여 황후, 태후, 태자를 호왕에게 잡혀 보내고 장안의 어여쁜 계집과 금은보화를 모두 다 빼앗아 남적에게 보낸 것이 죄 아홉이다. 황제를 버수가에서 죽이려 하였으니 죄 열 가지다.

세상에 남의 신하가 되어서 세상에도 없는 열 가지 죄목을 가졌으니, 이러고도 살기를 바랄 수 있겠느냐? 우리 황상께서 이렇듯이 고생한 일, 대비와 대군께서 여러 번 죽을 뻔한 일, 도성 안의 모든 백성과 육국의 군사를 죽인 일, 강승상과 나를 타국에서 죽이려 한 일, 온 세상을 어지럽혀 종묘사직(宗廟社稷)*을 위태롭게 하고, 백성들이 두려움에 떨게 하여 살아 있는 자는 사방으로 도망하게 하였으니, 이게 모두 네놈이 한 짓 아니냐."

한담은 아무 말도 못하고 묵묵히 앉아 있기만 하였다. 주부가 나졸들에게

종묘사직 : 왕조 때 왕실과 나라를 아울러 이르던 말.

명령하여 급히 한담의 목을 장안에 있는 저자거리에서 베라 하였다. 그러자 나졸들이 달려들어 한담의 목을 매어 수레 위에 높이 싣고 장안의 큰길 가로 급히 나아가면서 소리 질러 말하였다,

"이봐 백성들아! 대역적 정한담을 오늘 처형하려 하니 백성들도 나와서 구경하라."

성 안팎의 백성들이 한담을 죽이러 간다는 말을 듣고 남녀노소 위아래 없이 그놈의 간을 내어 먹고자 하여, 동편 사람은 서편 사람을 부르고, 남촌 사람은 북촌 사람을 불러 차차 골목골목 빈틈없이 나왔다.

"이봐 벗님네야. 가세 가세 어서 가세. 대역적 정한담을 우리 원수 장군님이 사로잡아 두 팔 끊고 전후 죄목 물은 후에 백성들에게 보이려고 장안의 저자 거리에서 처형한다니, 바삐바삐 어서 가서 그놈의 살을 베어 부모 잃은 사람은 부모 원수 갚아주고, 자식 잃은 사람은 자식 원수 갚아 주세."

머리가 흰 노파는 손자를 업고, 젊은 아낙네는 자식을 품고 전후좌우에 늘어서서 어떤 사람은 달려들어 한담에게 호령하고, 어떤 여인들은 한담의 상투를 잡고 신짝 벗어 양쪽 귀밑을 딱딱 치며,

"네 이놈, 정한담아! 너 아니면 내 가장이 죽었으며, 내 자식이 죽었겠느냐. 마음이 하해같이 넓은 우리 원수 네 몸을 전쟁터에서 베어 버렸다면 네 놈 고기 맛보지 못했을 텐데, 백성들에게 보이려고 산 채로 잡아 내어 오늘날 베는 까닭에 네 고기를 나눠다가 우리 남편 넋에 바쳐 한이 없도록 갚으리라."

한담을 능지처참하여 사지(四肢)를 나누어 놓으니, 장안의 온 백성들이 벌 떼같이 달려들어 갈갈이 찢어 올려 놓고, 간도 내어 씹어 보고 살도 베어 먹어 보며 유원수의 높은 덕을 수없이 칭송하였다.

각 도와 각 관을 돌아보고 최일귀와 정한담의 삼족을 다 멸한 후, 황제가 삼 층단에 올라 하늘에 제사를 올렸다. 그런 다음 주부 유심의 벼슬을 돋우어 금 자광록태부 대승상 연국공에 연왕을 봉하시어 만종록을 주시고, 옥새와 용포 에 통천관을 내렸다. 원수는 대사마 대장군 겸 승상 위국공에 봉하여 만종록

을 주시고, 형제 의를 맺어 충무후에 봉하였다. 그리고 남은 장수와 군사들에게 차례로 벼슬과 상을 내리니, 모두 다 태평천지를 기려 요임금 순임금이 다스리던 세상처럼 태평성대를 즐기는 듯하였다. 황제의 장수를 기원하고 원수의 덕을 칭송하는 소리가 천지를 진동하였다.

충렬이 강승상을 구해 내다. 유충렬과 유심 부자가 황제의 은덕에 감사하니, 황제가 위로하여 말하였다.

"그대의 숙소를 우선 정하여 약간을 공을 들였을 따름이다. 그대의 은혜를 갚으려면 살을 깎아 천만 번 봉양하여도 다 갚을 수가 없을 것이다."

이에 원수가 땅에 엎드려 아뢰었다.

"이제 아버지는 만났으나 어머니는 어디 가서 이런 줄을 모르는가? 옥문관으로 귀양간 강승상은 죽었는지 살았는지 가련하다. 강낭자는 천수중에 죽었으니 어디 가서 만나 볼까? 낭자가 부탁한 대로 옥문관에 찾아가서 강승상의 뼈나 거두어다가 묻어 주고, 회수에 가서 어머니 제사하고, 청수를 지나오면서 강낭자의 넋이나 위로한 다음에 다른 데로 장가가서 아버지께 영화나 보일까 합니다."

상이 이 말을 들으시고 슬픔에 젖어서 태후께 그 말씀을 전하였다. 태후는 강승상의 고모였다. 이 말을 듣고 슬피 눈물을 흘리시며 원수를 불러오게 하여 손을 잡고 울며 말하였다,

"강승상은 나의 조카다. 지금까지 살아 있을지 모르겠구나. 그대의 힘을 입어 내 몸은 살았으나, 친정 일가는 그 하나뿐이다. 살았거든 데려오고 죽었거든 백골이나 주워 오너라."

원수가 아뢰었다.

"저는 강승상의 사위입니다."

태후가 이 말을 듣고 매우 기뻐하며 말하였다.

"이게 웬 말인가. 영웅호걸 유충렬이 나의 충신인 줄만 알았더니, 나의 손녀

사위가 되었구나. 어서 가서 강승상의 생사를 알아보고, 그대의 어머니와 나의 손녀에게 제사를 드려 위로하고 급히 돌아오너라.”

원수가 황제와 부왕(父王)에게 작별 인사를 하고 대군을 거느려 바로 서번국을 향하여 갔다. 양관을 넘어 서편관으로 달려가 급히 격서를 써서 번국에 보내고 행군을 재촉하여 들어가니, 서천 삼십육도 군장들이 충렬의 재주를 들어 알고 놀라, 많은 금은보화를 수레에 싣고 옥새와 지도책을 손에 들고 와 항복문서를 써서 원수에게 바치고, 인끈을 목에 걸고 낱낱이 항복해 왔다. 이에 원수가 장대에 높이 앉아 군장을 잡아내어 일일이 죄를 따져 벌을 주고, 항서 삼십육장을 서로 이어서 장계를 급히 써서 남경으로 보냈다. 그런 후에 번왕을 불러 옥문관 소식을 묻고, 즉시 행군하였다. 옥문관에 이르러 슬픈 마음을 진정하고 성 안으로 들어가 수문장을 불러 황제의 공문을 보이며,

“유배 온 강승상이 어디 있느냐?”

하고 물으니, 수문장이 말하였다.

“강승상이 성중에 있었는데, 십여 일 전에 남적이 쳐들어와 강승상을 잡아내어 호국으로 갔습니다.”

원수가 이 말을 듣고 분한 마음이 다시 일어났다. 군사를 옥문관에 두고 수문장에게 단단히 타일렀다.

“내가 돌아올 때까지 군사들에게 음식을 주어 위로하며 착실하게 대접하고 있거라.”

하고, 필마단검으로 남쪽 하늘을 바라보며 구름을 헤쳐나는 듯이 달려갔다. 호국의 국경에 이르니 분노가 새롭게 치솟아 호국왕에게 편지를 보냈다.

이즈음에 가달왕은 남경에서 데려간 어여쁜 계집들을 좌우에 앉히고 갖은 풍악으로 날마다 즐기고 있었다. 하루는 가달왕을 따라온 도사가 마음이 산란하여 하늘의 기운을 살피니, 남경 도원수가 국경을 넘어오고 있었다. 도사가 놀라서 왕에게 급히 알렸다.

“남경 도원수가 국경에 이르렀으니, 어떻게 하면 좋겠습니까?”

　가달왕이 크게 놀라 문관과 무관 모든 신하들을 모아놓고 막을 방법을 의논하였다. 이 때 세 명의 대장이 백금투구에 흑운포를 입고 오른손에는 삼천 근 철퇴를, 왼손에는 구 척 장검을 들고 계단 아래에 엎드렸다.

　"소장은 번양 석장동에 사는 마철이며, 두 사람은 제 아우입니다. 남경 유충렬이 쳐들어 온단 말을 듣고 천 리를 멀다 하지 않고 왔으니, 소장을 선봉으로 삼으시면 충렬의 목을 베어 오겠습니다."

라고 아뢰었다. 모두 보니 신장이 십 척인데다 기골이 장대하였다. 가달왕이 크게 기뻐 마철을 선봉으로 삼고, 마응을 중군으로 삼고, 마학을 후군으로 삼아 정병 팔십만을 뽑아 석대산 아래 진을 친 다음, 도사와 문무백관을 거느리고 산에 올라 구경하였다.

　이 때 강승상은 감옥에 갇혀 있었다. 호왕이 강승상을 잡아와 가혹한 고문으로 강승상을 굴복시키려 하였으나, 강승상이 끝내 항복하지 않고 호왕을 꾸짖으니, 호왕이 크게 화가 나서 곧 죽이려고 하였다. 그런데 뜻밖에 유원수가 쳐들어오자 죽이지 못하고 옥에 가두었던 것이다. 강승상 곁에는 조낭자라는 계집이 있었는데, 호왕이 남경에서 끌고 온 계집들 가운데 한 명이었다. 조낭자는 되놈들에게 끝내 절개를 굽히지 않고, 항상 강승상 곁에 붙어 있으면서 밤마다 비바람을 맞아가며,

　"우리 나라 유원수께서 어서 오셔서 남적을 모두 물리치고, 우리를 구하여 부모님 얼굴을 다시 보게 하옵소서."

라며, 두 손을 모아 소원을 빌곤 하였다. 그러다가 호왕이 갑자기 강승상을 감옥에 가두자 함께 따라와서 밤낮으로 한탄하였다.

　이 때 원수가 필마단창으로 호국에 달려들어가 보니, 수많은 군사들이 석대산 아래 진을 치고 검술을 희롱하며 의기가 양양하였다. 원수가 순식간에 달려들어 적진을 향해,

　"네 이놈아, 가달왕아! 강승상을 해치지 마라."

하며, 벽력같은 소리를 천둥같이 지르고 적진 선봉을 헤치고 나아가니, 선봉

대장 마철이 맞서서 소리를 지르며 말을 타고 나와 대적하였다. 원수가 마철에 맞서 싸운 지 얼마 되지 않아 마철의 철퇴가 산산이 부서지고, 창검마저 땅에 떨어졌다. 마응과 마학이 제 형이 당해 내지 못할 줄 알고, 동시에 좌우 양쪽에서 달려들었다. 그러나 일광주와 용린갑은 천신이 손수 만들고 용궁의 조화가 깃들어 있으나, 화살이나 철탄이 단 한 개라도 꿰뚫을 수 있겠는가. 원수가 장성검을 번뜩이며 동편에서 마철의 머리를 베고, 중앙에서 마학의 머리를 벤 다음, 적진의 백만 대병을 순식간에 다 몰살하였다. 천사마를 급히 몰아 석대산 아래에 이르니, 호왕과 도사가 크게 놀라며 도망을 쳤다. 그러나 천사마 앞에 제비도 날지 못하는데, 하물며 사람이야 어떻게 달아날 수 있겠는가. 순식간에 달려들어 장성검으로 호왕을 내리치니, 통천관이 깨어지고 상투마저 없어졌다. 호왕이 놀라 땅에 엎드려 말하였다.

"이는 내 잘못이 아니라, 모두 다 옥관도사의 잘못입니다."

하니, 원수가 분한 중에 옥관도사란 말을 듣고,

"도사는 어디 있느냐?"

하고 호통을 쳤다. 호왕이 일어나 앉아 도사가 있는 곳을 가리켰다. 원수가 도사를 잡아내어 전후 죄목을 물은 후에,

"너를 이 곳에서 당장에 죽여 분을 풀고 싶다. 그러나 남경으로 잡아가서 황제와 우리 아버지께 산 채로 바친 후에 죽이리라."

하고, 두 손과 두 발을 끊어 수레에 싣고 성 안으로 들어가 호왕의 죄목을 따지고, 강승상은 어디에 있느냐고 물었다.

"옥에 가두었다."

하니, 감옥으로 달려가 옥문을 깨치고 승상을 불렀다. 승상과 낭자가 호왕이 죽이려는 알고 놀라서 기절하였다. 원수가 바삐 들어가 강승상에게 물었다.

"정신을 차리십시오. 소자는 회사정에 만났던 유충렬입니다. 명나라 도원수가 되어 남적을 모두 몰살하고 호왕과 도사를 사로잡아 이 곳에 왔습니다."

하니, 승상이 정신이 없는 중에도 충렬이란 말을 듣고 벌떡 일어나서 보니, 과

연 충렬이 분명하였다. 왈칵 달려들어 손을 잡고 통곡하니, 이 때 하던 말을 어떻게 다 헤아릴 수 있겠는가. 조낭자가 승상 곁에 앉았다가 원수한 말을 듣고, 앞으로 달려들어 말하였다.

"장군님이 어찌 알고 와서 죽은 사람을 살려내어 고국산천 다시 보고 부모 동생 다시 보게 하니, 이런 일이 또 있겠습니다. 황제님도 살아 계십니까?" 하니, 원수가 대답하고 집을 떠나 백룡사 부처승을 만나서 전쟁에서 쓰는 기구를 얻은 후에 남적을 몰살하고 온 이야기를 낱낱이 승상에게 전하니, 승상이 크게 기뻐하며 수없이 칭찬하였다.

원수가 조낭자의 전후 사정을 묻고 사례를 한 후에, 함께 대궐문으로 들어가 격서를 써서 토번국에 보내었다. 토번왕이 원수가 온다는 말을 듣고 놀라서 항서를 쓰고 채색 비단을 갖추어 사신을 가달로 보내었다. 원수가 사신에게 죄목을 따진 후, 달왕과 번왕의 항서와 함께 도사를 사로잡아 보내는 이유를 적어서 황제에게 올렸다.

예전에 가달왕에게 잡혀 온 어여쁜 계집들이 고국과 부모를 생각하며 밤낮으로 한탄하더니, 원수가 오는 것을 보고 넘어지거나 엎어지는 줄도 모르고 뛰어나와 전후좌우에서 원수에게 수없이 감사하며, 승상을 모시고 원수를 따라왔다. 원수가 준마 3만 필을 준비하여 이들을 낱낱이 다 태우고, 조낭자는 옥교에 태워 강승상을 곁에서 모시게 하고는 행군을 재촉하여 돌아왔다.

충렬이 어머니 장씨와 만나다. 여러 날 만에 회수에 도달하니, 원수의 한숨이 절로 났다. 전에 듣던 풍랑소리가 사람의 간장 다 녹이고, 전에 보던 좌우의 푸른 산이 장부의 한숨을 돋구었다.

원수가 어머니를 생각하여, 백사장에 내려가 가슴을 두드리며 그 동안의 원통한 사연을 자세히 기록하고 제물을 장만하여 제사를 올리기 위해 번양 회수로 들어갔다. 남만 오국에서 받은 채색 비단이며, 옥문관에 두고 갔던 군사와 호왕에게서 데려온 아름다운 계집들, 그리고 멀리 강승상을 모시고 옥교를 타고 오는 조낭자와 함께 군마를 다섯 열로 늘어 세워 행군하여 번양 성 안에 들어갔다. 그 영화 그 거동은 옛날 소진(蘇秦)*이 여섯 나라의 정승인을 허리에 차고 군수품을 전마와 기마에 싣고서 나열하여 낙양성 안으로 들어가는 듯, 당나라의 곽분양(郭汾陽)*이 양경을 회복하고 번양 땅의 왕이 되어 고향에 돌아온 듯, 각 도의 백성들이 앞뒤로 둘러싸여 있고, 모든 읍의 수령들이 좌우에 나열하였으며, 말을 모는 소리가 하늘 높이 치솟고 군사들이 행진하면서 외치는 소리가 멀리까지 진동하였다.

원수가 객사에 자리를 잡고 일을 주관하여 급히 번양 태수를 불러 천금을 내어주며 제물을 장만하게 하였다. 회수가 십 리 백사장에 희고 푸른 장막을 둘러치고 각 읍의 우두머리들이 시위한 가운데 고기, 생선, 채소 등 온갖 제물을 받들고 나왔다. 원수가 흰 옷에 흰 두건, 흰 띠, 흰 갓을 갖추어 입고 축문 한 장을 슬프게 지어 회수가로 나오고, 조낭자는 깨끗이 목욕하고 소복으로 단장하여 향로를 받들고 원수를 따라 나왔다.

남경 도원수가 회수에 빠져 죽은 어머니를 위하려 제사를 올린다는 말을 듣고 남녀노소 없이 원수의 공덕을 칭송하며, 그 얼굴을 보려고 쌍쌍이 짝을 지어 회수가 십리 뜰에 빈틈없이 둘러서서 구경하였다.

원수가 삼층단을 높이 쌓아 올린 제사지내는 곳으로 들어가 제단 위에 제물을 놓고, 조낭자가 향로를 받들어 제단 위에 올려놓은 다음, 낭자가 집사(執事)*되어 향을 피우고 나오니, 원수 통곡한 후에 무릎을 꿇고 축문을 읽었다.

유세차. 부경 17년 갑자 이월 갑인월 28일 신사년에 남경 도성문 안에 사는 불효자 유충렬은 어머니 장씨 앞에 예를 갖추어 지전(紙錢)*으로 바다 위의 외로운 넋을 위로하오니, 넋은 받으소서. 오호라! 우리 부모 나이가 인생의 반이

넘도록 한 명의 자식도 없었기에, 뱃속까지 사무치는 서러운 마음으로 남악산에 정성들여 천행으로 충렬을 낳아 애지중지 키워내어 영화를 보려 했더니, 간신의 모함을 받아 아버지가 만리 연경으로 귀양을 간지라. 충렬이 어머니만 모시고 있다가 화를 입고 달아나다가 이 물가에 이르렀더니, 난데없이 해상적이 사방에서 달려들어 우리 어머니 잃고 충렬이만 살아났나이다.

그 후 어머니께서 주신 옥함을 얻어 전장기계를 갖추어 도적을 물리치고, 정한담과 최일귀를 죽인 후에 황제를 구원하고, 만리 연경으로 귀양가신 아버님을 모셔다가 하늘의 은혜를 입어 연왕이 되어 만종록을 받게 하고, 남적을 소멸한 후에 강승상을 살려 내어 이 길로 오다가 어머니를 생각하여 이 곳에 들렀는데, 어머니는 어디 가고 충렬을 모르십니까.

호국에 갔던 아버지는 살아오고, 옥문관 갔던 강승상도 살아오고, 호국에 잡혀갔던 고국 사람들도 살아오고, 황후와 태후 귀중한 몸이 번국에 잡혔다가 충렬이가 살려왔는데, 어머니는 어디 가고 살아올 줄 모르십니까. 이번에 아버님께서 소자를 보내실 때 부탁하시기를, ‘번양 땅에 가 네 어머님을 찾아오라’ 하시었는데, 만경창파 깊은 물에 백골인들 찾을 수 있겠습니까. 어머님께서 옥함을 주실 때 수건에 쓴 글씨를 가져왔으니, 넋이나 와서 충렬을 만져 보신시오.

충렬은 명나라 대사마 도원수 겸 승상 위국공이 되고, 아버님은 금자광록대부 겸 대승상 연국공에 연왕이 되었으니, 이같은 만고 영화를 어디 가고 모르십니까. 우리 집에 불을 놓은 정한담을 사로잡아 전옥에 가두었다가 아버지를 모신 후에 아버지 앞에 무릎을 꿇리고 전후 죄목을 물어 그놈의 간을 내어 어머니님께 올려 제사를 지냈는데, 그런 사실을 아십니까? 충렬이 귀하게 된 것은 어머니의 혼령은 알련마는 언제 다시 만나볼까. 세상의 귀한 영화 나같은 이 없건마는 피 같은 이 내 눈물 어찌하여 솟아나는가. 어머님을 편히 모셔 늙어서 돌아가셨다면 이다지 고통스러울까.

만리 연경에서 남편을 잃고, 넓디넓은 바다에서 자식 잃고, 도적에게 핍박을 받아 물 속에서 외로운 넋이 되었으니, 천만 년이 지나간다고 한들 어머님같이 통탄스러운 사람이 있겠습니다. 혼령이 나오셨거든 이렇듯 상에 가득히 놓여 있는 맛있는 음식들을 흠향하고 돌아가서 뒤 세상에서나 다시 만나 서로 영원히 모자(母子)가 되어, 이 세상에서 다하지 못한 부모와 자식의 정을 다시 풀기를 바라나이다. 드릴 말씀은 무궁하나 눈물이 흘러 옷이 젖고 흉중이 답답하여 그만 그칩니다. 상향(尙饗)*

하며 우니, 그 소리가 용궁에 사무쳐 용왕이 눈물을 흘리고, 산천도 눈물을 머금었으며, 산신령도 슬픔에 젖었다.

이 때 흰 포장 안팎에서 구경하는 사람들이 원수가 축문을 읽으니 울지 않는 사람이 없었다. 쇠와 돌 같은 간장이 아니라면 누가 눈물을 흘리지 않을 것이며, 초목과 금수가 아니라면 어느 누가 울지 않겠는가. 좌우 관찰사와 수령들은 눈물을 뿌리고, 각 읍 군수와 현령들은 서로 보고 슬피 울었다. 그 중에도 홀아비와 과부, 고아와 자식 없는 늙은이 등 서러운 사람은 목놓아 우니, 그 소리가 강천에 사무쳐 해와 달이 빛을 잃고, 안개가 자욱하게 끼어 하늘이 흐느끼는 듯하였다.

원수가 제사를 끝낸 후에 온갖 음식을 많이 싸서 해상에 흩뿌리고, 성 안으로 들어와 군사들을 잘 먹인 다음 길을 떠났다. 길을 떠나면서 먼저 각 읍에 통문(通文)*을 보내고, 금릉성에 이르러 숙소를 정하고 쉬었다.

이 때 장부인이 활인동 이처사 집에서 세월을 보내고 있었다. 그러던 어느 날 남경에 난리가 났다는 말을 듣고 탄식하며 말하였다,

"어쩔 수 없다. 이제는 주부가 속절없이 죽겠구나. 우리 충렬이 살았으면 난을 평정하고 부모를 찾으련마는, 죽은 것이 분명하구나."

하고, 목놓아 울었다. 그런데 마침 이처사가 번양에 갔다가 명나라 도원수 유충렬이 회수에서 제사를 지낸다는 말을 듣고 백성들 틈에 끼어서 함께 구경하였다. 이처사는 원수가 축문 읽는 소리를 듣고 매우 놀라고 또 기뻐 급히 집으로 돌아와 장부인에게 전하였다.

"세상에 희한한 일도 있습니다. 마침 제가 오늘 번양에 갔다가 오는데, 남쪽 대로(大路)에서 수많은 군마가 들어오며 회수가로 모여들었습니다. 주위 사람들에게 물으니, 남경 도원수 유충렬이 어머니를 위하여 회수에서 제사를 지낸다고 하기에 백성들이 함께 구경하는데, 원수가 흰옷에 흰 관을 쓰고 수많은 제물을 차려놓고 축문을 읽으며 통곡하는 소리를 들으니, 틀림없이 부인의 아들이었습니다. 부인이 평소에 하시던 말씀을 낱낱이 그대로 하더군요."

부인이 이 말을 듣고 머리를 흩뜨리고 땅을 두드리며 말하였다,

"이게 웬 말이냐. 원수가 하던 말을 다시 한 번 해 보시게."

이처사가 대답하였다.

"앞뒤의 이야기가 이러저러했습니다."

부인이 이 말을 듣고 벌떡 일어서며 말하였다,

"어서 가세, 내 아들 충렬이 살아왔네. 옥함을 받았단 말이 웬 말인가."

부인이 통곡하며 가고자 하니, 이처사가 만류하며 말하였다,

"분명히 그러하다면 제가 먼서 그 사실을 알아보고 오겠습니다."

부인이 물었다.

"원수 나이가 얼마나 되며, 자기 외가는 누구 집이라 하던가?"

처사가 대답하였다,

"나이는 이십이요, 외가는 이부상서 장윤이라 했습니다."

부인이 말하였다.

"틀림없이 내 아들이구나. 내 아들이 아니면 어떻게 내 아버지에 대해 알겠는가. 급히 가서 알아보고 오시게."

이처사가 이리저리 뛰어 급히 금릉성으로 달려가서 군사를 불러 자기 명함

을 알렸다.

"만수산 활인동에 사는 이처사가 원수를 뵙고자 합니다."

원수가 놀라 들어 오라 하였다. 처사가 들어가 절하고 앉은 후에 원수의 공덕을 칭송하니, 원수가 사양하며 말하였다.

"이 모든 것이 다 황제의 덕입니다. 저에게 무슨 공이 있다고 하겠습니까. 그런데 제게 무슨 허물이 있어 누추한 이 곳에 힘들여 오셨습니까?"

처사가 대답하였다.

"분명하게 알고자 하는 일이 있어 왔습니다. 어제 회수가에서 상공이 읽었던 축문 내용이 분명한 사실입니까?"

원수가 이 말을 듣고 자연히 슬픔에 젖어서 눈물을 흘리며 대답하였다.

"그대가 왜 그것을 묻습니까? 그것은 분명한 사실입니다."

"분명히 그러하시다면 참으로 세상에 드문 일입니다. 유주부를 모셔 오셨다는데, 유주부는 나의 처숙입니다. 이전에 그런 말씀을 들은 일이 없습니까?"

원수가 크게 놀라 말하였다.

"돌아가신 분의 존엄한 이름을 부르기 미안하나, 옛날 한림학사 이학인과 어떻게 되십니까?"

처사가 말하였다,

"나의 아버지입니다."

원수 이 말을 듣고 처사의 손을 잡고 말하였다,

"존형(尊兄)*을 이 곳에 와서 만나볼 줄은 꿈에도 몰랐습니다."

처사도 그제서야 감격하여 아무런 생각이 없었다. 원수를 붙들고 슬픔에 젖어 말하였다,

"어머니를 가까이에 두고 어찌 찾을 줄을 모르는가?"

원수가 이 말을 듣고 정신이 아득하여 겨우 마음을 가라앉힌 후 처사를 붙

존형 : 같은 또래의 친구 사이에서 상대편을 높이어 부르는 말.

들고 말하였다.

"이게 웬 말인가? 나의 어머니가 근처에 있단 말이 도대체 무슨 말인가?"

처사가 원수를 위로하여 정신을 차리게 한 후에 말하였다.

"이런 일이 이 세상에 또 있을 수 있겠는가? 나를 따라가면 어머니를 만날 수 있을 걸세."

원수는 마음이 허공에 뜨는 듯하였다. 이리저리 뛰는 마음으로 처사를 따라가 순식간에 처사의 집에 도착하였다. 처사가 급히 들어가며 장부인을 불러 말하였다.

"처숙모는 어디 계십니까? 충렬을 데려 왔습니다."

이 때 부인이 처사를 보내고 소식을 알아올까 하여 한참 기다리던 차에, 뜻밖에 충렬을 데려왔단 말을 듣고 크게 놀라 숨을 쉬지도 못하고 기절하였다. 충렬이 달려가서 문 앞에 엎드리니, 부인이 처사의 도움으로 정신을 차린 후에 미친 듯 취한 듯 말하였다.

"네가 귀신이냐? 내 아들 충렬이냐? 내 아들 충렬은 틀림없이 회수에서 죽었거늘 어떻게 육신이 살아서 왔는가? 내 아들 충렬은 등에 삼태성이 표적으로 박혀 있으니라."

원수가 급히 옷을 벗고 곁에 앉으니, 과연 등에 삼태성이 뚜렷히 박혀 있고, 금으로 새겨긴 글자가 어제 본 듯 뚜렷하였다. 서로 붙들고 목놓아 통곡하니, 그 정이 만리 호국에서 아버지를 만날 때보다 두 배가 더 하였다. 뜻밖에 모자(母子)가 상봉하였으니 반갑고 슬픈 정을 어떻게 한 입으로 다 말할 수 있겠는가. 부인이 말하면 충렬이 울고, 충렬이 말하면 부인이 우니, 푸른 하늘의 해와 달이 빛을 잃고 산천초목도 다 슬퍼하였다.

발 없는 말이 천리를 간다더니, 회수에서 제사를 지내던 유충렬이 활인동에 사는 이처사 집에서 어머니를 만났다는 소식을 듣고, 각 읍의 관장과 금릉성 안에 사는 모든 백성들이 서로들 칭찬하여,

"이런 일이 만고에 처음이라. 어떤 부인은 팔자가 좋아 저런 아들을 두었는가."

하며 구경하였다.

이 때 강승상과 조낭자가 가마를 가지고 활인동에 들어가 부인에게 인사드리고, 부인을 모시고 돌아오니, 구경하는 여인들이 옥교를 잡고 부인에게 수없이 축하의 말을 전하였다. 부인의 덕을 칭송하는 소리에 산신령도 춤을 추고 강산도 또한 즐기니, 하물며 사람이야 무심할 수가 있겠는가. 부인이 낱낱이 위로하고 성중에 들어와 며칠을 즐기고 난 후, 활인동 입구에 세 길 높이의 돌비석을 세워 전후의 일을 다 기록하고, 이처사의 가족을 모두 다 거느리고 황성으로 향하였다. 서천 삼십육도의 사신과 남만 다섯 나라에서 바친 금은과 채단 만여 필을 앞세우고, 남경 인물들과 군사를 좌우에 나열하고, 각 도와 각 관의 방백과 수령들이 앞뒤로 호위하여 가며, 구경하는 사람조차 백 리를 이었으니, 그 웅장하고 화려한 행차는 지금까지 볼 수 없었던 것이었다.

원수가 어머니와 승상을 모시고 길을 떠나 영릉을 바라보고 행군하여 올라갔다. 한편으론 기쁘고 한편으로는 슬픈 마음에 한숨이 절로 났다. 어머니를 보고 승상을 보니, 남쪽 궁궐에서는 노래하고 북쪽 궁궐에서는 슬퍼하는 격이었다. 어머니는 옥교 안에서 기쁜 빛이 얼굴에 가득하여 온갖 근심이 때를 벗었고, 승상은 수레 위에서 한편으로 기뻐하면서도 처자를 생각하고는 슬픔에 젖어 얼굴에 수심이 가득하였다.

영릉으로 들어가니, 이 때는 봄 3월이었다. 하늘과 땅의 기운이 서로 합쳐져서 산에 가득하게 핀 울긋불긋한 꽃들이 온갖 풀들과 일 년에 한 번 다시 만나 봄 기운을 다투고, 제비는 지저귀면서 사람 사는 집에 찾아들었다. 나비는 훨훨 날아 꽃 사이를 오가고, 나무마다 숲을 이루어 가지가지 봄빛이었다. 태평성대를 만난 백성, 젊은 소년과 아름다운 미인은 쌍쌍이 짝을 지었다. 삼삼오오 떼를 지어 나들이하는 사람들은 배꽃 복숭아꽃 꺾어들고 향산곡으로 돌아들어 꽃으로 전을 부쳐 먹으며 즐기고, 봄기운을 못 이겨 쌍쌍이 마주보고 춤을 추며 유원수의 덕을 칭송하니, 그 노래 소리 흥겨웠다.

하늘의 운이 순환하여 명나라이 밝았으니, 세상의 어진 영웅이 누구의 집에서 나왔단 말인가. 동성문 다리 안이 유상공의 집이로다. 역적이 때를 모르고 뽕나무 활을 매니* 원수가 지닌 칼이 온 세상에 밝았도다. 승전곡 한 소리에 모든 도적들을 다 몰아내어 천하가 태평하네. 호국에서 죽은 임금과 어버이 살아서 고향으로 돌아오고, 민가에 있는 처녀들이 부모와 함께 즐거워하네. 우리 어진 임금 덕이 높아 온통 봄빛이 물든 좋은 시절에 온갖 꽃들이 활짝 피었으니, 화전(花煎)* 하는 백성들은 누구나 그 덕을 기리네. 우리 유원수 부모를 만났으니 아들딸을 많이 나십시오.

영릉은 강승상이 살던 곳이다. 원수가 강낭자를 생각하며 영릉성 안으로 들어오니, 슬픈 마음을 어찌 다 헤아릴 수 있겠는가. 객사에 숙소를 정하고, 월계촌 소식을 알고자 하여 사오 일을 계속 머물러 있었다.

충렬이 강낭자와 다시 만나다. 이 때 강낭자가 어머니와 함께 목숨을 도망하여 청수가에 오다가 어머니는 청수에 빠져 죽고, 낭자는 영릉 고을 관비에게 잡혀 와 있었다. 천한 노비가 하는 일이 옛날이나 지금이나 다를 수 있겠는가. 온갖 수단과 방법을 가리지 않고 설득하여 낭자를 수양딸로 산은 후에 절개를 굽혀 대수에게 수정을 들게 하려고 수없이 괴롭혔다. 그러나 얼음과 눈 같은 낭자의 맑은 절개가 어떻게 한순간에 변하겠는가? 해와 달같이 밝은 그 마음이 곤궁하다고 변하겠는가. 이 꾀로 피하고 저 꾀로 피하다가 관장에게 욕도 보고 관비에게 매도 많이 맞았으니, 가련한 그 모습을 차마 눈뜨고 보기 어려웠다.

본래 관비에게 딸이 하나 있었다. 제 몸은 미천하나 마음이 어질어 항상 강낭자를 불쌍하게 여기고 그 절개를 칭찬하였다. 관비가 낭자를 학대할 때마다 옆에서 말리고 낭자를 대신하여 매번 몸을 바꿔 제가 수청하고 낭자는 구하여 살렸다.

이 때 유원수가 동헌(東軒)*에 머물며 사오 일 지내는데, 관비가 생각하였다.

'유원수는 호걸이고, 낭자는 미인이다. 이런 때를 당하여 수청(守廳)*을 들이면 원수가 혹한 마음에 천만 냥을 아끼겠는가?'

관비가 급히 들어가 행수(行首)*를 찾아 뵙고, 이 날 밤에 낭자를 보내고자 하였다. 마침 저의 딸 연심이 이 기미를 알아채고 낭자에게 말하였다.

"오늘밤에 변을 만날 것이니, 그대는 사양하지 말고 들어가라. 그러면 내가 길 중간에 있다가 대신 들어갈 것이니, 그리 알고 있으라."

과연 그 날 밤에 관비가 낭자를 데리고 구경가자 하며 동헌으로 갔다. 낭자가 웃으며 말하였다.

"이제는 염려 말고 나가라. 원수의 수청이야 어찌 사양을 하리오."

하니, 관비가 매우 기뻐하며 말하였다.

"네 몸이 과연 높다. 이 고을 관장이 수없이 갈렸으나 끝내 허락하지 않더니, 남경 대사마 도원수 겸 대승상 위국공의 수청은 사양치 아니하니 우선은 인물이 잘나고 볼 것이다. 마음도 높고 소원도 높구나. 나도 젊어서는 좋은 시절이 있었으니, 월계촌 강승상이 하남 절도사로 와 계실 때 가장 아름다운 계집 삼백여 명 중에서 나 혼자 수청 들어 금은보화를 많이 받았는데, 세월이 원수로다."

이렇듯이 비아냥거리고 나갔다. 연심이 제 어머니가 나가는 것을 보고 낭자를 내보낸 후에 제가 대신 들어갔다.

이 때 원수가 등촉을 밝히고 낭자를 생각하며 비단 주머니를 끌러놓고 낭자

의 글을 보니, 한숨이 절로 나서 한 글자를 볼 때마다 슬퍼하였다.

'자정에 밝은 달이 꽃가지를 비추는 듯. 빈 산의 두견새야 울지 마라. 너는 누구를 생각하여 장부의 간장을 다 녹이느냐. 낭자는 어디 가고 속절없는 두 구절만 비단 주머니 속에 들었느냐. '여관 쓸쓸한 등불에 잠 못 이루니, 나그네 마음 무슨 일로 더욱 처연한가'는 나를 두고 말한 것이며, '해는 장사에 지고 가을빛 먼데, 어느 곳에서 상군을 조상할 수 있을지'는 낭자를 만나볼 길이 없음을 뜻하였구나.

옛날 사마장경(司馬長卿)*은 어린 시절에 어렵게 살다가 문장과 부귀를 아울러 갖추어 고향으로 돌아왔다. 그 아내 탁문군(卓文君)*이 바삐 문 밖으로 나와 손을 잡고 들어가고, 낙양땅 소진이는 더덕더덕 기운 옷을 입고 근근히 지내다가 여섯 나라의 정승 도장을 차고 고향에 돌아왔다. 그러자 그 아내가 허둥지둥 뛰어나와 인도하여 들어갔다. 유충렬은 어려서 부모를 잃고 수없이 죽을 뻔하다가 겨울 살아나서 도원수 대승상이 되고, 머나먼 타국에서 승전하여 고향에 돌아왔다. 그런데 청수에서 죽은 낭자를 어떻게 맞이할 것이며, 성성하게 머리가 흰 강승상을 무엇이라 위로할 것인가?

이렇듯이 한탄하고 그 밤을 지내었다.

이 때 낭자가 연심을 대신 보내고 침실에 돌아와 원수를 생각히며 잠 못 이룬 재 홀로 탄식하였다.

"세상에 이상한 일도 있구나. 원수의 성명을 들으니 나의 낭군과 성도 같고 이름도 같구나. 낭군이 분명할 것 같으면 마땅히 월계촌으로 들어가 우리 집의 소식을 물었을 텐데, 월계촌에 가지 않으니 답답하고 원통하다. 연심이 어서 나오면 사실을 알아보리라."

낭자가 근심에 쌓여 잠을 이루지 못하고, 비단 주머니를 끌러 낭군이 주었

사마장경 : 사마상여. 중국 한나라의 문인. 한무제 때 서남이와의 외교에 공이 컸음. 중국 고전문에 능하여 문인의 모
　범이 되었음.
탁문군 : 한나라 촉군의 부호 탁왕손의 딸. 과부로 사마상여의 아내가 되었음.

던 글을 보면서 한 글을 대할 때마다 눈물을 흘리며 홀로 중얼거렸다.

"저승에서 만나자고 말씀하시더니, 모진 내 목숨은 살아나고 낭군은 죽었도다. 살아 있기만 한다면 명나라 도원수가 될 사람은 나의 낭군밖에 없는데, 몰라보니 답답하다."

이튿날 연심이 나오다가 제 어머니를 만나니, 관비가 그 기미를 알고 몹시 화가 나서 원수께 아뢰어 낭자와 연심이를 죽일 마음으로 급히 들어가 알렸다.

"소인의 딸이 얼굴이 미인이요, 태도가 고운 까닭에 상공께 수청을 보냈는데, 제 몸은 피하고 다른 년이 대신 들어갔으니, 두 년의 죄를 처벌하옵소서."

원수가 크게 화를 내며,

"대신 온 년을 잡아들여라."

하였다. 연심이 잡혀 들어가 섬돌 아래 엎드리니, 원수가 물었다.

"너는 무슨 욕심으로 남 대신하기를 잘 하느냐? 죽을 때도 대신 갈 것이냐?"

연심이 말하였다.

"소녀는 비록 천한 종이나 평소 절개를 지키는 사람을 불쌍하게 생각해 왔습니다. 그런데 몇 년 전에 어머니가 외촌에 갔다가 어떠한 여자를 데려와 수양딸로 삼고, 고을 수령이 새로 부임할 때마다 수청을 들이고자 하였습니다. 그러나 그 여자의 굳은 절개가 맑은 하늘에 떠 있는 해와 달 같고, 추운 겨울에 촛불같이 변할 길이 없는 까닭에 소녀가 매번 구제하였지요. 마침 대상공이 행차하심에 그 여자를 돕고자 대신 들어간 것이니 처벌하소서."

원수가 이 말을 듣고 마음이 저절로 슬픔에 젖어서 의심이 났다. 그래서 다시 물었다.

"그 여자의 성명이 무엇이며, 절개가 있다 하니 누구의 집 여자냐?"

연심이 대답하였다.

"소녀가 그 여자와 사오 년을 함께 살았으나, 끝내 성명도 모른다 하고 뉘 집이란 말도 하지 않았습니다."

원수가 이상하게 생각하여,

"분명히 그러하다면 빨리 모시고 들어오너라."

고 명령하였다.

이 때 낭자가 연심이 잡혀갔다는 말을 듣고 신세를 한탄하고 있는데, 뜻밖에 관비 십여 명이 나와 잡아다가 섬돌 아래 무릎을 꿇리었다. 원수가 창문을 열고 낭자의 얼굴을 보니 어디서 본 듯하여 마음이 저절로 쓸쓸해졌다. 자세히 보니, 의상은 남루하나 기품과 태도가 기생과는 전혀 어울리지 않았으며, 천한 사람의 자식이라는 것이 아까웠다. 원수가 소리를 나직이 하여 낭자에게 말하였다.

"거동을 보니 천인의 자식이 아니요, 여자의 말을 들으니 수절을 한다 하는데, 낭자는 누구이며 어느 집 자식으로 젊은 나이에 수절을 하는가? 또 무슨 일로 관비의 양녀가 되어 이렇게 되었는가? 조금도 속이지 말고 나에게 사실대로 말하여라. 내가 알아볼 일이 있느니라. 상세하게 말을 하도록 해라."

낭자가 섬돌 아래 엎드려 원수의 말을 들으니, 이별할 때 하던 말이 두 귀에 쟁쟁하며, 그 소리가 낭군의 목소리와 조금도 다름이 없었다. 낭자가 예전에는 도망하여 왔기에 성명과 사는 곳을 속여 왔으니, 마음이 자연히 슬픔에 젖어서 진정으로 말하였다.

"소녀는 다른 사람이 아니라 이 곳 월계촌에 사는 강승상이 무남독녀입니다. 아버지가 만리 연경에 귀양간 유주부를 위하여 상소하였는데, 대역적 정한담이 충신을 모함하여 승상을 옥문과에 귀양 보내고, 소녀의 모녀를 잡아 노비를 삼으려고 금부도사를 보냈습니다. 금부도사가 와서 잡아갈 때 야간에 청수로 도주하여 어머니는 물에 빠져 죽었습니다. 소녀도 죽으려 했는데, 영릉 관비가 외촌에 갔다가 오는 길에 제 집으로 데려와 험악하게 굴기가 이를 데가 없었으나, 연심이의 도움에 의지하여 지금까지 살아왔습니다. 이제 원수께 이 말을 고하였으니, 소녀는 어쩔 수 없이 자결하고자 합니다."

원수가 이 말을 듣고 땅에 뛰어내려 서며 말하였다.

"이게 웬 일인가? 영릉 태수를 바삐 불러 강승상을 모시고 오라."

이 때 강승상이 처자를 생각하여 잠을 이루지 못하고 몸이 피곤하여 졸고 있다가, 뜻밖에 원수가 오시란 말에 놀라 들어오니, 원수가 말하였다.

"이게 강낭자 아닙니까? 강낭자가 살아왔습니다."

승상이 이 말을 듣고 정신이 아득하여 온 세상이 캄캄하였다. 원수가 이별할 때 주고받던 신표를 내어놓고 서로 살펴보니, 조금도 의심할 것이 없었다. 승상이 낭자의 목을 끌어안고 구르며 말하였다.

"내 딸 경화야. 청수에 죽었다더니 넋이 살아왔느냐? 꿈이냐 생시냐. 너의 낭군 유충렬이 왔다는 소식 듣고 찾아왔느냐? 우리 집이 연못이 되어 푸르른 수양버들 가지만 칭칭 늘어진 채 빈 터만 남았으니, 슬픈 마음을 어찌 다 진정하겠느냐?"

원수가 낭자에게 한 말이며, 그 동안의 마음속에 간직했던 세세한 정담(情談)*을 어찌 다 기록할 수 있겠는가.

유충렬이 부귀영화를 누리게 되다. 이 때 장부인이 동헌 안채에 있다가 이 기별을 듣고 급히 나왔다. 낭자가 시어머니에게 예의를 갖추어 안부 인사를 드리고 살아난 이야기를 상세하게 말하니, 장부인이 손을 잡고 말하였다.

"세상 사람이 고생이 많다 하나 우리 고부 같겠느냐."

이 때 낭자를 데려간 관비가 넋이 하늘로 올라가고 간장이 녹는 듯하였다. 원수가 동헌에 높이 앉아 관비를 잡아들여 죄를 따져 말하였다.

"너 같은 천한 기생년이 사람을 알아보겠느냐. 너를 죽이는 것이 마땅하지만 청수에 가서 낭자를 구한 일이 있기에 풀어 주니 덕인 줄 알라."

하고, 연심을 불러 칭찬하고 보내려 하니, 낭자가 곁에 앉아 있다가 말하였다.

"연심은 나의 백년 은인입니다. 일시적인 사례만 할 것이 아니라 평생을 함

정담 : 다정한 이야기.

께 지내고자 하니 황성으로 데려가십시다.”

원수가 그 말을 옳게 여겨 연심을 불러,

“부인을 착실히 모시라.”

하니, 연심이 황공해하였다.

원수가 앞뒤의 사연을 낱낱이 기록하여 황제께 올리고 길을 떠났다. 이 때 강낭자와 조낭자가 가마를 타고 금덩*에 탄 장부인을 좌우에서 모시고, 다섯 나라의 사신들이 수레에 탄 강승상을 둘러싸 보호하였는데, 원수는 일광주와 용린갑에 장성검을 들고 대완마상에 높이 앉아 오마대로 행군하여 천천히 나왔다. 그 거동과 영화는 세상에 처음이었다.

게양역을 지나 청수가에 다다르니, 이 곳은 소부인이 죽은 곳이었다. 원수가 승상을 위하여 급히 영릉 태수를 불러 제물을 장만하게 한 후, 승상을 제주로 삼고, 조낭자는 집사가 되고, 원수는 축관(祝官)*되어 축문을 읽으니, 슬퍼 통곡하는 말이 회수에서 어머니에게 제사를 올릴 때와 다름없었다.

제사를 마친 후 황성으로 올라올 때, 황제와 황태후며, 연왕과 조정 신하들이 충렬을 가달국에 보내고 장부인 찾아오기를 간절히 고대하면서 밤낮으로 한탄하더니, 뜻밖에 원수가 올린 글을 보고 매우 즐거워하였다. 장안의 백성들 또한 이 말을 듣고 가가 자식을 만나 보려고 서둘러 나섰다.

황제와 태후와 연왕이 백 리 밖에 나와 원수를 맞이하면서 보니, 오국의 사신들이 선봉이 되어, 서천 삼십육도와 남만 오국에서 보낸 금은과 비단, 기이한 과일 등의 예물과 아름다운 계집들이 차례로 말을 타고 낭자하게 들어왔다. 그 가운데 금덩과 옥교가 떠오는데 강낭자는 왼편에, 조낭자는 오른편에 있었다. 좌우에 푸른 깃발들이 늘어져 있고, 수놓은 비단으로 만든 양산대가 하늘 높이 솟았다. 강승상이 수레 위에 높이 앉아 있고, 앞뒤에 군사들이 나열하여 강승상의 수레를 둘러싸고 오는데, 열 길이나 되는 붉은 깃털이 달린 깃

금덩 : 공주나 옹주가 타던 가마.
축관 : 왕조 때, 종묘사직 및 문묘의 제사 때 축문을 읽던 임시 벼슬.

발을 한가운데 세워 두고, 용과 봉황이 그려진 대장기를 비롯하여 갖가지 깃발과 창검을 든 삼천 병마가 앞뒤로 대열을 짓고 승전고와 행군하는 북을 울리면서 오니, 원근 산천이 진동을 하였다. 도원수는 일광주와 용린갑에 장성검을 높이 들었으며, 천사마를 타고 누런 용 같은 수염을 드리우고, 봉의 눈을 반쯤만 떠서 군사를 재촉하였다. 웅장한 행군의 모습은 대단한 장관을 이루고, 훗날에도 이에 대해 전할 만하였다.

이 때 장안의 온 백성들이 남적에게 잡혀갔던 며느리며 딸이며 동생들이 본국으로 돌아온다는 말을 듣고, 호산대 십리 뜰에 빈틈없이 마중 나와서 서로 손과 치마를 부여잡고 못내 그리던 마음에 즐거워하였다. 이들의 울음소리와 웃음소리가 공중에 뒤섞이어 호산대가 떠나갈 듯했으며, 원수와 장부인을 축하하는 소리가 이리저리에서 나와 요란하였다.

금산성에 이르러 황제와 황태후가 가마에서 바삐 내려 나왔다. 원수가 갑옷과 투구를 갖추고 군사의 예로서 황제께 인사를 올리니, 황제와 태후가 원수의 손을 잡고 축하하며 말하였다.

"과인의 가족들을 만리 타국에 보내고 밤낮으로 염려하였는데, 이렇듯이 무사히 돌아오니 즐거운 마음을 어찌 다 말로 하겠는가? 회수에서 죽은 어머니를 데려온다 하니 세상에 없는 일이며, 옥문과의 강승상과 청수에 죽은 강낭자를 살려오니 오래도록 드문 일일 것이다. 그대의 은혜는 죽어도 잊기 어렵다. 입이 열 개라도 어떻게 그 말을 다 하리오."

황태후가 원수를 축하한 후에 강승상을 부르시니, 승상이 바삐 들어와 땅에 엎드렸다. 황태후가 승상을 보고 하는 말이야 어찌 말로 다 표현할 수 있겠는가. 황제가 내려와 승상의 손을 잡고 위로하며 말하였다.

"과인이 현명하지 못하여 역적의 말을 듣고 충신을 먼 지방으로 귀양을 보냈으니, 무슨 면목으로 경을 만나겠는가? 그러나 이미 지나간 일이니 잘잘못을 따지지 말기 바라오."

이 때 연왕이 다른 처소에 있다가 장부인이 금덩을 타고 오는 것을 보고 마음이 공중에 떠서 충렬이 나오기를 기다렸다. 원수가 황제 앞에서 물러 나와 부왕 앞에 엎드려 아뢰었다.

"불효자 충렬이 남적을 소멸하고 오는 길에 회수에 와 제사를 지내다가 하늘의 도움으로 어머니를 만나 모시고 왔습니다."

하니, 연왕이 반가움을 이기지 못하여 말하였다.

"네 어미가 어디 오느냐?"

이 때 장부인이 이미 휘장 밖에 있다가 주부의 말소리를 듣고 반가운 마음을 어찌하지 못하고 미친 듯 취한 듯이 들어가니, 연왕이 부인을 붙들고 말하였다.

"그대가 분명 장상서의 따님인가? 멀고 먼 황천길에 죽은 사람도 살아오는 법 있는가? 회수의 넓고 푸른 물 속에 빠져 백골이 되었을 때 어떤 사람이 살려 주었는가? 뉘 집 자손이 모셔 왔느냐? 충렬아! 네가 분명 살려서 모셔 왔느냐? 북방 천리만리 호국에 잡히어 죽게 된 유주부가 10년 전 만경창파 회수에서 잃은 장씨와 다시 만나 즐기고, 일곱 살짜리 자식을 환란 중에 잃었다가 이렇듯이 다시 만나 영화를 볼 줄이야 꿈 속에서나 생각할 수 있었겠는가."

장부인이 석장동 마철의 집에 잡혀 갔던 일과 옥함을 가지고 밤중에 도망하여 노파의 집에서 화를 만났던 일, 옥함을 물에 넣고 죽으려 하다가 활인동 이처사 집에 살아난 일을 낱낱이 이야기하며 기뻐하니, 그 질질한 사성을 어떻게 다 말할 수 있겠는가?

원수 곁에 앉았다가 말하였다.

"소자가 가달국에 갔을 때 적진 선봉이 마철의 삼형제라. 한 칼에 베어 원수를 갚았습니다."

하니, 연왕과 부인이 못내 즐거워하였다.

황제를 모시고 성 안으로 들어가니 조정의 모든 신하들이 자식을 만나게 된 것을 보고 축하하면서 인사하니, 그 말을 어찌 다 기록하겠는가?

이 때 황후가 장부인과 강낭자를 들어오게 하여 그 간의 겪었던 일들을 낱낱이 전해 듣고서, 서로 울며 수없이 축하하였다.

이 때 원수가 황제와 부왕을 모시어 황극전에 자리잡아 앉아 오국 사신들의 예를 받고 죄목을 따져서 물은 후에, 옥관도사를 잡아들여 섬돌 아래 무릎을 꿇리고 말하였다.

"간사한 도사놈아. 네가 천지조화의 재주를 배워 정한담을 가르치더니, 신기한 영웅이 황성 안에 있는 것은 알고, 광덕산에서 살아나서 너 죽일 줄은 몰랐더냐? 네가 예전에 정한담에게 이르기를, '천 년 만에 한 번 온 기회다. 급히 공격하여 때를 잃지 말아라' 하더니, 어찌 조그만 유충렬을 못 잡아서 너희 놈들이 먼저 다 죽게 되었느냐?"

하니, 도사가 물었다.

"전쟁에서 패한 장수는 용맹을 말할 수 없다고 하니 무슨 말씀을 하겠습니까만은, 이렇게 된 것은 모두 다 천명입니다. 소인이 신기한 술법을 배워 전장에 나올 때, 사해의 신기한 장수를 비롯하여 명나라 강산의 신령과 온갖 귀신 및 도깨비의 정령, 물고기 머리에 귀신 얼굴을 가진 귀졸 등, 천지가 열린 이후의 신장과 귀졸들을 모두 다 불어내어 지위간에 넣어 두고, 변화가 무궁하여 하늘로 오르고 땅속으로 들어가며, 산을 이루고 바다를 만들었습니다. 그런데 그 중에 유독 서해 광덕산 백룡사에 있는 노승과 남해 형산의 화선관이 소인의 명령을 쫓지 아니하기에 이상하게 생각하고 있었습니다. 그런데 지난날 원수와 싸우면서 그 병법을 보니, 갑옷과 투구, 창검도 하늘의 조화이며, 백룡사 노승은 원수의 오른쪽에서 둘러싸고 남악 형산의 화선관은 왼쪽에서 시위하고 있으니, 소인인들 어떻게 할 수가 있었겠습니까? 이리 될 줄을 알았으나, 이미 사람의 힘으로는 어찌할 도리가 없어 되어 가는 대로 맡겨 두었던 것입니다. 죽은들 무슨 한이 있겠습니까?"

원수가 마음속으로 그놈의 지조에 탄복하였으나 군사들을 재촉하여 장안의 저자거리에서 처형하고, 오국의 사신을 각각 돌려보냈다.

그 후 황제가 황성 동문 밖에 있는 집들을 다 헐어 별궁을 지어 원수가 살 수 있게 하고, 각각의 벼슬을 높여 주셨다. 산동의 육국에서 들어오는 결총(結

總)*은 모두 다 연왕이 부치게 하고, 원수에게는 남평과 여원 두 나라의 옥새를 주어 남만과 오국이 바치는 녹(祿)을 모두 차지하도록 하였다. 또 대사마 대장군 겸 승상으로 임명하여 나라 안의 모든 일 다 맡겨 슬하를 떠나지 못하게 하였다. 그리고 장부인을 정렬부인 겸 동궁야후에 연국왕후로 봉하여 경양궁에 살게 하고, 강승상에게는 달왕의 직첩을 주어 빈사(賓師)* 지위에 있게 했다. 강부인을 정숙부인 겸 동국후 언성왕후를 봉하여 시녀 삼백을 강승상의 호위대장으로 삼아 봉황궁에 살게 했다. 활인동의 처사로 하여금 간의태부 도훈관에 이부상서를 겸하여 육조(六曹)*를 다스리게 했다. 영릉 관비 연심에게는 남평왕 후궁에 봉하여 인성왕후 직첩을 주어 봉황궁에서 강부인을 모시게 하고, 나머지 여러 장수들에게도 차례로 벼슬을 돋우어 주었다.

이 때 남국에 잡혀가 강승상을 부모같이 섬기던 여자는 다른 사람이 아니라, 술 한 잔을 받아들고 스스로 원수에게 예를 올리던 노인의 딸이었다. 그 노인을 불러 서로 만나 보게 한 후에, 조낭자를 남평왕의 우부인에 봉하고, 그 오라비를 총융대장으로 삼아 그 아비를 봉양하게 하니, 온 백성들이 그 덕을 칭송하는 소리가 천지를 진동하였다. 이것이 바로 태평성대였다. ✿

결총 : 토지 면적을 표시하던 단위인 결, 짐, 뭇 등을 통틀어 결복이라 하며, 이것의 총 수를 결총이라 함.
빈사 : 높은 사람에게 손님으로 대접을 받는 사람.
육조 : 나라일을 맡아 하던 여섯 개의 중앙 관청. 즉 이조 · 호조 · 예조 · 병조 · 형조 · 공조 등을 통틀어 일컬음.

갈래 | 한글 소설, 창작 군담 소설, 영웅 소설
성격 | 영웅 일대기적, 비현실적
연대 | 조선 후기
배경 | 시간적-중국 명나라 영종 때
　　　공간적-중국 명나라 조정과 중국 대륙
시점 | 전지적 작가 시점
주제 | 유충렬의 일시적인 고난의 극복과 영웅적인 행동으로 나
　　　라와 가문을 구하고 부귀공명을 누림

구성과 내용

❶ 발단 | 충렬의 탄생 – 명나라 개국 공신의 후손 유심과 부인 장씨는 오래도록 자
식이 없어 근심하다가 남악 형산에 가서 치성을 드리고 신비한 태몽을 꾼
다음 아들 충렬을 낳는다.

❷ 전개 | 충렬의 고난 – 이 때 역심을 품은 조정의 신하 정한담과 최일귀 등은 유심
을 모함하여 귀양을 보내고, 그의 가족마저 죽이려고 한다. 그러나 충렬은
하늘의 도움으로 위기에서 벗어나 고난을 겪다가 아버지의 친구인 강희주
를 만나 그의 사위가 된다. 강희주는 유심의 누명을 벗기려다 오히려 귀양
을 가게 되고, 그의 가족은 뿔뿔이 흩어진다. 충렬은 강낭자와 이별하고
백룡사의 노승을 만나 무예를 배우며 때를 기다린다.

❸ 위기 | 한담의 반역 – 이 때 남쪽의 오랑캐와 북쪽의 오랑캐가 반기를 들고 명나
라에 쳐들어오자, 정한담은 남쪽 오랑캐에게 항복하고 오히려 선봉장이 되
어 황제를 공격한다.

❹ 절정 | 충렬의 승리 – 황제가 정한담에게 항복하려 할 즈음, 충렬이 등장하여 혼
자서 적군의 선봉장 정문걸을 죽이고 황제를 구출한다. 그리고 호왕에게
잡혀간 황후와 태자, 태후를 구하고 아버지 유심과 장인 강희주도 구한다.

❺ 결말 | 충렬의 부귀영화 – 충렬은 헤어졌던 어머니와 아내를 되찾고, 정한담 일
파를 물리친 뒤 높은 벼슬에 올라서 부귀영화를 누린다.

작품 줄거리

명나라 영종 황제 때 나라가 점점 약해져 밖으로는 외적들이 계속 침입해 오고 안으로는 간신들이 반역을 하려고 호시탐탐 기회를 노린다. 이 때 유심이라는 관리가 있었다. 유심은 오랫동안 자식이 없어 부인 장씨와 함께 남악에 있는 형산에 올라가 7일 동안 기도를 드린다. 그러자 장씨한테 태기가 있어 아들 충렬을 낳게 된다. 충렬은 어릴 때부터 영웅의 모습을 보인다. 7살이 되었을 때에는 이미 배워야 할 모든 책들을 다 읽고 병법(兵法)에 관한 책을 모두 익힌다. 유심과 장씨는 이런 충렬을 매우 기특하게 여기며 극진히 사랑한다.

그런데 조정의 도청대장 정한담과 병부상서 최일귀가 반역을 꾀한다. 유심은 간신들의 음모를 눈치채고 황제에게 이 사실을 알린다. 그러나 오히려 간신들의 모략으로 변방으로 유배를 가게 된다. 유심은 충렬에게 칼을 주고 눈물을 흘리며 귀양지로 떠난다.

유심을 귀양지로 보낸 간신들은 충렬이 성장하여 아버지의 복수를 할 것을 두려워하여 후환을 없애기로 작정한다. 그래서 충렬과 장씨를 죽이려고 충렬의 집 주위에 화약과 염초로 불을 지를 흉계를 꾸민다. 이 날 밤 장씨는 앞날이 걱정되어 뒤척이다가 잠시 잠이 든다. 꿈에 한 도사가 나타나 큰 부채를 주면서 집에서 불이 나면 이것으로 살 길을 찾으라는 말을 하고는 사라진다.

밤이 깊어지자 과연 집에서 큰불이 난다. 장씨와 충렬은 곧장 불 속에서 뛰쳐나와 부채를 흔들며 담장 밑을 지나 수채 구멍으로 빠져 밖으로 나온다. 정한담과 최일귀는 두 모자가 불에 타 죽었을 것이라고 생각하고 도사를 찾아가 일을 저질러도 되겠는가 하고 묻는다. 그러자 도사는 장씨와 충렬이 살아 있다며, 그들이 있는 곳을 가르쳐 준다. 간신들은 자객을 보내어 두 모자를 죽이라고 한다.

간신들이 보낸 자객 마철은 충렬을 물에 내던지고 장씨를 자기 소굴로 끌고 가서 자신의 아내가 될 것을 강요한다. 장씨는 혹시 나중에 아들을 만날 수 있지 않을까 하는 생각으로 아버지의 제삿날이 얼마 남지 않았으니 그 이후에 결혼을 하겠다고 마철을 속인다. 마철은 이 말을 믿고 제사 준비를 해 준다. 그러나 장씨는 기회를 틈타 마철의 소굴에서 도망쳐 나와 남해용왕의 딸에게 도움을 받고, 금릉에 사는 친척인 이처사의 집에 머무르게 된다.

한편 회수에서 물에 빠진 충렬은 죽기 직전에 남경으로 장사 다니는 장삿배를 만나 목숨을 구한다. 그 후 충렬은 거지가 되어 밥을 빌어먹으면서 이러저리 떠돌아다니다가 우연히 멱라수에 이르러 아버지 유심이 귀양갈 때 쓴 이별의 시를 발견하고 슬픔에 이기지 못하여 자신도 물에 빠져 죽으려 한다. 그러나 충렬은 여기서 간신들의 음해로 고향에 내려와 있던 아버지의 친구 강승상을 만나 그 집에 머무르게 된다.

강승상은 자신의 무남독녀 외동딸을 충렬과 결혼시킨다. 그리고 유심이 억울하게 유배가던 도중에 죽었다는 이야기를 듣고 분함을 참지 못하여 황성으로 올라가 황제에게 정한담 일당을 벌하라는 상소문을 올린다. 그러나 정한담과 최일귀가 먼저 이 상소문을 보고 오히려 강승상을 역적이라고 모함한다. 황제는 강승상과 가족들을 잡아들이라는 명령을 내린다. 강승상은 일이 잘못되어 가는 것을 짐작하고 충렬에서 피신하도록 연락을 한다.

정한담은 강승상을 역적이라고 꾸짖지만 강승상은 정한담을 반역자라고 되받아친다. 정한담이 강승상을 죽이려고 하자 황태후가 황제에게 사정하여 강승상은 옥문관으로 귀양을 보내고, 가족들은 노비로 만들라고 한다. 사실 황태후는 강승상의 고모였다.

한편 승상의 편지를 받은 충렬은 머리를 깎고 중이 되어 광덕산에 있는 백룡사의 도승에게서 도술을 배우기 시작한다. 강승상의 부인 소씨와 강낭자는 황성으로 잡혀와 갇힌 신세가 된다. 그런데 금부 나졸 가운데 장한이라는 군사가 있었다. 장한의 아버지는 이전에 죄를 지었는데, 강승상이 구원해 준 적이 있다. 장한은 은혜를 갚는 마음으로 군사들이 모두 잠이 든 밤중에 소씨 부인과 강낭자가 도망할 수 있게 해 준다.

감옥에서 탈출한 두 사람은 온갖 고생을 하다가 결국 소씨 부인은 청각옥수에 이르러 스스로 물에 몸을 던진다. 강낭자도 어머니를 따라 죽으려고 물에 뛰어들었는데, 지나가던 관노가 구해 주어 뜻을 이루지 못했다. 관노는 강낭자를 수양딸로 삼아 수청할 것을 강요하지만 강낭자는 이를 거절한다.

이 무렵 정한담과 최일귀는 유심과 강승상을 없애고 옥관도사와 짜고 황제에게 반역을 할 준비를 한다. 그 때 북쪽의 오랑캐가 쳐들어온다. 두 사람은 좋은 기회라고 생각하고 황제에게 오랑캐를 무찌르고 온다고 하며 자진해서 출전한다. 하지만 그들은 싸울 생각이 전혀 없었으므로, 곧 오랑캐왕과 손을 잡고 군사를 되돌려 황성으로 쳐들어온다.

정한담 일행이 반역을 했다는 것을 뒤늦게 알게 된 황제는 크게 놀라 이를 막아 보려고 했지만 이미 때는 늦어 금산성으로 황급하게 피난한다. 황제가 피난하자 정한담은 손쉽게 서울을 정복하고 스스로 황제라고 한다. 그리고는 곧바로 금산성으로 쳐들어가 황제에게 옥새를 받아내려고 했지만 황제는 어디론가 사라지고 황후와 태자만 남아 있다.

황제는 가까스로 위험을 피하여 이웃나라에 구원병을 청하였지만 결국 정한담 일당에게 잡히고 만다. 나라가 위기에 처했다는 소문을 백룡사에서 들은 충렬은 순식간에 금산성으로 간다. 수많은 적진을 뚫고 정한담 일당에게 항복의 글을 쓰려고 하던 황제를 위기에서 구해 낸다.

황제는 즉시 충렬을 대사마도원수로 삼는다. 그리고 역적들을 물리치고 오랑캐들을 몰아내라는 명령을 내린다. 충렬은 신통한 도술을 부려 적장들을 수없이 베고 정한담을 사로잡으려 했지만 끝내 놓치고 만다. 충렬의 용맹과 신기한 무술에 겁을 먹은 정한담은 충렬과 대적하기보다는 차라리 황제를 다시 사로잡아 항복을 받아 내는 것이 낫겠다는 생각을 한다. 그래서 오랑캐왕과 짜고 군사 일부는 황제가 있는 금산성을 공격하게 하고, 나머지는 서울을 공격하게 한다.

황제가 다시 위기에 처해 있다는 것을 알게 된 충렬은 서울로 돌진하여 적들을 무찌르고 정한담을 사로잡는다. 그러나 오랑캐 군사는 황태후, 황후, 태자들을 잡아 자기 나라로 달아난다. 충렬은 즉시 오랑캐 나라로 들어가 오랑캐 왕의 항복을 받아내고 황태후 일행을 구출해서 돌아온다. 귀국하는 도중에 돌아가신 줄로만 알았던 아버지를 찾아 서울로 모시고 돌아온다.

황제는 유심을 연왕으로 삼는다. 충렬은 그 후 남쪽 오랑캐 나라로 가서 그 곳의 왕의 항복을 받아내고 강승상을 구원한 다음에 오는 길에 어머니와 강낭자, 소씨 부인을 만난다. 황제는 충렬을 대사마대장군으로 삼는다. 충렬은 그 후 오랫동안 부귀공명을 누리며 세상에 이름을 떨친다.

더 알아보기

군담 소실

「유충렬전」은 영웅 소설이면서 군담 소설이다. 영웅 소설이란 영웅적인 주인공의 일대기를 그린 작품을 말하고 그 가운데 전쟁에서 공을 세워 나라를 바로 세운 무용담 중심의 작품을 군담 소설이라고 한다.

군담 소설은 대부분 평온하던 나라가 간신의 등장이나 오랑캐의 반란으로 어지러워지는 것에서 시작된다. 여기에 간신에게 피해를 입은 주인공이 온갖 고난을 겪으면서 성장하여 무술을 익히고 전쟁에 나가 적들을 물리치는 무용담이 등장한다.

따라서 군담 소설은 나라에 대한 충성이 중심이 되고 나라를 바로잡아 큰 공을 세워 부모와 집안을 빛낸다는 결말이 항상 따라온다. 이러한 군담 소설은 조선 시대 임진왜란과 병자호란으로 황폐해진 조선 사회에 많이 만들어졌다. 이는 영웅적 행동을 하는 인물들을 통해 민족의 염원과 자존심을 표현하고자 했기 때문이다.

   유충렬전은 영웅 소설이고 군담 소설이다.   이 작품은 주몽 신화와 같이 영웅의 일생이라는 유형적 구조를 잘 보여 주는 작품이다. 그 이야기라는 것은 주인공의 신비한 출생→성장 과정에서 겪는 시련과 극복→영웅적 투쟁과 화려한 승리로, 이러한 주인공의 극단적인 고생과 성공이 작품을 읽는 맛을 더해 준다. 이러한 이야기를 통해서 영웅적인 인간의 모습을 잘 보여 주고 있다.

또 화려하고 다채로운 싸움 이야기를 담고 있는 군담 소설이다. 특히 혼자서 반란군을 무찌르고 오랑캐왕에게 잡혀간 황후와 태후 그리고 태자를 구출하는 장면은 통쾌하고 흥미진진한 재미를 준다.

영웅은 하늘에서 내려온다! 정한담과 유충렬은 본래 천상에 사는 선관이었는데, 백옥루(신선의 세계에 있다는 누각) 잔치에서 싸운 죄로 인간 세상으로 귀양 온 인물들이다. 천상계에서 정한담의 이름은 익성이었는데, 그는 지략이 뛰어나고 술법이 아주 뛰어난 악인으로 자미성(유충렬)과 대립하였다. 그런데 지상에 내려와서도 정한담은 나쁜 본성을 버리지 못하고 명나라의 간신이 되어 충신 유충렬과 맞서게 된다.

이와 같이 대개의 영웅 소설들은 천상과 지상이라고 하여 장소를 두 군데로 만들어 주인공이 어떤 잘못으로 지상으로 추방된다는 이야기를 갖고 있다. 이렇게 하늘에서 내려오는 이야기는 두 인물이 지상에서도 대립할 것이라는 암시를 하는데, 이러한 사연은 정씨 부인이 유충렬의 태몽을 꾸는 부분에서 나오고 있다.

충신 유충렬, 간신 정한담! 이 작품은 충신과 간신의 싸움을 통하여 조선 시대의 충신상을 보여 주고 있다. 황제를 중심으로 충신과 간신이 서로 대결하는데 마지막에는 충신이 승리하여 부귀와 명성을 떨치고, 간신은 죽게 된다. 조선 시대 사람들이 가장 바라고 있는 나라에 대한 충성과 개인의 성공을 작품에 고스란히 담고 있는 것이다. 주인공의 이름을 충렬(忠烈)이라 하여 '충성스럽고 꺾이지 않는 굳은 의리가 있는' 인물임을 직접적으로 드러낸 것도 재미있는 사실이다.

영웅의 등장은 예고되어 있었다. 유충렬전 첫 부분을 보면 창해국 사신인 임경천이 나온다. 임경천은 국가가 위기에 빠질 때 그것을 해결할 수 있는 영웅이 탄생한다는 예언을 한다. 그리고 충렬이 부모의 지극한 정성으로 태어난다. 유충렬은 태어날 때부터 비범한 인물이라는 것이 이미 장씨 부인의 태몽에서 나타나고 있다.

유충렬은 나라를 위기에 빠뜨리는 간신 정한담과 천상에서 이미 서로 싸운 사이였다. 자미성과 익성이라는 이름을 가진 두 사람은 천상에서 대결하다가 죄를 지어 지상으로 떨어졌다. 다시 지상에서 충신과 간신의 입장에서 대결하는데 임경천은 유충렬이 승리할 것이라고 했다.

유충렬은 왜 비범한 능력을 가졌을까? 유충렬이 살고 있던 명나라 영종 때에는 황제가 무능력하여 나라가 어지러웠다. 하지만 당시 황제는 하늘의 명을 받아 자리에 오른 사람이라 신하와 백성들은 황제를 절대적으로 보호해야 했다. 황제와 나라를 위협하는 간신과 외적들을 무찌르기 위해서는 보통 사람의 힘으로는 힘들다. 그래서 평범한 영웅보다는 신기한 능력을 가진 영웅이 필요한 것이다. 이 이야기에는 이 작품이 쓰여진 조선 후기에 민중들이 나라의 힘든 상황을 해결해 줄 영웅을 기다리는 마음을 담고 있다.

1. 「유충렬전」에 대한 설명으로 거리가 먼 것을 찾아보자.

① 영웅의 활약을 그린 이야기이다.
② 외국을 배경으로 한 이야기이다.
③ 입에서 입으로 전해져 내려온 이야기이다.
④ 비범한 재주를 가진 주인공의 이야기이다.
⑤ 사건이 비현실적으로 진행되고 있다.

2. 「유충렬전」의 주제를 바르게 지적한 것을 골라 보자.

① 선과 악의 싸움에서 선이 항상 이김
② 은혜를 갚아야 한다는 보은 사상
③ 남을 속이는 자의 비참한 최후
④ 삶에서 경험의 중요성
⑤ 위기를 극복하는 삶의 지혜

3. 각각의 괄호 안에 들어갈 알맞은 인물을 써 넣어 보자.

(　　) : 국가에 충성하고 부모에게 효도하는 영웅적 인물
(　　) : 나라를 배반하고 자신의 사리사욕만을 채우는 전형적인 간신이다.
(　　) : 유유부단하고 소극적인 인물이다.

4. 유충렬이 비범한 인물임을 나타내는 부분들을 정리해 보자.

5. 영웅 소설로서 「유충렬전」이 갖고 있는 또 다른 특징을 찾아보자.

☞정답과 해설 p.401

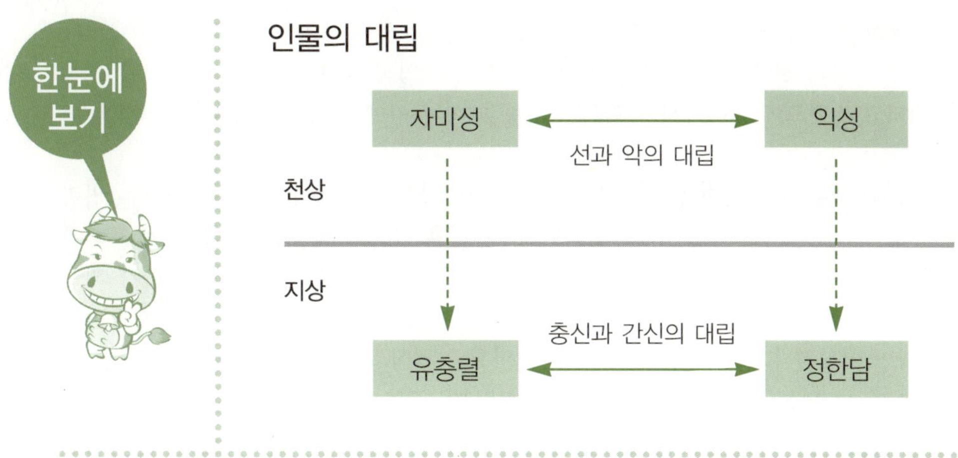

더 읽을 작품

나라를 구한 또 다른 영웅 이야기 「조웅전」을 감상해 보자.

중국 송나라 문제 때 이부상서 조정인은 진심으로 나라를 걱정하는 충신이었다. 난리가 일어나 위태로워진 나라를 구하고 공을 세워 좌승상의 벼슬까지 했으나 간신인 우승상 이두병의 음해로 독을 마시고 자살을 한다. 황제를 이것을 안타깝게 여겨 충렬묘를 만들어 주고 날마다 찾아가다

이두병의 아들인 병부시랑 이관이 황제기 메일 무넘을 다니게 되면 건강이 나빠진다고 충렬묘를 없애자고 이야기했으나, 황제는 이관에게 벌을 주고 그 대신 조정인의 부인 왕씨에게 더 높은 지위와 재물을 보내 준다. 조정인에게는 일곱 살 된 유복자 조웅이 있었다. 황제는 조웅을 궁궐로 불러들여 조웅과 동갑내기인 태자와 서로 사귈 수 있게 했다. 총명한 조웅을 나라의 인재로 키우기 위해서다.

충렬묘를 없애고자 하여 황제의 노여움을 샀던 이관은 조웅을 그대로 두면 나중에 후환이 될까 싶어 형제들과 함께 조웅을 죽일 계교를 꾸민다.

그 해 겨울 황제는 나이가 많아 세상을 떠나고 여덟 살 된 어린 태자가 황제의 자리에 오른다. 그러자 나라의 권력은 이두병의 손에 들어간다. 그리고 어린 황제를 남쪽 머나먼 곳에 있는 섬인 태산부 계량도에 유배를 보내고 스스로 황제가 된다. 그러나 조정의 다른 신하들은 이두병과 그 아들들의 힘에 눌려 감히 반대하고 나서지 못한다.

어느 날 조웅이 거리에 나갔다가 이두병의 행패에 분함을 참지 못하여 이두병의 죄악

을 폭로하는 글을 크게 써 붙이고 돌아온다. 이 날 밤 왕씨 부인의 꿈에 남편이 나타나 큰 화를 당하기 전에 어서 아들을 데리고 피하라고 일러 준다. 왕씨 부인은 아들 조웅을 데리고 충렬묘에 찾아가서 남편의 화상을 떼어 품안에 간직하고 정처 없는 길은 떠난다.

얼마 후 조웅 모자가 피했다는 소식을 들은 이두병은 두 사람을 잡아들이라는 명령을 내린다. 게다가 두 사람을 잡은 자에게는 수많은 상금과 벼슬을 내리겠다는 포고를 나라 방방곳곳에 내린다. 조웅 모자는 이 마을 저 마을 떠돌며 밥을 빌어먹다가 외딴 마을인 백자촌에 머문다. 그 곳에서 얼마 지냈는데, 주인집 여자가 왕씨 부인에게 다시 결혼하면 어떻겠냐고 묻는다. 왕씨 부인은 이를 거절하고 다시 조웅을 데리고 길을 떠난다. 그러나 현상금이 걸려 있었기 때문에 대낮에 길을 걸을 수가 없다. 하는 수 없는 왕씨 부인은 산 속으로 들어가 머리를 자르고 여승이 되었다. 조웅 모자는 온갖 고생을 하다가 깊은 산 속에 있는 절에 이르러 그 곳의 주지인 월경대사의 도움을 받는다. 월경대사는 이전에 충렬묘에 붙이는 조승상의 화상을 그려준 분으로, 두 사람이 겪은 일은 물론이고 미래의 일까지도 잘 알고 있는 고승이다. 조웅은 월경대사에게 신기한 술법을 배우기 시작한다. 이 때 조웅의 나이는 11살이었다.

몇 년 후, 조웅은 가슴에 큰 뜻을 품고 어머니와 헤어져 바깥 세상에 나온다. 반년 만에 강호땅에 이른 조웅은 거기서 화산도사를 만나 칼날에 조웅검이라고 새겨진 보검을 받는다. 그런 다음 화산도사의 안내로 관산으로 찾아간 조웅은 철관도사에게서 여러 가지 도술을 배우고 용마도 얻는다.

어느 날 조웅은 철관도사의 허락을 받고 어머니를 만나러 가는 길에 우연히 장진사의 집에 잠깐 머무르게 된다. 이 집에는 아버지를 일찍 여의고 어머니와 함께 사는 아름다운 처녀가 있었다. 조웅은 그 처녀와 남몰래 인연을 맺고 그 밤으로 또 길을 떠난다. 그 날 밤 장소저의 어머니 위씨 부인은 황룡이 자기 딸을 업고 하늘로 오르는 꿈을 꾼다. 그럴 때 어머니를 찾아가서 만난 조웅은 그 동안의 사연을 이야기하고 나서 철관도사에게로 돌아간다. 그로부터 얼마 지나고 난 다음 철관도사는 조웅에게 장소저가 병이 들어 위급하니 어서 가서 구원하라고 한다. 장소저는 조웅의 소식을 몰라 안타까워하다가 그것이 병이 되어 자리에 눕게 된 것이다. 조웅은 철관도사에게서 받은 환약을 갖고 급히 말을 달려 장소저의 생명을 구해 준다.

조웅이 관산이 돌아온 지 여러 날이 지난다. 그러다가 철관도사와 함께 하늘의 기운을 살피다가 나라에 심상치 않은 일이 생겼다는 것을 알게 된다. 서번국이 수많은 군사를 거느리고 쳐들어온 것이다. 조웅은 조웅검을 들고 천지준마에 올라탄다. 길을 가던 중에 날이 어두워져 인가를 찾아들어 갔는데 옛날 싸움터에서 무훈을 세운 관서장군 황달의 혼을 만나 순금으로 만든 갑옷과 투구, 보검을 받는다. 조웅이 위국 땅에 이르렀을 때에는 나라가 매우 위급해져 있었다. 막다른 골목에 몰린 위국의 왕은 항복의 글을 써서 자기 나라 장수에게 주어보냈는데 오만한 서번의 장군은 위왕이 앉아서 항복의 글을 바친다고 위국 장수의 머리를 베었다. 조웅은 위왕이 막 자결하려는 순간에 전쟁터에 도착한다. 순식간에 서번 장수의 머리를 베고 서번의 왕을 사로잡아 항복을 받고 잘 타일러서 자기 나라로 돌려 보낸다.

조웅은 계량도로 유배되어 있는 태자를 구하기 위해 다시 남쪽으로 향해 길을 떠난다. 이 무렵, 강호에 있는 장소저와 위씨 부인은 곤경에 처하게 된다. 아내를 잃고 다시 결혼을 하려던 강호자사가 장소저가 아름답다는 말을 듣고 중매쟁이를 보냈다가 거절당하자 억지로 결혼을 강요하면서 목숨을 위협한다. 장소저는 시비 가애를 데리고 도망하여 왕씨 부인이 머물고 있는 절에 도착한다. 이렇게 해서 두 사람은 서로를 의지하며 함께 지내게 된다.

한편 계량도로 향하던 조웅은 강호 땅에 이르러 장진사 댁에 머물려고 먼저 기별을 띄운다. 이에 당황한 강호자사는 장진사댁이 살인을 하여 장소저는 도망가고 위씨 부인은 감옥에 있다고 거짓으로 보고를 하며 조웅을 객사에 머물게 한다. 뒤늦게 사태를 알게 된 조웅은 강호자사를 징벌한 다음 위씨 부인을 데리고 강선암으로 가서 어머니와 장소저를 만나 회포를 푼다.

다시 계량도를 떠나 그곳에 당도해 보니 이두병이 태자에게 사약을 보내어 태자와 태자를 시위하던 송나라의 충신들을 다 숙이려고 하던 위급한 순간이었다. 조웅은 그들을 모두 구하고 태자 일행과 80만 대군을 이끌고 위나라로 향한다. 위나라 왕은 그들을 극진하게 환영한다. 조웅은 드디어 역적 이두병을 치는 길에 들어선다. 태자를 위나라 왕에게 맡기고 먼저 이두병에게 아부하던 악질 관리들을 없애고 며칠 만에 서주 70여 개의 성을 항복시킨 후 서울 가까이에 도착한다.

이에 당황한 이두병은 대원수 최식과 주천을 내보냈으나 그들은 모두 조웅의 칼에 맞아 죽는다. 급해진 이두병은 신하들을 모아놓고 대책을 의논한다. 그러나 겁에 질린 아들들이 나서지 않으니 다른 신하들도 차마 입을 열지 못한다. 힘이 기울어지자 승상 황덕이 60명의 장수들을 모아 이두병과 그 아들들을 잡아 조웅에게 바친다. 이렇게 역적 이두병 일당을 숙청한 조웅은 태자를 황제로 모시고 이두병 부자와 그들에게 아부한 여러 간신들도 처형한다. 나라는 안정되고 조웅은 번왕이 되어 나라를 잘 다스린다.

경국지색(傾國之色) | 나라를 기울일 만한 여자라는 뜻으로, 첫 눈에 반할 만큼 매우 아름다운 여자 또는 나라를 위태롭게 한다는 말.

권토중래(捲土重來) | 흙먼지를 날리며 다시 온다는 뜻으로, 한 번 실패에 굴하지 않고 몇 번이고 다시 일어남, 또는 패한 자가 세력을 되찾아 다시 쳐들어옴 등을 뜻함.

괄목상대(刮目相對) | 눈을 씻고 다시 서로를 상대한다는 뜻.

관포지교(管鮑之交) | 옛날 중국의 관중과 포숙처럼 친구 사이가 다정함을 이르는 말, 친구 사이의 매우 다정하고 허물없는 교제.

수주대토(守株待兔) | '다른 것은 생각할 줄 모르고 어리석게 한 가지만을 내내 고집함'을 비유하여 이르는 말.

신출귀몰(神出鬼沒) | 귀신처럼 자유자재로 나타났다 사라졌다 함.

완벽(完璧) | 흔히 완전무결(完全無缺)하다는 뜻으로 사용되는 말이지만, 원래는 고리 모양의 보옥을 끝까지 무사히 지킨다는 뜻임.

일망타진(一網打盡) | 한 번 그물을 쳐서 모조리 잡는다는 뜻으로, 어떤 무리를 한꺼번에 죄다 잡음을 이르는 말.

조장(助長) | 도와서 자라나게 한다는 뜻으로, 조급히 키우려고 무리하게 힘들여 오히려 망친다는 경계(警戒)의 뜻을 지닌 말.

청출어람(青出於藍) | 쪽에서 뽑아낸 푸른 물감이 쪽보다 더 푸르다는 뜻으로, '제자나 후진이 스승이나 선배보다 더 뛰어남'을 일컬을 때 쓰는 말.

풍수지탄(風樹之嘆) | 부모에게 효도를 다하려고 생각할 때에는 이미 돌아가셔서 그 뜻을 이룰 수 없음을 이르는 말.

홍일점(紅一點) | 푸른 잎 가운데 한 송이의 꽃이 피어 있다는 뜻으로, 여럿 속에서 오직 하나 색다른 것 또는 많은 남자들 사이에 끼어 있는 오직 하나뿐인 여자를 이르는 말.

호질 虎叱

박 지 원

「호질」은 호랑이를 통해 위선과 허위에 가득 차 있고 동정심과 도덕심이 없는 인간의 세계 중에서도 부패한 양반 계층을 신랄하게 꾸짖은 소설이다.

 **등장인물**

북곽선생 |

학식이 높고 인품이 훌륭하다고 소문이 난 선비로서 벼슬을 싫어하는 척하는 인물이다. 사람들의 존경을 받고 있지만 사실은 허례허식만을 쫓고 하는 일 없이 살고 있으며 남몰래 젊은 과부와 사랑을 나눈다. 위선적이고 아첨을 잘 하는 당시의 사대부 양반들을 대표하고 있다.

동리자 |

국가에서 열녀문까지 받은 열부이지만 사실은 성이 다른 다섯 아이를 두고 있는 이중적인 인물이다. 북곽선생과 남몰래 만나다가 아들에게 들킨다.

다섯 아들 |

아버지가 다른 동리자의 아들들이다. 자기 어머니와 사랑을 속삭이는 북곽선생을 여우로 알고 습격한다.

호랑이 |

비록 인간은 아니지만 겉으로는 선비와 열녀인 척하는 위선적인 인간들을 꾸짖고 비판하는 역할을 하고 있다.

농부 |

북곽선생이나 동리자와 같은 위선적인 양반들이 아니라, 일반 서민층에 속하는 인물이다.

작가 소개 **박지원**(朴趾源, 1737 ~ 1805) |

조선 후기의 문신이며 실학자. 서울 출생. 호는 연암(燕巖). 과거 급제에 실패한 후 오직 학문과 저술에만 전념하였다. 그러다가 삼종형 박명원을 따라 북경에 갔다 온 후 관직에 올라 『열하일기』, 『과농소초』, 『한민명전의』 등을 저술하고 이용후생의 사상을 펼치다가 69세로 일생을 마쳤다.

읽기 전에 | 이 작품은 세상의 존경을 한몸에 받는 도학자 북곽선생과 열녀 동리자의 겉과 속이 다른 행동을 밝혀 당시 양반들의 부패한 도덕성을 신랄하게 꾸짖은 풍자 소설이다. 호랑이가 심판자가 되어 이들을 꾸짖는 내용을 확인하면서 읽어 보자.

호랑이가 부하들과 먹잇감을 논하다. 범(호랑이)은 모든 일에 뛰어날 뿐만 아니라 착하고 성스러우며, 문무(文武)를 다 갖추고 있었다. 또한 인자하고 효성이 지극하며, 슬기롭고 어질며, 기운차고 날래며, 용맹스럽고 사나워 그야말로 천하에 맞설 자가 없었다.

그러나 기는 놈 위에 나는 놈이 있다는 격으로 비위*라는 짐승은 호랑이를 잡아먹고, 죽우도 호랑이를 먹고, 박도 호랑이를 잡아먹고, 오색 사자는 호랑이를 큰 나무 구멍에서 잡아먹고, 자백도 호랑이를 잡아먹고, 표견은 날면서 호랑이와 표범을 잡아먹고, 황요는 호랑이와 표범의 심장을 꺼내어 먹는 등, 호랑이를 잡아먹는 사나운 짐승으로 알려져 있다.

한편 활이란 동물은 뼈가 없기 때문에 호랑이가 꿀떡 삼켜 버리면 뱃속에 들어가서 그 간을 떼어먹으며, 추이란 짐승은 호랑이를 갈기갈기 찢어 잡아먹는 습성이 있다. 그리고 호랑이가 맹용을 만나면 무서워서 눈을 감고 보지도

비위 : 상상 속의 맹수. 오색 사자, 죽우, 박 등도 마찬가지임.

못한다. 그러나 사람은 이와는 반대로 맹용을 두려워하지 않고, 오히려 호랑이를 무서워한다. 어쨌든 그 위엄이란 굉장하다.*

호랑이가 개를 잡아먹으면 술을 마신 것처럼 취하지만, 사람을 잡아먹으면 신이 된다. 호랑이가 사람을 한 번 잡아먹으면 그 사람은 굴각*이란 귀신이 되어 호랑이의 겨드랑이에 붙어살면서 호랑이를 남의 집 부엌에 인도하여 솥을 핥게 하면 그 집주인이 갑자기 배고픔을 느껴 한밤중이라도 아내더러 밥을 짓게 한다. 호랑이가 두 번째로 그 사람을 잡아먹으면 이올이란 귀신이 되어 호랑이의 광대뼈에 붙어 높은 곳에 올라가 모든 것을 잘 살핀다. 만약 산골짜기에 이르러 함정이 있으면 먼저 가서 위험이 없도록 함정을 치워 놓는다. 호랑이가 세 번째로 사람을 잡아먹으면 육혼이란 귀신이 되어 늘 턱에 붙어 그가 평소에 잘 알던 친구의 이름을 많이 알려 준다.

어느 날 호랑이가 이 세 귀신을 불러 놓고 말하였다.

"오늘도 곧 날이 저무는데 무엇을 먹으면 되느냐?"

굴각이 대답했다.

"제가 아까 점을 쳐보았습니다. 뿔을 갖고 있지도 않고 날개도 없는, 검은머리를 가진 놈입니다. 눈 위에 낸 발자국이 비뚤비뚤 듬성듬성 났으며, 뒤통수에 꼬리가 붙어 꽁무니를 감추지 못하는 그런 놈입니다."*

그 때 이올이 말했다.

"동쪽 문에 먹을 것이 하나 있습니다. 그놈의 이름은 의원이라고 합지요. 의원은 입으로 온갖 약초를 다루고 먹으니 그 고기도 아주 맛있는 줄로 아옵니다. 그리고 서쪽 문에도 먹음직스러운 것이 있는데 그건 무당입죠. 그 계집은

그러나 기는 놈 ~ 그 위엄이란 굉장하다 : 호랑이가 인간의 심판자로 등장하는데 그 이유는 인간이 호랑이보다 무서운 동물인 비위, 죽우, 박, 오색사자, 자백, 표견, 황요 등을 두려워하지 않고 유달리 호랑이만을 무서워하기 때문이다. 그래서 호랑이가 인간을 심판하는 적격자로 나오고 있다.

굴각 : 사람이 동물에게 물려 죽으면 창귀라는 귀신이 되는데, 이를 굴각, 이올, 육혼 등 여러 이름으로 부른다고 함.

제가 아까 점을 ~ 못하는 그런 놈입니다 : 뿔도 가지지 않고, 날개도 달리지 않는다는 것은 권세가 있는 세력가도 아니며 약삭빠른 사람도 아니라는 뜻이다. 검은머리는 권세도 없고 약삭빠르지도 못한 일반 평민을 이야기하는데, 비틀거리면서 제대로 걷지도 못하고 언제나 머리를 숙이고 다니는 힘없는 모습을 하고 있다.

천지 신명께 예쁘게 보이려고 매일 정성스럽게 목욕하여 깨끗하고 맛있는 계집이오니 의원과 무당 계집 둘 중에서 골라 잡수시면 어떨까요?"

그러나 호랑이는 수염을 쓰다듬으면서 거만한 얼굴로 말했다.

"의원을 먹으란 말이냐? 의(醫)란 의(疑)가 아니더냐?* 자기가 의심나는 것이 있으면 사람들을 시험해서 해마다 수만 명이나 죽이는 놈들이 아니냐. 또 무당을 먹으라니 이게 무슨 말이냐? 무(巫)란 무(誣)라고 하지 않더냐?* 결국 무당이란 것들은 공연히 뭇 귀신을 속이고 사람들에게 거짓말만 하여 그 때문에 어처구니없게 목숨을 잃어버리는 자가 해마다 수만 명이나 된다. 그래서 여러 사람의 노여움이 무당들의 뼈 속에까지 스며들어 금잠*이란 벌레가 되어 그들의 뼈 속에서 득실거리고 있단 말이야. 그렇게 독기가 있는 고기들을 어떻게 먹는단 말이더냐?"*

그러자 육혼이 말했다.

"저기 말입죠. 유림(儒林)이란 숲이 있사온데, 거기에 선비라고 부르는 고기가 있어요. 인자한 간(肝)과 의기로운 쓸개를 가진 고기입죠. 충성스런 마음을 지니고 지조도 고결하고요, 음악을 연주하고 예의를 실천하고 있어요. 거기다 입으로는 온갖 학자들의 주장들을 달달 외우고, 마음속으로는 만물의 이치를 통달했어요. 덕이 아주 높은 선비라고 이름합지요. 등덜미가 우뚝하고 몸집이 아주 두툼해서 신맛, 쓴맛, 매운맛, 단맛, 짠맛 모두 가지고 있답니다."*

호랑이는 그제서야 눈썹을 치켜세우고 침을 흘리며 하늘을 쳐다보고 씽긋 웃으며 말했다.

"흐음, 좀더 자세히 듣고 싶구나."

그러자 모든 귀신들이 서로 다투어 가며 추천했다.

"이 세상의 이치는 음과 양으로 나뉘어 이것을 도(道)라고 하지 않습니까. 선비들이 이 도를 꿰뚫고 있어요. 또 선비들은 금, 목, 수, 화, 토와 같은 오행(五行)이 서로 생겨나게 하고, 음(陰), 양(陽), 풍(風), 우(雨), 회(晦), 명(明)과 같은 육기(六氣)*를 서로 화합하게 해 준다니, 이보다 맛좋은 먹거리가 있겠습니까?"

그러나 호랑이가 이 말을 듣고 문득 걱정스러운 얼굴로 시큰둥하게 말했다.

"아니야, 음과 양은 원래 하나의 기운에서 나왔어. 그걸 둘로 나누었으니 그 고기가 잡스럽지 않겠냐. 게다가 오행이라는 게 전부 자기가 있어야 할 데에 있어야 하는데, 처음부터 어느 것이 어느 것을 생겨나게 하다니. 그놈들이 억지로 그것으로 서로 어미와 자식처럼 떼어내어 짜고 신맛 같은 것까지도 나누어 놓았으니 그 선비 놈들의 고기가 맛이 제대로 있겠느냐. 육기라는 것도 말이야, 스스로 움직이는 것이지 화합하여 이끌어 주는 것이 아니야. 그런데 그 선비라는 것들이 요망스럽게 천지의 도리를 이루어 합리적이 될 수 있도록 도와준다는 식으로 지껄이면서 제멋대로 자기의 공만을 세우려고 하니, 그 선비 놈을 먹게 되면 분명 고기가 딱딱해 목이 메일 거야. 구역질이 나고 소화가 제대로 되겠느냐?"

북곽선생이 동리자 집에서 도망치다 똥구덩에 빠지다. 정(鄭)나라* 어느 고을에 벼슬자리를 탐탁하게 여기지 않는 선비가 살았는데, 그를 '북곽선생(北郭先生)'이라고 불렀다.

북곽선생은 마흔 살이 되었을 때 자신이 직접 잘못된 글자나 어구를 고친 책이 무려 만 권이 넘었으며, 선비들이 꼭 배워야 하는 아홉 가지 경전의 뜻을

육기 : 여섯 가지 기운.
정나라 : 음란한 곳의 대명사라고 하는 정나라를 가리킴.

덧붙여 설명한 것까지 합하면 만오천 권이나 되었다. 천자가 그의 행동과 뜻을 갸륵하게 여기고 제후들은 그 이름을 존경하고 있었다.*

　한편 그 고을 동쪽에는 동리자(東里子)라는 젊고 아름다운 과부가 살았다. 천자는 동리자의 절개를 갸륵하다고 생각했고 제후들은 그 어진 마음을 흠모하였다. 그래서 그 고을의 사방 몇 리나 되는 땅을 주어 '동리과부지려'(東里寡婦之閭)라고 하여 착한 행실을 세상에 드러내어 널리 알렸다. 이처럼 동리자가 수절을 잘 하는 과부라고 사람들은 알고 있는데, 사실은 슬하의 다섯 아들이 저마다 성이 달랐다.*

　어느 날 밤, 다섯 놈의 아들들이 서로 지껄였다.

　"강 건너 마을에서 닭이 울고, 강 저편 하늘에 샛별이 반짝이는데 방 안에서 흘러나오는 말소리는 어찌도 그리 북곽선생의 소리와 닮았을까."
하고 다섯 아들들이 차례로 문틈으로 엿보았다.

　이 때 동리자가 북곽선생에게 간청했다.

　"오랫동안 선생님의 덕(德)을 사모했는데, 오늘밤은 선생님 글 읽는 소리를 듣고 싶습니다."

　북곽선생은 옷깃을 바로 잡고 점잖게 무릎을 꿇고 앉아서 『시경(詩經)』에 있는 시를 읊었다.

　　원앙새는 병풍 안에서 노닐고, 반딧불 깜빡이며 날고 있네.
　　보통 솥도 있고 발 달린 솥도 있는데,* 무엇을 본떠 그렇게 만들었나.
　　흥(興)이로다.*

다섯 아들들이 서로 소곤대었다.

"『예기(禮記)』라는 책에 말이야, 과부의 집 문에는 함부로 들어가면 안 된다고 했잖아. 북곽선생님은 점잖은 어른이시잖아. 그런 어른이 어떻게 과부의 방에 들어왔겠어? 우리 마을 성문이 무너져 여우 구멍이 생겼다 해. 또 여우란 놈은 천 년을 묵으면 사람 모양으로 둔갑할 수 있다는 말을 들었어. 저건 틀림없이 그 여우란 놈이 북곽선생으로 둔갑한 게 분명해.*"

다섯 아들들은 서로 의논했다.

"여우의 갓을 얻으면 큰 부자가 될 수 있다는 말도 들었어. 여우의 신발을 얻으면 대낮에도 그림자를 감출 수 있고, 여우의 꼬리를 얻으면 애교를 잘 부려 남들이 기뻐한다고 해. 우리 저 놈의 여우를 때려잡아 나눠 갖자."

다섯 아들들이 방을 둘러싸고 우루루 쳐들어갔다. 북곽선생은 크게 당황하여 도망쳤다. 사람들이 자기를 알아볼까 겁이 나 모가지를 두 다리 사이로 들이박고 귀신처럼 춤추고 낄낄거리며 문을 나가서 도망가다가 그만 들판에 있는 구덩이 속에 빠져버렸다. 그 구덩이에는 똥이 가득 차 있었다.*

호랑이가 북곽선생을 꾸짖다. 간신히 둑을 붙잡고 기어올라 머리를 들고 바라보니, 뜻밖에 호랑이가 길목에 앉아 있는 것이 아닌가. 호랑이는 북곽선생을 보고 얼굴을 찡그리고 구역질을 하면서 코를 싸쥐고 머리를 옆으로 돌리며 말했다.

"어허, 네가 선비란 놈이냐? 냄새 하나 지독하구나."

북곽선생은 머리를 조아리고 호랑이 앞으로 기어가 세 번 절하고 무릎을 꿇고 올려다보며 말했다.

북곽선생님은 점잖은 어른이시잖아 ～ 둔갑한 게 분명해 : 동리자의 아들들은 점잖은 어른인 북곽선생이 과부의 방에 들어올 리가 없다고 생각한다. 들은 소문에 따라 여우가 북곽으로 변해서 왔다고 생각한다. 소문만을 듣고 판단하는 아들들의 어리석음을 잘 보여준다.

사람들이 자기를 알아볼까 ～ 가득 차 있었다 : 목을 두 다리 사이에 들이박고 귀신 흉내를 내면서 도망가는 모습은 비굴한 선비의 모습을 희극적으로 그린 것이다. 특히 북곽선생이 똥구덩에 빠지게 하는 것은 당시의 선비들을 똥으로 비유한 것이다.

"호랑이님의 덕은 참으로 훌륭하십니다. 위대한 사람들은 호랑이님의 변화를 본받고, 임금들은 호랑이님의 걸음걸이를 배우며, 자식된 사람은 호랑이님의 효성을 배우고, 장수들은 호랑이님의 위엄을 취한답니다. 신령스런 용과 짝을 이루어 이름도 거룩하시어, 바람과 구름의 조화를 부리시니, 저처럼 이 땅에 사는 천한 사람은 감히 호랑이님의 그늘을 벗어나지 못하옵니다."

그러나 호랑이가 북곽선생을 사정없이 꾸짖었다.

"내 앞에 가까이 오지 말라. 지난번에 선비는 아첨꾼이라는 말을 들었는데 과연 그렇구나. 네 놈이 평소에는 이 세상에서 가장 나쁜 악명을 모조리 나에게 덮어씌우더니, 이제 다급해지니까 얼굴을 맞대고 낯간지럽게 아첨하는데 누가 네놈의 말을 곧이 듣겠느냐?

이 세상의 본성이란 똑같은 거야. 호랑이의 성품이 악하다고 한다면 사람의 성품도 악한 법이고, 반대로 사람의 성품이 착하다면 호랑이의 성품도 착한 법이지.

너는 평소에 언제나 천만 가지 말이라도 오상(五常)에서 벗어나지 않고, 언제나 사강(四綱)에 빗대어 남을 권유하고 훈계하는데, 사람들이 많이 사는 도시나 고을에서 형벌을 받아 코가 없어지고 발꿈치를 베이고 얼굴에 먹물로 문신을 당하는 자는 모두 오상을 따르지 않는 사람이나. 세나가 이런 형벌에 쓰이는 먹물이나 도끼, 톱 같은 것들이 모자랄 정도로 네놈들이 저지르는 악한 짓은 끝이 없어.*

우리 호랑이 세계에는 이런 형벌이 없어. 그러니 호랑이가 사람보다 착하지 않느냐?

우리 호랑이들은 풀이나 나무를 먹지 않아. 벌레나 물고기도 먹지 않아. 술처럼 몸에 안 좋은 것도 마시지 않아. 젖이나 알 같은 자질구레한 것들은 아예

너는 평소에 언제나 ~ 짓은 끝이 없어 : 오상(五常)은 사람이 마땅하게 지켜야 하는 다섯 가지 도리이고, 사강(四綱)은 예의염치를 말한다. 선비들은 이런 것들을 바탕으로 자기 주장을 하면서 서로 파를 갈라서 싸우는데 상대방을 모함해서 처벌을 받게 하는 일이 심하다는 뜻이다.

먹지도 않아. 산에 들어가 노루나 사슴을 사냥하고 들에 내려가면 소나 말은 잡아먹지. 그러나 우리 호랑이들은 지금까지 먹거리 때문에 서로 다툰 적이 없어.* 먹거리를 갖고 관청에다 고소한 적도 없어. 그러니 우리 호랑이들의 행동이 올바르지 않느냐?

우리가 사슴이나 노루를 잡아먹을 때는 너희들은 우릴 욕하지 않지. 그런데 말이나 소를 잡아먹으면 우릴 원수라고 떠들지. 사슴이나 노루는 너희들한테 은혜를 베풀어 주는 짐승이 아니고 말이나 소는 너희에게 공이 있기 때문에 그러는 거겠지.

그런데 말이다. 너희들은 말이나 소가 너희들을 태워 주고 충성하는 은혜는 저버리고, 날마다 죽여 푸줏간을 가득 채우고 뿔이나 말갈기 같은 것은 하나도 버리지 않고 모조리 쓰고 있어. 그것도 부족한지, 산에 들어가서는 사슴이나 노루를 잡아들여 우리들 먹거리를 없애고 들에서도 우리들 먹거리를 없애고 있어.* 그러니 하늘이 공평하다면 내가 너를 잡아먹는 게 도리이지 않겠느냐? 이렇게 하는 게 공평하지 않겠느냐?

자기 물건이 아닌데도 그것을 가져간다면 그건 도둑이야. 남의 생명을 해치고 물건을 강제로 빼앗으면 그건 도적이지. 너희들은 낮이고 밤이고 바쁘게 돌아다니며 두 팔 걷어붙이고 두 눈 부릅뜨고 남의 물건 멋대로 빼앗고도 부끄러운 줄도 모르지. 심한 놈들은 돈을 보고 형님! 하고 부르고,* 또 옛날 중국 전국시대에 살던 오기라는 놈은 자기 아내를 죽여 장수가 되려고 한 적도 있었어. 이런 자들이 오륜이나 오상이나 하는데 어떻게 같이 말할 수 있겠느냐?

더 심한 것은 메뚜기의 양식을 빼앗아 먹고, 누에의 옷을 빼앗아 입고, 벌의 단 꿀을 빼앗고 먹고, 개미의 알로 젓을 담가 제사 음식으로 쓰이기나 하고 있

어. 정말 잔인하고 야박한 게 사람보다 더한 것이 있겠느냐?

너희들은 이치를 말하고 성품을 말하면서 걸핏하면 하늘에 핑계를 대고 있지. 그런데 말이다. 하늘의 운명으로 본다면, 호랑이나 사람은 다 이 만물 중의 하나야.* 생물을 만드는 하늘의 사랑을 생각한다면 호랑이나 메뚜기나 누에나 벌이나 개미 모두 사람처럼 동물이야. 그러니 서로 빼앗고 정복하면 안 돼.

또 옳고 그름으로 따져보자. 벌이나 개미집을 뒤져 그들의 것을 빼앗아 오는 것을 본다면 이 세상에서 사람만큼 가장 큰 도둑이 있겠느냐? 메뚜기나 누에를 죽이고 그들의 밑천을 빼앗아 오는 것을 본다면 이 세상에서 사람만큼 큰 도적이 있겠느냐?

이전부터 우리들이 표범을 잡아먹지 않은 것은 표범이 우리와 같은 무리라서 차마 죽일 수 없기 때문이야. 그리고 우리들은 너희들처럼 사슴과 노루를 그렇게 많이 잡아먹지도 않아. 우리들이 잡아먹는 사슴과 노루는 너희들이 잡아먹은 사슴과 노루보다 숫자가 적어. 또 우리들이 잡아먹은 말은 너희들이 잡아먹은 말보다 숫자가 적지. 우리들이 잡아먹은 사람의 숫자는 너희들이 서로 죽인 사람의 숫자보다 훨씬 적지.*

지난 해 중국의 관중에 큰 가뭄이 들었지. 백성들끼리 잡아먹은 숫자가 수천 명이나 되고 그 전해 산동 지방에 큰 홍수가 나서 백성들끼리 잡아먹은 숫자가 수만 명이야. 그래도 따져보면 저 춘추전국 시대에 비하면 그 숫자는 아무것도 아니지. 춘추 전국 시대에 덕이나 정의를 세운다고 하여 전쟁을 열일곱 번이나 일으켰고, 원수를 갚는다고 일으킨 것이 서른 번이니, 그들의 피는 천 리나 흘렀고 시체는 백만 명이나 되었어.

하지만 우리 호랑이의 집은 홍수나 가뭄의 피해를 받지 않으니 하늘을 원망할 필요가 없지. 원수나 은혜를 모르니 다른 것에 거스를 만한 일도 없어. 운

너희들은 이치를 말하고 ~ 만물 중의 하나야 ; 사람도 호랑이나 곤충처럼 만물 가운데 하나이다. 만물은 평등하기 때문에 누구도 상대방을 해칠 수 없다고 호랑이가 훈계하고 있다.
이전부터 우리들이 표범을 ~ 숫자보다 훨씬 적지 : 사람들이 자신의 이익을 위해 다른 사람들을 죽이고 있는 것을 아무렇지도 않게 하고 있다는 것을 지적하고 있다.

명을 알고 있어 순리대로 살고 있으니 무당이나 의원의 간교함에 유혹되지도 않고 자기 생긴 대로 살아가고 타고난 성품에 충실하니 세속의 이익에 흔들리지도 않지. 그러니 호랑이는 슬기롭고 성스러운 거야.

호랑이 무늬를 보아라. 온 세상의 모든 무늬를 다 보여 주고 있어. 게다가 작은 무기 하나 없어도 날카로운 발톱과 어금니를 갖고 온 세상을 위엄을 보여 주지. 종묘의 제기나 술잔에 호랑이 무늬를 넣는 것은 세상에 효도를 널리 펼치기 위한 것이야. 호랑이는 인자하기 때문에 사냥도 하루에 한 번만 하고, 까마귀나 솔개, 개미들과 같이 나누어 먹고 있어. 거기다 아첨하는 자, 몹쓸 병이 든 자, 부모의 상을 치는 자는 잡아먹지 않으니 이것을 본다면 아주 의로운 짐승이지.

거기에 비하면 너희들은 참으로 치사한 것들이야. 너희들이 짐승들을 어떻게 잡아먹는지 알고나 있냐? 덫이나 함정 놓는 것도 모자라 새 그물, 노루 그물, 큰 그물, 삼태 그물, 물고기 그물, 수레 그물 따위를 쳐놓아 온 세상에 화를 퍼트리는 데 일등이지. 거기다 쇠꼬챙이, 양날창, 팔모창, 도끼, 세모창, 긴창, 투구, 가마솥 등에다 돌로 만든 탄환을 쏘는데 소리가 산을 무너뜨리고 불꽃이 음양의 이치를 파괴할 기세이고 폭음은 천둥소리 같아.

그래도 모자라서 부드러운 털을 빨아 아교풀에 붙여 마치 대추씨처럼 날카롭게 만들어 길이가 한 치도 안 되지만, 오징어가 쏜 먹물에 담갔다가 가로 세로로 찌르고 치고 하니 이것은 칼같이 날카로운 놈, 창같이 갈라진 놈, 화살같이 곧은 놈, 활처럼 굽은 놈들이다. 이것들이 한 번 발동하면 온갖 귀신이 밤에 나와 울 정도로 가혹하니 사람들끼리 서로 못 살게 하는 괴로움 이상으로 더 큰 것이 있겠느냐?*

북곽선생이 양심에 찔려 자리에 일어났다가 다시 머리를 구부려 두 번 절한 다음 머리를 조아리고 말하였다.

오징어가 쏜 먹물에 ~ 큰 것이 있겠느냐 : 선비들이 붓을 잘못 사용하는 문제에 대해 말한 것으로 글을 써서 다른 사람들을 헐뜯고 공격하는 행동을 꾸짖은 것이다.

"맹자가 말하기를 아무리 몹쓸 사람이라도 목욕하고 마음을 깨끗이 하면 하늘도 섬길 수 있다고 했습니다. 이 땅에 사는 하찮은 선비가 감히 호랑이님의 가르침을 받겠습니다."*

북곽선생이 반성하다. 그리고는 숨을 죽이고 가만히 들었으나 아무런 소리도 나지 않았다. 북곽은 황공한 마음으로 다시 절하고 우러러보니 동쪽 하늘이 밝아 오고 호랑이는 이미 어디론가 가고 말았다. 그 때 밭을 갈러 가던 농부가 이상스럽다는 표정으로 물었다.
"선생님, 어쩐 일로 이렇게 이른 아침에 들에 나와 절을 하십니까?"*
북곽선생이 얼른 변명하였다.
"『시경』에 이르기를, '하늘이 아무리 높다고 해도 머리를 구부리지 않으면 안 되고, 땅이 아무리 두꺼워도 자신을 낮추지 않으면 안 된다' 고 하였네."* ❀

맹자가 말하기를 아무리 ~ 호랑이님의 가르침을 받겠습니다 : 『맹자』를 인용하여 호랑이에게 아부하고 목숨을 구하려는 비굴한 태도가 드러나고 있는 장면이다.
선생님, 어쩐 일로 ~ 나와 절을 하십니까 : 새벽부터 일을 하기 위해 밭으로 나온 농부와 호랑이에게 밤새도록 꾸짖음을 들은 북곽선생과 비교가 잘 된다. 정직한 서민과 위선적인 양반의 모습을 볼 수 있다.
『시경』에 이르기를, '하늘이 ~ 안 된다' 고 하였네 : 북곽선생이 자기의 비굴한 모습을 그럴 듯하게 설명하고 있다. 그의 위선적인 모습을 잘 보여 주는 부분이다.

갈래 | 한문 소설, 단편 소설, 풍자 소설, 우화 소설
성격 | 비판적, 풍자적, 우화적
연대 | 19세기 후반(영조 때)
배경 | 시간적-미상, 공간적-정나라 어느 마을
시점 | 전지적 작가 시점
주제 | 위선적이고 부패한 양반에 대한 풍자와 비판

구성과 내용

❶ 발단 | 먹이에 대해 의논하는 호랑이 – 밤이 되자 호랑이가 부하들을 모아놓고 저녁에 먹을 먹이에 대해 의논한다. 창귀들이 의사, 무당, 선비를 먹이로 추천했으나 호랑이는 이들이 모두 거짓된 자들이므로 맛이 없을 것이라고 한다.

❷ 전개 | 북곽선생과 과부 동리자의 만남 – 정나라 어느 고을에 존경받는 도학자 북곽선생과 열녀로 소문난 과부 동리자가 있었다. 두 사람은 동리자의 방에서 밤중에 몰래 만나다가 각기 성이 다른 동리자의 다섯 아들들에게 들킨다. 다섯 아들들은 여우가 북곽선생으로 둔갑하여 어머니를 유혹한다고 생각하여 이를 잡으려고 한다.

❸ 절정 | 호랑이가 북곽선생을 꾸짖음 – 북곽선생은 황급히 도망을 치다가 들에 있는 똥구덩에 빠진다. 구덩이에서 겨우 기어나오다가 호랑이와 마주친다. 자신을 지켜보고 있던 호랑이에게 북곽선생은 머리를 조아리고 아첨하며 살려 달라고 간청한다. 호랑이는 인간들의 잔인하고 욕심 많은 행동 등을 장황하게 꾸짖는다.

❹ 결말 | 북곽선생이 근엄한 선비로 돌아감 – 북곽선생은 꿇어앉아 오래도록 빌고 있다가 머리를 들어보고 호랑이가 사라진 것은 안다. 마침 이른 아침에 밭을 갈러온 농부를 만나자 다시 근엄한 선비의 모습으로 되돌아간다.

작품 줄거리　　　호랑이는 착하고 성스럽고 용맹스러운 짐승이다. 이런 호랑이를 잡아먹는 비위, 죽우 등과 같은 여러 짐승들이 있는데, 사람들은 이런 짐승들을 무서워하지 않고 오히려 호랑이를 가장 무서워한다.

어느 날 밤에 호랑이가 창귀들을 불러 자기의 먹거리에 대해 의논을 한다. 창귀들이란 호랑이에게 잡아먹혀 귀신이 된 인간들을 말한다. 창귀의 하나인 굴각이 제일 먼저 재주도 없고 힘도 없는 검은머리 일반백성을 추천했지만, 호랑이는 거들떠보지도 않았다. 그러자 이올이 의원이나 무당을 추천한다. 호랑이는 안색을 바꾸면서 의원이란 의심이 많은 인간이고 무당이란 사람들을 속이는 인간으로 해마다 수만 명의 사람들을 죽이고 있어 죽은 사람들의 분노가 뼛속까지 사무치고 독이 배어 있어 먹을 수 없다고 한다.

그러자 육혼이 이름 높은 고귀한 선비를 추천한다. 왜냐하면 선비는 다섯 가지 맛을 모두 골고루 갖추고 있기 때문이었다. 호랑이는 비로소 침을 흘리며 좀더 자세히 듣고자 한다. 이에 모든 창귀들이 다투어 선비를 추천한다.

한편 정나라 어느 고을에 북곽선생이라는 선비가 살고 있었다. 북곽선생은 마흔 살에 이미 1만 권이나 되는 책을 읽고 책의 글자나 구절을 바로잡은 대학자이며, 선비들이 꼭 읽어야 하는 책인 구경의 뜻을 잘 설명해서 그것으로 책을 엮은 것만 해도 1만5천 권이나 되었다. 천자는 이러한 북곽선생을 아름답게 여겼고 제후들은 북곽선생을 흠모했다.

또 같은 고을에 동리자라고 하는 남편을 잃은 과부가 살고 있었다. 동리자는 한결같이 수절을 하여 천자가 동리자를 어여쁘게 생각했고 제후들도 동리자를 연모했다. 그래서 그 마을을 동리자가 사는 마을이라는 이름까지 붙여 주었다. 하지만 실제로 동리자는 성이 서로 다른 다섯 명의 아들을 두고 있는 실정이었다.

북곽선생과 동리자는 밤에 몰래 동리자의 방에서 만나고는 했다. 북곽선생이 동리자와 함께 서로 정담을 주고받고 있을 때, 문밖에서 다섯 아들들이 엿듣고는 뒷산에 사는 여우가 분명 북곽선생으로 변해서 어머니를 홀리는 것이라고 생각한다. 그래서 여우를 잡자고 방으로 뛰어들어간다. 북곽선생은 화들짝 놀라면서 머리를 다리 사이에다 박고 귀신 흉내를 내면서 황급히 도망갔다. 캄캄한 밤에 엉금엉금 기어 나와 밭둑을 가다가 그만 구덩이에 빠졌는데 똥구덩이었다. 겨우 구덩이에서 기어올라와 목을 내밀었는데 그 순간 눈앞에 호랑이가 떡 하니 버티고 있는 것이 보였다. 호랑이는 북곽선생의 몸에서 나는 냄새로 몸서리를 친다. 북곽선생은 호랑이에게 세 번 절하고 꿇어앉아 호랑이

의 덕을 찬양하며 살려 달라고 애원했다. 호랑이는 선비라는 것이 아첨꾼이라며 북곽
선생과 선비들의 위선적인 생활을 엄하게 꾸짖었다.

북곽선생은 호랑이의 질타를 들으면서 납작 엎드려 숨을 죽이고 있었다. 그러다가
오래도록 아무런 소리가 없어 고개를 들어보니 이미 날은 밝았으며 호랑이는 어디론가
사라지고 없었다. 이 때 새벽에 밭을 갈러온 농부가 북곽선생을 발견하고 이런 새벽에
무엇을 하냐고 물어보았다. 북곽선생은 『시경』의 글귀를 말하면서 자신의 비참한 모습
을 변명했다.

박지원의 『열하일기』

　『열하일기』는 박지원의 팔촌형인 박명원이 청나라에 사신을 갈 때
같이 동행하여 거기서 보고 느낀 것을 자세하게 기록한 일기 형식의
글이다. 모두 26편의 일기로 되어 있다. 여기에 「호질」이 실려 있는
『관내정사』(권4)는 산하이관에서 북경까지 11일간의 기록이다.

　평소에 책을 많이 읽던 박지원은 우연히 청나라에서 들어온 책을 읽고 청나라에 가서
서양 문물을 배우고 싶다는 생각을 하고 있었다. 그러던 중 팔촌형이 청나라로 간다는
소식을 듣고 간곡하게 부탁하여 형의 졸개 군사로 청나라에 가게 되었다.

　이 때 1789년 정조 임금 4년, 박지원의 나이는 44세였다. 이 해 6월 24일에 압록강
국경을 건너는 데에서 시작하여 요동을 거쳐 북경에 도착하고 열하로 가서 8월 20일
다시 북경으로 돌아오기까지 약 2개월 동안 겪은 일을 날짜 순서에 따라 적었다. 비록
낮은 지위로 가는 것이었지만 박지원은 청나라의 농사법, 세계 여러 나라의 소식, 새로
운 기계 등을 보고 이것을 소개하면서 조선의 문물 제도도 이것을 바탕으로 과감하게
개혁해야 한다고 주장했다.

감상의 길잡이 「호질」은 세 장면으로 구성되어 있다. 「호질」은 호랑이와 귀신들의 장소인 산속, 북곽선생과 동리자가 만나는 마을, 그리고 북곽선생과 호랑이가 만나는 들판의 세 장면으로 구성되어 있다. 첫 번째 장면은 호랑이와 호랑이를 잡아먹는 10여 종의 짐승들이 이야기되고 귀신의 세계인 산속 이야기가 펼쳐진다. 시간은 밤이며, 여기서 호랑이가 먹을 먹거리에 대해 논의한다. 이야기 끝에 선비가 호랑이의 먹이로 추천된다.

두 번째 장면은 북곽선생과 동리자의 만남을 그리고 있다. 북곽선생은 밤늦게 은밀한 이야기를 나누다가 동리자의 다섯 아들들에게 여우로 오해받아 도망간다. 밭둑으로 가다가 들 가운데 있는 똥구덩에 빠진다. 여기서는 겉으로 드러난 모습은 벼슬에 뜻을 두지 않으며, 학문에만 전념하는 북곽선생과, 정절을 지키는 현숙한 과부인 동리자이지만 밤에 몰래 만나 음담을 나누는 철저한 이중성을 보여 주고 있다.

세 번째 장면은 똥구덩에서 기어 나와 곧바로 호랑이를 맞닥뜨린 북곽선생이 목숨을 구걸하는데, 호랑이는 선비의 아첨, 인간들의 잔인함, 영악함을 호랑이와 비교하며 호되게 꾸짖는다. 호질이라는 이 작품의 제목은 바로 이 장면에서 따온 것이다. 즉 호랑이가 인간의 그릇됨을 호되게 꾸짖는다는 내용이다. 밭일을 하러 들에 농부가 나타났을 때에도 북곽선생은 아직도 호랑이가 있는 줄 알고 머리를 수그리고 빌면서 아첨을 한다. 그러나 뜻밖에 호랑이는 온데간데없고 농부가 앞에 서 있는 것을 보고, 다시 거드름을 피면서 선비인 척 점잖을 뺀다.

호랑이가 정말로 꾸짖는 대상은 무엇일까? 「호질」에서 호랑이가 북곽선생을 꾸짖는 부분은 내용의 반 이상을 차지한다. 그만큼 호랑이의 꾸짖음은 이 작품에서 중요한 내용이라고 할 수 있다. 호랑이는 우선 겉과 속이 다른 인간을 꾸짖고 있다. 「호질」의 첫부분을 보면 호랑이의 먹거리로서 여러 인간들을 평가하고 있다. 검은 머리의 힘없는 백성들은 원래 먹거리로서 관심이 없었고 추천을 받은 의사나 무당, 선비는 각기 사람들을 속이고 있기 때문에 먹이가 될 수 없다고 하여 그들을 조롱하고 있다. 왜냐하면 이들은 모두 세상을 어지럽게 하고 백성들을 속이고 있기 때문이다.

그 가운데 특히 선비들의 거짓된 모습은 호랑이가 심판하려는 대상이다. 그런 구체적인 모습을 정나라 고을에 사는 북곽선생과 동리자를 통해 잘 보여 주고 있다. 우선

이야기의 배경은 밤이다. 위선적인 인간들이기 때문에 어두운 밤을 배경으로 사건이 펼쳐지는 것이다. 천자로부터 제후, 동리자의 다섯 아들들까지 모든 사람한테 존경을 받는 북곽선생은 실제로는 과부의 집을 밤마다 드나드는 바람둥이이며, 동리자는 성이 다른 아들을 다섯이나 둔 소문처럼 정절을 지키는 사람이 아니다. 여기에서 작가가 살고 있는 사회의 거짓된 모습이 폭로되고 있다.

특히 북곽선생이 도망치다 똥구덩에 빠지는 모습은 북곽선생이 똥과 같다는 작가의 마음이 담겨져 있다. 그만큼 선비들의 실제 모습이 똥처럼 더럽다는 것을 말하고 있는 것이다. 그런 더러운 모습은 호랑이를 통해 조목조목 밝혀진다. 호랑이는 호랑이의 자연스럽고 정직한 세계와 비교해서 인간들의 세계가 얼마나 위선과 허위에 가득 차고 동정심이 없고 도덕심도 없는가를 여러 가지 예를 들어 꾸짖고 있다.

「호질」은 어떻게 해서 쓰여졌을까. 「호질」은 『열하일기』의 관내정사 7월 28일자에 실려 있다. 박지원이 산해관에서 연경으로 가는 도중 옥갑현에 묵게 되었을 때 심유봉이라는 소주 지방 사람의 가게 벽 위에 걸려 있는 글을 발견했다. 그 때 같이 갔던 정진사라는 인물과 함께 글을 베꼈다. 글을 베낄 때 정진사는 중간부터, 박지원은 처음부터 베꼈는데 숙소로 돌아와 살펴보니 정진사가 베낀 부분이 빠진 부분도 많았고 잘못 쓴 글자도 많았다.

글의 내용이 잘 통하지 않자 박지원은 자신의 뜻으로 다시 다듬어 한 편의 작품으로 만들었다고 했다. 이 글은 원래 작가의 이름과 제목이 없었기 때문에 일부러 「호질」이라고 제목을 붙였다고도 했다. 그런데 박지원은 소설을 쓸 때 대부분 거리에서 전해오는 이야기를 듣고 쓰는 경우가 많았다. 「민옹전」, 「광문자전」, 「김신선전」, 「열녀함양박씨전」 모두 들은 이야기를 소설로 꾸미고 있다.

따라서 「호질」도 박지원이 본 이야기를 작가의 생각에 맞게 다시 정리해서 쓴 작품이라고 할 수 있다. 조선시대 선비 사회의 풍조에 대해 통렬하게 비판하기 위해 여러 군데 고친 흔적도 있다. 예를 들어 "호랑이는 상주를 잡아먹지 않는다"는 부분은 조선의 속담을 쓴 것이다. 또한 호랑이와 사람들은 똑같다는 이야기는 박지원이 평소부터 주장하던 내용들이다.

1. 「호질」을 읽을 때의 독자의 심리 상태로 알맞은 것을 찾아보자.

① 불안감 ② 초조감 ③ 통쾌함 ④ 안타까움 ⑤ 긴장감

2. 북곽선생과 동리자의 성격을 잘 나타내는 한자성어를 골라 보자.

① 안하무인(眼下無人)
② 실리추구(實利追求)
③ 우유부단(優柔不斷)
④ 비분강개(悲憤慷慨)
⑤ 표리부동(表裏不同)

3. 다음은 사건의 진행에 따른 북곽선생의 행동과 심리의 변화를 나타낸 표이다. 괄호 안에 들어갈 알맞은 말을 써 넣어 보자.

사건의 진행	북곽선생의 행동 · 심리
북곽선생과 동리자가 밤에 몰래 만남	응큼함
다섯 아들에게 여우로 오해를 받아 도망침	겁먹음
똥통에 빠짐	황당함
호랑이를 만남	( )
새벽에 농부를 만남	민망함

4. 호랑이를 통해 인간의 현실을 풍자한 이유를 생각해 보자.

5. 호랑이가 북곽선생을 꾸짖는 내용을 정리해 보자.

☞정답과 해설 p.402

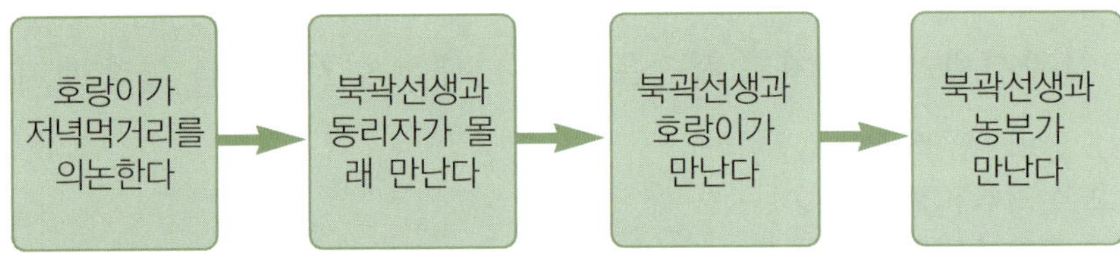

시간	어둡기 전	한밤중	한밤중	동틀 때
장소	산 속	마을 동리자의 방	들판	들판

아무 일도 안 하고 먹고 노는 선비들을 풍자한 또 다른 이야기 「민옹전」을 감상해 보자.

민유신이란 사람이 남양에 살았다. 이인좌가 난을 일으켰을 때 토벌에 참가한 공으로 첨사라는 벼슬을 받았지만 집으로 돌아온 다음에는 벼슬을 하지 않는다. 민옹(민유신)은 어릴 적부터 아주 똑똑했고, 옛 사람들의 절개와 행동을 흠모하여 본받고자 한다. 그래서 7살이 되었을 때부터 옛 사람들이 그 나이에 이룬 업적을 벽에다 적고 이것을 보면서 자신도 열심히 글공부를 한다. 그러나 70살이 되도록 아무 업적도 쌓지 못한다.

70살이 되자 민옹의 아내가 올해는 까마귀를 그리지 않느냐고 남편을 조롱한다. 민옹은 범증이란 사람은 기이한 계교를 좋아했다고 하면서 태연하게 대답한다.

나(박지원)는 18세에 병에 걸려 자리에 누워 지낸다. 원래부터 음악과 글씨, 그림, 골동품 등을 좋아했고 시간이 나면 손님들을 불러 우스운 이야기와 옛날 이야기를 들으며 위안을 삼으려고 했지만 우울한 마음을 풀 수 없었다. 그 때 민옹을 추천하는 이가 있어서 그를 초대한다. 민옹은 나의 집에 도착하자마자 인사도 받지 않고 갑자기 피리를 불던 악공의 뺨을 때리면서, "주인은 기뻐하는데, 너는 왜 화를 내고 있느냐?"고 꾸짖는다. 나는 웃으며 악공들을 돌려보내고 민옹을 맞이했는데, 그 때 민옹의 나이가 73세였다. 민옹한 기발한 방법으로 나의 입맛을 돋우어 주고 잠을 잘 수 있게 해 준다.

어느 날 밤 민옹이 함께 자리한 사람들을 마구 골려대고 있었다. 그러자 사람들이 민옹을 궁지에 몰아넣으려고 어렵다고 생각한 질문들을 그에게 퍼부었으나, 민옹은 끄덕도 않고 모두 대답한다. '귀신을 보았는가?'하고 묻자 민옹은 "귀신이란 어두운 데 앉은 사람"이라고 천연덕스럽게 대답했다. "신선은?" "세상 살기를 싫어하는 가난한 사람." "나이 많은 것은?" "글을 많이 읽은 사람." "가장 맛좋은 것은?" "소금." "불사약은?" "밥." "가장 무서운 것은?" "자기 자신." 이처럼 하나도 막히지 않고 대답하였다. 자기를 자랑하기도 하고 열 사람을 놀리기도 해서 모두 웃었으나 그는 얼굴빛 하나 변하지 않는다.

한편 어떤 사람이 황해도 지방에 메뚜기가 생겨 관가에서 메뚜기 잡기를 감독하고 격려한다는 말을 한다. 민옹이 이 말을 듣고 "곡식을 축내는 것은 종로 네거리를 메운 칠 척의 키 큰 메뚜기보다 더한 것이 없는데, 그것들을 잡으려 하나 커다란 바가지가 없는 것이 한이다" 라고 말하여 모두를 어리둥절하게 한다.

어느 날 민옹이 찾아오자 나는 그를 놀린다. 그런데 민옹은 놀리는 말을 칭찬하는 말로 바꾸어 버린다. 그러더니 다음 해에 세상을 떠난다. 민옹은 온갖 책을 즐겨 읽었으며, 읽지 않은 글이 없는 사람이었다.

「민옹전」은 실존인물 민유신을 대상으로 하여 쓴 일인칭 서술방식의 전기(傳記)이다. 박지원은 뛰어난 능력과 자유분방한 기질을 가지고서도 세상에 이름을 떨치지 못한 민옹을 안타깝게 여겨 그를 기리기 위해 이 글을 지었다고 한다.

계륵(鷄肋) | 닭의 갈빗대라는 뜻으로, 먹기에는 너무 맛이 없고 버리기에는 아까워 이러지도 저러지도 못하는 형편을 이르는 말.

금상첨화(錦上添花) | 비단 위에 꽃을 더한다는 뜻으로, 좋은 일에 또 좋은 일이 더하여짐을 이르는 말.

기사회생(起死回生) | 죽을 뻔하다가 살아남.

기우(杞憂) | 중국의 기나라 사람이 하늘이 무너질까 봐 밥을 먹거나 잠자는 것도 잊고 근심 걱정하였다는 뜻으로, 쓸데없는 걱정을 할 때를 이르는 말.

난공불락(難攻不落) | 공격하기 어려워 좀처럼 무너지지 않는 상태를 이르는 말.

막역지교(莫逆之交) | 뜻이 서로 맞아 지내는 사이가 썩 가까운 벗.

실사구시(實事求是) | 사실을 바탕으로 하여 진리나 진상을 탐구하는 일, 또는 그런 학문 태도.

월하노인(月下老人) | 부부의 인연을 맺어 주는 '중매쟁이 노인'을 이르는 말.

일장춘몽(一場春夢) | 한바탕의 봄꿈처럼 헛된 영화나 덧없는 일이란 뜻으로, 인생의 허무함을 비유한 말.

지록위마(指鹿爲馬) | '윗사람을 이용하여 권세를 마음대로 휘두르는 짓'을 이르는 말.

풍전등화(風前燈火) | 바람 앞의 등불처럼 그 운명이 위태로운 것.

화룡점정(畫龍點睛) | 용을 그릴 때 마지막에 눈을 그려 완성시킨다는 뜻으로, '가장 중요한 부분을 마치어 일을 끝냄'을 이르는 말.

흥보전

興甫傳

작자 미상

「흥보전」은 인과응보의 이치에 따라 이루어진 권선징악의 주제와 형제간의 우애 문제가 풍부한 해학적 묘사 속에 녹아 있는 소설이다.

 ## 등장인물

박흥보 |

욕심이 없고 선량한 성격으로 도덕적인 인간이다. 자신의 재물을 갈취하고 내쫓았으며 폭력까지 휘두른 형님에 대하여 원망과 증오심보다는 형제간의 우애를 충직하게 지키는 인물이다. 착한 마음씨로 우연히 제비 다리를 치료해 주는 선행을 하여 제비로부터 보은박을 받아 부자가 된다.

박놀보 |

욕심이 많고 악한 성격으로 부모의 유산을 독차지하고 흥보와 그의 처자식을 내쫓음으로써 형제간의 우애를 끊어버리는 인물이다. 흥보가 제비 다리를 치료해 주고 부자가 되었다는 말에 자기도 일부러 제비 다리를 부러뜨려 치료해 주는 나쁜 짓을 저지르다 제비로부터 보구박을 받아 패가망신(敗家亡身)한다.

흥보전

興甫傳

읽기 전에 | 이 작품은 판소리계 소설로 현실적 가치를 중시하는 관점에서 평범한 사람들의 삶이 지닌 여러 문제를 다루고 있다. 놀보와 흥보의 대조적인 인물의 심성과 행위, 과장 수법의 희극적이고 풍자적인 재미, 형제간의 우애, 인과응보, 권선징악의 주제에 유의하면서 읽어 보자.

놀보와 흥보 형제가 있었다. 우리 나라는 군자의 나라요, 동방예의지국(東方禮義之國)*이다. 열 군데의 작은 마을에도 충신이 있고, 일곱 살 난 어린이도 효와 우애를 지키며 사니, 불량한 사람이 어디 있겠는가. 그러나 평화로웠던 중국 요임금 때에도 도척*이란 큰 도둑이 있었으며, 순임금 세상에도 사흉*이 있었으니, 아마도 한 가지 나쁜 기운은 어찌 할 수가 없나 보다.

충청, 전라, 경상 3도 어름에 사는 박(朴)가 두 사람이 있었으니, 놀보(老甫)는 형이요 흥보(興甫)는 아우였다. 같은 부모 소생(所生)*이지만, 마음씨가 서로 아주 달랐다.

사람마다 몸 속에는 오장육부(五臟六腑)*가 있지만 놀보는 오장칠부인 것이

동방예의지국 : 예의를 잘 지키는 동쪽의 나라. 예전에 중국이 우리 나라를 이르던 말.

도척 : 중국의 대도둑.

사흉 : 중국 요임금 때에 서쪽 땅에 살았다는 네 명의 흉악한 괴물을 가리킴. 개와 비슷한 혼돈, 반인반수의 도철과 도올, 호랑이와 비슷한 궁기 등이다.

소생 : 자기가 낳은 '자녀'를 이르는 말.

오장육부 : 한의학에서 내장을 통틀어 이르는 말. 오장은 간장·심장·비장·폐장·신장, 육부는 대장·소장·쓸개·위·삼초(三焦)·방광 등을 말한다.

"

심술보 하나가 왼편 갈비 밑에 병부 주머니* 찬 듯하여 밖에서 보아도 알기 쉽게 달려 있었다. 심술이 대단하고 터무니없이 고약하였다.

불길한 곳에 가서 벌목하기와 집짓기, 이사 권하기, 삼재(三災)*든 데 혼인하게 하기, 동네의 산 팔아먹기, 남의 선산에 묘지 쓰기, 과거 보러 가는 양반을 재워줄 듯이 붙들어다 해 지면 내쫓기, 외상 새경*으로 일년 품팔이하는 일꾼 추수 끝내면 옷 벗겨 내쫓기, 초상난 데서 노래하기, 천연두 유행하는 데서 개 잡기, 남의 곡식 단에 불지르기, 가뭄 농사 물꼬* 빼기, 불 난 데 부채질하기, 장에 나가서 외상하기, 혼인하려는 데 바람 넣기, 첩들 싸움에 덩달아 싸우기, 길 가운데 구멍 파기, 외상 술값에 억지 쓰기, 다리 떠는 사람 다리 걸기, 소경 의복에 똥 칠하기, 배 앓는 사람에게 살구 주기, 잠든 사람 뜸질하기, 달리는 사람 발 걸어 넘어뜨리기, 곱사등이 엎어 놓고 밟아 주기, 열리는 호박 덩굴 끊기, 익어가는 곡식 모가지 뽑기…….

술 먹으면 주정부리고 욕설 퍼붓기, 장터에서 억지로 물건 팔기, 좋은 망건은 편자* 끊기, 새 갓 보면 끈 떼어내기, 가난한 양반 보면 갓 찢기, 거지 보면 자루 찢기, 상인 잡고 춤추기와 여승 보면 겁탈하기, 새 무덤에 불지르기, 제삿상 치우기, 애 밴 여자의 배 차기, 우는 아이에게 똥 먹이기, 멀리 가는 길손의 노비 빼앗기, 급히 말타고 가는 군사 잡고 실랑이질, 관차*의 전령* 뺏기, 군사의 무기 뺏기, 지관(地官)*이 가지고 다니는 지남철 뺏기, 의원의 침 훔치기, 물동이 인 여자에게 입 맞추기, 상여꾼에게 볼기 때리기, 만만한 놈 뺨치기와 고단한 놈 험담하기…….

병부 주머니 : 왕조 때, 발병부를 넣던 주머니. 발병부란, 조선시대에, 군사를 보내는 일을 신중하고 정확하게 하기 위하여, 왕과 병권(兵權)을 맡은 지방관이 미리 나누어 가지던 신표.
삼재 : 불교에서, 세계가 파멸할 때 일어난다는 세 가지 재해.
새경 : 사경. 농가에서, 일 년 동안 일해 준 대가로 주인이 머슴에게 주는 곡물이나 돈. 흔히 연말에 치름.
물꼬 : 논배미에 물이 넘어 흐르게 만들어 놓은 어귀.
편자 : 여기서는 망건편자로, 망건을 졸라매기 위하여 말총으로 띠처럼 좁고 두껍게 짠, 망건의 아랫부분.
관차 : 관아에서 보내던 군뢰, 사령 따위의 아전.
전령 : 전하여 보내는 훈령이나 고시.
지관 : 풍수설에 따라 집터나 묏자리 따위를 가려 잡는 사람.

　채소밭에 물똥 싸기, 수박밭에 외손질과 소목장인 대패 뺏기, 사당패나 탈춤패의 머리장식 훔치기, 옹기장수 짐 작대기로 차기, 장독간에 돌 던지기, 소매치기 벌금과 좀도둑 끝돈 먹기, 다과상에 흙덩이질, 산소 옮기는 곳에 가서 뼈 감추기, 어린아이 오줌보 말총으로 묶기, 약한 노인 엎어뜨리고 똥침 놓기, 제사 술병에 개똥 넣기, 뱀술병에 독약 넣기, 곡식밭에 소와 말 몰기, 부모나 형뻘 되는 사람에게 말 놓기, 귀먹은 이에게 욕하기, 소리할 때 잔말하기, 날이 새면 못된 짓 하기, 밤이 들면 도적질 등을 평생에 일삼았다. 이런 놈이 삼강(三綱)*을 아나, 오륜(五倫)*을 아나. 심술 궂기는 돌덩이요, 욕심이 족제비와 같았다. 네모난 접시로 이마를 비벼도 피 한 방울 날 리 없는 흉악한 사람이었다.*

　홍보의 마음씨는 제 형과 아주 달랐다. 부모에게 효도하고, 어른에게 존경하며, 이웃간에 화목하고, 친구에게 믿음이 있었다. 굶어서 죽을 사람 먹던 밥을 덜어주고, 얼어서 병든 사람 입었던 옷 벗어 주기, 노인이 짊어진 짐 손수 져다 주고, 장마 때 큰 물가에 삯 안 받고 건네 주기, 남의 집에 불이 나면 세간살이 지켜 주고, 길가에 보물이 빠졌으면 지켜 섰다 주인 찾아 주기, 청산에서 사람뼈를 보게 되면 깊이 파서 묻어 주기, 수절 과부 보쌈하면 쫓아가서 집에 돌려보내기, 어진 사람 모함하면 대신 나서서 벼명하고, 불쌍한 사람의 불행을 보면 달려가서 구원하기, 길 잃은 어린아이는 저의 부모 찾아주고, 주막에 병든 사람 그 사람집에 연락하기, 막 깨어난 벌레를 죽이지 않고 자라는 초목을 꺾지 않았다. 이렇듯 남의 일만 하느라고 한 푼 돈도 벌지 못하니 놀보가 오죽 미워하겠는가.

삼강 : 유교 도덕의 기본이 되는 세 가지 도리. 곧 임금과 신하, 아버지와 자식, 남편과 아내 사이에 지켜야 할 떳떳한 도리.

오륜 : 유교에서 이르는 다섯 가지의 인륜(人倫). 곧, 부자(父子) 사이의 친애(親愛), 군신(君臣) 사이의 의리(義理), 부부(夫婦) 사이의 분별(分別), 장유(長幼) 사이의 차서(次序), 붕우(朋友) 사이의 신의(信義)를 이름.

네모난 접시로 이마를 ～ 없는 흉악한 사람이었다 : 놀부의 극도에 달한 심술과 욕심을 드러내는 부분이다. 즉 모가 난 접시로 이마를 비벼도 피 한 방울 나지 않는다는 것은 '피도 눈물도 없다' 는 속담에서와 같이 인정이라고는 조금도 없음을 나타내고 있는 것이다.

흥보가 놀보에게 쫓겨나다. 어느 날 놀보가 흥보를 불렀다.

"사람이라 하는 것이 믿는 것이 있으면 아무 일도 안 되는 법이다. 너도 나이들어 계집, 자식 있는 놈이 사람 살기 어려운 줄을 조금도 모르고서, 나 하나만 바라보고 놀고 먹고 놀고 입는 모양 보기 싫어 못 살겠다. 부모의 세간살이가 아무리 많아도 장손의 차지될 것인데, 하물며 세간은 나 혼자 장만하였으니, 네게는 돌아갈 몫이 없다. 네 처자식을 데리고서 어서 멀리 떠나거라. 만일 지체하였다가는 결단이 날 것이니, 어서 빨리 서둘러라.*"

이 말을 듣고서 가련한 흥보 신세에 지성으로 비는 말이,

"제발 빕니다. 형님 전에 빕니다. 형제는 한몸이라, 한 조각을 베어내면 둘 다 병신 될 것이니, 그 수모를 어찌할 것입니까. 동생 신세는 그렇다 하더라도, 젊은 아내와 어린 자식을 뉘 집에 가서 의지해 살며, 무엇으로 먹여 살리겠어요. 당나라 장공예*는 아홉 세대가 함께 살았다 하는데, 아우 하나 있는 것을 나가라 하십니까. 오륜의 뜻을 생각하여 십분 통촉(洞燭)*하십시오."

놀보가 분이 나서 그런 야단이 없었다.

"아버님 계실 적에 나는 생판 일만 시키고서 작은 아들 사랑스럽다고 글공부시키더니, 너 매우 유식하구나. 나같은 농부가 우애를 알겠느냐."

하고 구박하여 문 밖으로 쫓아내었다.

흥보 신세 가련하다. 입도 뻥끗 못 하고서 빈 손으로 쫓겨나니 광대한 이 천지에 집없는 나그네가 되었구나.

불쌍한 흥보댁이 부잣집 며느리로 먼 길 걸어 보았겠나. 어린 자식 업고 안고 울며 불며 따라갈 때, 아무리 시장하나 밥 줄 사람 어디 있으며, 밤이 점점 깊어간들 잠잘 집이 어디 있나. 저물도록 빡빡 굶고 풀밭에서 자고 나니 죽을

부모의 세간이 아무리 ~ 어서 빨리 서둘러라 : 놀보가 어떤 대책이나 집 한 칸, 돈 한 푼 주는 것 없이 아우를 쫓아내는 장면이다. 부모의 세간은 장손이 차지해야 한다고 주장하고서 동생을 내쫓음으로 해서 자신의 이익을 챙기는 탐욕에 가득 찬 모습을 볼 수 있다.

장공예 : 중국 당나라 때의 인물. 그의 가족은 9대가 한 집에 살았는데, 그는 참을 인자(忍字)를 백 번 새기는 것으로 집안 다스리는 도(道)를 삼았다고 함.

통촉 : 웃어른의 행동에 관하여 쓰는 말로, 사정이나 형편을 헤아려 살핌.

밖에 수가 없어 염치가 차차 없어져 갔다. 이 곳 저 곳 빌어먹어 한두 달 지내가니 발바닥이 딴딴하여 부르트는 일이 아예 없고, 낯가죽이 두터워서 부끄러움이 하나도 없어졌다. 한 해 두 해 넘어가니 빌어먹는 수가 생겨서 흥보는 읍내 나가면 여관에나 정자에나 자리를 떡 버티고 지냈다. 또 다른 마을을 갈 때면 물방앗간이든지 당산(堂山)* 정자 밑에든지 살 곳을 정하고서, 어린것을 옆에 놓고 긴 담뱃대 붙여 물고 솥을 닦아내는 솔솔을 매든지, 또아리를 엮어 매든지, 냇가 방죽 가까우면 낚시질 앉아 할 때, 흥보의 마누라는 어린아이 등에 붙여 새끼로 꽉 동이고, 바가지에 밥을 빌고 호박잎에 반찬을 얻어 허위허위 찾아오면, 염치없는 흥보의 생각에 가장 티 내느라고 식구들이 뒤에서 따라왔다. 짚었던 지팡이로 매질도 하여 보고, 입에 맞는 반찬 없다고 앉았던 물방앗간 불도 놓아 보려 하고, 별 꼴을 매양 부렸다.

어느 날 식구가 양다리 쭉 늘어앉아 헌 옷의 이를 잡았다. 흥보가 이를 보고,

"우리 신세가 이렇게 되어 이왕 빌어먹을 테면 전곡(錢穀)*이 많은 데로 가 볼 밖에 수가 없으니 배가 드나드는 포구 근처로 찾아가세."

일원산, 이강경*, 삼포주, 사법성리, 낙안 부원다리*, 부안 줄내, 근방을 다 찾아다녀 보니 비린내에 속 뒤집혀 암만해도 살 수 없다. 산중으로 다녀 볼까? 우복동* 수인섬과 청학동*, 백학동, 두류산, 속리사, 순창, 복흥, 태인, 산내, 안다는 좋은 데를 다 찾아다녀 봐도 소용 없어 살 수가 없다. 고향 근처 도로 와서 한 곳에 이르니 촌 이름은 복덕이요 인심이 순후한데, 빈 집 한 칸 서 있어서 잠시 머물러 살아보니, 집 꼴이 말이 아니어서, 집 마루에 이슬 오면 천정에 큰 빗방울, 부엌에 불을 때면 방 안은 굴뚝이요, 흙 떨어진 벽 속에 난 구멍으로 바람은 살 쏘듯 했다. 틀만 남은 헌 문짝에 가마니로 창문을 달고,

---

방에 반듯 드러누워 천정을 올려다보면 개천도(開天圖)*를 부친 듯이 이십팔 수* 세어보고, 일하고 곤한 잠에 기지개를 불끈 켜면 상투는 허물없이 앞 토방으로 쑥 나가고, 발목은 어느 사이에 뒤꼍에 가 놓였다.* 밥을 하도 자주 안 하니 아궁이의 풀을 뽑으면 한 마지기 못자리는 넉넉히 할 만하였다.

그럭저럭 여러 해에 자식은 더럭더럭 풀풀이 생겨나고, 가난은 버석버석 나날이 늘어가니, 여러 식구 굶기가 초상난 집의 개에 비길 만하였다.

흥보의 마누라가 견디다 못 견디어 가난 타령으로 섧게 울었다.

"가난이야 가난이야 만고에 있는 가난. 아무리 헤아려도 내 운수의 가난은 다시 없네. 선산을 잘못 써서 이러한가. 묘를 파자 해도 종손(宗孫)이 말릴 것이고, 귀신이 저희 하는 점이나 하자고 해도 쌀 한 줌이 없으니 복채*를 낼 수가 있나. 애고애고 서러운지고. 춥고 배고픔이 이러하니 절로 염치(廉恥)*를 생각하지 않게 되네. 여보시오, 아기 아버지! 형님 댁에 건너가서 전곡이나 얻어다가 굶은 자식 살려 냅시다."

흥보가 걱정하여,

"형님 댁에 건너가서 애절히 사정하여 돈이 되나 쌀이 되나 주시면 좋커니와, 어려운 그 성정에 만일 안 주시고, 호령만 하시면 근래 같은 세상 인심에 형님이 덕을 잃으실 터이니, 아니 가는 편이 옳으이."

"주시고 안 주시기는 처분에 달렸으니 청하다가 못 되면 한이나 없을 테니, 수인사대천명(修人事待天命)*이라고 길을 두고 산으로 갈까. 되든지 안 되든지 헛일 삼아 가 보시오."

개천도 : 하늘과 땅이 열린 모양의 그림.
이십팔 수 : 중국에서 옛날부터 전해오는 천문. 하늘을 동(蒼龍), 서(白虎), 남(朱雀), 북(玄武) 네 개의 궁으로 나눈 것.
틀만 남은 헌 ~ 뒤꼍에 가 놓였다 : 가난으로 비참한 생활을 하는 흥보의 처지를 묘사한 부분이다. 집이 너무 엉성하여 지붕이 뚫여 있고, 또 너무 비좁아 기지개를 켜면 상투가 토방으로 나가버리고 발목은 밖으로 나가게 된다는 것이다. 이것은 실제로는 불가능한 상황을 묘사하고 있는 것인데, 이 작품은 이러한 과장된 표현을 통해 흥보의 처지와 가난함을 강조하고 있는 것이다.
복채 : 점을 친 대가로 점쟁이에게 주는 돈.
염치 : 결백하고 정직하며 부끄러움을 아는 마음.
수인사대천명 : 사람으로서 할 수 있는 일을 다하고 천명(天命)을 기다림.

　흥보가 할 수 없어 형의 집으로 건너갈 때, 의관을 한참 차려, 모자 터진 헌 갓에다 테를 실로 감아 노끈으로 만든 갓끈을 달아 쓰고, 편자는 좀이 먹고 앞춤에 구멍이 송송, 고리 떨어진 헌 망건을 물렛줄로 얽어 쓰고, 깃만 남은 베중치막* 열두 도막 이은 실띠로 시장*하지 않게 졸라매고, 헐고 헌 고의적삼 살점이 울긋불긋, 목만 남은 길버선*에 집대님이 별 꼴이었다. 구멍 뚫린 나막신을 두 발에 잘잘 끌고, 꼭 얻어올 양으로 큼직한 구럭*을 짊어지고 벌벌 떨며 건너갈 때, 저 혼자 혀를 차며 탄식하였다.

　"아무리 생각해도 될 것 같지 않다. 모진 목숨 죽지 않고 이 고생을 하는구나."

　흥보가 놀보에게 매맞고 쫓겨나다.　형의 문 앞에 당도하니 그 새 위세가 더 늘어서 집안이 아주 웅장해졌다. 삼십여 칸 줄행랑을 일자로 지었는데, 한가운데 솟을대문*이 가볍게 날아갈 듯하고, 대문 안에 중문이요 중문 안에 벽문이 늘어섰다. 건장한 종놈들이 삼삼오오 짝을 지어 문마다 지키고 있는데, 그 중에 늙은 종은 흥보를 알아보았다. 깜짝 놀라 절을 하며, 손을 잡고 눈물 흘리며,

　"서방님 어디 가서 저 모습이 웬일입니까. 수직방에 들어앉아 몸이나 조금 녹이십시다."

하고, 방으로 들어가서 담배를 붙여 주며,

　"서방님이 저리 될 때에야 아씨야 오죽하며, 그 새에 아기네는 몇 분이나 더 나시고, 어이하여 저 꼴이 되셨어요? 서방님 나가실 때 우리들의 의논하기로 군자같은 그 심덕(心德)이 어디 가면 못 살겠나? 어디를 가도 부자 되지. 그럴 줄만 알았더니 세상이 공도(公道)* 없지요."

중치막 : 지난날, 벼슬하지 아니한 선비가 입던 웃옷의 한 가지. 소매가 넓고 길며, 옆구리가 터져 있음.
시장 : '배가 고픔'을 점잖게 이르는 말.
길버선 : 먼 길을 갈 때에 신는 허름한 버선.
구럭 : 새끼로 그물처럼 엉성하게 얽어서 만든 물건.
솟을대문 : 행랑채보다 높이 솟은 대문.
공도 : 사회 일반에게 통용되는 바른 도리.

혀를 끌끌 차며 화로의 불을 뒤집어 가까이 놓아 주니, 흥보가 불 쪼이고 눈물을 흘리면서, 목 메인 소리로,

"복 없으면 할 수 없는데. 아들은 스물 다섯. 아씨 말도 할 말 있나. 내 차리고 온 의복은 게다 대면 장가길이지. 이 식구 스물 일곱, 딱 죽게 되었기에 형님께 말씀드려 뭐 좀 얻어가자 왔네마는, 한결같이 잘 계시고 마음은 조금 풀리셨는지."

"문안이야, 그 앞에 가 무슨 병이 얼른 하며, 좀체 귀신이나 꼼짝할까. 일생 태평하시고, 그 마음 말씀이야 서방님 계실 때보다 몇 배나 더 독하지요. 두 말씀 할 수 있어요. 이번의 제사 때에도 음식 장만도 아니하고, 대전(代錢)*으로 놓았다가 도로 쏟아내는데, 지난 달 대감* 제사에 놓았던 돈 한 푼이 제상(祭床)* 밑에 빠졌든지 몇 사람이 죽을 뻔했어요. 이번엔 또 의심이 생겨서 싸돈*으로 아니 놓고 꿰미채* 놓았습죠."

흥보가 방에 앉아 담배 피고 불 쪼이니, 몸이 조금 녹았다가 이 말을 들어보니 등이 선뜻선뜻 찬물을 끼얹고, 가슴이 두근두근 쥐덫이 내려지고, 머리끝이 쭈뼛쭈뼛하여 하늘로 올라가서, 온 몸을 벌렁벌렁 떨면서 말하였다.

"거기 들어가지 말고 바로 가는 수가 옳지. 이럴 줄 미리 알고 아예 아니 오겠더니, 아씨에게 못 견디어 부득이 왔네 그려."

그 종이 하는 말이,

"이 추위에 저 꼴 하고 예까지 오셨다가 못 얻으면 그만이지, 무슨 탈이 있겠어요. 어서 들어가 보시오."

"같이 가서 나 왔다고 알려 주소."

"아니오. 못하지요. 이런 위태한 일을, 만일 아차 하게 되면 날더러 데려왔

대전 : 물건 대신 주는 돈.
대감 : 정2품 이상의 벼슬아치의 존칭.
제상 : 제사 때 제사음식을 차려 놓는 상.
싸돈 : 한 푼 한 푼의 낱돈.
꿰미채 : 노끈이나 꼬챙이 따위에 꿴 것.

다고, 둘이 다 탈이오니 혼자 들어가 보시오.”

홍보가 할 수 없어 이를 꽉 아득 물고 팔짱을 끼고 죽을 판 살 판으로 가만가만 잔 걸음으로, 초당(草堂)* 앞에 이르니, 과연 놀보가 영창문을 반만 열고 담배를 물고, 방석에 비스듬히 누웠다.

홍보가 아주 죽기로 각오하고 툇마루에 올라서서 극진히 절을 하고 떨며 눈물을 흘렸다.

“떠나온 지 여러 해인데 안녕하신지요.”

놀보가 한 손으로 방석에 짚고 배 앓는 말이 머리 들듯 비스듬히 들어보이며 한 어미 배로 나와 함께 커서 장가 들고, 자식 낳고 함께 살다 쫓아낸 동생이니, 아무리 오래되고 모습이 변하였다고 모를 리가 있을까마는, 우애 없는 사람이라 아주 모르는 체하였다.

“뉘신지요?”

홍보는 정말 모르고 묻는 줄로 알았구나. 집 나갔던 해까지 알렸다.

“갑술년에 나간 홍보요.”

놀보가 무수히 되뇌며 의심하여 말하였다.

“홍보, 홍보, 일년 새경 먼저 받고 모 심을 때 도망한 놈, 그놈은 황보렷다. 쟁기질 보냈더니 소 가지고 도망한 놈, 그놈은 흥보렷다. 홍보, 홍보, 삼민해도 기억하지 못하겠소.”

홍보가 생각 있는 사람이면 행동이 이러하니 무슨 일이 될 것인가. 썩 일어서 나왔으면 아무 탈이 없을 것인데, 저 무능한 자는 순박한 마음에 참 모르고, 자세히 말하면 무엇을 줄 줄 알고, 속마음을 다 알렸다.

“같은 부모에서 난 친형제로 이름자 항렬(行列)*하여 형님 함자(銜字)* 놀 자(字) 보 자(字) 아우 이름 홍보라 하는 것을 그렇게 잊으셨소?”

초당 : (원채에서 따로 떨어진 곳에) 짚이나 억새로 지붕을 이은 조그마한 집채.
항렬 : 혈족의 방계에 대한 ‘대수(代數) 관계’를 나타내는 말. 돌림자.
함자 : 남의 이름을 높여 이르는 말.

놀보가 생각하니 다시 의뭉*을 피우자 해도 흥보의 하는 말이 밤 까놓듯 하였으니, 의뭉집이 없어졌구나. 맞설 밖에 수가 없자,

"그래, 같은 부모거나 다른 부모거나 친형제거나 딴 형제거나 간에, 어찌 왔나?"

원래 미련하기는 흥보같은 사람이 없어 얻으러 왔단 말을 그 말끝에 할 것인가. 웬만한 제 말솜씨로 놀보 감동시키려고, 목소리를 섧게 하고 눈물을 훌쩍이며 고픈 배를 틀어쥐고 애절하게 빌었다.

"형님 나를 내보내기는 미워함이 아니시라, 형님 덕에 하는 일없이 놀면서 얻어먹는 사람 될 수 없었으니, 따로 나와 살며 고생하면 행여나 사람될까 생각하여 하셨으니, 그 뜻을 어찌 모르겠습니까?"

놀보가 저를 추켜 주는 말은 아주 좋아하는지라 그 말에는 썩 대답하였다.

"아무렴은."

"형님 댁을 떠날 때 부부가 손목을 서로 잡고 언약을 하기를, 밤낮으로 놀지 말고 착실히 품을 팔아, 돈 관이나 모으거든 흰떡 치고 찰떡 치고 영계 삶아 우에 얹어 내 등에 짊어지고, 찹쌀 청주 웃국* 질러 병에 넣어 잔에 들고, 형님 댁에 둘이 가서 형님 부부 잡수시는 것을 기어이 보고 오세."

놀보가 음식 말을 듣더니 침을 삼키며 추어 말하였다.

"그렇지."

"단단히 약속하였더니, 어찌 그리 복이 없어 밤낮으로 벌어도 돈 한 푼을 못 모으고, 원치 않는 자식들은 아들이 스물 다섯."

놀보가 뒤로 물러나 앉으며 군소리하였다.

"박살할 놈, 그 노릇을 하여도 밤이면 대고 파 대니, 다른 일 할 틈이 있어야지. 계집년 생긴 것이 눈이 벌써 음녀(淫女)거든."

"식구가 이러하니 아무런들 할 수 있어야지요. 빌어도 하도 먹으니 다시는

의뭉 : 겉으로는 어리석은 것 같으나 속은 엉큼함.
웃국 : 간장이나 술 같은 것이 익은 뒤에 맨 처음에 떠낸 진한 국.

빌 데 없고, 굶은 지도 꽤 오래이니 더 굶으면 죽겠기에, 형님 찾아왔습니다. 그러니 전곡간에 조금만 주시면 스물 일곱 죽는 목숨이 살아나겠습니다.”

두 손을 비비면서 꿇어 엎드려 슬피 우니, 놀보의 생각에는,

‘저놈의 생긴 것이 빌어먹기에 투가 나서 달래서는 안 갈 테고, 주어서는 또 올 테니, 죽으면 굶어 죽지 맞아 죽을 생각은 없이 하는 것이 옳다.’

하고, 부자집 바람벽에 도적막는다고, 철퇴 철채찍 마상도(馬上刀)*며 단단한 몽둥이를 오죽 많이 걸었겠나. 그 중에 단단하고 손잡이 좋은 몽둥이 하나를 내어 손에 들고, 엎어져 우는 볼기짝을 딱 때리고 무섭게 호령하였다.

“하늘이 사람을 낼 때 제 타고난 복이 각기 있어, 잘난 놈은 부자 되고, 못난 놈은 가난한 법이니 내가 이리 잘 사는 것이 네 복을 뺏었느냐. 누구에게다가 떼쓰자고 이 흉년에 곡식 주쇼! 목으로 소리하며 눈물 방을 흩뿌리면 네 잔꾀에 내가 속을 줄 아느냐. 조금만 지체하였다가는 잔뼈도 찾지 못할 테니 서둘러 문으로 어서 나가라.”

몽둥이를 또 둘러메니 불쌍한 저 흥보가 제 형의 마음을 아는구나. 눈물 씻고 절을 하였다.

“정말 잘못 하였으니 너무 염려 마시고 평안히 계십시오. 동생은 갑니다.”

이렇게 작별 인사하고 나올 때에 놀부 아내가 거지에게 밥을 싸주네 밀가루 퍼서 준다고 해도 모두 거짓말이고, 이년의 마음씨는 놀보보다 더 독하였다. 안마당으로 들어가는 중문에 기대서서 처음부터 끝까지 구경하다가 흥보가 가는 것을 보고 제 서방을 나무랬다.

“저러한 억지꾼놈을 단단히 쳐주어야 다시는 안 올 텐데, 어떻게 때렸기에 멀쩡하게 걸어가오. 제 계집만 잘 잡지. 동생이라고 사정을 봐주었구면.”

흥보가 형 집에 먹을 것을 얻으러 왔다가 몽둥이로 실컷 맞고 비틀걸음으로 건너갔다.

마상도 : 말을 탄 무사가 가지고 쓰는 칼.

흥부네 굶주리며 살다. 이 때에 흥보 아내는, 여러 날 굶은 가장을 형의 집에 보내고서 돈이나 곡식을 조금이라도 얻어오면 굶은 자식 먹일 줄로 알고 동리 어구에 나가서 기다렸다. 스물 다섯 되는 자식, 다른 사람 자식 낳듯 한 배에 하나 낳아, 삼사 세 된 연후에 낳고 낳고 하여서야 사십이 못 다 되어 어찌 그리 많이 낳겠는가. 한 해에 한 배씩, 한 배에 두셋씩 대고 낳아 놓았구나. 그리해도 아이들은 칠칠일을 지나면 안기도 하여 보고, 백일이 지나며는 업기도 하여 보고, 첫돌이 지나면 손잡고 걸어보고, 서너 해 지나면 의복 입고 다녔어야 다리도 튼튼해지고 몸이 활발해진다.

그런데 이 집 자식 기르는 법은 멍석을 겨를 적에 세 줄로 구멍을 내어, 한 줄에 열 구멍씩, 첫 구멍은 조그맣고 차차 구멍을 크게 냈다. 한 배에 낳은 자식 둘이 되나 셋이 되나 앉혀 보아 앉으면 첫 구멍에 목을 넣고, 하루 몇 때씩을 암죽만 떠 넣으면 불쌍한 이것들이 울어도 앉아 울고, 자도 앉아 자고, 똥오줌 마려우면 멍석 쓴 채로 앉아 누워, 세상에 난 연후에 실오라기 하나라도 몸에 걸쳐 본 일이 없고, 한 번도 문턱 밖에 발 디디어 본 일이 없고, 다른 사람 얼굴 보아 소리 들어본 일이 없고, 그저 앉아 큰 것이었다.*

때묻은 야윈 얼굴이 거칠거칠 동지섣달 강아지가 아궁이에 자고 난 듯, 멍석 쓴 채 세고 보면 빼빼 마른 몸둥이가 짱둥이를 엮어놓은 듯, 못 먹고 앉아 크니, 워낙 무르게 되어 큰놈들은 스무 살씩, 작은놈들은 십칠팔 세, 남의 자식 같으면 농사하네 나무하네 한창들 벌련마는, 원 늦되어서 부르는 게 어메, 아비. 음식 이름 아는 것이 밥뿐이로구나. 다른 음식 알자 한들 세상에 난 연후에 먹기는 고사하고 보거나 듣거나 하였어야지. 밥 갖다 줄 때가 조금만 지나면 여러 놈이 저마다 목소리를 내어 말하였다.

"어메 밥, 어메 밥."

그런데 이 집 자식 ~ 앉아 큰 것이었다 : 흥부네 식솔들의 헐벗고 굶주리며 찢어지게 궁핍한 생활상을 과장해서 묘사한 부분이다. 자식들에게 입힐 옷이 없어 큰 멍석 한 장을 얻어다가 머리 부분만 구멍을 뚫고 의복을 대신하고 있다. 그래서 한 번도 문 밖 출입을 해 본 적도, 다른 사람의 얼굴을 본 적도 없이 그저 앉아서 성장하고 있음을 드러내고 있다.

하는 소리가 비 올 때 방죽의 개구리 소리도 같고, 석양 하늘에 매미 떼 소리도 같다. 언제라도 밥 들고 들어가도록,

"어메 밥, 어메 밥."

하였다.

이 날도 흥보 댁이 여러 자식놈들 '어메 밥' 소리에 정신을 못 차려서, 벗은 발에 두 손 불며 동문 밖에 나가서 보니 흥보 금방 건너올 때, 지거나 메지도 아니하고, 빈 손 치고 정신없이 비틀비틀 오는 행동은 곡식 실은 배의 선원들이 일천 석 실은 곡식을 풍랑에 잃고 열 번이나 삼 년 옥에 갇혀 있다 나온 사람처럼 고생을 겪고 오는 모양. 행색이 영 말이 아니어서 흥보 댁이 깜짝 놀라 손목을 잡았다.

"어이 그리 지체하고 어이 그리 심난한가? 오죽 시장하며 오죽 춥겠는가?"

자세히 살펴보니 쑥 들어간 두 눈가에 눈물이 그렁그렁. 간신히 살 가린 홑바지 뒤폭이 툭 미어져 빼빼 마른 볼기짝에 몽둥이 맞은 자리에 구렁이가 감긴 듯하였다.

"애겨 이게 웬일인가. 저 몹쓸 독한 사람, 곯은 사람 쳤네 그려."

하고 가슴 탕탕 치며 아내가 발을 구르니, 흥보가 달래며 말하였다.

"자네, 그게 웬 소린가. 형님 댁에 건너가니 형님이 반기시고, 좋은 슐 디운 밥을 착실히 먹인 후에 쌀 닷 말 돈 석 냥 썩 내어주시기에, 쌀 속에 돈을 넣어 오쟁이*에 묶어지고 땀으로 등을 적시면서 오노라니, 이 넘어 깊은 골에 끔찍한 두 사람이 몽둥이 갈라 쥐고 솔밭에서 왈칵 나와 볼기짝 때리면서,

'이놈 목숨이 크냐? 재물이 크냐?'

한 번 호통에 정신 놓아, 짊어졌던 짐 벗어 주고 겨우 살아오느라고 서러워서 울었으니, 형님 원망은 마시오."

흥보 댁이 믿지 않고 손뼉을 딱딱 치며 말하였다.

오쟁이 : 짚으로 촘촘하게 만들어 곡식을 담는 데 쓰는 그릇.

"그렇다고 해도 내가 알고 저렇다고 해도 내가 알지. 몹쓸 양반 몹쓸 양반. 시아재는 몹쓸 양반. 하나 있는 그 동생을 못 본 지가 몇 해인데, 오늘 같이 추운 아침에 형 보자고 간 동생의 차린 모양을 보면 오려논에 새 볼 터이오. 의복을 보면 구럭 속에 쇠고기든 듯 얼굴은 굶주려서 얼굴이 누렇게 뜬 모습이요, 말소리는 기운이 없고 굶주림에 시달려 어찌할 바를 모르니, 여러 해 굶은 것과 조금 하면 죽을 것을 뻔히 알 터인데, 구원하기는커녕 저리 몹시 때렸으니 사람이 할 일인가.

애고애고 설운지고. 옛 사람의 아우 생각, 구름 보면 낮 졸음, 수유꽃 꺾어 꽂고 홀로 외로움을 한탄한다는데, 우리 집 시아재는 어찌 그리 독살스러운고. 남의 원망 쓸데없지. 모두 다 내 죄로다. 국난(國難)에 어진 재상, 가난한 집에 어진 아내 생각하고, 내가 설마 의젓하고 점잖았으면 불쌍한 우리 가장을 못 먹이고 못 입힐까. 가장은 아내 복이 없어 굶거니와 철모르는 자식의 모습 더욱 못 보겠네. 짐승은 하찮아 보이지만 입으로 밥을 물어 자식을 먹여 주며, 추우면 날개 벌려 자식을 덮는다는데, 나는 어찌 사람으로 많은 자식들을 굶기고 헐벗게 하는가."

하니, 흥보가 깜짝 놀라,

"자네, 그거 웬 소린가. 죽었으면 그저 죽지, 자네 시켜 술 팔겠나? 살림은 가장에게 책임이 있소. 내가 가서 품을 팔 테니, 자네는 집에서 채소밭이나 가꾸고, 자식들 길러내소."

흥보가 품을 팔 때, 매우 부지런히 서둘러 위아래 땅 김매기, 먼 산 가까운 산 땔감으로 쓸 마른 풀 베기, 닷 돈에 장에서 일 봐주기, 십 리 돈 반에 가마 메기, 새로 난 조기 밤짐 지기, 시간 정하고 걸어서 심부름 하기, 방 뜯는 데 가서 일하기, 담쌓는 데 자갈 줍기, 봉산 가서 모 품팔기, 대구의 약재시장에서 짐 나르기, 초상 난 집 부고(訃告)* 전하기, 장사 지내러 갈 때 명정* 들기, 벼

부고 : 사람의 죽음을 알림, 또는 그런 글.
명정 : 붉은 천에 흰 글씨로, 죽은 사람의 관직이나 성명 따위를 쓴 조기(弔旗).

슬자리가 빈 곳에 가서 숙직하기, 대장간에 풀무 불기, 멋있는 기생 아씨의 애인에게 편지 전하기, 부잣집 어린 신랑 장가갈 때 기러기를 들고 가기, 들병장수* 술짐 지기, 초라니 판 나무 놓기, 아무리 벌어도 시골에서는 살 수가 없다.

서울로 올라가서 사철탕집 종노릇을 하다가 소주 가마 눌려 놓고 뺨 맞고 쫓겨와서, 대신 매를 맞고 돈을 받는 매품 팔러 병영 갔다가는 차례에 밀려 볼기 한 대 못 맞고서 빈 손 쥐고 돌아오니, 흥보 아내가 품을 팔았다. 오뉴월 밭매기와 구시월 김장하기, 한 말 받고 벼 훑기와 입만 먹고 방아찧기, 삼 삶기, 물레질, 베 짜기와 머슴의 헌옷 깁기, 상가에서 빨래하기, 혼인이나 장례집 진일* 하기, 채소밭에 오줌 주기, 소주 곱고 장 달이기, 물방아에 쌀 까부르기, 밀 맷돌 갈 때 제 집어넣기, 보리 갈 때 밑거름 주기, 못자리 때 잡초 뜯기, 아기 낳고 첫 국밥 제 손으로 하여 먹고, 기운도 없는데 절구질로 땀을 내며, 한때도 쉬지 않고 밤낮으로 벌어도 늘 굶는구나.

흥보 댁이 할 수 없어 죽기로 자처하고, 복을 못 타고난 신세를 스스로 한탄하며 진양조*로 서글피 울 때, 마음 있는 사람들은 귀에서도 눈물이 났다.

"애고 애고 설운지고, 복이라 하는 것이 어떻게 하면 잘 타고나는고. 좋은 일을 하고 악을 측은히 여기고 선을 우러러 행하는 마음씨에 매었는가. 어찌하면 잘 사는지 세상에 난 연후에 의룝지 않은 일 아니 하고 밤낮으로 벌이도 서른 날에 아홉 끼니 먹기도 어렵고, 일 년 사철 헌 옷이라. 내 몸은 고사하고 가장은 누렇게 얼굴이 뜨고 자식들은 굶어죽을 지경을, 사람 차마 못 보겠네. 차라리 자결하야 이런 꼴 안 보고 싶구나. 애고애고 설운지고."

치마끈으로 목을 매니 흥보가 울며 말렸다.

"여보소, 아기어멈, 이것이 웬일인가. 자네가 살아서도 내 신세 이러할 때는 자네가 죽게 되면 내 신세 어떠하고, 자식들이 어떻게 되겠소. 박복한 나를 얻

들병장수 : 병술을 받아서 파는 떠돌이 술장수.
진일 : 물을 써서 하는 집안일. 밥 짓고 빨래하는 일 등.
진양조 : 민속 음악의 판소리나 산조 장단의 하나로, 24박 1장단의 가장 길고 느린 가락. 조선 시대 순조 때 김성옥이 개발한 것임.

어 이 고생을 하게 하니, 내가 먼저 죽어야겠네."

　허리띠로 목을 매니, 흥보 아내 겁을 내어 가장의 손을 꼭 붙들고서 둘이 서로 통곡하니, 아주 초상난 집 같았다.

　　스님이 흥부네 집터를 봐 주다.　이 때에 중 하나가 이 마을을 지나는데, 행색을 알 수 없게 오래 묵은 중, 다 떨어진 여승의 모자, 이리 총총 저리 총총 헝겊으로 지은 것을 귀에 흠뻑 눌러 쓰고, 누덕누덕 헌 베 장삼, 율무 염주 목에 걸고, 한 손에는 절로 굽은 철죽장, 한 손에는 다 깨어진 목탁을 들고, 동냥을 얻으면 무엇에 받아갈지 목기짝, 바랑 등물 하나도 안 가지고 개미가 안 밟히게 가만가만 가려 디뎌 마을로 들어올 때, 개가 쾅쾅 짖으면 두 손을 합장하며,

　"나무아미타불."

　사람이 말 물으면 허리를 굽히면서,

　"나무아미타불."

　이 집 저 집 다 지나고 흥보 집앞에 이르렀다. 오랫동안 주저하며 울음소리 한참 듣다 목탁을 두드리며 목 내어 말하였다.

　"거룩하신 댁 문앞에 거지 중 하나 왔사오니 동냥 조금 주옵소서."

　목탁을 계속 치니 흥보가 눈물 씻고 애절히 대답하였다.

　"굶은 지 여러 날에 곡식이 없사오니 아무리 섭섭하나 다른 데나 가보시오."

　노승(老僧)이 대답하였다.

　"주인의 처지가 그러하니 그냥 가기는 하겠지만, 통곡은 웬일이오."

　"자식은 여럿인데 가세가 몹시 가난하여 굶다 굶다 못 하여서, 가련한 부부 목숨 먼저 죽기 다투어서 서로 잡고 울고 있습니다."

　그 중이 탄식하여,

　"어허 신세 가련하오. 부귀가 임자 없어 선을 쌓으면 오는 것이니 무지한 중의 말을 만일 듣고 믿거든, 집터 하나 가르칠 테니 소승 뒤를 따르시오."

흥보가 크게 기뻐하여 천 번 만 번 고맙다 하고 대사의 뒤를 따라가니, 배산임수(背山臨水)*가 열려 있고 무성한 숲과 긴 대가 둘러쳐져 있는 곳에 집터를 정하니 명당(名堂)*임이 분명하였다.

"이 터에 집을 짓고 가난하지만 안락한 마음을 가지고 지내면 가세가 속히 일어날 테니 월나라 재상 도주공(陶朱公)*와 노나라 부자 의돈(依頓)*에 비길 만할 것이오, 자손이 영광되고 귀하여 만세에도 계속 이어질 것이오."

부자 될 집터에 주된 기둥 자리 막대 넷 박아 주고, 한 두 걸음 나가더니 얼른 보이다가 쓱 사라지는 것이었다.

도승인 줄 짐작하고, 있던 집 헐어다가 그 자리에 의지하고 간신히 지낼 때에, 흰눈 내리고 바람이 찬 한겨울 벌거벗고 굶주린 배로, 아니 죽고 살아나서 정월 이월 얼음이 풀리니, 산수 경치가 참으로 좋다. 집은 당장 새려는데, 소쩍새는 비오비오. 쌀 한 줌 없는 것을 저 새소리, '솥 작다' 하고 뻐꾸기는 운다마는 논이 있어야 농사를 하지. 먹을 것이 없으니 닭과 개를 기를까.

흥보가 제비다리를 고쳐 주다. 삼월 동풍이 부는 이른봄의 화창한 날씨에, 온갖 새와 짐승이 즐길 때에 강남서 나온 제비, 옛날 왕사당 앞 제비가 이제는 백성의 집에 날아들었다 흥부의 움막에 날아드니, 흥보기 좋아하며 제비를 보고 칭찬하였다.

"소박한 세상 인심 부귀를 뒤쫓아, 적막한 이 산중에 찾아올 리 없건마는, 제비는 가난한 집 저버리지 않는다고 하더니, 붉게 칠한 난간과 채색한 누각 다 버리고, 퍽 좁은 이내 집을 찾아오니 반갑도다."

제비는 그런 곳에 집을 짓고 남쪽에 지성으로 감사하고, 좋은 진흙 물어다가 처마 안에 집을 짓고, 수컷이 날고 암컷이 따르며 오르내리며 사랑하여 알을

배산임수 : 산을 등지고 강을 바라보는 땅의 기운.
명당 : 풍수지리에서 이르는, 좋은 묏자리나 집터.
도주공 : 월나라 때 범려라는 명신이 있었는데 그의 노년의 이름은 도주였다. 큰 부자가 된 사람을 도주지부라고 함.
의돈 : 의돈이란 사람은 염정에서 소금을 생산하여 부자가 되기 시작했는데, 춘추 시대 노나라의 큰부자로 유명함.

낳아 새끼 까서 밥 물어다 먹이면서, 새끼와 어미가 지저귀며 즐기더니, 천만 뜻밖에 이무기가 제비집에 들어간다. 흥보가 깜짝 놀라 소리치며 내쫓았다.

"무례하고 방자한 저 이무기야, 너 먹을 것 많구나. 푸른 풀 우거진 지당 곳곳에 있는 개구리들과 여기저기 봄꿈을 미처 깨지 못한 새들, 허다한 것을 다 버리고 구태여 내 집 와서 제비 새끼를 잡아먹느냐. 칼로 네 허리를 베고 지고, 네 큰 목을 자르겠다."

급하게 쫓고 보니 제비 새끼 여섯에서 다섯을 먹고 하나가 남아 혼자 아니 죽고 날기 공부를 하다가, 대발 틈에 발이 빠져 거의 죽게 되었다. 흥보가 이를 보고 크게 놀라 제비 새끼를 손에 놓고 계속 탄식하였다.

"가련한 너의 목숨 이무기에게 죽지 않고 모질게 살아 있는 목숨으로 알았더니, 다리가 부러지니 웬일이냐. 전생의 죄냐, 잠시의 불운이냐. 삼백 날짐승 많은 중에 죄 없는 게 제비로다. 네 모습이 가련하니 기어이 살리리라."

칠산 조기 껍질을 벗겨 두 다리에 돌돌 말고, 오색 비단실로 찬찬 감아 제집에 넣었더니, 십여 일 지낸 후에 두 다리가 완전하게 튼튼해지니 이리저리 날며 노는 거동은 보기에 가장 좋았다. 구만 리 먼 하늘에 높이높이 날아 보고, 길고긴 시내의 맑은 물에 배도 쓱 씻어 보고, 평평한 넓은 들에 아장아장 걸어 보고, 길게 맨 빨랫줄에 한들한들 앉아도 보고, 바람에 떨어진 꽃 또기또기 차도 보고, 가랑비 젖은 날개 실근실근 다듬으며, 아로새긴 들보 위에 고운 말로 감사하고, 해당화 그늘 속에 오락가락 날아다녔다. 흥보가 좋아하고 집 안에 있을 때는 제비에 마음을 붙이고 지냈다. 그리고 나갔다 들어오면 제비 집을 먼저 살펴보았다. 칠팔월 무더위가 지나가고 이슬이 서리 되며 가을 바람이 쌀쌀해지자 구월에 입을 옷을 찾게 되는데, 동방에 귀뚜라미가 울어 깊은 수심을 자아내고, 먼 하늘에 기러기 우는 소리는 먼 데 소식 띄워 왔다. 이때 우리 제비는 고향 강남으로 가려고 이별하는구나.

흥보가 탄식하였다.

"사랑스럽다 우리 제비. 날 버리고 가려느냐. 강남이 멀다 하니 며칠이면 도착할까. 내년 봄에 나오거든 부디 내 집 찾아 오라.”

제비 저도 못 잊어서 나갔다 도로 와서 아리따운 말소리로 이별을 아끼는
듯. 흥보는 본래 서러운 사람이라 눈물보씩이나 흘리고 이별을 하였다.

제비가 흥보에게 박씨를 물어다 주다. 십이제국(十二諸國)* 갔던
제비 구월 그믐 돌아와서 시월 초하룻날 모든 장수께 찾아 뵙고 인사하고 새
끼 수를 일일이 세어 문서에 적어놓았다.

노나라 갔던 제비 첫째로 들어가고, 조선에 왔던 제비 둘째로 들어갈 때, 흥
보의 제비가 인사하니 장수가 물었다.

“어찌 새끼를 하나만 낳고 두 다리가 부러졌노.”

제비가 말하였다.

“새끼 여섯을 낳았더니 이무기가 다 먹고, 다만 하나 남은 것이 대발 틈에
발이 빠져 거의 죽게 되었더니, 주인 흥보의 힘을 입어 간신히 살렸으니, 흥보
의 어진 덕은 백골난망(白骨難忘)*이옵니다.”

제비 장수가 분부하였다.

“장수의 명령을 어기면 번번이 탈이 있느니라. 올 봄 이월 나가던 날이 을사
일 사불원행(巳不遠行)*이니 가지 말라 했는데도 고집으로 니기디니, 뱀닐 떠
났기로 뱀의 환을 만났구나. 흥보가 한 일을 생각하니 이 세상의 군자로다. 보
배 하나를 갖다 주어 은혜를 갚아라. 다음 봄에 나갈 때에 내게 다시 알려라.”

한겨울 다 지내고, 이월 초에 길 떠날 때 흥보가 살린 제비 장수 앞에 인사
하니, 장수가 보물 하나를 내어 주었다.

“이것을 물어다가 흥보에게 잘 전하라.”

제비가 받아 물고 조선으로 나올 때에, 사람이 없는 지역이라 몇만 리를 가

십이제국 : 중국 춘추 시대의 강남의 12개 나라. 노, 진, 제, 초, 송, 위, 진, 채, 조, 정, 연을 가리킴.
백골난망 : 죽어 백골이 된다 하여도 은혜를 잊을 수 없음.
사불원행 : 사주팔자에서 뱀에게 화를 당하지 않으려면, 뱀날에는 먼 길을 떠나지 않는다고 하였음.

도 인가(人家)를 볼 수 없었다. 봄 제비가 돌아와 수풀 나무에 집을 짓고 밤이면 나무에 자고, 날이 새면 다시 날아 삼월 삼일 정한 날에 흥보 집을 찾았다.

이 때 주인 흥보가 제비를 보내고서, 한 가지로 못 잊어서 자주 생각하다가 삼짇날이 돌아오자, 그 제비가 다시 올까 품 팔러도 아니 가고 기다리고 앉았다. 마침 반가운 저 제비가 처마 안에 날아들 때, 부러진 두 다리가 옛 모습 그대로였다.

"아지주지."

고운 소리는 그리던 마음을 말하는 듯, 흥보가 좋아하고 계속 이야기하였다.

"너 왔느냐. 네가 왔느냐. 내 제비 네가 왔느냐. 강남 수천 리를 다 지나 네가 왔느냐. 강남 아름다운 땅을 어이하여 내버리고 누추한 이내 집을 허위허위 찾아왔느냐. 인심은 남을 속여 한 번 가면 잊건마는, 너는 어찌 옛 주인을 찾아왔느냐?"

한창 이렇게 반길 때에 제비가 입에 물었던 것을 흥보 앞에 떨어뜨리니 흥보가 집어들고 자기 아내를 급히 불렀다.

"여보쇼 아기어멈, 어서 와서 이것 보소. 제비가 물어왔네."

흥보 댁이 그것을 들어 보며,

"애겨, 이게 무슨 씨 아닌가."

여인의 소견으로 당치도 않은 것을 대어 보았다.

"그것 아마 외씨지?"

"아니로세. 옛날에 진나라 소평(召平)*이가 벼슬이 무섭다고 외 심어서 팔았으나, 그 땅이 관중이라 강남은 아니고 오이씨가 이리 클 리가 있는가?"

"그리하면 여지*씬가?"

"아니로세. 양귀비 고운 얼굴 화색을 내려 하고 여지만 먹었으나, 촉나라에서 공물을 바치니 강담 소산 아니었고, 여지씨는 울툭불툭 벌레 먹은 형상이

니, 오, 그것이로구나. 약방에서는 백편두*라 한다던가."

"그게 강낭콩 아닌가?"

"아니로세. 강낭콩은 훨씬 넓고 가에 흰 테를 둘렀는데."

"애겨, 무슨 글자가 써 있네."

"이리 주소, 어디 보세. 갚을 보(報), 은혜 은(恩), 박 표(瓢), 보은표. 보은표, 보은은 충청도 땅, 옥천 옆에 그러니까 이 제비 올 때에 보은으로 옥천으로 연산으로 이리 왔나? 여러 고을 지나오며 어찌 똑 보은 박씨 무엇하자고 물어 왔나. 보은 대추 좋다 하나, 박 좋단 말 못 들었네. 그러나 저러나 강남 것일런지 보은 것일런지, 저 먹을 것 아닌 것을 물어온 게 이상하고, 내 앞에다 떨어뜨리니 더욱이 이상하니 아무러나 심어 보세."

을(乙)이 드는 날에는 나무를 심지 않으므로, 날을 보아 땅을 둥그렇게 깊이 파고, 오줌독에 담근 신짝 여러 죽을 포개 쌓고 흙과 재를 잘 버무려 단단히 심었는데, 싹이 트는 것을 보니 박은 정녕 박이었다. 싹이 나서 차차 뻗어나니 산나무 가지 꺾어 드문드문 순을 주어 지붕 위로 올렸더니, 화창한 바람과 단비 내리는 호시절에 밤낮으로 무성하여 삿갓 같은 넓은 잎이 온 집을 덮었으니, 비가 와도 걱정 없고, 닷줄 같은 큰 넝쿨이 온 집을 얽었으니 바람이 불어도 걱정 없었다.

흥보가 첫째 박을 타서 배불리 먹다. 박 세 통이 열렸는데 처음은 까마귀 머리만큼, 종자만큼, 시간을 알리는 보시기만큼, 화로만큼, 장단 북통만큼, 폐문 북통만큼, 밤낮으로 점점 컸다. 그러자 약한 집이 무너질까 흥보가 걱정하여 단단한 장대나무로 박통 놓인 데마다 천장을 괴었더니, 그렁저렁 서릿바람 부는 팔월 박타는 계절이 되자, 흥보가 아내와 의논하였다.

"여보쇼, 아기어멈, 이 아니 좋은 땐가, 우리 동네 사람들은 올벼를 추수하

여 햅쌀, 풋돔부*, 풋콩 까서 밥을 짓네, 송편 하네, 창 앞에 대추 따고, 뒤뜰
에 알밤 줍고, 논의 귀퉁이에서 붕어 잡고, 두엄에 집장* 띄워 먹을 것 많건마
는, 가련한 우리 신세 먹을 것이 전혀 없네. 세상에 죽는 목숨 밥 한 덩이 누가
주며, 찬 부엌에 굶은 아내 조강*인들 볼 수 있나. 철 모르고 우는 자식 '밥을
달라 밥을 달라', 무엇으로 달래 볼까. 우리는 저 박을 타서 박 속은 지져 먹
고, 바가지는 팔아다가 한 끼 해결하여 보세."

　동네에서 도끼 얻어 들고, 집으로 올라가서 박꼭지는 찍었으나 끌어내릴 수
가 없어, 정월 보름 끌던 줄*을 당산나무 감았는데, 그 줄을 풀어다가 박통을
동이고서 흥보는 뒷줄 잡고 처자는 앞줄 당겨 간신히 내려놓고, 박목수의 큰
톱을 얻어 박통을 켜려는데, 흥보 꼴은 이러하나 속 맛은 담뿍 들어,

　"여보쇼, 아기어멈. 평지에다 지어도 절은 절이오, 성복(成服)술*에도 권주
가 한다고, 우리 일 년 농사 논을 하는가 밭을 하는가. 모심을 때 상사(相思)소
리*, 밭 맬 때 메나리* 못 불러봤으니, 우리는 이 박 타며 박노래나 해 보세."

　흥보가 톱질 소리를 먹인다.

　"어기여라 톱질이야."

　"이 박을 타서 쌀도 일고 물도 떠서 가지가지 잘 써보세."

　"어기여라 톱질이야."

　슬근슬근 탁 타 놓으니, 푸른 옷 입은 동자들이 박통 밖에 썩 나서며,

　"이것이 흥보 씨 댁이오?"

하니, 흥보가 깜짝 놀라 뒤꼭지 탁탁 치며,

　"이렇게 놀라운 일을 보았는가. 박통 속에 동자가 들다니 옛날부터 이런 일

돔부 : 덩굴 강낭콩의 다른 이름.
집장 : 여름에 먹는 고추장 비슷한 음식. 간장을 빼지 않고 먹게 만든 된장.
조강 : 지게미와 쌀겨. '조강지처'는 어려운 삶을 꾸려온 아내를 이름.
정월 보름 끌던 줄 : 정월과 단오에 위, 아래 마을이 나뉘어서 줄을 당기는 놀이를 하고, 그 승부로 농사의 풍년, 흉
　년을 점치는 민속. 이 때 쓰는 줄.
성복술 : 초상을 치른 뒤에 상복을 처음 입을 때 먹는 술.
상사소리 : 농부가의 한 가지.
메나리 : 양양지역의 논 매는 소리, 삼척 밭 매는 소리.

은 처음이라. 내 이름을 어찌 알고 무엇 하자고 와서 묻는지. 허참, 이 노릇이 도망이나 할 수 있나. 죽자 원, 내가 흥보다. 이 칡풀밭에 누워서도 진드기 한 마리가 붙을 데 없는 사람을 찾아 무엇 하겠느냐?”

저 동자가 소매에서 대모 쟁반*을 내놓는데, 병과 접시에 종이봉지가 드문드문 놓였다. 눈 위에 높이 들어 흥보 앞에 드리면서 절하고 말하였다.

“삼신산에 있는 선관들이 모여 앉아 의논하기를, 흥보씨 지극한 덕이 동물에게까지 미쳤으니 가만히 있지 못하리라며, 몇 가지 약을 보내시니 약 이름과 쓰는 데를 그 옆에 썼사오니 그리 알아 쓰옵소서. 가다가 동정 용궁에 전할 편지가 있기로 바삐 가옵니다.”

사흘 굶은 저 흥보가 헛 수인사 한 번 하여,

“저러하신 선동(仙童)이 나같은 사람 보려 하고 그 먼 데서 오셨다가 아무리 소금밥이나 점심 요기*해야 하지.”

동자가 웃고 대답하였다.

“세상 사람 아니기에 시장하면 구전단*, 목 마르면 감로수*, 연화식*을 못 하오니 염려치 마옵소서.”

하고 금방 사라져 온데간데없었다.

흥보가 생각하기를 허술한 집구석에서 선약을 혹 잃을까, 조그마한 소갱이에 모두 넣어 꽉 동여서 움막방 들보* 위에 볍씨 모양으로 단단히 얹어놓았다. 동자를 보낸 후에,

“어허, 괴이하다.”

박짝 속을 또 굽어보니 나무로 만든 물건들이 놓였는데, 하나는 반닫이 농만 하고, 하나는 벼룻집만 한데 둘 모두 뚜껑 위에 황금 글씨가 쓰였는데, ‘박

대모 쟁반 : 바다거북이 등으로 만든 쟁반.
요기 : 시장기를 면할 만큼 조금만 먹음.
구전단 : 먹으면 3일 만에 신선이 된다는 선약. 아홉 번 달인 단약.
감로수 : 단맛이 나는 신령한 물.
연화식 : 인간이 먹는 음식.
들보 : 건물의 칸과 칸 사이의 두 기둥 위를 건너지른 나무.

흥보가 열어볼 것'이란다. 흥보가 이를 보고 장담하였다.

"내가 비록 산중에 사나 이름은 멀리 났지. 봉래산 선동들도 내 이름을 부르더니 목물(木物)* 위에 또 썼구나."

둘 다 열고 보니 하나는 쌀이 가득, 하나는 돈이 가득. 부어내어 되로 세니 동쪽과 서쪽으로 운이 틔어, 쌀은 서 말 여덟 되, 돈은 넉 냥 아홉 돈, 온 집안이 크게 기뻐 그 쌀로 밥을 짓고, 그 돈으로 반찬을 사서 바로 먹는다. 흥보의 마누라가 살림살이 약게 하나 양식 두고 먹은 일이 없다. 부자아씨 같으면 식구가 스물 일곱, 모두 칠 홉 낼지라도 이칠이 십사, 칠칠은 사십구, 말 여덟 되 구 홉이니, 채워 두 말 하였으면 오죽 푼푼하련마는, 평생 양식 부족하여 생긴 대로 다 먹었다. 부부가 품 판 삯을 양식으로 받아 오나 돈으로 받아 오나, 한 돈어치 팔아 오나 두 돈어치 서 돈어치 판 대로 하여도 모자라기만 하였기로, 서 말 여덟 되를 생긴 대로 다할 때에 솥이 적어 할 수 있나. 쇠물솥 그 중 큰 집 찾아가서 밥을 짓고, 넉 냥 아홉 돈을 쇠고기를 모두 사서 반찬을 하려 할 때, 식칼 도마가 어디 있나?

여러 자식놈들이 고기를 붙들고서 낫으로 자를 때에 고기 결을 알 수 있나. 가로 잘라 놓은 모양 서까래 머리 잘라 놓은 듯, 기둥 밑 잘라 놓은 듯, 반찬과 양념들도 별로 수가 많지 않아, 소금 뿌리고 맹물 쳐서 질그릇 솥에 삶아 내고, 그릇 없어 밥 푸겠나 씻지도 않은 쇠죽통에 밥 두 통을 퍼다 놓았다. 그러나 숟가락은 원래 없고 있더라도 어디 찾겠는가?

여러 해 물기 안 닿은 손물통 가에 늘어앉아 서로 주워 먹을 때, 이 여러 자식들이 항상 밥이 부족하여 서로 뺏어 먹었구나. 그리 많은 밥이지만 큰놈 입에 넣는 것을 작은놈이 뺏어 훔쳐 큰놈도 뺏기고, 서로 집어먹었으면 싸움 아니 하련만, 악을 쓰며 주먹 쥐어 작은 놈 볼때기를 이가 빠지게 찧으면서, 개아들놈 쇠 아들놈, 밥통이 엎어지고 살벌해졌다.

목물 : 나무로 만든 물건들.

무지한 저 흥보는 밥 먹기에 윤리(倫理)도 잊어버려 자식 몇 놈 죽어도 살릴 생각 아예 않고, 그 뜨거운 밥인데도 두 손으로 서로 쥐어서 '쭉' 소리가 나게 방울 놀리는 모양으로, 크나 큰 밥덩이가 손에서 떨어지면 목구멍을 바로 넘어, 턱도 별로 안 놀리고 어깨춤 눈 번득여, 거의 한 말어치 다 먹고 난 후에, 왼편 팔 땅에 짚고 두 다리 쭉 뻗치고 오른편 손목으로 뱃가죽을 문지르며, 밥에게 농담하였다.

"여봐라 밥아, 내가 하도 시장하기에 너를 조금 먹었으나, 네 소행을 생각하면 상대할 것도 못 되지. 세상 인심이 간사하여 세력을 따른다 하지만 너같이 심히 하겠는가. 세도집과 부자집만 기어이 찾아가서 먹다먹다 못다 먹어, 개를 주며 돼지를 주며, 학 두루미 떼 거위를 모두 다 먹이고도, 그리해도 많이 남아 쉬네 썩네 야단이었지. 그러면서도 나와는 무슨 원한이 있어 사흘 나흘 계속 굶어 뱃가죽이 등에 붙고 갈빗대가 따로 나서, 두 눈이 캄캄하고 두 귀가 먹먹하여, 누웠다 일어나면 정신이 어질어질, 앉았다 일어서면 다리가 벌렁벌렁, 말라죽게 되었어도 찾는 일이 전혀 없고 냄새도 못 맡게 하니, 그런 도리가 있단 말인가. 에라, 이 괴이한 것, 그런 법이 없느니라."

아주 한참 엄하게 꾸짖더니 도로 슬쩍 달랬다.

"내가 그리 한다고 노여워서 아니 오려느냐. 어여뻐서 한 말이지, 미워서 한 말이 아니다. 친구가 이르고 늦음보다는 정이 두터운가 덜한가가 중요한데, 어찌 서로 이리 늦게 만났는가. 우리 떨어지지 말고 지내보세. 아겨 아겨 내 밥이야. 아겨 아겨 내 밥이야. 옥을 주고 바꿀쏘냐? 금을 주고 바꿀쏘냐? 아겨 아겨, 내 밥이야."

밥이 더럭더럭 요게 새 정을 붙이려고 이런 야단 없었구나. 밥하고 놀고 있을 때 흥보의 열일곱째 아들놈이 장난을 하느라고 쌀궤를 열어 보고 깜짝 놀라서 아비를 불렀다.

"애겨, 아버지 이것 보세요. 이 궤 속에 쌀 또 있네요."

흥보가 의심하여,

"그 말이 웬 말이냐? 돈 든 궤를 또 보아라."

"애겨, 돈도 또 들었어요."

"어허, 그것 참으로 좋다."

그 많은 자식들이 팔을 바꾸어 종일을 부어 내어도 웬 돈과 쌀이 계속 나왔다.

둘째 박에서 온갖 보물이 나오다. 자식들은 그 노릇을 하라 하고 뱃심이 든든할 때, 둘째 통을 또 켜는데 늘상 굶던 흥보 신세 뜻밖에 밥 보더니, 아주 밥에 골몰하여 톱질하는 선소리를 밥으로 메기었다.

"어이여라 톱질이야. 좋을씨고, 좋을씨고. 밥 먹으니 좋을씨고."

"어기여라 톱질이야."

"나만치나 먹었던가. 저 건너 남쪽 이랑에 들밥 내가면 농사 맡은 관리가 기뻐한다는데, 나만치나 즐기던가."

"어기여라 톱질이야."

"아무리 세상의 영웅(英雄)들이라도 밥 없으면 살 수 있다네."

"어기여라 톱질이야."

"이 박통을 또 타거든 금은보화 나는 싫어, 자꾸자꾸 밥이나 나오소."

박을 슬근슬근 탁 타 놓으니 순금궤가 나왔다. 순금궤의 금거북 자물쇠를 열어보니, 황금 백금 호박 산호 진주 사향 등이 가득 차 있었다. 게다가 온갖 세간 살림살이까지 모두 나왔다. 이렇게 많은 물건들을 방 좁아 놓을 수 없고, 뜰 좁아 쌀 수 없어, 스물 다섯 자식 중에 둘은 어려 못 시키고, 스물 세 명 데리고서 크나 큰 동학(東壑)*에다 비단 따로 포목 따로 철물 따로 목물 따로 보물 따로 그릇 따로 도로 돌려주는 곡식을 쌓아 무더기 짓듯 각각 쌓아 놓으니, 적막한 이 산중이 불시에 종로 되어, 종각 뒤에 온갖 물건 파는 가게들마냥 박

동학 : 동천(洞天). 산천이 둘러쳐 경치가 좋은 곳.

물판(博物板)*과 똑같이 되었다.

　홍보 아내가 그 안목에 그것 중에 하나나 본 것이 있겠는가. 그래도 홍보는 서울도 갔다 오고, 군대도 다녀오고, 읍내 장에 다녔으니 매우 유식한 줄 알고, 푸른 큰 비단 통허리를 집어들고 말하였다.

　"애겨, 그것 굉장히 좋소. 무명보다 광도 많이 나고. 이렇게 긴 바디*를 어디서 얻었으며, 짜던 여인네들 팔뚝도 길던가 봐. 이쪽으로 북 던지고 이쪽에서 제가 받아, 물은 우리 치마물, 청동*인지 쪽물*인지 청물이 채가 더 곱거든, 짜 가지고 들였을 텐데 반들반들한 데하고 어룽어룽한 데하고 빛이 어찌 같잖으니."

　그 거친 두 손으로 비단 무늬를 만지니 손이 비단에서 떨어지지 않았다.

　"애겨, 그것 이상하다. 손가락을 놓지 않네."

　홍보가 견문(見聞)이 넓어서 지혜가 있는 사람이면,

　"서울에서 비단 파는 사람들도 비단 짤 줄 모른다네. 거 어찌 알 것인가?" 하고 쉽게 대답하련마는 아내에게 졸렬하게 보일까 하여 홍보는 자신이 본 적이 있는 것처럼 대답하였다.

　"비단 짜는 여인네는 팔뚝이 훨씬 길지. 그렇기에 중국서는 며느리 선볼 때에 팔뚝을 먼저 보지. 물은 그게 청동물 청이 곱고 안 곱기는 잿문 넣기에 매였지. 웅얼웅얼한 것들은 물들여서 아교풀로 붙였기로 손가락이 딱딱 붙지."

　홍보댁이 속아서,

　"애겨, 그렇거든 우리 부부 평생 한이 의복 없어 한하다가 먼저 통에 밥 나와서 양대로 먹었더니, 다행히 이 통에서 옷감이 하도 많으니 각기 눈에 드는 대로 옷 한 벌씩 하여 입어요."

　"내 생각도 그러하네. 언제 바빠 옷 짓겠나. 우리의 식구대로 한 필씩 가지

박물판 : 온갖 물건을 늘어놓고 팔던 판.
바디 : 베틀이나 자리틀 따위에 딸린 기구의 한 가지. 날을 고르며 씨를 치는 구실을 함.
청동 : 쪽으로 만든 검푸른 물감.
쪽물 : 삼과에 딸린 일년생 풀의 잎에서 내는 남빛의 물감.

고서 위에서 아래까지 우선 휘감아 보세.”

“그리 할 일이오. 무슨 비단 가지고서 당신부터 감으시오.”

“우리가 넉넉했더라면 큰자식을 장가보내어 살림을 벌써 물려주고, 남자의 위치에서 살 테니, 제 방위색(方位色)* 찾아 흑공단을 감으려네.”

“나는 무슨 색을 감을까?”

“자네는 여자의 위치에 맞게 흰 비단을 감을 테지.”

“여기 있소. 백여우 같게, 붉은 비단 감을라네.”

“딸이 없으니 아무렇게나 하소.”

“큰놈은 막 부득이 동쪽의 청색이오, 그 남은 자식들은 너희들 좋은 대로 한 필씩 다 감아라.”

홍보 댁이 또 말하였다.

“저 두 막내놈은 온필로 감어서는 숨막혀 죽을 테니, 까치저고리 본보기로 각색 비단 찢어내어 어깨에서 손목까지 잡아매어 드리워요.”

“오, 좋으이. 그리하소.”

흑공단을 한 필 빼어, 홍보 먼저 감을 때에, 상투에서 시작하여 뺨과 턱을 휘둘러서 목덜미 감은 후에, 왼 어깨에서 시작하여 손목까지 내려 감고, 도로 감아 올라와서 오른쪽 어깨 손목까지 빈틈없이 감아 올라, 겨드랑이에서 불두덩에 차차 감아 내려와서, 두 다리 갈라 감고 두 발은 발감개하듯 디디고 썩 나서니, 여인네와 자식들은 상투가 없으니까, 머리 동여 똑같이 감은 후에 항렬 차례대로 뜰 가운데 늘어서니, 홍보 보고 재치있게 말하였다.

“이게 어디 호사(豪奢)*이냐, 늘어선 조를 보면 큰 마을 당산의 장승도 같고, 휘감아 놓은 품은 진상 가는 청대 죽물(竹物)*. 색으로 의논하면, 내 조는 까마귀. 아기 어멈 고추잠자리. 큰놈은 쇠새*, 여러 놈들은 꾀꼬리, 해오라기

방위색 : 동서남북, 그리고 중앙의 다섯 방위에 따른 청, 백, 적, 흑, 황.
호사 : 매우 호화롭게 사치스럽게 지냄.
청대 죽물 : 베어낸 뒤에 아직 마르지 아니한 대나무로 만든 물건.
쇠새 : 참새보다 조금 큰 물새의 한 종류.

새 한 떼가 늘어선 데, 저 두 막내놈은 비단 장사 다니는 길에, 서낭당 나무로다."

세번째 박 타서 좋은 집 짓다. 온 집안이 크게 웃는데, 홍보가 말하였다.

"이번 호사를 다 했으니 이 통 하나마저 탑시다."

홍보의 마누라가 박통을 탈수록 밥도 나오고 옷도 나오니 마음이 아주 좋아, 이 통을 또 타면 더 좋은 보물이 나올 줄로 속재미가 부쩍 나서 말하였다.

"이 통 탈 소리는 내 사설로 먹일 테니 집에서는 뒤만 맡소."

홍보가 추어주며 말하였다.

"가화만사성(家和萬事成)*이라니, 자네 저리 좋아하니 참보물 나오겠네. 어디 보세, 잘 메기소."

홍보댁이 메나리 목으로 제법 메겨,

"여보소 세상 사람, 내 노래 들어보소. 세상에 좋은 것이 부부밖에 또 있는가."

"어기여라 톱질이야."

"우리 부부 만난 후에 서러운 고생 많이 했네. 여러 날 밥을 굶고 추운 겨울에 옷이 없던 신세를 생각하면 벌써 아니 죽었을까?"

"어기여라 톱질이야."

"가장 하나 못 잊어서 이 때까지 살았더니, 하늘이 감동하사 박통 속에 옷밥 났네. 만복 좋은 우리 부부 호의호식(好衣好食)* 즐겨 보세."

"어기여라 톱질이야."

"한 상에서 밥을 먹고, 한 방에서 잠을 잘 때, 부자 서방 좋다 하고 욕심 낼 여자들 많으리라. 암캐라도 얼른 하면 내 솜씨에 결단나지."

"어기여라 톱질이야."

가화만사성 : 집안이 화목하면 모든 일이 잘 된다는 뜻.
호의호식 : 좋은 옷과 좋은 음식.

　슬근슬근 탁 타 놓으니, 천만 뜻밖에 미인 하나가 아리따운 맵시를 하고 나오는데, 버드나무가지 같은 가는 허리, 얼굴을 단장하고 옷을 치장한 곱게 수 놓은 비단옷, 외씨같이 고운 발시* 보보생련(步步生蓮)* 나오는 양은 해당화가 조는 듯, 모란화가 말하는 듯, 옥구슬 구르듯 고운 목소리로 물었다.

　“흥보씨 댁이오?”

　흥보가 깜짝 놀라서,

　“이게 하도 괴이하여, 당치 않은 세간살이 그리도 많이 나올 때에 의심하였더니 임자아씨 오셨구나.”

　납작 엎드려 절을 하였다.

　“좁은 박통 속에 평안히 오십니까? 이 세간 임자시면 모두 가져 가옵시오. 쌀 서 말 여덟 되와 돈 석 냥 아홉 돈은 한 끼 양식으로 먹었고, 몸에 감았던 비단까지 도로 풀어 놓았으니, 한 가지 것이라도 속이면 벗긴 개자식이오.”

　저 미인이 대답하였다.

　“놀라지 마시고 내 말씀 들으시오. 당명황(唐明皇)*에게 머리를 돌려 한 번 웃음에 백 가지 아름다움이 생기니, 여섯 궁중의 후궁들의 분대를 무색케 하던 양귀비를 모르시오? 제비에게 들으니 흥보씨 선을 쌓아 부자가 되었다니, 천자 서방 나는 싫소. 강남에 사는 부가옹(富家翁)이 부러워 부자의 첩이 되어, 봄을 따라 밤을 새며 아쉬움 없이 즐겨 봅시다.”

　흥보가 자기 아내의 시커멓게 때 묻은 발톱 단목다리* 이것만 보았다가 이런 미인 보아 놓으니 오죽이 좋겠는가. 손목을 덥석 쥐다 깜짝 놀라 턱 놓으며,

　“어디 그것 다루겠나, 살이 아니고 우무로다. 저러한 것 한참 좋을 때, 잔뜩 안고 채었으면 뭉게질 텐데 어찌할까?”

외씨같이 고운 발시 : 예쁜 걸음걸이. ‘외씨’는 여인의 예쁜 발이나 버선을 비유하는 말.
보보생련 : 발걸음마다 연꽃이 피듯, 아름다운 미인의 걸음걸이.
당명황 : 당나라 현종. 예종의 아들. 뛰어난 인재로서 문(文)을 중시하는 정치를 하였으나, 양귀비에게 혹하여 정치를 게을리하고, 안록산의 난이 일어나 촉으로 피하기도 하였음.
단목다리 : 냉기로 살 빛이 검붉은 다리.

서로 보며 농담하니, 흥보의 마누라가 좋은 보물 나오라고 소리까지 먹인 것이 못 볼 꼴을 보았구나. 부정 탄 손님 같이 갑자기 틀어져서, 손가락을 입에 넣고 고개를 외로 틀고 뒤로 돌아앉았다.

"박통 속에서 나온 세간 누구 것인 줄 채 모르고 양귀비와 놀아나는고. 당명황은 천자로되 양귀비에게 정신 놓아 망국(亡國)을 하였다는데, 박통 세간이 무엇이냐. 나는 열 끼 곧 굶어도 첩 꼴은 못 보겠다. 나는 지금 곧 나가니 양귀비와 잘 살아라."

흥보가 가난하여 아내 손에 얻어먹어 가장 노릇을 못 했으니 호령이나 할 수 있나. 곧 빌었다.

"여보소, 아기 어멈. 이것이 웬일인가? 자네 방에 열흘 자면 첩의 방에 하루 자지. 그렇다고 양귀비가 나같은 사람 보려고 만리 타국 나왔으니, 도로 쫓아 보내겠나."

처첩하고 이야기할 때, 박통 속이 우근우근 무수한 사람들이 꾸역꾸역 나오는데, 남녀 종이 백여 구, 일등 목수들 수백 명이 각기 연장 짊어지고, 돌과 나무, 기와 등을 싣고, 방아타령, 산타령에 굿 치며 나오는데, 이런 야단이 또 있는가. 마른 담배 서너너덧 참을 뚝딱뚝딱 서두르니 기와집 수천 간을 동학이 그득하게 삽시간에 지어 놓고 모두 다 간데 없다. 흥보 살살 둘러보니 강남 사람 재주들은 참으로 이상하여 벽 붙인 그 진흙을 어느 겨를에 다 말리어 도배까지 해 놓았다.

원채에 본처 두고, 별당에 양귀비요, 안팎 사랑 십여 채며 사면행랑에 노비들이요, 사랑을 굽어보면 좌상에 손님이 가득 차고, 가는 대나무가 여기저기 있으며 시부(詩賦)를 지으며 소일하고, 곳간마다 열고 보면 전곡이 가득가득, 남은 곡식 쌓아놓고, 흥보는 심심하면 양귀비 데리고 후원에 화초 구경, 옥난간 밝은 달에 둘이 마주 빗겨 앉아 한가하게 즐기니, 이러한 땅 위의 신선이 어디에 또 있겠는가?

놀보가 부자가 된 흥보를 찾아가다. 흥보가 벼락부자 되었다는
말이 사방에 퍼져가니, 놀보가 이를 듣고 생각하였다.

'그것 모두 뺏어다가 부(富)에 부를 더하면 좋되, 이 놈이 잘 안 주면 어떻게
처리할까. 만일 아니 주면 흥보가 부자로서 제 형을 박대한다고 몹쓸 아전*
뒤를 대어 군문(軍門)에 이름을 적어 주고, 출패(出牌)*를 돈 백 먹여 향리들
에게 알리고, 계모임이나 종친회에도 알리면 이 놈의 살림살이 단번에 떨어
엎어지겠지.'

흥보가 사는 동네를 급히 물어 찾아가니, 높고 큰 누각에 훌륭하게 지은 집
이 벌집같이 빽빽하며, 수많은 백성들 집이 모두 즐비하고 웅장하였다. 대문
을 여럿 지나 안사랑 앞에 이르니, 흥보가 제 형을 보고 버선발로 내려와서 공
손히 절을 하고 반기어 말하였다.

"형님이 오십니까. 어서 올라가십시다."

방으로 들어가서 윗자리에 앉힌 후에 흥보가 두 손 잡고 고개를 숙이고서
조용히 사죄하였다.

"박복한 이 놈 신세가 자기 분수대로 반드시 죽으리라 하였더니, 조상의 음
덕이며 형님의 덕택으로 부자가 되었지요. 그러기에 자식들을 데리고서 형님
댁에 건너가서 형님을 뵈온 후에, 형님을 모시고 선산에 성묘하자고 날짜를
정했습니다. 그런데 이렇게 형님이 먼저 오셨으니, 정말 황송합니다."

놀보의 하는 어조는 좋게 하는 말이라도 평생 남을 잡아뜯었다.

"저런 부자들이 우리같이 가난한 놈에게 찾아오기 쉽겠는가? 어떻게 부자
가 되었는고?"

흥보가 제비 살려 박씨를 얻어 부자가 된 내력을 모두 이야기하였다.

"한퇴지(韓退之)*는 강남에 가서 음식을 얻었다더니, 나는 강남에서 먹고

아전 : 지방 관가에 딸린 벼슬아치.
출패 : 시골에서 못된 짓을 할 때 밖에 나가서 일을 꾸민 사람.
한퇴지 : 한유. 중당의 문인이며 학자. 퇴지는 자.

산답니다. 밥이나 옷이나 그릇이 다 강남 것이오.”

놀보가 바로 가기로 들어,

“내가 집에 일 많은데 부득이 나왔더니 어서 가야 하겠다.”

흥보가 만류하였다.

“안으로 들어가 처자나 보시고 무엇 좀 잡숴야 돌아가시는 채비를 하시지요.”

놀보가 어서 가서 제비를 청할 터이나 양귀비 구경키로 흥보 따라 들어가니, 제수가 나와서 영접하였다. 이 놈이 양귀비 찾느라고 눈을 휘휘 내둘르며 절한 후, 제수가 먼저 안부 인사하였다.

“아주버님 뵈온 지가 여러 해 되었네요. 안녕하십니까?”

놀보놈의 평생 행세로 제수 보기를 종같이 하여 아주머니는 고사하고 대꾸도 안 했더니, 오늘은 전과 달라 앉은 방, 차린 의복, 눈에 왈칵 띄어 소홀히 대해서는 탈이 정녕 날 듯하였다. 공손히 대하려니까 혀가 아니 돌아가서 매운 것 먹은 듯이 입으로 얼버무렸다.

“허, 평안하오.”

흥보가 종을 불러,

“도련님네 계시느냐? 들어들 와 뵈라고 해라.”

이것들이 옷으로 대신하던 멍석 구멍에 길이 들었거니. 세 줄로 늘어 엎드리어 절하고 꿇어앉으니, 소위 백부되는 놈이,

‘모시고들 잘 있더냐?’ 하든지, ‘조상의 음덕이다. 좀들 잘 생겼느냐?’ 하든지 할 말이 좀 많은데, 저 때려죽일 놈이 흥보를 돌아보며 말하였다.

“너 닮은 놈 몇 되느냐?”

흥보 부처 넓은 소견에 개같은 놈 탓하겠는가, 묵묵히 말이 없었다. 자식들 나간 후에 또 종을 불렀다.

“이리 오너라.”

이것들이 강남서 나왔기로 아주 재빠르고 재치가 있지.

“예.”

“강남 아씨 여쭈어라.”

갑자기 미인 하나가 들어오는데, 놀보같은 상놈 눈에 오죽이나 놀라겠나. 보더니 턱을 채고 일어서 절 받기를 큰 제수에 비하면 갑절이나 공손하였다. 양귀비가 어여쁜 손을 땅에 짚고 고운 눈썹을 나직히 하고, 앵두 같은 입술을 살짝 열어 옥쟁반에 구슬이 떨어지는 목소리로 인사를 여쭙는다.

“먼 데 살고 천한 몸이 이 댁에 의지한 지 오래지 않기로 처음 문안드립니다.”

놀보놈이 제 생전에 처음 보는 미인이요, 처음 듣는 고운 목소리라, 넉넉잖은 제 말주변에 어찌 대답할 수 없고, 그냥 다짜고짜 안고 싶어 정신을 놓았구나. 벌벌 떨며 대답하였다.

“오시는 줄 알았더면 내가 와서 박 타지오.”

앵무새같은 아이종이 주물상(晝物床)*을 올리는데, 소반 그릇의 음식 등은 생전에 못 보던 것이었다. 형제가 함께 상을 받고, 계집종이 옆에 앉아 술을 계속 권하는데, 놀보가 좋은 술을 십여 배 먹어 놓으니 취기나 돌아서서, 참다 못해 양귀비 고운 손목을 갑자기 쥐면서,

“술 한 잔 잡수시오.”

다른 계집 같으면 뺨을 치며 욕을 하며 오죽 야단 났겠는가. 양귀비가 안색을 바꾸지 않고 좋게 대답하였다.

“왜 내가 물에 빠져요?”

놀보놈이 깜짝 놀라 손목을 썩 놓으며,

“일색뿐 아니시라 『맹자』도 많이 읽었구나.”

양귀비 일어나서 안으로 들어가니, 흥보의 마누라가 그 뒤를 따라갔다. 놀보놈이 무안하여 술상을 물리고서 무슨 심술을 부리자고 사방을 살펴보니, 좋은 비단 붉은 보로 이불을 덮었는데, 일어서서 쑥 빼내어 청동 화로 백탄 불에 비비어 던지면서 분해서 말하였다.

"계집년은 내외하여 안으로 가려니와, 이불도 내외 하나?"

저 비단이 불에 붙더니 재가 되기는커녕, 빛이 더욱 고와갔다.

놀보가 물었다.

"그게 무슨 비단이냐."

"화한단이오. 불쥐*털로 짠 것이라 불에 타면 더 곱지요."

"이애, 그것 날 다오."

"그리 하지요."

"또 무엇을 가져갈꼬. 네 그 첫 통 속에 쌀 들고 돈 들었던 궤를 둘 다 주려느냐?"

"부자된 밑천이니, 둘 다 어찌 드리겠어요. 하나씩 나눕시다. 어떤 것 가지시려우?"

"돈궤를 가질란다."

"그리 하시오. 또 무엇이 생각 있소?"

"다 주면 좋건마는 내가 바삐 가야겠기로 그것만 가져가니, 다시 생각나는 대로 다음에 와서 가져가지, 내가 번번이 올 수 없으니 기별을 하는 대로 핑계대지 말고 보내어라."

"그리 하겠습니다"

벼루집같은 궤를 보에 싸서 제 손수 옆에 끼고 제 집으로 급히 가서, 문 안에 들어서며 종을 불렀다.

"짚 댓 뭇 급히 취하여, 돈꿰미 한 천 발을 어서어서 꼬아서 오라."

안으로 들어가서 제 계집에게 자랑하였다.

"여보소, 흥보놈이 참 부자 되었거든. 그놈의 세간 밑천 내가 여기 뺏어 왔네."

보를 풀며,

"이것은 불에 타면 더 고운 것이라네."

불쥐 : 박쥐를 '불쥐' 라고도 하는 데서 따온 말.

돈궤를 내놓으며,

"이것은 돈이 생겨 부어 내면 또 생기지."

궤문을 열어 놓으니 돈은 난정돈*, 몸뚱이는 예전 돈 꿴 듯, 구부려 누운 길이 넉 냥 아홉 돈만 한 싯누런 구렁이가 고개를 꼿꼿 들고 긴 혀를 널름널름하였다. 놀보 부처가 크게 놀라 궤문을 급히 닫고 노비를 바삐 불렀다.

"이것을 가지고 가서 문 열어 보지 말고 짚불에 바로 태워라."

놀보 아내가 말렸다.

"애겨, 그것 태우지 마시오. 인제 그런 흉한 것들이 돈 나는 궤 주었다고 귀찮게 의지하면 어찌 하게. 구렁이 쌌던 보를 두어서 무엇 하게. 그 보로 도로 싸서 급히 보내시오."

놀보가 추어주며,

"자네 말이 똑 옳아."

사환을 급히 시켜 흥보 집에 돌려보내니, 흥보 받아 열고 보니 구렁이는 웬 구렁이, 돈이 하나 가득하지. 제 복이 아니면 할 수 없는 법이었다.

놀보가 제비를 기다리다. 욕심 없는 놀보놈이 제비를 청하려고 차비를 장만할 때 이런 야단이 없었다. 신 잘 삼는 사람들을 십여 명 골라다가 매일에 서 돈 품삯에, 세 끼니 먹고 술 담배 착실히 대접하고, 외양간 더그매*에 신삼을 찰벼짚을 여남은 짐 내어놓고, 제비받개* 수백 개를 밤낮으로 엮어내어, 안채·사랑·행랑이며, 곳간·사당·뒷간채에 앞뒤 처마 다 지르고, 제 머리 상투 밑에 풍잠*을 지른 모양으로 앞뒤로 갈라 꽂고 제비 몰려 나갈 때에, 서리맞은 일이 월의 꽃보다 붉은 한산의 들길을 올라가고, 눈 개고 구름도 흩어진 북풍이 찬 초나라 오나라산을 다 찾았지만 제비 소식은 알 수 없다. 놀

난정돈 : 신이나 부처께 복을 빌 때 그 삶의 나이 수효대로 놓는 돈.
더그매 : 지붕 밑과 천장 사이의 빈 공간.
제비받개 : 제비집 밑에 받쳐주기 위하여 짚으로 만든 것.
풍잠 : 망건의 당 앞쪽에 꾸미는 물건.

보가 제비에게 상사병이 달려들었다.

그렁저렁 겨울 지나 정월 이월 삼월 되니, 강남서 오는 제비 각 집을 날아들 때, 운이 없는 제비 한 쌍이 놀보 집에 들어가니, 놀보가 제비를 보고 집짓기에 수고된다며, 제가 손수 흙을 이겨 메주덩이만 하게 뭉쳐 처마 안에 집을 짓고, 검불을 많이 긁어 소 외양간 짚 깔 듯이 담뿍 넣어 주었더니, 미친 제비 아니고서 거기에다 알을 낳겠느냐. 집을 잘못 들어 알 여섯을 낳았더니, 마음 바쁜 놀보놈이 자주 만져 보아, 다섯은 곯고 하나만 까서 날기 공부를 익힐 때에, 성질이 모진 놀보 소견에 구렁이가 먹으려 할 때 쫓았으면 저리 되었을까. 축문을 지어 제사하여도 구렁이가 오지 않아, 대발 틈에 다리 부러지면 제가 동여 살려줄까, 밤낮으로 기도하여도 떨어지지도 아니하여, 날기 공부하느라고 제 집 근처에 발 붙이고 날개를 발발 떨면 놀보놈이 밑에 앉아,

"떨어지소, 떨어지소."

두 손 싹싹 비비어도 도무지 떨어지지 않았다. 그렁저렁 점점 커서 날아가게 되었는데 놀보가 실패하자 제비 절로 다리 부러지기를 기다리면 놓치기 염려되니, 울려 놓고 달래리라. 제비집에 손을 넣어 제비새끼 잡아내어 연약한 두 다리를 무릎 대고 지끈 꺾어 마루바닥에 선뜻 놓고, 천연히 모르는 체 뒷짐 지고 걸으면서 목소리 크게 내어 풍월을 읊는 것이었다.

"황성에 외로이 벽산의 달이 비치고, 고목은 모두 창오산 구름 속에 들었네."

안으로 돌아서며 제비새끼 얼른 보고, 목소리로 제 아내를 급히 불렀다.

"여보소, 아기 어멈. 내가 아까 글 읊노라 미처 보지 못했더니, 제비 새끼 떨어져서 다리가 부러졌으니 불쌍하여 보겠는가. 어서 감아 살려 주세."

저 몹쓸 놀보놈이 제비 다리 감으려 할 때, 흥보보다 더 잘 한다고 대민어 껍질 벗겨 세 겹을 거듭 싸고, 중국 명주실은 가늘다고 주머니에 달린 여러 가닥으로 맺은 끈으로 단단하게 묶은 후에 제 집에 도로 넣고, 행여나 찬바람 쐴까 섶 두텁고 큰 포대기를 서너 겹 둘렀더니, 놀보를 망하게 할 제비이기에 죽을 리가 있겠느냐. 십여 일이 지나더니 부러진 다리가 다시 붙어 이리저리 날

아다니며 출입하더니, 제비가 추분이 지난 뒤 다섯 번째 무일(戊日)에 이르러 집을 뜨겠다고 말하고, 강남으로 들어갈 때, 놀보가 부탁하였다.

"여봐라, 내 제비야. 딱 죽을 네 목숨을 내 재주로 살렸으니, 아무리 짐승인들 죽게 된 것을 다시 살려 준 은혜를 잊을 리 없지. 흥보의 은혜 갚은 제비가 세 통 박씨를 주었으니, 너는 갑절 더 보태어 여섯 통 열릴 박씨를 부디 빨리 물고 오너라. 삼월까지 있지 말고, 설 지내고 즉시 움직여 정월 보름 안에 이곳에 온다면 기다리기 괴롭지 않고 오죽이나 좋겠느냐."

저 제비가 들어가서 놀보의 전후 내력을 장수 앞에 알린 후에 박씨 하나 얻어두고 다음 해 삼월을 기다렸다. 이 때, 놀보놈은 정월 보름에 제비 올까 앉은 뱅이 삯군 얻어 강남 급주(急走)*도 보내 보고, 안질난 놈 비싼 삯을 주어 제비 오는 망을 보아, 제비에게 드는 돈은 아끼지 않고 썼다. 그렁저렁 삼월 되어 지붕 위에 오락가락 하는 제비가 놀보 집에 다시 오니, 놀보가 아주 반겼다.

"반갑다, 내 제비야. 어디 갔다 인제 왔나. 황제의 아들 김천씨가 즉위할 때 봉황새가 이르렀다고 그 새에게 벼슬을 내렸으니, 벼슬하러 너 갔다 왔느냐. 상고의 성인(聖人) 유소씨가 나무로 집을 세웠다 하는데, 그것 배우러 네가 갔더냐. 어이 그리 늦게 와서 내 간장을 다 녹이느냐. 박씨 물어 왔거들랑 어서 급히 나를 다오."

손바닥을 떡 벌리니 저 제비가 물었던 박씨 하나를 놀보 손에 떨어뜨리고는, 두 날개로 가볍게 펄펄 날며 돌아도 아니 보고 흰 구름 사이로 날아갔다.

놀보는 박씨를 보고 좋아 춤을 추었다.

"얼씨구나, 좋을씨고. 더 큰 부자가 되겠구나."

저의 가족들을 급히 불러 박씨를 주며 자랑한다. 놀보 아내가 박씨를 보고,

"애겨 이것 내 버리소. 갚을 보(報)자, 원수 구(仇)자, 바람 풍(風)자 쓰였으니, 원수 갚을 바람이니 어디 그것 쓰겠어요."

급주 : 각 역으로 보내는 급한 심부름꾼.

놀보가 대답하였다.

"자네가 어찌 알아. 원수 구라 하는 글자는 군자호구(君子好逑)*란 짝 구(逑) 자와 같이 쓰이니 어떤 미인으로 내 짝을 갖는다는 말이로세."

놀보 아내가 들어보니 이런 죽을 말이 있나. 못 할 말을 계속하였다.

"만일 그러하다면 바람 풍자는 웬일인가."

"바람 풍자는 더 좋지. 우리도 이 박을 심어 솔솔 부는 봄바람에 심어서 사월 남풍에 점점 자라, 바람과 비가 알맞은 시절에 꽃이 피고 박이 열려, 팔월에 높은 바람 불 때 따서 켜면 보물이 풍풍 나와 집안이 풍덩풍덩, 풍류스러운 사람의 좋은 팔자로 밤낮 풍악으로 지낼 때, 네 귀에 풍경 단 집 방안에 병풍 치고, 바람따라 가끔 들리는 방아 찧는 소리 풍풍 찧었으면 맑은 물에 바람은 없는데 물결 스스로 일어나 잘금잘금 날 것이네. 그만하면 풍족하지. 잔말 말고 심어 보세."

놀보가 첫째 박을 타고 노인에게 돈을 뺏기다. 책력을 펴놓고 씨뿌릴 날 가려내어 사당 앞을 급히 파고 못자리 할 거름을 모두 게다 퍼 쟁이고, 단단이 심었더니, 아침에 심은 것이 오후가 겨우 되어 솟아난 큰 박순이 퉁퉁 부은 다리만큼 자라났다.

놀보 아내가 깜짝 놀라 말하였다.

"여보, 애 아버지 이것을 급히 빼 버리시오. 은나라의 나쁜 조짐으로, 아침에 났던 것이 저녁 때 큰 그림자를 드리우면, 요물이라 했으니, 이것이 정녕 재앙이오."

놀보가 장담하였다.

"나물이 되려는 것은 떡잎부터 알 것이니, 네 다섯 달이 지나가면 억만 금 세간살이 그 넝쿨에 날 터이니 일찍 아니 잡아 쥐지 않겠나."

군자호구 : 군자의 좋은 짝이란 뜻.

이 박의 크는 법이 달마다 갑절씩이 더럭더럭 컸다. 옆에서 순이 나고 순이 나고, 한 순이 커지기를 한 아름이 넘었다. 어디가 턱 걸치면 모두 다 무너질 때 사당에 걸치더니 사당이 무너져 신주가 깨어지고, 곳간에 걸치더니 곳간이 무너지고, 온 동네 집집마다 알지 못하는 사이에 턱 걸치면 무너지고 무너지고, 무너지면 값을 물고 무너지면 값을 물어, 그렁저렁 이렇게 든 돈이 삼사천 냥 넘었으니, 놀보가 벌써부터 박에게 피해를 보았다.

꽃이 피어 박 맺을 때에, 첫 번 바로 북통만씩, 십여 일이 지나더니 나루에 거루선만 하고, 한 달이 되더니 세금으로 내는 곡식을 실어 보내는 배만 하고, 여섯 통이 열렸거든 놀보가 좋아하며 이를 가리켜 헤아린다.

"저 통 색이 노란 수가 속에 정녕 금이 들었지. 황금 적금이라니 은도 누르겠다. 어느 통에 미인이 있노, 그 통을 똑 알면 포장으로 둘러 두게."

한참 이리 걱정할 때, 허망이라 하는 놈이 성명을 듣고 행사 보면 이름이 헛되지 않음을 알겠구나. 동네 사람 앉으면 놀보에 대해 이야기하는구나.

"놀보같이 약은 놈이 박에다가 쓰는 돈은 아끼지 않고 써내니, 무슨 꾀로 돈 천이나 쓰게 할꼬."

허망이가 장담하였다.

"나밖에 할 이 없지."

하고, 놀보 집에 건너가서,

"여보소 놀보씨, 박통 일을 알 수 없어 걱정을 하신다니 나를 어이 안 찾는가?"

놀보가 반겨 물었다.

"자네가 알겠는가?"

허망이 대답하였다.

"모수자천(毛遂自薦)*가 자기 자신을 천거하였다는 말을 남은 암만 웃더라

모수자천 : 자기 자신이 자기를 천거함. 중국 조나라 왕 평원군이 초나라에 사자를 보내려 하자 모수가 스스로를 천거한 데서 나온 말.

도 노형이야 속이겠나. 값 정하여 주었다가 박 타 보아 안 맞거든 그 돈 도로 찾아가소."

"그리 하기로 하세."

맞추면 천 냥으로 하고, 3백 냥 선금 내고 박 속의 일을 알려 할 때, 허망이가 지닌 재주는 오행으로 길흉을 점치는 일이었다. 박통 노인 묏자리 점쳐서 보아가니, 신통히 맞추었다. 첫 통 보고 하는 말이,

"모두 다 생금인데 누가 혹 가져갈까 노인 한 분이 지키고 있다."

둘째 통을 한참 보다가,

"사람이 많이 들었구나."

놀보가 옆에 앉아 손수 장담하는 것이 더 우스웠다.

"집 지을 장인들과 종들이 들었나 보오."

놀보가 셋째 통 또 보더니,

"애겨 계집이 많이 있다. 서시(西施)*가 나오는데 계집종들 따라오나?"

하고 넷째 통을 또 보더니,

"풍류 기계가 많이 있다. 내가 두고 즐기리라."

하고 다섯째 통을 가리키며,

"그 가마 아주 길다. 나하고 서시 둘이 타라고?"

하고는 여섯째 통을 가리키며,

"그 말 아주 좋다. 타고도 다닐 테요. 밧줄 늘여 매어 두지."

하였다.

"대강만 볼지라도 들 것 다 들었으니 어서 타고 보는 수일세."

놀보가 책력을 펴 놓고 길일을 가려내어 박통을 타려 할 때, 섬 술 빚고, 섬 밥 짓고, 소 잡히고, 개 잡혀서 음식을 차린 후에, 팔 힘 세고 소리 좋은 건장한 역꾼들을 질끈 먹고 댓 냥 삯에 30명을 얻어다가 생금통 먼저 탈 때, 놀보

서시 : 중국 춘추 시대 오나라 왕 부차의 총애를 받던 월나라의 미인.

가 좋아하며 제가 소리 메기는데, 똑 금이 나올 줄로 알고 금으로 메긴다.

"어기여라 톱질이야."

"나는 제비를 살렸더니 금 박통씨 얻었으니, 이 통을 어서 타서 금이 많이 나오면 석숭(石崇)*을 부러워할까. 이 동네가 금곡이 되리."

"어기여라 톱질이야."

슬근슬근 거의 타니 박통 속에 수군수군 글 읽는 소리가 났다.

"맹자가 양혜왕을 뵈니 왕이 '선생이 천 리 길을 멀다 아니하고 찾아 주시니, 또한 장차 우리 나라를 이롭게 함이 있겠습니까? 라고 물었다. 말 위에서 한식(寒食)을 맞으니 도중에 늦은 봄을 보내는구나. 가련한 놀보가 망하니, 주인이라 할 자가 뵈지를 않는구나?'

놀보가 듣고 말하였다.

"어디 그게 박 속이냐? 분명한 서당이지. 글귀는 당음(唐音)*인데, 강포* 놀보 되고, 낙교*가 상전되니 그것은 웬일인고."

한참 의심하는 중에 박통 문을 반만 열고 노인 한 사람이 나오는데, 놀보의 안방으로 제 집같이 들어가니, 놀보가 보고 장담하였다.

"흥보는 첫 통 탈 때 동자가 왔다더니, 내 박은 첫 통에서 노인이 나오더니 그로만 볼지라도 어른과 아이의 분별이 있고, 저 주머니 속에 든 게 모두 다 선약이지."

바삐 바삐 따라가서 자세히 살펴보니, 토끼같은 얼굴에 빈대 코가 맵시 있다. 뱁새 눈과 병어 입에 목소리는 아주 커서,

"이놈 놀보야, 옛 상전을 모르느냐? 네 할아비 덜렁쇠, 네 할미 허튼덕이, 네 아비 껄덕놈이, 네 어미 허천례, 모두 댁 종이라. 병자 팔월일에 과거 보러 서울

석숭 : 중국 진나라 때의 부자이며 문장가. 형주의 자사를 지내고 부를 쌓아 금곡에 별장을 두고 술을 마시고 꽃을 보며 시를 지었다고 함.
당음 : 원나라의 양사굉이 편찬한 당나라 사람들의 시집.
강포 : 강변 또는 강소성 육합현의 서남.
낙교 : 다리 이름 또는 하남성 낙양현의 서남, 낙수 위의 다리.

가고, 댁 사랑이 비었을 때 성질이 흉악한 네 아비놈이 가산 모두 도적하여 간 곳 모르게 도망하였다. 종적 모르다가 조선 왔던 제비에게 자세히 들어보니 너희 놈들 이 곳에서 부자로 산다는데, 천 리도 마다않고 나왔으니 네 처자, 네 세간을 박통 속에 급히 담아 강남 가서 행랑에서 주인집을 도우며 살아라.”

놀보가 들어보니 정신이 캄캄하여 아무렇게도 할 수가 없었다.

‘아니라 하자 한들 삼 대나 되었으니 증인 설 사람이 없고, 싸워나 보자 해도 이 양반 생긴 것이 불에 넣어도 안 타게 생긴 데다, 고발을 하자 하니 좋지 않은 그 근본을 읍촌이 다 알 것이니, 어찌하면 무사할까.’

저 혼자 궁리할 때, 저 양반의 호령 소리가 갈수록 무서웠다.

“이놈 놀보야, 옛 상전이 와 계신데 네 계집, 네 자식이 문안을 아니 하니 이런 변이 있단 말이냐. 이리 오너라.”

박통 속이 관문 같이,

“예.”

힘세고 무섭게 생긴 여러 놈이 몽치를 들고, 꾸역꾸역 나오니, 놀보가 이 광경을 보니 죽을 밖에 수가 없었다.

엎디어 애걸하였다.

“여보시오, 상전님, 이 동네가 양반 사는 마을이오. 아비의 가세 부유하기로 관을 쓰고 지내오니 이 고을 통경 내에 모모한 양반 댁이 다 모두 사돈이오. 이 소문이 나게 되면 소인은 고사하고 그 양반들 비웃음을 당하오니, 자라는 초목은 꺾지 않는다는 말을 생각하여 아무 말씀 마시고 속죄하는 뜻으로 돈을 바치오니 이것을 받고 용서해 주십시오.”

“그 사이에 여러 십 년 네놈의 아비와 어미, 네놈과 계집, 자식 행랑살이 아니 하였으니 노비가 상전에 바치는 돈은 어찌할꼬?”

“분부대로 하오리다.”

“네 놈 죄상을 생각하면 기어이 잡아다가 밤낮으로 나쁜 일을 시키면서, 만일 조금만 잘못 하면 초당 앞의 말말뚝에 거꾸로 매어 달고 대추나무 방망이로 두 발목 복숭아뼈 짱짱 때려가며 부려 먹자 하였더니, 네 말이 그러하니 또한 사람으로 좋게 대접하지. 공돈 속돈 바칠 테면 지체 말고 썩 들어라.”

놀보가 물었다.

“몇 냥이나 바칠까요?”

“너같은 놈을 데리고서 돈 많고 적음을 다투겠나.”

조그마한 주머니를 허리에서 끌러 주며,

“아무 것이든지 여기만 채워 오라.”

놀보놈이 제 소견에 저 양반 저 억지에 많이 달라 하게 되면 이일을 어찌할꼬, 잔뜩 염려하였다가, 이 주머니 채우자면 얼마 아니 들겠거든, 아주 좋아 못 견디어 말하였다.

“그리 하오리다.”

주머니를 가지고서 제 방으로 들어가서 돈 열 냥을 풀어놓고, 한 줌 넣고 두 줌 넣어 열 줌이 넘어갔으나 아무런 변화가 없었다. 푼돈이라 그러한가. 묶음으로 넣어 볼까, 스무 냥씩 묶은 묶음, 백 묶음이 넘어가도 흔적이 없다.

돈 천 냥 잠근 궤를 궤째 모두 밀어 넣어도 어디 간지 알 수 없다. 이대로 하다가는 묵은 상전 고사하고 자신을 팔아 버려 새 상전 생기겠다. 부피가 많기로 곡식을 넣어보자. 쌀 백 석을 넣어 보아, 이백 석, 삼백 석을 곧 넣어도 그만이라. 벼 천 석 쌓은 노적 나무벼늘, 짚벼늘, 심지어 뒷간 거름 모두 다 쓸어 넣어도 변화가 없다. 놀보가 겁을 내어 주머니를 들고 보아,

“이게 어디 구멍 났나?”

주머니 밑을 다 보아도 가죽으로 만든 것이 바늘 찌를 틈이 없다.

“애겨 이거 어찌 할꼬. 사람 죽일 것이구나.”

주머니를 가지고서 양반 앞에 다시 빌어,

“여보시오, 상전님, 이게 무슨 주머니오?”

“네 이놈, 왜 묻느냐?”

“아무것이라도 들어가면 간데없소.”

“에라, 이놈 간사하다. 그럴 리가 있느냐. 조그마한 주머니를 채워 오라 하였더니, 아무것도 아니 넣고 이 소리가 웬 소린고. 이리 오너라. 네 저놈 매를 때려라.”

놀보가 황급하여 애절히 빌었다.

“비옵니다. 상전님 덕택에 살려 주세요. 공돈 속돈 또 바치지, 이 주머니는 채울 수 없소.”

“네 원이 그러하면 네 할아비, 네 할미, 네 아비, 네 어미, 네 아들, 네 딸년, 네놈까지 일곱 식구, 매 식구에 일천 냥씩 7천 냥을 바쳐라. 만일 잔말 하였다가는 네놈 여기 넣으리라.”

주머니 떡 벌리니 놀보가 황급히 7천 냥 또 바치니, 저 양반이 그 돈을 받아 주머니에 넣고는 눈깜짝할 사이에 간 데 없다.

놀보가 죄를 용서받더니 상전이라 아니 하고 생원으로 부르겠다.

“여보시오, 생원님. 이왕 끝난 일이니 주머니 이름이나 가르쳐 주옵소서.”

속였던 저 양반이 먹을 것을 다 먹더니 마음이 넉넉하여 말씨를 좋게 하여,

“이 주머니가 능천낭(凌天囊)*이다. 천지 개벽한 후에 불충 불효하는 놈들 도덕도 의리도 없이 모은 재물 뺏어 오는 주머니다.”

“누구누구 것 뺏어 왔소?”

“어찌 다 말하겠나? 한나라 양기(梁冀)*와 당나라 원재(元載)*의 세간은 한편 귀도 못 차더라.”

“그 세간은 얼마나 되었소?”

“호초만 하여도 8천 석이지야.”

“그렇게 뺏어다가 다 어디 쓰셨소?”

“임금에게 충성하고, 부모에게 효도하고, 형제간에 우애하고, 친구 구제하

능천낭 : ‘주머니 속에 넣은 것은 하늘로 올라간다’ 는 주머니.
양기 : 중국 동한 순제 양황후의 오빠이고 상의 아들. 외척으로서 권세를 누렸으나 나중에 독살당함.
원재 : 당나라의 기산 사람. 대종 때에 중서시랑의 직책으로 권리를 남용하여 재화를 모으고 충현(忠賢)을 배척하다가 후에 자결함.

는 사람, 형세가 가난하면 이 재물 나눠 주어 부자되게 하였지. 그것도 조선 땅이지, 박흥보라 하는 사람 마음이 인자하고, 형제간에 우애하되, 형세가 가난키로 이 주머니 있는 세간 절반 남아 보냈지.”

놀보놈 평생의 성질이, 다른 사람 하는 말은 기어이 뒤받겠다.

“만일 그러할 양이면 안자같은 아성인이 단표누항(簞瓢陋巷)*하였으며, 동소남*의 하늘이 낸 효도로도 가난하여 변변치 못한 음식으로 어버이를 섬기지 못하니 주머니에 있는 세간 왜 아니 보내었소?”

“그럴 리가 있겠느냐. 많이 많이 보냈더니, 청렴하신 그 어른들은 이름 없는 물건이라고 다 아니 받더구나. 누가 허물 없으리오. 고치면 귀할 테니 너도 이번에 잘못을 뉘우쳐 형제간 우애하고, 이웃과 화목하면 이 재물 더 보태어 도로 갔다 줄 것이다. 그렇지 아니하면 장날 한 번 설 때 한 번씩 큰 비가 올지라도 우장 쓰고 올 것이니 보잘것 없게 알지 말라.”

대청 아래로 내려가더니 갑자기 간 데 없었다.

놀보가 둘째박 타고 조부 빚 갚다. 박을 타던 역군들이 이 꼴을 보아 놓으니 대단히 무안하여 다시 박을 탈 흥이 없어 각각 집으로 돌아가려 하니 놀보가 가지 말라고 말렸다.

“아까 왔던 그 노인이 상전인 게 아니라, 금은이 변화하여 내 의지를 받자 하니, 만일 중지하여서는 저 다섯 통에 있는 보화를 흥보 갖다 줄 것이니, 어서어서 톱질하소.”

놀보가 설소리를 또 메기면서 부자만을 원하였다.

“어기여라 톱질이야.”

“인간의 좋은 것이 부자밖에 또 있느냐. 일이 많다 해도 나는 좋고 어질지

단표누항 : 도시락 표주박과 누추한 마을. 곧 소박한 시골 살림.
동소남 : 중국 당나라 안풍 사람으로 효행이 지극하여 하늘에서 낸 효자라고 함. 고학으로 독서하고 세상 밖으로 나와 벼슬을 하지 않고 지내며 의(義)를 행함.

못하다고 해도 나는 좋소.”

“어기여라 톱질이야.”

“궁중 문을 두드리고 바로 들어가서 임금도 사랑하고, 일백 금전에 문득 혼도 돌아온다는데 귀신도 안 무서워.”

“어기여라 톱질이야.”

“이 통을 어서 타서 좋은 보물 다 나오면, 더 부자가 되어 이내 형세 무궁히 즐겁게 살아보세.”

슬근슬근 거의 다 타니 돈꿰미가 박통 밖에 빼쪽 내밀었다. 놀보가 보고 좋아하며,

“애겨 이것 돈꿰미.”

쑥 잡아 빼어 놓으니 맹인, 앉은뱅이, 다리병신, 부상자 등이 꾸역꾸역 나오더니, 각각 소리질러 놀보를 불러대니 이런 야단이 없었다. 그 중에도 영좌(領座)*라 하는 영감 나이 오십 남짓한데, 오랫동안 공것 먹는 수가 터져 힘도 별로 안 들이고 여상으로 하는 수작이 사람 죽일 말이로다.

헌 갓에 벼릿줄, 헌 중치막에 방울띠, 아주 긴 담뱃대를 한가운데 불끈 쥐고 점잖게 나오더니, 동무들을 책망하여,

“왜 이리들 요란하냐? 한 달 두 달 내에 끝날 일이 아닌 것을, 이이 그리 성급한고. 아무 말도 다시 말고 내 명대로 시행하지.”

놀보 안채 대청 위에 허물 없이 올라앉아, 끝없는 반말로 말하였다.

“바깥주인이 어디 있노? 이리 와서 내 말 들어라.”

놀보가 전 같으면 이러한 과객 보고 오죽 호령 잘 할 테지만, 여러 걸인의 호령 소리에 정신을 놓았다가, 이분의 하는 것이 점잖아 보이자 올라가 절한 후에 공손히 물었다.

“본댁은 어디온데 무슨 일로 오셨으며, 저리 많은 동행 중에 성한 사람 없사

영좌 : 부락이나 단체의 우두머리 자리에 있는 사람.

오니, 어찌하여 오셨나이까?"

영좌가 대답하였다.

"우리들이 온 내력은 5, 6일간 쉰 후에 그로부터 수작하겠지만, 수다한 동행들이 저 좁은 박통 속에 여러 날 고생하여 기갈이 점점 더 심해지니, 좋은 안주 술대접과 갖은 반찬 더운 점심, 깨끗한 사랑에서 착실히 대접하라."

놀보가 깜짝 놀라 애절히 빌며 말하였다.

"저 많은 손님네에게 주식 대접할 수 있소? 돈으로도 대신 드릴 터이니 값을 적게 하여 주시오."

영좌가 대답하였다.

"손님 한 분에 매일에 밥값 석 냥, 술·담배 값 한 돈씩 착실히 내어라."

놀보가 할 수 없어 삼천 냥을 내어 놓고, 한 끼 밥값을 내놓으니 몇 냥 남지 않았다. 놀보가 다시 빌었다.

"귀하신 손님네를 여러 날 만류하여 쉬어 가면 좋겠으나, 내 집 열 배 더 있어도 못 다 앉힐 터이오니, 오신 내력 말씀하여 쉽게 처분하여 주십시오."

"주인 말이 그러하니 아무렇게나 하여 볼까. 우리 나라 벼슬 중에 활인서(活人署)*란 마을 있어, 관원 서리 창고지기들이 몇만 냥 이를 남겨 수많은 우리 걸인 돈을 주어 먹이더니, 주인 조부 덜렁쇠가 삼천 냥 본전 쓰고 병자년에 도망하여 거처를 모르게 되었다. 그러다가 조선 왔던 제비 편에 주인 소식을 자세히 듣고, 활인서에 하소연하니 관원의 분부로 '만리 타국에 있는 놈을 공문으로 오가기 번거로우니, 너희들이 모두 가서 여러 해 밀린 이자 받아 오되, 만일 완강히 거절하거들랑 그놈의 안방에 가서 먹고 반듯이 누워 있으라'는 분부를 받고 나왔으니, 갚고 아니 갚기는 주인의 소견이지."

놀보가 기가 막혀 공손히 다시 물었다.

"우리 조부가 그 돈 쓸 때 수표에다 서명한 것이 있었소?"

활인서 : 조선 시대에 서울에서 의료를 맡은 관가. 세조 12년부터 이 이름으로 고쳐 부름.

“있지.”

“여기 가져 오셨습니까?”

“안 가져 왔지.”

“수표가 있더라도 사람이 죽으면 징벌하지 않는 법인데, 수표도 안 가지고 빚 받으러 오셨습니까?”

“일 년쯤 되었으면 강남 왕래할 터이니, 우리 식구 여기서 먹고, 동행 하나 보내어서 수표를 가져오지.”

놀보가 들을수록 사람 죽을 말이로다. 곱으로 친 이자로 육천 냥에 원한을 풀어 보낼 때에, 영좌가 말하였다.

“갖다가 바쳐 보아 당상께서 적다 하면 도로 찾아올 것이니, 홀홀히 떠난다고 섭섭히 알지 말게.”

일시에 간 데 없었다.

놀보가 셋째박 타고 여자들에게 돈을 잃다. 걸인을 보낸 후에 셋째 통 또 타려고 할 때, 놀보 저도 무안하여 아니리*를 연해 짜넣었다.

“처음에는 흉한 일이 있으면 후에는 길하다 하니, 고진감래(苦盡甘來)*요. 세 번 호령하고 다섯 번 디일리 훈계힌다 하니, 이주 좋은 보화가 이 통 속에는 꼭 들었겠지.”

박 타는 역군 중에 입바른 사람이 있어 옆구리에 칼이 와도 할말은 똑 하겠다.

“여보소 놀보씨, 이 통 설소리는 내가 메기면 어떤가?”

놀보가 허락하니, 놀보를 꾸짖는 박사설로 메기었다.

“어기여라 톱질이야.”

“근래 풍속 그리 순박하고, 사람마다 모두 경박하며, 남의 말을 대고 타박하고, 형제간에 몹시 구박한다네.”

아니리 : 판소리에서 소리와 소리 사이에 이야기로 줄거리를 설명하는 일.
고진감래 : 고생하면 좋은 때가 온다는 말.

"어기여라 톱질이야."

"흥보의 심은 박, 제비 은혜 받는 박, 놀보가 심은 박, 제비 원수 받는 박, 양반 나와 바로 결박, 걸인 나와 무수 공박."

"어기여라 톱질이야."

"네 정경이 저리 절박, 불의로 모은 재물 부서지기 쪽박."

슬근슬근 톱질하여 거의 박을 타니, 사당패*의 법이란 게 그 중에 어린 아이 사당이 앞서는 법이었다.

아무렇게나 쪽을 진 낭자 머리에 때묻은 옷으로, 박통 밖에 썩 나서니 놀보가 깜짝 놀라,

"애겨 서시 나오느라, 계집종이 먼저 나온다."

내외를 시키기로* 관계자 외 출입 금지가 대단하여 일꾼 떨거지를 모두 몰아 문 밖으로 보내고서, 휘장이 모자라니 홑이불, 이불 안팎, 돗자리, 문발이며 심지어 멍석까지 담뿍 둘러막았더니 그 뒤에 서시들이 꾸역꾸역 나오는데 대단하였다. 이들이 놀보 보고 절을 하였다.

"소사(召史)* 문안이요. 문안이요. 근래 흉년으로 살 수 없어 강남으로 갔더니, 강남 황제 분부로써, '네 나라 박놀보가 삼국에 유명한 부자라니 박통 타고 그리 가서 수천 냥을 뜯어내되, 만일 적게 주거들랑 다시 와서 알리어라.' 분부 모시고 나왔으니 후히 주시옵소서."

놀보가 할 수 없어 제 손수 마음을 풀었다.

"나오던 것 중에 가장 좋구나. 너희들 장기대로 염불이나 잘 하여라."

사당거사가 좋아하고, 거사들은 소고 치고, 사당의 절차대로 연계사당 먼저 나서서 발림*을 곱게 하고,

"산천초목이 다 무성한데 구경가기 즐겁도다. 어야여, 장송은 낙락, 기러기

사당패 : 패를 지어 다니며 노래와 춤을 팔면서 친하게 노는 계집들.
내외를 시키기로 : 부녀자가 외간남자와 서로 얼굴을 대하지 않고 피하려고.
소사 : 사당이 자신을 낮추어 하는 말.
발림 : 판소리에서, 소리를 하면서 하는 가벼운 몸짓이나 팔짓.

휠휠, 낙락장송이 다 떨어진다. 성황당 어리궁* 뻐꾹새야 이 산으로 가며 어리궁 벅궁, 저 산으로 가며 어리궁 벅궁."

"이야, 잘 논다."

또 하나가 나오면서,

"오돌또기 춘향 추향월의 달은 밝고 명랑한데, 여기저기 엎어버리고 말이 못된 경이로다. 깊은 청산 쑥쑥 들어가서 휘어진 버드나무 손으로 주루룩 훑어다가, 물에다 둥실 둥실, 여기다 저기다 엎어버리고 말이 못 된 경이로다."

"잘 한다, 네 이름은 무엇이냐?"

"설중매요."

또 하나가 나오면서 자진방아타령을 하여,

"유각골 처자는 담배장사 처녀, 왕십리 처자는 미나리장사 처녀, 순창 담양 처자는 바구니장사 처녀, 영암 강진 처자들은 참빗장사 처녀, 에라뒤야 방아로다."

"네 이름은 무엇이냐?"

"하옥이오."

한참 서로 놀아나니 놀보 댁 강짜가 났다.

쪽진 머리, 짤막한 치마, 속곳 기레 풀어놓고, 버선발 멍니막신으로 알칵 뛰어나와 서서, 놀보 앞에 앉으면서,

"나는 누구만 못 하기에 사당 보고 미치느냐?"

놀보가 전 같으면 볼에 상처가 곧 날 테나, 사당에게 비웃음을 받을까 하여, 미운 말로 별나게 보아,

"차린 의복과 생긴 맵시가 정녕한 관물이지. 풍류랑들 보았으면 여럿 패가시키겠다. 염불하던 사당들이 예쁘기도 하거니와, 강남 황제 보냈으니 홀대할 수 있겠느냐."

사람마다 일백 냥씩 후히 주어 보낸 후에, 설소리꾼에게다 분을 모두 풀어,

어리궁 : 뻐꾹새 소리를 흉내낸 말.

"방정스런 저 자식이 톱질 사설을 잘못 메겨 떼방정이 나왔으니, 물렀거라 내가 메기겠다."

놀보가 넷째 박 타고 각설이에게 돈을 뺏기다. 놀보가 분을 내어 통사설로 메겼다.

"어기여라 톱질이야."

"어찌 다 이내 박통은 모두 다 몹쓸 통, 첫번 통은 상전통, 둘째 통은 걸인통, 셋째 통은 사당통."

"어기여라 톱질이야."

"세간을 다 뺏기니 온 집안이 아주 허통, 우세를 하도 하니 처자들이 모두 패통, 생각하고 생각하니 내 마음이 절통."

"어기여라 톱질이야."

"어서 타세, 넷째 통. 이번은 분명히 세간통, 그렇지 않으면 미인통."

"어기여라 톱질이야."

"내 신수가 아주 대통, 어찌 그리 신통, 빼라 이내 죽통, 홍보 보면 크게 호통."

"어기여라 톱질이야."

슬근슬근 박을 거의 타니, 열댓 살 된 아이가 노란 머리칼에 짙은 초록의 창옷을 입고 박통 밖에 썩 나서니, 놀보가 아주 반가워하였다.

"애겨 이게 선동(仙童)이지."

삼십 넘은 노총각이 그 뒤를 따라 또 나오니 놀보가 더 반겨 하였다.

"동자가 한 쌍이지."

그 뒤에 사람들이 꾸역꾸역 나오는데, 앞에 선 두 아이는 검무장이, 북잡이라. 풍각장이*, 각설이패*, 방정스런 외초라니* 등이 지껄이며 나오더니, 놀

풍각장이 : 남의 집 문 앞을 돌아다니며 풍장소리를 내면서 돈을 얻어가는 사람.
각설이패 : 장타령꾼.
외초라니 : 기괴한 계집 모양의 탈을 쓰고 붉은 저고리, 푸른 치마를 입은 사당.

보네 안마당을 장판으로 알았던지 훨씬 넓게 자리잡고, 각 차비(差備)*가 늘어서서 가야금 '둥덩둥덩', 퉁소 소리 '띠루띠루', 해금과 피리소리 '고개고개', 북 장단에 검무 추며, 번개 소고, 벼락 소고, '동골동골'.

한 놈은 옆에 서서 두 다리를 빗디디고 허리짓 고개짓을 하며, 살만 남은 헌 부채로 뒤꼭지를 탁탁 치며,

"잘 한다 잘 한다, 초당 짓고 한 공부냐 실수 없이 잘 한다. 어린아이 모양의 산삼 먹고 한 공부나 기운차게 잘도 한다. 기름 되나 먹었느냐, 미끈미끈 잘 나온다. 목구멍에 불을 켰나, 훤하게도 잘 한다. 뱃가죽 두껍다. 눈에 가릴 것 없이 나온다. 네가 저리 잘 할 때에 네 선생이 오죽하랴. 네 선생이 나로구나. 잘 한다 잘 한다. 목 쉴라 목 쉴라 대목장에 목 쉴라. 가만가만 섬겨라. 너 못하면 내가 하마."

한참 이리 덤벙일 때, 한편에서는 외초라니가 덤벙이는데, 구슬 상모, 털벙거지, 바짝 맨 장고통을 턱 밑에 되게 메고,

"예, 돌아왔소, 구름같은 댁에 신선같은 나그네 왔소. 옥같은 입에 구슬같은 말이 쑥쑥 나오."

"꽁그락 꽁."

"에, 오노라 가노라 하니 우리 집 마누라가 이 집 마님 앞에 문안 이흡 고지질, 평안이 아홉 고자질, 이구 십팔 열 여덟 고자질, 낱낱이 전하라 하옵디다."

"꽁그락 꽁꽁."

"허페 페."

"정월 이월 드는 액은 삼월 삼일 막아내고, 사월 오월 드는 액은 유월 유두(流頭)*에 막아내고, 칠월 팔월 드는 액은 구월 구일 막아내고, 시월 동지 드는 액은 납월 납일(臘日)*막아내고, 매월 매일 드는 액은 초라니가 장고로 막

차비 : 특별한 일을 나누어 임시로 임명한 직책.
유두 : 음력 유월 보름날. 유둣날.
납일 : 그 해 농사를 위해 지내는 제삿날.

아내세."

"꽁그락 꽁."

"허페."

놀보가 보다가 말하였다.

"저렇게 방정스러운 사람들 집구석에 두었다는 싸라기도 안 남겠다."

돈을 후히 주어 길을 떠내 보냈다.

놀보가 다섯째 박을 타고 장례 비용을 내다. 잡색꾼들을 보낸 후에 남은 통을 켜자고 하지만, 이 여러 박통 속이 탈수록 잡것이라, 놀보 댁은 옆에 앉아,

"애고 애고."

통곡하고, 삯 받은 역군들은 무안하여 만류하였다.

"그만 타소, 그만 타소. 이 박통 그만 타소. 삼도에 유명한 자네의 명성과 위세가 하루아침에 탕진하였으니, 만일 이 통을 또 타다가 무슨 재앙이 또 나오면 무엇으로 막아낼까. 필경 망신될 것이니, 제발 덕분에 그만 타소."

고집 많은 놀보놈이 가세는 기울어도 마음이 안 풀리어,

"네 말은 쓸데없다. 천금을 흩어 다 쓰니 다시 돌아온다고 하는 옛 문장이 있고, 뺏던 칼 도로 꽂는다는 것이 대장부의 할 일인가. 무엇이 나오든지 기어이 타 볼 테다."

톱 소리를 아주 억지쓰기로 메겨,

"어기여라 톱질이야."

"처음을 두지 않는 이는 없으나 능히 끝을 두는 이는 적다고 성인이 하신 경계를 자네 어찌 모르는가. 나는 기어이 타 볼 테라네."

"어기여라 톱질이야."

"틀림없이 좋은 보석과 패물 이 두 통에 있을 테니 해가 서산으로 더 저물기 전에 큰 힘 써서 당기어라."

슬근슬근 박을 거의 타니, 큼직한 쌍가마 긴 가마채가 꺾음섬의 가시목*을 네모 접어 곱게 깎아 생피로 단단히 감아 철목을 걸었는데, 박통 밖에 뾰쪽하니, 놀보가 크게 기뻐하며 기다릴 때 쌍가마는 무슨 쌍가마. 송장 실은 상부인데 강남서 나오다가 박통 가에 이르러서, 상여를 받침틀하여 괴어 놓고, 어동육서(魚東肉西)* 좌포우혜(左脯右醢)* 제삿상을 차리느라고 그 새 조용하였다.

갑자기 소리가 나는데,

"강남까지 다 가는 데 수천 리 고생하고, 박통문이 열렸으니 편안히 묻을 곳이 어딘가?"

"워허너허."

"금강·구월·지리·묘향산은 산운이 맞지 않아 갈 수 없다."

"워허너허."

"날씨가 구름 끼어 비 올 기운이 있다. 상여 위에 치는 휘장 떼고 우비 써라. 가다가 저물지 모르니 어서 가자, 놀보 집에."

"어허너허 어허너허."

그 뒤에 상인들이 각기 다른 목소리로 울고 올 때, 한 놈은 시조창으로 울고, 한 놈은 방아타령으로 울고, 한 놈은 너무 울어서 목이 조금 쉬었기로 목은 아예 쓰지 않고 자진모리 아니리로 남을 놀라 웃겼다.

"애고 애고, 막동아, 기운 없어 못 살겠다. 놀보 집에 급히 가서 개 잡혀서 잘 고아라. 애고 애고 서러워라, 가난이 원수로다. 삯 한 돈에 몸 팔리어 헛울음에 목쉬었다. 애고 애고."

"어허너허."

땡그랑 요란하게 나오더니 놀보 안방에 상여를 세우고 허저같은 상여꾼들 벽력같이 외치는 소리,

<hr>

꺾음섬의 가시목 : 거금도에서 나는 참나무과에 딸린 상록수.
어동육서 : 제사 음식을 올려놓을 때 물고기 반찬은 동쪽에, 살코기 반찬은 서쪽에 놓음.
좌포우혜 : 제상을 차릴 때 '말린 고기(포)는 왼쪽, 식혜는 오른쪽에 차림'을 이르는 말.

"주인 놀보 어디 갔나? 큰 병풍 치고 제사상 놓고, 촛대에 밀촉 켜고, 향로에 불 피워라. 제물 먼저 올린 후에 상식상(上食床)* 곧 차려라. 방 더울라 불 때지 말고, 고양이 들어갈라 굴뚝을 막아라."

이런 야단이 없구나. 놀보가 넋을 잃어 처자를 데리고서 대강 거행한 후에 상제에게 문안하고, 공손히 물었다.

"어떤 상행차인지 내력이나 알아봅시다."

상제가 대답하였다.

"오, 네가 박놀보인가?"

"예."

"우리 댁 노생원님이 너를 찾아보시려고 첫 박통에 행차해서 너를 속량하여 주고, 돌아오신 후에 네 정성이 극진하여 자식보다 낫더라고 매일 자랑하시더니, 노인의 병환이라 병환나신 하루만에 별세를 하시는데 박놀보의 안채 정간 매우 좋은 명당이라, 내 말하고 찾아가면 반겨 허락할 것이니, 갈 길이 멀다 말고 부디 그 곳에 가서 장사지내라. 만일 의심하거들랑 이것을 보이면 믿을 표적이 되리라고 재삼 유언하시기로, 상행차 뫼시고서 멀리까지 찾아왔다."

소매에서 능천낭을 슬그머니 내놓으니, 놀보가 이걸 보니 송장보다 더 미웠다. 꿇어 엎드려 서럽게 빌었다.

"상제님 상제님, 소인 살려 주십시오. 노생원님 하신 유언은 임종(臨終)*할 때에 하셨으니 정신이 혼미하여 정신없이 하신 말씀이오니, 운이 지난 땅이오니 상행에 쓰인 돈으로 산 땅값을 대전으로 바치올 것이니 돌아가셔서 안장하십시오."

전답문서 저당 잡히고, 돈 삼만 냥 빚을 내어 위로 올려 보냈다.

놀부는 여섯째 박까지 타고 잘못을 뉘우치다. 남아 있는 여섯

상식상 : 상가에서 아침 저녁으로 제사상에 올리는 음식.
임종 : 죽음에 다다름. 또는 어버이가 운명할 때에 그 옆에서 모시고 있음.

째 통 타기로 달려드니, 제 계집이 옆에 앉아 통곡하며 만류한다.

"마십시오. 마십시오. 타지 마십시오. 그 박씨에 쓰인 글자 값을 보(報)자, 원수 구(仇)자, 원수 갚자 한 말이라 탈수록 망할 테니, 간신히 모은 세간 편한 꼴도 못 보고서 잡것들에게 다 뜯기네. 이럴 줄 알았다면 시아제 굶을 때에 구원했을 텐데. 만일 잡것 또 나오면 아무것도 없는 맨손 맨주먹인 신세에 무엇으로 감당할까. 가련한 우리 부부 목숨까지 빼앗길 테니, 기어이 타려거든 내 허리와 함께 켜소."

박통 위에 걸터 엎어져 경상도 메나리 조로 한참을 울어내니, 놀보가 할 수 없어 저도 그만 뜻을 꺾고,

"이내 신세 생긴 모양이 계집까지 덧나게 해서는 정녕 굶어 죽을 터이니, 여보소, 톱질꾼들 양줄 풀어 톱 지우고, 저 박통 들어다가 대문밖에 내버리소."

한참 흩어진 물건들을 주워 거두는 때, 천만 의외로 통 속에,

"대포수."

"예."

"개문포 세 방 쏴라."

"예."

"떵 떵 떵."

박통이 한 가운데 딱 벌어지며, 행군 호령소리가 울렸다.

"행차하는 데, 만일 앞에 수목이 막혔거든 청기를 들고, 물이나 연못으로 막혔거든 흑기를 들고, 병마에 막혔거든 백기를 들고, 산과 험한 것으로 막혔거든 황기를 들고, 연화(煙火)에 막혔거든 홍기를 들고, 보는 것이 지나거든 곧 모두 거두라. 모든 길에 어떤 색 고초기를 몇 개 세우라 하거든 중군이 진을 바꾸는 호령을 즉시 거행하라."

천병 백마가 물 끓듯이 나오는데 그 가운데 한 장수가 나오며 우레 같은 큰 목소리로,

"이놈 놀보야."

박 타던 삯군들이 소리에 깜짝 놀라, 창자가 터져 죽는 놈이 여러 명이 되는구나. 놀보놈은 정신을 잃고, 박통가에 기절하여 넘어지니, 저 장수의 거동 보소. 놀보의 안채 대청이 엔간한 지휘대인 줄 알고, 말을 내려, 승장포 세방 쏘고, 오색 기치 방위 찾아 청동백서 세워놓고, 각 영 장졸은 버티어 서서 바라를 쳐서 울려 좌기 취한 후에 대상에서 호령이 나는데,

"놀보놈 들이라."

호랑이 같은 군사들이 놀보의 조그맣게 나붙은 상투를 덩겅 잡아들이니, 대장이 분부하였다.

"네 죄를 헤아리면 만 번 죽어도 아깝지 않다. 내 목소리 나는 대로 네놈이 저지른 죄를 들추어 낼 양이면 네가 놀라 죽겠기에 조용히 분부하니 자세히 들어 보라. 내 성은 장이요, 이름은 비요, 자는 익덕이라 하는 용맹을 들었느냐? 내가 그 장장군이로다. 천지에 중한 의가 형제밖에 또 있느냐. 한날 한시에는 못 났어도, 한날 한시에 죽는 것이 당연한 도리인데, 네놈은 어이하여 동기 박대를 그리 하며, 날짐승 중에 사람 따르고 해 없는 게 제비로다. 내가 근본 생긴 모양, 제비 턱을 가졌기로 제비를 사랑하더니, 제비 말을 들어보니 생다리를 꺾었다니, 그러한 몹쓸놈이 어디가 또 있겠느냐.

네놈이 흉칙한 도적처럼 극히 악하여 동생을 쫓아내고, 제비의 다리 꺾은 죄로 똑 죽이자 나왔더니, 돌이켜 생각하니 죽은 자는 다시 살아날 수 없고, 형을 받은 자는 다시 거느릴 수 없다 하니, 네 아무리 회개하여 형제우애하자 한들 목숨이 죽어지면 어쩔 수가 없겠기에, 목숨을 빌려주니 이번에는 형제우애 하겠느냐?"

놀보 엎드려 생각하니 부정하게 모은 재물을 허망하게 다 날렸으니 악한 놈에게 어진 마음은 무서워야 나는구나. 벌벌 사죄하며 울며 빌었다.

"장군 분부 듣사오니, 소인의 전후 죄상은 금수만도 못 하오니, 목숨 살려 주옵시면 옛 허물을 다 고치고 군자의 본을 받아 형제간 우애하고, 이웃에 화목하여 사람 노릇 하올테니 제발 덕분에 살려주오."

장군이 분부하였다.

"네 말이 그러하니 알기 쉬운 수가 있다. 남원이나 고금도*나 우리 중형 관우씨 계신 곳에 내가 가서 모시고 있다가 네 소문을 탐지하여 잘못을 고친다면 재물을 다시 주어 부자가 되게 하고, 그렇지 아니하면 바로 와서 죽일 테니, 군사나 잘 먹여 위로하라. 이제 곧 떠나겠다."

놀보가 감화되어 양식대로 밥을 짓고, 소와 닭 개 많이 잡아 군사를 먹이면서 좋은 술을 연해 부어 장군 앞에 올리니, 제 계집이 말렸다.

"애겨, 그만 하세요. 그 장군님 술 취하면 죄 없는 놈도 채찍으로 때리신다네."

놀보가 웃으며,

"자네가 어찌 알아. 그 장군님 장한 의기는 엄안(嚴顔)*이라도 항복하게 하셨나니."

장군이 군사를 돌이켜 간 후에, 집 안을 돌아보니 한 번 패하여 다시 일어날 수 없게 재산도 다 없어지고 집에 있던 온갖 세간살림이 다 망가져 있었다.

목놓아 크게 울며 흥보집을 찾아가니, 흥보가 크게 놀라 극진히 위로하고, 저의 세간 반 나누어 형제간에 서로 사랑하는 모습은 누가 아니 칭찬하겠는가. 도원에 남은 의기가 옛날부터 전하여지니, 이러한 어리석고 못난 인간, 욕심 많은 자도 청렴하고 나약한 자도 무두 간동하게 히었다. ❀

고금도 : 전남 다도해에 있는 한 섬의 이름.
엄안 : 엄안은 「삼국지」에 나오는 파군의 태수. 장비가 이를 쳤으나 굴하지 않는 절개에 감동하여 고개를 숙여 사죄하니, 그도 또한 그 성의를 보고 항복했다고 함.

갈래 | 한글 소설, 설화 소설, 판소리계 소설
성격 | 풍자적, 해학적, 서민적, 교훈적
연대 | 미상
배경 | 시간적-조선 후기
　　　공간적-전라도 운봉과 경상도 함양 어름
시점 | 전지적 작가 시점
근원 설화 | 방이 설화, 박 타는 처녀 설화, 동물 보은 설화
특징 | 운문과 산문의 혼합. 한문투와 비속어 사용
주제 | 표면적 – 형제간의 우애
　　　이면적 – 빈농층과 반사회적 지주층 간의 갈등

구성과 내용

❶ 발단 | 놀보와 흥보의 성격이 남다름 – 충청, 전라, 경상 어름에 박씨 성을 가진 두 사람, 놀보와 흥보가 있었다. 놀보는 욕심이 많고 심술이 사나웠으나 아우 흥보는 효성과 우애가 극진하였다.

❷ 전개 | 놀보가 흥보네를 내쫓음 – 놀보는 아버지의 유산을 독차지하고, 흥보의 가족을 내쫓는다. 흥보 내외는 헐벗고 굶주리며, 스물 다섯이라는 많은 자식들과 갖은 고생을 하며 살아간다. 가난을 견디다 못한 흥보가 형의 집에 먹을 것을 구걸하기도 하고 매품도 팔려 하지만 모두 실패한다.

❸ 위기 | 흥보가 제비를 구하고 박씨를 받음 – 어느 봄날, 흥보는 자신의 집에 둥지를 틀고 살던 제비 새끼 한 마리가 이무기를 피하다가 다리가 부러진 것을 발견한다. 흥보는 그 제비 새끼의 부러진 다리를 오색 실로 감아 치료해 준다. 이듬해 그 제비가 박씨 하나를 가져다 준다.

❹ 절정 | 흥보는 부자가 되고 놀보는 패가망신함 – 흥보가 박씨를 심어 박을 타니, 그 박에서 가지가지 선약(仙藥)들과 금은 보화가 나와 큰 부자가 된다. 흥보가 부자 된 소문을 듣고 놀보가 찾아와 온갖 심술을 부리고 흥보가 어떻게 해서 부자가 되었는지를 듣고 간다. 이듬해 봄, 놀보는 제비 다리를 일부러 부러뜨리고, 다시 고쳐 준다. 제비는 놀보에게 박씨를 주었으나, 놀보의 박에서는 원수 갚을 바람들, 요물이 쏟아져 나와 놀보는 패가망신하게 된다.

❺ 결말 | 놀보와 흥보 형제가 화목해짐 – 놀보는 울며 흥보를 찾아간다. 자기의 잘못을 크게 뉘우친 놀보는 동생 흥보와 화목하게 지내게 된다.

작품 줄거리   충청 전라 경상 삼도의 경계에 박가 성을 가진 두 사람이 살고 있었다. 형은 놀보라 하고 동생은 흥보라 하였다. 틀림없는 한 어머니 소생이었지만 형 놀보는 천하에 둘도 없는 악한으로 심술이 사납기가 이루 말할 수 없었고, 아우 흥보는 형과 정반대로 충실, 온후, 인자하였다. 그런데 어느 날 형 놀보는 부모에게 물려받은 전답과 재산을 다 자기가 차지하고, 아우 흥보에게는 밭 한 뙈기 돈 한 푼 주지 않고 집에서 내쫓았다. 형에게 쫓겨난 흥보는 아내와 어린것들을 데리고 들어갈 집 한 칸 없어, 걸식을 하면서 헐벗고 굶주리며 온갖 고생을 다하며 살아간다.

하루는 흥보가 견디다 못해 형 놀보의 집으로 곡식이나 조금 얻으려고 간다. 그러나 그는 놀보에게 죽을 정도로 매만 맞고 돌아온다. 기가 막힌 흥보 내외는 온갖 품을 다 팔았지만 살기가 막막하기만 하여, 차라리 자결하고자 한다. 때마침 중 하나가 지나가다가 흥보 내외의 행동을 중단하게 하고 집터 하나를 마련해 줄터이니 자기의 뒤를 따르라고 한다. 흥보 내외가 따라가니 그 중은 자손이 영광되고 귀하며 부자가 될 집터의 중요한 기둥 자리에 막대 넷 박아 주고 사라진다.

흥보 내외는 그 전에 자기 가족이 살았던 집을 헐어다가 그 자리에 갖다 놓고 간신히 지낸다. 이렇게 고통스러운 세월을 보내고 춘삼월 좋은 계절을 맞이하니, 흥보집 처마에 제비가 집을 짓고 새끼를 친다. 하루는 이무기가 제비집에 들어가서 새끼를 잡아먹었는데, 여섯 마리의 제비 가운데 다섯 마리는 잡아먹히고 한 마리만 겨우 목숨을 부지한다. 그러나 그 한 마리도 대발 틈에 발이 빠져 다리가 부러져 기의 죽게 된다. 놀란 흥보는 오색 당사로 제비 다리를 감아 제 집에 넣어준다. 십여 일 지난 후 그 제비새끼는 두 다리가 튼튼해져서 이리저리 날며 놀다가 가을이 되어 강남으로 떠난다.

이듬해 봄, 그 제비가 흥보의 집에 와서 '보은표'이라는 글 석자가 쓰인 박씨 하나를 준다. 흥보 내외는 그것을 땅을 깊이 파고 거름을 주어 단단히 심는다. 그랬더니 커다란 박 세 통이 열린다. 흥보 내외가 박을 타 보니 선약(仙藥)을 비롯하여 수많은 보물과 '양귀비'라는 미모의 여인이 쏟아져 나온다. 이리하여 흥보는 일시에 부자가 되어 좋은 집에서 처첩을 거느리고 즐겁게 세월을 보내게 된다.

놀보는 아우 흥보가 벼락부자가 되었다는 소문을 듣고 찾아온다. 흥보에게 부자가 된 사연을 들은 놀보는 이듬해 봄에 일부러 제비 새끼를 잡아서 일부러 다리를 부러뜨리고는 실로 동여매어 준다. 제비는 돌아와 역시 박씨 하나를 준다. 며칠이 안 가서 큰 박 여섯 통이 열린다. 놀보 내외가 박을 탔는데 온갖 괴물들이 쏟아져 나온다. 계속 박

을 탈 때마다 박에서 온갖 나쁜 것이 쏟아져 나와 놀보 내외를 괴롭힌다. 마침내 놀보
는 패가망신하여 오갈 데 없는 신세가 된다.
　놀보는 흥보의 집을 찾아간다. 흥보는 형 내외를 진심으로 위로하고 자신의 세간을
반 나누어준다. 그리하여 형제간에 우애를 되찾고 화목하게 산다.

'흥보'와 '놀보' 두 인물

「흥보전」의 중심 인물은 흥보지만 놀보가 차지하는 비중도 그에 못
지 않게 크다. 흥보와 놀보는 각기 다른 인생의 자세를 대변하는 인
물이다. 흔히 흥보는 도적적인 인물이며, 반면 놀보는 반도적인 인
물로 평가된다. 그러나 이와는 다르게 흥보는 가난을 타개할 의지와 능력도 없이 주어
진 운명에만 자신을 맡기는 소극적 인물이며, 놀보는 악착같이 재산을 모으고 그것을
지키기 위해 온갖 노력을 기울이는 적극적 인물로 평가하는 견해도 있다. 다른 한편,
흥보는 성실하게 자기 일을 하면서도 생계를 걱정해야 하는 선량한 노동자이며, 놀보
는 공동 사회에서 이익 사회로 이행되는 과정에서 나타나는 반도덕적 지주로 보기도
한다. 이들의 갈등과 대립을 한 가정 안에서의 대립으로 그린 것은 소설로 현실 문제를
실감나게 보여 주기 위해서라고 할 수 있다.

감상의 길잡이　　**서민 문학의 걸작 「흥보전」** 이 작품은 일명 「놀보전」·
「연의 각」·「박타령」이라고도 부르며, 일정한 시기에 일정한 장르
에 의해 창작된 것이 아니라, 전설이나 설화에서 취재한 작품으로 민담, 판소리 등 여
러 장르를 거쳐 형성되고 변모해 오다가 소설로 정착한 적층 문학이다. 「흥보전」은 인
과설(因果說 : 원인과 결과는 필연적으로 연결되어 있다는 주장이나 견해)에다 오륜 사
상(五倫思想 : 사람으로 지켜야 할 다섯 가지 도리. 곧, 군신유의(君臣有義), 부자유친
(父子有親), 부부유별(夫婦有別), 장유유서(長幼有序), 붕우유신(朋友有信) 등)을 첨가한
작품이다. 다른 판소리와 같이 「흥보전」도 해학적인 표현이 많다. 전반에 있어서 흥보
가 형 놀보로부터 쫓겨나 수많은 아이들과 아내를 데리고 살아가며, 이 세상 모든 생활

의 비극을 다 겪는 고생담을 묘사해 놓았다. 그러나 우리 독자들은 그 비참한 생활상을 묘사한 장면을 보고 유머러스한 것을 느끼고 웃는다.

서두에 나오는 형 놀보의 심술을 늘어놓은 장면부터가 웃지 않고는 못 견디는 행동만 열거해 놓았고, 수많은 자식들이 보채는 장면, 흥보가 형의 집에 곡식을 얻으려고 갔다가 실컷 매만 맞고 돌아오는 모습, '보구풍'이라는 박에서 이조 시대의 특수한 천민층인 온갖 군상들이 쏟아져 나와 이루는 익살 넘치는 대화와 괴기한 행동으로 놀보의 전 재산을 빼앗아 가는 과정을 묘사하는 부분은 해학의 으뜸이라 할 수 있다.

그런데 「흥보전」의 해학적인 표현에서 오는 웃음은 희극이지만 그 주인공인 흥보의 초년 고생은 비극이며, 놀보의 패가망신(敗家亡身) 또한 하나의 비극이다. 놀보의 패가망신은 인간의 비극 중의 비극이다. 그런데도 「흥보전」의 독자는 웃고, 주인공은 운다는 데에서 해학적인 표현의 묘미가 있는 것이다. 그리고 그 해학적인 표현의 이면에는 풍자적인 주제가 숨어 있기 때문에, 웃음 속에 눈물을 흘리는 것이다. 그 눈물은 슬픔의 눈물이 아니다. 참회의 눈물이다.

「흥보전」의 풍자적인 주제는 무엇인가? 판소리의 삼대 작품의 하나인 「심청전」이 불교적인 인과 설화를 바탕으로 하고, 거기에다 유교적 윤리 사상의 으뜸인 부모에 대한 효도 문제를 주제로 했다면, 「흥보전」은 불교적인 인과 설화에다 유교적인 오륜 사상의 하나인 형제간의 우애(友愛) 문제를 제기하였다고 볼 수 있다. 흥보는 부모가 생선에 나누어 준 전답을 형 놀보에게 다 뺏기고, 집 한 칸 마련하지 못한 채 형으로부터 내쫓기는 쓰라림을 당한다. 또 아무리 궁리하여도 수많은 자식과 아내를 살릴 수 없어, 염치 불구하고 곡식을 얻으려고 형의 집을 찾아갔다가 죽지 않을 정도로 매를 맞고 온갖 욕설과 구박을 받고 돌아온다. 그리고 온갖 품팔이를 해가며 목숨을 이어가다가, 제비를 구해 준 '보은표' 박씨로 인하여 벼락부자가 되는 행운을 얻게 된다. 아우가 벼락부자가 됐다는 소문을 듣고 찾아온 형이, 심술을 부리면서 재산을 달라고 할 때, 착한 흥보는 형이 달라는 대로 다 준다. 그리고 형이 패가망신하여 찾아왔을 때, 위로의 말을 하고 후한 대접을 한다. 그리고 형에게 자신의 재산의 반을 나누어 준다. 이러한 흥보의 행동을 보면, 선량한 아우로서 간악한 형을 대하는 행동과 마음을 통해 형제간의 우애가 더욱 빛나고 있음을 보게 되는 것이다.

또한 「흥보전」은 옛 소설의 공통적 주제인 권선징악(勸善懲惡)을 아울러 제시하고 있다. 착한 아우 흥보는 '보은표'라는 박의 행운을 받게 했고, 악한 형 놀보는 '보구풍'

이라는 박의 벌을 받도록 결말지어 놓은 것이다. 그런데 이처럼 권선징악의 주제와 형제간의 우애 문제가 다른 소설과 같이 도리를 강조하는 유교적 입장에서 직접 드러내지 않고, 풍부한 해학적 묘사를 통해 나타내고 있다. 이러한 문학적인 멋을 풍기고 있다는 데 판소리로서의 「흥보전」이 지닌 가치를 높이고 있는 것이라 하겠다.

흥보의 가난 이야기는 어떤 의미를 가지고 있을까? 흥보는 가난하지만 놀보는 부유하다. 가난함과 부유함 사이의 모순은 오늘날에도 여전하다. 한동안 흥보는 생활의 의지도 없는 무능한 인물형이며, 놀보야말로 근면하기 때문에 바람직한 인간형이라는 해석하는 때가 있었다. 그러나 이는 근대화의 과정 속에서 생겨난 물질주의적 사고를 반영한 해석에 불과하다. 사실 흥보는 놀보와 형제이므로 부모로부터 그들의 재산을 동등하게 분배받을 자격이 있다. 그런데도 흥보는 놀보로부터 아무런 재산을 나눠 받지 못하고 쫓겨났으며, '밤낮으로 일을 해도' 밥을 제대로 못 먹는 지경에 처하게 된다. 이처럼 흥보의 가난은 놀보와 같은 인간의 욕심에 따른 사회 구조적인 문제이다. 지금의 사회에서도 '빈익빈 부익부' 현상이 없어지지 않고 있는데, 흥보의 가난 이야기는 이처럼 부의 분배를 둘러싼 불평등 문제를 비판적으로 생각할 수 있게 하는 의미를 지닌다.

또한 보은박의 이야기가 가지고 있는 의미는 무엇일까? '보은(報恩)'을 주제로 한 다른 많은 이야기들처럼, 「흥보전」에서의 '보은박' 이야기도 우선 '선한 일을 하면 그 보답을 받게 마련이다' 라는 교훈을 담고 있다. 그런데 실제 현실에서는 아무리 선한 일을 해도 아무런 보답이 주어지지 않는 경우도 얼마든지 있고, 더욱이 흥보와 같은 횡재를 하는 경우는 불가능에 가깝다. 그렇다면 이 이야기는 현실성이 없는 황당무계(荒唐無稽)한 이야기에 지나지 않을까? 그러나 「흥보전」이 사실이 아니라 이야기라는 점에서 사정은 달라진다. 가령, 흥보가 사람이 아닌 제비를 통해 보답을 받은 것은, 현실적으로는 그렇지 않더라도 보답이 따라야 마땅하다는 내면적 의미를 가지고 있다. 그러면 제비는 하늘이나 신 혹은 '가난하지만 선한 사람들의 마음'을 대신하는 중개자가 될 것이다.

1. 다음은 중학교 학생들이 「흥보전」을 읽고 난 후 모둠별로 토론한 내용이다. 이 중 알맞지 <u>않은</u> 것을 골라 보자.

① 포도조 : 이 이야기는 흥보가 착한 마음씨로 가난이라는 난관을 훌륭히 극복할 수 있었으니 학생들로 하여금 착한 성품을 가져야 한다는 교훈을 주고 있지.

② 앵두조 : 그러나 흥보의 제비 다리 치료라는 선행이 '우연히' 행해진다는 점에 주목할 필요가 있어. 흥보의 행운은 누구나 성공할 수 있다는 막연한 믿음을 불러일으킬 수 있다는 점도 그냥 넘어가서는 안 되잖아.

③ 사과조 : 그것은 놀보의 모방 행위, 곧 제비 다리를 일부러 부러뜨리는 악한 행동이 징벌의 결과를 낳는다는 설정에서 이해할 수 있을 거야.

④ 수박조 : 맞아, 어떤 행위이든 흥보처럼 순수한 동기에서 출발해야 하지. 만약 그것이 놀보처럼 의도적인 어떤 다른 동기를 담고 있다면 이는 악과 관련될 수 있다는 데 초점을 맞추어야 해.

⑤ 딸기조 : 「흥보전」에는 형제간의 경쟁 심리가 담겨 있지. 성장기의 청소년들은 형제 자매간에 경쟁 심리를 가지게 돼. 그러니까 지나친 형제간의 경쟁 심리를 갖지 않도록 균형 있는 교육이 필요하다는 주장이 담겨 있어.

2. 다음은 학생들이 주장하는 「흥보전」의 의의이다. 이 중 알맞지 <u>않은</u> 것을 찾아보자.

① 정윤 : 이 작품은 물질만능주의의 등장으로 가난한 양반과 기존의 모든 가치관이 얼마나 심각한 상황에 놓이게 되었나를 사실적으로 보여 주고 있어.

② 혜원 : 올바로 살아가는 인물이 굶주림을 면치 못하고, 돈벌이에 수단과 방법을 가리지 않는 구두쇠는 부유하게 살아가고 있는 현실의 모순을 드러내고 있지.

③ 정엽 : 빼앗기는 자의 빼앗는 자에 대한 적대감과 부에 대한 강한 바람을 극단적으로 보여 주고 있어.

④ 창기 : 기존의 가치관과 현실적인 새로운 가치관의 대립에서 새로운 가치관이 승리해야 한다는 민중의 소망을 드러내고 있기도 해.

⑤ 주미 : 이 작품의 주된 갈등은, 흥보의 정상적인 생활과 이를 불가능하게 하는 현실과의 갈등이야. 말하자면 그 내면에는 조선 후기 사회의 빈농과 지주층의 갈등이 들어 있다는 것이지.

3. 「흥보전」의 특징과 의의를 설명한 것 중 잘못된 것을 찾아보자.

   ① 유·불·선 삼교의 생활관이 골고루 드러나 있다.
   ② 형제간의 삶을 해학으로 승화한 대표적 평민 문학이다.
   ③ 사회에서 양반이 쓰던 언어와 서민이 쓰던 언어가 같이 쓰이고 있다.
   ④ 「춘향전」, 「심청전」과 더불어 3대 판소리계 소설로 4·4조의 가사체 문장이 삽
      입되어 있다.
   ⑤ 「박타령」–「흥보가」–「흥보전」–「연(燕)의 각(脚)」 등으로 끊임없이 재생산되는 민
      중 문학이다.

4. 요즈음, 흥보는 경제적 능력 없이 자녀만 많이 둔 무능한 인간으로 생
   각하는 한편, 자기 이익을 우선시하는 놀보야말로 현대를 살아가는 데
   바람직한 인간형이라고 생각하고 있는 경향이 있다. 그 이유를 생각해
   보자.

5. 「흥보전」에서 제비의 역할을 설명해 보자.

6. 「흥보전」에서 '박'의 역할과 그것이 상징하고 있는 것은 무엇인지 이
   야기해 보자.

☞정답과 해설 p.403

「흥부전」의 구조

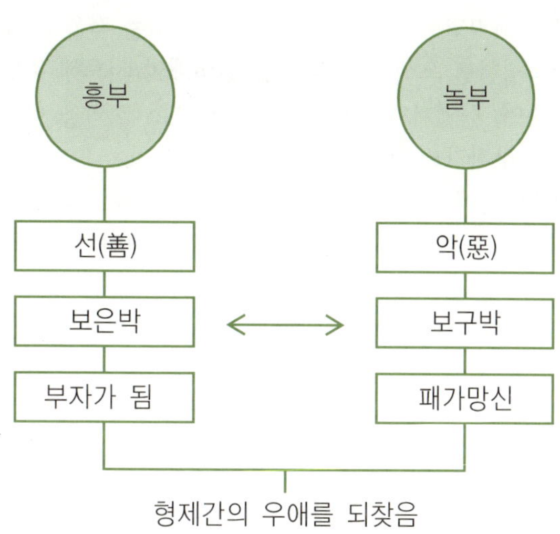

「흥보전」의 근원 설화 내용을 읽어 보자.

❶ 방이 설화 |

신라 시대 어느 고을에 김방이라는 인물이 살았는데, 그 동생이 악독하여 동생에게 재산을 다 빼앗긴다. 어느 해 그 동생에게 보리를 꾸어다 밭에 심었는데, 동생이 나쁜 보리만 골라 주어 싹이 거의 트지 않는다. 그런데 이상하게도 밭 가운데 딱 하나의 보리싹이 나온다. 그래서 김방은 그 보리싹을 정성껏 가꾼다. 그러던 중 어느 날 노랑새 한 마리가 날아와 그 보리싹을 쪼아먹고 만다. 방이가 슬퍼하자 노랑새는 방이를 데리고 가 원하는 물건이면 무엇이든지 나오게 하는 금방망이를 선물한다. 그래서 방이는 벼락 부자가 된다.

형 방이가 부자가 되었다는 소문을 들은 동생은 시샘하여 방이가 한 대로 따라해서 역시 금방망이를 얻는다. 그러나 동생의 금방망이에서는 온갖 나쁜 것들이 나와 동생을 해친다. 동생이 재산을 다 잃고 죽을 지경이 되었을 때, 방이가 와서 구해 주었고 동생은 자신의 잘못을 뉘우친다.

❷ 박타는 처녀 설화 |

옛날 어느 때, 한 처녀가 바느질을 하다가 처마 기슭에 집을 짓고 있던 제비 한 마리가 땅에 떨어지면서 다리가 부러져 버둥거리는 것을 보게 된다. 그 처녀는 불쌍히 생각하여 바느질하던 오색 실로 다리를 동여매어 치료해 주었다. 이듬해 그 제비가 박씨를 물어다 주어, 심었더니 커다란 박이 열렸다. 그 박을 타 보니 금은 보화가 쏟아져 나와 그 처녀는 부자가 된다.

그런데 이웃에 사는 심술궂은 처녀가 이 말을 듣고, 자기 집 처마 끝에 집을 짓고 사는 제비를 일부러 땅에 떨어뜨려 다리를 분질러 실로 동여매어 준다. 이듬해 과연 그 제비가 박씨를 물고 온다. 그래서 그 박씨를 심었고 역시 커다란 박을 얻는다. 드디어 박을 타 보니 무시무시한 독사가 나와서 그 처녀를 물어 죽이고 만다.

❸ 혹 떼러 갔다가 혹 붙이고 온 이야기 |

옛날 어느 때, 어떤 혹 달린 사람이 도깨비들에게 노래를 해 준다. 노래를 좋아한 도깨비들이 그 노래가 어디서 나오냐고 묻는다. 그는 혹에서 나온다고 거짓말을 하였다. 그러자 도깨비들이 혹을 떼어 갔다. 이웃의 또 다른 혹 달린 사람이 이 말을 듣고 이것을 탐내서 자기도 도깨비에게 노래를 부른다. 그러나 도깨비들은 이미 자기들이 속은 것을 알고 있었다. 도깨비는 그 혹 달린 사람에게 혹을 하나 더 붙여 주고 혼을 낸다.

❹ 부자 방망이 이야기 |

옛날 어느 때, 어떤 사람이 도깨비 집 천장에 숨어 있다가 개암(개암나무의 열매)을 깨물게 된다. 도깨비들은 그 소리에 놀라 부자 방망이를 둔 채 도망간다. 방망이를 얻게 된 그 사람은 부자가 된다. 이 소문을 들은 욕심 많은 이웃 사람이 이를 탐낸다. 그래서 자기도 도깨비 집 천장에 숨어 들어가 개암을 깨문다. 그러나 이미 도깨비들은 지기들이 속았음을 알고 있다. 도깨비들은 천장에서 그 사람을 찾아내어 혼을 내 준다.

사씨남정기

김만중

「사씨남정기」는 숙종을 둘러싼 인현왕후와 장희빈의 갈등을 풍자하기 위한 것으로, 김만중이 인현왕후 폐출 사건이 부당함을 일깨우려고 쓴 소설이다.

 등장인물

사씨(사정옥) |

강직한 언관으로 간신들의 모함을 받아 귀양가서 죽은 사후영의 딸로 조선 시대의 이상적인 여성상이다. 덕행과 용모가 출중하고 학식을 갖춘 현명한 부인이다. 요조숙녀의 인격을 갖추었으나, 그것이 문제가 되어 교활한 첩 교 씨의 간계로 쫓겨난다. 그러면서도 사씨는 친정으로 돌아가지 않고 시부모 의 산소에서 지내며 유교적인 덕을 끝까지 잃지 않는다.

교씨(교채란) |

가난한 선비의 아내가 되느니, 부유하고 좋은 집안의 첩이 되는 것이 좋다고 생 각한다. 아름다운 용모로 16세에 유연수의 첩으로 들어왔으나, 시간이 갈수록 본성이 드러나면서 질투와 헛된 욕심으로 본부인 사씨를 괴롭힌다. 자신의 목 적을 이루기 위해서는 자신의 아들까지도 죽이는 간교함을 보이며, 방탕하고 옳지 못한 행동을 하다가 끝내 창기가 되고 비참하게 죽는다.

유한림(유연수) |

15세에 과거에 급제하는 총명함을 지녔고 덕행과 품채가 뛰어났다. 사씨와 결혼 후 10년 동안 자식이 없어 첩을 구하려고 할 때, 미색보다는 덕을 중요 시 했다. 그러나 시간이 갈수록 판단력이 흐려지면서 교씨의 모함에 동조하 고 사씨를 쫓아내기까지 한다. 다른 사람의 모함으로 귀양을 가게 되면서 자 신을 돌아보고 반성한다.

두부인 |

유연수의 숙모로, 사물의 이치나 사태를 정확히 꿰뚫어 보는 날카로운 눈을 가진 지혜로운 여인이다.

작가 소개 김만중(金萬重, 1637~1692) |

조선 시대의 문신이자 소설가. 호는 서포(西浦). 장원 급제한 후 공조판서, 대사헌까 지 올랐으나, 당쟁으로 말년에 남해에 유배되어 거기서 「구운몽」을 집필한 뒤 병들 어 일생을 마쳤다. 저서로는 「구운몽」·「사씨남정기」·「서포만필」·「서포집」 등이 있다.

읽기 전에 | 이 작품은 유한림과 처첩간의 갈등을 통해 숙종을 일깨우기 위해서 쓴 풍자소설이다. 시대적 배경인 숙종을 둘러싼 인현왕후와 장희빈의 갈등과 작품 속 사건을 비교하고, 그 사건에 관련되어 귀양을 갔던 작가의 창작 의도를 생각하며 읽어 보자.

사씨와 유한림과 혼인하다. 명나라 가정(嘉靖)* 연간 순천부 땅에 유명한 인사가 있었는데 성은 유요, 이름은 현이라고 하였다. 그는 개국공신 유기의 자손으로 사람됨이 현명하고 문장과 풍채가 뛰어났고 나이 십오 세 때 시랑 부모의 딸을 아내로 맞아 부부의 금슬이 좋아서 세상 사람의 칭송을 받았나. 그는 소년 때에 과거에 급제하여 벼슬이 이부시랑(吏部侍郎)* 참지정사(參知政事)*에 이르니, 이름이 세상에 알려졌다. 그러나 당시 간신이 조정에서 국권을 제멋대로 농간하므로 벼슬을 버리고 물러가려 기회를 보고 있었다. 유현은 부인 최씨와 금슬은 좋았으나 소생이 없어 근심하며 지내다가 늦게야 아들을 낳고 부인은 세상을 떠났다. 부인을 잃은 그는 인생무상을 느끼며 병을 빙자하고 사직한 후 한가로운 세월을 보냈다.

가정 : 중국 명나라 세종 때의 연호.
이부시랑 : 옛날 국가기관에 해당하는 육부의 하나인 이부의 차관(次官).
참지정사 : 재상의 다음 가는 벼슬.

그에게는 성격이 유순하고 정숙한 누이가 있었는데, 선비 두홍의 아내가 되어 고생하다 늦게야 두홍이 벼슬을 하였다. 유공의 아들의 이름은 연수라 하였는데 어려서부터 성숙하고 매우 총명하여 열 살 때 향시에 장원으로 뽑혔고, 십오 세 때 장원급제하여 즉시 한림학사(翰林學士)*를 제수받았다. 유한림이 급제 후 혼인하려 하나 마땅한 규수가 없어 결정하지 못하고 있을 때, 주파라는 매파(媒婆)*가 모든 매파들의 천거가 끝난 후 입을 열었다.

"모든 말이 공평하지 못하니 제가 바른 대로 소견을 말하겠습니다. 부귀한 곳을 구하면 엄승상(丞相)* 댁만 한 곳이 없고 현철한 분을 구하려면 성현의 사급사(給使)* 댁 소저밖에 없으니 이 두 댁 가운데서 택하십시오."

"부귀는 본디 내가 원하는 바가 아니고 어진 규수를 택하려고 하오. 사급사는 진실로 강직한 인물인데 그 집에 소저가 있는 줄을 몰랐소."

"소저의 용모와 덕행이 일세에 드뭅니다. 어찌 다 형언하오니까? 소인이 매파로 나선 지 삼십 여 년에 왕공, 재상의 모든 댁을 다니며 많은 신부를 보았으나, 이같이 요조현철(窈窕賢哲)*한 소저는 처음이오니 두 번 묻지 마옵소서."

"사소저는 덕행과 용모가 출중합니다. 제 말씀을 못 믿으시겠다면 현명한지 아닌지를 다시 알아보십시오."

하며 돌아갔다.

유공이 두부인과 상의하자 두부인이 묘한 제안을 하였다.

"사람의 덕행과 성질은 필법에 나타나니 사소저의 필체를 얻어 봅시다. 우화암의 묘혜를 불러서 우화암에 기증하려던 관음찬(觀音讚)*을 사소저에게 짓도록 청탁하게 합시다."

이튿날 묘혜는 유공과 두부인의 간곡한 부탁을 받고 그 화상을 가지고 사급

사 댁으로 갔다.

"소저의 어머니는 전부터 불법을 신앙하였기 때문에 묘혜를 반겨하면서 오래 보지 못하였더니, 오늘은 무슨 바람이 불어서 우리 집에 왔소?"

"아시는 바와 같이 소승의 암자가 헐어서 금년에 시주를 받아 고치느라 댁에도 와 보일 틈이 없었습니다. 이제 역사가 끝났으니 부인께 한 가지 청이 있어 왔습니다."

"불교 행사를 위한 일이라면 어찌 시주를 아끼겠소. 빈한한 집에 재물이 없어서 크게 시주하지 못하겠지만 청이라 함은 무엇이오?"

"소승이 청하려는 것은 댁에서는 재물 시주가 아니옵고 소승에게는 금은 이상으로 귀중한 일입니다."

"궁금하니 말해 보시오."

"소승의 암자를 고쳐 지은 후에 어느 시주댁에서 관음 화상을 보내주셨는데 그림 뒤에는 제목과 찬미의 글이 없는 것이 큰 흠이니, 댁의 소저가 금석같은 친필로 관음찬을 지어 주십사 하고 청하러 왔습니다."

"스님의 말은 고맙소. 우리 집 아이가 비록 시가와 산문에 통하나 이런 글을 지을 수 있을지 좌우간 시험삼아 물어 봅시다."

시녀의 부름을 빙고 소저가 대령하였다. 소저를 보니 용모가 아름답고 기이한 우아함에 실로 관음보살이 강림한 듯 황홀하였다. 소저와 묘혜와의 인사가 끝난 뒤에 부인이 소저에게 말하였다.

"스님이 멀리서 찾아와 네 필체로 관음찬을 써 달라고 부탁하는구나."

"소녀에게 지으라고 하시더라도 어찌 감당하겠습니까? 더구나 시부짓는 것은 여자로서 경계할 일이라고 했으니, 스님의 청이라도 사양할 수밖에 없습니다."

부인이 또한 은근히 딸에게 권하고 싶어하는 눈치로 말하였다.

"네 재주가 모자라다면 하는 수 없지만, 그 글은 보통 무익지문(無益之文)*

무익지문 : 아무런 도움이 되지 못하는 글.

과는 다르니 웬만하면 지어 보는 것이 어떠냐, 나도 보고 싶다.”

이에 묘혜가 얼른 책보를 풀어 관음보살의 화상을 펼치니 화폭 위에 바다 물결이 끝이 없다. 그 가운데 외로운 정자가 있는데 관음보살이 헌 옷을 입고 머리도 빗지 않고 어린 사내아이를 품에 안고 물결을 헤치고 앉아 있는 장면이었다. 그 그림을 본 사소저가 머리를 갸웃하고 그제서야 더 사양하지 않고 손을 정결히 씻은 뒤에 족자를 벽에 걸어 모시고 향을 피워 절하고 채필을 들고 앞으로 가서 관음찬 일백이십 자를 쓰고, 그 아래 연월일과 ‘정곡 은사 배작서’라고 서명하였다.

모혜가 그 글의 뜻과 글씨의 모양을 극구 칭찬하고 유공 댁으로 돌아왔다. 묘혜의 회답을 기다리고 있던 유공과 두부인은 묘혜가 돌려주는 관음 화상의 족자를 받으면서 물었다.

“그 소저를 자세히 보았소?”

“족자 속에 그린 관음과 같은 얼굴이었습니다.”

유공이 묘혜의 말을 듣고 매우 기뻐하고 이 관음찬의 글과 글씨를 보니 그 재주와 덕행이 보통 사람이 아니다 칭찬하여 마지않고, 매파를 사급사 댁으로 보내어서 통혼을 부탁하였다.

사소저는 개국공신 사일청의 후예요, 사후영의 딸이었다. 사후영이 본래 청렴강직하여 조정의 소인배가 꺼려하던 인물이었다. 그러다가 마침내 급사가 되어 반란을 음모하며 간신들이 떼지어 권력을 휘두르는 데 분노하여 여러 번 상소를 올리다가 간신들의 모해를 받아 귀양가서 죽었다.* 그러나 부인은 비분을 참고 소저를 애지중지 길렀다. 소저는 어미를 지성으로 받들어 봉양하며 모녀가 서로 의지하며 살아왔다. 딸이 성장하여 혼기가 되었으나 혼인을 정할 방도가 없어 근심하던 중 매파가 찾아와서 그 미모와 덕을 칭찬하며, 제가 유씨 문중의 명을 받자와 귀댁 소저와 혼인하겠다는 뜻을 전하러 왔다. 부인은

사소저는 개국공신 사일청의 ~ 받아 귀양가서 죽었다 : 사씨 집안과 그의 아버지에 대한 소개이다. 이 글을 통해 사씨 부인 또한 아버지처럼 정직하고 도리를 중요하게 여긴다는 것을 짐작할 수 있다.

이미 유한림의 덕행과 풍채의 뛰어남을 알고 있으나, 매파의 말만으로 허혼할 수 없어 병약을 핑계로 시원한 대답을 주지 않았다. 하는 수 없이 그냥 돌아온 매파가 사실대로 유공과 두(杜)부인에게 보고하였다.*

유공은 크게 실망하고 그 이튿날 유공이 직접 신성현으로 가서 지현을 찾아보고 정중한 중매를 부탁하였다.

부인이 혼인을 허락하자 지현은 매우 기뻐하며 유공에게 상세히 알렸다. 유공도 매우 기뻐하여 곧 택일하고 혼례 준비를 시작하였다. 어느덧 길일이 되니 양가에서는 큰 잔치를 베풀고 예식을 치렀다.

이튿날부터 소저는 효도를 다하여 시아버지를 받들고 공순함으로써 남편을 섬기고 정성으로써 제사를 받들고, 은혜로써 종들을 다스리니, 집안이 편안하고 화기애애하였다.

하루는 유공이 우연히 병을 얻어 점점 증세가 더해만 갔다. 유한림 부부 밤낮으로 약을 드시게 하며 돌보았으나, 백 가지 약이 모두 효험이 없었다. 공이 다시 일어나지 못할 줄 알고 이에 두부인을 청하고 길게 탄식하며,

"나 죽거든 현명한 누이는 너무 슬퍼 말고 건강하시어 자주 오가며 집안을 잘 돌보아 주게."

하고, 또 아들 유한림의 손을 잡으며 말하였다.

"너는 마땅히 부부가 서로 의논해 하고, 고모의 가르침을 내 말과 같이 알고 학문을 힘쓰고 충성을 다하여 집안을 빛내도록 하라."

또 며느리 사씨에게도

"현명한 너의 덕행은 이미 다 안다. 다시 무엇을 부탁하리오."

세 사람이 눈물을 흘리는데, 유공이 이제 안심하고 세상을 떠날 수 있다고 마지막까지 칭찬하며 세상을 떠났다. 유한림 부부가 애통해 하며 통곡하였고, 두부인 또한 매우 슬퍼하였다.

부인은 이미 유한림의 ～ 유공과 두부인에게 보고하였다 : 신중하게 생각하고 결정하는 사씨 어머니의 모습을 볼 수 있다. 사씨 어머니의 행동 하나하나는 사씨의 행동을 이야기해 주는 단서이다.

어느덧 장사 지내는 날이 되니, 그 시신을 선산에 묻었다. 세월이 흘러 삼년상을 다 마치고 유한림이 임금의 명을 받아 조정에 나갔으나 소인을 배척하고 몸가짐이 강직하므로, 천자가 사랑하여 벼슬을 올려주려 했으나, 승상 엄숭이 방해하여 여러 해가 되도록 제대로 승진도 못하였다.

사씨가 교씨를 유한림 첩으로 들이다. 유한림의 부부가 혼인한 지 벌써 10년이 넘고 나이가 거의 서른에 가까워도, 자녀가 없으니 부인이 깊이 근심하여 유한림을 대하여 탄식하며 말하였다.

"첩의 기질이 허약하여 아이 갖기가 어려울 듯하오니, 첩의 죄는 존문(尊門)*에 용납치 못할 것이오나 낭군의 넓으신 은혜로 지금까지 부지하였습니다.* 이제 생각하니 상공이 대대로 독자(獨子)로 유씨 가문의 대를 잇는 일이 급하옵니다. 상공은 저를 마음에 두지 마시고 어진 여자를 택하여 대를 이으신다면 집안의 좋은 일이 될 것이오, 저 또한 죄를 면할 수 있을 것입니다."*

유한림이 허허 웃으며 말하였다.

"어찌 한때 자식 없음을 한탄하여 첩을 얻으리요. 첩을 얻는 것은 집안을 어지럽히는 근본이니, 부인은 화(禍)를 만들지 마시오.* 이는 옳지 않은 소리요."

사씨가 대답하기를,

"재상(宰相) 집안에서 부인 하나와 첩 하나는 예전부터 있는 일입니다. 또 첩이 비록 덕이 없사오나 여염집 부녀자들이 투기(妬忌)*하는 것은 더러 아는 사실이오니 상공은 조금도 염려치 마십시오."

하고 가만히 매파를 불러 그럴듯한 집안 여자를 구하더니, 두부인이 이 말을

존문 : 남의 집이나 가문(家門)을 높이어 이르는 말.
첩의 기질이 허약하여 ~ 은혜로 지금까지 부지하였습니다 : 사씨 부인이 혼인한 지 10년이 되어도 자식이 없자 그 이유를 자신의 탓으로 하고, 유한림과 가문에 죄스러운 마음을 표현하고 있다.
상공은 저를 마음에 ~ 면할 수 있을 것입니다 : 사씨 부인이 아들을 낳기 위해 첩을 들일 것을 말하고 있다.
어찌 한때 자식 ~ 화를 만들지 마시오 : 자식이 없어서 첩을 들이는 것은 오히려 집안의 화를 부르는 것이라고 이야기하고 있으며, 복선 구실을 하는 표현이다.
투기 : (부부간이나 서로 사랑하는 이성 사이에서, 상대자가 자기 아닌 다른 이성을 사랑하는 데 대한) 강한 샘. 질투.

들고 크게 놀라 사씨에게 말하였다.

"그대 조카를 위하여 첩을 구한다더니 과연 그런 일이 있는가?"

사씨가 그렇다고 하자, 두부인이 말하였다.

"집안에 첩을 두는 것은 화를 만드는 근본이라. 속담에 이르기를, '한 말에 두 안장이 없고 한 밥그릇에 두 술이 없다' 하니, 군자가 비록 첩을 얻으려 하더라도 굳이 안 된다고 해야 하는데, 어찌 화를 스스로 만들려 하느냐?"

사씨가 말하였다.

"첩이 집안에 들어온 지 벌써 10년이 지났으되 아직 한낱 혈육이 없사오니 옛날 법도에 따르면 군자에게 버림받더라도 두 말을 못할 것입니다. 어찌 감히 첩 둠을 꺼리리까."

두부인이 말하였다.

"자녀를 생산함은 이르고 빠름이 없으니, 두씨 문중에도 서른 뒤에 생산하여 아들 다섯을 낳은 일도 있고, 또 세상에는 마흔이 지난 뒤에 비로소 첫아이를 낳는 이가 많으니, 그대의 나이 아직 서른이 멀었으니 너무 염려하지 말라."

사씨가 말하였다.

"첩은 기질이 허약하여 아이 낳을 가망이 없사오며 또한 도리로써 말할지라도 1처 1첩은 남자이 떳떳한 일입니다. 첩이 비록 대사(大師)* 같은 넉은 없사오나 부녀들의 투기함은 본받지는 않겠습니다."*

두부인이 웃으며 말하였다.

"태사가 비록 투기하지 않는 덕이 있었으나 문왕(文王)*의 한결같은 은혜와 사랑에 감복하여 모든 첩들이 원망이 없었거니와, 만일 문왕 같은 덕이 없었으면 비록 태사 같은 부인일지라도 어찌 잘 살 수 있었겠는가. 더욱이 옛날과 지금은 때가 다르고 성인(聖人)과 보통사람이 길이 다르거늘, 한갓 투기하지

첩은 기질이 허약하여 ~ 투기함은 본받지 않겠습니다 : 첩을 들여야 한다는 사씨 부인의 생각은 변함이 없다. 실제로 후사가 없던 인현왕후도 숙종을 위해서 장희빈을 천거하였다고 한다.

태사 : 중국 주나라 무왕의 어머니요 문왕의 현모(賢母)였음.

문왕 : 중국 주나라의 창건자인 무왕의 아버지. 서백(西伯)이라고도 함. 유교 역사가들이 칭송하는 성군(聖君).

않은 태사를 본받으려 하는 것은 옳지 못하니 다시 깊이 생각하라.”

사씨가 말하였다.

“첩이 어찌 감히 옛적 성인을 바라리까마는 시속 부녀들이 도리를 모르고 질투를 일삼아 집안을 문란케 하는 이가 많음을 한탄하는 바이오나, 첩이 비록 부족하오나 어찌 이런 행실을 하겠습니까. 그리고 또 군자 만일 몸을 돌아보지 않고 요염한 미인에만 빠져 계시지 않도록 첩이 정성을 다하겠습니다.”

두부인이 말리지 못할 줄 짐작하고 탄식하여 말하였다.

“장차 들어올 새 사람이 양순한 여자거나 또는 군자의 말을 잘 따르면 좋겠네. 허나 그 사람이 좋은 사람이 아니거나, 사나이 마음이 한 번 그 쪽으로 기울어지면 다시 돌리기가 어려우리니, 그대는 이 뒤 내 말을 생각하고 뉘우치는 일이 없기를 바라네.”

하고 크게 걱정하였다.

이튿날 매파가 들어와 사씨에게 말하였다.

“어느 곳에 한 여자 있는데 부인이 바라고 있는 것보다 더 나은 듯합니다.”

“어찌 그러느냐?”

“부인이 구하시는 것은 다만 덕이 있고 생산을 잘 하오면 그만이어늘, 이 사람은 그렇지 않고 용모가 뛰어나오니 부인의 뜻에 맞지 않는 것 같습니다.”

그러자 사씨가 웃으며 말하였다.

“매파, 나를 떠보지 말고 자세히 말해 보시오.”

“그 여자의 성이 교(喬)씨요, 이름은 채란(探卵)이라 하며 하간부에서 자랐답니다. 본래 벼슬하는 집 딸로서 일찍 부모를 여의고 큰아버지 댁에서 사는데, 지금 나이 16세입니다. 제 스스로 말하기를, ‘가난한 선비의 아내가 되느니보다 집안 좋고 부유한 댁의 첩이 되는 것이 좋다’ 하오며,* 그 아름다운 외모는 그 고을에서 으뜸이요, 바느질과 길쌈도 잘 한다 하오니, 부인이 만일 상

공을 위하여 첩을 구하신다면 이보다 나은 이가 없을까 합니다.”

매파의 말을 듣고 사씨는 매우 기뻐하며,

“본래 벼슬 다니던 사람의 딸이면 그 성격과 행동이 반드시 천하지는 않을 것이니 가장 적당하도다. 내가 상공께 말해 보리라.”

하고는 유한림에게 매파의 하던 말을 전하고 데려오기를 강력히 권하니 유한림이 말하였다.

“내 첩 둠이 그리 급하지 아니하나 부인의 호의(好意)를 저버리기 어려우니 마땅히 날을 택하여 데려오리라.”

이에 친척을 모시고 교씨를 맞아오니, 교씨 유한림과 부인께 절하고 자리에 앉으니 모두 보매 얼굴이 아름답고 행동이 산뜻하고 가뿐하여 해당화 한 송이가 아침 이슬을 머금고 바람에 나부끼듯 하매 모두 다 칭찬하였다. 그러나 두부인만은 안색이 우울해지며 한 마디도 하지 않았다.* 이 날 밤에 교씨를 화원별당에 머물게 하고 유한림이 들어가 밤을 정답게 보냈다.

첩 교씨가 아들을 낳다. 이튿날 두부인이 사씨로 더불어 말하였다.

“그대가 소실 두기를 권한다면 마땅히 마음이 순하고 곧으며 착실한 사람을 구할 것이지 이렇듯 미인을 데려왔으니 아마 그 성품이 어질지 못한다면 그대에게만 이롭지 못할 뿐 아니라 유씨 가문에 화가 있을까 두렵구려.”*

사씨가 말하였다.

“옛날 위장강은 고운 얼굴과 공교로운 웃음으로 착한 덕이 가득하였으니, 어찌 미인이라고 다 어질지 않겠습니까?”

두부인이 말하였다.

“장강이 비록 어질었지만 자식을 두지 못하였나니.”

이에 친척을 모시고 ~ 한 마디도 하지 않았다 : 다른 사람들은 교씨의 화사한 외모를 모두 칭찬하나, 본질을 꿰뚫어 볼 수 있는 두부인만은 앞으로 벌어질 일을 생각하며 조금도 기뻐하지 않는다.
그대가 소실 두기를 ~ 화가 있을까 두렵구려 : 두부인의 예지력이 잘 나타나 있다.

하고 웃었다.

유한림은 교씨가 사는 집 이름을 고쳐 백자당이라 하고 시비(侍婢)*로 납매 등 네다섯 명을 주었고, 집안에서는 교씨를 모두 교낭자라 불렀다.

교씨는 총명 민첩하여 교활한 솜씨로 유한림의 뜻을 잘 맞추며 사씨 섬김을 극진히 하니 집안 사람이 모두 칭찬하였다. 그러다가 반 년이 채 못 가서 교씨가 잉태하니 유한림과 부인이 매우 기뻐하였다. 교씨가 행여나 남자를 낳지 못할까 염려하여 점장이를 불러다 물으니 혹은 아들이라 하고 혹은 딸이라 하며, 또 말하기를 아들을 낳으면 오래 살지 못하고 딸을 낳으면 장수하고 복이 많으리라 하니, 교씨가 더욱 걱정하였다.* 시비 납매가 그것을 알고 교씨에게 말하였다.

"이 동리에 십랑이라는 여자가 있습니다. 원래 남방 사람으로 이 곳에 임시로 살고 있는데 재주가 비상하여 모르는 것이 없사오니 이 여자를 불러 물으소서."

교씨가 이 말을 듣고 크게 기뻐하여 곧 십랑을 불렀다. 교씨가 이에 십랑에게 물어보았다.

"네 어찌 태중에 들어 있는 아이의 남녀를 분간한단 말이냐?"

십랑이 대답하였다.

"소녀 비록 재주가 능치 못하오나 태 안에 든 아이의 남녀를 분간하는 방법이 있사오니, 잠깐 맥 짚기를 청하옵니다."

교씨가 이에 팔을 걷고 맥을 보라 하니, 십랑이 손을 짚어 맥을 본 뒤 말하였다.

"이는 분명히 여자를 낳을 맥입니다."

교씨가 크게 놀라 말하였다.

시비 : 곁에서 시중을 드는 여자종.
또 말하기를 아들을 ∼ 교씨가 더욱 걱정하였다 : 복선에 해당하는 부분으로 교씨가 낳은 아들 장주는 사씨를 몰아내기 위한 수단으로 교씨의 손에 죽게 된다.

"상공이 나를 취하심은 한갓 여색을 취한 것이 아니라 아들을 낳으려 하시는 것인데, 내 만일 딸을 낳으면 아니 낳음만 같지 못하니 이를 장차 어찌하리오."

십랑이 말하였다.

"제가 일찍 산중에 들어가 귀인을 만나 복중에 든 여태를 변하여 남태를 만드는 술법을 배워서 여러 사람을 시험하매 백발백중하여 맞지 아닌 적이 없습니다. 낭자가 만일 남자를 원하신다면 어찌 이런 묘한 법을 시험치 아니 하시나이까."

교씨는 이 말을 듣고 크게 기뻐하여 말하였다.

"만일 이러한 술법이 있다면 어찌 시험하지 않겠소. 만일 성공만 하면 천금을 아끼지 않을 것이다."

십랑이 가장 어려운 빛을 보이며 허락하고 이에 종이와 붓과 먹을 가져오게 하여 부적 여러 장을 쓰고 기괴한 일을 많이 베풀어 교씨의 방 안과 자리 밑에 감추고 교씨에게 말하였다.

"나중에 와서 아들을 낳으신 경사를 축하하리이다."

하고 돌아갔다.

세월이 물 흐르듯 하여 열 달이 지나, 교씨가 과연 순산하여 아들을 낳으니 용모가 빼어나며 몸이 튼튼히었다. 유한림과 사씨의 기쁨은 이루 말할 수 없었고, 종들까지 서로 축하하였다. 교씨가 이미 아들을 낳으니 유한림의 대접이 더욱 두터워서 사랑이 비할 데 없었으므로 백자당을 떠날 날이 없었다. 아이의 이름을 장주(掌珠)라 하고 장중 구슬같이 어루만지며, 사씨 또한 사랑함이 극진하여 자기가 낳은 자식과 다름이 없으니, 집안 사람들도 그 아이를 누가 낳았는지 알지 못하였다.

교씨가 사랑을 독차지하고자 하다. 때는 마침 봄날이었다. 동산에 백화가 만발하여 그 아름다운 경치가 정말 구경할 만하였다. 유한림은 천자를 모시고 서원에서 잔치를 베풀어 아직 집에 돌아오지 않았고, 사씨가 홀로 책상에 의지하여 옛 글을 보고 있는데, 시녀 춘방이 말하였다.

"화원 정자에 모란꽃이 만발하였으니 한 번 구경할 만하옵니다. 상공이 아직 조정에서 돌아오시지 않고 계시니 한 번 화원에 가서서 꽃을 구경하소서."

사씨가 기뻐하여 즉시 책을 덮고 일어나 시녀 오륙 명을 데리고 거닐다가 정자에 이르니, 버드나무 그늘이 난간을 가리우고 꽃향기는 연못가 정자에 젖었고, 화원 안이 가장 고요하여 정히 구경함 직하였다. 사씨가 시비에게 명하여 차를 마시고 교씨를 청하여 같이 춘색을 구경하려 하였다. 그 때 문득 바람결에 거문고 타는 소리가 은은히 들리거늘 괴이히 여겨 귀를 기울여 자세히 들으니, 거문고의 소리가 맑아서 비취가 옥쟁반에 구르듯 사람의 마음을 감동시켰다.

부인이 좌우 시녀에게 물었다.

"괴이하다. 이 거문고를 누가 타는고."

시비 대답하였다.

"거문고 소리가 교낭자의 침소로부터 나는가 싶습니다."

사씨가 믿기지 않아 말하였다.

"음률은 여자의 할 바 아니라 교낭자가 어찌 그럴 리 있겠느냐. 듣는 것이 보는 것만 못하니, 너희는 슬며시 그 소리 나는 곳을 좇아가서 자세히 알고 오라."

시비가 부인의 명을 듣고 소리 나는 곳을 좇아가니, 과연 백자당으로부터 나는 소리였다. 이에 가만히 문 밖에서 엿보니 교씨가 상에 온갖 음식을 차려놓고 섬섬옥수로 거문고를 희롱하며, 한 미인이 화려한 의복을 입고 앉아 노래를 부르고 있었다.

시비가 자세히 보고 곧 돌아와 알리니, 사씨가 크게 놀라 말하였다.

"교낭자가 어느 사이에 거문고를 배웠으며 또 노래 부르는 미인은 어떠한 사람인고. 내 한 번 불러 자세히 물어 그 사실 여부를 밝힌 후에 가히 좋은 말로 경계하여 다시 그런 행사를 못하게 하리라."

하고 이에 시비에게 명하여 교씨를 부르라 하니, 시비가 나갔다.

이 때 교씨는 십랑의 공으로 아들을 낳고 유한림의 사랑이 두터워지자 그 사랑을 독차지하려고 노력할 때, 십랑이 교씨에게 말하였다.

"낭자 이제 유한림의 사랑을 더 받고자 하면 거문고와 노래는 장부의 맘을 혹하게 하는 것이니, 이제 거문고 잘 타는 사람을 구하여 스승을 삼아 배움이 마땅할까 합니다."

교낭자가 크게 기뻐하여 말하였다.

"내 또한 그 마음이 있으되 스승을 만나지 못하여 한탄하노라."

십랑이 말하였다.

"내 일찍 탄금(彈琴)*에 익숙한 동무가 있으니 이름은 가랑(佳娘)이오. 탄금하기와 노래 부르기를 잘 하니, 가랑을 청하여 배움이 어떠할까요?"

교씨가 가장 좋게 여겨 바삐 불러오기를 청하니 십랑이 즉시 사람을 시켜 가랑을 부르니, 원래 이 가랑은 온갖 노래와 탄금을 유명하게 잘 하였다. 이에 부름을 듣고 크게 기뻐하여 종을 따라 교씨의 침소에 이르러 서로 사귀매 뜻이 자연 합하여 교씨는 가랑으로 스승을 삼고 가곡을 배웠다. 교씨는 원래 영리하여 배우기 시작하자 이제는 음률 가운데 모를 것이 없었다. 가랑을 곁방에 감추고 유한림이 조정에 들어가고 없을 때면 가랑을 불러내어 가곡 음률을 배우고, 유한림이 집에 있으면 노래의 탄금으로 유한림을 유혹하여 즐기니, 유한림이 교씨를 사랑함이 날로 더하고 사씨의 침소와는 날로 멀어졌다.

그 날도 유한림이 조정에 나간 후 집에 없자, 가랑과 함께 술을 부어 잔을 들어 즐기며 거문고와 노래로 서로 화합하였다. 이 때 시비가 이르러 사씨의 명을 전하고 가기를 재촉하니, 교씨가 바삐 술상을 치고 시비를 따라 화원에 이르니, 사씨가 좋은 낯으로 맞아서 자리에 앉힌 뒤 그 미인이 누구인지를 물으니, 교씨가 이에 대하여 말하였다.

"그 여자는 저의 사촌 아우올시다."

탄금 : 거문고, 가야금을 탐.

하니, 사씨가 정색하여 말하였다.

"여자의 행실은 출가하면 시부모 봉양과 낭군 섬기는 일, 그리고 자녀를 엄숙히 가르치고 종들을 은혜로 부리는 것이 중요하네. 그런데 함부로 음률을 행하고 노래로 시간을 보내면 집안이 자연 시끄러워지니, 교랑은 깊이 생각하여 두 번 다시 그런 일이 없도록 조심하게. 그리고 그 여자는 곧 제 집으로 보내고, 또한 나의 말을 고깝게 여기지 말게."

교씨가 대답하였다.

"제가 배우지 못하여 그런 잘못을 깨닫지 못하였다가 이제 부인의 훈계 말씀을 들었으니 각골명심(刻骨銘心)*하겠습니다."

사씨가 거듭 위로하며,

"내가 낭자를 사랑하여 진심으로 이르는 것이니 명심하고, 후에 내가 허물이 있거든 낭자도 또한 일러 깨닫게 하라."

하고 함께 해가 저물도록 이야기를 나누었다.

이 때 유한림이 서원에서 잔치를 끝내고 백자당에 이르러 술이 취하여 잠을 이루지 못하고 난간에 빗겨 원근을 바라보니 달빛은 낮같고 꽃향기는 무르녹으니 취흥이 일었다. 교씨를 명하여 노래를 부르라 하니, 교씨가,

"바람이 차매 몸이 아파 노래를 부르지 못합니다."

하고 굳이 사양하니, 유한림이 말하였다.

"여자의 도리는 지아비가 죽을 일을 하라 하여도 반드시 명을 어기지 못하거늘, 이제 네 병 핑계로 내 말을 거역하니 그것이 어찌 여자의 도리인가."

교씨가 말하였다.

"사실은 첩이 심심하기로 노래를 부르고 있었더니, 부인이 듣고 불러 꾸짖기를, '네가 요괴한 노래로 집안을 요란케 하고 상공을 유혹하느냐며, 네 만일 이후에 또 노래를 부르면 내게 혀를 끊는 칼도 있고 벙어리 만드는 약도 있

___

각골명심 : 뼈에 새기고 마음에 새겨 영원히 잊어버리지 않음.

나니, 삼가 조심하여라' 하셨습니다. 첩이 원래 가난한 집 자식으로 상공의
은혜를 입어 부귀 영화가 이와 같사오니 죽어도 한이 없겠나이다. 만일 첩 때
문에 상공의 덕에 흠이 생기면 어찌하오리까?"

유한림이 크게 놀라며 마음속으로,

"투기하지 않겠노라 하고 또 교씨를 후하게 대접하여 한 번도 모자람이 없
더니, 이제 교씨의 말을 들으니 집안에 무슨 일이 있도다."
하고 교씨를 위로하였다.

"너를 취한 것은 다 부인의 권했기 때문이요, 일찍이 부인이 너 대접하기를
극진히 하여 한 번도 낯빛을 변하지 않았다. 이는 아마 종들이 수작을 부린 것
이로다. 부인은 원래 유순하니 결코 내게 해를 끼칠 사람이 아니다. 너는 부질
없는 염려는 말고 안심하라."

교씨는 속으로 불평불만이 있으나 더 이상 어쩔 수 없었다.

일반적으로,

"범을 그리는데 뼈를 그리기 어렵고, 사람을 사귐에 그 마음을 알기 어
렵다."*
하니, 교씨는 재치있는 말과 아리따운 빛으로 공손하게 대하니, 사씨가 어찌
교씨의 안과 밖이 다름을 알겠는가. 그냥 보통 사람으로 알고 음탕한 노래가
장부를 흔들어 놓을까 염려하여 교씨를 진심으로 타이른 것이요 조금도 투기
함이 아니었다. 그러나 교씨는 한을 품고 교묘하게 말을 지어 집안의 화를 빚
어내니, 교씨의 요사스럽고 간악함이 이러하였다.

사씨가 아들을 낳다. 하루는 납매가 사씨의 시비들과 같이 놀다가 들
어와 교씨에게 일러 말하였다.

"지금 추향의 말을 들으니 부인에게 태기가 있는 듯하다 하더이다."

범을 그리는데 뼈를 ~ 마음을 알기 어렵다 : 겉으로 보이는 것은 알기 쉬우나, 눈에 보이지 않는 것은 진실을 파악
하기 어렵다는 뜻.

교씨가 이 말을 듣고 크게 놀라 말하였다.

"혼인한 후 십 년이 지나서 잉태함은 참 희한한 일이로다. 혹시 월경이 불순하서서 그런 소문이 난 것이 아니냐?"

하고 겉으로 아무렇지도 않은 체하나 속으로는,

'사씨가 정말 잉태하여 아들을 낳고 보면 나는 쓸데없는 이 될 것이니, 이 일을 어떻게 하면 좋단 말이냐.'

하고 혼자 애를 태웠다. 그러는 동안에 사씨의 태기 확실해지니, 온 집안이 모두 기뻐하나 교씨만 홀로 시기하는 마음을 참지 못하여 기쁘게 생각하지 않으며, 납매와 수를 써서 낙태할 약을 여러 번 사씨가 먹는 약에 타서 올렸다. 그러나 어쩐 일인지 부인이 그 약만 마시면 구역이 나서 토해 버리니, 이는 천지 신명이 도우심이라 간악한 수단을 쓸 도리 없었다.

부인이 만삭이 되어 아들을 낳으니 용모가 비범하고 준수하였다. 유한림이 크게 기뻐하며 이름을 인아(麟兒)라 하였다. 인아가 차차 자라면서 장주와 같이 한 곳에 놀며, 인아가 비록 어리나 씩씩한 기상이 장주와는 많이 달랐다. 유한림이 한 번 밖에서 들어오다가 두 아이가 노는 것을 보고 먼저 인아를 안고 어루만져 말하였다.

"이 아이의 이마 흡사히 신선을 닮았으니, 장래 반드시 우리 가문을 빛나게 하리로다."

하고 안방으로 들어갔더니, 장주 유모가 들어와서 교씨에게 알렸다.

"상공이 인아만 안아 주고 장주는 돌아보지도 않더이다."

하고 인하여 눈물을 흘리니, 교씨가 또한 애를 태우며 말하였다.

"내 용모와 자질이 모두 사씨에게 미치지 못하고, 더욱이 처와 첩의 신분 차이가 뚜렷하건만, 다만 나는 아들이 있고 저는 아들이 없기 때문에 상공의 은총을 받아왔다. 그런데 지금은 저도 아들을 낳았으니 그 아이 이 집 주인이 될 것이니, 내 아들은 쓸 데 없겠구나. 부인이 비록 좋은 낯으로 나를 대하나 그 심장은 알 수 없으니 만일 부인에게 상공의 마음이 기울어 버린다면 나의 전정은 어떻게 될는지 알 수 없다."

하고 다시 십랑을 청하여 의논하니, 십랑은 교씨에게서 금은과 진주, 옥구슬을 많이 받았으므로, 그 심복이 되어서 가만히 교씨의 못된 꾀를 도왔다.

동청과 교씨가 뜻을 같이 하다. 하루는 유한림이 조정에서 물러나와 집에 돌아오니, 이부 석랑중이란 사람한테서 편지 한 장이 와 있었다. 편지 내용은 이러하였다.

이 동청이란 자는 소주 사람으로 재주 있는 선비지만, 운명이 기구하여 일찍 부모를 여의고 과거도 못하고 외롭게 이리저리 떠돌다가 어떤 인연으로 제 집에 와서 잠깐 지내게 되었습니다. 제가 마침 지방 관아로 나가게 되니 동청이 갈 곳이 없는지라. 듣기에 존형께서 서사(書士)*의 가감지인(可堪之人)*을 구하신다 하오니, 이 사람이 민첩하고 글씨를 잘 써서 한 번 시험해 보시면 가히 그 재주를 짐작하실 듯하여 이에 편지를 주어 댁으로 찾아가 뵈옵게 하오니 한 번 시험해 보옵소서.

이 편지의 내용과 달리, 동청은 일찍이 부모를 잃고 제멋대로 살며 주색과 도박을 일삼다가 지금은 재산을 다 써버리고 생계가 어려운 형편이었다. 그래서 고향을 떠나 객지로 나와 권세가와 부잣집의 식객이 되었던 것이다. 동청이 원래 인물이 잘 생기고 말솜씨가 좋으며 글씨를 잘 쓰므로 처음에는 누구에게나 귀염을 받았다. 그러나 조금만 지나면 그 집 자제를 타락하게 만들고, 처첩을 빼앗으므로 쫓겨나곤 하였다.

그러다가 석랑중의 집까지 굴러와서 지내는 동안 낭중도 역시 그의 간악함을 알아챘으나, 이번에 지방으로 떠나게 되니 구태여 그 잘못을 드러낼 필요가

서사 : 붓글씨에 능한 사람.
가감지인 : 맡은 일을 감당할 만한 사람.

없으므로 좋은 말로 유한림에게 천거한 것이다. 유한림이 그때 마침 글씨를 잘 쓰는 사람을 하나 구하던 터이므로 석랑중의 편지를 보고 즉시 동청을 불러들여서 보았다. 민첩하게 유한림의 비위를 잘 맞추었으므로 유한림이 크게 미더워하여 일마다 그 말을 따랐다. 그러한 동청의 태도를 본 사씨가 유한림에게 말하였다.

"들리는 말에도 동청은 위인이 정직하지 못하다 하니, 상공은 오래 머물러 두시지 말고 큰 일을 저지르기 전에 내어 보내는 것이 좋을까 합니다."

"소문에 이 말을 들었을 뿐이오. 내가 그를 구한 것이지, 친분이 있는 것은 아니니 그 어질고 아님을 의논하여 무엇하리오."

"상공이 비록 그 사람과 친구는 아니나 부정한 무리와 같이 있으면 자연 사람을 잘못 되게 만드나니, 이런 부정한 사람을 집안에 두었다가 만일 화가 생긴다면 돌아가신 시아버지의 뜻을 더럽히게 될까 두렵습니다."

"부인의 말씀이 과연 이치에 맞으나 세속 사람들이 남 부족함을 더 반기는 법이오. 오래 두고 보아 잘 조처하리니, 부인은 염려 말고 가중 비복들이나 은혜롭게 잘 다스려 집안이 어지럽지 않게 하시오."

사씨는 남편 유한림의 태도가 못마땅하였다. 사실 유한림으로서 사씨의 신임하는 정도는 전과 달라졌으며 첩 교씨의 모함으로 인하여 유한림이 사씨를 의심하는 마음이 생긴 줄 사씨는 모르고 있었다.

동청 또한 사씨의 충고도 공연한 말이라고 못 들은 척하였다.

첩 교씨는 노골적으로 사씨를 모함하나, 유한림은 그저 모른 척 집안에 내분이 없기를 바라는 태도였다.

마침내 질투에 불타게 된 교씨는 무당 십랑을 불러 사씨를 모해할 계교를 물었다. 십랑이 한참동안 생각하다가 이에 교씨의 귀에다 입을 대고 여차여차하면 어찌 사씨를 없애기를 근심하리오 하니,

"그럼, 지체 말고 빨리 해서 내 속을 편히 하여 주게."

"염려 마십시오."

십랑은 신이 나서 사씨 음해 일에 착수하였다. 교씨는 십랑을 불러 사씨 음해의 비방을 재촉하고 십랑은 요물을 만들어 사면에 두루 묻고, 교씨의 심복(心服)* 납매를 불러 이리이리 하라고 가르쳐 주었다. 집안에 교씨와 십랑과 납매밖에는 이 일을 알 사람이 없었다.

하루는 유한림이 조정에 들어갔다가 여러 날만에 돌아오니 교씨 소생 장주가 급한 병이라고 고하였다. 유한림이 놀라 백자당으로 달려가보니, 교씨가 유한림을 보고 울며 호소하였다.

"장주가 홀연히 병이 생겼는데, 이는 심상치 아니한 일이라. 병세를 보니 체증과 감기 따위가 아니고, 필경 집안의 누가 방자*를 하여 일으킨 귀신의 장난인가 합니다."

유한림이 교씨를 위로하고 방에 들어가 장주의 병세를 살펴보니, 과연 헛소리를 하고 정신을 잃어 대단히 위태로워 보였다. 크게 염려하여 약을 지어 납매를 불러 급히 달여 먹이라 하고 상태를 자세히 보니 조금도 낫지 않았다. 유한림이 크게 우려하고 교씨는 울기를 그치지 않았다. 유한림의 총명이 점점 줄어드니 차츰 교씨의 말을 믿게 되고 사씨를 의심하게 되었으니, 안타깝도다.* 사씨의 성덕이 옛 사람을 부러워할 바 아닌데, 교씨 같은 첩이 들어와 집안을 어지럽히니 어찌 애석하지 않겠는가?

이 때 교녀가 동청과 더불어 가만히 정을 통하니 짐짓 한 쌍 요물이 함께 한 것이었다. 백자당이 사랑채와 다만 단 한 겹이 막히고 화원문의 열쇠를 교씨가 가진지라, 유한림이 안채에서 자는 날은 교씨가 동청을 청하여 함께 자되, 이를 비밀로 하니 시비 납매 외는 아무도 알 이가 없었다.

그러한 것을 알 수 없는 유한림은 장주의 병이 심상치 아님을 보고 매우 염려하고 있을 때 교씨 또한 병을 핑계로 음식을 끊고 밤이면 더욱 슬퍼하니 유

심복 : 충심으로 기뻐하며 정성껏 순종함.
방자 : 남이 못되기를, 또는 남에게 재앙이 내리도록 귀신에게 비는 짓.
유한림의 총명이 점점 ~ 의심하게 되었으니, 안타깝도다 : 작가의 개입이 드러나고 있다.

한림의 마음을 불안케 하였다. 하루는 납매가 부엌에서 청소를 하다가 괴이한 물건 하나를 발견하니, 유한림이 교씨와 함께 같이 보고 얼굴이 흙빛으로 변하였다. 이윽고 교씨가 울며 말하였다.

"첩이 십육 세에 귀댁에 들어와 일절 원수를 맺은 곳이 없더니, 어떤 사람이 우리 모자를 이렇듯 모함하는고."

하니, 유한림이 다시 보고 아무 말 없자, 교씨가 말하였다.

"상공이 이 일을 어찌 처리하려고 하십니까?"

유한림이 한동안 잠자코 있다가 말하기를,

"일이 비록 간악하나 집안에 잡인이 없으니 누구를 지목하리오. 그런 요괴한 물건을 불에 살라 없앰이 옳을까 하노라."

교씨가 생각하는 듯하다가 여쭈었다.

"상공 말씀이 옳습니다."

하니, 유한림이 납매에게 명하여 불을 가져오라 하여 뜰 앞에서 태워 버리고, 이 말을 삼가 누설치 말라 하였다. 유한림이 나간 후, 납매가 교씨에게 물었다.

"낭자, 어찌 상공의 의심을 돋우지 아니하고 일을 그르치십니까."

교씨가 말하였다.

"다만 상공을 의심케 할 따름이라. 너무 급거히 서둘다가는 도리어 해로울지라. 상공의 마음이 이미 움직였으니 여차여차 하리라."

하였다. 원래 그 방자한 물건에 쓴 글씨는 교씨가 동청에게 사씨의 필적을 본떠서 만든 것이므로 유한림이 보니 사씨의 필적이 분명하였다. 그 근본을 캐어내면 자연 난처한 사정이 있을 듯하여 즉시 불에 살라 버리고 말았으나 속으로 생각하였다.

"저번에 교씨가 사씨의 투기하는 말을 이르나 오히려 믿지 아니하였더니, 이런 짓을 할 줄이야 어찌 뜻하였으리오. 당초에 자식이 없으므로 부인이 주선하여 교씨를 얻었는데, 이제는 자신도 자식을 얻더니 독한 계교를 지어 내는구나. 이는 밖으로 인의를 베풀고 안으로는 간악함이라."

하고, 유한림은 차츰 부인 대접이 전일과 달리 냉담하게 되었다.

첩 교씨가 사씨 쫓아낼 흉계를 꾸미다. 이 때 사씨 친정에서 어머니가 위독하여 딸을 보고 싶어한다는 기별을 보내니, 사씨가 크게 놀라 유한림에게 말하였다.

"어머니 병환이 위독하시다니 만일 지금 뵈옵지 못하면 평생 종천지한(終天之恨)*이 될지라 상공의 허락하심을 바라나이다."

유한림이 말하였다.

"장모님의 병환이 위중하시면 일찍 가서 뵙는 것이 옳을 것이니 어찌 말리겠는가. 나도 또한 틈을 타서 한 번 가서 문안하겠소."

사씨가 교씨를 불러 가사를 부탁하고 즉시 인아를 데리고 신성현 친정으로 향하였다. 친정에 이르러 모녀가 오랜만에 서로 만나니 매우 기뻐하였다. 그러나 부인이 어미의 환후가 자못 위태하심을 보고 친정에 머물러 어미의 병환을 돌보느라 빨리 시가로 돌아오지 못하고 자연 몇 개월이 되었다.

유한림의 벼슬이 본디 한가하여 때를 타서 신성현 사부에 왕래가 빈번하더니, 이 때 산동과 산서와 하남지방에 흉년이 들어 백성들이 사방으로 흩어졌다. 천자가 이를 듣고 크게 근심하여 소성에 냉방이 있는 신하 세 사람을 빼어 세 길로 나누어 보내어 백성의 괴로움을 보살피라 하니, 이 때 유한림이 그 중에 뽑히어 산동으로 나아갈 때 미처 부인을 보지 못하고 떠났다.

유한림이 집을 떠난 후 교씨가 더욱 방자하여 동청과 부부같이 거리낌없이 지냈다. 하루는 교씨가 동청에게 말하였다.

"이제 상공이 멀리 나아가고 사씨 오래 집을 떠났으니, 정히 계교를 베풀 때라. 장차 어찌하면 사씨를 없앨 수 있을까요."

동청이 말하였다.

종천지한 : 이 세상에서 또 없을 만한 극도의 원한.

"내게 계책 하나가 있으니 이것으로 사씨를 집 안에 있지 못하게 하리라."

하고 가만히 이리이리함이 어떠하냐고 하자, 교씨가 크게 기뻐하여 말하였다.

"낭군의 계교는 진실로 귀신이라도 측량치 못하리로다. 그러나 어떠한 사람이 이 일을 행할 수 있겠소?"

동청이 말하였다.

"나의 심복 한 친구가 있는데 이름은 냉진이라 하오. 이 사람이 재주가 민첩하고 눈치가 빠르니 마땅히 성공할 것이오. 사씨가 소중히 여기는 보물을 얻어야 하는데 이 일이 쉽지 않겠구려."

교씨가 생각하다 말하였다.

"사씨의 시비 설매는 납매의 동생이라. 그년을 달래 얻어내리라."

이에 납매가 조용한 때를 타서 설매를 불러 후히 대접하고, 금은 패물을 주어 달래며 계교를 이르니, 설매가 말하였다.

"부인의 패물을 넣은 그릇은 방 안에 있으나 열쇠를 가져야 할 것이니 알지 못하게 하라. 무엇에 쓰려 하느뇨?"

납매가 말하였다.

"쓸 데를 굳이 묻지 말고 남에게 이르지나 말아라. 만일 이 일을 누설하면 우리 두 사람이 살지 못하리라."

하고 열쇠 여럿을 내어 주며,

"그 중에 맞는 대로 열고 상공이 평일에 늘 보시고 사랑하시던 물건을 얻고자 하노라."

설매가 즉시 열쇠를 감추고 들어가 가만히 상자를 열고 옥반지를 훔쳐 낸 후 상자를 전과 같이 덮은 후 즉시 나와 교씨에게 드리며 말하였다.

"이 물건은 유씨댁 세전지물(世傳之物)*로 가장 중히 여기더이다."

하니, 교씨가 크게 기뻐하며 설매에게 후한 상금을 주고 동청과 함께 흉계를

세전지물 : 대대로 전하여 내려오는 물건.

진행시키기로 하였다. 이 때마침 사씨를 따라 갔던 하인이 신성현 친가에서 쫓아와 사씨 어머니가 돌아가심을 전하고 말하였다.

"사공자, 나이 어리고 가까운 일가친척이 없으니 부인이 손수 장사를 지내시고, 사공자에게 집안일을 착실히 살피라 하시더이다."

교씨 납매를 보내어 극진히 위문하고 한편 동청을 재촉하여 빨리 꾀를 행하라 하였다.

이 때 유한림이 산동지방에 이르러 주막에 들어 음식을 사먹으려 하더니, 문득 한 소년이 들어와 유한림을 보고 절하였다. 유한림이 답례하며 자리에 앉아 바라보니 그 사람의 풍채가 훌륭하였다. 유한림이 성명을 물으니 청년이 대답하였다.

"소생은 남방 사람이요, 냉진이라 합니다. 저 또한 존사(尊師)*의 성함을 듣고자 하나이다."

유한림이 바로 이르지 않고 다른 성명으로 대답하고 인하여 민간 물정을 물으니 대답이 선명하거늘, 유한림이 기뻐 속으로,

'이 사람이 가장 아름답다.'

하고 이어서 물었다.

"그대 이제 어디로 나아가려 하느냐. 그대 비록 남방 사람이라 하니 음성이 서울 사람 같도다."

냉진이 말하였다.

"저는 본래 외로운 자취로 뜬구름같이 동서로 떠돌며 정처없이 다니는지라. 수 년을 서울에 있었더니 금춘에 신성현이라 하는 곳에서 반 년을 지내고 이제 고향으로 가더니 수일 동행함을 얻으니 다행입니다."

유한림이 말하였다.

"나도 심사 울적한 사람이라. 정히 형을 만나니 다행하도다."

존사 : 나이 많은 상대방을 높여 부르는 말.

하고, 인하여 술을 권하여 서로 먹고 한 가지로 행하여 주막에 들어가 쉬고 이튿날 새벽에 떠날 때, 유한림이 보니 그 사람의 속옷고름에 옥반지가 매였다. 유한림이 가장 괴이히 여겨 자세히 보니 눈에 익은 옥반지라 의심스러웠다.

"내가 일찍이 서역 사람을 만나 옥류를 좀 분별할 줄 아는데, 지금 자네가 가진 옥반지가 예사 옥이 아닌가 싶으니 한 번 구경시켜 주게."

그 사람이 보인 것을 뉘우치고 머뭇거리다가 끌러 주기에, 받아보니 옥빛과 물형 새긴 모양이 완연히 사씨의 옥반지와 같았다. 의심하여 다시 보니 또한 푸른 털로 동심결(同心結)*을 맺었는데, 심중에 더욱 의심하여 소년에게 물었다.

"과연 좋은 보배로다. 형이 그것을 어디서 얻어 가졌느냐?"

그 사람이 거짓 슬픈 빛을 띠고 대답치 않고 도로 거두어 고름에 차니, 유한림이 알고자 하여 다시 물었다.

"형의 옥반지가 반드시 까닭이 있는 일이니, 나에게 이야기한들 무슨 방해가 되겠는가."

소년이 한참 있다가 말하였다.

"북방에 있을 때에 마침 아는 사람이 준 바라. 형이 알아 무엇하며 무슨 사연이 있으리오."

유한림이 생각하니, 제 말이 가장 의심스러웠다. 옥반지도 분명한 사씨의 것이고 또 신성현으로부터 오노라 하니, 혹시 종들 가운데서 누가 훔쳐서 이 사람에게 판 것이나 아닌가 하여 생각이 이에 미쳐서는 그 이유를 자세히 알고자 하여 짐짓 여러 날 동행하니 정의가 자연히 친해졌다.

"자네가 옥반지에 동심결 맺은 이유를 말하지 않으니, 어찌 친구의 정이라 하리오."

소년이 주저하다가 말하였다.

"형으로 더불어 정이 깊으니 이야기를 하여도 해롭지 아니하되, 이 다만 정

동심결 : 두 고리를 내고 마주 죄어서 매는 매듭. 사주단자에 쓰는 실이나 시신을 염할 때 띠를 매는 매듭 등.

의 있는 사람의 일이니 저를 보고 웃지 마소서.”

유한림이 말하였다.

“그와 같이 유정한 사람이 있으면 어찌 함께 살지 않고 남방으로 나아가는가.”

소년이 말하였다.

“좋은 일에 마(魔)가 많고 조물이 시기하여 아름다운 인연이 두 번 오지 아니하는지라. 옛 글에 이르기를 ‘궁문(宮門)에 들어가기가 깊은 바다에 들어감과 같은데 이로조차 소랑은 행인과 같이 되었다’ 하니 정히 소제를 두고 이름이라, 어찌 탄식하지 아니하리오.”

하고 인하여 슬픈 빛을 보이니, 유한림이 말하였다.

“형은 참 다정한 사람이로다.”

하고, 이에 두 사람이 종일토록 술을 마시고 즐기며 놀다가 이튿날에 각각 따로 길을 떠났다. 그 사람의 근본은 어떠하며 사씨의 액운이 필경 어찌될 것인가?*

유한림이 사씨를 의심하다. 이 때 유한림이 길을 떠나 산동으로 향하여 갈 때 옥반지를 한 번 보고 그 근본을 자세히 알지 못한지라, 크게 의심하여 생각하였다.

“세상에 알 수 없는 일이 많도다. 혹시 종들이 훔쳐낸 것인가?”

유한림은 의심과 걱정으로 반 년 만에 나라 일을 다 마치고 서울로 돌아오니 이미 사씨가 집으로 돌아와 있었다. 유한림이 부인과 더불어 서로 눈물을 흘리고 애도한 후 교씨와 다만 두 아이를 보고 어루만지며 좋아하더니, 그 때 문득 소년 냉진의 옥반지 일을 생각하고 낯빛이 변하여 사씨에게 물었다.

“부인은 예전에 돌아가신 아버지가 주신 옥반지를 어디에 두었소.”

“그대로 패물 상자 속에 넣어 두었는데 갑자기 왜 물으십니까?”

그 사람은 근본은 ~ 필경 어찌될 것인가 : 작가의 개입이 드러난 부분이다. 옥반지 사건으로 사씨는 유한림의 의심을 받게 된다.

"괴이한 일이 있으니 궁금해서 내어 보고자 하오."

부인 또한 이상하여 시비로 하여금 상자를 가져오라 하여 열어 보니, 다른 것은 다 그대로 있는데 옥반지 한 개만이 없었다. 사씨가 크게 놀라 말하였다.

"내 분명히 여기 두었는데 어이 없는고."

유한림이 안색이 변하고 말을 아니하니 사씨 말하였다.

"옥반지 간 곳을 상공이 아시나이까?"

유한림이 성내 말하였다.

"그대가 남에게 주고 날더러 물으면 어찌하는가."

사씨가 이 말을 듣고 부끄럽고 분하여 말을 못하였다. 이 때 갑자기 시비가 들어와 알렸다.

"두부인이 오셨나이다."

유한림이 급히 맞아들여 절하고 무사히 다녀옴을 기뻐하더니, 유한림이 두 부인을 대하여 말하였다.

"집안에 큰 변이 있어 장차 숙모께 상의하러 가려던 참인데 잘 오셨습니다."

부인이 놀라며 의심하여 말하였다.

"무슨 일이뇨?"

유한림이 소년 냉진의 말을 이르고,

"그 일이 심히 괴이하기로 집에 돌아와 옥반지를 찾았으나 없으므로 이것은 집안의 큰 불행이라. 이를 장차 어찌 처치하리이까."

사씨가 이 말을 듣고 정신이 나간 듯 눈물을 흘리며 말하였다.

"상공이 이같이 제 행실을 의심하시니 첩이 무슨 면목으로 사람을 대하리오. 첩의 목숨을 상공이 마음대로 하소서. 옛날에 이르기를, '어진 군자는 참언을 믿지 말고 모함하는 사람을 시호(豺虎)*에게 던지라' 하였으니, 상공은 깊이 살피시어 원통함이 없게 하소서."*

시호 : 승냥이와 호랑이를 아울러 이르는 말.
상공이 이같이 제 행실을 ~ 원통함이 없게 하소서 : 계속되는 교씨의 말에 결국 유한림은 판단력이 흐려지고 사씨를 의심하게 된다. 의심을 받게 된 사씨는 유한림에게 진실을 간곡히 이야기한다.

두부인이 다 듣고서 크게 화를 내어 말하였다.

"네 아버지가 본래 견문이 넓고 사리판단을 잘 하며 또한 천하에 모를 일이 없이 지내셨다. 늘 사씨를 칭찬하며, 내 며느리는 천하에 기특한 열부라 하고 내게 너를 부탁하되 '연수가 나이 어리니 만사를 가르쳐 그른 곳에 빠지지 말게 하라' 하시고 며느리에게는 아무런 당부도 하지 않으셨다. 이는 사씨의 덕행을 아시기 때문이다. 그렇지 않더라도 너의 총명으로도 짐작할 것인데, 어찌 사씨에게 이 같은 누명을 입게 하여 옥 같은 아내를 의심하느냐. 이는 반드시 집안에 악인이 있어 훔친 것이니 엄중히 찾아내어 혼내지 않고 이같이 불명한 말만 하느냐."

유한림이 말하였다.

"숙모의 가르치시는 말씀이 당연하여이다."

하고 즉시 형장 기구를 갖추고 시비 등을 문초(問招)하니, 애매한 시비는 죽어도 모르노라 하고 그 중에 설매는 바로 고하면 죽을까 겁내어 한결같이 항복하지 않더니, 마침내 종적을 감추었다. 두부인 또한 그냥 집으로 돌아가니 사씨는 누명을 벗지 못한 채 스스로 죄인이라 하였다. 유한림이 이렇게 모함하는 말을 많이 들었으므로 의심을 풀지 못하자, 교씨가 속으로 은근히 기뻐하였다.

교씨가 자기 아들까지 죽여 사씨를 모해하다. 이 때 교씨가 두 번째 아이를 낳으니 유한림이 기뻐하여 이름을 몽추라 하고 몹시 사랑하였다. 두부인이 옥반지의 출처를 캐고자 했으나 찾지 못하고, 속으로만 교씨의 간계인 듯 생각하고 증거를 찾지 못해 마음이 답답하였다.

그러다가 두부인은 유한림집에 오래 머물기가 거북하므로 장사 부총관으로 부임하는 아들 두억을 따라 가게 되니, 유한림에게 사씨의 억울함을 경솔히 하지 말라 부탁하고 사씨를 찾았다.

사씨는 얼굴이 창백해지고 온몸이 쇠약해져 옷무게조차 이기지 못하는 듯

애처로운 모습이었다.

사씨는 고모님을 보고 반가워하며,

"이번에 고모님 댁이 멀리 가시게 되니 제가 마땅히 앞으로 나아가 하직인사를 올려야 하겠지만. 누명을 쓴 이 몸으로는 나가지 못하였습니다. 그런데 이렇듯 찾아주시니 감사합니다."

두부인은 눈물을 흘리며,

"너무 근심하지 말고 조카의 총명이 되돌아오는 날까지 지나치게 심사를 상하지 말게."

하고 당부한 뒤 유한림을 불러 엄숙히 훈계하였다.

"금후에 집안에서 조카며느리를 음해하거나 혹 무슨 흉사를 보게 되거든 결코 사씨를 의심하지 말고, 내가 돌아올 때까지 기다렸다가 처리하도록 하라."

유한림은 이마를 찌푸리고 엎드려서 고모의 말을 듣고만 있었다.

두부인은 사씨를 거듭 부탁하고 갔다.

원수 같던 두부인이 떠난 후 교씨는 매우 기뻐하며 동청을 청하여 사씨 없앨 꾀를 다시 의논하였다. 동청은 당나라 『사기(史記)』*를 들어 측천무후(則天武后)*를 얘기하며 장주를 죽일 계획을 세웠다.

교씨가 사씨의 시비 춘방을 시켜 약을 달이게 한 후 몰래 독약을 섞었다. 아들 장주가 약을 먹고 즉사하자 교씨가 가슴을 치며 대성통곡하였다. 유한림의 얼굴이 흙빛으로 변하여 사유를 물으니 납매가 말하였다.

"소비가 문 앞을 지나다 우연히 춘방과 설매가 손짓을 하더니만 돌아가는 것을 보았으니, 이 둘을 불러 물으며 짐작하실 듯합니다."

유한림이 두 사람을 잡아들여 설매를 문초하자, 매질하기 십여 차례에 설매가 고함질러 말하였다.

사기 : 여기서는 당나라의 역사를 기록한 책. 원래 중국 한나라 때 사마천이 상고시대부터 한무재 때까지의 중국과 주변 나라의 역사를 종합하여 쓴 책.

측천무후 : 당나라의 제3대 고종(高宗)의 황후. 간계를 써서 황후 왕씨(王氏)를 모함하여 쫓아내고 655년 스스로 황후가 되었음.

"소비 죽겠습니다. 죽을 바에야 무슨 말을 못하오리까. 부인이 소비에게 이르시기를, '인아와 장주 둘이 같이 있을 수 없으니, 누구든지 장주를 해하는 자가 있으면 큰 상을 주리라' 하시기에, 소비 등이 여러 날을 틈타던 차 마침 공이 마루에서 혼자 자고 있기에 소비는 간이 서늘하고 손이 떨려 앞장서지 못하고 실상 공자를 눌러 죽이기는 춘방이 하였습니다."

유한림이 크게 노하여 춘방을 문초하니, 춘방이 설매를 꾸짖으며 매를 이기지 못하고 끝내 진실한 말을 하지 않고 죽어 버렸다.

이튿날 유한림이 일가 친척을 청해 놓고 사씨의 전후 죄상(罪狀)을 이르고 기어코 쫓아낼 것을 말하였다. 모든 사람이 본디 사씨의 친절함을 알고 모두 유한림의 잘못임을 짐작하나 모두 유한림에게 먼 일가 아니면 손아래 사람이라, 누가 즐거이 고집을 부려서 유한림의 뜻을 거스르겠는가. 그래서 모두 말하였다.

"이는 유한림의 생각대로 처리할 것이요. 우리는 판단하지 못하겠노라."

이에 유한림이 사당으로 가서 향을 피워 절하고 사씨의 죄상을 고하고, 조상의 영위(靈位)*에 나아가 네 번 절하고 하직하자, 사씨는 눈물을 흘리며 모든 일가들과 이별하였다.

유모기 시씨 소생 인이를 데리고 나오자 사씨 부인은 받아서 안고 눈물을 흘리며,

"너는 내 생각 말고 잘 있거라. 알지 못하겠구나, 너를 더불어 다시 만날 날이 있을는지."
하고 탄식하였다.

"깃 없는 어린 새가 그 몸을 보존치 못한다 하니, 어미 없는 어린애가 어찌 잔명을 부지하랴. 슬프다, 이 생에 못 다한 인연을 후생에나 다시 만나 모자 됨을 원하노라."

영위 : 죽은 이의 영혼이 의지할 자리. 곧 죽은이의 이름을 써 놓은 신주나 지방 같은 것을 말함.

하고 눈물을 금치 못하니, 눈물이 변하여 피가 되었다. 그리고 길이 탄식하여 말하였다.

"시부를 따라 죽지 못하고 살아 있다가 이런 광경을 당하니 어찌 슬프지 아니하리오."

하고 사랑스러운 아들 인아를 유모에게 돌려주고 가마에 오른 후 인아의 장래를 수 없이 당부하고 하인 하나만 데리고 떠났다.

이 때 교씨와 그의 심복 시비들은 저희들 세상을 만난 듯이 기뻐하였다.

사씨가 쫓겨나고 교씨가 정실이 되다. 한편 집안 시비들이 교씨를 붙들어 가묘에 분향할 때, 잘 갖추어 입으니 선녀와 같았다. 예를 마치고 가중 비복에게 축하 인사를 받을 때 교씨가 말하였다.

"내 오늘부터 새로 집안일을 주장하니, 너희들은 다 각각 맡은 일을 부지런히 하야 죄에 범치 말라."

하니, 시비 등이 그 말을 듣고 고개를 숙이고 물러났다. 이 때 비복 등 팔구인이 모여서 교씨에게 말하였다.

"사씨가 비록 쫓겨났으나 여러 해 섬기던 터라 은혜가 중한지라. 부인이 허락하시면 소인들이 한 번 나아가 한 번 보고자 합니다."

교씨가 말하였다.

"이는 너희들의 뜻이라 어찌 막으리오."

모든 시비가 일제히 사씨를 따라가 통곡하니, 사씨가 교자를 멈추고 말하였다.

"너희들이 이같이 와서 나를 전송하니 고맙구나. 너희들은 힘써 새 부인을 섬기며 고인(故人)을 잊지 말라."

비복(婢僕)*들이 눈물을 흘리고 절하며 작별하였다.

비복 : 계집종과 사내종. 노비.

이 때 사씨가 가마꾼을 분부하여 신성현으로 가지 말고 성도에 있는 시부모의 산소 아래로 향하라 하니, 가마꾼이 명을 듣고 유씨의 묘소 아래에 도착하였다. 사씨는 여기에서 자그마한 초가집을 얻어 살면서, 부모와 시부모를 생각하고는 처량한 신세를 슬퍼하여 눈물과 한숨으로 세월을 보내었다.*

이 때 사씨의 동생 사공자가 이 소문을 듣고 곧 찾아가서 눈물을 흘리며 말하였다.

"여자가 지아비에게 용납치 못하면 마땅히 본가로 돌아와 형제 서로 의지하심이 옳거늘, 아무도 없는 산에 홀로 계시니 도리어 불편하리로다."

사씨가 슬퍼하여 말하였다.

"내 어찌 동기의 정과 어머니 영전에 모시기를 알지 못하리오마는, 내 한 번 돌아가면 유씨와 아주 끊어지고 마는 것이라. 유한림이 비록 급히 나를 버렸으나, 내 일찍 돌아가신 시아버지에게 죄짓지 않았으니, 시부모 묘 앞에서 남은 생을 마침이 나의 소원이니 동생은 염려치 말라."

사공자는 사씨의 고집을 알고 돌아가 늙은 창두(蒼頭)* 한 명과 비자(婢子)* 두 명을 보내었다. 그러자 사씨가 말하였다.

"우리 집에도 본디 노복이 얼마 안 되거늘 어찌 여럿을 두리오."

하고, 늙은 창두 한 명만 두어 바깥일을 맡아 보리 하고 두 비자를 돌려 보냈다. 이 곳은 유씨 종족과 노복 등이 많이 사는 데라, 사씨가 온 것을 보고 모두 나와 위로하며 야채를 나눠주며 그 마음을 풍족케 하니, 사씨 또한 솜씨가 민첩하여 남의 바느질과 옷감 짜는 일도 하며, 약간의 패물을 팔아 생계를 이으며 세월을 보내었다.

교씨가 사씨를 해치려 하다. 교씨는 사씨가 친정으로 가지 않고 묘

이때 사씨가 가마꾼을 ~ 한숨으로 세월을 보내었다 : 집에서 쫓겨났지만, 사씨는 시부모 묘소에서 지내며 자신의 누명이 풀리기를 기다린다. 유교적인 덕을 잃지 않는 현숙한 여인의 모습이 드러난 부분이다.
창두 : 중국의 노예 중의 한 부류.
비자 : 별궁·본곁·종친 사이의 문안 편지를 전달하던 여자 종.

아래에 머물러 있다는 소식을 듣고 후환을 염려하여 동청과 상의하여 냉진의 첩으로 삼으려고 사씨를 납치해 오기로 하고, 두부인의 필법으로 모방하여 사씨에게 보냈다.

냉진은 사씨를 유괴할 인부들을 보낸 뒤, 집으로 돌아가서 화촉을 갖추고 있었다.

하루는 사씨가 창가에서 베를 짜고 있을 때,

"문안 드립니다. 이 댁이 유한림 부인 사소저 계신 댁입니까?"

노복이 나가 그렇다 하고 어디서 왔느냐고 물었다.

서울 두춘관에서 두부인의 전갈을 받고 왔다는 그들은 편지를 사씨에게 전해 주었다. 봉한 부분을 떼어 보니 이별한 후로 염려하던 말로 위로하고 오해로 쫓겨나 산소 밑에서 고생하다 강폭한 무리의 침노를 당할까 두려우니 자기 집으로 와서 있으면 좋을 거라는 내용이었다.

사씨는 가겠다는 답장을 써서 보낸 후 이 곳이 비록 산골짜기이지만 선산을 바라보며 마음을 위로해 왔었는데, 이제 떠나게 되니 서울 두부인댁으로 가면 몸은 편할지라도 마음은 더욱 허전할 것이니 그 신세가 처량하였다. 그런 생각 중에 문득 잠이 와서 비몽사몽간에 잠깐 졸고 있는데, 전에 부리던 시비가 와서 유공이 부르신다기에 따라갔다. 사씨가 눈을 들어보니, 생시의 모습과 조금도 변함없는 시부님이 슬하에 앉히고 어루만지며 위로하고,

"오늘 너를 불러 가겠다는 두부인의 편지는 가짜다. 속지 마라. 글씨의 자획을 다시 자세히 보면 위조 편지임을 알 것이니 속지 말라."

사씨는 시부 유공에게 울면서 대답하였다.

"두부인께서 부르시더라도 어찌 묘소를 떠나겠습니까?"

"그러나 여기에 오래 머물지 말고, 더구나 며늘아기 너에겐 칠 년 재액의 운수이니 남쪽으로 피신하는 것이 좋다. 빨리 떠나라."*

그러나 여기에 오래 ~ 좋다. 빨리 떠나라 : 어려움에 처한 사씨의 꿈에 유공이 나타나 사씨에게 도움을 준다. 유공의 말 속에서 작품의 제목이 왜 '사시가 남쪽으로 갔던 기록'이라는 뜻의 '사씨남정기'인가를 알 수 있다.

"외롭고 약한 여자의 몸이 어찌 칠 년 동안이나 의지할 데 없이 타향을 떠돌겠습니까? 앞으로 겪을 길흉을 가르쳐 주십시오."

유공이 말하였다.

"그 운명을 낸들 어찌 알겠느냐? 다만 일러두거니와 육 년 후의 사월 십오일 배를 백빈주*에 매어 두었다가 급한 사람을 구해 주어라. 이 말을 명심불망(銘心不忘)*하였다가 꼭 그래야만 네 운수도 대통한다."

흐느껴 우는 사씨를 유모와 노복이 흔들어 깨웠다. 사씨는 놀라 깨달으니 꿈이었다. 그 신기한 꿈 이야기를 시비에게 하고 유공의 말대로 두부인의 편지를 다시금 보았다.

"두추관의 아버지 이름이 강자이므로 두부인이 보통 말할 때 일절 강자를 쓰지 아니하시는데 이 편지에 강자를 썼구나. 이는 반드시 위조가 분명하도다. 어떤 사람이 이렇듯 모해하는지 알지 못하겠구나."

하여 날이 밝아오자 사씨가 유모에게 말하였다.

"시부께서 분명히 남방으로 물길 오천 리를 가라 하시니 장사 땅은 남방이요, 또 두부인이 가실 때에 물길로 오천여 리나 된다 하셨으니, 이제 반드시 두부인을 찾아가 의탁하라 하시니 어찌 가지 아니하리오."

하고 장사 남방으로 가는 배를 이리저리 알아보았다. 그때 창두가 아뢰었다.

"두부에서 가마를 가지고 왔으니 어찌하리이까."

사씨는 꿈을 생각하고 말하였다.

"내 어젯밤에 감기가 들어 일어나지 못하니, 수일 후 낫거든 가리라."

창두가 그대로 이르니 가마꾼이 어쩔 수 없이 돌아가 그 말을 전하니 동청이 말하였다.

"사씨는 본래 지혜 많은 사람이라. 반드시 의심하여 병을 핑계삼으니 이 일이 아니 되면 화가 적지 않을 것이다."

백빈주 : 유한림과 사씨가 다시 만난 물가 이름.
명심불망 : 마음에 새겨 두어 잊지 않음.

냉진이 말하였다.

"이미 내친 걸음이니 건장한 사람 수십 명과 교군을 데리고 묘 아래에 가 있다가, 밤이 들거든 사씨를 붙잡아 데려옴이 좋을까 합니다."

동청이 말하였다.

"그 꾀가 묘하니 그리 행하라."

냉진이 응낙하고 이에 강도 수십 명을 데리고 갔다. 이 때 사씨 남방으로 가는 배를 얻지 못하여 근심하더니, 마침 남경으로 가는 장삿배를 만나니, 이는 두부인의 창두로서 일찍이 풀려나 장사하는 장삼이라는 사람의 배였다. 사씨가 그 말을 듣고 기뻐하여 즉시 장삼을 불러 함께 가기를 약속하였다. 장삼도 또한 두부에 있을 때에 사씨를 뵈온 까닭에 고생하는 것을 알고 배를 대어 오르기를 청하였다. 사씨는 시부모 묘 앞에 나아가 재배 하직하고 유모와 차환이며 늙은 창두 한 사람을 데리고 배에 올라 남방으로 길을 떠났다. 이 때 냉진이 수십 명 강도를 데리고 묘 앞에 나아가 수풀에 숨어서 밤을 타서 사씨가 머무는 집으로 달려드니 집이 비고 한 사람도 없었다. 냉진이 크게 놀라서,

"사씨는 과연 꾀가 많은 사람이로다. 우리의 계교를 벌써 알고 달아났도다."

하고 돌아서서 동청에게 알리니, 동청과 교씨는 사씨를 잡지 못함을 안타까워하였다.

사씨가 계속 액운에 시달리다. 사씨가 배에 올라 남방으로 향할 때 만경창파(萬頃蒼波)*가 하늘에 닿은 듯하고 왔다갔다하는 장삿배가 새벽달 찬바람에 닻 감는 소리는 수심을 돕고 잔나비의 울음소리는 슬픈 사람의 간장을 끊으니, 사씨 자기의 신세를 생각하고 규중여자로 몸에 더러운 누명을 입고 일신을 만경창파 일엽편주(一葉片舟)*에 의지하여 장사로 향하는 바를 생각하니 가슴이 무너지는 듯하였다. 사씨가 크게 통곡하며,

---

만경창파 : 한없이 넓은 바다나 호수의 푸른 물결.
일엽편주 : 한 척의 조각배.

"하늘이 어찌 정옥을 내시고, 타고난 운명의 기구함이 이러한가."

하니, 유모와 차환이 또한 슬픔을 참지 못하여 서로 붙들고 울다가 유모 울음을 그치고 부인을 위로하여 말하였다.

"하늘이 높으시니 살피심이 부족하오나 어찌 항상 이러하리오. 몸을 아끼시어 슬픔을 진정하옵소서."

부인이 눈물을 거두며,

"나의 팔자 기박하여 너희들이 나와 함께 고초를 겪으니 유모와 차환은 무슨 죄인가. 이는 주인을 잘못 만남이라. 두부인이 나를 기다리시는 것이 아니요 또한 시댁에서 쫓겨난 몸이 구차히 살아 장사로 가니, 신세 어찌 슬프지 않겠는가. 차라리 이 곳에서 몸을 물에 던져 굴원(屈原)*의 충혼을 좇고자 하노라."

말을 마치고 우니, 서로 울고 서로 위로하였다. 배가 어느 곳에 이르렀을 때 풍랑이 심하고 사씨가 베멀미가 심해졌다. 이 때 멀리 집 한 채가 보이니, 차환*에게 그 문을 두드리고 주인을 찾으니, 한 여자가 나오는데 나이 겨우 십사오 세쯤 되고 용모가 아름답고 태도가 얌전하였다. 차환이 전하는 말을 듣고 기꺼이 허락하고 부인을 맞아 안방으로 인도하니 날이 이미 저물었다. 사씨가 물었다.

"자네 부모는 이디 기시고 혼자 있소."

여자가 공경하여 대답하였다.

"저의 성은 임가이옵고, 일찍 아비를 여의고 편모를 모시고 삽니다. 어미가 마침 물 건너 마을에 갔사온데 폭풍을 만나 돌아오지 못하였습니다."

여자 차환에게 물어서 부인의 행색을 알고 밥과 반찬을 알뜰히 차려서 불 밝히고 저녁상을 드리니, 사씨가 그 은근한 정에 감복하여 약간 수저를 들고 그 여자에게 감사하여 말하였다.

굴원 : 중국 초나라 회왕을 옳은 소리를 하다가 간신의 모함을 받아 강남서 귀양살다가 멱라수에 빠져 죽음. 삼려대부(三閭大夫)의 벼슬을 함.
차환 : 머리를 얹은 젊은 여자 종을 이르는 말.

"불시의 손이 폐를 많이 끼쳐서 미안하오."

여자가 엎드려 대답하였다.

"부인은 귀인이라 누추한 곳에 행차하시니 가문의 영광됨은 말할 것도 없습니다. 촌가의 대접이 너무 허술하여 황공무지하오니, 이렇듯 과분한 말씀을 하시니 더욱 죄송합니다."

그 날 밤에 부인이 임씨 집에서 자고 그 이튿날 떠나려 하였으나 풍랑이 좀처럼 그치지 않아서 사흘을 연해 쉬게 되니, 그 여자는 더욱 정성을 다하였다. 다행히 그 집의 여자가 양순하여 사씨의 병이 나아서 이별을 할 때 주인과 손님이 서로 헤어짐을 슬퍼하였다.*

사씨는 주인에게 감사의 뜻으로 손에 끼었던 가락지를 주며,

"이것이 비록 미미하지만 그대로 손에 끼고서 나의 마음으로 보내는 정을 잊지 말아요."

"이 패물은 부인이 먼 길을 가시는데 노비가 떨어졌을 때 긴요하실 텐데 제가 어찌 받겠습니까?"

"여기서 장사 땅이 멀지 않고 그 곳에 가면 긴히 쓸 데가 없사오니 사양치 말라."

사씨가 굳이 주었으므로 그 여자는 감사히 받았다. 작별하고 즉시 떠나 며칠을 가는데, 창두가 늙은 데다가 그 곳 기후와 풍토에 익지 못하여 병들어 죽으니, 부인이 비참하고 불행함을 이기지 못하여 배를 머무르고 장삼을 시켜 강가 언덕에 묻어 주고 떠났다.

이처럼 사씨는 천신만고 뱃길을 얻어서 장사에 거의 다 왔다가 액운이 점점 더 닥쳐 오는지라, 홀연 풍랑에 밀려 동정호로 향하여 악양루 아래 이르니 옛적 열국 때 초나라 지경이었다. 초나라의 충신 굴원이 충성을 다하여 회왕(懷王)을 섬기다가 간신의 참소를 만나 강남으로 귀양 오니, 이에 자그마한 초가

그 날 밤에 부인이 ~ 서로 헤어짐을 슬퍼하였다 : 고전 소설의 우연성이 드러난 부분이다. 임씨는 나중에 사씨가 다시 유한림의 첩으로 맞이하게 된다.

집을 짓고 있다가 몸을 멱라수(汨羅水)*에 던졌으며, 또 한나라의 가의(賈誼)*는 낙양재사로서 다른 대신들의 시기를 받고 장사로 내쫓겼는데, 역시 이 곳에 이르러 제문을 지어 강물에 던져 굴원의 충혼을 애도하였다. 이러한 까닭으로 지나는 나그네들에게 강개(慷慨)*한 마음을 자아내게 하는 곳이었다. 사씨는 요조숙녀의 귀중한 몸으로 요녀(妖女)의 모함을 받아 가장(家長)의 내침을 당하여 약한 몸으로 여기까지 이르렀으니, 옛사람을 느끼고 자기 신세를 생각하여 뱃전에 기대서서 밤이 늦도록 잠을 이루지 못하였다.

　이 때 장사하는 배들이 남북으로 모여들어서 심히 복잡하였다. 가만히 들으니 옆배에서 한 사람이 말하였다.

　"우리 장사 백성들은 정말 복이 없구나."

하니, 또 한 사람이 말하였다.

　"어찌 그러는가."

　"지난해에 오신 두추관 노야께서는 마음이 정직하고 일 처리가 공평해서 백성들이 근심이 없었소. 그런데 이번에 새로 온 유추관은 재물을 탐내고 돈을 좋아해서 백성들의 유죄무죄를 물론하고 함부로 매질하여 돈을 뺏는지라. 이와 같이 명관을 잃고 탐관을 만났으니 어찌 복이 있다 하겠소."

　사씨가 다 듣고 두추관이 이미 길러시 이디로 옮기긴 줄 알고 애기 디고 기가 막혀서 어이할 줄을 모르다가 새벽이 되어 장삼을 시켜서 자세히 물어 보라 하였다.

　이윽고 장삼이 돌아와 알렸다.

　"우리 댁 주인어른이 장사마을에 와 현명하게 백성을 다스리시니, 암행어사가 나라에 이를 알려 성도지부가 되어 진작 대부인을 모시고 성도로 부임하셨다 합니다."

멱라수 : 중국 호남성의 상수의 물줄기.
가의 : 중국 전한 대의 문인, 학자.
강개 : (불의를 보고) 의기가 북받치어 원통하고 슬픔. 또는 그런 마음.

부인이 하도 어이없어 하늘을 우러러 가슴을 두드려 말하였다.

"하늘이여, 나에게 왜 이러십니까?"

하고 장삼에게 일렀다.

"두부인이 이미 성도로 가셨으니 장사는 객지라. 저리로 갈 수도 없고 여기서 머물 수도 없으니, 그대는 우리 셋을 여기에 내려놓고 배저어 빨리 가시오."

장삼이 말하였다.

"장사는 계실 곳이 못 되고 소인도 여기 오래 있을 수가 없사오니, 그러면 부인은 어디로 가시려 하십니까?"

"내 갈 곳은 구태여 알아 무엇하리. 자네 갈 데로 가게."

유모와 차환들이 이 말을 듣고 당황하여 서로 붙들고 통곡하였다. 장삼은 세 사람을 강언덕에 내려놓고 부인을 향하여 절하고 작별하였다.

사씨가 죽으려 하다. 사씨는 천신만고(千辛萬苦)*하여 겨우 배를 얻어 장사 땅을 거의 왔다가 마침내 이 지경에 이르고 보니 희망이 없었다. 심장이 녹는 듯하여 아무리 생각하나 죽을 수밖에 할 일 없었다. 유모와 차환 등이 울며 말하였다.

"사고무친(四顧無親)* 한 땅에 와서 부인은 장차 어찌 귀체를 보존하려 하십니까?"

사씨가 길게 탄식하여 말하였다.

"사람이 세상에 나매 수요장단(壽夭長短)*과 화복·길흉·천명은 운수니 일시 액운을 구태여 근심할 바 없네. 이제 내 신세를 생각하니 화를 자초함이라. 옛말에 '하늘이 만든 화는 피할 수 있으나 제가 만든 화는 피할 수 없다' 하였으니 이제 내 도중에서 이같이 낭패하니 다시 어디를 가며 누구에게 의지

천신만고 : 몸과 마음을 온 가지로 수고롭게 애씀.
사고무친 : 의지할 만한 사람이 전혀 없음.
수요장단 : 오래 살고 일찍 죽음.

하겠나?"

하니, 유모가 위로하여 말하였다.

　"옛날 영웅 호걸과 열녀 절부가 이런 곤경을 아니 당한 사람이 드무니, 이제 부인께 일시 액운 있사오나 하늘에 빌면 장차 검은 바람이 구름을 쓸어버리면 일월을 다시 보실 것이니, 부인은 너무 슬퍼하지 마소서. 어찌 일시 액운으로 귀한 몸을 삼가지 않겠습니까?"

　사씨는 탄식하며,

　"옛 사람이 액운을 당한 자가 하나 둘이 아니로되 자연 구하여 주는 사람이 있어 몸을 보전하였거니와, 이제 나의 일은 그렇지 아니하여, 약한 몸이 위로 하늘에 오르지 못하고 아래로 땅에 들지 못하니 어찌 하리오. 이 구차하게 인생을 살려고 할 것이 아니라 한 번 죽어서 옛날 사람처럼 꽃다운 이름이나 나타내자는 것이 하늘의 뜻인 것 같구나."

하며 강으로 뛰어들려 하는 것을 유모가 놀라 애원하며

　"소비 등이 천신만고 하여 부인을 모셔 이에 이르렀으니 마땅히 사생을 한 가지로 하겠습니다. 그러하오니 저희들도 죽겠나이다."

　"나는 죄인이니 죽음이 마땅하나 너희들은 무슨 죄로 죽는단 말인가? 차환은 나이 젊으니 밀힐 것도 없거니와 유모도 이직 남의 집에 들이기 밥을 지을 수 있으니 어찌 의탁할 곳이 없겠는가. 각각 몸을 아꼈다가 북방 사람을 만나거든, 내 이 곳에서 죽은 줄을 알게 하시오."

　신신당부한 뒤에 나무 껍질을 깎고 글씨로,

　"모년 모월 모일에 사씨 정옥은 시댁에서 쫓겨난 몸으로 여기에 이르러 물에 빠져 죽었노라."

하고 다 쓴 뒤 통곡을 하며 슬피 울 때 유모와 차환이 좌우에서 우니 달빛도 없이 초목과 금수가 슬퍼하였다. 이렇게 날이 어둡고 동천에 달이 오르니, 사방에서 귀신이 울고 황릉묘 위에 두견새의 소리가 처량하고, 소상강 대숲 아래 잔나비 슬피 우니, 유모가 부인에게 말하였다.

"밤 기운이 차니 저 위에 올라 밤을 지내고, 내일 다시 생사(生死)을 판단하소서."

사씨가 마지못하여 악양루에 올라서서 밤을 지내고 누상에서 지칠 대로 지친 사씨는 유모 무릎에 기댄 채 꼬박 졸았다.

그때 비몽사몽간에 한 소녀가 와서 말하였다.

"저의 낭랑께서 부인을 모셔 오라는 분부로 왔습니다."

"너의 낭랑이 누구시냐?"

"저와 함께 가시면 아실 겁니다."

사씨가 소녀를 따라가니 큰 저택의 전각이 강가에 즐비하고 두 분의 낭랑이 황금 의자에 앉아 사씨를 맞아 말하였다.

"우리는 다른 사람이 아니라 순임금의 두 왕비라. 상제께서 우리의 사정을 측은히 여기시고 이 곳 신령을 시키셔서 여기에 있소. 모든 절부와 열녀를 담당하며 세월을 보내더니, 그대 이제 일시 화를 만나 이 곳에 이르렀구려. 하늘의 뜻이니 아무리 죽고자 하나 그럴 수 없으니, 마음을 너그럽게 하시오."

"모든 일이 다 하늘의 뜻이요 인력으로 못 하나니, 어찌 굴원의 죽음을 본받으며 하늘을 원망하리오. 유씨 집은 본래 선을 쌓은 가문이라. 오직 유한림이 너무 어린 나이에 출세하여 천하의 일은 통달하나 사리가 부족하므로 하늘이 잠깐 재앙을 내리시어 크게 경계하고자 함이오. 부인은 어찌 이렇게 조급하게 구는가. 부인을 모함한 자는 아직 득의하여 방자교만하여, 제 더러운 줄은 모를 것이라. 하늘이 장차 큰 벌을 내리시리라. 그러니 부인은 안심하고 바삐 돌아가시오."*

"낭랑이 첩의 허물을 더럽다 아니하시고 이같이 밝게 가르치시니 감격스럽습니다. 그러나 돌아가 의탁할 곳이 없사오니 낭랑은 첩의 사정을 돌아보시어 시녀로 있게 하시면 낭랑을 모시고 영원히 있을까 하나이다."

모든 일이 다 ~ 안심하고 바삐 돌아가시오 : 사씨의 앞날을 짐작할 수 있게 해 주는 복선으로 어려움에 빠진 사씨는 꿈에 소녀를 만나 삶의 용기를 얻게 된다.

"부인도 이 다음에 이 곳에 머물려니와, 아직 당치 않으니 빨리 돌아가시오. 남해도인이 부인과 인연이 있으니 거기에 잠깐 의탁함이 또한 하늘의 뜻이니라."

하니, 사씨가 말하였다.

"첩이 예전에 들으니 남해는 하늘 한가운데라 길이 멀다는데 어찌 가오리까?"

"연분이 있으면 자연 가게 되리니 염려 마시오."

하고, 낭랑이 동쪽 벽 왼쪽에 앉아 있는 눈이 별 같은 부인을 가리켜 말하였다.

"이는 위국부인 장강(莊姜)이라."*

하고, 또 한 부인을 가리켜 말하였다.

"이는 한나라 반첩여라."*

하고, 그 다음 차례로 이름을 가리켜 말하였다.

"부인이 이미 이에 이르렀으니 서로 알게 함이로다."

사씨 일어나 인사하며,

"오늘에 여러 부인의 면목을 이렇듯 뵈옴은 뜻하지 아니한 바니, 영광이옵니다."

여러 부인이 흔쾌히 답하였다. 사씨가 네 번 절하고 하직하니 낭랑이 말하였다.

"메시를 힘써 히면 오십 후에 이 곳에 자연 모이게 될 것이니 그때까지 몸조심하라."

꿈을 깬 사씨는 소상강의 대밭으로 들어가니 꿈에 보던 것과 조금도 다름없는 한 묘당이 있고 황릉묘라고 써 있었는데, 이는 곧 두 왕비의 사당이다. 완연히 꿈 속에 보던 바와 다름이 없으니, 사씨가 절하고 축원하여 말하였다.

"첩이 낭랑의 가르치심을 입고, 다른 날 좋은 때를 만날진대 낭랑의 성덕을 어찌 명심치 아니하리오."

하며 물러나와, 차환에게 묘지기의 집에 가서 밥을 구하여 세 사람이 요기하
였다.

사씨가 묘혜의 도움을 받다. 이 때 사씨가 말하였다.

"우리 세 사람이 두루 방황하여 의지할 곳이 없으매 신령이 놀리시는구나."

묘 안에 들어가서 사방을 살펴보니 짐승 소리가 여기저기서 들려 왔다.

사씨가 곰곰이 생각하다가,

"사람이 세상에 나서 부귀 빈천이 팔자에 있으나 여자로서 씻지 못할 누명
과 허다한 고초를 지나고, 마침내 이 곳에 이르러 의지할 바가 없게 되니 죽는
것이 상책이로다."

하고는 사씨가 다시 죽을 생각으로 물에 빠지려 하는데, 그 때 갑자기 황릉묘
의 묘문이 열리고 여승과 여동이 나타나서,

"부인이 또 고초를 당하고 물에 빠지려고 하십니까?"

하며 물었다.

"그대들은 어떻게 우리 일을 아는가?"

여승이 황망히 예를 갖추고 말하였다.

"소승은 동정호 군산사에 있는데, 아까 비몽사몽간에 관음보살님이 나타나
시어 어진 여인이 화를 당해 갈 곳을 몰라 물에 빠지려 하니 빨리 황릉묘로 가
서 구하라 하시므로 급히 배를 저어왔더니, 과연 부인을 만났으니, 부처님 영
험하심이 신기하나이다."

"우리는 죽게 된 사람이었으나, 존자의 구원을 얻으니 실로 감격스럽습니
다. 그러나 존자의 암자가 멀고 또 귀 암자에 폐가 될까 걱정이옵니다."

"출가한 사람이 본래 자비를 베푸는 것이니, 부처님의 지시로 모시러 왔는
데 그게 무슨 말씀이십니까?"

세 사람은 여승을 따라 배를 타고 동정호 가운데 있는 군산사 암자 수월암

(水月庵)에 이르렀다. 그리고는 종일 고통스러웠기 때문에 깊이 잠에 빠져 날이 밝아옴을 몰랐다.

이튿날 아침에 여승이 불당을 깨끗이 씻고 향을 피워 놓고 예불하라 하니, 사씨 등이 비로소 일어나 법당에 올라 향을 피우고 절하는데, 사씨가 눈을 들어 부처를 보니, 십육 년 전 자기가 찬을 지어 썼던 백의관음의 화상이었다.

자연 놀라며 슬픈 회포를 금할 수 없어 눈물을 흘리므로, 여승이 이상하게 여겨 물었다.

"화상 위에 쓴 것이 내가 아이 때 지은 찬이요. 여기 와 보니 자연 슬픔을 금치 못하겠소."

대답을 들은 여승이 크게 놀라며,

"그러시다면 분명히 신성현 땅의 사급사 댁 소저가 아니십니까?"
하고 물었다.

"스님께서 어찌 내 신분을 아십니까?"

여승이 대답하였다.

"소승은 저 관음화상의 찬을 받아간 우화암의 묘혜입니다. 소승이 유소사의 명을 받고 부인에게 관음찬을 받아 가니, 소사 보시고 크게 기뻐하여 혼인을 성하시고 소승에게 상을 주셨습니다. 그때 미물리 혼사를 보려 하다기 스승이 급히 찾으시기에 산에 돌아와 스승을 따라 십 년을 수도하였더니, 소승이 돌아가고 얼마 후에 이 곳에 와 암자를 짓고 조용히 공부하며 불상을 뵈올 때마다 부인의 용모를 생각하였습니다. 헌데 부인은 어찌 이러한 고생을 하십니까?"

사씨는 유씨 집안의 부인이 된 이후의 전후 사정을 자세히 들려 주었다. 그 후 사씨는 수월암에 머물면서 전에 시부님의 현몽을 묘혜에게 말하였다. 그러자 묘혜가 탄식하며 말하였다.

"세상일이 본래 이 같은 것이오니 부인은 너무 슬퍼하지 마옵소서."

사씨가 불상을 다시 보니, 외로운 섬 가운데 앉아 기운이 생생하여 분명히 살아 있는 듯하고, 관음찬의 의미가 자기의 이야기를 그렸는지라, 사씨가 이

를 보고 탄식하며,

"세상 일이 다 하늘이 정한 것이니 어찌하리오."

하고, 이 날부터 관음보살에게 분향하여 인아를 다시 만나기를 빌었다. 묘혜는 조용한 때를 타서 사씨에게 말하였다.

"부인이 이제 이에 와 계시니 의복을 어찌하시렵니까?"

"내 이 곳에 있음이 부득이함이라 어찌 옷을 바꿔 입으리오."

"내 생각하니 유한림은 현명한 군자라. 한때 참언을 신청하나 후일은 일월같이 깨달아 부인을 맞아 가리이다. 소승이 일찍 스승에게 수도할 때 사주도 약간 배운 바 있사오니, 부인은 생년월일시를 말씀하옵소서."

사씨가 다시 이르니 묘혜가 잠시 생각하다가 크게 기뻐하여 말하였다.

"팔자는 앞으로 좋을 것이오. 초년은 잠깐 재앙이 있으나 나중은 부부 안락하고 자손이 영화하여 행복이 무궁하리로다."

사씨가 탄식하여 말하였다.

"박명한 인생이 스님의 칭찬을 받는 것은 당치 못하리니 어찌 그것을 믿으리오."

하고 이에 이야기를 시작할 때, 사씨가 강상에서 풍파를 만나 머물었던 집 여자의 어짊을 이야기하며 못내 칭찬하니, 묘혜가 말하였다.

"부인이 소승의 조카딸을 보셨도다. 그 애 이름은 취영이니 제 어미 일찍 강보에 두고 죽으매 제 아비 변씨를 따랐다가, 그 아비 또 죽으매 변씨 취영을 소승에게 주어 머리를 깎게 하여 중을 삼고자 하였으나, 내 그 상을 보니 귀한 자식을 많이 두어 복록이 완전할 상이라. 변씨에게 데리고 살라 하였지요. 요사이 들으니 질녀가 효성스러워 모녀 서로 사랑하고 산다 하더니, 부인이 만나 보셨구려."

사씨가 말하였다.

"얻기 어려운 것이 어진 사람이라. 나라 사람의 마음을 알지 못한 까닭으로 이에 누명을 입고 이렇듯 고생하니 어찌 한(恨)이 되지 아니하리오."

"이는 반드시 하늘의 정한 뜻이라. 부인과 소승이 잠시 인연이 있사오니 그런 줄 아십시오."

"내 여기 있음을 한함이 아니라. 집을 떠나니 인아의 신세 외로운지라. 어찌 살고 있는지 염려가 되고 또 요사이 집안에 요괴한 사람이 있어 유한림의 신상에 어떠한 재앙이 미칠까 염려되옵니다. 전에 시부 묘 앞에 있을 때 시부의 존령이 꿈에 나타나시어 이르기를, '육년 사월 모일에 배를 백빈주에 대었다가 급한 사람을 구하라' 하시고 신신당부하시니, 어떤 사람이 급한 화를 만날 것인지 알지 못하겠습니다."

"유한림 상공은 오복이 구비한 상이요, 겸하여 유씨 대대로 적덕이 많사오니 어찌 요기(妖氣)가 들어오겠소. 백빈주에 급한 사람을 구하라 하셨으니 그 때를 기다려 어기지 말고 구합시다. 유소사는 본디 공명정대하신 어른이시니 무슨 일이 있으시겠습니까."

사씨는 옳다 하고 계속 수월암에서 세월을 보내니, 유모와 차환과 함께 부지런히 절의 일을 거드니 모든 여승이 기뻐하여 사씨를 극진히 공경하였다.

유한림이 사씨의 억울함을 알게 되다. 이 때 교씨는 안방을 차지하여 집안일을 모두 다스리고 있었으나, 악독함이 날이 갈수록 더하여 비복들이 그녀의 혹독한 형벌을 견디지 못하고 쫓겨난 사씨를 생각하였다.

그런 어느 날 유한림이 숙직하고 돌아와 교씨를 찾았으나 정당에 없고 백자당에 있다는 대답이었다.

"왜 여기서 자는 거요?"

"요즘 안방에서 자면 꿈자리가 뒤숭숭하고 기분이 좋지 않아 여기서 잤습니다."

"그대 역시 그 방에서 자면 꿈이 흉하던가? 나도 잠만 들면 꿈자리가 뒤숭숭하여 정신이 혼미하고 나가 자면 평안한지라. 의심이 생기더니 부인이 또한 그러하다니 점 잘 치는 사람을 불러 물어 보리라."

유한림은 도진이라는 진인(眞人)*을 안으로 불러,

"이 방에서 자면 흉몽을 꾸게 되니 무슨 악귀의 장난이냐?"

고 물었다. 진인이 방 안의 기운을 살피더니,

"비록 대단치 않으나 기운이 좋지 않소이다."

하고 하인을 시켜 벽을 뜯고 방예물의 나무인형을 꺼내어 유한림에게 보이니 크게 놀랐다.

"이것은 사람을 해치려 함이 아니고 오직 시첩이 유한림의 사랑을 얻으려는 마음으로 한 소행입니다. 이런 일이 있어 사람의 정신을 요란케 하는 계교니 없애고, 또 집안에 좋지 못한 기운이 떠도니 이런 일을 술법에서는 '주인이 집을 떠나리라' 하였나니 오로지 조심하여 재앙이 없게 하소서."

"삼가 명심하겠소."

하고 유한림은 그제서야 사씨가 억울한 누명을 쓰고 쫓겨난 것이 아닐까 하고 의심하게 되었다. 비로소 악몽을 깬 듯이 스스로 부끄러워하였다. 이런 일로 지난 일을 생각하며 정히 의심하던 차에 장사로부터 두부인의 서찰이 이르렀거늘, 반가이 떼어 보니 글월의 뜻이 깊고 오히려 사씨의 출가한 줄 모르고 당부한 말씀이 더욱 간절하였다. 유한림이 마음속으로 생각하기를,

'사씨가 원래 현명한데 옥반지는 친히 보았으나 혹시 시비 중에서 도적함이 괴이치 아니하고, 시비 춘방이 죽을 때에 납매 등을 꾸짖고 죽었으나 종시 불복하였으니 왜 그리 하였을까?'*

하고 마음이 불편하였다.

교씨와 동청의 모략으로 유한림이 유배를 떠나다. 이를 눈치 챈 교씨는 유한림의 기색이 전과 다름을 보고 두려워하여 동청에게 말하였다.

진인 : 참된 도를 깨달은 사람.
사씨가 원래 현명한데 ～ 왜 그리 하였을까 : 교씨의 모함에 현명하게 판단하지 못했던 유한림의 마음이 조금씩 달라지는 것을 보여 주고 있다.

"내 유한림의 기색을 보니 앞날과 다릅니다. 아마 우리 두 사람의 일을 아는가 싶으니 어쩌면 좋을까요?"

동청이 말하였다.

"우리 일은 집안에서 모를 이 없으되 유한림의 귀에 가지 아니함은 부인을 두려워함이라. 유한림이 만일 뜻이 변하면 비방할 자 많으리니, 우리 두 사람은 죽어 묻힐 땅이 없을 것이오."

"일이 이 같으니 어찌 하리오. 나는 여자라 소견이 없으니, 낭군은 좋은 꾀를 생각하여 화를 면하게 하시오."

"오직 한 가지 꾀가 있으니, 옛말에 '남이 나를 저버리거든 차라리 내 먼저 남을 저버리라' 하였으니, 조용한 때에 독약을 섞어 유한림을 해하고 우리 두 사람이 해로하면 무슨 해로움이 있겠소."

"이 말이 맞소만, 행여 누설하면 화를 면하기 어려우리니 조용히 의논합시다."
하였다. 그리고는 동청과 깊은 방에서 유한림을 해칠 궁리를 하는데, 마침 유한림이 병을 핑계로 조정에 들어가지 아니한 지 오래라, 가끔 벗을 찾아다녔다. 동청이 우연히 유한림의 책상 위에서 한 글을 얻어 내니, 이는 유한림이 지은 것이었다. 두어 번 읽어 보고 문득 기뻐 날뛰며 교씨에게 말하였다.

"지난번에 천자 조서를 내리시어 '너의 기도하는 것을 간하는 신하는 죽이리라' 하셨는데, 지금 이 글을 보니, 시를 지어 실없는 말로 엄승상을 간악한 소인에 비하였으니, 이 글을 엄승상께 보이면 그가 천자께 아뢰어 법으로 다스리리니, 우리 두 사람이 어찌 백년 해로를 못하리오."

교씨가 크게 기뻐하여 제 뺨을 동청의 뺨에다 대어 교태를 부리며 말하였다.

"전일에 말씀하던 꾀는 위태하더니, 이는 남의 손을 빌어서 없이함이니 어찌 쾌치 아니하리오."
하고 은밀한 일을 꾀하니, 이런 악독한 여자가 어디 또 있을까?*

이런 악독한 여자가 어디 또 있을까 : 작가가 개입한 부분으로, 교씨의 못된 인간성을 꾸짖고 있다.

동청이 유한림의 글을 소매에 넣고 바로 엄승상 댁에 가서 뵈옴을 청하니, 엄승상이 들어오라 하였다. 동청이 말하였다.

"천생은 유한림학사 유연수의 문객입니다. 비록 그 집에서 머물러 있으나 그 사람의 의논을 듣자오니 늘 승상을 해치고자 하므로 늘 마음이 불안하였습니다. 어제는 연이어 술을 먹고 취하여 소생에게 이르되, '엄숭은 임금을 잘못 지도하는 소인이라' 하고, 또 지금 세상을 송나라 휘종(徽宗) 시절에 비하여 '비록 간하지 못하나 글을 지어 내 뜻을 표하리라' 하고, 이 글을 지어 쓰거늘 천생이 그 글 뜻을 물으니, 승상을 옛날 간신 진회(秦檜)*와 왕흠약(王欽若)*에 비유하여 쓴 글이라 하는데, 천생이 훔쳐서 승상께 드립니다."

이를 엄승상이 받아 보니 과연 옥배천서(玉杯天書)*란 문자가 있었다.

"유연수의 부자 홀로 내게 항복하지 아니하더니, 이제는 이렇듯 나를 놀리다니……. 정녕 죽고자 하는구나."

하고 엄승상이 그 글을 가지고 궐 안에 들어가,

"근래 기강이 풀어져 젊은 학사 국법을 두려워하지 아니하오니 심히 한심하온지라. 이제 성상이 법을 세워 계시거늘, 유한림 유연수가 감히 저를 옛날 간신배인 신원평(新垣平)*의 옥배와 왕흠약의 천서에 비유하여 욕하오니, 신이야 무슨 말씀하오리까마는 성주를 얕보니 국법을 보여 주옵소서."

하고 글을 받들어 천자에게 보이니, 천자 크게 노하여 유한림을 옥에 가두어 장차 사형을 내리려 하였다. 그러나 태우 서세가 상소하여

"충신을 죽이려 하시나 그 죄를 알지 못하오니, 그 글을 내리셔서 알게 하소서."

천자가 글을 보이고 말하였다.

진회 : 송나라 강녕 사람으로, 19년 동안 재상을 지내면서 충신과 장수를 많이 죽이고 자기 이익을 취했다고 함.
왕흠약 : 송나라 신유 사람으로, 진종 때에 벼슬이 동평장사에 이르고, 꿈에 신령이 천서를 태사에 내려 보냈다고 거짓말을 하여 산에 사당을 짓고 도사들을 동원하여 도교 책을 펴내는 일 등으로 나라일을 어지럽힘.
옥배천서 : 옥으로 만든 술잔과 하늘에서 내려온 글. 나라의 기강이 문란함을 일컫는 말.
신원평 : 중국 한나라 문제 때 사람으로, 장안 동북쪽에서 신기가 있어 오색이 찬란하니 사당을 세우라 하여 위양오제묘를 세워 벼슬이 상대부가 되는 등 갖은 거짓말을 하여 결국 죽음을 당함.

"유연수가 간신배 이야기로 나를 얕잡아 보니, 어찌 죽기를 면하리오."

서세가 말하였다.

"이 글을 보니 천서와 옥배로 천자를 우롱함이 분명치 아니하고, 한나라 문제와 송나라 진종은 태평성군이라. 유연수가 죄를 입었으나 죽을 죄는 아니오니, 어찌 밝게 살피지 않으십니까?"

임금이 잠자코 있으니, 엄승상이 불평하나 남의 이목을 가리우지 못하여 착한 체하여 아뢰어 말하였다.

"학사의 말이 이 같으니 유연수를 귀양 보냄이 마땅하여이다."

천자가 허락하시니 엄승상이 분부하여,

"행주로 귀양 보내라."

하고 돌아오니, 동청이 엄승상에게 말하였다.

"간하는 말이 있어 죽이지는 못하였으나 행주는 토양이 사나워 북방 사람이 가면 살아오는 이 없으니 칼로 죽이는 것이나 다름이 없도다."

동청이 기뻐하였다. 이 때 유한림이 귀양을 하게 되니, 교씨가 비복을 거느려 성 밖에 나아가 짐짓 슬피 통곡하는 체 이별하였다.

"유한림께서 먼 곳으로 고생길을 떠나시는데 첩이 어찌 혼자 있으리요. 상공을 쫓아 생사를 함께 하려 하나이다."

하니 유한림이 말하였다.

"그대는 집을 잘 지키고 제사를 받들고 아이들을 잘 길러 주시오. 인아는 비록 사나운 어미의 소생이나 골격이 비범하니 거두어 잘 기르면 내 죽어도 눈을 감을 것이오."

이에 교씨가 말하였다.

"상공의 자식이 곧 첩의 자식이라, 어찌 봉추와 달리하여 박대하오리까."

"부디 그렇게 부탁하오."

하며 유한림은 재삼 부탁하고 비복 몇 명을 데리고 먼 귀양길을 떠났다.

그 후 동청은 엄승상의 세력으로 진유현 현령으로 출세하여 부임하게 되니,

교씨에게 사람을 보내어 기별하였다.

기별을 받은 교씨는 매우 기뻐하며,

"사촌형이 먼 시골에 살더니 이제 병들어 죽었다고 기별이 왔기로 간다."

하고, 봉추와 인아, 심복 시비들만 데리고 길을 떠나니, 그들 탕아 동청과 음부 교씨는 서로 만나 저희들 세상이라 기뻐하며 어찌할 줄을 몰랐다.

"인아는 원수의 자식인데 데리고 가서 무엇하겠소."

동청이 말하자 옳게 여기고 시비 설매를 시켜 어린 인아를 물 속에 넣어 죽이도록 시켰다.

설매는 그 말을 듣고 인아를 안고 물가에 오니 아이가 오히려 깊이 잠들었거늘, 차마 죽일 수 없어 스스로 눈물을 흘렸다.

"사씨의 성덕이 저 물 같거늘, 내 무상하여 그를 모해하고 이제 또 그 아들마저 해하면 어찌 천벌이 없으리오."

하고 인아를 강가의 숲에 감추어 두고 와서 거짓말로 교씨에게 고하였다.

"아이를 물 속에 넣었더니 물 속에서 잠깐 들락날락하다가 가라앉고 보이지 않았습니다."

이에 교씨와 동청은 기뻐하며 배에 올라 술을 부어 서로 권하고 거문고를 타며 노래를 부르며 놀았다. 동청은 육지에 내려 옷을 갖추고 진유현에 도임하였다.

한편 유한림은 귀양의 길을 떠난 후 자기의 과오를 깨닫고 후회하여 마지않았다. 이때부터 주야로 심화가 가슴을 태워 병에 눕게 되어 위중하게 되었다.

그러던 중 하루는 비몽사몽간에 한 노인이 와서 꿈에 나타나,

"유한림의 병이 위중하시니 이 물을 잡수시고 쾌차하시기 바랍니다."

하며 물병을 마당에 놓고 홀연히 떠나가 버렸다.

유한림이 이상한 꿈이라고 생각하고 있을 때 이튿날 아침 노복이 뜰을 쓸다가 놀라며 중얼거리는 소리가 들렸다.

"뜰 마른땅에서 웬 물이 솟아날까? 참 이상도 하다."

이에 유한림이 창을 열어 보니 꿈에 노인이 물병을 놓고 간 자리에서 물이 솟아 나오고 있었다. 유한림은 꿈을 생각하고 물을 떠 오라 하여 먹어 보니 맛이 달고 시원해서 감로수처럼 좋았다. 그 후 유한림의 병은 깨끗이 나았으며 그 지방 수토병(水土病)*이 없어지고 이에 감격한 사람들은 그 우물을 학사천(學士川)이라 하였다.

진유현에 도착한 동청은 백성들에게 세금을 가혹하게 착취하고 그것도 부족하여 엄중하게 글을 올려,

"진유현령 동청은 머리를 숙이고 두 번 절하며 승상께 글월을 올립니다. 소생이 약한 정성을 다하여 승상을 섬기고자 하나 고을이 작아서 재물이 부족하므로 마음과 같이 못 하오니 보배와 금은이 많은 남방의 관원을 하오면 정성을 다하여 섬기겠습니다."

하였다. 엄승상이 기뻐하여 즉시 남방의 큰 고을에 부임시키려 천자에게 여쭈니, 천자가 계림 태수에 부임하게 하였다.

유한림이 풀려나서 교씨의 죄를 알게 되다. 때마침 황제가 태자를 책봉하는 날이라 유한림도 그 은혜를 입어 유배에서 풀려나 친척이 있는 무창 땅으로 향하였다.

여러 날 길을 가다가 피곤하여 장사 땅의 어느 나무그늘 아래에서 잠시 쉬고 있었다.

'내 신령의 도움을 입어 병이 낫고 또 은사를 입어 돌아오니, 서울에 가서 처자를 데려다 고향에 돌아와 농부가 되리라.'

하고 있는데, 갑자기 어마어마한 행차가 있기에 자세히 보니 간악한 동청의 행차였다.

"아니, 저놈이 어떻게 높은 벼슬을 하고 이 지방을 행차할까? 아하, 저놈이

수토병 : 물과 토질로 인해 생기는 병.

천하의 세도가 엄승상에게 아부하여 저런 출세를 하였구나."

분노를 느끼며 자신을 부끄럽게 생각하였다.

이 때 맞은편 집에서 여자 한 명이 나오다가 주점에서 점심을 먹는 유한림을 보고 놀라면서 물었다.

"유한림께서 어떻게 이런 곳에 와 계십니까?"

자세히 보니 다름 아닌 사씨의 시녀 설매였다.

"나는 은사를 입고 귀양이 풀려서 황성으로 돌아가는 길이다만 너는 이 곳에 어떻게 왔느냐? 그래, 그 동안 집안은 평안하냐?"

"대감님, 이리 오세요."

설매는 급히 유한림을 모셔 사람 없는 곳으로 가서 눈물을 흘리며,

"어찌 한 입으로 다 아뢰오리까. 상공이 아까 지나간 행차를 누구의 것으로 아십니까?"

"동청이 무슨 벼슬을 하여 가나 보더라."

"뒤에 가는 행차는 누구의 것인 줄 아시나이까."

"그는 아마 동청의 아내가 아니겠느냐?"

"동청의 아내가 곧 교낭자입니다. 소비도 따라가더니 말기가 떨어져 옷을 갈아입으려 하여 이 주점에 들렀다가 상공을 뵈올 줄 어찌 뜻하였겠습니까?"

유한림이 다 듣고 난 뒤 정신을 잃고 한참 동안이나 있다가 말하였다.

"세상 일이 참으로 기구하구나. 아무튼 이야기나 자세히 해 보라."

유한림이 비통한 안색으로 재촉하자 설매 흐느껴 울며,

"소비는 하늘을 속이고 주인을 저버린 죄가 천지에 가득하오니 유한림께서 너그러이 용서하여 주십시오."

"내 지난 일을 탓하지 않을 테니 사실대로 숨기지 말고 말하라."

"그 동안의 일은 모두 교씨가 꾸민 간계였습니다. 유한림께서 귀양가시게 된 것도 동청과 교씨가 엄승상에게 참소하여 꾸민 농간이었습니다. 또 교낭자 투기와 형벌을 일삼아 시비를 위협하니, 소비도 죽을 고초를 많이 당하였

습니다."*

하고 설매가 팔뚝을 걷어 악형 당한 흉터를 내보였다.

"사씨를 저버리고 교낭자를 섬긴 것은 어머니를 버리고 범의 입에 들어감이라. 소비가 무엇을 알리까. 다만 납매의 꾀임에 빠지고 돈에 팔렸으니 만 번 죽더라도 죄를 면하지 못할 것입니다."

유한림이 다 들은 뒤에,

"인아는 어찌 되었느냐."

하고 묻자, 설매가 말하였다.

"교씨가 소비에게 공자를 물에 넣으라 하여, 차마 그렇게는 못하고 갈대 수풀에 감추어 두고 왔사오니 혹시 근처에 사람이 지나다 거두어 키우시는가 하나이다."

유한림이 잠깐 안색을 피며 말하였다.

"다행히 너의 그 갸륵한 소행으로 인아가 살았다면 너는 그 애의 생명의 은인이다. 그러나 내 사람답지 못하여 음부에게 속아 무죄한 처자를 보전하지 못하니 무슨 면목으로 세상에 서겠오."

"밖에 저를 데리러 온 사람이 있으니 지체하면 의심받습니다. 떠나기 전에 급히 한 말씀 아뢰겠습니다. 어제 익주에서 들은 소식인데 부인께서 장사로 가시다가 풍랑을 만나 물에 빠져 돌아가셨다는 말도 있고, 어떤 사람의 도움으로 살아 계시다는 풍문도 있으니 유한림께서 수소문하여 알아보십시오."

하고 설매는 교씨의 행렬을 좇아갔다. 이에 교씨가 이상히 여겨 설매를 데리고 온 시비에게 물었다.

"어떤 관위와 이야기를 하느라고 이토록 늦게 되었습니다."

"그 사람이 누구더냐?"

"행주 땅에 귀양간 유한림이 돌아오는 길이었습니다."

교씨가 깜짝 놀라며 행차를 멈추고 동청과 함께 선후책을 상의하니 동청 역시 크게 놀라서 건장한 관졸 수십 명을 뽑아 유한림의 목을 베게 명하였다. 이런 소동이 일어난 것을 본 설매는 목을 메고 죽으니, 교씨가 알고 제 손으로 못 죽인 것을 안타까워하였다.

사씨와 유한림이 다시 만나다. 이 때 유한림이 길을 찾아가며 생각하였다.

'내 교씨의 간교한 말을 듣고 현명한 부인 사씨를 멀리하고 자식까지 잃어버리고 정처없이 떠돌게 되었으니 만고에 죄인이라. 무슨 낯으로 지하에 돌아가 부인과 자식을 대하리오.'

하다가 설매의 기막힌 소식을 듣고 악주에 이르러 강가를 배회하다 한 노인을 만나 물으니,

"모년 모월 모일에 한 부인이 두 여자를 데리고 악양루에 올라 밤을 지새고 장사로 가더니 그 뒷일은 알지 못하노라."

하니, 유한림이 더욱 슬퍼하여 강가로 두루 찾아 다녔다. 그때 문득 길가에 큰 소나무 껍질을 깎고 큰 글씨로 '모년 모일 사씨 정옥은 이 곳에 눈물을 뿌리고 강물에 몸을 던졌다.'고 쓴 것을 발견하고 통곡하며 울다 정신을 차리고 사씨의 넋이라도 위로하려고 길가 술집에 들어가 방을 빌려 제문을 지으려고 하였다. 이 때 밖에서 장정 수십 명이 칼과 창을 가지고 들이닥치면서 외쳤다.

"유연수만 잡고 다른 사람은 상하지 말라."

유한림이 놀라 뒷문으로 도망쳐서 방향도 없이 허둥지둥 날아났다. 그러나 얼마 가지 않아서 큰 물이 가로 놓였으므로 진퇴양난(進退兩難)*하여 물에 몸을 던지려는 순간, 문득 배 젓는 소리가 은은히 들려 와 소리나는 곳으로 허둥지둥 달려가면서 요행을 하늘에 빌었다.

진퇴양난 : '이러기도 어렵고 저러기도 어려운 매우 난처한 처지에 놓여 있음'을 이르는 말.

동정호 수월암에서 사씨를 보호하고 있던 묘혜가 하루는,

"부인, 오늘이 사월 보름날인데 그 전에 하시던 말을 잊으셨나요?"

속세와 인연을 끊은 사씨는 그 중요한 사월 보름날의 일도 잊고 있었다.

그러던 중 묘혜의 말을 듣고 백빈주에 배를 저어 가면서 슬픈 회포에 사로잡히게 되었다.

유한림은 배를 향하여 빨리 사람 살려 달라고 구원을 청하였다.

베를 젓던 묘혜가 백빈주 물가로 배를 대려고 하자, 사씨가 말리면서,

"저 사람의 음성이 남자인데 태워도 괜찮겠습니까?"

"눈앞에 죽을 사람을 어찌 구하지 않겠습니까?"

하며 배를 물가에 대니 유한림이 배에 뛰어오르며 애원하였다.

"도적놈들이 쫓아오니 빨리 배를 저어 주시오."

말을 마치자 도적이 크게 외치며,

"배를 도로 대어라. 그렇지 않으면 너희들이 다 죽으리라."

하였으나 묘혜가 못 들은 척하고 배를 빨리 저어 갔다.

이리하여 유한림은 위기를 모면하고 배 안의 사람을 보니 뜻밖에도 두 사람의 여자였다.* 이 때 배 안에 있는 소복 차림의 젊은 여자가 유한림을 보더니 울음을 터뜨렸다. 유한림이 이상히 여기고 자세히 보니 자기의 아내 사씨가 분명하지 않는가.

"부인을 여기서 만나다니 이게 어찌 된 일이오. 뜻밖에 만난 부인에게 내가 이제 무슨 낯을 들어 부인을 대하겠소. 이 어리석은 연수의 잘못을 탓하시오."

남편의 이런 뉘우치는 말을 듣고 감사하며,

"유한림께 이런 말씀을 듣지 못하였으면 죽어도 어찌 눈을 감았겠습니까?"

하며 부인은 울고만 있었다. 서로 죽은 줄 알았다가 만난 부부는 반갑기보다도 어린 인아의 생사로 새로운 슬픔에 사로잡혀 오열하였다.

이리하여 유한림은 위기를 ～ 두 사람의 여자였다 : 사씨는 꿈에 나타났던 유공의 말대로 6년 후 백빈주에서 사람을 구하게 된다. 그 사람이 바로 유한림이며, 이번의 만남으로 두 사람은 그 동안의 오해를 풀게 된다.

수월암에 도착한 유한림이 부인을 보고 말하였다.

"내 낯을 들고 부인을 보니 부끄러움을 이기지 못할지라 무슨 말을 하리오. 그러나 부인은 정신을 진정하여 나의 변명을 들으시오."

유한림은 부인이 집을 떠난 후 요사한 무리가 한 일을 다 이르며, 교씨가 십랑과 함께 방자하자던 말이며 또 설매가 옥반지를 도적하여 동청을 주고 동청이 냉진을 보내어 유한림을 속여 이르던 말을 다 하니, 사씨가 눈물을 흘려 말하였다.

"상공이 이 말씀을 아니하셨으면 첩이 저승에 돌아간들 어찌 눈을 감으리까."

유한림이 장주를 죽이고 설매로 하여금 춘방에게 미루던 말이며 동청이 엄승상에게 밀고하여 자기를 사지에 보낸 말과 교씨가 집안 보물을 다 가지고 동청을 따라간 말을 이르니 사씨가 잠자코 말이 없었다. 유한림이 또 탄식하여 말하였다.

"다른 것은 그만이지만, 인아는 부인을 잃고 또 아비를 잃어 강물 속의 혼령이 된 듯하니 어찌 슬프지 아니하리오."

하고 눈물이 비 오듯 쏟아지니, 사씨가 이 말을 듣고 '애고' 한 마디 소리에 곧 기절하자 유한림이 말하였다.

"설매의 말을 들으니 제 차마 죽이지 못하고 물가 수풀에 던졌다 하니, 혹시 하늘이 살펴 다행히 살았으면 하오."

사씨가 울며,

"설매의 말을 듣고 어찌 믿으며, 설사 숲에 두었더라도 어찌 살기를 바라리오."

이렇듯 슬픔을 이기지 못하다가 유한림이 물었다.

"회사정에 있는 필적을 보니 부인이 물에 빠짐이 분명하므로 길가 여관에서 제문을 짓다가 동청이 보낸 무리를 만나 꼭 죽게 되었소. 뜻밖에 부인이 구해 주어 살아났는데 부인은 어디에서 여기까지 왔으며 어찌 배를 저어 나를 구하셨소."

"첩이 선산 묘 아래에 있을 때 도적이 위조 편지를 하여 위급한 화를 당하게 되었는데, 시부가 꿈에 나타나셔서 모년 모월 모일에 배를 백빈주에 매어 급한 사람을 구하라 하셨지요. 이 말씀을 일일이 전하며 다행히 저 스님을 만나 여태껏 의지하였다가, 오늘 저 스님의 덕택으로 상공을 구하였습니다. 회사정의 글은 죽으려 할 때 썼으나 저 스님의 구원으로 명을 보전하게 되었습니다. 이에서 상공을 만날 줄이야 어찌 뜻하였으리오."

"묘혜 스님의 은혜 태산 같도다."

하고 묘혜를 향해 절하며 감사하였다.

묘혜가 사양하며 말하였다.

"상공과 부인의 천명이 거룩하심이니 어찌 소승의 공이리까. 그러하오나 여기는 오래 말씀할 곳이 아니니 암자로 가십시다."

객당으로 돌아와 유한림이 사씨에게 말하였다.

"이제 범의 입을 벗었으나 의지할 곳이 없으니, 무창으로 가서 약간의 전량을 수습하여 앞일을 정하여, 서울로 올라가서 가묘를 모시고 전 죄를 용서받고자 하니 부인이 동행하여 주기를 바라오."

"유한림께서 저를 더럽다 하시지 않으면 제가 어찌 거역하겠습니까? 쫓겨난 이 몸이 다시 들이기는데 예절이 있어야 하지 않을까 합니다."

"아, 내가 너무 급하게 생각한 모양이오. 내가 먼저 가서 묘를 모셔 오고, 다시 소식을 수소문한 후에 예를 갖추어서 데려가리다."

하며 유한림은 변장을 하고 길을 떠났다.

한편 동청은 교씨를 데리고 계림 태수로 부임하여 심복 부하 냉진을 시켜 행인의 물건을 약탈하는 것을 일삼았다. 교씨가 계림에 간 지 얼마 되지 않아 봉추가 병들어 죽으므로 어미의 정으로 번민하였다.

그러던 중 냉진이 서울에 와서 보니 엄승상의 권세가 이미 무너진 때였다.

이에 놀란 냉진은 화가 미칠 것을 두려워하여,

"동청의 죄악이 많으니 사람들이 모두 엄승을 두려워하여 감히 말을 못하였는데, 이제 이렇게 되었으니 마땅히 꾀를 쓰리라."

하고, 동문고를 울려서 동청의 행실을 알리니 법관이 천자께 알려 천자가 대로하시며 동청을 잡아 네거리에서 극형을 처하였다.

냉진은 후한 상금을 받고 교씨를 데리고 부부 행세를 하였다.

뒤늦게 잘못을 깨달은 천자는 엄승상의 잔당을 삭탈하고 유한림을 이부 시랑으로 삼고, 과거를 실시하여 인재를 천하에 구하니, 사씨의 동생도 급제하여 영화를 누리고 있었다.

사씨와 유한림이 집으로 돌아오다. 사씨가 예전에 남방으로 행할 때에 사공자가 소문으로 대강 들어 알았으나, 그때에 두추관이 또한 자리를 옮겨 성도로 가매 사공자가 미처 서신도 부치지 못하고, 또 사씨의 고초를 알지 못하므로, 배를 타고 촉나라로 들어가 만나 보려 하였다. 마침 그때 들으니 두추관이 순천부사를 하였다 하고, 과거날이 가까웠으므로 두추관이 오기만 기다리렀다. 이 때 마침 순천부사 상경하였다 하니, 사공자가 즉시 찾아가서 누이 소식을 물으니, 부사가 눈물을 흘리며 말하였다.

"나도 소식을 듣지 못하였도다. 내가 장사에 있을 때에 부인이 남으로 가는 배를 얻어 내게 의지하고저 하다가 중간에서 낭패하여 물에 빠지려 하였다 하니, 나도 소식을 알고자 하여 사람을 보내어 두루 찾았으나 아득하였다. 그 곳 사람이 이르니, '유한림이 이 곳에 와서 사씨의 빠져 죽으려고 써놓은 필적을 보고 슬픔을 못 이겨 제사를 지내려 하다가 그 날 밤에 도적에게 쫓기어 어디로 갔는지 모르노라'고 했소. 이제 조정에서 유한림을 찾으려 해도 누구 하나 아는 사람이 없구려."

사공자가 이를 듣고 통곡하였다. 두부인이 사공자를 청하여 위로하며 사람을 보내어 각 처로 알아보고자 하였다. 마침 과거날이 다 되어 사공자가 둘째 방에 뽑히고 즉시 강서 남창부 추관을 하게 되었다. 남창은 장사에서 멀지 않은 곳이라, 사공자는 벼슬보다 누이의 거처를 알게 되었음을 못내 기뻐하여 즉시 가족을 거느리고 부임하였다.

유한림이 성명을 감추고 행세하니 아는 자가 없었다. 유한림이 가족과 함께 농업을 힘써 양식을 군산 수월암에 보내어 부인에게 드리고 안부를 알아 오게 하였다.

가동이 돌아와 알렸다.

"부인은 무사하시고 악주 관문에 방이 붙어 상공을 찾거늘, 그 까닭을 물으니 옆 사람이 말하기를, '천자 유한림을 이부시랑으로 삼고 상공 종적을 몰라 곳곳에 방을 붙여 찾노라' 하니 소복이 감히 바로 알리지 못하였나이다."

유한림이 생각하기를,

'엄숭이 세도하면 내 어찌 이부시랑을 하리오. 아마 엄숭이 물러났나 보다.' 하고 무창에 나아가 태수에게 통지하니, 태수 반기며 급히 맞아 말하였다.

"천자께서 선생을 이부시랑으로 삼고 사명이 급하시더니, 이제야 어디에서 오시나이까."

유한림이 말하였다.

"소생이 성명을 감추고 다니더니, 천자께서 엄숭을 내치사 소생을 부르시는 말을 듣고 왔나이다."

하고, 사람을 군산에 보내어 부인에게 이 일을 알렸다. 이에 유시랑이 오래 머물지 못하여 역마로 올라갈 때, 남창부에 이르니 지방 관원이 모두 와서 명함을 드리거늘 시랑이 보니 그 중 한 사람이 사씨 동생 사경안(謝景顔)이라 하였다. 처음에는 서로 누구인지 몰랐다가 만났으나 얘기를 나누어 보지도 못하고 그 관원이 눈물로 얼굴을 가렸다. 이상하게 여겨 우는 까닭을 물으니 관원이 대답하였다.

"누이를 한 번 이별한 후 생사를 모르다가 이제 매형을 만나게 되오니 어찌 슬프지 않으리오."

시랑이 비로소 사공자인 줄 알고 반가이 손목을 잡으며,

"내 눈이 어두워 무죄한 그대의 누이를 내치고 간인의 화를 당함은 어찌 다

말하리오. 부인이 다행히 여승 묘혜의 도움으로 지금 군산 수월암에 편히 있나니 염려 말게나.”

“누이의 살아 계심은 매형의 복이요, 묘혜의 은혜로다.”

“그대는 마음을 너무 상하지 말라. 천은이 넓고 크사 다 갚기 어려운지라. 나의 박덕으로 어찌 이런 행복을 얻으리오.”

하고 서로 술을 권하여 이야기를 나누다가 이별하였다.

유한림이 다시 벼슬길에 오르게 되어 천자에게 나아가 말하였다.

“성은이 이와 같으시니 미신이 황송하여이다. 신이 부족하여 책임을 감당하지 못하겠으니, 벼슬을 거두시기 바라나이다.”

천자가 기뻐하며 말하였다.

“경의 뜻이 굳어서 특히 강서백을 삼으니 인심을 올바로 살펴보기 바라오.”

“황공하옵니다.”

하고 유한림이 궁에서 나와 집으로 돌아오니, 비복들이 모두 눈물을 흘리며 맞이하였다.

시랑이 사당에 참배하고 고모 두부인은 찾아 사죄하였다. 부인이 흐느껴 울며 이 몸이 살았다가 현질이 다시 귀달함을 보니 죽어도 한이 없다고 하였다.

“저의 죄는 만 번 죽어도 부족하나 다행히 부부가 만났으니 죄를 용서하십시오.”

두부인이 기뻐하며 말하였다.

“이는 다 현명한 조카의 액운이라. 옛말에 ‘현인은 복을 데리고 악인은 재앙을 만난다’ 하니 네 이게 회과자책(悔過自責)*하느냐.”

시랑이 전후 사연을 일일이 전하니 두부인이 눈물을 씻고 말하였다.

“이 같은 일이 어찌 세상에 또 있으리오.”

모든 친척이 시랑을 보고 축하하고, 비복들이 반기며 눈물을 씻었다. 시랑

회과자책 : 자기의 잘못을 뉘우치고 스스로를 꾸짖음.

이 가묘에 분향하고 조정에 영위를 모셔 강서로 떠날 때, 두부인이 사씨를 보고자 하여 눈물을 보내매 시랑이 또한 섭섭함을 이기지 못하였다.

이 때 사춘관이 누님을 데려오겠다 하여 허락하고 강가에 맞을 테니 먼저 가라 하였다.

사춘관이 미리 편지를 보내고 동정호의 군산섬에 이르니 사씨 부인이 미리 기다리고 있다가 기쁨을 감추지 못하고 묘혜 스님께 감사의 뜻을 전하고 유시랑이 보내온 예물을 전하고 이별을 하게 되니 서로 매우 슬퍼하였다.

일행이 강가에 이르니 유시랑이 기다리고 있었는데 환영하는 사람이 물가에 정렬하였다.

시비가 새 의복을 사씨에게 올리니 부인은 칠 년 동안 입었던 소복을 벗고 화려한 옷으로 갈아 입고 부부가 상봉하니 세상에 드문 경사였다. 뱃길로 고향집에 이르니 비복들이 감격으로 사씨를 맞이하였다.

사씨는 남편을 만나서 다시 유씨 가문의 주부가 되었다. 그러나 아들 인아의 생사를 알지 못한 채 새해를 맞으니 부인이 유시랑에게 속마음을 털어놓았다.

"후손을 위하여 다시 생남의 길을 마련할까 합니다."

"후손을 위하여 소실을 권하는 뜻은 고마우나 교씨로 인하여, 집안이 어지러웠으니 이찌 다시 잡인을 집안에 들여놓겠소."

"첩인들 어찌 짐작 못하리까마는 아직 인아의 생사를 모르고 장차 자손이 없으면 지하에 돌아가 무슨 면목으로 시부모를 뵈오리까."

"비록 그러하나, 부인의 나이가 아직 단산할 때가 아니니 그런 불길한 말씀은 그만두시오."

그리고 사씨가 생각하니,

'묘혜의 질녀 현숙하고 또 귀자를 둘 팔자라 하였으나, 그 나이를 헤아리건대 아마 벌써 성인이 되었으리라.'

하고 몹시 그리워하였다. 부인이 다시 유시랑에게 늙은 창두가 죽었다는 말과 황릉묘를 새 단장하기를 원하니, 유시랑이 즉시 목수에게 명하여 황릉묘를 단장하고 창두의 시체를 찾아서 관을 갖추어 다시 장사하고 묘혜와 임씨에게 금백을 후히 보내니, 묘혜는 즉시 수월암을 증축하고 군산 동구에 탑을 세워 이름을 부인탑이라 하였다. 차환 등이 황릉묘에 가서 화룡현 임씨 댁에 이르니, 그의 계모 변씨가 죽고 여자만 홀로 있었다.

시비가 보고 말하였다.

"낭자, 어찌 몰라보십니까. 나는 이전에 사씨를 모시고 장사로 갔던 시비 차환입니다."

그 여자가 그제야 깨닫고, 사씨의 안부를 묻고 누명을 벗고 시가로 돌아감을 듣고 크게 기뻐하였다. 차환이 채단과 서간을 드리니, 임씨가 감격하여 받고 글을 떼어 보니 감사의 뜻이 간절하였다. 임씨 또한 다시 한 번 만나 보기를 원하였다.

사씨가 아들 인아를 만나다. 한편 설매가 인아를 차마 물에 띄우지 못하고 가만히 강가 수풀에 놓고 가니, 인아 잠을 깨어 크게 울었다. 마침 남경에 장사하러 가던 뱃사람이 지나다가 인아를 보니 용모가 비범해 보이자, 배에 태워 주었다. 그러나 풍파를 만나 화룡현에 이르러 아이를 육지에 내려 놓고 갔다. 이 때 임씨 여자가 변씨와 함께 자다가 꿈 속에서 기이한 기운이 강가에 뻗치자 놀라 깨었다. 괴이히 여겨 급히 나와 보니 한 아이가 누워 있는데 용모가 뛰어났다. 이에 거두어 안고 들어오니 변씨가 크게 기뻐하여 고이 길렀다. 변씨가 죽고 장례를 마치니 동리 사람들이 그 영리함을 칭찬하며 청혼을 하나 임씨가 아직 출가하지 않음을 듣고 유시랑에게 청하였다.

"첩이 장사로 갈 때에 연화촌에 들어가 임씨 여자를 보니 극히 아름답고 양순하였습니다. 이 여자를 데려다가 가사를 맡기고자 합니다."

시랑이 마지 못하여 허락하니, 사씨가 이에 시비와 교부를 보내어 임씨를 데려오게 하였다. 임씨가 아이를 데리고 이르러 사씨를 보고 반가워하였다.

"임씨 얼굴이 아름답고 덕성이 뚜렷하니 어찌 다행한 일이 아니리오마는,

내가 부인께 정이 감할까 두렵소이다.”

사씨가 웃고 대답하지 않았다.

하루는 인아의 유모가 임씨의 방에 들어가 눈물을 흘리며 말하였다.

“전에 시비의 전하는 말을 들으니, 낭자의 동생이 우리 공자와 같다 하오니 한 번 보고자 하나이다.”

임씨가 이 말을 듣고 의심이 나서 물었다.

“공자를 어느 곳에서 잃었느뇨.”

“순천부에서 잃었나이다.”

임씨가 생각하기를,

‘순천부가 상거 천 리인데, 어찌 남경으로 왔으리오.’

가장 의심이 나서 시비를 불러 인아를 데려오니 유모가 눈을 들어 인아를 보니 공자와 같았다. 유모가 크게 반겨 눈물이 비 오듯 하니, 임씨가 말하였다.

“이 아이는 과연 어머니의 소생이 아니라. 모년 모월 모일에 버린 아이를 얻으니 용모가 뛰어나기에 거두어 남매가 되었으니, 만일 얼굴이 공자와 같다면 무슨 까닭이 있는 것인가?”

인아가 유모를 보고 울며 말하였다.

“유모는 나를 알시 못하느냐?”

유모가 이 말을 듣고 슬퍼하여 말하였다.

“이는 반드시 우리 공자로다. 그렇지 아니하면 어찌 이 말을 하리오.”

유모가 크게 기뻐하며 급히 사씨에게 전하니, 사씨가 이 말을 듣고 급히 임씨 방에 와 공자를 보았다.

“네 나를 알겠느냐?”

인아가 자세히 보다가 사씨의 가슴에 안기며 울었다.

“어머니는 소자를 몰라보십니까? 소자, 어머니께서 집안을 떠나신 후로 늘 생각하였습니다. 서모가 나를 버리고 멀리 가옵다가 소자의 잠든 사이에 강가 수풀에 버리고 갔습니다. 소자가 깨어 우니 어떤 사람이 배를 타고 가다가 나를 보고 데려가더니, 또 남의 집 울밑에 놓고 가자, 저의 양어머니가 나를 거두어 길러주어 전보다 이 한몸이 편안하였습니다. 뜻밖에 이 곳에서 어머니를 뵈오니 이제 죽어도 한이 없겠습니다.”

부인이 이 말을 듣고 기뻐하며 인아를 안고 대성통곡하였다.

“이것이 생시냐, 꿈이냐. 내 너를 다시 보지 못할까 하였더니, 오늘날 보게 되니 이 어찌 하늘의 도우심이 아니리오.”

하고 곧 유시랑에게 인아를 찾았다고 알리니, 유시랑이 급히 들어와 그 자초지종을 다 듣고 함께 기뻐하며 임씨를 향하여 칭찬하였다.

“오늘날 부자 상봉하고 즐김은 다 그대의 공이라. 어찌 은혜 적다 하리오. 이 뒤로부터 나의 설움이 없으리로다.”

임씨가 축하하며 말하였다.

“오늘 부자 상봉하심은 존문 은덕이시니, 어찌 첩의 공이리까. 사부인의 인자하심에 하늘이 감동하심이로소이다.”

시랑이 또한 그 말을 옳다 하였다. 모두가 인아를 보니 장부의 체격이 발원하여 그 떠날 때보다 준수함을 더욱 칭찬하고, 친지가 모두 이르러 치하하고 모든 비복이 기뻐하였다. 유시랑이 임씨를 사씨 다음으로 소중히 여기고, 사씨가 또한 임씨를 동기같이 사랑하였다. 임씨도 또한 사씨를 극진히 섬겼다.

교씨는 벌 받아 죽고, 사씨는 영화를 누리다. 한편 교씨는 냉진과 살다가 냉진이 도적을 사귀다가 괴수로 잡혀 죽자, 도망하여 낙양에 이르러 창기가 되어 이름을 칠랑(七娘)이라 하였다.

낙양 사람이 교녀를 모를 이 없더니, 사시랑 댁 사환이 낙양에 왔다가 칠랑의 유명함을 듣고 청루에 이르러 자세히 보니 과연 교씨였다. 즉시 사부에 돌아와 유시랑에게 소식을 전하니, 유시랑이 크게 분하여 사씨를 청하여 말하였다.

“내 교녀를 잡아 못할까 절통하더니, 이제 낙양 청루에서 창기 노릇을 한다 하니 내 이년을 잡아 벌하고자 하노라.”

사씨 또한 교씨에 대한 미움이 가시지 않았다. 부인이 인아를 만난 후 다시 시름이 없고 시랑이 또한 만사에 시름이 없어 백성을 잘 다스리니, 백성이 농업에 힘쓰고 학업을 부지런히 하여 모든 것이 무사하였다. 천자가 이를 듣고 예부상서로 부르니 유상서가 이에 가족을 거느리고 올라갈 때, 서주에 이르렀다. 그 곳에서 매파와 상의하였다.

매파가 교씨를 보고,

"이제 예부상서로 올라가는 상공이 낭자의 이름을 듣고 저를 불러 분부하시니, 상서는 거룩한 재상이요 또 시비의 전하는 말을 들으매 '부인은 신병으로 집을 다스리지 못한다' 하니 낭자가 들어가면 어찌 부인과 다르겠는가."

이에 교씨 생각하기를,

'내 비록 의식의 부족함이 없으나 나이 점점 많아지니 어찌 종신 의탁할 곳을 생각하지 아니하리오.'

하고 교씨를 경축 잔치에 청하니, 교씨는 그저 아무것도 모르고 기뻐하기만 하였다.

이 때 유상서는 급히 서울에 이르러 천자를 뵙고 집에 돌아와 친척을 모으고 축하할 때, 사씨와 임씨를 불러 두부인께 뵈오라 하였다.

"오늘 이 즐거운 잔치에 여흥이 없으면 심심할까 합니다. 노상에서 명창(名唱)을 얻어 왔으니 한 번 구경하시오."

하고, 좌우를 명하여 교칠랑을 부르라 하니, 이 때 교씨가 기다리다가 오라는 명령을 듣고 집 안에 들어갈 때, 교씨가 크게 놀라 말하였다.

"이 집이 유한림 댁인데 어찌 이리 오는가?"

시비가 말하였다.

"유한림이 귀양 가시고 우리 상공이 들어 계십니다."

교씨가 놀람을 진정하고,

"내 이 집이 인연이 있도다. 이번에도 마땅히 백자당에 거처하리라."

하더니 시비가 교씨를 이끌어,

“상공과 부인을 뵈오라.”

하니, 교씨가 눈을 들어서 좌중을 보니 유연수 문중의 일족이었다. 벼락을 맞은 듯이 땅에 엎드려 슬피 울며 목숨을 살려 달라 애걸하나, 유상서가 교씨의 비굴한 행동에 더욱 노하여 크게 꾸짖었다.

“네 이년, 네 죄를 네가 알렸다?”

교씨가 머리를 숙이고 애걸하여 말하였다.

“어찌 모르리까마는 죄를 용서하소서.”

“네 죄가 한둘이 아니니 음부는 들어 보아라. 처음에 부인이 너를 경계하여 음란한 풍류를 말라 함이 또한 좋은 뜻이었는데, 너는 도리어 모함하여 나를 속였으니 죄 하나요, 십랑과 함께 요괴한 방법으로 장부를 속였으니 죄 둘이요, 음흉한 종과 함께 뜻을 모았으니 죄 셋이요, 스스로 방자하고 부인께 미루니 죄 넷이요, 동청과 정을 통하고 집안의 이름을 더럽혔으니 죄 다섯이요, 옥반지를 도적하여 냉진을 주어 부인을 모해하니 죄 여섯이요, 네 손으로 자식을 죽이고 큰 죄를 부인께 미루니 죄 일곱이요, 간부와 동무하여 가장을 사지(死地)에 귀양 보내니 죄 여덟이요, 인아를 물에 넣어 죽게 하니 죄 아홉이요, 겨우 부지하여 살아오는 나를 죽이려 하니 죄 열이라. 음부 천지간에 큰 죄를 짓고 오히려 살고자 하느냐?”

교씨가 머리를 두드리고 울며 말하였다.

“이 모두 첩의 죄이오나 장주를 해친 것은 설매의 일이요, 도적을 보냄과 엄숭에게 고자질한 것은 동청의 일이옵니다.”

하고 사씨를 향하여 울며,

“첩이 실로 부인을 저버렸거니와, 오직 부인은 대자대비하신 덕으로 천첩의 목숨만 살려주옵소서.”

사씨가 눈물을 흘리며 말하였다.

“네가 나를 해치려 한 것은 죽을 죄가 아니나 상공에게 죄를 지었으니 내 어찌 구하리오?”

상서가 더욱 노하여 시동(侍童)*에게 엄명하여 교씨의 가슴을 칼로 찢어 헤치고 심장을 꺼내라 하니, 사씨가 이를 말렸다.

"비록 죄 중하오나 상공을 모신 지 오래니 죽여도 시체를 완전히 하소서."

상서가 부인의 권고에 감동하여 동쪽 저자거리에 잡아내려다가 만인의 보는 앞에 죄를 들어 알리고 타살한 후에 동편 언덕에 잘 묻어 주었다. 사씨가 춘방의 안타까운 죽음을 애석히 여겨 상서께 말하여 그 뼈를 찾아다 묻어 주었다. 십랑을 벌하고자 하니 연전에 벌써 죄를 지어 옥중에서 죽었다 하였다.

임씨가 유씨 문중에 들어온 지 십 년이 지나는 동안에 아들 삼 형제를 낳았는데 모두 옥골선풍(玉骨仙風)*이었다. 큰아들의 이름은 웅이요, 둘째 아들의 이름은 준이요, 셋째의 이름은 난이니, 부형을 닮아서 모두 뛰어났다. 천자가 유상서의 벼슬을 높여 좌승상을 내리시니, 황후 또한 사씨의 공덕을 들으시고 자주 보시니 유문의 영광이 비길 데 없었다. 또 사추관이 높은 벼슬에 이르니, 그 거룩함이 한 세상에 으뜸이었다. 유승상 부부는 팔십여 세를 편안히 누리고, 그 후 대공자는 병부상서에 이르고, 유웅은 이부시랑을 하고, 유란은 태상경을 하여 조정에 있었으니, 임씨도 행복을 누려서 사씨 부인을 모시며 안락한 세월을 보냈다.

사씨가 『내훈(內訓)』* 십 편과 열녀 전 삼 권을 지어 세상에 전하고 며느리 등을 가르쳐 착한 도(道)에 나아가게 하였다. 이렇게 착한 사람은 복을 받고 악한 사람은 앙화(殃禍)*를 받는 법이다.*

시동 : 지체 높은 사람 밑에서 시중들던 아이.
옥골선풍 : 살빛이 희고 고결하여 신선과 같은 풍채.
내훈 : 역대 왕비의 말과 행실의 귀감이 될 만한 것을 7편 모아 한글로 해석해 놓은 책. 덕종의 비 한씨가 지음.
앙화 : 지은 죄의 갚음으로 받는 온갖 재앙.
이렇게 착한 사람은 ~ 앙화를 받는 법이다 : 이 글의 주제를 소설 끝부분에 선명하게 제시하고 있다.

갈래 | 한글 소설, 가정 소설, 풍간 소설
성격 | 사실성(史實性), 풍자적, 비유적
연대 | 조선 숙종 때
배경 | 시간적-중국 명나라 세종 때
　　　공간적-중국 금릉 순천부
특징 | 우연성이 개입, 꿈을 적극적으로 활용
시점 | 전지적 작가 시점
주제 | 사씨와 교씨의 행적을 통한 인간 행동의 옳고 그름과,
　　　인현왕후 폐위의 부당함을 일깨워 줌.

구성과 내용

❶ 발단 | 사씨와 유한림의 혼인 – 명나라 세종 때 유현이 늦게 아들 연수를 얻지만 부인 최씨가 일찍 세상을 떠난다. 연수는 15세에 장원 급제하여 한림학사가 되고, 사씨와 혼인한다. 유공이 병으로 죽자 이들 부부는 삼년상을 치른다.

❷ 전개 | 교씨가 첩으로 들어옴 – 사씨는 유한림과 10년 가까이 자녀가 없자, 교채란을 첩으로 맞이한다. 교씨는 반 년 후 잉태하고 부적을 써서 아들 장주를 낳고, 유한림의 사랑을 독차지한다. 그 후 사씨도 아들 인아를 낳는다. 그러자 교씨가 사씨를 모함하기 시작하고, 유한림도 판단력이 흐려져 간다.

❸ 위기 | 쫓겨난 사씨의 고난 – 사씨가 친정에 간 사이 교씨는 동청과 사씨 쫓아낼 궁리를 한다. 교씨는 사씨의 옥반지를 훔쳐 사씨의 부정을 꾸며, 유한림이 사씨를 의심하게 만든다. 교씨는 둘째 봉추를 낳고, 사씨를 없애려고 아들 장주를 죽인다. 결국 사씨는 쫓겨나고, 교씨가 정부인이 된다. 사씨는 시부모 묘소 근처에서 지내다가 납치될 뻔하나, 유공이 꿈에 나타나 구해 준다.

❹ 절정 | 사씨가 위기에 빠진 유한림을 구출함 – 사씨는 수월암에서 지낸다. 유한림이 교씨를 의심하게 되자, 교씨와 동청이 일을 꾸며 유한림을 귀양 보낸다. 귀양간 유한림은 꿈에 나타난 노인의 도움으로 병이 낫는다. 그리고 귀양에서 풀려나 황성으로 가던 중 동청의 행차를 보고, 전에 시비로 있던 설매에게서 모든 일을 듣는다. 유한림은 교씨가 보낸 자객들을 피해 백빈주로 갔다가 사씨의 구원을 받는다.

❺ 결말 | 사씨와 유한림의 부귀영화 – 7년 만에 집에 돌아온 사씨는 유한림에게 묘혜의 조카 임씨를 첩으로 추천하고, 아들 인아도 만난다. 교씨는 칠녀라는 창기가 되고, 이 사실을 안 유한림은 교씨를 죽인다. 그 뒤 유한림은 좌승상이 되고, 사씨와 80여 세를 편안히 누리다 죽는다.

작품 줄거리

중국 명(明)나라 세종 때 금릉 순천부에 사는 유현은 늦게야 아들 연수를 얻는다. 그러나 유씨의 부인 최씨는 연수를 낳고 세상을 떠난다. 연수는 10세에 향시 장원을 하고 15세에 장원 급제하고 한림학사가 된다. 유현은 아들을 현명한 사급사 댁 딸과 혼인을 하기로 하고 관음찬을 쓰게 하여 그의 능력을 시험한다. 아름다운 용모를 가진 사정옥은 결국 유연수와 결혼을 하게 된다. 결혼 후 유공은 병으로 죽게 되자 유연수와 사씨는 정성껏 삼년상을 치른다.

사씨는 유한림과 금슬은 좋으나 10년이 넘어도 자녀가 없자, 사씨는 유한림의 반대를 무릅쓰고 교채란이라는 16세의 자색이 고운 여자를 첩으로 맞이한다. 모든 사람이 교씨를 칭찬하고, 반 년 후 잉태한다. 교씨는 십랑이라는 무당을 불러 복중의 아이를 아들로 바꾸기 위해 부적을 써서 결국 아들 장주를 낳는다. 교씨는 유한림의 사랑을 차지하기 위해 당시에 여자가 배울 수 없는 음률을 배우며 많이 노력한다.

그 후 사씨도 태기가 있자, 교씨는 사씨에게 낙태약을 먹이지만 사씨는 곧 그것을 토해 버리고 건강한 아들 인아를 낳는다. 이 때 유한림이 석랑중의 추천으로 동청을 가까이 두게 되는데, 사씨의 멀리 하라는 충고를 받아들이지 않는다. 교씨는 무당 십랑을 불러 사씨가 귀신을 불러들여 장주가 병을 얻었다며, 사씨의 필적을 본떠서 만든 증거물을 보여 주어 유한림의 판단력을 흐리게 만든다.

한편 사씨가 어머니의 병 간호로 수개월 친정에 머무르고 유한림이 천자의 명으로 산동에 간 사이, 교씨는 동청과 함께 사씨 내쫓을 궁리를 한다. 교씨는 사씨의 옥반지를 훔쳐 사씨가 외간 남자와 정을 통해 옥반지를 준 것으로 꾸민다. 없어진 옥반지 때문에 궁지에 몰린 사씨는 두부인이 감싸주는 데도 불구하고 더욱 유한림의 의심을 받게 된다. 교씨는 둘째 아이 몽추를 출산하고, 사씨를 없애기 위해 큰아들 장주를 죽이고 시비 설매에게 사씨가 시킨 일이라고 이야기 하게 한다. 결국 유한림은 친척들을 모아 놓고 사씨를 쫓아내기로 하고, 교씨를 정부인으로 맞이한다.

쫓겨난 사씨는 시부모 묘소로 가서 기거를 한다. 교씨는 사씨를 냉진의 첩으로 삼게 하려고, 두부인의 필법을 모방하여 사씨를 데려가려고 하나, 사씨의 꿈에 유공이 나타나 그 편지는 가짜며, 남방으로 피신하라고 일러 준다. 그리고 6년 후 4월 보름에, 배를 백빈주에 매었다가 급한 사람을 구해주라는 말을 남긴다. 남경으로 가는 배를 탄 사씨는 15세쯤 되는 낭자 임씨를 만나 며칠 신세를 진다. 갈 곳이 막막해진 사씨는 자살을 하려 하나, 꿈 속에 소녀가 나타나 사씨에게 용기를 주고 간다.

어느 날 황릉묘 묘문이 열리고 여승 묘혜가 나타나 관음보살의 명령으로 사씨를 구해주고, 동정호 가운데 군산사 암자 수월암으로 데려간다. 이 곳에서 유한림과 결혼하기 전에 지은 관음찬을 보고, 다시 용기를 얻고 생활하게 된다.

어느 날 유한림이 잠자리가 편치 않아 진인을 불러 벽을 뜯어 보니, 나무인형이 있어 조금씩 교씨를 의심하기 시작한다. 동청은 엄승상의 힘을 이용해서 유한림을 행주로 귀양가게 하고, 자신은 진유현 현령이 되고, 계림 태수로 승진한다. 교씨는 설매에게 사씨 소생인 인아를 죽이라고 명하나, 설매는 차마 죽이지 못하고 강가의 숲에 감추어 두고 온다.

귀양가서 병을 얻은 유한림은 꿈 속에 노인이 물병을 놓고 간 자리에서 솟아난 물을 마시고 병이 낫는다. 귀양에서 풀려나 황성으로 가던 유한림은 동청의 행차를 보고, 설매를 만나 모든 이야기를 듣게 된다. 유한림이 사실을 안 것을 눈치챈 교씨는 유한림을 죽이려고 사람을 보내나, 백빈주로 도망온 유한림은 지나가는 배에 구원을 요청하고 결국 사씨가 구해주어 상봉하게 된다.

집으로 돌아온 유한림은 후일 예를 갖추어 사씨를 다시 맞아들인다. 7년 만에 집에 온 사씨는 아들의 생사를 모르자, 대를 잇기 위해 묘혜의 조카 임씨를 첩으로 추천한다. 임씨는 용모 비범한 동생과 함께 온다. 임씨의 동생은 뱃사람이 주워 기른 인아였고, 그 아이를 임씨가 기르게 된 것이다. 교씨는 함께 살던 냉진이 괴수로 잡혀 죽자, 칠녀라는 창기가 되고, 이 사실을 안 유한림은 교씨를 죽인다. 유씨는 좌승상이 되고, 임씨는 아들 3형제를 출산하고 아들들이 모두 높은 벼슬을 하게 된다. 유승상 부부는 80여 세를 편안히 누리고 죽는다.

더 알아보기

사씨는 내쫓길 이유에 해당했을까?

조선 시대의 악습, 칠거지악(七去之惡) | 유교적 도덕관에 의하여 아내를 내쫓을 수 있었던 7가지 이유를 칠거 또는 칠출이라고도 한다. 7가지 사유는 ① 시부모에게 순종하지 않는 것(不順舅姑去) ② 자식을 낳지 못하는 것(無子去) ③ 행실이 음탕한 것(淫行去) ④ 질투가 심한 것(嫉妬去) ⑤ 나쁜 병이 있는 것(惡疾去) ⑥ 말이 많은 것(口舌去) ⑦ 도둑질하는 것(竊盜去) 등이다.

이에 반하여 칠거사유가 있는 아내라도 내쫓지 못하는 3가지 조건(三不去)이 있다. ① 부모의 삼년상을 함께 치렀을 경우 ② 시집왔을 때 가난하여 함께 고생하다가 부자가 되었을 경우 ③ 아내가 돌아갈 곳과 의지할 곳이 없는 경우 등이다.

조선 초기 법제로 통용된 『대명률』에 의하면 의절할 사유가 없는데도 이혼한 자는 곤장 80의 형에 처했으며, 의절에 해당하는 자와 이별하지 않은 자도 곤장 80의 형을 내렸다. 이와 같은 소박정처죄(疏薄正妻罪)는 유교적 도덕관이 지배적이던 조선 말까지 널리 쓰였다.

감상의 길잡이

'사씨가 남쪽으로 갔던 기록' 「사씨남정기」는 '사씨가 남쪽으로 갔던 기록'이라는 제목과 관련하여 「남정기」, 「사씨전」이라고 불리기도 한다. 「사씨남정기」는 고전 소설 중 가장 사실적인 작품으로 그 소재를 역사적인 사실에서 인용하였다. 특히 「사씨남정기」의 출현은 김만중의 개인적인 경험과 연관이 깊다. 김만중은 과거에 급제하여 관리로 등용되어, 대제학, 대사헌 등을 지냈으나, 숙종에게 인현왕후의 폐출과 장희빈을 왕비로 맞아들이는 것이 부당하다는 것을 상소한 것이 화가 되어 선천으로 유배되었다. 「사씨남정기」는 그 때의 경험을 바탕으로 숙종과 그를 둘러싼 인현왕후와 장희빈의 갈등을 풍자하고, 왕의 잘못을 일깨우기 위한 풍자 소설, 풍간 소설, 목적 소설이다. 그런데 김만중은 이 작품을 지어 놓고 인현왕후의 복위를 보지 못한 채 죽었다고 한다.

처첩간 갈등 중심의 내용 전개 이 작품은 한 가정에서 처첩간의 사건을 중심으로 비교적 단순하게 진행된다. 작품 속의 선인(善人)과 악인(惡人)의 대립으로 이야기가 진행되고, 화를 피한 사씨는 때를 기다리는 순종적이고 운명적인 여인의 모습으로 나타난다. 또, 유한림이 교씨를 맞이하게 된 것은 사씨의 천거에 의한 것이고, 사씨가 집에서 쫓겨난 것도 교씨의 모함에 의한 것이었지만, 교씨를 원망하거나 친정에 돌아가지 않고, 시부모의 산소를 지키는 모습은 당시 유교 사회에서 요구하는 여인의 모습을 보여 준다고 할 수 있다. 한편 내용 전개에서 우연성이 많이 개입되어 있다. 다른 고전 소설과 같이 사씨가 화를 피해 찾아온 곳이 나중에 유한림의 첩이 되는 임씨 댁인 설정, 사씨가 물에 빠져 죽으려는 순간 황릉묘의 문이 열리며 부처의 가르침을 받은 묘혜가 나타나서 사씨를 구해 주는 부분, 버려진 사씨 소생 인아를 임씨가 동생으로 키우고 있는 설정, 몇 차례의 꿈을 통해 주인공에게 앞날을 예견해 주는 부분 등은 필연성이 부족한 부분이라고 할 수 있다. 작품의 배경을 중국 명나라로 설정한 것은 작가의 풍자 의도를 직접 드러나지 않기 위한 배려이다. 작품 의도가 숙종과 장희빈, 인현왕후를 풍자하기 위한 것이었기 때문에, 이것을 솔직하게 표현하기에는 무리가 있었을 것이다.

권선징악적인 결말의 가정 소설 처첩간의 갈등이나 의붓자식과의 관계 등 가정의 이야기를 소재로 한 소설에는 「장화홍련전」, 「콩쥐팥쥐전」 등이 이에 속한다. 보통 가정 소설은 가정 내의 모순이나 갈등을 묘사하지만, 그것을 폭로하고 철저하게 원인을 규명하지 못하고, 안이한 결말, 상식적인 해결로 끝나는 경우가 많다. 「사씨남정기」의 경우도 현실에 대한 철저한 규명없이 단순히 권선징악적인 내용으로 끝을 맺는다.

1. 「사씨남정기」의 설명으로 <u>잘못된</u> 것을 찾아보자.

① 권선징악적인 내용의 결말을 가지고 있다.
② 작가는 사씨의 덕과 인내를 칭찬하고 있다.
③ 숙종의 잘못된 행동을 일깨우기 위해 쓴 것이다.
④ 몇 차례의 꿈을 통해 사건의 필연성을 더해 준다.
⑤ 장희빈은 소설 속의 교씨처럼 비참한 최후를 맞이한다.

2. 「사씨남정기」의 등장인물 중 선악의 이중적 성격과 행동의 변화를 가장 잘 보여 준 인물을 찾아보자.

① 사씨   ② 교씨   ③ 유한림   ④ 설매   ⑤ 동청

3. 사씨가 대를 잇기 위해 첩을 들이려 하자, 두부인이 '한 말에 두 안장이 없고 한 밥그릇에 두 술이 없다'고 말한다. 그 속뜻을 알아보자.

4. 다음 [보기]를 읽고 두부인은 어떤 성격의 인물인지 말해 보자.

보기

이에 친척을 모시고 교씨를 맞아오니, 교씨가 유한림과 부인께 절하고 자리에 앉으니 모두 보매 얼굴이 아름답고 행동이 산뜻하고 가뿐하여 해당화 한 송이가 아침 이슬을 머금고 바람에 나부끼듯 하니 모두 다 칭찬하였다. 그러나 두부인만은 안색이 우울해지며 한 마디도 하지 않았다.

5. 이 소설에서 사씨는 꿈속에서 유공과 순임금 부인을 만나고, 유한림은 노인을 만난다. 이 세 차례의 꿈이 사건 전개에서 어떤 구실을 하는지 생각해 보자.

☞**정답과 해설 p.404**

사씨	유한림	교씨
· 유한림의 처 · 아들 인아를 낳음 · 교씨의 간계로 　누명을 쓰고 쫓겨남 · 7년 만에 돌아옴	· 15세에 장원 급제 · 총명함 · 교씨의 모함에 총명 　함이 흐려짐 · 귀양, 다시 복귀	· 16세에 유한림의 　첩이 됨 · 아들 둘을 낳으나, 　아들 모두 죽음 · 동청과 정을 통함 · 창기가 됨 · 죽음

인현황후 폐출 사건을 직접 다룬 「인현왕후전」을 감상해 보자.

인현왕후는 민유중의 딸로 영의정 송동춘의 외손이다. 기이한 태몽을 꾸고 태어났으며, 얼굴과 태도가 요조숙녀로서 한결같고, 성품이 겸손하여 아버지와 숙부가 특히 사랑을 했고, 주위 사람들이 국모의 덕이 있다고 칭찬한다.

경신년 겨울 숙종의 춘추 21세, 인경왕후 김씨가 승하하여 왕비 간택령이 내려지고, 민씨가 숙종의 계비가 된다. 두 대비는 효도로 어른을 봉양하고, 아랫사람을 아끼고, 예절과 법도가 바른 인현왕후를 칭찬한다.

상감의 나이 30이 되어도 후사가 없자, 인현왕후는 어진 후궁을 뽑아 자손을 보길 권했고, 후궁 간택 분부를 내린다. 이 사실을 알고, 왕비의 나이가 젊다는 이유를 들어 공주들이 반대했지만, 숙의 장씨를 후궁으로 두고 예로 대접한다.

숙종 14년 희빈으로 승격한 장씨는 왕자를 낳았고, 더욱 숙종의 사랑을 받게 된다. 왕후는 희빈의 아들 균을 자신이 낳은 자식처럼 사랑을 한다. 희빈은 세상 사람들이 인현왕후를 칭송하자 시기하여, 왕자를 죽이려 하고 희빈을 저주한다는 소문을 퍼뜨리기 시작한다. 왕도 점차 왕후를 박대하고, 장씨의 사랑에 빠져 진실을 헤아리지 못하며, 정치에서는 어진 신하를 물리치고 간신만 등용하여 조정을 혼란에 빠뜨리게 한다.

이듬해 부원군(인현왕후의 아버지)이 돌아가시고, 민간에 왕후를 폐한다는 소문이 돌고, 서인들이 왕후의 숙부를 시기하며 모함을 하기 시작한다. 응교 박태보는 인현왕후의 폐위를 반대하다가 모진 고문을 받고 결국 사망하게 된다.

임금은 왕후를 내쫓고, 희빈을 왕비로 삼지만, 조정에는 어진이가 없어서 말하는 이가 없었다. 왕후는 친정에서 조카들을 가르치고, 부원군의 3년상을 치르며 조용히 지낸다.

6년 고초를 겪은 인현왕후는 왕이 과거의 잘못을 뉘우치고 입궁을 종용하자, 다시 길일을 택해 왕비의 자리에 오르게 된다. 그 대신 장씨의 아비는 삭탈관직하고, 오빠 장희재는 제주에 보내니, 장씨가 화를 내며 횡포를 부린다. 게다가 장씨는 희재의 첩 숙정과 요사스런 무녀와 술사를 불러 왕후의 형상을 만들어 화살을 쏘아 해칠 생각만 하여 스스로 화를 당한다. 결국 인현왕후는 복위된 지 8년 만에 35세의 나이에 세상을 떠난다.

인현왕후이 죽은 뒤에 슬픔에 빠진 숙종이 잠깐 졸다가 꿈을 꾼다. 꿈 속에 내시가 나타나서 궁중에 사악한 잡귀가 있으며 왕후가 비명에 참화를 겪었고, 앞으로 큰 화가 있을 것이며, 왕후가 나타나 장녀의 저주로 비명횡사 하였다고 말을 하고 간다. 꿈에서 깬 숙종은 장씨의 처소를 찾아간다.

평소 왕후가 병을 앓아도 찾아가지 않고, 왕후를 민씨라 부르며, 왕후 사후에도 신당을 없애지 않던 장씨는 갑자기 찾아온 숙종의 방문에 그동안 왕후를 해치기 위한 모든 죄상이 드러나게 되었다. 숙종은 숙정, 무녀, 술사를 국문하고, 장희빈에게 사약을 내리고, 장희재는 육신을 갈라서 죽이고 재산을 몰수한다.

그 후 경은부원군 김주신의 딸, 인원왕후 김씨가 왕비에 간택이 되고, 숙종은 재위 46년(1720년) 60세에 세상을 떠난다.

「인현왕후전」은 이러한 역사적 배경과 궁중비화를 상세히 서술한 것으로, 사건의 전개가 흥미진진하며, 국문학의 자료 및 당시의 궁중 풍속과 생활을 알려 주는 귀중한 작품이다. 전체적인 내용의 큰 틀은 '사씨남정기'와 매우 유사해서 두 작품의 연관성이 있어 보인다. 사건의 진행과 내용이 너무 상세하게 묘사되어 있어, 이 사건을 옆에서 지켜본 궁녀의 작품으로 추측되기도 한다.

정답과 해설 Answer & Explanation

● 만복사저포기

1. ❷ (「만복사저포기」는 남자와 여자 사이의 이룰 수 없는 애절한 사랑을 낭만적으로 그리고 있다. 특히 산 사람과 죽은 사람의 사랑이란 점에서 환상적이고 초현실적인데, 이런 내용의 소설을 '전기 소설(傳奇小說 : 공상적이고 기이한 사건을 다룬 흥미 본위의 소설)'이라고 한다.)

2. ❹ (양생이 배필을 구해 자식을 낳겠다는 생각은 이야기 속에 나오지 않는다. 재자가인(才子佳人)은 재주 있는 남자와 아름다운 여자를 말하는데 고전 소설의 주인공들은 대부분이 재자가인이다. 김시습의 『금오신화』에 나오는 주인공들 역시 재자가인이다.)

3. 양생이 만복사 외딴 곳에서 살아가고, 부처와 저포로 내기를 해서 아름다운 아가씨를 만나게 되었다. 또 아가씨의 부모가 죽을 딸을 위해 보련사에서 대상(죽은 지 만 2년이 되어 지내는 제사)를 지내 주고 양생 또한 아가씨의 명복을 빌기 위해 재를 올려 준다. 끝으로 아가씨는 다른 나라에서 남자로 태어나고 양생에게 불도를 닦으라고 부탁한다.

4. 축문을 읽으면서 부처님께 소원을 비는 아가씨의 상황과 소원의 내용을 먼저 이해할 수 있어야 한다. 축문은 부처에게 자기 소원을 비는 글이다. 여기서 아가씨의 상황은 왜적의 칼에 목숨을 잃어 무덤도 없이 떠도는 원혼이 되어 세월만 보내고 있다. 외로운 자신의 신세를 슬퍼하며 외로움을 달래기 위해서 배필을 구해 달라고 부처님에게 소원을 드리고 있다. 이것은 양생의 소원과 일치한다.

5. 은주발은 아가씨가 살아 있을 때에 쓴 물건으로 무덤에 같이 넣어 묻은 것이다. 이것을 양생에게 준 것은 자기 부모를 양생과 만날 수 있도록 하기 위해서이다. 이야기를 전개하는 데에 은주발은 반드시 필요한 장치라고 할 수 있다.

● 콩쥐팥쥐전

1. ❸ (「콩쥐팥쥐전」은 '콩쥐팥쥐' 설화를 소설로 꾸민 작품일 뿐, 판소리계 소설은 아니다.)

2. ❶ (①은 남의 말을 지나치게 잘 믿는다는 뜻이다. ②③은 평소에 거짓말을 잘 하는 사람의 말은 믿을 수 없다는 뜻이다. ④⑤는 경계가 분명하지 못하여 분간이 안 된다는 뜻이다.)

3. ❺ (「콩쥐팥쥐전」에서는 최만춘, 「장화홍련전」에서는 배좌수라는 아버지가 등장한다. 그런데 「장화홍련전」의 배좌수는 전실 자식을 편애한 내용이 보이지만, '콩쥐팥쥐전'에서는 그러한 내용은 찾아볼 수 없다.)

4. 신데렐라 설화를 비롯하여 잔치(축제)와 신발은 매우 연관성이 깊다. 신발은 밖으로 외출할 때 절대적으로 필요한 물건이다. 더욱이 아름다운 신발을 신은 여성은 아름다운 발을 가진 여성을 상징하고 있다. 따라서 신발은 여성들에게 있어서 순결과 선(善)으로 직결되는 복합적인 상징을 담고 있다. 『콩쥐팥쥐전』에서는, 콩쥐의 표면적인 누추함과 신분은 단지 참모습의 변형일 뿐이며, 콩쥐는 도덕성과 자존심을 지키며 자신의 운명을 묵묵히 받아들이고 인내함으로써 극복하고 있는 것으로 해석할 수 있다. 이로 미루어 이 소설에서 콩쥐의 잔치 참석과 신발 이야기는, 당시 민중적 바람인 신분과 처지의 상승 의지를 나타낸 것이라고 볼 수 있다. 자신의 정당한 신분을 되찾으려는 콩쥐의 노력과 그 일대기를 통해 낮은 지위에 있는 동시대인들에게 강한 신분 상승적 욕구를 심어 주고 있다 할 것이다.

5. 이 소설에서는 두 번의 재생 구조가 나타난다. 첫째는 계모가 콩쥐에게 가하는 학대에서 드러난다. 계모는 콩쥐에게 힘에 벅찬 온갖 어려운 일로 고통을 준다. 그러나 콩쥐는 많은 조력자의 도움으로 일을 완수하고 아름다운 새 옷과 신발을 신고 외갓집 잔치에 참석하러 나선다. 이 장면에서 콩쥐는 천한 신분에서 벗어나 귀한 신분으로 새롭게 상승하는 '천함과 고귀함'이라는 재생 구조의 틀을 보여 주고 있다. 둘째는 콩쥐가 많은 역경 끝에 신발의 주인공임이 밝혀져 행복한 결혼을 했지만, 계모와 팥쥐에 의해 다시 죽음이라는 더 큰 시련에 부딪치는 대목이다. 그러나 콩쥐는 다시 소생하여 악의 화신인 계모와 팥쥐를 응징한다. 이와 같이 '죽음과 부활'이라는 재생 구조는 모든 악의 원인을 뿌리뽑고 새롭고 순수한 행복을 완전하게 성취하게 한다.

● 장끼전

1. ❸ (덫에 놓인 콩일지도 모르니까 조심하라는 까투리의 충고에도 불구하고 장끼는 앞뒤를 살피지도 않고 급하게 콩을 먹는다. 또한 자기 자랑이 많고 무엇이든지 자기 생각대로만 해석하고 있다.)

2. ❶ (승은, 용선, 재화의 대화는 「장끼전」의 주인공 장끼의 성격을 중심으로 이루어지고 있다. 크게 보면 장끼의 성격을 비판하는 입장과 두둔하는 입장으로 나뉘어 있다.)

3. ❶ (이 이야기는 우리의 현실과 연관지어 생각해 볼 수 있는 내용이다. 이러한 이야기는 수입 농산물을 선호하는 사람, 영어로 쓴 옷만을 좋다고 입는 사람, 간판을 외국어로 써야 만족하는 사람 등이 귀담아 듣기에 적합한 예이다.)

4. 장끼는 폭력적이고 다혈질의 성격을 그대로 드러내고 있다. 가부장제 사회에서 봉건적인 의식을 지닌 가장으로서 권위와 위신을 지나치게 강조하다가 매우 딱한 처지가 된다. 까투리는 관찰력과 사리 판단에 뛰어난 인물로서 남편을 걱정하지만 무시당한다. 남편을 잃고 수절을 강요당하는 여인으로 봉건적인 구속에서 벗어나려는 근대적인 여성상이다.

5. 「장끼전」은 부인 까투리의 말을 무시하는 장끼와 장끼가 죽자마자 바로 개가한 까투리를 통하여 남존여비와 개가 금지라는 당시의 유교 도덕을 풍자하고 있다.

● 유충렬전

1. ❸ (「유충렬전」은 설화가 아니라 창작 소설이다.)

2. ❶ (간신 정한담이 유충렬의 가문을 파괴하고 나라를 위기에 빠트리자 충신 유충렬은 정한담을 물리쳐 가문과 나라를 구한다. 고전 소설에서 가장 많이 나오는 권선징악의 주제이다.)

3. 유충렬, 정한담, 영종 황제.

4. 유충렬은 고위 관리인 유심의 아들로서 고귀한 혈통을 가지고 태어났으며 전생에는 선관 자미성이었다. 선관으로 있을 때 죄를 지어 지상으로 내려온 신분이기 때문에 뛰어난 능력을 처음부터 지니고 있다. 따라서 나라가 위기에 처했을 때 신기한 보검과 갑옷 그리고 천사마, 신화경과 같은 보물을 얻어 혼자서 수많은 적들을 물리치는 것과 같은 비범한 능력을 발휘한다.

5. 조선 시대에 나온 영웅 소설은 「홍길동전」이 최초의 작품이다. 영웅 소설에는 우리 나라의 역사적인 사건을 다룬 「임신록」이나 「빅씨진」, 「임경업전」과 같은 소설이 있는가 하면, 중국을 무대로 펼쳐지는 「유충렬전」과 「조웅전」 같은 소설이 있다. 우리 나라를 무대로 한 영웅 소설은 「임진록」의 김덕령처럼 대부분 미천한 집안에서 태어난 주인공이 나라를 구하기 위해 싸우는 내용의 작품이 많다. 그리고 「임경업전」의 임경업처럼 끝내 자기의 뜻을 이루지 못하고 억울하게 죽는 주인공도 나온다. 이것을 민중적 영웅 소설이라고 한다. 한편 「유충렬전」이나 「조웅전」과 같이 고귀한 신분의 집에서 외아들로 태어나 어릴 때 비록 시련을 겪지만 도승 등의 도움을 받아 영웅으로 성장하여 나라를 구하고 자신도 부귀영화를 누리는 소설도 있다. 이러한 작품을 귀족적 영웅 소설이라고 한다. 「유충렬전」은 대표적인 귀족적 영웅소설로서, 주인공의 신출귀몰한 활약상이 다른 어떤 소설보다도 돋보이는 작품이다.

● 호 질

1. ❸ (「호질」은 위세만 부리는 선비를 풍자하고 꾸짖는 내용이다. 북곽선생의 근엄함이 똥구덩이 속에 빠짐으로 해서 낭패를 당하고 호랑이에게 심하게 야단을 맞는 장면에서 독자는 통쾌함을 느끼게 된다.)

2. ❺ (①은 눈 밑에 사람이 없다는 뜻으로 아주 거만한 것을 뜻하고 ②는 실제적인 이익만을 추구하는 것, ③은 어물어물하기만 하고 딱 잘라 결단을 하지 못함 결단력이 부족한 것, ④는 슬프고 분한 느낌이 마음 속에 가득 차 있는 것, ⑤는 겉과 속이 같지 않음이란 뜻으로, 마음이 음흉하여 겉과 속이 다른 것을 뜻한다.

3. 아부(아첨)함. (북곽선생은 호랑이와 만나게 되자 호랑이를 찬양하며 살려달라고 애걸하고 있다.)

4. 호질이란 호랑이의 꾸짖음이란 뜻이다. 호랑이는 전통적으로 강한 자를 상징하며 신령스러운 동물로 생각되었다. 작가는 이런 호랑이의 입을 빌려 북곽선생으로 대표되는 위선적이고 이중적인 인간의 부도덕한 악행을 폭로하고 비판하고 있다. 이처럼 작가가 호랑이의 입을 빌려 시대의 지배층을 꾸짖고 있는 것은 사회에 대한 직접적인 비판이 당시 유교 사회에서는 받아들여질 수 없었기 때문이다. 즉 자신의 생각을 호랑이를 등장시켜 대신 둘러서 말하게 함으로써 도학자를 비롯한 당대 지배층의 위선과 비도덕적인 모습을 신랄하게 비판하고 작품의 묘미와 흥미를 더하게 했던 것이다.

5. 첫째, 선비라는 것이 아부와 아첨을 잘 한다. 둘째, 인륜과 도덕에 내세워 이것을 권장하지만 인간들이 저지르는 나쁜 짓은 막을 방법이 없다. 셋째, 자기들끼리 이치를 논하고 성품을 이야기하지만 벌꿀과 젓, 누에, 옷을 서로 빼앗는다. 넷째, 전쟁을 일으켜 서로 잡아먹고 전쟁 기구를 자꾸만 만들어 낸다.

흥보전

1. ❷ (놀부의 모방 행위가 나쁜 행동으로 여겨져 결국에는 벌을 받게 된다. 사실 모방이란 크게는 인류 문화 발전의 원동력이며 작게는 청소년의 성장 과정에 서 필수적인 행위이다. 그런데 놀부의 행위는 '의도적'인 모방으로 설정되어 있으므로 '악'과 연결된다는 데 문제가 있다.)

2. ❹ (이 소설은 흥부로 대표되는 기존의 도덕적 가치관이 승리해야 한다는 민중 의 소망을 담고 있다. 이는 흥부의 '보은박'이라는 장치에서 그 실마리를 찾을 수 있다. 즉 민중들은 힘없고 가진 것 없는 착한 흥부를 부자로 만들고 싶었을 것이다. 그런데 현실적으로는 불가능하므로 '보은박'을 통해 이를 실현시키고 있다.)

3. ❺ (유교적 생활관이 엿보인다.)

4. 못 사는 것은 제가 못난 탓이라고 밀어붙이는 우리 인간들의 왜곡된 사고방식 이 고전 소설에 반영된 결과이다. 놀부는 이익 추구에 집착한 나머지 돈에 심술 이 뒤집힌 인간, 즉 '돈의 걸귀(乞鬼)', '돈의 악마'라고 할 수 있다. 화폐 경제 의 발전이 비인간적인 부자되기 열풍을 불러일으켜, 이런 걸귀와 악마를 만들 어 낸 것이다. 이 괴물의 출현은 우리 나라 19세기의 특수 현상으로 볼 수 있 다. '돈의 악마'인 놀부가 근래 '유능한 사람'으로 인정되는 사업가의 원조인 셈이다. '유능한 사업가'를 선망하는 요즘 세상의 인심이 놀부를 긍정하게 된 것은 참으로 안타까운 일이다. 그래서 흥부의 인성, 정직, 근면을 미덕으로 여 기기보다는 무능력으로 오해할 수도 있다.

5. 이 소설에서 제비는 놀부와 흥부의 형제가 화합을 돕는 역할을 한다. 제비는 흥부의 선행에 보답하여 부자가 되게 하고, 놀부의 악행에 복수하여 망하게 한 다. 이런 과정을 통해 권선징악(勸善懲惡)의 모습을 보여 주고 있다. 이런 장면 에서 통쾌감을 느끼기도 한다.

6. 이 소설에서 가난했던 흥부와 부자였던 놀부의 처지가 서로 뒤바뀌는 것은 중 심 소재인 '박' 덕택이다. '박'은 흥부에게는 행복을, 놀부에게는 벌을 준다. 또한 경제 문제를 매우 중요하게 다루는 『흥부전』에서 갈등 해소의 역할을 맡 은 '박'은 중요한 상징성을 갖는다. 즉 '박'은 돈, 선과 악, 인과응보를 상징하 면서, 박을 차례차례 탈수록 내용이 진행되어 결말에까지 이른다. 더욱이 '박' 에서 나온 무리들이 놀부를 혼내 줌으로써, 놀부와 같은 지배 계급에게 학대받 으며 헐벗고 굶주려 왔던 민중들의 울분을 대신해서 풀어 주는 역할도 한다.

● 사씨남정기

1. ❹ (사씨와 유한림이 꿈을 통해 앞날을 미리 알게 되고 위기를 벗어나는 부분은 사건의 필연성과 현실성을 떨어뜨리고 있다. 즉 「사씨남정기」는 단순한 내용 전개에 꿈을 개입시켜 사건의 우연성을 더 많이 보여 주는 결과를 낳았다.)

2. ❹ (입체적인 인물은 작품 속에서 성격의 변화를 보이는 인물이다. 처음 설매는 교씨의 편에서 사씨를 몰아내기 위해 함께 행동(사씨의 옥반지를 훔치고, 교씨의 아들 장주를 죽이고 사씨의 짓이라고 함)하나, 나중에 자신의 잘못을 뉘우치고 사씨의 아들 인아를 살려 주며, 유한림을 만나 모든 사실을 이야기하고 목을 매 자살한다.)

3. 한 집안에는 두 아내가 있어서는 안 되며, 오직 한 명의 아내여야 한다는 뜻으로, 일부일처를 이야기하는 속담이다. 아이를 낳지 못한 사씨가 교씨를 첩으로 맞이하려고 하자, 이를 막기 위해 인용한 글이다. 당시에는 일부다처제가 인정되었지만, 두부인의 입을 통해 결혼은 대를 잇는 것만이 아니라 집안을 평안하게 하는 데 목적이 있음을 강조하고 있다.

4. 두부인만이 현실을 바로 판단할 수 있는 사람으로, 교씨의 악행을 올바로 판단할 수 있고, 유한림의 잘못된 판단을 바로잡아줄 수 있는 조언자의 역할을 하는 사람이다. 대부분의 사람들이 외모와 첫인상을 보고 사람을 평가한다. 그러나 현명한 두부인은 교씨의 숨겨진 성격을 짐작하고, 다른 사람들처럼 흡족해 하지 않는다.

5. 주인공을 위기에서 벗어나게 해 주는 도움을 준다. 즉 사씨의 경우에는 교씨의 모함에서 벗어날 수 있게 시아버지인 유공이 나타나 남쪽으로 몸을 피하라고 했고, 6년 후의 일까지 예견해 준다. 또 자살하려는 사씨에게 삶의 의욕을 불어넣어주기도 한다. 유한림의 경우에는 노인이 나타나 몸의 병을 낫게 할 수 있는 신비한 물을 주고 간다.

Choose A best book like your choice of friends. MEMO

친구를 선택하듯이 좋은 책을 선택하라.

Choose A best book like your choice of friends.

MEMO

친구를 선택하듯이 좋은 책을 선택하라.

www.prun21c.com

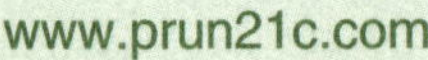

www.prun21c.com

www.prun21c.com

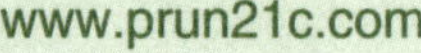

www.prun21c.com